Katia Fox, geb. 1964, wuchs in Südfrankreich und in der Nähe von Frankfurt auf. Sie studierte Romanistik, arbeitete als Immobilienmaklerin und ist Mutter von drei Kindern. Heute lebt sie in Deutschland und Frankreich. DER GOLDENE THRON ist nach den Bestsellern DAS KUPFERNE ZEICHEN und DER SILBERNE FALKE ihr dritter Roman.

Dublin
Irland
Kilkenny
Waterford
England
Wales
Nottingham
Oakham
Huntingdon
Orford
Milford Haven
Abergavenny
St. Edmundsbury
Pembroke
Striguil
(Chepstow)
Cirencester
Oxford
London
Caversham
Canterbury
Portsmouth
Flandern
Arras
Dieppe
Aumale
Barfleur
St.-Vaast-d'Equiqueville
Rouen
Tancarville
Les Andelys
Reims
Caen
Liesieux
Paris
Ferrières
Seine
Bretagne
Maine
Le Mans
Loire
Chinon
Poitou
Anjou
La Marche
Limoges
Angoulême
Aquitaine
Perigord
Garonne
Gascogne
Languedoc
Toulouse

Katia Fox

Der Goldene Thron

Historischer Roman

BASTEI LÜBBE
TASCHENBUCH

BASTEI LÜBBE TASCHENBUCH
Band 16440

1. Auflage: Oktober 2010

Bastei Lübbe Taschenbuch in der Bastei Lübbe GmbH & Co. KG

Originalausgabe

Dieses Werk wurde vermittelt durch die Literarische Agentur
Thomas Schlück GmbH, 30827 Garbsen

Lektorat: Dorothee Cabras/Karin Schmidt
Innenillustrationen und Karte: Franz Vohwinkel, Seattle/USA
Titelbild: © HildenDesign, München / © INTERFOTO / Toni Schneiders
Umschlaggestaltung: HildenDesign, München
Autorenfoto: © Olivier Favre
Satz: Buch-Werkstatt GmbH, Bad Aibling
Druck und Verarbeitung: GGP Media GmbH, Pößneck
Printed in Germany
ISBN 978-3-404-16440-0

Für Kakua

Caversham Manor am 13. Mai 1219

Guillaume fror erbärmlich. Das Hemd aus feinstem Leinen scheuerte auf seiner Haut, die sich dünn wie zu häufig geschabtes Pergament über seine Knochen spannte. Das Gewand der Templer hatte er angelegt, seit er Gewissheit hatte, dass es mit ihm zu Ende ging. Es spendete Trost, doch es wärmte nicht, denn die Kälte, die ihn schaudern ließ, kam von innen. Ein heftiges Gefühl von Wundheit überkam ihn, zog und zerrte an seinen Eingeweiden und zerschnitt seinen Atem in kurze, mühsame Stöße. Seit Monaten schon plagten ihn diese grauenhaften Schmerzen und ließen das Leben, das er stets so geliebt hatte, beschwerlich und düster erscheinen. Ein dumpfes Stöhnen entwich ihm. Ausgerechnet ihm, dem jegliches Klagen fremd war!

Guillaumes Hand fuhr zu seiner Schulter, wo er eine der vielen Narben befühlte, die seinen Körper im Laufe der Jahre gezeichnet hatten. Ein schmerzverzerrtes Lächeln huschte über sein Gesicht. Ganz gleich, wie schwer er verletzt worden war, er hatte stets Haltung bewahrt. Diese dunkle Stunde würde daran nichts ändern.

»Soll ich dir ein Kissen in den Rücken legen, damit du dich ein wenig aufrichten kannst?« Wie ein Sonnenstrahl erwärmte ihn die sanfte Stimme seines Weibes, und für einen winzigen Augenblick fühlte er sich leicht und von allen Schmerzen befreit. Bald dreißig Jahre waren sie verheiratet, und sie war noch immer so schön wie als junges Mädchen, auch wenn ihr Haar seit einiger Zeit mit silbrig schimmernden Fäden durchzogen war und sich die helle, weiche Haut um ihre Augen, auf der Stirn und um ihre zarte Nase in feinste Fältchen legte.

Guillaume schüttelte nur müde den Kopf.

Liebevoll strich sie ihm mit ihrer warmen Hand über die Wange.

»Ich liebe dich«, flüsterte er erst, als sie die Kammer verlassen hatte, denn sie wusste es. Dann murmelte er ein kurzes Gebet. Solange er denken konnte, hatte er ein großartiges Gedächtnis für Namen und Zusammenhänge gehabt, nur Gebete hatte er sich nicht gut merken können. Wer jedoch ein so bewegtes Leben geführt hatte wie er, musste Läuterung erfahren, bevor er es wagen konnte, vor seinen Schöpfer zu treten.

»Ich bereue«, begann er. In den vergangenen Tagen hatte er seinem Beichtvater schon viele Sünden bekannt, nun forschte er in seinem Herzen, was er sich noch hatte zuschulden kommen lassen. Trotz aller Reue aber, die er empfand, fiel es ihm schwer, Buße für das zu tun, was er zeit seines Lebens als seine Aufgabe angesehen hatte. Seinem König treu zu dienen hatte bedeutet, das Schwert zu erheben, zu kämpfen, zu siegen und auch zu töten. Guillaume entwich ein lang gezogenes Stöhnen. Es war seine heilige Pflicht gewesen, seinen Herrn vor allem Unbill zu schützen und seine Interessen zu vertreten! Ob der Allmächtige ihm verzeihen und ihn mit offenen Armen und in Liebe in sein Himmelreich aufnehmen würde?

Guillaume drehte das schwere Haupt und blickte zur Seite. Er hatte sich auf den kalten, harten Boden betten lassen wollen, doch sein Weib hatte darauf bestanden, dass man ihn in seine Bettstatt legte. Es war ein großes, ehrwürdiges letztes Lager mit einer guten Strohmatratze, sauberen Leinentüchern und einer weichen Felldecke. Das Bett war aus dunklem Holz und hatte vier massive Pfosten, die bis fast unter die Decke der großen Kammer reichten und einen Baldachin sowie Vorhänge aus reich besticktem, nachtblauem Stoff trugen. Guillaume war kein Tuchhändler, darum hätte er nicht sagen können, wie man das Gewebe nannte. Ein flüchtiges Lächeln zuckte um seinen Mund. Es war wertvolles, teures Tuch, und er konnte es sich leisten.

Sein Blick wanderte zum geöffneten Fenster, durch das der

Duft des Frühlings hereindrang. Ein Sonnenstrahl zwängte sich zwischen den regenschweren Wolken hindurch in sein Schlafgemach, vorbei an dem Eichentisch und dem Lehnsessel, an dem für gewöhnlich sein Schreiber saß. Der Lichtstrahl, auf dem goldglänzende Punkte wie winzige Elfen tanzten, berührte das Fußende seiner Schlafstatt. Wie aus weiter Ferne nahm Guillaume die Geräusche des Alltags wahr: Rufen und Hufschlag aus dem Hof, Türen, die geöffnet und geschlossen wurden, Sporen, die über den Boden klirrten. Das Licht am Ende seines Bettes schien immer heller zu werden. Guillaume kniff die Augen zusammen. Es sah aus, als stünde ganz dicht bei seinen Füßen ein Mann in einem weißen Gewand, leuchtend, ein wenig durchscheinend und schön wie ein Engel. Er lächelte und schien Guillaume mit einer sanften Geste aufzufordern, ihm zu folgen. Doch Guillaume war noch nicht bereit zu gehen.

Er schloss die Augen und wandte den Kopf ab. Als er sie nach einer ganzen Weile wieder öffnete, sah er, dass auch auf der anderen Seite seiner Bettstatt ein in weißes Tuch gehülltes Wesen stand. Es war ein wenig rundlicher als das andere, doch es strahlte die gleiche Güte aus.

Mit einem Mal erfasste Guillaume Gewissheit. Da Könige von Gottes Gnaden in ihr Amt eingesetzt waren, musste der Dienst an ihnen zwangsläufig ein gesegneter, frommer Akt sein! Der Allmächtige würde ihm darum gewiss verzeihen. Ja, er erwartete ihn offenbar bereits, hatte er doch seine Engel geschickt, damit sie ihn abholten und ins Jenseits begleiteten.

Ein grausamer Schmerz zerrte an Guillaumes Leib, durchbohrte ihn, brüllte in seinem Inneren wie ein wildes Tier, das sich mit aller Kraft zu wehren versuchte, versengte ihn mit Hitze, ließ ihn frieren, schwitzen, leise stöhnen und sich krümmen.

»Vater! Ihr *müsst* Eure Drohung wahr machen!«, glaubte Guillaume eine Stimme mit Nachdruck fordern zu hören. Ein Zucken um seine Mundwinkel erhellte sein vom Schmerz verzerrtes Gesicht. Prinz Eustache, erinnerte er sich. Wie lange war das her! Der junge Mann mit dem glatt glänzenden schwarzen Haar hatte von seinem Vater, König Etienne, das Leben eines Fünfjährigen eingefordert. Eines unschuldigen kleinen Jungen, der das zweifelhafte Glück hatte, der vierte Sohn von Jean le Maréchal zu sein, einem rebellischen Baron.

Ein Schauer, gefolgt von Hitze, lief über Guillaumes geschwächten Körper.

Etienne de Blois hatte sich nachdenklich erst den schütteren Bart, dann das kaum dichter behaarte Haupt gekratzt und seinen Sohn mit einem Hauch von Befremden betrachtet. Feine Schweißperlen hatten auf seiner tief gefurchten Stirn gestanden. »Aber …«

»Ihr dürft ihn nicht damit durchkommen lassen! Hängt das Kind endlich auf oder, besser noch, schneidet ihm die dürre Kehle durch und verstümmelt es!«

Guillaumes Leib fühlte sich an wie gepfählt, trotzdem verzog sich sein Mund zu einem Schmunzeln.

»Fünf Monate schon verschwenden wir unsere kostbare Zeit mit der Belagerung von Newbury Castle! Immer mehr Männer stellen sich gegen uns, in der Hoffnung, dass es der Kaiserin gelingt, Euch vom Thron zu stürzen. Ihr müsst endlich ein Zeichen Eurer Stärke setzen, bitte, Vater!«, hatte Eustache verzweifelt an den König appelliert. »Jean le Maréchal hat Euch seinen Sohn als Pfand für die Einhaltung der Waffenruhe übergeben, obwohl er genau wusste, dass er die vereinbarten Bedingungen nicht einhalten würde!«

Während der Prinz mit langen Schritten vor seinem Vater auf und ab gegangen war, hatte Guillaume in einer Ecke des Zeltes gesessen und mit einem Holzpferd gespielt.

»Wisst Ihr, was er geantwortet hat, als er Eure Drohung hörte?« Der Prinz war stehen geblieben. »Er hat laut gelacht und gesagt, sein Weib sei fruchtbar, und er sei noch immer im Besitz von Amboss und Hammer. Wir sollten den Knaben nur töten, er könne sich einen noch viel besseren Sohn schmieden als diesen!«

Gerade als der König befehlen wollte, dass man ihn hängen sollte, war Guillaume aufgesprungen. »Kämpft du mit mir?«, hatte er den König gefragt und mit einem Strahlen auf dem Gesicht sein kleines hölzernes Schwert aus dem Gürtel gezogen.

Sofort waren zwei junge Ritter auf ihn zugestürzt, doch Etienne de Blois hatte milde lächelnd die Hand gehoben und ihnen kopfschüttelnd Einhalt geboten.

»Ich werde einmal ein ganf grofer Ritter, tapfer und ftark«, hatte Guillaume lispelnd erklärt.

Sein Atem ging schwer. Er konnte sich noch genau an das Gefühl erinnern, wenn seine Zunge beim Sprechen durch das große Loch in seinem Oberkiefer hindurchgeschlüpft war, statt dort an seine Zähne zu stoßen, die er erst wenige Tage zuvor herausgewackelt hatte. Guillaume fuhr mit seiner pelzigen, bitteren Zunge über den Rand seiner Vorderzähne.

»Ich werde allfeit für Euch kämpfen, Mylord, denn Ihr feid mein König!«, hatte er an jenem fernen Tag inbrünstig beteuert, sich mit der linken Faust auf die Brust geschlagen und das hölzerne Schwert seitlich in die Luft gestoßen, so wie er es bei den Männern des Königs gesehen hatte.

»Treu auf ewig, solange mein Herz schlägt! Mein Leben für England und den König!«, murmelte Guillaume. Das waren seine Worte gewesen. Sie hatten sein ganzes Leben lang gegolten. Ob sie es gewesen waren, die ihn gerettet hatten, oder seine kindliche Unschuld, wusste er nicht zu sagen. Irgendetwas aber musste den König an jenem Tag gerührt haben, denn er hatte ihn verschont.

»Wenn du einmal ein berühmter Ritter werden willst, dann musst du nicht nur Treue und Tapferkeit zu deinen Eigenschaften zählen, sondern auch Besonnenheit. Sie gehört zu den drei wichtigsten Tugenden, die ein Ritter besitzen muss«, hatte der König ihm erklärt und seinem Sohn einen kurzen, aber vielsagenden Blick zugeworfen.

Guillaumes Wange zuckte. Noch lange nach seinem Tod hatte man sich von Prinz Eustache erzählt, dass er ein Hitzkopf gewesen war, der sich mehr als einmal durch unüberlegtes Handeln in Schwierigkeiten gebracht hatte.

»Treue, Tapferkeit und Besonnenheit«, flüsterte Guillaume mit rauer Stimme. Genau diese Eigenschaften hatten eine große Königin und fünf gesalbte Könige an ihm zu schätzen gewusst. Ein schmerzerfülltes Stöhnen entwich seiner Brust. Er konnte mehr als zufrieden mit seinem Leben sein. Es war aufregend und großartig gewesen. Er hatte geliebt und war geliebt worden, wurde es noch! Er hatte sich Achtung erkämpft und tiefe, treue Freundschaften erlebt. Nahezu all seine Wünsche waren in Erfüllung gegangen, er hatte wunderbare Söhne und Töchter, war seinem Herrn stets treu gewesen und hatte sich großzügig sowohl gegenüber den Menschen als auch der Kirche gezeigt, so, wie es von einem Mann in seiner Position erwartet wurde.

Guillaume warf einen letzten Blick auf die geschnitzte Truhe am Fußende seines Lagers. Die seidene Decke, die er vor über dreißig Jahren im Heiligen Land erstanden hatte, wartete nur darauf, hervorgeholt zu werden, um seinen Sarg zu schmücken. Jean, seinen treuen Freund Jean d'Erlée, hatte er für diese Aufgabe auserkoren. Alles war, wie es sein musste. Er würde noch regeln, was zu regeln war, verteilen, was zu verteilen war, seinen Letzten Willen erklären und dann seinen letzten Gang antreten, in Würde und mit Glanz.

Kupfern
leuchtet die Sonne
am Morgen
1162-1183

Tancarville im November 1162

»Aufstehen, du Faulpelz!«

Ein heftiger Tritt traf Guillaume am Rücken. Er fuhr hoch und sprang auf die Füße, bevor ihn ein zweiter erwischen konnte, schwankte kurz und kniff die Augen zusammen. Die Fackel vor seinem Gesicht blendete ihn, doch er musste nicht sehen können, um zu wissen, wer ihn so unsanft weckte. Es war Ours, der Fechtmeister. Er hieß nicht nur so, er stank auch wie ein Bär. Guillaumes Magen krampfte sich vor Aufregung zusammen. Seit Wochen schon schlief er nicht mehr bei seinem Herrn in der Kammer, sondern dicht an die anderen älteren Pagen gedrängt in diesem zugigen Stall. Beinahe jede Nacht wurde einer von ihnen aus dem Schlaf gerissen und fortgeführt. In der Hoffnung, endlich an der Reihe zu sein, fanden die Jungen kaum zur Ruhe. Sogar Guillaume, der sonst überall tief und fest schlafen konnte, war oft mitten in der Nacht aufgeschreckt, hatte in die Dunkelheit gestarrt und gehorcht, ob jemand kam, um ihn zu holen. Nun war es endlich so weit. Der Tag seiner letzten Prüfung als Page war gekommen.

»Folge mir!«, befahl der Fechtmeister.

Guillaume gehorchte und schüttelte den rechten Arm. Seine Hand war taub und fühlte sich an, als gehörte sie nicht zu ihm.

Die kühle Luft, die ihm draußen entgegenschlug, prickelte in der Nase, und für einen Moment glaubte er, niesen zu müssen. Schweigend lief er dem Schein der Fackel nach. Erst als der Fechtmeister kurz vor dem Burgtor auf einen Baumstumpf deutete, fiel ein Lichtschein auf sein grimmiges Gesicht.

»Rauf da, Hände hinter dem Rücken falten und den hier

halten!«, befahl er knapp und holte einen prall gefüllten Sandsack hinter dem Baumstumpf hervor. Er war nicht größer als der Kopf eines Kleinkindes und wohl kaum schwerer. »Lass den Burschen nicht aus den Augen!«, befahl der Fechtmeister einem der beiden Torwächter. »Bis zum Mittagsläuten darf er nicht herabsteigen. Ich lege mich wieder aufs Ohr.« Ours wandte sich ab. »Sollte er vorzeitig aufgeben, dann lass mich wecken!«

»Wie üblich, Sir. Wünsche, wohl zu ruhen«, rief der Wachsoldat ihm nach, und als der Fechtmeister fort war, trat er grinsend an Guillaume heran. »Wird eine lange Nacht werden, Söhnchen, und ein verdammt noch mal viel längerer Morgen! Hoffe, du hast nicht zu viel getrunken vor dem Schlafengehen!« Dann lachte er dröhnend und kehrte zu dem zweiten Wachtposten am Tor zurück.

Der Nachthimmel war vollkommen schwarz. Als spannte sich gähnende Leere über die Erde, kein Himmelreich mit einem allmächtigen Gott, kein Paradies mit Engeln. Kein Stern leuchtete dort oben, nur das zitternde Licht der Fackeln am Tor erhellte die Nacht.

Heftiges Herzklopfen und die feuchtkalte Novemberluft hielten Guillaume eine Weile wach, doch schon bald legte sich Müdigkeit wie ein Mantel aus Blei auf seine Schultern. Leise, damit ihn die Wachsoldaten nicht hörten, begann er, das Heldenlied von Roland zu rezitieren. Wenn sein Herr Gäste empfing, wurde es häufig vorgetragen. Ein Lautenschläger spielte dazu auf, und wenn die Männer genügend getrunken hatten, sangen sie lautstark mit, spielten die kühnen Abenteuer Rolands mit spaßiger Mimik und pathetischen Gesten nach oder brüsteten sich mit ihren eigenen Heldentaten. Guillaume reckte das Kinn. Er war fest entschlossen, auch einmal ein Held zu werden. Ein Held wie Roland. Ein Held, über den ein Lied gedichtet werden würde. Überall sollte man es singen, in den Hallen auf dem Festland ebenso wie im fernen England, der großen Insel, die seine Heimat war.

Er straffte sich. Das Lied von Karl dem Großen, von Roland

und den zwölf Recken war lang, sehr lang, darum hatte er sich nur die schönsten, glorreichsten und spannendsten Verse gemerkt. Jene, die von Verrat erzählten, vom Kampf mit Marsilia und von Durendal, Rolands berühmtem Schwert.

Als endlich der Morgen graute und mit feinsten Lagen, die wie Stoffbahnen in den schönsten Purpurfarben aussahen, den Horizont schmückte, begann das dunkle Blau des Firmaments zu leuchten und immer heller zu werden, ganz so, als wasche der aufgehende Tag den Himmel rein. Guillaume verstummte über dem prächtigen Farbenspiel. Feuchtkalte Schwaden zogen über den Hof, und obwohl er den Fluss von diesem Fleck aus nicht sehen konnte, wusste er doch, dass der Nebel der Seine entstieg und – einem lauernden Tier gleich – über die Felsen kroch. Seine Kleider waren klamm, und ihn fröstelte. Auch erschien ihm der Sandsack nunmehr schwer wie der Kopf eines toten Ochsen. Trotzdem würde er noch lange nicht herabsteigen. Guillaume biss die Zähne zusammen und kämpfte gegen das Zittern seiner Arme an.

Elf, vielleicht zwölf war er gewesen, als ihn der Vater hergeschickt hatte, damit er es seinen älteren Brüdern gleichtat und Ritter wurde. Alles in Tancarville war ihm fremd gewesen, auch das französische Normannisch. In England hatten zwar seine Eltern und die Lords und Würdenträger so gesprochen, die Dienstboten, Bauern und Knechte auf Marlborough Castle aber hatten ebenso wie seine Amme und ihre Söhne Englisch mit dem ihm so vertrauten Wiltshire-Akzent gesprochen. Als Nachgeborenem war ihm keine große Zukunft bestimmt. Nicht einmal ein kleines Landgut hatte der Vater für ihn vorgesehen, darum musste er umso dankbarer sein, dass man ihn zum Kammerherrn der Normandie geschickt hatte, einem Vertrauten des Königs, der über die Grenzen des Landes hinaus berühmt war für den großartigen Ritternachwuchs, den er ausbildete.

»Frühstück!«, rief ein Page, lief auf ihn zu und streckte die Zunge heraus, als Guillaume zusammenzuckte. Dann zog er ihm eine lange Nase und rannte davon.

Guillaumes Magen knurrte laut.

»Hier, magst du?«, fragte ein altes Weib mit einem wollenen Schultertuch, das sie vor der morgendlichen Kälte schützen sollte, und streckte ihm einen kleinen Apfel hin.

Guillaume schüttelte leicht den Kopf und schwankte. Er würde den Sandsack nicht mit einer Hand halten können und musste verzichten.

Die Alte warf ihm einen mitleidigen Blick zu und trollte sich dann. Zwei verschlafen aussehende Knechte schlurften kopfschüttelnd an ihm vorüber, und die Pagen und Knappen, die mit dem Tageslicht aus allen Ecken herbeiströmten, liefen munter schwatzend an ihm vorbei zur Halle. Sie würden sich den Bauch mit Grütze vollschlagen, während Guillaume hier ausharren musste. Trotzdem beneidete er sie nicht. Eines Tages würde er der größte Ritter sein, den das Land je gesehen hatte! Er streckte den Hals und bog den Kopf einmal zur einen, dann zur anderen Seite, bis es in seinem Nacken laut krachte. Er musste Haltung bewahren, auch wenn sein Rücken schmerzte und seine Zehen vor Kälte kribbelten.

Lange stand er einfach nur da und blickte geradeaus. Das braune Haar fiel ihm wirr über die Stirn bis in die Augen, doch er beachtete das Kitzeln nicht. Der schmale Baumstumpf bot kaum genügend Platz für seine beiden Füße und gestattete ihm nicht die geringste Bewegung, ohne Gefahr zu laufen, das Gleichgewicht zu verlieren. Nicht, dass er gefürchtet hätte, sich bei einem Sturz zu verletzen. Dazu war der Stumpf nicht hoch genug. Vor dem Spott seiner Kameraden graute ihm. Noch wichtiger aber war, Lord Tancarville nicht zu enttäuschen. Sein Herr sollte stolz auf ihn sein. Auf seine Stärke und sein Durchhaltevermögen.

Guillaume sog die kühle Morgenluft bis tief in seine Brust und ließ sie durch den halb geöffneten Mund wie eine kleine Rauchsäule entweichen. Dann heftete er den Blick auf eine ganz bestimmte Stelle der Burgmauer. Als Page hatte er oft lange reglos hinter seinem Herrn stehen müssen und den Gesprächen der Ritter lauschen können. Niemals jedoch hatte er sich anmerken lassen, dass er zuhörte. Einem Pagen stand eine eigene Meinung nicht zu, und jeglicher Kommentar hätte ihm nur Prügel und Schande eingebracht. Dass sein Vater ein Lord war, tat dabei nichts zur Sache. Alle Jungen in Tancarville waren aus großen Familien, viele gar aus weit bedeutenderen als er.

Vor dem Kammerherrn und seinen Männern aber waren alle gleich. Nicht einmal die Jungen, die wie Guillaume mit dem Herrn von Tancarville verwandt waren, hatten einen Vorteil davon. Alle schliefen des Nachts auf dem nackten Boden vor der Bettstatt ihres Herrn, und wenn sie nicht gehorchten, bekamen sie Schläge und Tritte. Widerspruch war undenkbar. Jeder Ritter hatte so begonnen, auch der Kammerherr.

»Guillaume ist ein verdammter Dickschädel. Er hat sich in den Kopf gesetzt, bis Sonnenuntergang durchzuhalten«, war eine Stimme aus der Menge zu hören, die sich um ihn herum gebildet hatte.

Guillaume kniff die Augen zusammen und konnte sich ein Schmunzeln nicht verkneifen, als er sah, dass es ausgerechnet Adam d'Yqueboeuf gewesen war, der ihn als Dickschädel bezeichnet hatte. Auch Alan, der rothaarige Schmiedejunge, dessen Herr die Schwerter der Ritter fertigte, war kopfschüttelnd stehen geblieben und sah ihn mit großen Augen an.

»Trotzdem habe ich drauf gewettet, dass er es nicht schafft«, fügte Adam nun seufzend hinzu.

Guillaumes Vorhaben, länger als alle anderen auf dem Baumstumpf auszuharren, hatte sich in Windeseile herumgesprochen. Einige Pagen und Knappen hatten sogleich Wetten darauf abgeschlossen, ob er es schaffen würde, bis Sonnenuntergang auf dem Stumpf zu bleiben.

»Schließlich haben wir schon November, und die Nacht war kalt«, fuhr Adam fort. Er hob die Hand und rieb Daumen und Zeigefinger aneinander. »Aber wenn ich ihn so dastehen sehe, dann war's wohl nichts mit dem schnellen Reichtum«, hörte Guillaume ihn sagen und schöpfte Kraft aus Adams Zuversicht.

Kaum ein Page hatte begriffen, wofür diese Aufgabe überhaupt gut war, und auch der Schmiedejunge schien keinen Sinn darin zu sehen, denn er schüttelte verständnislos den Kopf und trollte sich. Die meisten Pagen hielten die Prüfungen für nicht mehr als boshafte Quälereien, die sie über sich ergehen lassen mussten, um Knappen zu werden.

»Eine volle Blase darf weder einen Schildknappen noch einen Ritter von seinen Aufgaben ablenken, auch wenn es schwerfällt«, hatte Lord Tancarville Guillaume jedoch erklärt. »Im Kampf kann ein einziger Moment der Unachtsamkeit tödlich sein. Ein Ritter muss sich auf seinen Knappen bedingungslos verlassen können, mehr als einmal wird sein Leben davon abhängen. Erschöpfung, Kälte und Schmerz muss ein künftiger Ritter geduldig ertragen können, um sich und seinen Herrn nicht zu gefährden«, glaubte Guillaume ihn sagen zu hören. Genau darum hatte er sich vorgenommen, viel länger auf dem Baumstumpf zu bleiben, als von ihm erwartet wurde. Länger sogar, als der Kammerherr selbst es seinerzeit geschafft hatte.

So stand er nun reglos da, starrte auf die Mauer und durch sie hindurch in die Ferne. Er musste all seine guten Gedanken bündeln, um so den Druck zu verdrängen, den er auf der Blase zu spüren begann. »Wer in Tancarville ausgebildet wird, hat sein Bestes zu geben«, hatte sein Vater ihm eingeschärft, und das hatte er vor zu tun.

Die Pagen bedienten ihren Herrn, übten sich in höfischem Verhalten, lernten Reiten, Laufen, Ringen und den Kampf mit allen nur erdenklichen Waffen. Der Kampf mit dem Schwert galt dabei als der edelste, und Guillaume konnte es kaum erwarten, endlich selbst eines in die Hände zu bekommen, auch wenn es zunächst nur aus hartem, glattem Holz sein würde, kaum anders als jenes, mit dem er als Kind gespielt hatte.

»Was macht er noch dort oben?«, hörte er den Kammerherrn mürrisch fragen. »Mittag ist längst vorüber.«

»Groß tut er«, rief einer der Knappen. »Sagt, er will bis zum Abendrot ausharren, dabei könnte er doch längst runter.«

Tancarville nickte verstehend. »Komm zu mir, wenn du hier

fertig bist«, sagte er an Guillaume gewandt, drehte sich um und ging mit langen Schritten davon.

»Ja, Herr!«, antwortete Guillaume laut und entschlossen. Die Hitze in seinem Gesicht verriet ihm, dass er errötet war. Er räusperte sich verlegen und heftete seinen Blick wieder auf die Mauer. Sein Herr war gewiss mächtig stolz auf ihn. Eine warme Welle spülte in seinen ausgekühlten Körper und bestärkte ihn darin, nicht aufzugeben.

Am Nachmittag kam der Schmiedejunge noch einmal vorbei, und obwohl er auch diesmal den Kopf schüttelte, glaubte Guillaume, in seinem Blick so etwas wie Bewunderung zu sehen.

Das Grau des Himmels war immer dunkler geworden, und als im Hof die ersten Fackeln angezündet wurden, war es vollbracht. Langsam hob Guillaume ein Bein an, ließ den Fuß kreisen, um ihn zu lockern, und stieg herab. Er streckte sich und spazierte betont gemächlich zur nächsten Latrine. Auf keinen Fall wollte er zeigen, wie unerträglich die Schmerzen in seiner Blase inzwischen waren. Hocherhobenen Hauptes stelzte er an seinen staunenden Kameraden vorbei.

»Mylord, hier bin ich, wie Ihr befohlen habt.« Gleich nach der Latrine war Guillaume zu seinem Herrn geeilt. Er verneigte sich voller Vorfreude. Der Kammerherr liebte ihn, das hatte er oft genug bewiesen!

Doch statt sich umzuwenden, starrte Lord Tancarville schweigend in das knisternde Feuer und wärmte seine ausgestreckten Hände.

Guillaume schlug das Herz bis in den Hals.

»Komm näher, es ist kalt«, sagte Tancarville nach einer geraumen Weile und zeigte auf den Platz neben sich.

Erleichtert tat Guillaume wie ihm geheißen. Die Wärme war köstlich nach der feuchten Kälte, die zum Abend erneut aufgezogen war.

»Du hast gezeigt, dass ein ganzer Kerl in dir steckt«, sagte Tancarville, ohne ihn anzusehen.

»Ich hoffte, Euch stolz zu machen.« Bildete er sich das ein, oder klangen die Worte seines Herrn nicht lobend, sondern abweisend? Guillaume räusperte sich und scharrte mit dem Fuß über den Boden.

»Stolz?« Tancarvilles Kopf schnellte herum. Seine Augen funkelten.

»Ja, Herr.« Guillaumes Herz machte einen Satz. »Ich habe verstanden, was Ihr mir erklärt habt, und wollte Euch zeigen, wie lange ich durchhalten kann!« Verzweiflung stieg in ihm auf. »Ich wollte Euch beweisen, dass Ihr Euch allezeit auf mich verlassen könnt!« Guillaumes Stimme drohte zu versagen.

»Wolltest du mich nicht vielmehr beschämen, weil ich selbst nicht so lange ausgeharrt habe wie du?«

»Nein, Herr, ganz gewiss nicht!« Guillaume rang nach Atem. »Ich wollte einzig Eure Anerkennung. Bitte, Mylord, Ihr müsst mir glauben!« Übelkeit überkam ihn. Mit allem hatte er gerechnet, nur mit dem Zorn seines Herrn nicht.

»Dann stimmt also nicht, was mir zugetragen wurde?«

Guillaume sah ihn fragend an.

»Dass du mich verspottet und die anderen zu Wetten gegen mich aufgestachelt hast?«

»Oh, nein, Mylord! Ich bin Euer glühendster, ergebenster Bewunderer.« Guillaume fiel auf die Knie, nahm die Hand seines Herrn, küsste sie und legte seine Stirn darauf.

Tancarville entspannte sich und wies Guillaume mit einer knappen Geste an, sich zu erheben. »Du willst zu den Besten gehören und wirst damit auch in Zukunft Neid und Missgunst auf dich ziehen. Doch ich hoffe«, er hielt kurz inne, legte Guillaume die Hand auf die Schulter und lächelte, »nein, ich bin *sicher,* du wirst dich von deinem Weg nicht abbringen lassen.« Er sah ihn ernst an. »Du bist mir stets ein guter Page gewesen, aufmerksam, verschwiegen und zuverlässig. Nun wirst du zeigen müssen, ob du ein ebenso guter Knappe bist.«

»Jawohl, Mylord!« Guillaume nickte eifrig.

»Lass uns in die Halle gehen! Du musst tüchtig essen, mein

Junge. Man kann ja zusehen, wie du wächst.« Tancarville lachte und schob ihn voran.

Erleichtert und überglücklich folgte Guillaume seinem Herrn, dessen Lob all die Mühe und den Schmerz wert gewesen war.

»Streck die Hände aus!«, brüllte der Fechtmeister.

Guillaume tat wie ihm geheißen, atmete tief ein und hielt die Luft an. Die Schläge des Stocks schnitten scharf wie Messer in seine Handflächen, doch er verzog keine Miene. Nur seine Augenlider zuckten bei jedem Hieb.

»Ich werde dir deine Überheblichkeit schon noch austreiben!«, schrie Ours ihn mit hochrotem Kopf an, holte erneut aus und schlug ihm den Stock so hart vor die Brust, dass es Guillaume für einen Augenblick den Atem verschlug.

Das Kichern eines Knappen, der hinter ihm stand, klang mit einem Mal ganz fern und wurde überdeckt von dem Rauschen in seinen Ohren. Warum ließ Ours dem Jungen den Spott durchgehen, bestrafte Guillaume aber dafür, dass er beim Wettlauf wieder einmal als Erster im Ziel gewesen war?

»Ihr da!«, rief der Fechtmeister in diesem Moment, holte mit seinem Stock aus und drohte den Knappen. »Maul halten! Hundert Kniebeugen. Alle!«, brüllte er.

Guillaume streckte sich. Fünf Monate war er nun schon Knappe und musste die Quälereien des Fechtmeisters über sich ergehen lassen. Ours war grausam, hinterhältig und kalt. Er lachte niemals; er grinste allenfalls selbstgefällig, wenn sich einer der Jungen durch ein Missgeschick blamierte oder zu weinen begann. Wie Lämmer im Angesicht des Wolfes, hilflos und voller Furcht, wichen die Knappen zurück, wenn er sie anbrüllte. Der Fechtmeister aber genoss seine Macht über sie, weidete sich an ihrer Angst und schürte sie, wo immer er konnte. Er verlangte den Jungen stets mehr ab, als sie zu leisten in der Lage waren, und wenn ihnen dann vor Erschöpfung und Verzweiflung die Tränen kamen, verhöhnte er sie und bestrafte sie mit noch größerer Härte, damit aus ihnen richtige Männer würden, wie er sagte.

Der Fechtmeister war zwar zu allen hart und grausam, doch Guillaume war ihm offenbar ein ganz besonderer Dorn im Auge.

»Dass du es auf dem Baumstumpf so lange ausgehalten hast, nützt dir bei mir gar nichts, hörst du? Glaub ja nicht, du wärst etwas Besonderes! Jeder hätte das schaffen können«, hatte Ours ihn schon bei ihrer ersten Begegnung auf dem Übungsplatz angebrüllt.

Es hatte nicht viel gefehlt, und Guillaume hätte darauf geantwortet, doch er hatte sich eines Besseren besonnen und den Blick gesenkt – nicht in Demut, wie der Fechtmeister glauben mochte, sondern um die Zähne zusammenzubeißen. Dann hatte er ruckartig aufgeschaut, ihm fest in die Augen gesehen und laut und deutlich »Ja, Sir!« geantwortet.

»Hundert Kniebeugen!«, hatte Ours ihn irritiert angefahren, als hätte er eine andere Antwort erwartet. Seit diesem Tag hatte er es auf ihn abgesehen.

Guillaume hasste den Fechtmeister dafür, gehorchte aber ohne Widerworte, wenn er mehr Liegestützen und Kniebeugen machen oder zusätzliche Runden laufen sollte. Niemals vergoss er auch nur eine Träne, um Ours wenigstens diese Genugtuung vorzuenthalten.

Guillaumes Hände zitterten und pochten, und an der Stelle, wo Ours seine Brust getroffen hatte, brannte die Haut wie Feuer, trotzdem ließ er sich weder Zorn noch Schmerz anmerken und reihte sich ein, als der Fechtmeister ihn zurück zu den anderen schickte.

Als die Übungen beendet waren und sie wieder zur Burg liefen, kam Bernard, ein untersetzter, stämmiger Knappe, auf ihn zu. »Wenn er von dir verlangt, dich wie ein Hund auf den Rücken zu legen, tust du das dann ebenfalls?«, fragte er herausfordernd und lachte. Bernard war für sein Geschick als Faustkämpfer und sein vorlautes Mundwerk bekannt.

»Gewiss doch, genau wie du auch«, antwortete Guillaume und versuchte, an Bernard vorüberzuziehen. Der aber stellte ihm ein Bein und gab ihm einen kräftigen Stoß, sodass Guillaume in den

Dreck fiel. Nun war es mit seiner Fassung vorbei. Er sprang auf und holte aus, um Bernard einen rechten Haken zu verpassen. Der Schlag verfehlte dessen Kinn jedoch, traf aber wenigstens sein Ohr, als er darunter wegtauchen wollte.

»Seht nur, da prügeln sich zwei!«, rief einer der Pagen.

Bernard fasste nach seinem Ohr und stürzte sich laut brüllend auf Guillaume.

Im Nu hatte sich ein Kreis aus Schaulustigen um die beiden versammelt. Mit lautem Gejohle und schrillen Pfiffen feuerten sie die Kontrahenten an.

Beim ersten Schlag hatte Guillaume noch die Überraschung auf seiner Seite gehabt, nun aber täuschte Bernard einen Faustschlag zum Kopf an, sprang dann behände zur Seite und schlug Guillaume in die Lenden.

»Komm schon, greif mich an!«, rief er lachend. »Versuch es, oder kneifst du etwa schon?«

Ours pflügte sich durch die Menge der Schaulustigen, und Guillaume zögerte. Schlägereien waren verboten.

Bernard bemerkte sein Zaudern und wollte sich diese Gelegenheit nicht entgehen lassen. »Friss Staub!«, spottete er, doch zu dem Schlag, zu dem er ausgeholt hatte, kam er nicht.

»Auseinander!«, brüllte der Fechtmeister, packte Guillaume am Ohr und zog ihn fort.

»Glaub nicht, dass du so einfach davonkommst!«, knurrte Bernard. »Ich kriege dich noch!«

Manor of Hinton Waldrist, Berkshire, im Frühjahr 1163

»Matilda, Lesceline, wo seid ihr nur? Wehe, ihr versteckt euch wieder im Gebüsch und narrt mich!«, erklang eine aufgebrachte Frauenstimme.

Arlette, die Kammerzofe, schien sie verzweifelt zu suchen. Matilda grinste und stieß Lesceline, die vollkommen aufgelöst neben ihr hockte, den Ellenbogen in die Seite.

»Wehe, du sagst auch nur ein Wort!«, warnte sie das Mädchen mit funkelndem Blick. »Dann ertränke ich das Katzenvieh das nächste Mal wirklich!«

Lesceline riss die Augen auf und schüttelte verängstigt den Kopf. »Ich verrate nichts, Ehrenwort, aber bitte, tu ihm nichts!«

Matilda setzte ein überaus liebenswürdiges Lächeln auf und erhob sich. »Hier sind wir, Arlette«, rief sie und winkte der ältlichen Zofe fröhlich zu. »Sieh nur, ein Kätzchen! Es ist in den Bach gefallen, wir konnten es gerade noch herausfischen, sonst wäre es jämmerlich ertrunken«, erzählte sie und sah vermeintlich gerührt zu dem kleinen Kerlchen hin, das Lesceline schützend in ihrem Arm hielt. Arlette sollte denken, ihr ginge tatsächlich nahe, welch grausamem Schicksal das Fellknäuel angeblich soeben entronnen war. »Dürfen wir es mit in die Kammer nehmen, damit sein Fell trocknen und es sich aufwärmen kann?«, bettelte sie, blickte die Zofe von unten herauf an und küsste ihre Hand. »Bitte, bitte!«

Das Kätzchen maunzte kläglich.

»Na schön, meinetwegen«, gab sich Arlette geschlagen.

Matilda jubelte und warf Lesceline einen warnenden Blick zu.

Tu nichts, was das Kätzchen anschließend bereuen müsste!, sagte er so deutlich, dass Lesceline ein wenig zurückwich.

»Na los, nimm es mit!«, rief Matilda dem Mädchen ungeduldig zu. »Nun komm schon, es wird kühl!«

Wie ein Wirbelwind fegte sie voraus. Es war nicht weit von der Wiese, durch die das Bächlein floss, über den matschigen Hof zum Gutshaus. Matilda rannte so entschlossen zwischen den Schweinen, Gänsen und Enten hindurch, dass die Tiere auseinanderstoben. Nicht weit vom Eingang wäre sie beinahe mit ihrem Vater zusammengestoßen.

»Langsam, junge Dame!«, rief er lachend und hielt sie fest, »oder hast du womöglich schon wieder etwas angestellt und bist vor Arlette auf der Flucht?« Er blickte seiner Tochter eindringlich in die Augen.

Matilda schenkte Bernard de St. Valéry ein strahlendes Lächeln, gekrönt von einem gekonnten Augenaufschlag. Sie war ihm wie aus dem Gesicht geschnitten und wusste genau, wie stolz er auf sie war.

»Aber nein, Vater, ganz gewiss nicht«, versicherte sie. »Fragt Arlette. Seht nur, da kommt sie!« Matilda deutete auf die Zofe, die in Begleitung Lescelines den Hof überquerte und dabei versuchte, die Pfützen zu meiden, was jedoch so gut wie unmöglich war. »Wir haben eine kleine Katze aus dem Bach gefischt. Arlette erlaubt, dass wir sie mit in die Kammer nehmen.« Matilda schmiegte ihre Wange in die starke, schwielig raue Hand ihres Vaters.

»Eine Katze im Bach?« Sir Bernard lachte. »Da wird sie kaum freiwillig hineingesprungen sein. Katzen hassen Wasser!«

»Vielleicht hat sie einer der Stallburschen ertränken wollen und gedacht, sie sei tot. Ich habe schon gesehen, dass sie das machen. Sie packen sie am Genick, stecken sie in einen Sack und ersäufen sie, weil es zu viele davon gibt«, erzählte Matilda eifrig und nickte nachdrücklich. »Aber ich habe das Kätzchen gerettet, darum gehört es jetzt mir.«

»Sagtest du nicht vorhin, *ihr* hättet es gerettet?«, vernahm sie

Arlettes spitze Frage. Wann immer sie konnte, sprang die einfältige Zofe der noch viel einfältigeren Lesceline bei.

Matilda würdigte die beiden keines Blickes. »Lesceline hat sich nicht getraut, es herauszuholen«, behauptete sie. »Ich dagegen schon! Ich bin nämlich genauso mutig wie Ihr, Vater.« Matilda sah treuherzig zu ihm auf.

»Wahrhaft eine echte de St. Valéry!«, lobte er sie und klopfte ihr auf die Schulter. »Mach mir keine Schande, während ich fort bin! Hör auf Arlette und steh deiner Mutter zur Seite, hörst du?«

»Musst du denn schon wieder fort?«, maulte Matilda. Die wenigen Wochen, die der Vater bei ihnen verbrachte, vergingen immer viel zu rasch. Warum nur war ihm der König so viel wichtiger als sie? Matilda sah ihren Vater durch einen Schleier von Tränen an und schluckte die Bitterkeit herunter, die ihr die Kehle zuzuschnüren drohte.

»Ja, Matilda, das muss ich, doch in wenigen Tagen bin ich wieder zurück, und dann nehme ich dich mit zur Jagd!« Er beugte sich hinunter, damit sie ihm einen Kuss geben konnte.

»Versprochen?«

»Du hast mein Wort.«

Matilda jubelte und hauchte einen flüchtigen Kuss auf die stachelige Wange ihres Vaters.

Er nickte zufrieden und gab ihr einen kräftigen, aber liebevollen Klaps auf das Hinterteil.

Matilda juchzte und stürmte davon. Vor der Kammer angekommen, stemmte sie den schweren Riegel hoch und warf sich so heftig gegen die mit Eisen beschlagene Eichentür, dass sie laut polternd aufflog. Matilda ließ den Blick rasch durch den kleinen Raum schweifen. Die hölzernen Fensterläden waren geschlossen, dennoch fiel weiches Licht durch die Ritzen in die Kammer. Das Bett mit den dicken waidblauen Vorhängen gegen die Kälte teilte sie sich des Nachts mit ihrer Mutter und seit einer Weile auch mit Lesceline. Sie war die Tochter eines Barons, mit dem Matildas Vater von Kindesbeinen an befreundet war, und sollte in Hinton Waldrist lernen, eine gute Ehefrau zu werden.

Matildas Blick streifte die wuchtige, mit derben Schnitzereien verzierte Truhe am Fußende des Bettes, in der Kleider und ein Teil ihrer Aussteuer aufbewahrt wurden. Dann warf sie sich auf die mit Wolldecken und Fellen gepolsterte Bettstatt und betrachtete geringschätzig die beiden Armsessel, die von eisernen Kerzenleuchtern flankiert waren. Hier saß ihre Mutter oft und stickte. Sie war eine vollendete Dame, wenn sie wohlauf war, wunderschön und erhaben, nicht so grobschlächtig wie ihre Tochter. Matilda stöhnte. Sie würde nie eine richtige Dame werden!

Arlette betrat stirnrunzelnd die Kammer.

Matilda wusste, wie sehr sie es hasste, wenn sich jemand am helllichten Tag auf dem Bett räkelte, und dehnte sich darum betont genüsslich. Es war so leicht, Arlette zur Verzweiflung zu bringen!

»Deine Mutter wünscht, dass ihr eure Zeit mit etwas Sinnvollem verbringt!« Arlette sah sie vorwurfsvoll an, verlor aber zu Matildas größtem Bedauern kein Wort über die Tatsache, dass sie auf dem Bett lag. »Bis ich wiederkomme, werdet ihr also mit eurer Arbeit fortfahren.« Die Zofe deutete auf die beiden achtlos am Boden liegenden Stickrahmen.

Feindselig betrachtete Matilda die unterwürfige Lesceline, die mit gesenktem Kopf dastand. Sie war ein wenig älter als Matilda, aber um einiges kleiner, zierlicher und mädchenhafter. Matildas Mutter wies sie erst seit Kurzem in ihre künftigen Aufgaben ein, hielt ihrer Tochter jedoch schon jetzt ständig vor, sie solle sich mehr wie Lesceline benehmen, die bereits eine richtige junge Dame sei. Matilda begriff schnell, konnte bereits recht gut lesen und flink rechnen, doch statt von einem eigenen Haushalt träumte sie davon, mit ihrem Vater und seinen Männern in den Krieg zu ziehen.

Arlette sah sie streng an. Matilda erhob sich. Es war besser, wenn die Zofe nicht merkte, wie wenig Lust sie zum Sticken hatte.

Lesceline, die das Kätzchen noch immer fest an sich gedrückt hielt und bislang keinen einzigen Ton über die Lippen gebracht hatte, setzte das zitternde Tier nun auf ein am Boden liegendes

Kissen und rieb verlegen über die feuchte Stelle, die das nasse Fell auf ihrem leicht zerknitterten, zartgrünen Leinenkleid hinterlassen hatte.

Arlette strich ihr sanft über das weißblonde Haar. Lescelines Lippen waren blass und schimmerten blau. »Es ist kalt hier, ich werde Feuer machen«, befand Arlette, nahm einen Eisenhaken und stocherte damit in der Glut herum, bevor sie etwas Heu zum Entfachen einer neuen Flamme und ein Scheit trockenes Holz nachlegte. Schon bald begann ein gemütliches Feuer zu knistern und einen würzigen Duft zu verbreiten.

»Licht braucht ihr noch, damit ihr nicht wieder die Farben des Garns verwechselt«, entschied Arlette mit leicht vorwurfsvollem Unterton und entzündete zwei Kerzen, denn der Wind war zu heftig, um die Läden zu öffnen. »Zwei müssen reichen, das Wachs ist schon wieder teurer geworden«, murmelte sie und nickte zufrieden, als die Mädchen ihre Stickrahmen vom Boden aufsammelten und sich folgsam auf die Stühle setzten. Sie warf einen prüfenden Blick auf ihre Arbeiten, um später ermessen zu können, ob sie vorangekommen waren, und verließ die Kammer. »Seid schön fleißig!«, rief sie ihnen noch zu, bevor sie die Tür hinter sich schloss.

Matilda musterte ihre Stickerei. Die Nadel steckte noch im Stoff, doch der Faden war herausgerutscht und vollkommen verknotet. »Himmel, ich will nicht!« Sie sah auf. »Ich kann es nicht, und ich habe auch gar keine Lust, es zu lernen!«, fauchte sie Lesceline an und schleuderte ihr den Stickrahmen entgegen. »Darum wirst *du* das für mich erledigen!«

»Aber … ich muss doch auch …«, begehrte Lesceline zaghaft auf, befeuchtete das Ende eines neuen Fadens, indem sie ihn kurz in den Mund steckte, und führte ihn dann in das Nadelöhr ein.

Matilda funkelte sie aus finsteren Augen an. »Das Kätzchen ist noch arg nass. Ich sollte es ein wenig ans Feuer halten. Wenn es dabei bloß nicht zu dicht an die Flammen gerät!«

»Nein, nicht!«, flehte Lesceline und sprang auf. »Bitte! Ich tue alles, was du sagst!«

»Deine Stickerei ist ohnehin viel hässlicher als meine«, sagte Matilda herablassend.

»Weil du die wenigen Stiche auf meinem Leinen gemacht hast und ich alles auf deinem«, gab Lesceline ihr unwillig zu bedenken.

»Sag ich doch. Ich will feine Monogramme auf meiner Aussteuer haben, wenn ich heirate, und nicht so etwas Hässliches. Darum wirst du auch weiterhin meine Arbeit erledigen. Wäre doch traurig, wenn dem Kätzchen schon wieder ein Unglück zustieße ...« Matilda sah Lesceline scheinbar mitfühlend an. Sie hatte das Kätzchen am Bach mit Absicht ins Wasser getaucht und mit wachsender Begeisterung beobachtet, wie es um sein Leben gekämpft hatte. Lesceline hatte nur geheult und nichts dagegen unternommen. Was für ein Dummerchen sie doch war! So leicht unter Druck zu setzen! Und mithilfe des Kätzchens würde es künftig *noch* leichter sein, von ihr zu verlangen, was immer Matilda wollte.

Mit dem Vater umzugehen, war ebenfalls einfach. Matilda verstand es, ihn um den kleinen Finger zu wickeln. Nur die Mutter und Arlette machten es ihr hin und wieder schwer. Furcht jedoch empfand Matilda nicht vor ihnen. Sie wusste ob ihrer ungewöhnlichen Stärke und dass kaum jemand dagegen ankam. Das war immer so gewesen, schon im Leib ihrer Mutter, den sie sich mit ihrem Zwillingsbruder hatte teilen sollen. Die Leute erzählten sich, dass Matilda vor ihm geboren wurde, und munkelten, dass der schmächtige kleine Kerl tot zur Welt gekommen sei, weil sie ihm nicht genügend Platz gelassen habe. Sie bekreuzigten sich dreimal, wenn sie darüber sprachen, und mieden Matildas Blick, wenn sie ins Dorf kam. Sie war vom ersten Tag an groß für zwei gewesen und die Niederkunft so schwierig und gefährlich, dass ihrer Mutter seitdem weitere Kinder versagt geblieben waren.

Tancarville im Juni 1163

Als Guillaume den Burghof überquerte, flog sein Blick zu den Strohballen am Rand des Übungsplatzes. In den vergangenen Wochen hatte Alan, der junge Waffenschmied, häufig dort gesessen und den Knappen bei ihren Schwertkampfübungen zugesehen. Mit vor Aufregung geröteten Wangen, die Rechte zuweilen zuckend, als wollte er sogleich ins Kampfgeschehen eingreifen, hatte er sie beobachtet. Vollkommen gebannt, konzentrierter und begeisterter als so mancher von Guillaumes Kameraden. Dann und wann hatte sich sein Mund bewegt, als wiederholte er leise, was Ours seinen Schützlingen eintrichterte.

Das Herz eines tapferen Mannes schien der junge Schmied zu haben. Vor wenigen Tagen erst war er auf dem Übungsplatz erschienen, um sich als Kampfgegner für die jüngeren Knappen zu verdingen. Eine schlecht bezahlte, undankbare Aufgabe war das, bei der er für einen einzigen Penny am Tag nichts als Prügel einzustecken hatte.

Obwohl er im Umgang mit dem Stock ganz offensichtlich überfordert war, hatte er sich den Angriffen der Knappen jedoch wacker gestellt.

Thibault de Tournai, einer der Knappen, schikanierte den jungen Schmied ganz besonders. Thibault war ein Angeber, der, wie Guillaume zu seinem Leidwesen zugeben musste, nicht vollkommen unbegabt war, dafür aber selbstgefällig und anmaßend. Guillaume schnaubte abfällig. Warum nur ließ Alan sich von ihm erniedrigen? Es war wohl kaum der Penny, den er dafür bekam, sondern eher die Hoffnung, eines Tages mit dem Schwert gegen die Knappen antreten zu dürfen, die ihn dazu bewog. Ours aber würde das niemals zulassen, da war Guillaume ganz sicher. Er zuckte mit den Schultern. Alan musste selbst wissen, was er tat.

Guillaume überquerte den Platz, um sich mit seinen Kameraden auf den nächsten Zweikampf vorzubereiten. Er sprach sich mit seinem Gegner ab und stellte sich auf, als Thibault plötzlich lautstark begann, mit einem der jüngeren Knappen zu streiten. Ohne Vorwarnung stürzte er sich auf den verdutzten Jungen und hieb mit seinem Holzschwert auf ihn ein. Thibault traf den Arm des Knappen und seinen Kopf und drängte ihn immer weiter zurück. Der Junge bettelte, Thibault möge ihn in Frieden lassen, doch der lachte nur und schlug erneut auf ihn ein.

Genau das war es, was Guillaume so an dem jungen de Tournai hasste: Mit Leichtigkeit setzte er sich über alle Regeln hinweg, forderte ihre Einhaltung für die anderen jedoch stets mit größtem Nachdruck ein. Guillaume runzelte die Stirn. Niemand schien eingreifen und Thibault zurückhalten zu wollen. Als der junge Knappe zu Boden ging und schützend die Hände hochriss, konnte Guillaume nicht mehr an sich halten. Ohne auf Ours' Zustimmung zu warten, stürzte er sich auf Thibault, packte ihn am Hemd und zerrte ihn von seinem Gegner, von dem er noch immer nicht ablassen wollte.

»Wir prügeln uns hier nicht, wir kämpfen!«, fuhr er Thibault an. »Die Regeln auf diesem Platz gelten für alle, auch für dich!«

»Du hast mir gar nichts …«, bellte Thibault ihn an, doch als er Ours mit langen Schritten auf sie zukommen sah, warf er Guillaume nur einen feindseligen Blick zu und wandte sich an ihren Ausbilder. »Fechtmeister, ich …«, begann er.

Ours hob die Hand und gebot ihm zu schweigen. »Du hast gehört, was Guillaume gesagt hat!«, erwiderte er kalt und ließ die beiden stehen.

»Du wirst mich noch kennenlernen! Spielst dich hier auf …«, zischte Thibault Guillaume zu, drängte sich an ihm vorbei und stolzierte davon.

Guillaume sah ihm mit hochgezogenen Brauen nach und seufzte, als er Alan bemerkte, der soeben über den Platz lief. Wenn

Thibault ihn heute zu packen bekam, würde es ihm schlecht ergehen.

Doch statt sich mit dem langen Stock zu bewaffnen, ging der junge Schmied auf den Fechtmeister und Sir Ansgar zu, sprach ein paar Worte mit ihnen und wandte sich dann zum Gehen.

»Ach nein, der Schmied hat Angst vor uns und will nicht mehr kämpfen«, höhnte Thibault lautstark. Er konnte es einfach nicht lassen, andere schlecht zu behandeln! Alan aber ließ sich von seinen herablassenden Worten nicht beeindrucken und verließ hoch erhobenen Hauptes den Platz.

Recht so, dachte Guillaume zufrieden und nickte dem jungen Schmied zu. Den Knappen nicht länger zu gewähren, ihn mit Füßen zu treten, hatte ganz sicher nichts mit Angst zu tun, sondern mit Ehrgefühl. Wie aber sollte das ausgerechnet Thibault verstehen, dem dieses Wort vollkommen fremd war!

»Geh zu Sir Lambert«, forderte der Fechtmeister Guillaume auf, nachdem der Unterricht beendet war. »Ich versprach, dich zu ihm zu schicken, sobald wir hier fertig sind.« Er ruckte mit dem Kopf in Richtung der Stallungen.

»Ja, Sir!« Guillaume nickte und lief los.

Sir Lambert war ihr Reitlehrer, ein alter, erfahrener Ritter und wahrer Künstler im Sattel. Er forderte die Knappen oft bis zum Äußersten, trotzdem liebten sie ihn und seinen Unterricht. Die Pferde gehorchten ihm aufs Wort, und auch die wildesten wurden umgehend handzahm, wenn er sie leise murmelnd berührte. »Euer Pferd wird euch treu sein bis in den Tod. Achtet es, denn es ist euer wichtigster Verbündeter im Kampf und ein besserer Freund als so mancher Kamerad«, sagte er stets.

»Jetzt halt doch endlich still!«, hörte Guillaume den neuen Pagen seines Herrn ausrufen, als er an den Pferdeställen ankam. Verzweifelt versuchte Enguerrand, eines der Packpferde zum Stehen zu bringen, doch sobald er ihm zu nahe kam, schnaubte es und wich zurück. »Ich tue dir doch nichts!«, rief er unglücklich und wischte sich den Schweiß von der Stirn.

Vom ersten Tag an hatten die neuen Pagen zu lernen, wie mit den Pferden ihres Herrn umzugehen war, welches Futter für das jeweilige Tier das richtige war, wie Fell und Hufe gepflegt wurden und wie man die wertvollen Vierbeiner bei kleineren Verletzungen mit Salben und Verbänden behandelte. Die meisten Jungen hatten schon ein wenig Erfahrung mit Ponys, doch im Umgang mit den großen Pferden der Ritter waren zunächst alle unsicher.

Guillaume griff entschlossen nach dem Zaumzeug der sonst so zahmen Stute, die man Enguerrand anvertraut hatte, tätschelte ihr den Hals und redete besänftigend auf sie ein. Von einem Augenblick zum anderen war sie so lammfromm wie immer.

»Was hat man dir aufgetragen?«, fragte er Enguerrand.

»Hufe reinigen«, antwortete der Junge mit belegter Stimme und sah Guillaume aus veilchenblauen Augen groß an. Tränen glitzerten in ihnen, doch er bemühte sich offenbar, nicht loszuheulen, und schluckte. Das helle Haar, das sich in seinem Nacken und um seine Ohren lockte, und sein unschuldiger Blick gaben ihm etwas so Engelhaftes, dass sich Guillaume fragte, ob der Junge in Tancarville würde bestehen können.

»Du musst ganz ruhig bleiben«, sagte er und lächelte ihn aufmunternd an. Dann strich er mit der Hand über den Leib des Pferdes, hob den Hinterlauf der Stute und ließ Enguerrand ihren Huf säubern. »Das hast du gut gemacht«, lobte er. »Versuch es beim nächsten Bein allein. Ich bin sicher, du schaffst es.« Er lächelte. »Wir haben beide das gleiche Ziel: dem Kammerherrn zu dienen, auf dass er stets zufrieden ist. Wenn du nicht weiterweißt, dann wende dich darum getrost an mich. Ich werde versuchen, dir zu helfen.«

»Danke!« Enguerrand war offensichtlich beeindruckt. »Du bist der Erste hier, der freundlich zu mir ist«, gab er verschämt zu. »Sogar mein älterer Bruder tut, als kenne er mich nicht.«

»Dein Bruder?«

»Pierre!« Enguerrand schniefte. »Pierre de Préaux.«

»Ich wusste nicht, dass er dein Bruder ist.« Pierre de Préaux war älter als Guillaume und schon fast ein Ritter. Ein anständiger Kerl, der die Jüngeren in Frieden ließ und trotzdem von ihnen respektiert wurde. »Es ist besser für dich, wenn du deinen eigenen Weg gehst und es schaffst, ohne ihn zurechtzukommen. Er weiß das, darum beachtet er dich nicht«, tröstete Guillaume den Jungen. »Würde er sich auch nur ein einziges Mal einmischen, so hättest du übel darunter zu leiden. ›Feigling‹ würden dich die anderen rufen, ›kleiner Bruder‹ oder ›Hasenfuß‹. Jeder hier muss sich den Respekt der anderen selbst erkämpfen.« Er klopfte Enguerrand auf die Schulter.

Neid und Missgunst gehörten in Tancarville zum Leben wie das tägliche Brot. Das ständige Ringen um die Anerkennung ihres Herrn und der ewige Kampf darum, der Bessere zu sein, vergifteten so manchen jungen Burschen wie ein eiterndes Geschwür einen kranken Leib. Für jede Schmach und alle Niederlagen, die ihnen widerfuhren, rächten sich die Älteren an den Jüngeren. Neuen Pagen wurde stets so lange übel mitgespielt, bis sie sich wehrten. Sie wurden herumgeschubst, geschlagen und aufgezogen. Manchmal sorgten die anderen Jungen dafür, dass sie nichts zu essen bekamen oder sich ihre Nahrung aus dem Schweinetrog holen mussten. Des Nachts hielt man sie zuweilen vom Schlafen ab, damit sie am nächsten Tag übermüdet waren und Fehler machten.

Guillaume seufzte leise. Er erinnerte sich noch gut an die ersten Wochen, in denen es ihm nicht anders ergangen war. »Es dauert ein Weilchen, bis man sich eingelebt hat.« Immer wieder war Guillaume damals in den Stall geflüchtet, hatte den Kopf in Ares' Fell gedrückt und Trost bei dem wunderbaren Hengst gesucht, den ihm sein Vater zum Abschied geschenkt hatte. »Mit der Zeit wird es leichter.« Er lächelte aufmunternd. »Du wirst hier Freunde fürs Leben finden, auch wenn es manchmal eine Herausforderung ist, mit allen zurechtzukommen. Es ist eine große Ehre, hier zu sein. Vergiss das niemals!«

»Guillaume?« Sir Lambert steckte gereizt den Kopf durch die Stalltür. »Wie lange willst du noch herumstehen und plaudern?

Komm endlich und hilf mir, die Pferde zum Übungsplatz zu bringen!«

»Ja, Sir!«, beeilte sich Guillaume zu antworten. »Ich komme!«

Als sich wenig später alle Knappen auf dem Kampfplatz versammelt hatten, formte Sir Lambert mit seinen Händen einen Trichter.

»Teilt euch in zwei Gruppen auf!«, rief er und strich sich schmunzelnd über den ausrasierten Nacken, als die Jungen gehorchten und ihn erwartungsvoll ansahen. »Heute habe ich eine besondere Übung für euch. Seht ihr die Pferde dort?« Er deutete auf eine Umzäunung am Rand des Platzes. »Ihr«, er zeigte auf die erste Gruppe, »werdet jeder ein Pferd einfangen und zur anderen Seite des Geländes und wieder zurück reiten. Dabei habt ihr unterschiedliche Aufgaben zu erfüllen, Bogenschießen, Streitaxt werfen, ihr werdet schon sehen … Wer zuerst fertig ist, hat gewonnen.«

Die Jungen jubelten.

»Stellt euch das nur nicht zu leicht vor!« Sir Lambert hob die Hand und wandte sich an die zweite Gruppe. »Denn eure Aufgabe wird es sein, sie davon abzuhalten. Ihr werdet mit lautem Geschrei auf die Pferde zulaufen, um sie aufzuschrecken. Sorgt dafür, dass so viele eurer Gegner wie möglich aus dem Sattel fallen.«

Jubel erklang aus der zweiten Gruppe.

»Die Übung soll die jungen, unerfahrenen Schlachtrösser an Lärm gewöhnen und zugleich eure Geschicklichkeit unter Beweis stellen. Wer vom Pferd fällt, hat verloren.«

»Die sind nicht so sanftmütig wie unsere Ponys«, flüsterte Gildwin, ein unscheinbarer, für gewöhnlich eher stiller junger Knappe mit erlenholzfarbenem Haar und lindgrünen Augen. »Das wird gewiss kein Spaziergang!«

»Ach was«, winkte Guillaume ab. »Hauptsache, man bleibt im Sattel!«

»Wieso? Heißt es nicht, die wahrhaft Tapferen fände man zwischen den Hufen der Pferde?«, fragte Adam spöttelnd.

»Wie wahr, wie wahr!« Gildwin schlug die Augen dramatisch

zum Himmel. »Schließlich hat nicht jeder so viel Glück wie ihr und darf die Biester reiten. Ich armer Tropf muss mich ihnen todesmutig entgegenwerfen!«

Plötzlich ertönte Sir Lamberts Signalhorn.

»Nun denn«, rief Guillaume, »viel Glück!« Er rannte, so schnell er konnte, zu der Koppel. Die Pferde scheuten und versuchten zu flüchten, als die Jungen herbeiliefen. Guillaume blieb kurz stehen, wählte schließlich einen Hengst aus und versuchte, ihn einzufangen. Immer wieder stürzte er dem Pferd nach, bis es ihm endlich gelang, es am Halfter zu packen und sich auf seinen Rücken zu schwingen. Der Hengst scheute, und Guillaume hatte Mühe, Halt zu finden. Auch die anderen Jungen saßen schon bald im Sattel, und ein jeder versuchte, sein Pferd so rasch wie möglich aus der Koppel zu treiben.

Schnaubend stampften die Pferde mit den Hufen und drängten auf den Parcours zu. Nervös und schreckhaft brach eines nach dem anderen aus, als die Jungen der gegnerischen Gruppe mit lautem Gejohle und wilden Gesten auf sie zustürmten. Hilflos wurden viele Reiter davongetragen, noch bevor sie die erste Aufgabe erfüllen konnten.

Guillaume hielt sich am Rand der Menge und vollbrachte die erste Übung unbehelligt. Entschlossen griff er nach der Wurflanze, die in einem Sandeimer steckte, holte aus und warf sie mit ganzer Kraft auf die Zielscheibe. Er traf auf Anhieb und ritt weiter, ohne sein Pferd zu zügeln. Als Nächstes musste er während des Ritts eine Axt ergreifen, die in einem Pfosten steckte, und sie auf einen recht weit entfernten Schild schleudern, ohne dass sie abprallte. Als ihm auch dies glückte, hämmerte sein Herz vor Aufregung. Er wollte den Wettstreit unbedingt gewinnen! Gehetzt sah er sich um.

Die Chancen standen nicht einmal schlecht, denn bisher war er der Erste. Adam allerdings war bereits dicht hinter ihm und holte rasch auf. Nahezu gleichzeitig griffen sie nach einem aus Hanf geflochtenen Ring, der zur dritten Aufgabe gehörte. Nur um einen Hauch war Guillaume schneller, riss den Ring an sich und warf ihn auf den dafür vorgesehenen Pfahl. Adam griff sich einen anderen Ring, warf und verfehlte das Ziel. Guillaume jubelte innerlich. Adam würde noch einmal ansetzen müssen und dadurch wieder ein wenig zurückfallen.

Im Eifer des Wettstreites hatte Guillaume die Scheu seines Pferdes längst vergessen und fühlte sich so sicher im Sattel, dass er der Gefahr, die von den Knappen drohte, keine allzu große Bedeutung mehr zumaß. Als Gildwin jedoch wie aus dem Nichts vor ihm auftauchte und mit lautem Geschrei auf ihn zuraste, legte Guillaumes Hengst die Ohren an, schnaubte und stieg.

Wenn er jetzt stürzte, war alles aus. Dabei war ihm der Sieg doch schon so nah erschienen! Entschlossen presste Guillaume die Knie zusammen und krallte sich in der Mähne des Hengstes fest, doch es nützte nichts. Er rutschte, verlor den Halt und begriff, dass er zu Fall kommen würde, ganz gleich, wie sehr er kämpfte. Nur nicht am Boden liegen bleiben, sonst zertrampelt er dich!, ermahnte er sich, als der Hengst erneut stieg und er fiel. Geschickt rollte er sich zur Seite, sprang umgehend auf die Füße und suchte mit klopfendem Herzen Schutz hinter einer Absperrung, als die schweren Hufe des Hengstes zurück auf den Boden stampften.

***

Adam drehte sich im Sattel um und reckte den Hals. War das tatsächlich Guillaume, der soeben vom Pferd gestürzt war? Ein Flirren durchzuckte seinen Körper. Heute musste sein Glückstag sein! Guillaume war sein einziger ernst zu nehmender Gegner gewesen und die anderen noch weit hinter ihm. Nun aber hatte Guillaume verloren! Er würde nicht wieder aufsteigen dürfen, und nichts schien Adams Sieg mehr im Wege zu stehen! Er lehnte sich zur Seite, griff nach dem Stein, warf in aller Ruhe und traf das markierte Ziel.

Schon seit Wochen hatte er sich immer wieder mit Guillaume gemessen. In den wichtigen Disziplinen wie Reiten, Schwertkampf und dem Umgang mit den anderen Waffen fühlte er sich

Guillaume durchaus gewachsen und im Nahkampf am Boden sogar überlegen, nur beim Laufen war Guillaume besser. Dass sie fast immer gemeinsam kämpften, war durchaus ein Vorteil, denn so forderten sie einander stets heraus und spornten sich zu immer größeren Leistungen an.

»Nein!«, hörte er Guillaume zu Tode erschrocken rufen und wandte sich abrupt um. Der Vorderhuf von Guillaumes Hengst drohte Gildwins Schulter zu zerschmettern. Einen Moment lang zögerte Adam und spielte mit dem Gedanken, vom Pferd zu springen, um nach dem Jungen zu sehen, doch ein anderer Knappe eilte ihm bereits zu Hilfe. Warum also sollte er auf den wohlverdienten Sieg verzichten?

Adam erfüllte die nächste Aufgabe und blickte erst dann wieder in die Richtung, in der Gildwin zu Boden gegangen war. Guillaumes Hengst war inzwischen am Zaun angebunden, und den offenbar verletzten Gildwin hatte man an den Rand des Platzes gezerrt. Adam kniff die Augen zusammen. Gildwin schien am Kopf zu bluten und sah leblos aus. Ob er schwer verletzt war? Oder gar tot? Adam reckte sich, um besser sehen zu können. Vielleicht musste man ihm ja auch einen Arm oder ein Bein abnehmen, und er blieb verstümmelt bis an sein Lebensende. Ein wohliger Schauer durchfuhr ihn. Von solchen Geschichten hörte man sonst nur abends am Feuer in der Halle. Selbst einmal so etwas zu erleben aber war etwas Besonderes und ließ sich später gewiss hervorragend erzählen!

* * *

»Gildwin!«, rief Guillaume und fiel neben ihm auf die Knie. Er schüttelte ihn sanft, doch der Junge rührte sich nicht. Guillaume zögerte kurz, dann schlug er ihm mit der flachen Hand auf die Wange. »Hörst du mich? Wach auf, Gildwin!« Sein Herz schien in seinem Hals statt in seiner Brust zu schlagen. Er rang nach Atem. Gildwin wollte einfach nicht zu sich kommen! Etwas Warmes klebte an Guillaumes Händen. Es war Blut, das dem armen Gildwin aus einer Wunde am Kopf rann.

Schweiß, fein wie Sommerregen, drang Guillaume aus allen Poren. »Du darfst nicht sterben!«, murmelte er keuchend. »Warum habe ich nur nicht besser achtgegeben?« Er warf einen hilfesuchenden Blick nach oben. Ich hätte den Hengst halten müssen, Herr! Aber er hatte das Tier einfach nicht bändigen können. »Warum hilft uns denn niemand?«, krächzte er mit versagender Stimme.

Vor Jahren war ein Knappe bei einer ähnlichen Übung so schwer verletzt worden, dass er wenige Tage später gestorben war. Jeder hier kannte die Geschichte, und Sir Lambert hatte sie bei allem Spaß, den solche Übungen verhießen, immer wieder zur Vorsicht ermahnt. Sie wussten, dass schwere Verletzungen keine Seltenheit bei dieser Art Wettstreit waren, trotzdem hatte niemand geglaubt, dass einem von ihnen je so etwas zustoßen könnte.

»Sieht nicht gut aus«, murmelte einer der Jungen, die sich um sie versammelt hatten.

»Lasst mich mal nach ihm sehen«, hörte Guillaume plötzlich die dunkle Stimme des Reitlehrers und wurde beiseitegeschoben.

»Was ... was ist geschehen?«, stöhnte Gildwin im gleichen Augenblick.

»Gildwin!«, rief Guillaume. »Meiner Treu, du hast mir ja einen gehörigen Schrecken eingejagt! Mach das bloß nie wieder!«, drohte er erlöst und wischte sich mit dem Ärmel über die Augen.

»Kannst du aufstehen?«, fragte Sir Lambert.

Gildwin versuchte es. »Au!«, schrie er auf. »Meine Schulter, hier vorn«, keuchte er mit schmerzverzerrtem Gesicht und wurde kalkweiß.

»Die Wunde an seinem Kopf muss versorgt werden, und auch nach der Schulter muss der Wundarzt sehen«, erklärte Sir Lambert und beauftragte Guillaume damit, den Jungen zum Zelt des Baders zu bringen.

Viele Wochen waren seit dem Unfall vergangen, doch Gildwins Verletzung heilte so schlecht, dass er noch immer nicht wieder mit den anderen üben konnte.

»Ares hat sich den hinteren Knöchel beim Sprung über die Hürde aufgeschürft«, erzählte Guillaume, während er dem Wundarzt beim Wechsel von Gildwins Verband zur Hand ging. Seit dem Unfall hatte er den Jungen jeden Tag besucht, um ihm die Zeit zu verkürzen und sein schlechtes Gewissen zu beruhigen.

»Oh! Warte, da habe ich etwas für dich, Guillaume«, sagte der Baderchirurg und hob den Zeigefinger. »Gestern frisch angerührt!« Er ging zu einer Holztruhe und kramte ein kleines Tontöpfchen hervor.

Guillaume folgte ihm, nahm es neugierig entgegen und öffnete es. Die schmutzig graue Salbe darin roch so widerlich, dass es ihn würgte.

»Stinkt grauenerregend, ich weiß, versuch es trotzdem damit. Ich habe sie letztes Jahr beim Stallmeister verwendet.« Er nickte grinsend, als Guillaume ihn ungläubig ansah. »Doch, doch, hab ihn damit behandelt, als einer der Gäule ihm auf den Fuß getreten ist. Frag ihn, er schwört drauf und holt sie seitdem auch für die Pferde. Wenn ich mich nicht täusche, behauptet er beim Kammerherrn sogar, er stelle sie selbst her.« Er grinste. »So viel Einsatz kommt gut an bei der Herrschaft.« Dann nickte er Guillaume bestärkend zu. »Du bist ein guter Junge und kümmerst dich um ihn.« Er zuckte mit dem Kopf in Richtung Gildwin. »Bist der Einzige, der ihn besucht und ihm seit dem Unfall ab und an ein Wörtchen entlocken kann.« Er schüttelte den Kopf. »Mit mir hat er bisher kein Einziges gesprochen. Sieht mich nur groß an mit seinen traurigen Augen. Er ahnt wohl, dass es nicht gut um seine Schulter steht. Kann einem leidtun, das Kerlchen«, flüsterte er und kratzte sich nachdenklich am Kopf. »Ich habe schon viele Männer zusammengeflickt. Ein gebrochenes Schlüsselbein heilt für gewöhnlich gut«, fügte er seufzend hinzu. »Es müsste längst besser sein, doch es wird einfach nicht. Ich habe getan, was in meiner Macht steht, doch ich fürchte, nun müssen wir auf ein Wunder hoffen. Bete, mein Junge, vielleicht hilft das!«

Guillaume nickte, obwohl er bezweifelte, dass der Herr ausgerechnet seine Gebete erhören würde. Immerhin war er schuld an dem Unglück. »Warst du schon einmal bei einem Drahtzieher und hast gesehen, wie er das Eisen durch immer dünnere Löcher treibt, um später Ringe für die Kettenhemden daraus zu machen?«, fragte er scheinbar fröhlich und ging wieder zu Gildwin hinüber. »Ist wirklich harte Arbeit. Genau wie die des Schmieds. Du weißt sicher schon, dass sich Blut nur mit Wasser vollkommen von einer Klinge entfernen lässt, oder? Ganz gleich, ob von Mensch oder Tier, es sollte nicht auf der Waffe eintrocknen. Doch auch das Wasser, mit dem man es entfernt, muss sorgfältig abgewischt werden, sobald die Klinge gereinigt ist, denn genau wie das Fett der Hände bedeutet es höchste Rostgefahr«, plapperte er weiter drauflos, um Gildwin und zugleich sich selbst von seinem Kummer abzulenken. »Und was bedeutet das für unsereins? Putzen, putzen, putzen!« Er lachte auf.

»Ich werde nie ein Schwert tragen«, sagte Gildwin plötzlich leise.

Guillaume blickte ihn entgeistert an: »Was redest du da für einen Unsinn?«

»Mein Schwertarm wird nie wieder vernünftig zu gebrauchen sein«, antwortete Gildwin ruhig.

»Wenn ich doch nur an deine Stelle treten könnte, ich ...«, murmelte Guillaume und brach mitten im Satz ab. Lüge, nichts als Lüge!, durchzuckte es ihn. Niemals, um nichts in der Welt würdest du mit Gildwin tauschen wollen!

»Ich weiß, du würdest kämpfen und dich nicht unterkriegen lassen, mein Freund.« Gildwin lächelte. »Du bist ein Krieger, von ganzem Herzen. Ich dagegen ...«

»Du bist ebenso ein Kämpfer wie ich«, unterbrach ihn Guillaume. »Habe ich dir nicht versprochen, dir wieder auf die Beine zu helfen?« Wie sollte er den Stachel der Schuld, der noch immer tief in seinem Fleisch saß, jemals loswerden, wenn Gildwin sich nicht erholte? »Komm, lass uns gleich üben gehen.« Er zerrte den Jungen nach draußen.

»Quält Ours dich immer noch?«, erkundigte sich Gildwin, als

Guillaume mit der Hand über die rosige Haut mit den Schorfresten auf seiner Wange strich. Die Wunde heilte, darum juckte sie.

Guillaume antwortete nicht. »Dein Arm ist bald wieder stark genug für ein Schwert!«, behauptete er und nickte seinem Freund aufmunternd zu.

Gildwin aber hatte nicht die Kraft, ein Schwert über längere Zeit zu halten, geschweige denn, damit zu kämpfen. Auch Guillaumes Rat, die Waffe in die Linke und den Schild in die Rechte zu nehmen, brachte keine Erleichterung. Der Schild war viel zu schwer für die verletzte Schulter. Gildwins Arm ermüdete zu rasch, und das Schlüsselbein schmerzte ihn. Trotzdem wollte Guillaume die Hoffnung nicht aufgeben. Jeden Tag aufs Neue forderte er den Freund auf, mit ihm zu kämpfen. Bei feuchtem Wetter aber quälten Gildwin die Schmerzen so sehr, dass ihm schon bei den einfachsten Übungen Tränen in die Augen schossen.

»Wusstest du, dass ich viel lieber Priester geworden wäre?«, fragte er eines Tages.

»Du – ein Pfaffe?«, entfuhr es Guillaume abfälliger, als er beabsichtigt hatte.

»Guillaume, bitte, ich meine es ernst.«

»Verzeih!«

»Eigentlich bin ich dir sogar dankbar, dass du … Ich meine, nicht dass ich sagen wollte, dass du schuld bist«, fügte Gildwin eilig hinzu und errötete bis unter die Haarwurzeln. »Ich meine, ich bin dir dankbar, dass du mir die Treue gehalten und versucht hast, mich dazu zu bringen, um ein Leben als Ritter zu kämpfen. Durch deine Begeisterung und deinen Ehrgeiz weiß ich jetzt, dass mein Wunsch, Priester zu werden, mich nie wirklich verlassen hat. Ich habe versucht, nicht mehr darüber nachzudenken, weil ich der älteste Sohn meines Vaters bin und mein Weg darum vorbestimmt war. Wusstest du, dass mein jüngerer Bruder sein Leben gegen seinen Willen der Kirche weihen soll? Schrecklich dumm, wenn man es recht überlegt, findest du nicht? Er ist ein Kämpfer und würde sicher den besseren Ritter abgeben.« Gildwin starrte einen Moment ins Leere. »Er hat gewiss gezetert und gebrüllt, als mein Vater ihn ins Kloster gebracht hat«, sagte er wehmütig lächelnd. »Ich dagegen habe mich demütig gefügt und gebetet, als ich hierher geschickt wurde.« Gildwin holte tief Luft. »Ich habe mit Lord Tancarville gesprochen. Er hat einen Boten zu meinem Vater geschickt, um ihm mitzuteilen, was geschehen ist und dass ich mit diesem Arm«, er hob ihn wie zum Beweis hoch, »kein Ritter mehr werden kann.«

»Und nun?«, fragte Guillaume kläglich, ohne auf das mahnende Tönen der Glocke zu hören, mit der Ours seine Schützlinge zum Kampfplatz rief.

Gildwin schien ihm anzusehen, was er dachte. »Es ist nicht deine Schuld, Guillaume. Wie oft soll ich dir das noch sagen? Ich war unvorsichtig und ungeschickt. Es ist mein Schicksal.« Er sah in die Ferne und schwieg einen Moment. »Ich weiß nicht, was mein Vater davon halten wird, aber ich will ihn bitten, mich Priester werden zu lassen. Mein Bruder sollte an meiner Stelle zum Ritter ausgebildet werden. Er ist genau im richtigen Alter, um damit anzufangen, und ich bin sicher, er macht den Brüdern, bei denen er untergebracht ist, eine Menge Ärger.« Gildwin lachte leise. »Soll er doch das Erbe meines Vaters antreten, mir ist es recht. Er ist viel beherzter und kühner als ich und wird die Ehre der Familie sicher tausend Mal besser verteidigen!«

»Aber ich will nicht, dass du gehst!«, begehrte Guillaume auf. »Du wirst schon wieder! Außerdem kannst du im Gegensatz zu mir lesen. Lord Tancarville sagt, das sei sehr nützlich für einen Ritter.« Guillaume schnaufte. Er selbst hatte sich bisher stets davor gedrückt, Lesen oder gar Schreiben zu lernen. Solch grazile Bewegungen, wie sie das Formen der komplizierten Buchstaben erforderte, waren nichts für einen Krieger und verweichlichten nur die Schwerthand, fand er. »Noch ist nichts entschieden, wie du selbst sagst, also hör auf mit dem Unsinn und stärk lieber deinen Arm!« Er bückte sich, hob einen großen Stein auf und drückte ihn Gildwin in die Hand. »Ich muss zum Kampfplatz«, erklärte er, als die Glocke zum dritten Mal ertönte. »Ich komme zu spät. Wir sehen uns nachher.«

Als er auf dem Übungsplatz angelangt war, hatten sich die Knappen bereits in einer Reihe aufgestellt. Guillaume war der Letzte.

»Zweihundert Kniebeugen für alle, dreihundert für dich«, wandte sich Ours mit einem boshaften Grinsen an ihn, »mit dem Schild auf den vorgestreckten Armen. Vielleicht verspürst du so künftig mehr Lust, uns nicht warten zu lassen.«

Guillaume brauchte nur an Gildwin zu denken, um Demut zu empfinden. Er senkte den Blick und streckte die Arme nach vorn. Die vielen Zusatzübungen waren nicht wirklich eine Strafe, wenn man bedachte, wie sehr sie seinen Körper stärkten. Im Gegenteil, sie hatten ihm sogar geholfen, ausdauernder und erfolgreicher zu werden. Außerdem eigneten sie sich zur Sühne.

»Aufstellen zum Laufen«, befahl Ours unmittelbar nach Guillaumes letzter Kniebeuge. Er hoffte wohl, Guillaume sei zu erschöpft, um auch diesmal als Erster ins Ziel zu laufen.

»Worauf wartest du?«, fuhr der Fechtmeister Adam an, als sie sich aufstellten. »Wenn dein Fuß nicht gebrochen ist, kannst du auch rennen. Also, mach schon!«

Adam hatte sich am Vortag den rechten Knöchel verstaucht und hinkte, trotzdem nickte er tapfer.

Beim Startsignal rannte Guillaume los. Wie immer lief er, ohne nachzudenken, setzte einen Fuß vor den anderen, schneller und immer schneller. Erst als er sich anschickte, ein zweites Mal an Adam vorbeizuziehen, fiel ihm auf, wie blass der Junge war. Schweiß stand ihm in dicken Perlen auf der Stirn, und sein Gesicht war schmerzverzerrt. Guillaume verlangsamte seinen Lauf, bis er nur noch ging. Er wartete, bis Adam ihn einholte, nahm seinen Arm und legte ihn sich über die Schulter. »So kommst du leichter ans Ziel«, raunte er ihm zu und ließ die anderen Jungen an sich vorüberziehen.

»Aber Ours wird …«

»Mich bestrafen.« Guillaume lachte leise. »Das tut er doch ohnehin.«

Eine endlos scheinende Runde später, als sie sich lange nach den anderen dem Ziel näherten, nahm Guillaume Adams Arm von der Schulter. Ours' Regel lautete nicht nur, dass Guillaume Schläge bekam, wenn er als Erster einlief, sondern auch, dass derjenige, der als Letzter ins Ziel kam, bestraft wurde.

»Mach schon, du musst vor mir ankommen«, raunte er Adam zu und schob ihn so vor sich her, dass er es tatsächlich vor Guillaume ins Ziel schaffte, bevor er erschöpft zusammenbrach.

Ours hatte den anderen Knappen inzwischen befohlen, sich aufzustellen, und mit der Erklärung einer Schwertkampfübung begonnen.

»Guillaume, du wirst nicht mitmachen, du läufst noch zehn Runden, dann kommst du zu mir«, befahl er mit gleichmütig klingender Stimme. Zu Adam, der noch im Gras lag, sagte er nichts.

»Ours ist ein Schleifer«, hatte Lord Tancarville betroffen gemurmelt, als Guillaume kürzlich zum wiederholten Male verletzt vom Übungsplatz zurückgekehrt war. »Es ist seine verdammte Pflicht, anständige Männer aus euch zu machen. Er weiß genau, was er tut.«

Guillaume zweifelte manchmal daran, aber das änderte nichts. Die zehn weiteren Runden waren gewiss nur ein Anfang. Sicher würde sich der Fechtmeister noch etwas Besonderes ausdenken, um ihn zu bestrafen. Guillaume straffte den Rücken, hielt die Arme locker neben dem Körper und lief hocherhobenen Hauptes los. Er hatte genau gewusst, auf was er sich einließ, als er Adam geholfen hatte, und es fühlte sich richtig an, auch wenn er jetzt bestraft wurde.

***

Adam lag noch immer im Gras. Niemand schenkte ihm Beachtung, ganz so, als existierte er nicht. Über Guillaume aber tuschelten sie. Die meisten frohlockten ob der Strafe, die ihn erwarten mochte. Obwohl er ein anständiger Kerl war, wie er soeben bewiesen hatte, fürchteten ihn viele, weil er so ein guter Kämpfer war. Andere neideten ihm die Liebe seines Herrn. *Gasteviande*,

Vielfraß, nannten sie ihn, weil Tancarville ihm das beste Fleisch von der Tafel zukommen ließ, und so viel davon, wie Guillaumes Herz begehrte. Das missgönnten ihm vor allem jene, die hin und wieder hungern mussten. Adam aber konnte ihn ganz gut leiden. Guillaume war ein hervorragender Kämpfer, und es reizte ihn darum ungeheuer, gegen ihn anzutreten.

»Ihr könnt jetzt gehen!«, hörte er Ours den Knappen zurufen. Der Fechtmeister klang erstaunlich friedlich. Adam lugte durch die hohen Halme. »Du nicht, Guillaume! Du kommst her!« Ours winkte ihn heran, und einige Knappen feixten schadenfroh, während sie sich trollten.

Adam zögerte einen Augenblick. Ob er aufstehen sollte? Sein Herz klopfte. Vielleicht, wenn er die Strafe mit Guillaume teilte … Andererseits würde Ours das womöglich noch wütender machen. Adam beschloss, lieber ruhig liegen zu bleiben. Erst einmal sehen, was Guillaume noch erwartete. Aufstehen konnte er immer noch.

»Ja, Sir«, hörte er Guillaume ergeben sagen und sah, wie er hocherhobenen Hauptes auf den Fechtmeister zuging.

»Du hast Verantwortung gezeigt und einen verletzten Kameraden nicht zurückgelassen, obwohl du mit einer gehörigen Strafe rechnen musstest«, sagte Ours versöhnlich.

Adam teilte erstaunt die Halme vor seiner Nase, die ihm die Sicht verdeckten.

»Es ist für einen Ritter lebenswichtig, sich auf den Waffenbruder verlassen zu können.« Ours blickte Guillaume in die Augen, als sähe er ihn zum ersten Mal. »Ich habe dich in den letzten Monaten genau beobachtet. Wie du kämpfst und dich durchbeißt, auch wie du dich um Gildwin gekümmert hast. Du bist ein guter, tüchtiger Junge, hartnäckig, ausdauernd und mutig. Und schon jetzt stark wie ein junger Ochse«, fügte er lachend hinzu. »Du hast das Herz am rechten Fleck. Gut gemacht, Guillaume!«

Adam schloss die Augen und presste ungläubig die Luft aus seinem Brustkorb zwischen den Zähnen hindurch. Guillaume hatte sich dem Fechtmeister widersetzt und bekam nun Lob dafür? Das war ungeheuerlich!

***

Die morgendliche Luft roch würzig und schwer nach Holzfeuer und feuchtem Nebel. Guillaume eilte über den unteren Burghof, als sein Blick an einem Jungen hängen blieb, der aus dem Zelt des Wundarztes trat. Aus dem Augenwinkel glaubte er, Gildwin zu sehen, und blieb erstaunt stehen. Doch Gildwin war längst fort. Bald drei Monate war es her, dass er Tancarville verlassen hatte, um sich der Kirche zuzuwenden. Einen ganzen Nachmittag hatte sein Vater damals beim Kammerherrn verbracht, um sich mit ihm zu beraten, dann waren sie aufgebrochen.

Guillaume erinnerte sich noch genau an sein letztes Treffen mit ihm. Ganz ohne Scheu hatten sie über ihre Ängste und Hoffnungen sprechen können. Gildwin war so stark im Glauben verwurzelt, dass er sich wieder und wieder mit Fragen über Sünde und Vergebung gequält hatte.

Guillaume dagegen beschäftigte sich mit Taktik und Kampftechniken. Wer den Wettstreit nicht liebte, konnte nun einmal kein guter Ritter werden. Nicht, dass es Guillaume gleichgültig gewesen wäre, ob er lebte oder starb. Im Augenblick des Kampfes aber vergaß er jegliche Angst und war nur noch beseelt von dem Wunsch zu siegen.

Gildwin dagegen hatte stets gefürchtet, sein Leben zu verlieren, und sich gefragt, ob Gott ihm vergeben würde, falls er je in die Verlegenheit kam, töten zu müssen.

Guillaume befragte sein Gewissen nicht auf diese Weise. Das Wohl aller, so hatte er gelernt, ruhte auf drei Pfeilern. Der Kirche, die für das seelische Heil zuständig war, der Ritterschaft, die für die Sicherheit aller zu sorgen hatte, und den Bauern, die ausreichend Nahrung für alle herbeischaffen mussten. Gildwin würde nichts weiter tun, als vom Ritterstand in den der Kirche überzuwechseln, und dort vermutlich von größerem Wert sein. Er fühlte sich nun einmal dazu berufen, den Weg des Herrn zu gehen, so wie Guillaume ganz sicher wusste, dass es ihm bestimmt war, ein Ritter zu werden.

Guillaume blickte dem Jungen nach und zuckte mit den Schultern. Es war nur einer der kürzlich neu eingetroffenen Pagen und nichts an ihm, nicht einmal die Farbe seiner Haare erinnerte an Gildwin. Guillaume schüttelte den Kopf, weil er sich hatte täuschen lassen, und machte sich wieder auf den Weg zu den Ställen, wo er seinen Herrn vermutete. Er drängte sich durch den Wirrwarr aus Pferden, Rittern, Pagen, Knechten und Hunden. Seit Herbstbeginn ließen Tancarville und seine Gefolgsleute kaum eine Gelegenheit zur Jagd ungenutzt. Guillaume sah zum Himmel, an dem nur eine einzige weiße Wolke stand. Ein Lächeln umspielte seinen Mund. Sir Ansgar, einer der Ritter, der die Knappen ausbildete, konnte mit geradezu unglaublicher Sicherheit voraussagen, wie sich das Wetter im Lauf eines Tages entwickeln würde. Ein einziger Blick nach oben genügte ihm dafür. Guillaume kniff die Augen zusammen. Was genau sah er nur da? Und wie konnte er daraus schließen, ob sich ein strahlend blauer Himmel während des Tages zuziehen oder sich bedrohlich aussehende, hoch aufgetürmte Wolken verflüchtigen würden? Manchmal war die Farbe der Wolken auch vollkommen gleichmäßig. Hellgrau, ohne jede Nuance. Guillaume betrachtete die wie dicker Qualm aussehende Wolke über Tancarville. An einem Tag wie heute schönes Wetter vorauszusagen, war gewiss keine Kunst, darum würde der Kammerherr jagen gehen, so viel stand fest. Die Wälder ringsum waren voller Wildbret und das Fleisch von Rehen, Hirschen und Wildschweinen an seiner Tafel überaus begehrt.

Guillaume sputete sich, um zu den Ställen zu kommen. Wenn er die Andeutung seines Herrn am Vorabend richtig verstanden hatte, konnte er sich Hoffnung machen, ihn endlich zu Pferd zur Jagd begleiten zu dürfen.

»Hast du Lord Tancarville gesehen?«, rief er einem untersetzten Stallburschen mit geflickten Kleidern zu, der gelangweilt in der Nase bohrte.

»Da!«, antwortete der mürrische Junge mit einem Fingerzeig der freien Hand auf den größeren der beiden Pferdeställe und trollte sich.

Guillaume griff voller Vorfreude nach der Tür, hinter der er seinen Herrn vermutete, hörte ein lautes Rumpeln und ahnte, dass sie aufgestoßen werden würde. Er sprang zur Seite, stolperte, verlor das Gleichgewicht und landete mit dem Hinterteil mitten auf einem dampfenden Misthaufen. Ein paar junge Burschen, die nicht weit entfernt standen, prusteten los und schlugen sich vor Schadenfreude auf die Schenkel.

»So ein Mist!« Angewidert betrachtete Guillaume seine mit Pferdekot verschmierten Hände.

»In der Tat«, entgegnete Lord Tancarville, der sich ein Grinsen nicht verkneifen konnte, trat aus dem Stall und sah zum Himmel auf. »Sir Ansgar meint, dass am Nachmittag Regen aufkommen wird.« Er schüttelte ungläubig den Kopf. »Wenn er es nicht wäre, der das voraussagt, ich würde es nicht glauben. Für mich sieht es nach Sonnenschein aus.« Dann sah er Guillaume fragend an. »Worauf wartest du? Willst du ewig da sitzen bleiben und dir den Allerwertesten wärmen?«

Guillaume schüttelte den Kopf und errötete. »Nein, Mylord!« Er sprang auf und richtete seine Kleidung mit spitzen Fingern.

Der Kammerherr rümpfte lachend die Nase. »So wie du stinkst, wirst du heute besser noch einmal zu Fuß mitkommen.«

»Wie Ihr befehlt, Mylord«, antwortete Guillaume kleinlaut, ohne jedoch seine Enttäuschung zu verbergen. Wieder einmal würde er meilenweit über unebenes Gelände laufen müssen, über Äste fallen, in Bodenlöchern straucheln, manchmal auch stürzen und sich Knie und Hände aufschürfen, statt hocherhobenen Hauptes auf einem Pferd zu sitzen. Enttäuscht wusch er sich notdürftig in der Schweinetränke. Als er an den Burschen vorüberging, die ihn beobachtet hatten, feixten sie albern, kniffen sich die Nasen zu und taten, als sänken sie ohnmächtig zu Boden.

»Wenigstens werden sich die wilden Tiere von mir fernhalten!«, rief Guillaume ihnen grinsend zu und folgte seinem Herrn.

Obwohl bei Weitem nicht alle Ritter an den Jagden teilnahmen, hatten sich inzwischen wohl an die hundert Mann im Hof versammelt. Ritter, Knappen, Pagen, Knechte, Jagdhelfer und Hundeführer bereiteten sich auf den Abzug vor. Gelächter und laute Rufe übertönten die anderen Geräusche der Burg. Die Ritter stritten lauthals um die besten Jäger unter ihnen, bis die unübersichtlich große Gruppe in verschiedene kleine Verbände aufgeteilt war. Jeder wollte die anderen übertrumpfen, um am Abend beim Festmahl damit prahlen zu können.

Das plötzliche Tönen der Jagdhörner peitschte alle noch mehr auf. Die lauten Befehle, das kehlige Lachen der Männer und das begeisterte Gekläff der Hundemeute, das den bevorstehenden Aufbruch ankündigte, ließen Guillaumes Handflächen feucht werden. Selbst wenn er nur mit den Pagen, den jüngeren Knappen und den Jagdknechten hinter seinem Herrn herrennen durfte, so gehörte ein Tag wie dieser doch ohne Zweifel zu den aufregendsten in Tancarville.

»Es geht los!«, rief ihm Enguerrand zu und knuffte ihn in die Seite, als sich die Jagdgesellschaft in Bewegung setzte und Guillaume noch immer wie angewurzelt dastand.

»Ich war in Gedanken. Muss an dem Geruch liegen, der mir entströmt, ich stinke wie ein Pferdefurz«, sagte Guillaume lachend.

»Ach was, so schlimm ist es nicht«, winkte Enguerrand großmütig ab.

Guillaume verzog das Gesicht zu einem säuerlichen Grinsen; er hatte den Gestank an sich gar nicht mehr wahrgenommen und nur gescherzt. Nun schulterte er seinen Bogen und lief los.

Ein wildes Tier zu erlegen, war gefährlich und erforderte großen Wagemut, dazu Schnelligkeit und Ausdauer, aber auch ein gehöriges Wissen über die Tiere und eine tüchtige Portion Erfahrung. Im Wald angekommen, versammelten sich die Männer darum, untersuchten die Fährten und erklärten sie den Pagen und Knappen.

Jäger mussten jedoch nicht nur in der Lage sein, die Spuren zu lesen, die unterschiedlichste Tierarten hinterließen, sie mussten auch mit den Lauten des Waldes vertraut sein und die Lebens- und Fluchtgewohnheiten der Beutetiere kennen. Mindestens so wichtig aber war, dass sie den Umgang mit den schweren Hunden beherrschten, die man »Saupacker« nannte, denn diese konnten beinahe ebenso gefährlich werden wie die Tiere, auf die man sie hetzte. Furchtlos und kraftvoll wie sie waren, konnten sie ohne Mühe Wildschweine, aber auch Wölfe und, mit ein bisschen Glück, sogar Bären töten. Guillaume achtete und fürchtete sie zugleich und behielt sie während der Jagd ständig im Auge. Sein Herz hatte nach dem ersten langen Lauf gerade erst wieder seinen üblichen Rhythmus gefunden, als erneut Bewegung in die Gruppe um Tancarville kam.

»Hirsche!«, rief jemand.

Guillaume sah zu den Jägern auf. Mit der ihnen ganz eigenen Sprache, verschiedenen Zeichen und Signalen, stimmten sie ihre Jagdmanöver aufeinander ab. Noch bevor ein Page zum ersten Mal mit in den Wald durfte, musste er sie lernen, denn die genaue Befolgung aller Anweisungen konnte lebenswichtig sein.

»Achte auf Enguerrand und Eude! Ich verlasse mich auf dich«, rief der Kammerherr Guillaume zu. Sein Pferd tänzelte nervös.

»Ja, Mylord!«

»Herlin und Bernard laufen mit euch. Bleibt zusammen, und wenn ihr zurückfallt, wartet. Verlasst die Spur der Jäger nicht!«, bestimmte der Kammerherr und sprengte an ihnen vorbei, den Hunden nach, die laut bellend davonstürzten.

Obwohl die Jungen die Beute noch nicht sehen konnten, rannten sie in die Richtung, in die ihr Herr geritten war, um den Anschluss nicht zu verlieren.

Guillaume lief, sprang in die Höhe und reckte den Hals. Drei Hirsche konnte er in der Ferne ausmachen. Die Saupacker waren ihnen bereits dicht auf den Fersen. Wenn sie nah genug dran waren, würden sie nach den Hinterläufen der Hirsche schnappen. Hatten sie erst einmal damit begonnen, dann verfolgten sie ihre Beute, ohne müde zu werden. Immer wieder würden sie die Tiere angreifen. Panisch flohen die Hirsche in den dichten, dunklen

Wald, über unwegsames Gelände, in finsteres, nahezu undurchdringliches Gebiet. Guillaume glaubte, ihre Verzweiflung am eigenen Leib spüren zu können, als sein Atem von dem langen, schnellen Lauf in der Brust zu brennen begann.

»Haltet durch!«, ermutigte er Enguerrand und Eude, die um einiges jünger waren und tüchtig zu kämpfen hatten. »Kommt, weiter!« Doch Enguerrand blieb stehen, stützte die Hände auf die Oberschenkel und japste nach Luft. »Bernard, Herlin, wartet!«, rief Guillaume den beiden anderen nach.

»Ich … ich kann nicht mehr«, keuchte Enguerrand.

»Bist du des Wahnsinns? Wir werden die Jäger verlieren!«, schrie Bernard ihn an und tippte sich mit dem Zeigefinger an die Stirn. »Wir müssen weiter!« Er packte Herlin am Arm und wollte ihn mit sich ziehen.

»Wir sollen zusammenbleiben«, rief Guillaume.

»Ich kann die Jäger nicht mehr hören!«, jammerte Eude mit Tränen in den Augen. Der Wald war an dieser Stelle besonders dicht und dunkel und der Gedanke, allein zurückzubleiben, für alle erschreckend.

»Ich sag's ja, wir sind verloren, wenn wir sie nicht einholen!«, fauchte Bernard. Angst stand auch ihm ins Gesicht geschrieben. »Sie werden uns niemals wiederfinden, nicht hier!«

Hinter jedem Busch konnte Gefahr lauern. Diebe, Mörder und andere Gesetzlose versteckten sich ebenso in den Wäldern wie Elfen und Kobolde. Auch furchterregende Geschichten von den grausigen Taten wilder Tiere hatten sie gehört.

»Wir dürfen die Fährte der Jäger nicht verlassen«, sagte Guillaume und versuchte, das Zittern in seiner Stimme zu unterdrücken. Mit klopfendem Herzen sah er sich um. Hatten die Jäger erst ihre Beute erlegt oder sie womöglich aus den Augen verloren, würden sie umkehren und die Jungen suchen. Bis dahin waren sie auf sich allein gestellt. Im ärgsten Fall würden sie eine Nacht im Wald verbringen müssen. Bei diesem Gedanken erschauderte Guillaume.

»Eude, Enguerrand, geht und sammelt Holz für ein Feuer«,

befahl er den Pagen, bemüht, gefasst zu klingen. »Aber bleibt in Sichtweite!«, rief er ihnen nach.

»Wir hätten weiterlaufen müssen«, knurrte Bernard.

»Die Jäger werden uns doch sicher schon bald suchen, nicht wahr?« Herlin klang weinerlich.

»Gewiss«, antwortete Guillaume. Trotzdem konnte es dauern, bis man sie fand. Keiner der Männer, und sei er noch so erfahren, konnte jeden Winkel des Waldes kennen, dazu war er viel zu groß.

Jede Gruppe von Jägern wurde von einem kundigen Mann angeführt, der seine Entscheidungen mit großer Bestimmtheit und ohne jegliche Selbstzweifel treffen musste. Scharfsinn, enormes Wissen und Durchsetzungskraft zeichneten diese Anführer aus. Die Verantwortung für ihre Gruppe stellten sie allem voran, ohne jedoch das Ziel – die Beute – aus den Augen zu verlieren.

Guillaume fuhr sich mit der Hand über die Stirn, obwohl er nicht schwitzte, sondern fröstelte. Er war noch nie bei einer Jagd zurückgefallen, und bei dem Gedanken, womöglich ohne die Ritter im Wald übernachten zu müssen, wurde ihm mehr als unbehaglich zumute. Doch ganz gleich, wie sehr er sich fürchtete, er würde sich seiner Aufgabe als Anführer ihrer kleinen Gruppe als würdig erweisen und sich seine Angst nicht anmerken lassen.

»Lasst uns versuchen, ein paar Vögel oder Hasen zu erlegen«, schlug er vor und nahm seinen Bogen von der Schulter. An ruhigeren Jagdtagen legten sich die Pagen und Knappen zwischen den Treibjagden auf die Lauer, um ihre Ausdauer und ihr Geschick unter Beweis zu stellen, die Aufmerksamkeit ihrer Herren und vielleicht sogar ein Lob zu erhaschen. Sie wetteiferten dabei ebenso untereinander wie die Ritter mit ihren Schwertern und Lanzen. Der Bogen, der als Waffe der Jugend und des Volkes galt, war nach der Schwertleite nicht mehr standesgemäß für einen Normannen. Nur in Wales, so erzählte man sich, gab es Ritter und sogar große Barone, die sich noch immer des Bogens bedienten.

»Wenn ihr genügend Holz gesammelt habt, seht euch nach essbaren Beeren und Kräutern um«, befahl Guillaume den beiden

Pagen. Solange sie beschäftigt waren, würden sie nicht über die bevorstehende Nacht nachdenken. »Und achtet auf Pilze!«

»Psst! Hört ihr nicht? Ich glaube, das sind Hufschläge.« Herlin legte den Finger auf den Mund und horchte. Seine Miene hatte sich hoffnungsvoll aufgehellt. »Sie kommen von da«, meinte er und wollte schon loslaufen.

»Nicht, Herlin! Wir sollen zusammenbleiben und warten, so lautet die Anweisung von Lord Tancarville«, befahl Guillaume entschieden und packte ihn an den Kleidern.

»Ihr könnt ja hier sitzen und warten, ich ziehe es vor, die Nacht auf meinem Lager zu verbringen«, mischte sich nun Bernard ein. »Komm, Herlin, wir gehen!«

Der junge Knappe sah von ihm zu Guillaume.

»Ich möchte auch lieber in Tancarville schlafen, und zwar noch häufig, genau wie Eude und Enguerrand, darum warten wir hier, verstanden?«, sagte Guillaume streng.

»Ich denke, er hat recht, Bernard«, stimmte Herlin zu.

»Ich denke, er hat recht!«, äffte Bernard ihn nach. »Hat er nicht! Er hält sich für den großen Anführer und hat doch nicht die geringste Ahnung, wie wir hier rauskommen!« Er drehte sich um und ging.

»Lass den Unsinn und komm zurück!«, rief Guillaume. Als Bernard jedoch in der Tiefe des Waldes verschwand, stürzte er ihm nach. »Bernard!« Guillaume achtete darauf, wo das Moos an den Baumstämmen wuchs, um zu wissen, in welche Richtung er lief. »Bernard! Wo bist du?« Mit einem missbilligenden Schnaufen sah er sich suchend um, bis er ihn auf einer Lichtung zu seiner Linken entdeckte.

Bewegungslos stand er da und horchte angestrengt. »Still doch«, fuhr er Guillaume an, als der sich näherte und ein Ästchen unter seinen Schritten knackte. »Deinetwegen höre ich nichts mehr.«

»Du hörst nichts, weil sie zu weit weg sind. Komm, lass uns umkehren, die anderen sorgen sich bestimmt schon.« Guillaume wollte ihn beim Arm nehmen und mit sich ziehen.

»Nimm die Hände weg, du Angeber! Spielst dich auf, als wärst du was Besseres, nur weil Tancarville dir die gebratenen Tauben ins Maul fliegen lässt und sogar Ours dich seit Neuestem hofiert.« Bernard spuckte auf den Boden, dicht neben Guillaumes Füße. »Du ahnst nicht, wie lange ich schon auf so eine Gelegenheit warte. Komm, kämpf mit mir! Diesmal wird Ours dir nicht helfen. Ich mach dich fertig!«

»Lass das, wir müssen zurück zu den anderen.«

»Wenn du mich besiegst, gehe ich mit dir.« Bernard grinste auffordernd. Seine Hand schnellte plötzlich vor, ergriff Guillaumes Arm und drehte ihn herum. Mit einem Schulterwurf brachte er ihn zu Fall. »Los, wehr dich!« Er tänzelte hin und her.

Ein stechender Schmerz durchzuckte Guillaume, als er mit dem Rücken auf einer knorrigen Wurzel landete.

»Komm schon, du wirst doch nicht aufgeben!«, höhnte Bernard siegesgewiss.

Guillaume sprang auf und ging in Kampfhaltung, doch Bernard war schneller und traf ihn am Wangenknochen, der sofort heftig zu pochen begann. Bernard tänzelte um Guillaume herum und genoss seine Überlegenheit.

»Lass uns gehen«, versuchte Guillaume, ihn zu überzeugen. Dann traf ihn ein Faustschlag in den Magen, und bitterer Geschmack sammelte sich in seinem Mund.

»Ja, jetzt hast du nicht mehr so ein großes Maul!«, triumphierte Bernard, trat nach ihm und stieß ihn erneut zu Boden. Dann warf er sich auf ihn.

Erste Tropfen waren auf dem Blätterdach der Bäume zu hören, dann prasselte es, und Guillaume musste an Sir Ansgar denken. Er hatte tatsächlich recht behalten.

»Was grinst du so dämlich?«, fuhr Bernard ihn an, schlang den Arm um Guillaumes Hals und drückte zu.

Panisch riss Guillaume die Rechte hoch und zerrte an dem Würgegriff, doch seine Hand glitt an Bernards regenfeuchtem Arm ab. Seine Linke flog über den Boden, fand dort jedoch nur ein morsches Ästchen, das ihm zwischen den Fingern zerbrach.

Guillaume spürte, wie ein Käfer auf seine Hand kletterte und seine Kleider kalt an seinem Körper klebten, dann überkam ihn Schwindel, und ein schwarzer Kranz umtanzte seinen Blick. Im letzten Moment gelang es ihm, einen Stein zu packen. Er schlug damit um sich, bis der Griff um seinen Hals erschlaffte. Röchelnd wandte er sich um. Bernard lag reglos am Boden.

»Bernard!« Guillaume knuffte ihn. »Bernard, komm zu dir!« Eine Hitzewelle erfasste ihn. Ob er ihn erschlagen hatte? Guillaume sprang auf und blickte sich gehetzt um. Es sah nicht so aus, als hätte sie jemand beobachtet. Was, wenn er nun zurücklief und behauptete, Bernard nicht gefunden zu haben? Dass seine Kleider schmutzig waren, könnte er mit einem Sturz erklären, dann würde niemand Verdacht schöpfen. Sein rechter Oberschenkel zuckte, als wollte er sagen: Na los, worauf wartest du noch? Lauf!

Guillaume war noch nicht weit, als er wieder in der Lage war, einen klaren Gedanken zu fassen. Er konnte Bernard doch unmöglich im Wald liegen lassen! Sicher war er gar nicht tot, sondern nur bewusstlos, so wie Gildwin damals. Aber selbst wenn er ihn erschlagen hatte, würde er dazu stehen müssen. Immerhin hatte er sich nur verteidigt und Bernard nicht von sich aus angegriffen. Guillaume hielt an und sah sich um. Er musste zurück zu der Stelle, an der er Bernard liegen gelassen hatte. Doch auf seiner Flucht hatte er nicht mehr auf die Richtung geachtet!

Keuchend betrachtete er nun jeden einzelnen Baum. Dort hinten, das musste die Lichtung sein, auf der sie sich geprügelt hatten. Erleichtert lief er darauf zu. »Bernard!«, rief er und verstummte, als weit und breit niemand zu sehen war. Ein ungewohntes Gefühl der Schwäche ergriff seine Beine, von der Hüfte ausgehend bis zu den Knien. »Bernard!«, schrie er und sah sich noch einmal um. Nein, das war nicht die Lichtung, auf der sie gekämpft hatten. Guillaume drehte sich immer wieder um sich selbst. Wo aber war sie?

Ruhig, beschwor er sich, atmete tief ein und suchte jeden Baum und jeden Strauch nach Spuren ab. An ein paar abgeknickten Ästen erkannte er schließlich, aus welcher Richtung er gekommen war, und lief los.

Er hatte die Stelle, an der er Bernard zurückgelassen hatte, schon beinahe erreicht, als sich Hundegebell, laute Stimmen und das Stampfen von Pferdehufen näherten.

»Guillaume!«, hörte er Adam rufen, der den Herrn zu Pferd hatte begleiten dürfen und nun heransprengte. »Was tust du hier? Tancarville ist furchtbar wütend auf dich!« Er reichte Guillaume die Hand, um ihn zu sich in den Sattel zu ziehen. »Wir sind Bernard begegnet. Er sagt, du hättest die anderen im Stich gelassen. Ist das wahr?«

»Ich?« Guillaume knurrte empört und fasste sich. »*Er* ist fortgelaufen, und ich bin ihm nachgegangen, um ihn zurückzuholen!«

»Mich musst du nicht überzeugen, Guillaume.« Adam zuckte mit den Schultern. »Tancarville musst du es sagen. Schätze, du wirst tüchtigen Ärger mit ihm bekommen.«

März 1164

Tancarville hatte Guillaume keines Blickes gewürdigt und ihm erst verziehen, als Enguerrand ihm ausführlich erzählt hatte, was im Wald geschehen war. Bernard war für seine Lüge bestraft worden und seitdem noch schlechter auf Guillaume zu sprechen als zuvor. Ihn tatkräftig anzugreifen aber wagte er nicht mehr.

Da Ausdauer, Kraft und Schnelligkeit zu den wichtigsten Eigenschaften eines guten Kämpfers gehörten, Ours ihn jedoch seit der Sache mit Adam nicht mehr mit zusätzlichen Kniebeugen, Liegestützen und Laufrunden bedachte, hatte Guillaume beschlossen, diese aus freien Stücken zu machen, wenn er sich unbeobachtet wähnte. Sooft er konnte, lief er darum sonntags in ein lichtes Waldstück in der Nähe der Burg, um zu üben. Immer wieder ging er bis an seine Grenzen und manchmal auch darüber hinaus.

Neben den Übungen sammelte er für gewöhnlich auch Brennholz im Wald und brachte es einer alten Witwe, die am Dorfrand wohnte. Das Mütterchen war krumm vom Alter und zu schwach, das Holz selbst nach Hause zu tragen. Gildwin war seinerzeit für sie in den Wald gegangen, doch nach dem Unfall war er nicht mehr dazu in der Lage gewesen. »Bitte, es ist ein gutes Werk«, hatte er Guillaume beschworen, »geh du an meiner Stelle. Der Herr sieht es und wird es dir vergelten.«

Guillaume hatte sich zu schuldig gefühlt, um Gildwin die Bitte abzuschlagen, und sich schließlich daran gewöhnt, beim Holzsammeln über Dinge nachzudenken, die ihn beschäftigten. Über seine Heimat England, seine Mutter und seine Geschwister sann er nach, über Gildwin und darüber, wie es ihm wohl in seinem neuen Leben gefiel, über Kampfübungen, die er noch nicht beherrschte, und über seine Zukunft, die er sich gern in den wunderbarsten Farben ausmalte. Außerdem mochte er es, wenn die Alte ihm mit ihrer runzligen, erstaunlich weichen Hand dankbar über die Wange fuhr, bedächtig mit dem schlohweißen Kopf nickte und sagte:

»Der Herr wird es dir vergelten!«

Da Gildwin das ebenfalls behauptet hatte, stimmte es vielleicht. Wenn man vorhatte, ein Leben als Soldat zu führen und in den Krieg zu ziehen, konnte es gewiss nicht schaden, einen guten Eindruck beim Allmächtigen zu machen.

Guillaume begann, sich nach geeigneten Ästen zu bücken, und als er genügend Holz beisammenhatte, ließ er es am Fuß eines Baumes aufgeschichtet liegen, um noch ein wenig durch den Wald zu streifen.

Fast eineinhalb Jahre war er inzwischen Knappe. Seine Schultern waren breiter geworden und auch seine Oberschenkel um einiges kräftiger. Außerdem war er mächtig gewachsen, eine gute Handbreit, so schätzte er stolz. Guillaume wackelte mit den Zehen und sah auf seine Füße hinab. Auch sie mussten länger geworden sein, denn seine Stiefel wurden zu klein.

Er begann, über den unebenen, feuchten Waldboden zu laufen. Die verfaulten Blätter des vergangenen Herbstes waren so glitschig, dass er immer wieder darauf ausglitt. Fest entschlossen, sich nicht aus der Fassung bringen zu lassen, lief er weiter, bis das Stechen in seinem rechten großen Zeh immer stärker wurde. Das Leder seiner Stiefel war bereits arg in Mitleidenschaft gezogen. An der Fußinnenseite klaffte ein Loch in der Naht, sodass ein Stück seines Beinlings herauslugte. Der Kammerherr würde darum sicher nicht allzu ungehalten sein, wenn er ihn nach neuem Schuhwerk fragte.

Unsicher, ob er weiterlaufen sollte, blieb Guillaume stehen. Der melodiöse Gesang zweier Amseln war zu hören. Konkurrenten auf der Suche nach einem Weibchen, dachte er. Obwohl die Märzluft noch kühl und ein wenig feucht war, konnte man den nahenden Frühling schon deutlich spüren. Der Duft der Erde kündigte ihn ebenso an wie das Licht der Sonne, das mit jedem Tag ein wenig intensiver wurde. Die meisten Bäume und Sträucher waren noch kahl, doch hier und da bewiesen die ersten flauschigen Weidenkätzchen und winzige Knospen, dass Leben in den dürren Ästen steckte. Im Unterholz waren Dachse und Igel auf Freiersfüßen unterwegs, und auf den Stängeln der Schneeglöckchen krabbelten schon wieder Marienkäfer herum. Nicht mehr lange, und die herrlich duftenden Märzveilchen würden Verstärkung von den ebenfalls blauen Hasenglöckchen bekommen.

Guillaume sog die frische Luft genießerisch ein. Sollte er zurückgehen oder weiterlaufen? Noch bevor er sich entschieden hatte, fiel ihm durch die Äste der winterkahlen Büsche hindurch ein Mann auf, der kerzengerade auf einer kleinen Lichtung stand. Neugierig schlich Guillaume näher. Der Mann schien sich unbeobachtet und sicher zu fühlen. Er stellte sich in Kampfhaltung auf, ganz so, wie es auf dem Übungsplatz üblich war, und verbeugte sich vor zwei eindeutig nicht vorhandenen Gegnern, dann ging er in Angriffsstellung.

Da er ein Schwert in der Hand hielt, musste es wohl einer der Ritter sein. Guillaume fuhr sich nachdenklich über das Kinn. Größe und Statur nach zu urteilen, handelte es sich jedoch eher um einen Jungen als um einen Mann, außerdem war die Übung, die er ausführte, eine der Angriffstaktiken, die Ours seit dem Winter immer wieder mit den Knappen trainierte. Neugierig pirschte sich Guillaume näher heran.

»Alan«, murmelte er, als er den Schmiedejungen erkannte. Seit jenem Tag auf dem Übungsplatz hatte er ihn kaum noch gesehen, dabei hatte er sogar hin und wieder Ausschau nach ihm gehalten. Doch Alan hatte nur ganz selten noch auf dem Strohballen gesessen. Trotzdem musste er den Knappen auch weiterhin zugeschaut haben, denn er machte keine schlechte Figur, wie er so mit dem Schwert in der Hand dastand. Entschlossenheit strahlte er aus und eine solche Leidenschaft für den Schwertkampf, dass Guillaume nicht anders konnte, als ihn weiter zu beobachten. An seinen Bewegungen war zu sehen, dass er verstanden hatte, worauf es bei dieser Übung ankam. Guillaume lächelte. Wäre er als Sohn eines hohen Herrn geboren, so hätte er gewiss einen tüchtigen Schwertkämpfer abgegeben, vielleicht sogar einen ernst zu nehmenden Gegner, doch er war nur ein Schmied und würde niemals ein Schwert führen dürfen.

Guillaume trat von einem Bein auf das andere. Ein Ästchen knackte unter seinen Füßen, und der Kopf des jungen Schmiedes schnellte herum. Gehetzt tasteten seine Augen den Wald ab.

Betont langsam, um ihn nicht zu verschrecken, trat Guillaume nun aus dem Schatten der Bäume.

»Alan«, sagte er und nickte kurz. Dann stellte er sich wie selbstverständlich hinter ihn und ergriff seinen Schwertarm. Muskulös und kräftig war er, der Arm eines Schmiedes eben. Alans Rücken dagegen war verblüffend schmal. Seine Hände aber wieder so schwielig, wie man es von einem Burschen erwartete, der täglich den Hammer schwang.

»Das Handgelenk nicht so stark abwinkeln. Halt den Arm etwas höher, aber die Schulter bleibt unten. Jetzt mach die Attacke noch einmal«, forderte Guillaume den Schmied auf, ging einen Schritt zurück und wartete.

Alans Wangen glühten. Vermutlich fürchtete er, Guillaume könnte ihn verraten, doch das würde er nicht tun. Der Schmied zögerte noch einen Moment und gehorchte schließlich widerspruchslos. Diesmal hielt er den Arm genau so, wie Guillaume es angeordnet hatte.

Wollen doch mal sehen, ob noch mehr in ihm steckt!, dachte der beeindruckt und fegte ohne Vorwarnung mit dem Fuß gegen Alans Standbein. Nur so vermochte er zu prüfen, ob der Junge das Gleichgewicht halten konnte oder zu Boden stürzen würde. Ours brachte damit so manchen Knappen zu Fall, auch jetzt, nach monatelangem Training noch. Alan aber strauchelte nur ein wenig. Guillaume korrigierte seine Haltung und nickte zufrieden.

Obwohl er sich fragte, woher der Schmied das Schwert in seiner Hand haben mochte, verlor er kein Wort darüber. Ob sein Meister ihm die Waffe gegeben hatte?

Lord Tancarville war überaus stolz darauf, Donovan in seinen Diensten zu haben. Er galt als der berühmteste Schwertschmied East Anglias. Um bei ihm lernen zu dürfen, musste Alan vermutlich mehr als nur einfaches Geschick für das Schmiedehandwerk mitbringen. Guillaume musterte den Jungen neugierig. Seine Augen waren von einem ungewöhnlich strahlenden Grasgrün, wie er es noch nie zuvor gesehen hatte. Sein Haar war leuchtend rot und in Ohrhöhe abgeschnitten, so wie es auch viele Ritter trugen. Alans Kopfhaltung war stolz, jedoch ohne Arroganz, sein Kinn ein wenig spitz, beinahe mädchenhaft.

»Du hast nicht lange auf dem Übungsplatz mitgekämpft«, stellte Guillaume beiläufig fest und überprüfte noch einmal Alans Stand.

»Ich hatte keine Lust und keine Zeit mehr«, brummte der.

Sicher wusste er, dass es nicht ungefährlich war, heimlich mit einer Blankwaffe zu üben, und dass es nur Rittern gestattet war, ein Schwert zu tragen. Nicht einmal Guillaume hätte eines mit sich führen dürfen, es sei denn, es war aus Holz.

»Wundert mich nicht, mit Männern wie Thibault macht es auch keinen Spaß.« Immer wieder war Guillaume in letzter Zeit mit ihm aneinandergeraten.

»Er hasst mich, und ich weiß nicht einmal, warum. Zuerst war er richtig nett, und dann …« Alan hielt plötzlich inne, als sollte er besser nicht weitererzählen.

»Er hat noch viel zu lernen, um einmal ein Ehrenmann wie sein Vater zu werden«, winkte Guillaume ab. Ihm war nicht entgangen, wie sehr Thibault den Schmied verabscheute, doch er konnte sich keinen Reim darauf machen.

»Du kennst seinen Vater?«

»Seinen Ruf kenne ich, und der ist viel besser, als Thibault es verdient hat.« Guillaume schnaufte leise.

»Dass er seinen Sohn nicht bei sich behalten hat, weil er unmöglich ist, kann ich ja verstehen, aber du? Warum lernst du nicht bei deinem Vater? Was habt ihr nur alle angestellt, dass eure Familien euch fortschicken und in der Fremde lernen lassen?« Alan sah ihn mit fragenden Augen an.

»Was wir angestellt haben?«, prustete Guillaume los und verschluckte sich beinahe. »Das ist das Witzigste, was ich je gehört habe. Tust du so dumm, oder hast du wirklich keine Ahnung?«

Alans Blick verfinsterte sich. »Was ist dumm daran?«, brauste er auf. »Ein Bauer lehrt seinen Sohn, wie man Felder bestellt und Vieh versorgt. Ein Schuster, Schneider, Schmied oder welcher Handwerker auch immer lehrt seinen Sohn, was er weiß, damit der später einmal seine Werkstatt übernehmen kann. Sollte dann nicht auch ein Ritter seinem Sohn beibringen, was Mut und Ehre sind?« Er funkelte Guillaume wütend an.

Die entschlossene, furchtlose Art, mit der Alan für seine Meinung eintrat, beeindruckte Guillaume, und ganz so falsch war der Gedanke schließlich auch nicht.

»Im Grunde hast du recht«, antwortete er. »Wenn ich ehrlich bin, habe ich nie darüber nachgedacht.« Dann hob er die Schultern. »Bei Pagen und Knappen ist das eben anders. Meine älteren Brüder sind lange vor mir von zu Hause fortgegangen. Und dann war ich an der Reihe.« Guillaume stockte. Es war nicht leicht gewesen, die Heimat zu verlassen. »Ich bin auch Engländer, wie du. Wusstest du das?«, fragte er auf Englisch. »Ich bin auf Marlborough Castle aufgewachsen. Mein Vater hat die Burg verloren, und schätzungsweise ein Jahr später wurde ich hierher geschickt«, erzählte er nachdenklich, denn mit der Sprache seiner Amme waren die Erinnerungen an seine Kindheit zurückgekehrt. Er fragte den jungen Schmied nach Oxford, das nicht weit von Marlborough entfernt war, doch Alan hatte noch nie davon gehört.

Guillaume sah den Schmiedejungen neugierig an. Kein einziges Barthaar wuchs auf seinen Wangen, dafür zogen sich Unmengen von Sommersprossen über seine Nase bis zu den Ohren. »Woher kommst du?«

»East Anglia«, antwortete Alan mit bebender Stimme.

Ach was, dachte Guillaume spöttisch. Aus welchem Ort er kam, hatte er wissen wollen. Doch da Alans Stimme bei der Antwort gezittert hatte, fragte er nicht noch einmal nach. Sicher hatte der Schmied Heimweh. Guillaume lächelte ihn verständnisvoll an. »Du hast Glück und bist mit deinem Vater hier.«

»Du meinst Donovan, den Schmied? Nein, er ist nicht mein Vater.«

Nun sah Guillaume Alan verdutzt an. Er hatte ihn von Anfang an für Donovans Lehrjungen gehalten, sich jedoch eben eines Besseren belehren lassen, und nun das? »Aber du hast mir doch gerade gesagt, dass ihr von euren Vätern lernt?«, begehrte er auf.

»Bei mir ging das nicht.« Alans Gesicht nahm die Farbe frischer Kirschen an.

Das klingt mir aber sehr nach schlechtem Gewissen, dachte Guillaume amüsiert und hob grinsend den Zeigefinger. »Hast wohl was angestellt!«

Alan hatte ihn bisher stets offen und ohne Scheu angesehen, nun aber senkte er plötzlich den Blick, wie es Mädchen taten.

Guillaume setzte sich auf einen großen Stein. »Meine Vorfahren sind Normannen, weißt du, aber ich bin Engländer, und das werde ich immer bleiben«, erklärte er entschieden, und nach einer kleinen Pause fragte er: »Träumst du auch manchmal davon, wieder zurückzukehren?«

»Nein«, antwortete Alan, »wenn ich irgendwann zurückwill, dann gehe ich einfach. Im Moment gefällt es mir hier.« Er runzelte ein wenig die Stirn und blickte zum westlichen Horizont, wo die Abendsonne stand. »Ich muss nach Hause«, verkündete er mit viel zu heller Stimme.

Guillaume fuhr sich mit der Hand in den Nacken und räusperte sich. Warum nur hatte er ständig das Gefühl, dass der Junge versuchte, etwas zu verbergen? Ich will nicht, dass er jetzt geht, dachte Guillaume missgestimmt. Ich wüsste gern mehr über ihn, schließlich habe ich auch von mir erzählt. Auch mit ihm kämpfen wollte er liebend gern noch mal. »Wenn du willst, können wir nächsten Sonntag wieder hier üben«, schlug er darum vor. »Wenn ich nicht mit den Soldaten fortmuss.«

Alan nickte wortlos.

»Ich nehme einen anderen Weg. Ist besser, man sieht uns nicht zusammen«, behauptete Guillaume und erhob sich. In Wahrheit jedoch wollte er rasch noch das Holz zu der Alten bringen.

Alan wickelte sein Schwert ein, hob die Hand zum Gruß und ging.

Wenn er sich umdreht, dann hat er ganz sicher etwas zu verbergen, dachte Guillaume und fuhr noch einmal über seinen Nacken. Alan aber ging ohne noch einmal zurückzublicken.

»Wusstet ihr schon, dass Guillaume ein Geheimnis hat?« Bernard kreischte wie ein Waschweib, als sie einander am nächsten Tag im Hof begegneten. »Ich habe ihn im Wald gesehen!« Er lachte gackernd.

Guillaume fühlte die plötzliche Blutleere in seinem Gesicht und bemühte sich um Haltung. Ob Bernard ihn beim Üben mit Alan beobachtet hatte? Seit ihrem Treffen am Vortag war der junge Schmied Guillaume nicht mehr aus dem Kopf gegangen. Obwohl Alan von niederem Stand war, hatte er mit großer Leidenschaft gekämpft, war ernsthaft und konzentriert gewesen. Gewiss war es für einen Knappen nicht üblich, sich mit einem einfachen Schmied anzufreunden, doch Alan schien mehr als nur ein gewöhnlicher Handwerksbursche zu sein. Es war etwas ganz Besonderes an ihm, das fühlte Guillaume deutlich. »Ein wahrhaft großes Geheimnis, dass ich im Wald laufen gehe«, rief er, bemüht, gleichgültig zu wirken, und zuckte mit den Schultern.

»Oh, nein! Davon spreche ich nicht«, rief Bernard und grinste die anderen Jungen Aufmerksamkeit heischend an. »Ich meine dein Liebchen!«

»So ein Unsinn!«, empörte sich Guillaume, als seine Kameraden ihn verdutzt ansahen. Er hatte sich noch nie mit einem Mädchen getroffen, weder im Wald noch anderswo.

»Ich gebe zu, ein etwas ungewöhnliches Paar sind sie schon«, räumte Bernard lachend ein und zwinkerte.

»Was soll das?« Guillaumes Herzschlag rauschte plötzlich in seinen Ohren. Ob er doch … Alan meinte?

»Nun ja, er trifft sich nicht im Wald mit seinem weißhaarigen Liebchen«, sagte Bernard wieder an die anderen gewandt. »Aber seine Liebesgaben sammelt er dort. Nicht, dass ihr glaubt, es seien Blumen! Nein, weit gefehlt! Holz sammelt er, denn seine Liebste ist ein altes Mütterchen aus dem Dorf!« Bernard schlug sich grölend auf die Schenkel. »Was gibt sie dir dafür? Weiht sie dich in die Geheimnisse der Liebe ein?« Er japste vor Schadenfreude nach Luft.

»Lass ihn doch reden«, rief Enguerrand, als Guillaume die Fäuste ballte, um sich auf ihn zu stürzen, packte ihn am Arm und drängte ihn zum Gehen.

»Ist das wahr? Sammelst du Holz für eine Dörflerin?«, wollte Adam wissen und sah ihn an, als wäre er nicht recht bei Trost.

»Das tue ich. Ja. Und was geht das euch an?«

»Er ist eben ein guter Mensch«, prustete Bernard.

»Barmherzigkeit hat noch keinem Ritter geschadet!«, fauchte Guillaume und erntete spöttisches Gelächter, weil er noch lange kein Ritter war. Und wenn schon!, dachte er trotzig. Das zerfurchte, dankbare Gesicht des hutzeligen Mütterchens und die Art, wie es zerknitterte, wenn ihn die Alte mit ihrem strahlenden, zahnlosen Lachen begrüßte, dieses kleine Glück war das bisschen Schmach wert!

Bernard bückte sich, hob ein dürres Stöckchen auf und streckte es ihm entgegen. »Hier, Guillaume, für deine Braut!«, spottete er und grinste zufrieden, als die Jungen um sie herum erneut in sein Hohngelächter einfielen.

»Du kannst mich gern einmal begleiten, scheint dir ihr Wohl doch am Herzen zu liegen«, antwortete Guillaume hocherhobenen Hauptes und hatte nun die Lacher auf seiner Seite.

Welch ein Glück, dass Bernard mich nicht mit Alan gesehen hat!, dachte er erleichtert. Der Schmied konnte mächtigen

Ärger bekommen, wenn man ihn mit dem Schwert erwischte, und auch Guillaume würde den Unmut seines Herrn zu spüren bekommen, falls der erfuhr, dass er sich mit ihm abgegeben hatte.

Doch ganz gleich, welche Konsequenzen er zu fürchten hatte, Guillaume wollte unbedingt wieder gegen Alan kämpfen und war darum fest entschlossen, am kommenden Sonntag gleich nach der Messe wieder in den Wald zu gehen und den Schmied am verabredeten Platz zu treffen.

Wie eine Schnecke kroch die Woche dahin. Dann aber war endlich Sonntag! Guillaume konnte es kaum noch abwarten, Alan von den neuen Techniken zu erzählen, die Ours ihnen beigebracht hatte. Bei dem Gedanken, wie begeistert der junge Schmied sein würde, lächelte er. Hauptsache, Alan kommt auch wirklich, dachte er plötzlich beunruhigt und machte sich auf den Weg zur Sonntagsmesse.

»Nanu, heute schon so früh hungrig?« Der Koch hob kurz den Kopf, als Guillaume nach dem Gottesdienst die Burgküche betrat.

Er kam fast jeden Tag her, um nach Brot und geräuchertem Speck zu fragen, und weil er so gern aß, hatte der Koch bald einen Narren an ihm gefressen.

»Ich will in den Wald zum Üben«, erklärte Guillaume, »mit einem Freund«, fügte er hinzu, damit er mehr Proviant bekam.

Der Koch schmunzelte, legte noch ein Stück Käse und eine weitere Scheibe Brot dazu und band das Ganze in ein Tuch.

»Bring mir aber das Leinen wieder!«, ermahnte er ihn und wandte sich erneut seiner Arbeit zu.

Guillaume bedankte sich und lief hinaus auf den Hof. Nun musste er nur noch ungesehen in die Waffenkammer kommen! Bernard war mit seinem Herrn fort, vor ihm und seiner Neugier war er also sicher. Trotzdem musste er vorsichtig sein, denn auch Thibault steckte seine Nase gerne in Dinge, die ihn nichts angingen.

Mit klopfendem Herzen zog er den Schlüssel hervor, den er an einem Lederband um den Hals trug. Seit er Adam ins Ziel geholfen hatte, war er nicht mehr der Prügelknabe des Fechtmeisters, sondern seine rechte Hand und besaß darum den Schlüssel zu der Kammer, in der die Waffen der Wachen und die Übungsschwerter der Knappen aufbewahrt wurden. Mit zittrigen Fingern versuchte er, ihn ins Schloss zu stecken.

»Ist heute nicht der Tag des Herrn?« Die tiefe Stimme hinter seinem Rücken erschreckte ihn zu Tode.

Guillaume drehte sich um. »Zwei Holzschwerter sind schartig. Ich wollte sie glätten ... draußen im Wald ... hab sonst nichts zu tun«, stammelte er mit dünner Stimme. Hoffentlich durchschaute ihn der Fechtmeister nicht mit ebensolcher Leichtigkeit, wie seine Amme es einst getan hatte. Ein paar Mal hatte Guillaume versucht, ihr etwas vorzumachen, doch es war stets vergeblich gewesen.

»Willst wohl noch ein wenig üben, was?«, mutmaßte der Fechtmeister und klopfte ihm versöhnlich auf die Schulter. »Ist schon recht, von nichts kommt schließlich nichts.« Er nickte ihm zu. »Vergiss nicht, sie wieder an ihren Platz zu stellen, wenn du zurück bist!«, ermahnte er ihn noch, machte dann kehrt und marschierte davon.

Guillaume atmete auf. Ours hätte ihm ebenso gut den Kopf abreißen können, statt ihn einfach gehen zu lassen. Glück gehabt! Wenn er allerdings jemals erfährt, mit wem ich zu kämpfen gedenke, dann gnade mir Gott!, dachte Guillaume und konnte sich eines winzigen verzweifelten Grinsens nicht erwehren. Wie schnell konnte er wieder zum Prügelknaben werden!

Er schlüpfte in die Kammer, wählte zwei Holzschwerter aus und machte sich dann auf den Weg in den Wald. Wohl war ihm jedoch trotz Ours' Zustimmung nicht, darum verlangsamte er seinen Schritt immer wieder und blickte sich zögerlich um.

Einem Schmiedejungen den Schwertkampf beizubringen, war nicht nur ungewöhnlich, sondern ganz gewiss auch verboten! Gerade das aber machte ja einen Teil des Reizes aus. Immerhin war er nicht der Einzige, der gelegentlich etwas Verbotenes tat. Viele Knappen schlichen sich nachts hinaus, um Mutproben zu bestehen oder sich mit einer Magd zu vergnügen. Manche bestahlen sogar die Gäste ihres Herrn, um ihre Geschicklichkeit zu beweisen. Und auch Alan war schließlich ohne Erlaubnis des Lords mit dem Schwert unterwegs gewesen …

Als Guillaume endlich den Platz erreichte, an dem sie sich das letzte Mal begegnet waren, war der Schmiedejunge nirgends zu sehen. Vielleicht kommt er ja noch, hoffte Guillaume, doch er fürchtete, Alan würde es nicht wagen, erst recht nicht, falls er tatsächlich ein Geheimnis hatte.

Guillaume sah sich noch einmal um. Die Lichtung als Übungsplatz war keine schlechte Wahl. Im Frühsommer, wenn mehr Blätter an den Bäumen und Büschen hingen, würde sie kaum noch einzusehen sein.

Gerade als er sich entschlossen hatte, zurück zur Burg zu gehen, kam Alan mit langen Schritten auf ihn zu.

»Hier, ich habe uns zwei Holzschwerter mitgebracht«, begrüßte Guillaume ihn erleichtert, hob sie hoch und grinste. »In der Rüstkammer sind so viele. Da merkt keiner, wenn was fehlt. Außerdem bringe ich sie ja wieder zurück. Jetzt können wir wenigstens gegeneinander antreten.« Von Ours sagte er lieber nichts.

Der junge Schmied sah ihn aus großen, tiefgrünen Augen an und nickte ungläubig.

»Darf ich dein Schwert einmal halten?«, fragte Guillaume höflich, als er bemerkte, dass der Junge auch diesmal sein längliches Bündel dabeihatte.

Alan streckte es ihm wortlos entgegen.

Vorsichtig wickelte Guillaume das Schwert aus.

»Es hat das Härten nicht überstanden. Die Klinge ist zu spröde für einen richtigen Kampf.«

Guillaume betrachtete es stirnrunzelnd. Die Klinge war gerade, auch Parierstange und Knauf sahen aus, wie sie sollten. Nichts daran erschien ihm ungewöhnlich.

Alan las offenbar die Zweifel in seinem Gesicht und erläuterte ihm, was es mit dem Härten auf sich hatte und warum die Klinge spröde geworden war. »Ich darf dieses Schwert nur zum Üben benutzen und kann damit niemals gegen jemanden kämpfen, das wäre viel zu gefährlich, verstehst du?«

»Hm, glaub schon.« Guillaume kratzte sich den flaumigen Bart am Kinn. Alan hatte ihm den offensichtlich recht schwierigen Vorgang mit wenigen Worten erklärt, und was er gesagt hatte, klang durchaus vernünftig.

»Wollen wir?« Alan zeigte ungeduldig auf die Holzschwerter, und in seinen grünen Augen funkelte es.

»Gewiss doch, darum bin ich hier und du auch, oder?« Guillaume lächelte, reichte ihm eines und stellte sich in Kampfhaltung auf.

Bis zum Nachmittag fochten sie gegeneinander, wiederholten Angriff, Abwehr und Gegenangriff. Guillaume zeigte Alan die neuen Übungen und war immer wieder erstaunt, wie viel Freude es machte, dem Jungen etwas zu erklären. Alan begriff schneller, was beim Schwertkampf wesentlich war, als die meisten Burschen, die Guillaume kannte, und erfasste rasch, wie man seine Technik verbessern konnte.

»Warum machst du das überhaupt?«, erkundigte sich Guillaume atemlos, als sie kurz innehielten. »Du wirst nie ein Schwert führen dürfen.«

»Glaubst du, ein Schuster, der barfuß läuft, kann gute Schuhe herstellen?«, fragte Alan grinsend.

Guillaume lachte laut auf. »Da hast du sicher recht. Und wenn man bedenkt, wie du jetzt schon mit dem Schwert umgehst, dann wirst du sicher einmal ein verdammt guter Schwertschmied.« Er klopfte ihm freundschaftlich auf die Schulter.

»Da könntest du richtig liegen!« Alan schien fest entschlossen zu sein. »Ich hab's jedenfalls vor. Eines Tages werde ich ein Schwert für den König schmieden!«

»Ich bin beeindruckt!«, spottete Guillaume gutmütig und verriet dem Schmied, dass seine Ziele ebenso hoch gesteckt waren. »Als Nachgeborener habe ich weder Aussicht auf eine einträgliche Stellung bei Hof noch auf Land oder Geld, ja nicht einmal darauf, eine gute Partie zu ehelichen. Trotzdem bin ich sicher, dass mir das Schicksal den rechten Weg zeigen wird und ich eines Tages Ruhm, Ehre und die Gunst meines Königs erzielen werde«, erklärte er. Alan schien ihn als Einziger wirklich zu verstehen. Er spottete nicht, sondern nickte nachfühlend. Guillaume räusperte sich ein wenig verlegen. »Aber jetzt essen wir erst einmal etwas, ich sterbe vor Hunger. Und das wäre doch wirklich schade, weil dann aus meinem Plan nichts würde!« Er zwinkerte Alan zu und packte den mitgebrachten Proviant aus.

Die Tage bis zum nächsten Sonntag zogen sich auch diesmal in die Länge. Am Freitag, den Guillaume daran erkannte, dass es überall nach Fisch roch, hielt er es nicht mehr aus vor Neugier und ging wie zufällig an der Schmiede vorbei, um Alan bei der Ausübung seines Handwerks zu beobachten.

Er arbeitet genauso konzentriert, wie er kämpft, und schwingt den Hammer mit der gleichen Leidenschaft wie das Schwert, dachte er fasziniert. Sicher waren es Kraft und Durchsetzungsvermögen und sein eiserner Wille, es zu etwas zu bringen, die Alan eine besondere Ausstrahlung gaben. Doch da war noch etwas anderes … Guillaume wollte den Blick schon von Alan abwenden, als der junge Schmied plötzlich an seinem Hemd herumzupfte, immer wieder mit der Hand darunterfuhr und sich schließlich heimlich aus der Schmiede schlich.

Ohne so recht zu wissen, warum, folgte Guillaume ihm.

In einer dunklen Ecke hinter der Schmiede machte Alan halt.

Guillaume versteckte sich hinter einem Schuppen und äugte vorsichtig um die Ecke.

Immer wieder sah Alan sich argwöhnisch um, dann hob er plötzlich sein Hemd. Eine Leinenbinde kam darunter zum Vorschein. Sie war um seinen Leib gewickelt und offenbar während der Arbeit heruntergerutscht. Ob er sich verletzt und es seinem Meister verschwiegen hatte? Guillaume reckte sich ein wenig. In der dunklen Ecke konnte er den Freund nur undeutlich sehen. Vielleicht hatte er sich geprügelt und sich dabei die Rippen verletzt? Unter den Knappen kamen Schlägereien häufiger vor. Auch Guillaume hatte sich schon einmal eine Rippe gebrochen. Es tat höllisch weh, selbst wenn man die Brust fest wickelte. Jede Bewegung wurde zur Qual. Mit solch einer Verletzung zu schmieden, musste die Hölle sein!

Alan löste das Leinen und wickelte seine Brust erneut. Er drehte sich dabei ein wenig, und Guillaume schien es, als sähe er zwei deutliche Hügel unter dem Leinen. Er hat Brüste!, dachte Guillaume entsetzt, zuckte zurück und legte den Kopf mit geschlossenen Augen an die Wand des Schuppens. So ein Unsinn!, dachte er dann und sah erneut zu Alan hinüber. Der aber stand nun wieder mit dem Rücken zu ihm, schlug das Leinen an einer Seite unter und ließ sein Hemd herabgleiten.

Guillaume blieb an den Schuppen gelehnt stehen. Sein Herz hämmerte wie nach einem schnellen Lauf.

An den beiden Tagen bis zu ihrem Treffen versuchte Guillaume, sich auf seine Aufgaben zu konzentrieren, doch immer wieder schweiften seine Gedanken zu Alan und dem Leinenwickel ab.

Du bist ein Narr, sagte er sich am Sonntag und machte sich auf den Weg in den Wald. Alan ist ein vortrefflicher Kamerad, ein guter Kämpfer, und gewiss wird einmal ein erstklassiger Schmied aus ihm. Du hast ganz sicher nur einen Schatten gesehen! Je länger er Alan jedoch an diesem Tag beobachtete, desto unsicherer wurde er wieder.

Die Anzeichen waren winzig, und doch fühlte er sich in dem, was er zu sehen geglaubt hatte, bestätigt. Das Überschlagen von Alans Stimme hätte noch als Zeichen des Stimmbruchs durchgehen können. Doch es gab andere Hinweise. Kleinigkeiten nur und doch … Guillaume fühlte Enttäuschung in sich aufsteigen. Offensichtlich war Alan tatsächlich nicht der, der er zu sein vorgab.

Guillaume kämpfte darum noch härter mit ihm, forderte ihn immer wieder heraus und griff ihn aggressiver an als zuvor.

Alan aber zuckte niemals zurück, ließ sich weder entmutigen, noch beschwerte er sich. Er konterte, stellte sich auf Guillaumes neuen Kampfstil ein und gab nicht auf.

Alles Unsinn, dachte Guillaume. Er kann kein Mädchen sein!

»Was ist?«, erkundigte sich Alan und lachte. »Was starrst du mich so seltsam an?«

Guillaume schrak aus seinen Gedanken hoch. »Nichts ... Es ist nichts«, beeilte er sich zu versichern. »Lass uns einfach weitermachen.«

Als sie wenig später im Gras saßen, die Köpfe zusammensteckten und Alan von einem Schwert erzählte, das sein Meister gerade fertigte, fiel er Guillaume zum ersten Mal auf. Er war fein, kaum wahrnehmbar und doch da. Unbeschreiblich zart entströmte der Duft Alans Kleidern, wenn er sich bewegte. Weder der würzige Geruch von Holzkohlenfeuer noch der metallische Hauch von Eisen, der in seinem Hemd und auf seiner Haut haftete, konnte darüber hinwegtäuschen. Ohne dass der junge Schmied es merkte, näherte Guillaume sich ihm und sog den Duft mit geschlossenen Augen ein. Er verhieß Weichheit, Wonne und Sinnlichkeit, und er schreckte ihn.

»Hast du noch ein Stück Brot für mich?«, fragte Alan plötzlich.

Guillaume fuhr hoch, überrascht, verwirrt, betört und beschämt zugleich. Das zarte, unbekannte Gefühl von Wollust, das er empfunden hatte, war verflogen. Er reichte Alan den letzten Kanten herüber und sprang auf.

»Lass uns weiterkämpfen!«, rief er und versetzte ihm einen gehörigen Knuff in den Oberarm. »Dafür, dass du in einer Schmiede arbeitest, bist du nicht sehr stark«, zog er ihn auf und sah ihn mit funkelnden Augen an. »Zeig mal her deine Muskeln!« Er packte Alans Arm und begann, ihn zu betasten. »Und hier, wie sieht es hier aus?«, fragte er und wollte soeben nach Alans Brust fassen. Wenn er sich irrte, war schließlich nichts dabei!

Doch der Schmied stieß ihn heftig von sich. Sein Gesicht war gerötet, und seine Augen blitzten zornig.

Guillaume fühlte unbändige Wut in sich aufsteigen. Was glaubte dieser Lügner eigentlich, wer er war? Er packte ihn, rang ihn zu Boden und drückte seine Arme nieder. Im Gegensatz zu Bernard war Alan ihm nicht gewachsen. Er keuchte, und mit dem neuerlichen Auftauchen des verführerischen Duftes kam Guillaume die Gewissheit, dass er sich nicht getäuscht hatte.

»Ich … ich muss gehen, ich habe etwas Wichtiges vergessen!«, behauptete er plötzlich verstört, sprang auf und lief davon. »Ein Mädchen, Alan ist tatsächlich ein Mädchen!«, murmelte er immer wieder vor sich hin, als er weit genug entfernt war, kickte Steine vor sich her, rannte durch den Wald und irrte umher, bis es begann, dunkel zu werden.

Ein Mädchen in Jungenkleidern! So etwas gab es nicht. Oder doch? Guillaume dachte an den Augenblick hinter der Schmiede, als er gesehen hatte, wie Alan das Leinen um seine Brust gewickelt hatte. Rund und weich wie eine Frauenbrust hatte sie unter dem Stoff ausgesehen – und dennoch … Immerhin hatte so mancher beleibte Ritter eine fleischige Brust. Andererseits war Alan nicht dick … Warum aber sollte er das tun? Warum seine wahre Identität verbergen? Ob er – sie – etwas ausgefressen hatte? Einen Diebstahl begangen oder gar einen Mord? Guillaume schauderte und zweifelte. An sich und seinem Verstand, an Alan und an seinem Gefühl, das ihm immer wieder beteuerte, dass der Schmied ein Mädchen war. Wie in aller Welt konnte er jedoch sicher sein? Wie ohne Zweifel in Erfahrung bringen, ob er recht hatte?

Guillaume schüttelte den Kopf. Es war einfach absurd, Alan für ein Mädchen zu halten, und doch ließ ihn der Gedanke nicht mehr los.

Jede Nacht lag er von nun an auf seinem Lager, wälzte sich herum und sann darüber nach, warum ein Mädchen behaupten sollte, ein Junge zu sein.

Er würde seinem Herrn von dem Verdacht erzählen müssen, und vermutlich würde Tancarville ihn auslachen, doch wenn Guillaume darauf bestand, würde man seine Anschuldigungen gewiss überprüfen.

Bei dem Gedanken, was man tun würde, um festzustellen, ob Alan ein Mädchen war, errötete er. Gott, wie peinlich! Wenn er sich irrte, würde man ihn auslachen, doch das wäre noch der beste Ausgang, denn mit einer solchen Schmach würde er leben können. Was aber würde geschehen, falls es stimmte? Mädchen durften keine Männerkleider tragen und sich als Jungen ausgeben. Darum würde Alan gewiss in den Kerker geworfen werden, womöglich ausgepeitscht oder gar gefoltert und schließlich aus Tancarville verjagt werden!

Der Gedanke, Alan niemals wiederzusehen, war Guillaume unerträglich. Wir sind Freunde, und einen Freund verrät man nicht, dachte er. Andererseits hätte ein Freund ihn doch in ein so schwerwiegendes Geheimnis einweihen müssen, oder nicht? Ob Alan ihm den Gewissenskonflikt, in dem er sich nun befand, hatte ersparen wollen? Oder hatte er befunden, dass es zu gefährlich war, sich ausgerechnet ihm, einem jungen Adeligen, anzuvertrauen?

Guillaume rang nach Atem. Was sollte er nur tun?

Oktober 1164

Sechs Monate war es her, dass Guillaume Alans Geheimnis entdeckt hatte. Zu niemandem aber hatte er je ein Wort darüber gesprochen, und noch immer ging er jeden Sonntag in den Wald, um mit Alan zu üben. Obwohl er den Schwertkampf liebte wie kaum etwas anderes, waren es nicht die Übungen, die ihn auf die Lichtung lockten, sondern Alan. Alan, die noch immer glaubte, dass auch er sie für einen Jungen hielt. Alan, sein Freund, und das Mädchen, von dem er immer häufiger träumte.

Guillaume seufzte bei dem Gedanken an sie und machte sich auf den Weg zu ihrem Treffpunkt. Wie üblich achtete er darauf, dass ihm niemand folgte. Thibault beäugte ihn noch immer voller Herablassung und versuchte, ebenso wie Bernard, ihm zu schaden, wo immer er konnte. Immerhin war Thibaults Interesse an Alan ein wenig verblasst, seit er sich regelmäßig mit Rose traf, einer englischen Magd, die früher häufig mit Alan im Hof gesessen und ihre Mittagsmahlzeit geteilt hatte. Vermutlich hatte Thibault den jungen Schmied für einen Mitstreiter um Roses Gunst gehalten und ihn darum so schlecht behandelt. Guillaume konnte sich eines kleinen Grinsens nicht erwehren. Wenn Thibault wüsste!, dachte er und beschleunigte seinen Schritt.

Als er an der Lichtung ankam, wo Alan bereits auf ihn wartete, blieb er stehen und sah sie einen Moment lang wie gebannt an. Ihr rotes Haar leuchtete im Sonnenlicht und bildete mit den herbstlich verfärbten Blättern des Waldes eine wunderbare Einheit. Ihre Haltung, die Zungenspitze in ihrem Mundwinkel, wenn sie sich konzentrierte, ihr kehliges Lachen, wenn er scherzte, ihre wunderschönen moosgrünen Augen ... Guillaume hatte sich längst verliebt.

»Da bist du ja!«, rief Alan und lachte, sodass ihre Augen zu kleinen Schlitzen wurden. »Ich hab schon gedacht, du kommst nicht mehr.« Sie schlug ihm kräftig auf die Schulter.

Guillaume lächelte und tätschelte freundschaftlich ihren Oberarm. Sie bemühte sich sehr, wie ein Junge zu wirken, und es gelang ihr in der Tat außerordentlich gut. Manchmal konnte sogar *er* für eine Weile vergessen, wer Alan wirklich war.

»Lass uns gleich anfangen«, rief er und hob sein hölzernes Schwert. Solange sie übten und sich auf den Kampf konzentrierten, waren sie nur zwei Freunde mit der gleichen Leidenschaft.

»En garde!«, rief Alan aufgekratzt und stellte sich in Kampfposition.

Sie fochten so lange, bis ihnen der Atem fehlte, dann warfen sie sich ins Gras und blickten in die Wolken.

»Donovan hat mich letzte Woche zum ersten Mal selbst ein Messer schmieden lassen!«, erklärte Alan, drehte sich um und stützte die Ellenbogen auf. »Auch den Griff habe ich allein gefertigt!« Stolz glitzerte in ihren Augen. Dann fuhr sie nachdenklich mit dem Finger durch die sandige Erde. »Ich zerbreche mir schon seit einer Weile den Kopf darüber, was das Wichtigste bei einem Schwert ist.«

»Dass es gut ausbalanciert ist«, rief Guillaume und drehte sich ebenfalls um. »Und elastisch und scharf und ...«

Alan lachte. »Ich kenne die Eigenschaften eines guten Schwertes. Das aber meine ich nicht. Ich meine das, was ein Schwert zu etwas ganz Besonderem macht ...«, sagte sie nachdenklich und zog die Brauen zusammen.

Ihre Köpfe steckten so dicht zusammen, dass Alans Duft Guillaume beinahe um den Verstand brachte.

»Ach, du!«, rief er aus, stürzte sich auf sie und begann eine kleine Rauferei. Nur so konnte er ihr ganz nahe sein, ohne sein Wissen preiszugeben. Sie rollten herum, bis er auf ihr lag. Ihr

Liebhaber, dachte er, wäre ich gern. Ihr Liebhaber! Sein Herz hämmerte erregt.

Alan keuchte atemlos. Ihr Gesicht war hochrot, und ihre Augen glitzerten wie taunasses Gras in der Morgensonne.

Ob sie ebenso sehr davon träumte, eins mit ihm zu werden, wie er? Guillaume sah sie an, bis sie den Blick niederschlug. Mehr als einmal hatte er gehofft, sie würde endlich den Mut finden, sich ihm anzuvertrauen, doch er wartete vergeblich. Auch er hatte immer wieder darüber nachgedacht, ihr zu gestehen, dass er ihr Geheimnis kannte, und doch geschwiegen, genau wie sie.

»Du bist schwer«, japste Alan und sah ihn mit so funkelnd grünen Augen an, dass ihm das Herz in der Brust zu zerspringen drohte.

Guillaume rollte sich herunter und blieb eine ganze Weile schweigend neben ihr liegen. Große weiße Wolken zogen am Himmel vorüber.

»Wollen wir noch ein bisschen üben?«, fragte Alan unvermittelt und sprang auf.

Guillaume schüttelte den Kopf. »Ich bin zu müde, hab während der ganzen Nacht kein Auge zugetan«, erklärte er. »Thibault hat im Schlaf geredet. Wild geträumt hat er wohl, wenn du weißt, was ich meine!« Er sah sie an und versuchte sich an einem Grinsen.

»Thibault!« Alan verdrehte die Augen.

Guillaume hatte Mühe zu atmen. Wie machte sie es nur, sein Herz so gefangen zu halten?

»Ich kann seinen Blick nicht ausstehen«, plapperte sie weiter. »Es liegt etwas Verwerfliches, Schmutziges darin.«

Ob Thibault doch ahnte, dass Alan ein Mädchen war? Ob er sich darum anzügliche Blicke erlaubte? Nein, dachte Guillaume. Er *kann* es nicht wissen. Er hätte sie längst verraten oder versucht, einen Vorteil für sich herauszuschlagen. Nicht einmal einen Verdacht kann er hegen. Dann runzelte er die Stirn. Ob Thibault sich womöglich von Alan angezogen fühlte, *obwohl* er sie für einen Jungen hielt? Ein schadenfrohes Grinsen zuckte um seinen Mund. Würde ihm ganz recht geschehen, sich mit einem schlechten Gewissen herumschlagen zu müssen. Einen Mann zu begehren, war widernatürlich für einen Jungen, sagte die Kirche, und eine große Sünde. Vielleicht hasste Thibault Alan ja, weil er verliebt war! Guillaume schnaubte leise und schüttelte kaum merklich den Kopf. Unsinn! Thibault war sicher nur eifersüchtig wegen Rose …

Manor of Hinton Waldrist, Berkshire, im August 1165

Matilda spähte durch das Loch im Wandteppich und wagte kaum zu atmen. Ihre Nase kitzelte. Wenn sie nur nicht niesen musste und sich dadurch verriet! Sie kniff sich mit Zeigefinger und Daumen in den Nasenrücken und schloss die Augen.

»Meine Tochter bringt großzügige Ländereien mit in die Ehe und nach meinem Tod auch meinen Titel«, hörte sie ihren Vater sagen und riss die Augen auf. Sie presste ihr Gesicht an den Teppich und versuchte, etwas zu erkennen.

Ihr Vater und der Fremde, der am Morgen eingetroffen war, saßen mit dem Rücken zu ihr. Der Mann hatte ähnlich graues Haar wie ihr Vater.

Ob er mein Gatte werden soll?, überlegte Matilda und ärgerte sich, dass sie ihn bei seiner Ankunft nicht genauer betrachtet hatte. Wenn ihr Vater sie aber mit dem Fremden vermählen wollte, musste er sie ihm doch zeigen. Schließlich kaufte niemand die Katze im Sack! Matilda erschrak. Und wenn der Vater nun nach der Amme rufen ließ und befahl, man möge sie herbringen? Ein Lächeln huschte über ihr Gesicht. Der Vater kannte sie und wusste, dass sie sich oft auf dem Gut herumtrieb. Wenn sie also nicht zu finden war, würde sie seinem Gast eben erst später, bei dem abendlichen Festmahl, vorgestellt werden, zu dem er gewiss eingeladen wurde. Matilda drückte ihr anderes Auge an das Loch im Teppich, um vielleicht doch noch einen Blick auf den Fremden zu erhaschen. An seiner Kleidung würde sie sehen, ob er reich und mächtig war. Gewiss, sie ging nicht davon aus, dass ihr Vater sie unter Wert vergeben würde, doch es war besser, sich selbst davon zu überzeugen. Immerhin hatte er versprochen, dass sie einmal Herrin über große Ländereien werden würde, dass sie Macht über viele Menschen und genügend Geld für die Erfüllung all ihrer Wünsche besitzen würde.

Diesmal kam das Kribbeln in ihrer Nase so überraschend, dass sie nicht mehr die Zeit hatte, hineinzukneifen.

»Hatschi!«, tönte es durch die Halle, und die beiden Männer vor dem Wandteppich drehten sich erstaunt um.

»Was tust du hier?«, fuhr Bernard de St. Valéry seine Tochter an und hielt den Teppich zur Seite. »Raus da, umgehend!«

Matilda nickte kleinlaut. Der Vater war ihr nie lange böse, aber er musste vor dem Gast sein Gesicht wahren, und Matilda war zu klug, ihm das zu verderben. »Verzeiht, Vater«, wisperte sie und presste eine Träne in ihr rechtes Auge. Sie hatte das lange geübt, denn es konnte durchaus hilfreich sein, auf Kommando weinen zu können.

Der Gast ihres Vaters lachte schallend. »Ein entzückendes Mädchen! Neugierig wie es sich für Weibsbilder gehört!« Er ergriff Matildas Kinn und sah ihr forschend in die Augen. »Hast du Angst vor mir?«, wollte er wissen.

Matilda überlegte nicht lange. »Nein, Mylord!«, antwortete sie wahrheitsgemäß. Wenn der Mann ihr Gatte werden sollte, durfte sie keine Furcht zeigen. »Ich bin eine de St. Valéry, und die fürchten niemanden!«, antwortete sie hocherhobenen Hauptes.

»Meine Tochter!«, sagte Bernard de St. Valéry mit unverhohlenem Stolz. »Matilda, das ist William de Braose, der Lord of Bramber.«

Matilda knickste, wie es sich gehörte, doch den Blick senkte sie nicht.

»Ein stolzes Kind«, sagte de Braose und runzelte die Stirn. »Doch nicht hoffärtig, hoffe ich.«

Matilda, die zwar nicht wusste, was dieses Wort bedeutete, aber fühlte, dass es an ihr lag, den Gast milde zu stimmen, senkte kurz den Blick. Bei ihrer Amme wirkte das immer, wenn sie diesen entsetzten Tonfall in der Stimme hatte, und auch diesmal schien diese einfache Geste ihre Wirkung nicht zu verfehlen, denn der Lord of Bramber legte ihr die Hand auf den Kopf.

»So ist es recht«, lobte er sie. »Über die weiteren Einzelheiten sollten wir allein sprechen«, sagte er zu ihrem Vater.

»Gewiss«, antwortete der und schickte sie hinaus.

Mit einem weiteren Knicks verabschiedete sie sich und verließ die Halle so leichtfüßig, wie sie konnte. Arlette ermahnte sie ständig, sie trample wie ein Pferd und bekäme nie einen anständigen Mann, wenn sie nicht vornehmer laufe. Der Lord of Bramber war reich, das hatte sie am Blick ihres Vaters ebenso erkannt wie an dem edlen Tuch, in das der Mann gekleidet war. Dass er alt war, störte Matilda nicht. Ihr Vater war ebenfalls alt, und sie liebte ihn. Sein kratziger Bart, der nach warmem Talg roch, hatte etwas Aufregendes. Junge Männer hatten weniger Macht und lebten länger. Matilda sputete sich und rannte die Treppe hinauf.

»Mein Bräutigam sitzt unten bei meinem Vater in der Halle«, platzte sie, an Lesceline gewandt, heraus. »Er ist viel mächtiger und reicher als deiner!«, behauptete sie, obwohl sie weder wusste, wer Lescelines Bräutigam war, noch wie es um die Position des einen oder anderen Mannes bestellt war. Doch Lesceline konnte man mit schnöden Behauptungen leicht beeindrucken.

»Matilda!«, herrschte Arlette sie an. »Solche Prahlerei schickt sich nicht! Außerdem ist es nicht wahr.«

Matilda hatte nicht mit der Amme gerechnet und biss sich auf die Lippen. Für das freudige Glitzern aber, das in Lescelines Augen aufgeblitzt war, weil Arlette sie getadelt hatte, würde sich leicht eine Rache finden.

»Auf jeden Fall sorge ich dafür, dass dich mein Vater hierbehält, wenn ich endlich heirate!«, sagte sie zu Arlette.

»Ah!« Die Zofe war sprachlos über diese Frechheit.

»Ich werde mit dem Koch besprechen, was wir unserem Gast heute Abend servieren. Oder geht es Mutter besser?«, fragte Matilda und warf einen Blick auf die geschlossenen Vorhänge des großen Bettes.

Arlette schüttelte bedrückt den Kopf.

Matilda wusste, dass ihre Mutter immer mehr der Schwermut anheimfiel. In den ersten Jahren nach ihrer Geburt hatte die Mutter noch Hoffnung auf weitere Kinder gehabt, doch als sich diese nicht erfüllte, war sie immer häufiger mit Kopfschmerzen im Bett geblieben. Seit einigen Monaten stand sie gar nicht mehr auf und dämmerte nur noch vor sich hin. Arlette kümmerte sich liebevoll um sie, sorgte dafür, dass sie nur beste Speisen bekam und wenigstens ein bisschen davon aß. Trotzdem war Lady St. Valéry beängstigend mager geworden.

Matilda und ihr Vater waren sich in dieser Zeit nur noch näher gekommen; sie strotzten beide vor Kraft und konnten die Schwäche Lady St. Valérys kaum ertragen.

Neufchâtel-en-Bray im August 1166

Wie so häufig im letzten Jahr, hatte Guillaume seinen Herrn auch diesmal auf einen der üblichen Streifzüge entlang der Grenzen seiner Ländereien begleiten dürfen. Mit einer stattlichen Anzahl bewaffneter Männer waren sie zunächst nach Hallebosc und dann nach Mézidon geritten. Sie befanden sich gerade auf dem Rückweg nach Tancarville, als ihnen ein Bote entgegensprengte.

»Mylord de Mandeville schickt mich«, erklärte er, atemlos vom schnellen Ritt. »Der Graf von Ponthieu hat sich mit denen von Flandern und Boulogne verbündet und dem König den Krieg erklärt! Die gegnerischen Truppen werden die Grenze zur Normandie schon bald überschreiten, darum bittet mein Herr um Eure Hilfe!«

Tancarville tauschte einen kurzen Blick mit seinen Rittern und nickte. »Wir begleiten Euch umgehend. Der Feind darf nicht bis Rouen vordringen!« Er wendete sein Pferd und hob sein Schwert. »Auf nach Neufchâtel!«

Guillaume war hin- und hergerissen. Einerseits war sicher spannend, was nun geschehen würde, andererseits hatte er sich schon auf die Rückkehr gefreut und seinem nächsten Treffen mit Alan entgegengefiebert, das nun in weite Ferne rückte. Bei dem Gedanken an sie schlug sein Herz einen Takt schneller. Es bedurfte einer gehörigen Portion Schneid und eines beträchtlichen Durchhaltevermögens, sich über so lange Zeit als Junge auszugeben, ohne sich zu verraten. Auch wenn die meisten Menschen nur sahen, was sie sehen wollten, so war es doch erstaunlich, dass ihr noch niemand weiter auf die Schliche gekommen war.

Guillaume schätzte an Alan nicht nur den eisernen Willen und das Wissen um ihre eigenen Stärken, sondern auch, dass sie niemals ihr Ziel aus den Augen verlor. Darin ähnelte sie ihm. Seit sie sich kannten, war eine tiefe Verbundenheit zwischen ihnen entstanden, eine Nähe, wie Guillaume sie noch nie zuvor gekannt hatte. Es bedurfte keiner großen Worte und Versicherungen, um ihre Freundschaft zu besiegeln, das wussten sie beide. Nur das Geheimnis darum, wer Alan wirklich war, stand zwischen ihnen. Aber so sehr Guillaume sich auch wünschte, dass sie ihm eines Tages die Wahrheit sagen würde, wusste er doch, dass ihr Geständnis alles nur noch schwieriger machen würde.

Als sie Neufchâtel endlich erreichten, kamen ihnen die Grafen von Mandeville und Eu mit ausgebreiteten Armen entgegen.

»Willkommen in Neufchâtel, guter Freund!«, begrüßten sie den Kammerherrn. Erleichterung stand ihnen ins Gesicht geschrieben. »Ihr ahnt nicht, wie froh wir sind, auf Euch und Eure Männer zählen zu können!«

Hände wurden geschüttelt, Schultern geklopft und Scherze gemacht. Auf dem Weg in die Halle tauschten die Lords Komplimente aus und versicherten einander immer wieder, wie froh sie waren, sich zu sehen. Viele Dutzend Ritter, Männer von Eu und Mandeville, waren bereits in Neufchâtel versammelt. Pagen huschten in die Halle, liefen eifrig zwischen den Gästen hin und her, brachten ihnen Wein und schleppten krossen Kalbsbraten und gesottene Gänse auf silbernen Platten herein. Das Gemurmel in der Halle klang wie ein dumpfes Summen.

So mancher Ritter hielt erfreut inne. Einige saßen am Tisch, und sprangen auf, als der Kammerherr und seine Männer eintraten, andere nickten nur freundlich und sprachen weiter. Die Pagen beeilten sich, auch die soeben eingetroffenen Gäste zu bewirten. Doch bevor noch jeder von ihnen einen Willkommenstrunk in der Hand hielt, stürzte ein Späher in die Halle.

»Verzeiht, Mylord!«, rief er außer Atem, warf sich vor Mandeville auf die Knie und vergaß vor lauter Aufregung, seinen Helm abzunehmen. »Die feindlichen Truppen …« Er rang nach Luft. »… haben sich aufgeteilt. Eine Division soll Eu angegriffen haben, die andere, bis an die Zähne bewaffnet, ist auf dem Weg hierher!«

Während der Graf von Eu stöhnte und sich in seinen Sessel fallen ließ, sah Mandeville fragend zum Kammerherrn.

»Wenn sie sich aufgeteilt haben, sollten wir sie leicht besiegen können«, sagte Tancarville zuversichtlich, doch der Bote schüttelte den Kopf.

»Sie … sie sind noch immer so viele!«, erklärte er erstickt. »Mylord, ich fürchte, dass selbst mit allen Männern, die Euch zu Hilfe geeilt sind, Neufchâtel nicht lange standhalten wird.«

Mandeville fuhr sich verzweifelt durch die Haare. »Wir müssen alles tun, um zu verhindern, dass sie die Stadt überrennen.« Eine Falte grub sich zwischen den tiefblauen Augen in die hohe Stirn des jungen Mannes.

Guillaume, der dicht hinter seinem Herrn stand, begriff, dass die Lage überaus ernst war. Obwohl sicher an die fünfzig Ritter in der Halle versammelt waren und im Hof viele Soldaten warteten, zählte nun jeder Mann!

»Bitte, Herr, lasst mich mit Euch reiten!« Er fiel vor Tancarville auf die Knie. »Ich weiß die Lanze zu führen und bin ein guter Schwertkämpfer. Ich kann Euch sicher von Nutzen sein!«

»Deine Absichten sind durchaus edel, Guillaume, und ich weiß sie wohl zu schätzen, doch kann ich dir deine Bitte nicht gewähren, denn du bist nur ein Knappe«, erwiderte der Kammerherr mit offensichtlichem Bedauern. »Es ist aber die Aufgabe der Ritter, ihr Leben im Kampf für den König zu lassen, nicht die der Knappen.« Zwar klang seine Stimme plötzlich dunkel, beinahe streng, doch in seinen Augen blitzte ein wohlwollendes Lächeln auf, das Guillaume ermutigte, beharrlich auf den Knien zu bleiben und seinen Herrn unbeirrt anzusehen.

»Bitte, Herr!«

Als er sich nicht erheben wollte, knieten wie auf ein geheimes Zeichen auch die Knappen von Mandeville und Eu vor ihren

Herren nieder. Die plötzliche Stille in der Halle erinnerte an die Ruhe vor einem Sturm.

Guillaume nahm nun all seinen Mut zusammen. »Wenn ich nur als Ritter kämpfen kann, dann gewährt mir die Ehre, Mylord, und weiht mich hier und jetzt, damit ich an diesem besonderen Tag an Eurer Seite in die Schlacht ziehen kann«, bat er, fest entschlossen, seinen ersten Kampf auf Leben und Tod auszufechten. »Für König Henry!«

»Für König Henry«, klang es aus vielen Kehlen zurück.

Mitgerissen von diesem ergreifenden Augenblick, baten nun auch die beiden anderen Knappen ihre Herren mit nahezu den gleichen Worten um die Ritterweihe. Ratlos schauten sich Mandeville, Eu und Tancarville an. Es war Mandeville, der als Erster zustimmend nickte. Er war selbst nur wenige Jahre älter als die Knappen und verstand darum wohl am besten, wie ihnen zumute war. Doch bevor er noch etwas sagen konnte, stürzte ein weiterer Späher in die Halle.

»Herr! Eu und Aumale sind verloren! Der Feind ist nicht mehr weit!«

Es war Tancarville, der nun sein Schwert zog, es senkrecht vor sein Gesicht hielt, bevor er die Klinge auf Guillaumes Schultern niedersinken ließ, und sie kurz berührte. Gewichtige Worte, wie sie üblich waren, schienen ihm in dieser außergewöhnlichen Lage nicht einzufallen, dennoch war es ein erhebender Augenblick, denn jetzt zögerten auch die anderen Barone nicht mehr. Sie zückten ihre Schwerter und gaben ihren Knappen in aller Eile die ersehnte Schwertleite, damit sie Ritter wurden, bevor der Feind die Burg erreichte.

»Man bringe uns drei Schwerter«, rief Tancarville, und als man ihm schließlich eines reichte, gürtete er es Guillaume um. »Den heutigen Tag wirst du niemals vergessen, dessen bin ich gewiss!«, sagte er feierlich. Dann umarmte er ihn. »Tu mir nur einen Gefallen und stirb heute nicht!«, raunte er ihm ins Ohr.

Guillaume schluckte. Die Worte seines Herrn trafen ihn mitten ins Herz. Er hatte sich stets eine Schwertleite auf Tancarville erträumt, so wie alle sie bekamen und auch Adam sie erst kürzlich erhalten hatte. Nach einem zeremoniellen Bad und einer auf dem Boden der kleinen Kapelle verbrachten Nacht, während der gebetet wurde, gekleidet in ein festliches Gewand, mit einem anschließenden Wettkampf gegen andere Knappen und Ritter, in dem man sich vor den Augen aller bewähren musste. Trotzdem hatte dieser Augenblick eine ganz besondere Bedeutung, denn Guillaume bekam seine Schwertleite, um noch heute dem König zu dienen!

»Der Feind naht!«, rief jemand in Panik und steckte die Ritter damit an.

Nichts war vorbereitet, keine Taktik besprochen. Die Männer waren nicht einmal alle ausreichend bewaffnet! Ein aufgeregtes Durcheinander entstand.

»Wir reiten ihnen entgegen und halten sie noch vor den Toren der Stadt auf«, beschlossen ein paar Männer und stürmten los.

»Dann werden *wir* die Brücke am Westtor der Stadt sichern«, rief Mandeville seinen Rittern zu.

Guillaume fühlte sich wie berauscht. Sein erster Kampf als Ritter stand ihm bevor! Tancarville hatte ihn in die Rüstkammer geschickt, damit er zusammensuchte, was er für die Schlacht benötigte. Nun stand er vor einer großen Auswahl an Waffen. Die Hand auf dem Knauf des Schwertes, das sein Herr ihm umgegürtet hatte, entschied er sich für eine Lanze, einen Helm und einen Schild. Ein passendes Kettenhemd fand er in der Eile nicht. Als er zu Tancarville stieß, sah er, dass es diesem in kürzester Zeit gelungen war, eine recht vorzeigbare Truppe wehrhaft zu machen.

»Für den König!«, rief der Kammerherr seinen Rittern zu, saß auf und stieß sein Schwert in die Höhe.

»Für den König!«, antwortete Guillaume aus vollem Hals und schwang sich auf Ares' Rücken.

Als die Männer des Kammerherrn jubelten und mit ihren Schwertern auf die Schilde schlugen, war es Guillaume, als wäre es sein Herz, das er da klopfen hörte. Voller Eifer ritt er zur Brücke und wollte schon an seinem Herrn vorüberziehen, als der ihn zurückrief.

»Warte, Guillaume! Halte dich im Hintergrund, statt dich vorzudrängen, und lass die erfahrenen Ritter vorbei!«

Guillaume aber war voller Ehrgeiz und gehorchte nur halbherzig. Zu sehr drängte es ihn, dem Feind endlich ins Antlitz zu sehen. Er ließ ein paar ältere Ritter an sich vorbeiziehen und stürzte sich sodann ins Kampfgetümmel.

Die flämischen Soldaten, die berüchtigt dafür waren, hart und unbarmherzig zu kämpfen, hatten bereits die Siedlungen außerhalb der Stadtmauern überfallen. Obwohl Guillaume viele Übungen und Wettstreite mit Bravour bestanden hatte, begriff er schnell, dass der Krieg anders war, als er vermutet hatte: härter, grausamer, blutiger, bedingungsloser. Jede Niederlage im Kampf konnte endgültig sein, Verstümmelung oder Tod bedeuten.

Guillaume kämpfte wie im Rausch. Er schrie aus ganzer Kehle, um den Feind einzuschüchtern, stach mit der Lanze, traf einen Schild und stach erneut zu. Als seine Lanze schon nach kurzer Zeit entzweibrach, warf Guillaume sie fort und kämpfte mit dem Schwert weiter. Schweiß rann ihm unter dem Helm aus den Haaren und lief ihm ins Gesicht. Sein ganzer Körper war nass wie frisch gebadet, und sein Herz raste.

Den Männern um Tancarville gelang es, die Truppen ein wenig zurückzudrängen, doch plötzlich preschten die Angreifer erneut vor.

»Nehmt die Stadt«, rief ihr Anführer, der Graf von Ponthieu, »und holt euch euren Lohn! Es gibt reichlich Beute für jeden!«

Gelang es ihnen, so würden sie nicht nur das Hab und Gut der Stadtbewohner stehlen, sondern auch morden, schänden und brandschatzen, bis kein Stein mehr auf dem anderen stand und jedes Leben zerstört war. Darum mussten die Soldaten der Garnison die Stadt beschützen. Alle Bürger, arme und reiche, alte und junge, Männer und Frauen, sogar die Kinder hatten sich mit Äxten, Knüppeln und langen Messern bewaffnet und kämpften mit dem Mut der Verzweiflung, als der Feind bis zu ihnen vordrang. Von überall her gellten markerschütternde Schreie, wilde, kämpferische, aber auch angsterfüllte, die um Hilfe oder Erbarmen flehten, und kläglich wimmernde, die nach Schmerz und Todesangst klangen.

Guillaume hielt sich tapfer gegen seine Feinde, kämpfte, schrie und schlug so manchen Mann in die Flucht, bis sich mehrere flämische Fußsoldaten an seine Fersen hefteten. Sie bedrängten ihn immer heftiger. Guillaume sah sich – ganz wie er es bei Ours gelernt hatte – nach einem Versteck um und verschanzte sich kurzerhand hinter einem Schafspferch, was sich jedoch schon bald als Fehler herausstellte, denn der Weg zu seinen Kampfgefährten war ihm nun abgeschnitten, und er blieb auf sich allein gestellt zurück.

Obwohl seine Feinde in der Überzahl waren, war er im Vorteil, solange er auf dem Rücken seines Pferdes saß. Wie im Fieber hieb er von oben auf die Angreifer herab. Eine Weile konnte er sie sich so vom Leib halten, dann aber schnappte sich einer von ihnen einen mächtigen Eisenhaken, und mit einer beinahe tierisch anmutenden, vom Hass verzerrten Fratze holte er aus und ließ die schreckliche Waffe auf Guillaume niedersausen. Der Haken bohrte sich tief in seine Schulter, als der Soldat daran riss, um Guillaume vom Pferd zu ziehen.

Der Schmerz war unerträglich. Als stünde seine Schulter in Flammen, als zerrissen seine Muskeln, als schrie sein Fleisch. Der Atem stockte ihm, und Bilder von Gildwin zuckten vor seinem inneren Auge auf. Wenn ich vom Pferd stürze, ist mein Ende besiegelt!, durchfuhr es ihn.

Er klammerte sich fest. Gehe ich zu Boden, dann schlachten sie mich wie Vieh, lassen mich ausbluten und schneiden mich in Stücke. Allein die nackte Angst ließ ihn die Kraft aufbringen, dem treuen Ares mit ganzer Wucht die Sporen in die Flanken zu schlagen. Das arme Tier wieherte und stieg. Der Eisenhaken riss und zerrte an Guillaumes Schulter, bohrte sich tiefer und schien seine Knochen zum Bersten zu bringen. Ares keilte aus, und Guillaume hörte sich vor Schmerz brüllen. Es klang kehlig, unmenschlich, fremd.

Plötzlich ließ der Flame den Haken los, und Ares preschte nach vorn. Irgendwie gelang es Guillaume, sich das Eisen aus dem Fleisch zu winden und dabei nicht ohnmächtig zu werden. Ungläubig starrte er seine heftig blutende Schulter an. Lange würde er damit nicht durchhalten können.

Guillaume versuchte, den flämischen Soldaten zu entfliehen, doch sie wollten ihn um keinen Preis ziehen lassen und begannen, wie besessen auf Ares einzustechen. Ungläubig starrte er die Männer an. Gewiss hatte er gewusst, dass in Schlachten auch Pferde eingebüßt wurden, doch nicht einen Augenblick hatte er geglaubt, dass Ares, sein Ares, in Gefahr sein könnte! Fassungslos sah er, wie sie ihre vor Blut triefenden Schwerter aus dem Leib seines treuen Pferdes zogen und Ares taumelte.

»Ares!«, rief er mit Tränen in den Augen. Seine Stimme klang rau und verzweifelt.

Schnaubend, das edle Haupt mit letzter Kraft schüttelnd, ging Ares unter ihm in die Knie. Schaum troff aus seinem Maul. Guillaume sah sich bereits, von den Flamen niedergemetzelt, neben dem armen Ares am Boden verenden, als der Graf von Ponthieu seinen Männern ganz unerwartet den Rückzug befahl.

Bebend vor Wut und Trauer, ließ Guillaume sich aus dem Sattel gleiten. Um ein Haar wäre er von Ares' schwerem Leib begraben worden, als dieser zur Seite sackte. Die gutmütigen braunen Augen des Pferdes, die seinen Herrn immer voller Vertrauen angesehen hatten, waren nun weit aufgerissen vor Angst. Ares wieherte, hob den Kopf und versuchte mit letzter Kraft, wieder auf die Beine zu kommen. Doch es war vergeblich. Die Wunden, die die Schwerter der flämischen Soldaten in seinen Leib geschlagen hatten, waren zu tief.

Guillaume warf sich an den Hals seines geliebten Pferdes und vergrub die Stirn in seinem Fell, so wie er es früher getan hatte, wenn er sich einsam und verlassen gefühlt hatte. »Ares«, flüsterte er erstickt und streichelte den mit kaltem Schweiß bedeckten Hals des Tieres. »Mein guter, treuer Ares!« Gemeinsam hatten sie einst die Heimat verlassen, um nach Tancarville zu ziehen, und lange Zeit war der Hengst sein einziger Freund gewesen. Guillaume legte die Wange an den zitternden Leib des verblutenden Pferdes.

»Du hast mir das Leben gerettet«, wisperte er unter Tränen.

* * *

»›Ich bin sehr stolz auf dich! Du hast tapfer gekämpft und dir deine Sporen redlich verdient‹, hat der Kammerherr mich beim anschließenden Festmahl gelobt und mir zugetrunken. ›Sieh nur zu, dass deine Wunde nicht brandig wird, damit du noch viele Kämpfe ausfechten kannst!‹« Guillaume sah Adam voller Stolz an und fasste kurz nach seiner Schulter. »Ich war beseelt von seinem Lob und dem starken roten Wein, der mir half, den Schmerz zu vergessen«, fuhr er lächelnd fort. Seinen Kummer um den Verlust des treuen Ares jedoch behielt er lieber für sich.

Adam erwiderte sein Lächeln, obwohl ihm ganz und gar nicht danach zumute war. Ahnte Guillaume denn nicht, wie gern auch er sich an dem Kampf beteiligt hätte, über den ganz Tancarville sprach? Doch der Kammerherr hatte ihm eine andere Aufgabe zugewiesen und ihn nicht mit auf den Streifzug genommen. Adam war überaus stolz auf diesen Vertrauensbeweis seines Herrn gewesen, bis er erfahren hatte, welch wichtiger Kampf ihm dadurch entgangen war. Warum nur hatte das Schicksal *ihm* nicht gestattet, sich zu beweisen?

»›Zeige mir, dass du ein wahrer Ritter bist, Guillaume, und erweise dich als großzügig‹, sagte Mandeville grinsend, nachdem alle meinen Mut gepriesen haben«, fuhr Guillaume fort. »›Schenke mir ein Kummet oder einen Schwanzgurt!‹ Ich verstand nicht, worauf er hinauswollte, sah ihn darum beschämt an und sagte, ich könne ihm seine Bitte nicht gewähren, weil Ares, mein guter Ares, mein einziger Besitz gewesen sei und Sattel und Zaumzeug nicht mir, sondern meinem Herrn gehörten. Ich hätte vor Scham im Erdboden versinken können, als alle gelacht haben und Mandeville ungläubig tat. ›Hast du wirklich geglaubt, einzig für die Ehre zu kämpfen? Du hättest den besiegten Feinden Pferde, Waffen und Rüstungen abnehmen müssen, statt neben deinem Pferd hocken zu bleiben, bis es verendet ist. Die Beute wäre dein Lohn gewesen. Einen anderen wirst du nicht bekommen, und den Verlust des Tieres wirst du vermutlich ebenfalls selbst tragen müssen. Wie töricht ist einer, der ärmer aus der Schlacht kommt, als er hineingegangen ist, obwohl er zu den Siegern gehört!‹« Guillaume brach ab und sah niedergeschlagen zu Boden. »Das waren Mandevilles Worte. Und seitdem ist mir der Kammerherr gram.«

Adam schüttelte den Kopf. Wie konnte Guillaume nur so einfältig sein zu glauben, er kämpfe einzig für die Ehre! Mehr als töricht war das, aber es passte zu ihm. Guillaume konnte von Glück sagen, dass er so geschickt im Umgang mit den Waffen war und so ein einnehmendes Wesen hatte.

»Der Kammerherr wird dir gewiss nicht ewig zürnen«, erwiderte Adam und zwang sich, freundlich zu klingen. »Immerhin hast du silberne Sporen und einen wunderbaren, pelzverbrämten Mantel von ihm bekommen.« Er zog die Brauen hoch.

»Gewiss«, murrte Guillaume, »trotzdem ist es nicht gerecht, dass er mir den Verlust meines Pferdes nicht ersetzt und mich noch immer kaum eines Blickes würdigt.«

Adam zuckte mit den Schultern. Wie es auf Tancarville üblich war, hatte er seinen Ritterschlag in einer feierlichen, aber bescheidenen Zeremonie mit einem guten Dutzend weiterer Knappen erhalten. Er hatte sich lange darauf vorbereiten müssen und wusste darum genau, was man vor, während und nach einer Schlacht von einem Ritter erwartete. Guillaume aber war noch nicht an der Reihe gewesen. Dennoch hatte er sich vordrängen müssen. Geschah ihm recht, dass er sich keinen Gefallen damit getan hatte! Ob er daraus lernen würde und künftig wartete, bis er dran war? Adam konnte ein spöttisches Zucken um seinen Mund nicht unterdrücken. Ach was! Guillaume und Zurückhaltung üben? Wohl kaum. Es reichte nicht, ein guter Kämpfer zu sein, man musste auch wissen, wann man sich lieber im Hintergrund hielt und von dort aus agierte.

»Lass uns zur Halle gehen!«, schlug Adam vor und legte die Hand schwer auf Guillaumes verletzte Schulter. »Oh, verzeih mir, mein Freund, ich vergaß«, behauptete er und heuchelte Bedauern, als Guillaume vor Schmerz zusammenzuckte und das Gesicht verzog. Soll er ruhig ein wenig leiden, dachte er gehässig, und wenn der Kammerherr ihm nicht so bald verzeiht, soll es mir auch recht sein. Laut sagte er jedoch: »Ein neuer Troubadour ist eingetroffen. Er soll wunderbare Lieder über die Schönheit unserer Königin vortragen. Ein wenig Wein, gutes Essen und die Verse eines langen Liedes werden dir guttun.« Er setzte ein Lächeln auf, öffnete die Tür zur Halle und ließ Guillaume den Vortritt.

***

Gleich am ersten Sonntag nach seiner Rückkehr lief Guillaume mit klopfendem Herzen in den Wald, um Alan zu treffen und ihr von seinem Ritterschlag, der Schlacht und dem Groll seines Herrn zu berichten. Je näher er der Lichtung kam, auf der sie in den vergangenen Jahren geübt hatten, desto aufgeregter wurde er. Was, wenn Alan nicht da war? Guillaume schüttelte den Kopf. Sie musste gehört haben, dass er zurück war, und wissen, dass er kommen würde. Ob er ihr ebenso gefehlt hatte wie sie ihm? Sie würde es nicht zugeben, doch er hoffte, es in ihren Augen lesen zu können.

Als er sah, dass sie bereits auf ihn wartete, hüpfte sein Herz. »Alan!«, rief er freudig und eilte auf sie zu.

»Guillaume, endlich!«, rief sie, lachte befreit und zerrte ihn zu dem großen Stein, auf dem er häufig gesessen hatte. »Ich muss dir unbedingt etwas erzählen!« Statt ihn nach seinen Erlebnissen zu fragen, barst sie vor Mitteilungsbedürfnis und begann sofort, in allen Einzelheiten zu berichten, wie sie ein Schwert, das als ihr Gesellenstück galt, allein geplant, geschmiedet und gehärtet hatte. »Die Klinge ist scharf und elastisch, ganz so, wie sie sein soll …«, berichtete sie mit vor Aufregung und Stolz geröteten Wangen.

»Meine Herren, Alan, was bist du für eine Schnattergans!«,

entfuhr es Guillaume irgendwann. Er war enttäuscht, weil sie ihn noch immer nicht hatte zu Wort kommen lassen. Doch als er sah, wie erschrocken sie ihn anblickte, tat sie ihm leid. »Schon gut, Alan, ich habe es nicht so gemeint«, lenkte er zerknirscht ein. »Kann ich mal in die Schmiede kommen und es mir ansehen?«

»Ich habe es mitgebracht.« Alan strahlte.

»Bist du wahnsinnig?«, fragte Guillaume beunruhigt und sah sich um. Das Bündel, das neben ihr im Gras lag, hatte er zuvor nicht bemerkt.

»Ich wollte es dir eben zeigen«, schmollte sie.

»Und wenn du damit erwischt wirst? Dieses Schwert hier ist doch sicher scharf!«

»Und wie!« Ihre grünen Augen leuchteten vor Stolz, als sie das Schwert aus dem Tuch wickelte.

Guillaume betrachtete die Waffe eingehend und pfiff dann bewundernd durch die Zähne. »Wenn ich genug Geld hätte, würde ich es dir auf der Stelle abkaufen.«

Alan zuckte mit den Schultern und packte es vorsichtig wieder ein. »Wenn du erst ein berühmter Ritter bist, werde ich ein großartiges Schwert für dich schmieden. Selbst der König wird dich darum beneiden!«

Wie wunderbar sie aussah, die Wangen vor Aufregung ein wenig gerötet und die Augen funkelnd wie Smaragde! Das Verlangen, sie an sich zu drücken, um ihr ganz nah zu sein, packte ihn. »Na, na, nun übertreib nicht schon wieder, du vorlauter Lausebengel!«, rief er lachend und nahm sie in den Schwitzkasten. Er zerzauste ihr die Haare und sog genüsslich ihren Duft ein. Als er sie noch ein wenig näher an sich zog, flatterte sein Magen, und seine Lenden schmerzten vor Begierde. Er stellte sich vor, wie es wohl sein mochte, sie zu küssen, und für einen Augenblick hoffte er, sie werde ihm endlich gestehen, wer sie in Wirklichkeit war. Alan aber schwieg beharrlich, und so ließ er sie schließlich los.

»Was das Schwert für den berühmten Ritter angeht, damit kannst du bald anfangen. Ein Ritter bin ich nämlich schon!«, erklärte er stattdessen.

»Wie? Ich meine, du solltest doch erst nächstes Jahr …? Hast du nicht gesagt, erst sei dein älterer Bruder dran?«

Wie entzückend sie aussah, wenn sie verwirrt war! Eine Woge von Zärtlichkeit durchflutete ihn. »Die Wege des Herrn …« Guillaume hob lachend die Arme.

»Das musst du mir genau erzählen!« Mit einem Mal wurde Alan ernst. »Verzeihung, das müsst *Ihr* mir genauer erzählen, Sire«, verbesserte sie sich.

»Schon gut, solange wir unter uns sind, ist Guillaume nach wie vor in Ordnung«, sagte er lächelnd und warf einen Stein in den Bach.

»Also los, nun erzähl schon!«

Guillaume nickte und rutschte einige Male auf dem Baumstamm hin und her, bis er bequem saß. »Ich hoffe, du hast ein bisschen Zeit?«

Alan nickte eifrig.

»Du hättest dein Leben für ihn und den König gegeben, und zum Dank dafür bekommst du nicht einmal dein Pferd ersetzt?«, fragte Alan, nachdem er berichtet hatte, und sah ihn vollkommen entgeistert an.

Guillaume nickte. »Das passiert mir kein zweites Mal, glaub mir, bei der nächsten Gelegenheit werde ich mich bedienen – und zwar reichlich. Ich habe nämlich vor, auch in Zukunft zu den Siegern zu gehören!«

»Lassen wir den Kampf heute mal ausfallen«, schlug Alan vor und legte sich zurück ins Gras.

Sicher war sie beeindruckt! Dankbar für den Aufschub, weil jede Bewegung seiner verletzten Schulter noch immer höllisch wehtat, streckte Guillaume sich wortlos neben ihr aus und krallte den Blick in das Blau des Himmels. Das Gras unter seinen Händen war seidig weich und Alan so wunderbar nah und zugleich so schrecklich fern. Hölle und Himmelreich schienen ihm niemals dichter beieinanderzuliegen als in Augenblicken wie diesen. Guillaume schloss die Lider und sann darüber nach, wie sie wohl unter den Männerkleidern aussah, als ihm ein erregender Schauder vom Magen bis in die Knie fuhr. Hastig richtete er sich auf.

»Ich habe dich neulich schon wieder mit dieser englischen Küchenmagd gesehen, wie heißt sie noch gleich?«, fragte er. Er machte eine beschreibende Geste über seiner Brust und zog die Augenbrauen hoch, als gefiele ihm Rose. Hin und wieder musste er sich einfach ein wenig für die Qualen rächen, die ihm die Sehnsucht nach Alan bereitete. Er war sicher, dass auch sie ihn mochte, darum erzählte er ihr zuweilen von erfundenen Liebschaften. Und wenn er ihr dann ansah, dass sie eifersüchtig war, schwebte er im siebten Himmel.

»Du meinst Rose«, antwortete Alan wie erwartet mürrisch.

»Ja, die meine ich. Ganz hübsch, die Kleine. Hast du was mit ihr?« Guillaume hatte die beiden schon seit einer Weile nicht mehr zusammen gesehen und konnte dem Reiz, Alan noch ein wenig zu necken, nicht widerstehen.

»Schon lange nicht mehr«, behauptete Alan und winkte ab.

Du kleine, entzückende Lügnerin!, dachte Guillaume schmunzelnd, setzte seine Unschuldsmiene auf und versuchte, erleichtert auszusehen. »Dann bist du also nicht der Vater.«

»Wie bitte?« Alan fuhr hoch.

»Sie ist in anderen Umständen. Unser lieber Freund Thibault prahlt damit, dass er …« Guillaume hielt kurz inne. Alans entsetztem Gesichtsausdruck nach zu urteilen, hatte sie nicht von Roses Schwangerschaft gewusst. »Und ich dachte, *du* wärst vielleicht …«, fuhr er zögerlich fort. »Kann einem echt leidtun, die Kleine, wenn er es war!«, fügte er eilig hinzu und schüttelte den Kopf. Warum nur fielen hübsche Mädchen wie Rose auf Mistkerle wie Thibault herein?

»Geht das schon lange mit den beiden?«, erkundigte sich Alan. Sie schien verärgert zu sein.

»Scheint so.« Guillaume zuckte mit den Schultern. »Genau weiß ich es natürlich nicht, hab ihnen ja nicht die Kerze gehalten.« Er lachte auf. Der Gedanke war zu grotesk!

»Es ist schon spät, ich muss gehen«, behauptete Alan plötzlich. Dass die Freundin ihr die Tändelei mit Thibault verheimlicht hatte, schien sie zu verletzen. »Geht dir wohl nahe, die Sache mit Rose? Wenn ich gewusst hätte, dass sie dir noch so viel bedeutet …« Guillaume sah sie zerknirscht an. Er hatte sie doch nur ein wenig necken wollen! Niemals hatte er vorgehabt, Alan mit Absicht traurig zu machen.

»Das tut sie nicht«, antwortete sie barsch. »Sie ist aus Ipswich, genau wie meine Familie, das ist das Einzige, das uns verbindet. Und wie du weißt, kann ich Thibault nicht ausstehen. Rose hat es nicht verdient, mit dem Bastard dieses Widerlings gestraft zu sein. Ich frage mich, warum sie sich überhaupt mit ihm eingelassen hat.«

»Ach, versuch doch einer die Frauen zu verstehen!«, entfuhr es Guillaume. Er winkte ab. »Sie denken anders als wir Männer, wenn sie überhaupt denken. Ist vergebene Liebesmüh«, brummte er und verdrehte in gespielter Verzweiflung die Augen. Es wäre kein Wunder, wenn sie dich eines Tages für deine dummen Scherze hasst, dachte er beklommen, und mit einem Mal war seine Verzweiflung echt.

»Auf jeden Fall muss ich jetzt gehen.« Alan stand auf, nahm das Bündel mit dem Schwert und verabschiedete sich, ohne ihn anzusehen, bevor sie in Richtung Landstraße eilte.

Guillaume sah ihr niedergeschlagen nach. Mit jedem Tag, den sie gemeinsam verbracht hatten, war sein Verlangen nach ihr drängender geworden. Wenn sie sich sahen, dann litt er Höllenqualen, weil er sie voller Hingabe lieben wollte. Waren sie jedoch getrennt, wie so häufig in letzter Zeit, dann verzweifelte er beinahe vor Sehnsucht. Sie waren beide am Ende ihrer Ausbildung angelangt und doch noch lange nicht am Ziel. Schon bald würden sich ihre Wege für immer trennen, und er würde Alan – oder wie auch immer sie in Wahrheit heißen mochte – vergessen müssen.

Der Kammerherr schickte Guillaume nicht offen fort, doch seine immer wiederkehrenden Andeutungen ließen unzweifelhaft erkennen, dass er ihn nicht länger in seinen Diensten behalten wollte. Während sich so mancher von Guillaumes neidischen Kameraden vor Schadenfreude die Hände rieb, wurde er selbst von Tag zu Tag niedergeschlagener. War es nicht ungerecht, die Liebe seines Herrn durch seine Unwissenheit verloren zu haben, und das, obwohl er so gut gekämpft hatte?

Für die erstgeborenen Söhne mochte der Auszug in die Fremde, der nach dem Ritterschlag durchaus üblich war, ein großes Abenteuer sein. Guillaume hatte sie oft genug hocherhobenen Hauptes aus Tancarville fortziehen sehen. Von ihren Vätern großzügig ausgerüstet mit Dienern, Pferden für ihr Gepäck, Rüstung und Waffen und einem schweren Streitross für den Kampf, waren sie fortgegangen, um sich einen Namen zu machen. Mit genügend Geld für Speise, Trank und Kleidung versehen, zogen sie von einem Wettstreit zum nächsten und wurden ob ihres Reichtums und der Schönheit ihrer Pferde bestaunt. Für einen Nachgeborenen wie Guillaume aber bedeutete der Auszug zumeist Armut und Einsamkeit. Wohin sollte er sich auch wenden, wenn sein Herr ihn fortschickte? Seit Ares' Tod besaß er ja nicht einmal mehr ein Pferd. Würde er eines Tages zu Fuß losmarschieren und Waffen, Schild und Rüstung auf seinem Rücken tragen müssen wie ein Maultier?

Guillaume war wie gelähmt bei dem Gedanken, einem Bettler gleich, allein durch die Lande ziehen zu müssen. Wie groß war doch sein Stolz gewesen, zum Haushalt des Kammerherrn zu gehören und seine Farben tragen zu dürfen! Nun aber musste er fürchten, davongejagt zu werden. Nach reiflicher Überlegung rang er sich dazu durch, den Mantel zu verkaufen, den ihm sein Herr zur Schwertleite geschenkt hatte, und von dem Geld ein Pferd zu erstehen.

Zweiundzwanzig Shilling bezahlte ihm ein Händler, obwohl der Mantel vermutlich mehr als das Doppelte wert war. Das Pferd, das er dafür bekam, war zwar stämmig genug, um sowohl ihn als auch seine Rüstung und seine Waffen tragen zu können, aber nicht edel genug, um eines Ritters würdig zu sein.

Obwohl seiner Abreise nun nichts mehr im Weg stand, zögerte Guillaume sie hinaus.

»In Maine wird bald ein Turnier stattfinden«, kündigte der Kammerherr eines Abends beim Essen an, »und wir werden daran teilnehmen!«, erklärte er freudig.

Jubel und Schlachtrufe erklangen, und Guillaumes Herz begann so heftig zu pochen, dass ihm die Brust davon schmerzte. Wie sehr hatte er davon geträumt, an der Seite seines Herrn in einen solchen Wettstreit zu ziehen! Ob er ihn mitnehmen würde?

»Jeder, der mich begleitet, bekommt ein Schlachtross von mir«, rief Tancarville.

Bitte, Herr, flehte Guillaume im Stillen, lass den Kammerherrn ein Einsehen haben und mich mitnehmen!

Und tatsächlich wandte sich Tancarville später an ihn. »Kommst du mit uns, Guillaume?«, fragte er und lächelte.

»Mit Freuden, Mylord!« Guillaume strahlte. Endlich schien ihm das Schicksal wieder gnädig zu sein! Auch wenn er den Sinneswandel seines Herrn nicht verstand, so war es doch ein wunderbares Glücksgefühl, erneut in seiner Gunst zu stehen!

Als der Kammerherr wenige Tage später alle Ritter in den Hof beorderte, war Guillaume einer der Ersten, der seinem Ruf folgte. Beglückt betrachtete er die herrlichen Tiere, die von den Stallknechten herbeigeführt wurden, und als Tancarville begann, einen jungen Ritter nach dem anderen aufzurufen, um jedem ein prachtvolles Schlachtross zu übergeben, bekam Guillaume feuchte Hände vor Aufregung.

Jeder von ihnen erhielt ein wundervolles Pferd, nur Guillaume wurde achtlos ausgelassen! Enttäuschung schnürte ihm die Kehle zu. Würde sein Herr ihn tatsächlich als Einzigen leer ausgehen lassen? Glaubte er etwa, das Pferd, das sich Guillaume von dem Geld für den Mantel gekauft hatte, reiche aus? Nein, das konnte nicht sein! Manche seiner Kameraden nannten zwei oder drei Pferde ihr Eigen und hatten trotzdem noch eines vom Kammerherrn bekommen. Warum also ließ Tancarville ihn aus? Wollte er ihn beschämen, oder hatte er ihn vergessen?

»Verzeiht, Mylord, wolltet Ihr mir nicht ebenfalls …«, begann Guillaume kleinlaut.

»Sorge dich nicht, ich habe dich nicht vergessen …«, unterbrach Tancarville ihn mit unbewegter Miene. In seinen Augen aber glaubte Guillaume ein spitzbübisches Leuchten zu sehen. »Im Gegenteil, ich habe ein ganz besonderes Pferd für dich ausgewählt.« Er schnippte mit den Fingern, und einer der Stallburschen zog einen störrischen Hengst herbei, den er kaum von der Stelle bekam. Zwar war das Pferd in der Tat ungewöhnlich schön – es hatte kräftige Flanken und glänzendes schwarzes Fell –, doch war es viel zu widerspenstig, um schon in wenigen Tagen auf einem Kampfplatz bestehen zu können! Es würde eine Ewigkeit dauern, um es zu bändigen. Die aber hatte Guillaume nicht. Er fühlte, wie Trauer und Enttäuschung in Erbitterung umschlugen. Selbst wenn er Tag und Nacht mit dem Pferd verbrachte, um es an sich zu gewöhnen, würde er es nicht schaffen, das Tier zu reiten, ohne dass es ihn bei der erstbesten Gelegenheit abwarf und zum Gespött aller machte.

Tancarville sah ihn mit hochgezogenen Brauen an.

Einige der anderen jungen Ritter stießen sich mit den Ellenbogen an und grinsten schadenfroh.

»Ein prachtvolles Tier, Herr, habt Dank!«, erwiderte Guillaume, bemüht, sich nicht anmerken zu lassen, wie sehr ihn die Wahl seines Herrn verdross. Hocherhobenen Hauptes nahm er die Zügel entgegen und strich sanft mit der Hand über den Hals des schönen Tieres. Als er es fortführen wollte, bockte es. »Schon gut«, raunte Guillaume ihm zu, doch das Pferd scheute erneut, statt sich zu beruhigen. Guillaume bemühte sich, das hämische Getuschel der anderen nicht zu beachten, und zog das halsstarrige Tier davon.

Jeden freien Augenblick verbrachte er von nun an mit dem Pferd, das er nach dem Schlachtross Alexanders des Großen Bucephalus genannt hatte. Der Sage nach hatte Bucephalus als unbezwingbar gegolten, doch Alexander war es gelungen, ihn zu zähmen, und der Hengst hatte ihm von da an stets gute Dienste geleistet. Vielleicht, so hoffte Guillaume, gelang es ihm ja ebenfalls.

Der Tag des Aufbruchs aber kam viel zu rasch. Obwohl sich Guillaume inzwischen immerhin zutraute, Bucephalus zu reiten, würde sich erst noch zeigen müssen, ob das eigensinnige Tier während des Turniers nicht bockte und ihn abwarf. Einen Versuch aber war es wert, denn Bucephalus war ein großartiges, imposantes Schlachtross. Guillaume war so sehr mit dem Tier beschäftigt gewesen, dass er bis zum Tag ihres Aufbruchs nicht einmal die Zeit gefunden hatte, sich gescheit von Alan zu verabschieden. Im Vorübergehen nur hatte er ihr zuraunen können, dass er Tancarville verlasse und nicht wisse, wann und ob überhaupt er zurückkehre. Bei dem Gedanken, Alan vielleicht niemals wiederzusehen, wurde ihm das Herz schwer. Vielleicht ist es ja besser so, dachte er niedergeschlagen. Ein Mädchen, das ein Schmied sein will, und ein mittelloser Ritter ohne Aussicht auf ein eigenes Stück Land und gesicherte Einkünfte – daraus kann niemals etwas werden. Dass ihre Wege sich schon bald trennen würden, hatte er gewusst, nun aber, da es so weit war, schmerzte es mehr, als er gedacht hatte. Betrübt packte er seine wenigen Habseligkeiten zusammen.

Überall im Burghof wurden Zelte verschnürt, Decken, Helme, Kettenhemden, Waffen, einfache Werkzeuge und alles, was sonst noch benötigt würde, auf Packpferden verzurrt. Die Leiber der Schlachtrösser waren gestriegelt, ihre Mähnen geflochten und die Sättel mit den Farben Tancarvilles geschmückt, damit die Männer auf ihrer Reise stattlich aussahen und gebührend bewundert wurden. Der Kammerherr höchstpersönlich würde den Tross anführen, gefolgt von seinen Rittern und einigen Knappen. Enguerrand, der seit Kurzem kein Page mehr war, würde die Ehre haben, neben ihrem Herrn zu reiten und das Banner Tancarvilles zu tragen. Auch Guillaume war dieses Privileg seinerzeit zuteilgeworden. Er konnte sich noch genau erinnern, wie aufgeregt er gewesen war, als sie mit dem Kammerherrn auf Streifzug gegangen waren und er das Banner hatte tragen dürfen. Es war nicht schwer nachzufühlen, wie stolz Enguerrand sein musste.

Bevor er aufsaß, prüfte Guillaume noch einmal Bucephalus' Sattelgurt und den Sitz seiner Waffen auf dem Packpferd, das er nun zusätzlich besaß. Einerseits war er erleichtert, mit seinem Herrn fortziehen zu dürfen, und stolz, dies als Ritter zu tun, andererseits wusste er nicht, was anschließend geschehen würde, und fürchtete darum die Ungewissheit, in die er sich begab. Der erhebende Augenblick aber, als sich der farbenprächtige Tross auf den Weg machte, ließ ihn allen Kummer vergessen.

Aufrecht und stolz saßen die Männer auf ihren Pferden. Ritter wie Knappen genossen den Auszug, bei dem Knechte und Mägde, Handwerker, Bauern, Kinder und Alte jubelnd am Wegesrand Spalier standen und freudig winkten. Junge Mädchen warfen den Reitern frisch gepflückte Blumen und Kusshände zu. Einige Ritter nickten freundlich und fingen die zarten Stängel auf, um sie sich anzustecken. Auch Guillaume erhaschte einen und hielt ihn mit dem Zügel in der Faust, während seine Augen die Menge vergeblich nach Alan absuchten. Die meisten Männer jedoch sahen nur starr geradeaus. Die Blumen prallten an ihnen ab, fielen zu Boden und wurden von den schweren Hufen der Schlachtrösser und Packpferde zertrampelt.

Seit Tagen hatte es nicht geregnet. Der Staub, den die vielen Pferde aufwirbelten, setzte sich in Nase, Augen, Mund und Ohren, doch Guillaume störte das nicht. Eine Staubwolke zu hinterlassen, gehörte dazu, wenn ein so großer Tross aufbrach, und war allemal besser, als in strömendem Regen reiten zu müssen, der Männer und Tiere nicht stolz, sondern bedauernswert aussehen ließ.

Als sie wenige Tage später einen großen Platz in der Nähe eines kleinen Weilers erreichten, standen bereits unzählige Ritter in kleinen oder größeren Gruppen beisammen, prahlten über vergangene Erfolge oder machten sich über ihre künftigen Gegner lustig. Die edlen Pferde, neuesten Waffen und herrlichen bunten Zelte, die es zu bestaunen gab, betrachtete Guillaume nur aus dem Augenwinkel. Niemand sollte ihm anmerken, wie beeindruckt er war.

Handwerker und Händler waren dabei, Verkaufsstände aufzubauen und Werkstätten einzurichten. Bald würden sie Töpfe, Kleidung, Waffen, Schmuck, Schuhe und jegliche Art von Hausrat feilbieten. Auch Essbares aus verschiedensten Gegenden, dazu Wein, Bier, Met und Cidre konnte man an den Ständen erwerben.

An einer freien Stelle auf dem Lagerplatz wies der Kammerherr seine Knechte, Soldaten und Knappen an, das Gepäck abzuladen, die Zelte aufzustellen und einzurichten sowie die Pferde zu versorgen, während er sich mit seinen Rittern umsehen und einige alte Bekannte begrüßen wollte. Guillaume war stolz, ihm diesmal folgen zu dürfen. Bei ihrem letzten Turnier war er noch Knappe gewesen und hatte darum zurückbleiben und beim Aufbau helfen müssen.

Überall wimmelte es von Menschen, die etwas feilboten, nach Arbeit oder einer Gelegenheit zum Stehlen suchten. Guillaume beobachtete zwei blutjunge Mädchen, die verschämt neben drei nicht mehr ganz so jungen Frauen mit auffällig rot gefärbten Wangen und Lippen standen. Ihren tief ausgeschnittenen Kleidern nach, die ihre kleinen Brüste zur Geltung bringen sollten, waren es junge Dirnen, die von älteren Huren angelernt wurden. Wo es viele Männer gab, waren liederliche Frauenzimmer niemals weit. Guillaume aber konnte den schamlosen Weibern, die mit unflätigen Bemerkungen auf Kundenfang gingen, nichts abgewinnen. Sie waren meist schmutzig und versoffen, laut und verlaust und kannten nur die eine Liebe – die zur Börse ihrer Kunden.

Mit großen Augen sah er sich die Auslagen der Händler an. Messer für die Jagd boten sie ebenso feil wie Schwerter, Kettenhemden und Helme, die nach dem Kauf an den jeweiligen Träger angepasst wurden, aber auch Schmuck aus Holz, Silber oder Gold, Löffel und Heiligenfiguren aus Horn, allerlei Nützliches aus Leder wie Trinkschläuche, Becher und Geldbörsen, die man an den Gürtel hängen konnte. Guillaumes Münzbeutel war so gut wie neu, denn er hatte ihn bisher kaum gebraucht. Sein Vater hatte ihm die rehbraune Börse zum Abschied geschenkt. Vergeblich versuchte Guillaume sich, an das Gesicht seines Vaters zu erinnern. Angsteinflößend war es gewesen, zerfurcht und entstellt von hässlichen Narben, die er sich im Kampf zugezogen hatte, das war alles, was ihm im Gedächtnis geblieben war. Streng und unbeugsam hatte er den Vater in Erinnerung, von kalter Härte und ohne Liebe für den jüngsten Sohn. Trotzdem hatte Guillaume stets zu ihm aufgesehen und den Geldbeutel all die Jahre wie seinen Augapfel gehütet. Die Börse bedeutete ihm mehr als alle Reichtümer, denn seit Ares' Tod war sie alles, was ihm von seinem Vater geblieben war. Guillaume tastete nach dem geschmeidigen Leder an seinem Gürtel und strich darüber.

Zwei Tage verweilten sie auf dem Platz, bevor der Wettstreit begann. Genug Zeit, um noch einige Male mit Bucephalus auszureiten und Rüstung und Waffen zu prüfen. Als er sein Schwert polierte, verlor sich Guillaume wieder einmal in Gedanken an Alan. Ob er sie je wiedersehen würde? Ein leises Stöhnen entfuhr ihm. Selbst wenn, würde er ihr doch niemals sagen können, was er für sie empfand. Ganz gleich, wie sehr er sich in den vergangenen Jahren danach verzehrt hatte, ihr nahe zu sein, und wie sehr sie ihm fehlte – ihre Wege lagen zu weit auseinander.

Unzählige Ritter waren gekommen. Aus dem Burgund und dem Limousin ebenso wie aus dem Anjou, der Champagne und dem Périgord. Sogar aus England und Schottland waren Männer mit großem Gefolge angereist.

Die Schotten, so fand Guillaume, waren die Auffälligsten unter ihnen. Sie trugen Röcke in den Farben ihres Clans und keine Bruchen darunter, sodass beim Reiten ihre nackten Beine bis zum Hinterteil zu sehen waren. Lange, struppige Haare und ungepflegte Bärte ließen sie wild und gefährlich aussehen. Die Aufmerksamkeit aller auf sich lenkend, ritten sie laut grölend durch das Lager, stampften mit ihren Pferden alles nieder, was sich ihnen in den Weg stellte, und verspotteten ihre Gegner als Feiglinge. Die Frauen in ihrer Begleitung waren ungeschlacht und ebenso raubeinig und versoffen wie die Männer.

Als Adam sah, dass Guillaume ihnen mit offenem Mund hinterhersah, winkte er ab. »Alte Männer!«, behauptete er, obwohl die meisten von ihnen vermutlich kaum älter waren als sie. »Trunkenbolde! Denen werden wir gehörig einheizen!«

»Worauf du wetten kannst«, sagte Guillaume grinsend. Er brannte darauf, sich endlich in den Kampf zu stürzen. Wenn nur Bucephalus ihn nicht im Stich ließ!

Tancarville, Anfang Januar 1168

Eine dünne, durchsichtige Eisschicht hüllte die kargen Äste der Laubgehölze ein und glitzerte in der weißen Mittagssonne. Zwei Winter und einen Sommer war es her, dass Guillaume Tancarville an der Seite seines Herrn verlassen hatte. Die klare, kalte Luft kribbelte in seiner Nase. Guillaume streifte einen Handschuh ab und fuhr sich mit der Hand über das Gesicht.

Bei den ersten beiden Turnieren hatte er einige Aufmerksamkeit auf sich lenken können. Nicht nur Bucephalus war durch seine Schönheit aufgefallen, auch er selbst hatte durch den geschickten Umgang mit Schwert und Lanze von sich reden gemacht und seinem Herrn allen Grund gegeben, endlich wieder stolz auf ihn zu sein. So hatte der Kammerherr ihm denn gestattet, auch bei den folgenden Wettkämpfen seine Farben zu tragen, während er selbst nach Tancarville zurückgekehrt war.

Guillaume atmete tief ein, hielt die feuchtkalte Luft kurz in seiner Brust fest und beobachtete dann das hauchfeine Wölkchen, das er seinem Mund entweichen ließ. Am Anfang war ihm das Glück noch hold gewesen. Ja, es war ihm sogar gelungen, drei große Ritter gefangen zu nehmen, von denen einer ein Höfling des schottischen Königs gewesen war. Doch schon bald nach der Trennung von Tancarville hatte er die ersten Niederlagen einstecken müssen. Eine der schmerzlichsten war seine Begegnung mit Mathieu de Walincourt gewesen, der ihn herablassend und ungerecht behandelt hatte. Für Guillaume hatte es nicht nur den Verlust eines wertvollen Pferdes bedeutet, sondern auch eine erhebliche Verletzung seines Ehrgefühls.

Obwohl ihm das eine oder andere großzügige Angebot für

seine Dienste gemacht worden war, sehnte sich Guillaume wieder nach dem verlässlichen Zusammenhalt eines festen Verbandes, so wie er ihn im Haushalt des Kammerherrn gekannt hatte. Eine Anstellung bei einem großen Herrn zu erlangen und damit einen sicheren Hafen zu erreichen, das war es, wonach er strebte. Lange hatte er darüber nachgedacht, welche Möglichkeiten ihm offenstanden. Er hätte Jean, seinen älteren Bruder, um Aufnahme in seinem Haus bitten können, wie es Nachgeborene häufig taten, wenn sie nicht wussten, wohin. Doch ewig der unverheiratete Onkel der Kinder und Erben seines Bruders zu sein, ohne Aussicht darauf, je selbst Familie, Land und Ansehen zu besitzen, war nicht die Zukunft, von der er träumte. Noch dazu, da er zu seinem Bruder kein so inniges Verhältnis hatte, dass er ihm ein Leben lang zu Treue und Dankbarkeit hätte verpflichtet sein mögen.

Guillaume zügelte sein Pferd, als die Burg von Tancarville endlich vor ihm lag. Wehrhaft und erhaben wie eh und je thronte sie auf dem schroffen Felsen, der weit in die Seine hineinragte. Guillaume betrachtete sie einen Augenblick lang bewegt und ritt dann mit bangem Herzen auf die Festung zu. Die großen, hellen Steinquader, aus denen sie gebaut war, das Banner, das hoch oben auf dem Turm im Wind flatterte, die bewaffneten Wachposten am Tor, all das war ihm so vertraut, dass ihm der Hals plötzlich eng wurde. Wie sehr hatte er sich nach Tancarville, vor allem aber nach Alan zurückgesehnt!

Knappen, Pagen, Knechte und Mägde hasteten über den Burghof, schlitterten über die zugefrorenen Pfützen, lachten, schwatzten oder stritten sich, ohne Guillaume zu beachten. Nur einer der Stallknechte nickte ihm flüchtig zu, als er vom Pferd stieg. Ein merkwürdig beklemmendes Gefühl packte Guillaume. War er schon zu lange fort und gehörte nicht mehr hierher? Gewiss, er war zurückgekehrt, um den Kammerherrn um Entlassung zu bitten, denn er musste an seine Zukunft denken, und doch hegte er zugleich die zarte Hoffnung, Tancarville möge ihn auffordern, bei ihm zu bleiben.

Guillaume band seine Pferde vor dem größten der drei Ställe

an und ging mit einem flauen Gefühl im Magen auf den Bergfried zu. Seine Knie waren weich wie Talg, und einen Moment lang fürchtete er, keinen Schritt mehr tun zu können. Er räusperte sich. Seine Kehle fühlte sich trocken und rau an und wollte einfach nicht geschmeidiger werden. Wie würde der Kammerherr ihn wohl empfangen?

Immer zwei Stufen auf einmal nehmend, hastete Guillaume die Treppe hinauf.

Tancarville stand am anderen Ende der großen Halle an einem unverschlossenen Fenster und rief Befehle in den Hof.

»Mylord!« Guillaume blieb in angemessenem Abstand stehen und verbeugte sich tief.

Tancarville wandte sich um. »Guillaume!«, rief er erfreut und ging mit ausgebreiteten Armen auf ihn zu. »Wie ich höre, hast du dich wacker behauptet, seit wir uns getrennt haben!« Er umarmte ihn knapp, nahm ihn dann bei den Schultern und sah ihn an. »Auch über Bucephalus spricht man!« Schalk lugte aus seinen Augen. »Es heißt, jedermann beneide dich um ihn, aber niemand wolle ihn haben.«

Guillaume lachte und nickte. »Mehr als einer meiner mutigen Gegner hat versucht, auf seinen Rücken zu steigen und ihn zu bändigen, doch ein jeder ist abgeworfen worden, noch ehe sein Hinterteil den Sattel berührt hat. Bucephalus zu bändigen, ist keinem von ihnen gelungen. Er ist ein Dickschädel, Mylord, aber er leistet mir hervorragende Dienste. Es fiele mir schwer, mich von ihm zu trennen, ist er doch mein wertvollster und liebster Besitz!«

»Ich wusste von Anfang an, dass er wie für dich geschaffen ist.«

»Das ehrt mich, Mylord!« Guillaume errötete ein wenig und verbeugte sich kurz.

»Doch nun, Guillaume, sag mir, was dich zu mir führt! Bist du der Turniere schon überdrüssig?«

»Ich bitte Euch um Erlaubnis, mich nach England begeben zu dürfen, Mylord. Ich trage noch immer Eure Farben und fühle mich Eurem Haus nach wie vor verbunden, aber …« Guillaume sah den Kammerherrn unsicher an. Ob Tancarville auch nur eine Ahnung hatte, welcher Kampf in ihm tobte? Wie sehr er hoffte, bei ihm bleiben zu dürfen?

»Nach England?«, fragte Tancarville und nickte nachdenklich. »Und wohin genau zieht es dich?« Er ging zu einem langen Eichentisch, auf dem Wein und Brot standen, goss einen Becher Roten ein, der nach Nelke und Zimt duftete, und überreichte ihn Guillaume.

»Zu meinem Onkel, dem Bruder meiner Mutter.« Er nahm den Wein dankend entgegen und trank einen großen Schluck. Tancarville sollte nicht merken, wie bang ihm zumute war.

»Zu Sir Patrick!« Der Kammerherr wirkte erfreut. »Eine gute Wahl, so er denn Verwendung für dich hat. Doch ich schätze, das dürfte ihm keine allzu großen Schwierigkeiten bereiten. Du bist ein tüchtiger Mann und sein Neffe noch dazu. Für einen Ritter wie dich sollte in einem bedeutenden Haushalt wie dem seinen wohl ein Platz sein.« Tancarville lächelte zuversichtlich.

Warum kann ich dann nicht in Euren Diensten bleiben, wenn ich doch ein tüchtiger Mann bin?, wollte Guillaume schon mit einem Anflug von Bitterkeit fragen, doch er schwieg, schlug nur den Blick nieder. »Dann lasst Ihr mich also gehen?«, hakte er nach.

»Gewiss! Wie sollte ich auch einem so viel versprechenden jungen Mann wie dir im Wege stehen? Du hast meinen Segen, Guillaume.« Mit diesen Worten legte er ihm die Hand auf den Arm. »Verzeih, dass ich mich nicht länger mit dir unterhalten kann. Der König wünscht mich zu sehen. Wir brechen morgen in aller Frühe auf, und ich habe noch viel zu regeln. Falls du noch ein paar Tage bleiben willst, wende dich nur an Sir Ansgar.« Er umarmte Guillaume ein weiteres Mal und ließ ihn stehen.

Enttäuscht von dieser Heimkehr, die keine war, beschloss Guillaume, zur Schmiede zu gehen, um wenigstens Alan noch ein letztes Mal zu sehen, bevor er für immer fortging. Er hatte sie so sehr vermisst, dass der Gedanke, ihr nun gegenüberzutreten, etwas Beängstigendes hatte.

»Guillaume!«, hörte er jemanden rufen, als er über den Burghof ging und drehte sich um.

»Enguerrand! Wie schön, dich wiederzusehen!« Guillaume nahm ihn bei den Unterarmen und sah ihn an. »Du bist kräftig geworden«, murmelte er erstaunt. »Ein richtiger Mann!«

»Geh schon vor, ich komme gleich nach!« Enguerrand nickte einem Jungen zu, der dicht hinter ihm stand und sie mit großen Augen anblickte.

»Tancarvilles Page?« Guillaume schaute ihm nach, als der Junge gehorchte und umgehend davonstob.

Enguerrand nickte. »Ein guter Junge, ein wenig zerstreut manchmal, aber willig und verschwiegen.« Er lächelte. »Wie schön, dass du zurück bist! Du begleitest uns doch sicher zum König? Ich bin nämlich ein wenig in Eile«, erklärte er und zog Guillaume ein Stück weiter.

»Nein … Ich gehe nach England.« Guillaume schüttelte den Kopf.

»Oh, wie schade!« Enguerrand blieb stehen und sah ihn enttäuscht an. »Wir werden bei Sonnenaufgang aufbrechen.« Er zuckte entschuldigend mit den Schultern. »Und ich habe noch alle Hände voll zu tun.«

»Sicher, geh nur!« Guillaume lächelte.

»Ich hoffe, ich finde Zeit, um zu essen, dann sehen wir uns vielleicht am Abend in der Halle.« Enguerrand winkte ihm zu und lief dem Pagen seines Herrn hinterher.

Guillaume sah ihm nach und ließ den Blick über die Burg, den Hof und die Übungsplätze schweifen. Der Ort war derselbe, aber die Zeit war eine andere. Er gehörte nicht mehr hierher, und diese Erkenntnis schmerzte ihn.

»Gott zum Gruß, Meister Donovan!«, sagte Guillaume höflich, als er die Schmiede betrat. Obwohl ihm das Blut vor Aufregung in den Ohren rauschte, bemühte er sich, ruhig und besonnen zu wirken. »Ist Alan da?« Auch wenn es nicht vernünftig schien, alte Wunden aufzureißen, so hoffte er doch inbrünstig, sie noch ein letztes Mal zu sehen, bevor er dem Festland endgültig den Rücken kehren würde.

»Nein!«, antwortete Donovan so harsch, dass Guillaume unwillkürlich zusammenzuckte. »Alan ist fort!« Der Schmied nahm ein Eisenstück mit der Zange und begann, es mit dem Handhammer zu bearbeiten, ohne Guillaume noch eines Blickes zu würdigen. In jedem einzelnen Schlag schien unbändige Wut zu stecken.

»Wohin?«, wollte Guillaume wissen. Alan war doch so glücklich darüber gewesen, auch als Geselle bei Donovan bleiben zu können …

Der Schmied antwortete nicht und arbeitete verbissen weiter an seinem Werkstück. Es stand ihm nicht zu, Guillaume so unhöflich zu behandeln, doch machte es keinen Sinn, ihn zu maßregeln und einen Streit mit ihm vom Zaun zu brechen. Ob er schließlich doch herausbekommen hatte, dass Alan ein Mädchen war? Immerhin würde das seine Wut erklären. Vielleicht hatte sie es ihm sogar gebeichtet?

Guillaume schüttelte kaum merklich den Kopf. Nein, so einfältig zu glauben, der Schmied würde ihr verzeihen, dass sie ihn über Jahre an der Nase herumgeführt hatte, war Alan nicht! Möglicherweise hat es ja auch andere Gründe, dass sie fort ist, versuchte er sich zu beruhigen. Vielleicht sollte er nach Rose Ausschau halten, um sie nach Alan zu fragen, doch was nützte es schon, wenn er wusste, was geschehen war? Alan war fort, und er selbst würde nach England gehen. Es war Zeit, sie zu vergessen.

Vage Hoffnungen und große Ängste hatten ihn begleitet, als er – ein kleiner Junge noch – über den Kanal, die Seine flussaufwärts nach Tancarville in eine ungewisse Zukunft gereist war. Den Weg zurück nach England aber trat er als Mann an, ausgebildet im Kampf, stark und geschickt. Trotzdem wusste er auch diesmal nicht, was am Ende seiner Reise auf ihn wartete.

Guillaume hatte sich nach seinem Onkel erkundigt und erfahren, dass Sir Patrick ebenfalls erst vor Kurzem vom Festland zurückgekehrt war und sich irgendwo im Südosten Englands aufhielt.

Fast zwei Wochen folgte er bereits seiner Spur. Tagsüber gelang es ihm, die Gedanken an Alan zu verdrängen, in der Nacht aber träumte er davon, mit ihr auf der Lichtung im Gras zu liegen und sie zu lieben.

In einem dunklen Waldstück beschlich ihn plötzlich das Gefühl, beobachtet zu werden. Ein Knacken im Unterholz ließ ihn herumfahren. Ob sich Räuber hinter den Büschen und Bäumen versteckt hatten und auf leichte Beute lauerten? In dem Augenblick, als seine Hand zu seiner Geldbörse fuhr, sauste ein Pfeil dicht an seinem Ohr vorbei und blieb in dem Baum gleich hinter ihm stecken.

Der Pfeil war nicht aus der Richtung gekommen, aus der er das Knacken wahrgenommen hatte, was den Schluss nahelegte, dass der Schütze nicht allein war. Guillaumes Herz begann zu rasen. Bucephalus schnaubte und fing an, nervös zu tänzeln.

»Nichts wie weg hier!«, murmelte Guillaume, lenkte das Pferd nach Süden, in der Hoffnung, den Wald dort bald verlassen zu können, und trieb es an. Tief hängende Zweige peitschten ihm ins Gesicht. Zweimal musste er sich ducken, um nicht vom Pferd gerissen zu werden. Er hörte, dass er verfolgt wurde, und blickte sich gehetzt um.

Vier Männer preschten ihm nach und waren ihm bedrohlich dicht auf den Fersen. Mit einem Mal scheute Bucephalus, und Guillaume wäre um ein Haar gestürzt. Zwei weitere Reiter waren überraschend aus dem dichten Gebüsch vor ihm aufgetaucht und versperrten ihm nun den Weg. Einer der beiden Männer fasste nach Bucephalus' Zügeln und zog daran. Guillaume griff nach seinem Schwert, doch er kam nicht dazu, es zu zücken. Eine Lanzenspitze drückte sich in seinen Hals, nicht weit von der Stelle, an der man den Schlag des Herzens fühlen konnte.

»Er ist gewiss ein Spitzel!«, behauptete einer der Männer und sah seine Kameraden Zustimmung heischend an.

»Was tut Ihr hier?«, fragte ihn ein in bestes Tuch gekleideter

Ritter mit glänzendem Kettenhemd, ließ sein Pferd ein paar Schritte auf Guillaume zuschreiten und bedeutete dem Mann mit der Lanze, sich zurückzuhalten.

Da er der Anführer zu sein schien, neigte Guillaume den Kopf. »Sollte ich mich auf Euren Ländereien befinden, so bitte ich höflichst um Vergebung«, erklärte er, denn der Mann und seine Begleiter sahen nicht wie Räuber aus. »Ich bin auf der Suche nach meinem Onkel.«

»Soso, auf der Suche nach Eurem Onkel!« Der Ritter nickte. »Und wer bitte ist Euer Onkel?«

»Patrick, Earl of Salisbury, Sir! Ich hoffte, ihn bereits in Tonbridge vorzufinden, doch er war schon fort, als ich dort eintraf. Vielleicht seid Ihr ihm ja begegnet und könnt mir sagen, wo ich ihn finden kann?«

»Und was wollt Ihr von Eurem Onkel, dem Earl?«, fragte der Ritter statt einer Antwort und glitt vom Pferd.

Der Mann mit der Lanze ruckte mit dem Kopf, was Guillaume als Aufforderung verstehen sollte, ebenfalls abzusteigen.

Was geht Euch das an?, wollte er schon auffahren, besann sich aber eines Besseren. Seine Gegner waren in der Überzahl, dennoch sollten sie nicht glauben, dass er Angst vor ihnen hatte. Also saß er ab. »Nun, das würde ich ihm gern selbst sagen«, antwortete er ein wenig hochnäsig, obwohl er sich keineswegs in einer glücklichen Lage befand, denn der Mann mit der Lanze war auch jetzt noch nah genug, um ihn jederzeit aufspießen zu können.

Erstaunlicherweise lachte sein Gegenüber jedoch. »Nun, dann mal heraus mit der Sprache!«

Guillaume sah ihn unwirsch an. »Ich sagte doch, ich …« Weiter kam er nicht.

»Erkennst du mich denn nicht?«, fragte der Mann amüsiert und ging einen Schritt auf ihn zu.

Einen Augenblick lang war Guillaume verunsichert. Er musterte den Mann genauer, denn seine Erinnerungen an den Onkel waren nur dunkel. Nur einmal hatte Guillaume ihn gesehen, nicht älter als sechs oder sieben war er damals gewesen. Dann aber schüttelte er den Kopf. »Ich erinnere mich nicht an das Gesicht meines Onkels, aber ich weiß, dass seine Haare und seine Augen die gleiche Farbe haben wie die meiner Mutter, und diese, das könnt Ihr mir glauben, werde ich nie vergessen. Ihr, Sir, seid ganz sicher nicht mein Onkel, denn Ihr habt keinerlei Ähnlichkeit mit meiner Mutter. Was versprecht Ihr Euch davon, Euch als Patrick of Salisbury auszugeben?« Guillaume funkelte ihn aufgebracht an.

»Für wen hältst du dich, dass du mich als Lügner bezeichnest?«

»Für einen Ehrenmann«, erwiderte Guillaume und zückte blitzschnell sein Schwert. »Wenn Ihr kein Feigling seid, dann kämpft Mann gegen Mann, statt Euch hinter Euren Männern zu verstecken!«, rief er tollkühn.

Der Mann, der versucht hatte, ihn an der Nase herumzuführen, zückte sein Schwert und hob die Hand, damit seine Begleiter ihre Waffen sinken ließen. Er parierte gekonnt, als Guillaume den ersten Angriff ausführte.

»Genug!«, donnerte plötzlich eine kräftige Stimme, und die beiden Kontrahenten blieben wie angewurzelt stehen. Ein Mann, der sich zuvor im Hintergrund gehalten hatte, ritt auf sie zu. Er hatte die gleichen klaren, blauen Augen wie Guillaumes Mutter.

»Mylord!« Guillaumes Gegner machte eine tiefe Verbeugung und wich ein paar Schritte zurück.

»Sir Patrick?«, fragte Guillaume. Der Mann kam ihm seltsam bekannt vor. Als er statt einer Antwort nur milde lächelte, war Guillaume sicher, dass er am Ziel seiner Reise angelangt war.

»Wir wissen seit Tagen, dass du uns folgst, und dachten, dass du ein Spion der Lusignans bist«, erklärte der Earl of Salisbury.

Guillaume sank ehrfürchtig vor ihm auf die Knie und neigte demütig den Kopf.

»Schon gut, Junge, erheb dich und erzähl mir, was dich zu mir führt!«, forderte der Earl ihn auf und stieg vom Pferd.

Guillaumes Übermut war mit einem Mal dahin. Unsicher wie ein kleiner Junge stand er da und wagte nicht zu sprechen. Gerade so wie in Tancarville, als er den Kammerherrn um Entlassung gebeten hatte, war er auch jetzt hin- und hergerissen zwischen Angst und Hoffnung. Ob ihn der Onkel bei sich aufnehmen würde?

Der Earl of Salisbury sah ihn wohlwollend an. »Kaum zu glauben, wie sehr du deinem Vater und meiner lieben Schwester ähnelst«, murmelte er und lächelte erneut. »Du bist ein Mann geworden und hast von beiden nur das Beste mitbekommen, wie mir scheint.« Er legte seinen Arm um Guillaumes Schultern. »Nun erzähl schon, was führt dich zu mir, mein Junge?« Seine Stimme hatte jenen väterlichen Unterton, den Guillaume einst bei Tancarville geliebt und am Ende so schmerzlich vermisst hatte.

»Ich suche …«, Guillaume räusperte sich. Der Earl war ein beeindruckender Mann: gut aussehend, in den besten Jahren, mit breitem Kreuz und wachen Augen. Guillaume atmete tief ein, schob sein Schwert zurück in die Scheide, straffte sich und begann von vorn. »Ich würde gern … ich meine, würdet Ihr mich …«, stammelte er. Alle höflichen Worte und wohlüberlegten Sätze, die er sich in den vergangenen Tagen zurechtgelegt hatte, waren wie weggeblasen. Guillaume wäre am liebsten im Erdboden versunken. Er war kein Kind mehr. Was sollte der Onkel nur von ihm denken, wenn er so stockend sprach? Er würde ihn für einen einfältigen, tumben Nichtsnutz halten!

»Du hast das Kämpfen in Tancarville gelernt, nicht wahr?«, unterbrach der Earl seine Gedanken. »Ich riet deinem Vater dazu; wir sind mit dem Kammerherrn verwandt, wie du weißt.«

»Ja, Sir!« Guillaume bemühte sich, aufrecht und zuversichtlich auszusehen, bevor er seine Frage neu formulieren wollte.

Der Earl lächelte. »War Ours dein Fechtmeister?«

Guillaume bejahte, und Patrick of Salisbury grinste zufrieden. Ob er Ours' strenge Hand am eigenen Leib erfahren hatte?

»Der König hat mich nach England geschickt, um ein Heer gegen Guy und Geoffrey de Lusignan auszurichten. Du hast von ihnen gehört?«

Guillaume nickte und wiederholte, was er gelernt hatte: »Sie sind Brüder, mächtige Barone des Poitou, wo sie beachtliche Ländereien besitzen.«

»Richtig«, bestätigte der Earl. »Doch sie sind vor allem Aufwiegler. Machen dem König nichts als Scherereien«, erklärte er mit Nachdruck. »Ich könnte zur Verstärkung meiner Truppen noch einen tüchtigen Ritter brauchen. Was hältst du davon, mich aufs Festland zu begleiten?«

»Oh ja, Mylord!«, rief Guillaume erleichtert aus.

»Gut, dann ist es abgemacht!« Der Earl gab ihm die Hand und wandte sich dann seinen Begleitern zu. »Männer, das ist Guillaume le Maréchal, der Sohn meiner geliebten Schwester!« Dann sah er den Mann an, der mit Guillaume gekämpft hatte, und grinste. »Er scheint ein recht ordentlicher Schwertkämpfer zu sein, denkt Ihr nicht?«

Der Mann nickte grinsend, und Guillaume errötete. »Onkel, sagt, warum nennt Ihr mich Maréchal? Gebührt dieser Titel doch meinem Vater und nicht mir.« Er senkte demütig den Kopf.

»Der Herr hat deinen Vater zu sich genommen, wusstest du das nicht?« Der Earl ging auf Guillaume zu und legte ihm den Arm über die Schulter. »Er ist nicht mehr, mein Junge. Dein Bruder Jean hat bereits sein Erbe angetreten.«

Guillaume bekreuzigte sich betroffen. »Der Herr sei seiner Seele gnädig!«, murmelte er. Obschon er seinen Vater kaum gekannt hatte, empfand er seinen Tod als großen Verlust. Guillaume senkte den Kopf und fuhr mit der Hand über die Börse, die ihm sein Vater einst geschenkt hatte. Mehr würde er von ihm nicht besitzen. »Ich bin nur der Viertgeborene«, sagte er leise. »Der Titel des Maréchal und die Ländereien gebühren nun meinem Bruder.«

»Die Ländereien gewiss, Guillaume. Doch der Titel des Maréchal steht auch dir zu, der du sonst nichts bekommst. Oder ziehst du es vor, FitzJean genannt zu werden?«

»Oh, nein!«, rief Guillaume und lächelte wehmütig. »Maréchal gefällt mir besser!«

Wohin sie auch kamen, überall stellte Patrick of Salisbury Guillaume voller Stolz vor.

»Das ist mein geliebter Neffe! Seht nur, wie schön und stark er ist! Ein mutiger Kämpfer, sicher im Umgang mit Schwert und Lanze und ein großartiger Reiter. Doch wen sollte das wundern, ist er doch vom gleichen Blut wie ich!«, prahlte er fröhlich und zwinkerte Guillaume zu, wenn sie mit offenen Armen und freundlichen Worten empfangen wurden.

Auf einem seiner Landgüter wies ihm der Onkel gar einen Platz am oberen Ende seiner Tafel, ganz in seiner Nähe, zu. Guillaume war glücklich wie nie zuvor. Niemals hatte man ihm herzlicher gezeigt, dass er willkommen war.

»Patrick von Salisbury zum Gönner zu haben, ist eine große Ehre! Er ist ein einflussreicher Mann. Besitzt das volle Vertrauen des Königs«, flüsterte der Ritter neben ihm Guillaume zu und nickte gewichtig. Sein fast schulterlanges, graubraunes Haar wippte auf und ab wie trockene Äste im Herbstwind, und seine haselnussfarbenen Augen glitzerten bewundernd. »Der Earl gehört zu den Männern, für die Treue kein leeres Wort ist, sondern die wichtigste aller ritterlichen Tugenden. Ich für meinen Teil bin darum überaus stolz, zu seinem Haushalt zu gehören, und das solltest du auch sein.«

»Oh, das bin ich!«, antwortete Guillaume hastig und blickte voller Liebe und Bewunderung zu seinem Onkel. Seinen Vater hatte er zu wenig gekannt, um ihn sich zum Vorbild zu nehmen, auch waren seine Erinnerungen an ihn nicht nur gut. Der Onkel aber war so, wie er selbst einmal werden wollte.

Im Stillen hatte Guillaume die Hoffnung gehegt, seiner Mutter und seinen Schwestern, die sich nach wie vor in England aufhielten, einen Besuch abstatten zu können, bevor er seinen Onkel aufs Festland begleiten würde. Wie gern hätte er sie in die Arme geschlossen und gemeinsam mit ihnen um den toten Vater getrauert, wie es sich für einen guten Sohn gehörte! Doch sein Onkel drängte zum Aufbruch.

Guillaume zog mit einem Hauch von Trauer im Herzen los und verspürte doch zugleich Vorfreude, weil er schon bald jene Ruhmestaten für den König vollbringen würde, von denen er schon als Knabe geträumt hatte. Diesmal überquerte er den Kanal darum nicht bang, sondern frohgemut und voller Ehrgeiz, schließlich kehrte er unter dem Banner seines Onkels als Teil einer ansehnlichen Streitmacht zurück zum Festland. Sir Patrick sollte nicht bereuen, ihn bei sich aufgenommen zu haben!

Poitou, Anfang April 1168

»Bitte, Mylady, folgt mir, wir müssen uns beeilen!«, bat der Earl of Salisbury offenbar in Sorge, lief eilig die Treppe vom Wohnturm hinunter und geleitete die Königin zu den Pferden. »Ihr dürft den Lusignans nicht in die Hände fallen! Sie sind brutal und unberechenbar, ich könnte nicht für Eure Sicherheit garantieren. Niemand könnte das.«

Die Königin nickte wissend und ließ sich von ihm in den Sattel helfen. Guillaume starrte sie mit unverhohlener Bewunderung an. Der König war um ihre Sicherheit besorgt, darum hatte er Sir Patrick den Auftrag erteilt, sie unauffällig aus dem Kampfgebiet zu bringen. Guillaume hatte bei festlichen Anlässen schon vielen Liedern gelauscht, in denen ihre Schönheit besungen wurde, doch keine der noch so blumigen Beschreibungen wurde der Königin wahrhaft gerecht.

Ihre Ausstrahlung war so majestätisch und zugleich ganz ohne Hochmut, dass man sie einfach lieben und bewundern musste. Ihre Achtung gebietende Haltung, aufrecht mit leicht zurückgezogenen Schultern, ließ ihren zarten, weißen Hals noch länger aussehen, und das Gebende um Kopf und Kinn brachte ihr fein gezeichnetes Gesicht mit den klugen Augen überaus vorteilhaft zur Geltung. Ihre Figur war trotz der vielen Kinder, denen sie das Leben geschenkt hatte, so vollkommen wie die eines jungen Mädchens und wurde von ihrer schlichten und doch eleganten Kleidung noch unterstrichen.

Guillaume hatte gehört, dass sie nicht nur wunderschön und scharfsinnig, sondern auch eine ausgezeichnete Reiterin war, ausdauernd, diszipliniert und manchem Mann ein Vorbild.

»Klapp den Mund wieder zu und gaff sie nicht so an!«, raunte sein Onkel ihm zu. »Keiner von uns hat je eine schönere Frau als sie gesehen, aber sie ist unsere Königin, und niemandem steht es zu, sie ungebührlich anzusehen.«

»Verzeiht, Onkel, aber ich …« Guillaume konnte seinen Satz nicht zu Ende bringen, denn der Earl hatte sich bereits abgewandt, um ebenfalls aufzusitzen. Guillaume beeilte sich, es ihm gleichzutun, und schwang sich auf Bucephalus' Rücken.

»Ein wunderbares Pferd«, hörte er plötzlich eine Frauenstimme neben sich und erschrak, als er begriff, dass es die Königin selbst war, die ihn angesprochen hatte.

»Oh! Ja!« Guillaume räusperte sich. »Habt Dank, Mylady.« Er neigte den Kopf, sah wieder auf und lächelte sie verlegen an. »Bucephalus ist zwar stark wie ein Ochse, aber auch störrisch wie ein Esel, wenn man ihn nicht zu nehmen weiß.«

Die Königin lachte auf. »Heißt es nicht: ›Wie das Ross, so auch der Reiter‹?«, fragte sie erheitert.

Guillaume stockte der Atem. Was konnte er darauf sagen, ohne vorlaut zu klingen? Er lächelte die Königin gewinnend an. »Von seiner Sturheit abgesehen, ist Bucephalus ein gutes Tier, Mylady.«

»Soso.« Ein Schmunzeln umzuckte Eleonores Mund und hinterließ die Andeutung eines Grübchens, das ihr so hervorragend stand, dass Guillaume erneut von ihrer Schönheit überwältigt war.

»Seid gewiss, meine Königin, Ross und Reiter sind Euch zutiefst und stets treu ergeben!«, sagte er voller Hingabe und war selig, als die Königin ihm wohlwollend zunickte. Obwohl sie um viele Jahre älter war als er, hatte sie doch sein Herz entflammt. Niemand würde ihr etwas antun, solange *er* lebte und es verhindern konnte.

Eleonore von Aquitanien schenkte ihm ein warmes Lächeln. »Ihr seid wahrlich der Neffe Sir Patricks. Mit solch treuen Gefährten wird mir gewiss nichts zustoßen!« Sie neigte ihr Haupt ein wenig zum Gruß und gab ihrem Pferd die Sporen.

Nach einem langen Ritt abseits der Straßen hielten sie kurz vor Sonnenuntergang auf einer Lichtung an.

Guillaume stieg ab. Sein Gesäß schmerzte. Er rieb mit den Händen darüber und ließ die Hüften kreisen, als sein Blick an der Königin hängen blieb, die nicht nur voller Anmut vom Rücken ihres Pferdes geglitten war, sondern nun auch noch so munter einherschritt, als hätte sie den ganzen Tag auf einem bequemen Lager verbracht. Wie konnte sie nach dem anstrengenden Ritt über den holprigen Waldboden noch so ausgeruht und schön aussehen? Die ungeheure Stärke, die von ihr ausging, beeindruckte Guillaume zutiefst.

»Wir werden über Nacht hierbleiben«, befand sein Onkel. Die laute Stimme riss Guillaume aus seinen bewundernden Gedanken.

»Stellt das Zelt für die Königin auf! Und bereitet ein Lager aus Tannenzweigen und Decken darin!«, ordnete einer der Ritter an, und sofort schwärmten ein paar Männer aus.

Die Königin harrte aus, bis ihr Lager bereitet war, und zog sich dann mit einem freundlichen Nicken zurück.

»Sie ist großartig. Niemals würde sie jammern oder klagen. Obwohl sie weitaus komfortablere Nächte gewöhnt ist, ist sie auch mit dürftigen Lagern wie diesem vertraut. Die Königin trägt den Kopf stets hoch, die Nase jedoch nie«, sagte Patrick of Salisbury; und Guillaume blieb nicht verborgen, dass sein Onkel die Königin ebenso verehrte wie er selbst.

Mit zunehmender Dunkelheit wurde es kälter und ungemütlicher. Zu dieser Jahreszeit konnte es nachts noch frieren, dennoch entzündeten sie kein Feuer, an dem sich alle hätten wärmen können, aus Furcht, mögliche Verfolger auf sich aufmerksam zu machen. Nach einer Mahlzeit, die aus kaltem Braten, Wein und Brot bestand, wickelten sich die Männer in ihre Decken und legten sich schlafen. Drei Wachen sollten sich während der Nacht abwechseln, alle anderen schlummerten schon bald. Nur Guillaume lag noch lange wach. Es war vollkommen dunkel um ihn herum, und der Himmel, weit oben über den Wipfeln der Bäume, war vor Schwärze nicht zu sehen, ganz so, als wäre er gar nicht vorhanden. Kein Stern, der Orientierung hätte geben können, war über ihm auszumachen.

Guillaume spürte, wie sich die Haare in seinem Nacken aufstellten. Ein Kribbeln, eine vage Vorahnung, dass noch etwas Unerwartetes geschehen würde, machte ihm schon seit dem Nachmittag zu schaffen. Der Mann zu seiner Rechten schnarchte pfeifend, während der links von ihm so lautlos schlief, als wäre er tot.

Es dauerte eine Ewigkeit, bis Guillaume in einen unruhigen Schlaf fiel. Immer wieder schreckte er hoch, nur um festzustellen, dass die Nacht noch immer vollkommen finster und alles um ihn herum friedlich war. Im Morgengrauen, als die anderen erwachten, war er matt und unausgeschlafen und fühlte sich wie zerschlagen. Nach etwas Brot, Käse und ein paar Schluck Wasser, die sie in aller Stille zu sich nahmen, saßen sie auf, um ihren Weg fortzusetzen. Wenn sie gut vorankamen, würden sie ihr Ziel in zwei, vielleicht drei Tagen erreichen.

Schweigend ritten sie durch den Wald, um unbemerkt zu bleiben. Der Himmel war verhangen und von einem schweren, verwischten Grau. Nur hin und wieder gelang es einem dünnen Sonnenstrahl, sich zwischen den Wolken hindurch, an den kahlen Ästen und den Weidenkätzchen vorbei, bis zum Waldboden vorzukämpfen, aus dem das erste Grün hervorlugte.

Der Wald war geradezu beängstigend ruhig. Kein Eichhörnchen sprang von Ast zu Ast, kein Hase huschte durchs Unterholz, nichts. Nicht einmal Vogelgezwitscher war zu hören, so als hielte die Natur in banger Erwartung den Atem an.

Guillaume blickte sich immer wieder um, doch er konnte nichts Verdächtiges ausmachen. Trotzdem war da noch immer dieses ungute Gefühl, das ihm im Nacken saß.

Als sie bis zum Mittag keiner Menschenseele begegnet waren, begann er, sich ein wenig sicherer zu fühlen. Gewiss war er nur übermüdet. Einen anderen Grund schien es für seine Befürchtungen nicht zu geben, denn alles um sie herum war ruhig und friedlich. Auch wenn das Laub des vergangenen Winters noch unter ihren Füßen raschelte, so lag bereits ein Duft von Frühling in der Luft.

Nach einem sanften Hügel, auf dem bereits hier und da erste weiße Blüten aus dem Boden lugten, kamen sie in eine kleine Senke. Sir Patrick ließ absitzen und ordnete eine Rast an. Die Männer verteilten sich, um die Pferde an dem nahen Wasserlauf zu tränken, füllten ihre Trinkschläuche auf, erleichterten ihre Blasen und stärkten sich. Nahezu alle legten ihre Waffen und die schweren Kettenhemden ab, um ein wenig zu verschnaufen. Auch Guillaume suchte sich ein ruhiges Plätzchen und streckte sich auf dem Boden aus, um ein Nickerchen zu machen.

Seine Augen brannten vor Müdigkeit, und als er sie schloss, schlief er rasch ein. Er begann, von der Königin zu träumen, sah sich als strahlenden Ritter neben ihr reiten und war so stolz, dass er einen Augenblick brauchte, bis er begriff, dass das plötzliche Geschrei um ihn herum nicht zu seinem Traum gehörte. Dann jedoch fuhr er augenblicklich hoch.

Bewaffnete Soldaten stürmten laut johlend über den flachen Hügel zu seiner Linken und rannten mit gezückten Schwertern auf sie zu. Guy und Geoffrey de Lusignan und ihre Männer! Guillaumes Herz schien einen Moment auszusetzen.

Er warf einen hastigen Blick zu den Männern seines Onkels. Starr vor Entsetzen standen sie da, unfähig zu erfassen, wie das geschehen konnte. Nichts, rein gar nichts hatte darauf hingedeutet, dass sie an dieser Stelle mit einem Überfall würden rechnen müssen. Ihr Zögern dauerte nur einen Wimpernschlag, dann liefen sie los und suchten in aller Eile ihre Waffen zusammen.

Sir Patrick, der ebenfalls unbewaffnet war, gab seinen besten Männern per Handzeichen zu verstehen, dass sie die Königin in Sicherheit bringen sollten, und stellte sich den Angreifern in den Weg, damit sie die Lady nicht verfolgen konnten.

Die Königin musste den Ernst der Lage sogleich erkannt haben, denn sie schwang sich ohne Aufforderung auf ihr Pferd und preschte mit ihren Begleitern davon.

Auch Guillaume hatte inzwischen sein Schwert ergriffen und wollte seinem noch immer unbewaffneten Onkel zu Hilfe eilen. »Hinter Euch!«, warnte er Patrick of Salisbury entsetzt, als er einen feindlichen Soldaten mit einer Lanze auf den Onkel zulaufen sah. Sir Patrick wich dem Angreifer geschickt aus, doch es war ihm schon ein weiterer Mann auf den Fersen. »Onkel!«, rief Guillaume, aber der Soldat war bereits zu nah. Feige streckte er den wehrlosen Earl von hinten nieder.

Stumme Verwunderung stand in Sir Patricks geweiteten Augen, als das Schwert seine Brust durchbohrte. Ein gurgelnder Laut entfuhr seiner Kehle, dann sackte er in die Knie.

Guillaume stand da wie angewurzelt. Er konnte nicht glauben, was gerade geschah. Gewiss würde sich der Onkel gleich erheben. »Ein Kratzer nur!«, würde er rufen und weiterkämpfen, doch der Earl of Salisbury fiel nach vorn wie ein gefällter Baum.

Sein Angreifer zog das Schwert, das noch immer im Rücken des Earls steckte, genüsslich heraus. Mit einem breiten Grinsen, das eine Reihe schwarzer Zähne entblößte, sah er Guillaume an. »Komm, mein Junge, du wirst ihm gleich folgen!«, rief er herausfordernd und winkte ihn herbei.

Kalt wie ein riesiger Klumpen Eis fühlte sich Guillaumes Herz an. Tränen schossen ihm in die Augen. »Onkel!«, flüsterte er ungläubig. Dann packten ihn Empörung und grenzenlose Wut. »Das wirst du büßen!«, heulte Guillaume auf, schloss die Finger enger um den Griff seines Schwertes und schwang sich auf Bucephalus' Rücken. Ohne Helm und Kettenhemd jagte er auf den Mörder seines Onkels zu. Er würde seinen Tod rächen, und wenn es das Letzte war, das er tat! Tränen verschleierten ihm immer noch den Blick, als er an dem niedergestreckten Leib vorbeiritt. Patrick of Salisbury hatte ihm ein Heim gegeben. Er war ein guter Mensch gewesen, ein königstreuer Mann, ein Held und Guillaumes großes Vorbild. Warum nur hatte er so sinnlos sterben müssen?

Schreiend hielt Guillaume auf die Poiteviner um Geoffrey und Guy de Lusignan zu. Einen Mann des Earls nach dem anderen schlachteten sie ab. Gute Männer lagen röchelnd in ihrem Blut und stöhnten vor Schmerz, viele waren bereits tot. Guillaume hieb wie von Sinnen um sich, doch das Glück war auch ihm nicht hold.

Urplötzlich sprang ihm ein unscheinbarer Mann in den Weg und versenkte sein Schwert bis zum Heft in Bucephalus' Brust. Nein! Sein stummer Schrei gellte Guillaume in den Ohren. Doch da knickte der Hengst bereits mit den Vorderläufen ein. Wie Ares damals schnaubte auch er ungläubig, bevor er zusammenbrach.

Wut, Kummer und Hilflosigkeit drohten Guillaume zu überwältigen. Das Herz wollte ihm in der Brust zerspringen, doch für Trauer um seinen geliebten Onkel oder Mitleid mit dem stolzen Bucephalus war jetzt keine Zeit. Er musste um sein eigenes Leben kämpfen, denn die Männer der Lusignans wollten nun ihm ans Leder.

Guillaume sprang auf seine Füße, wehrte seine Angreifer mit Hieben nach rechts und links ab und wich zurück, bis er ein Gebüsch hinter sich spürte. Immer mehr Gegner grinsten ihn siegesgewiss an. Guillaume sah sich verzweifelt nach Hilfe um, doch weit und breit war niemand, der ihm hätte beispringen können. Sollte das etwa sein Ende sein? Er hatte doch noch so viel vor, wollte ein berühmter Ritter des Königs werden!

Wie schnell aber ein vielversprechendes Leben ausgehaucht war, hatte ihm der grausame, jähe Tod seines Onkels gezeigt. Wie konnte der Herr es nur zulassen, dass ein so guter Mensch so jämmerlich sterben musste? Erneut ergriff Guillaume Empörung über die Feigheit der Poiteviner und vertrieb jegliche Furcht.

»Mörder seid ihr! Hasenherzige Verbrecher ohne Ehre im Leib!«, brüllte er vollkommen außer sich und hieb mit seinem Schwert um sich. »Schande über die feigen Lusignans, die den edlen Patrick of Salisbury heimtückisch ermordet haben!« Er winkte die Angreifer herbei. »Kommt nur, ich mache euch den Garaus!«, tönte er, und tatsächlich kamen immer mehr Männer auf ihn zu.

In seinem wütenden Eifer bemerkte Guillaume nicht, dass sich einer der Rebellen von hinten an ihn heranschlich. Erst als er durch das Blattwerk hindurch einen Schwerthieb auf den Oberschenkel versetzt bekam und der Schmerz wie ein glühendes Eisen durch sein Fleisch fuhr, ahnte er, dass der Kampf zu Ende war.

Eine tiefe Wunde klaffte auf seinem Bein. Guillaume wehrte sich mit der Kraft der Verzweiflung, als man ihn entwaffnete, doch sein Widerstand war zwecklos. Sein Bein blutete zu heftig, und schon bald begann er zu taumeln. Eine beachtliche Blutlache lag zu seinen Füßen, aber niemand beachtete sie. Man stieß ihn herum, band ihm die Hände zusammen und hievte ihn auf eine Stute.

Sein Bein schmerzte grauenhaft. Es fühlte sich kalt an und zitterte. In seinen Ohren pfiff und rauschte es. Kaum noch bei Sinnen, hing er mehr auf dem Rücken des Pferdes, als dass er saß. Sein Kopf lag auf dem Hals des Tieres, während er seine Rechte, zur Faust geballt, auf die Wunde presste, damit sie aufhörte zu bluten.

Immer weiter in den Wald hinein jagten die Rebellen.

Guillaume zitterte am ganzen Leib vor Schwäche, als sie ihn schließlich vom Pferd zogen. Wenn er nicht sein Leben lassen wollte, musste er unbedingt die Wunde versorgen, die sofort wieder zu bluten begann, als er die Faust nicht mehr darauf drückte. Mühsam schnürte er sein Bein mit den Bändern seiner Bruche notdürftig ab, dann verließen ihn seine Kräfte, und eine gnädige Besinnungslosigkeit umgab ihn.

Als Guillaume erwachte, war es Nacht. Er brauchte eine Weile, um sich zu erinnern. Der Überfall!

Voller Wut wollte er hochfahren, doch ein reißender Schmerz in seinem Bein und das Einschneiden von Fesseln an seinen Händen und Füßen machten es ihm unmöglich. Guillaume stöhnte. Sein Bein pochte heftig. Ein paar Mal atmete er tief ein. Ob die Poiteviner noch andere Männer seiner Truppe gefangen hielten?

Vorsichtig rollte er sich ein wenig herum. Gott, wie sehr sein Bein schmerzte!

Die Lusignan-Brüder saßen mit ihren Männern um ein Feuer und stopften sich gierig große Stücke von dem Fleisch eines gebratenen Wildschweins, das auf einem Spieß über dem Feuer brutzelte, in den Mund. Der Duft des Fettes, das auf das glühende Holz troff und in feinen Rauchschwaden aufging, ließ Unmengen von Speichel in Guillaumes Mund zusammenlaufen. Ob sie ihm am Ende ihrer Mahlzeit etwas abgeben würden? Es kam ihm vor, als hätte er Tage nichts mehr gegessen.

Er blickte sich vorsichtig um, konnte jedoch keine weiteren Gefangenen ausmachen. Offenbar war er der Einzige von Sir Patricks Männern, den sie mitgenommen hatten. Guillaume sah den Onkel wieder mit vor Schreck weit aufgerissenen Augen, erinnerte sich an die niedergemetzelten Getreuen des Earls und fühlte, wie Trauer und Wut einem Stein gleich in seinem Magen lagen. Ob alle anderen tot waren? Er schluckte mühsam.

»Wenn er nicht endlich zu sich kommt, sollten wir ihn zurücklassen. Er hat viel Blut verloren. Vermutlich krepiert er ohnehin, bevor wir ein Lösegeld für ihn einstreichen können. Wir sollten ihn hierlassen«, vernahm er nach einer Weile die leise näselnde Stimme Guy de Lusignans. »He, du! Geh und sieh nach, ob er noch immer umnachtet ist!«, rief er einem seiner Männer zu.

Guillaume schloss die Augen und bemühte sich um einen flachen Atem. Vielleicht ließen sie ihn ja zurück, wenn sie glaubten, er käme nicht mehr zu sich.

Er spürte, dass sich jemand zu ihm herabbeugte.

»Sieht nicht aus, als hätte sich groß was verändert. Er ist immer noch blass wie ein Toter!«, hörte er den Mann sagen.

»Wir werden ihn nicht einfach liegen lassen. Schneid ihm die Kehle durch!«, befahl Guy de Lusignan, und Guillaume riss vor Schreck die Augen auf.

»Ach was, unser Gast hat ausgeschlafen und ist hellwach!«, rief der Mann neben ihm nun belustigt aus und trat Guillaume in die Rippen. »Wollte mich nur an der Nase herumführen!« Er sah sich zu den Lusignan-Brüdern um. »Was ist nun, nehmen wir ihn mit, oder soll ich ihn abstechen?« Er zog die Nase geräuschvoll hoch und spuckte auf den Boden. Als der Rotz dicht neben Guillaumes Kopf landete, lachte er schallend.

»Muss einiges wert sein, bei dem Pferd und den Waffen, die er mit sich geführt hat ...«, überlegte Geoffrey de Lusignan laut.

»Richtig«, stimmte ihm sein Bruder zu. »Er ist der Neffe des Earls, darum sorgen wir dafür, dass er überlebt. Er wird uns ein anständiges Lösegeld einbringen. Muss ja nicht fett werden bei uns, der Junge, aber er soll auch nicht krepieren. Also gebt ihm was zu essen!«

Die Männer der Lusignans gehorchten aufs Wort und gaben Guillaume gerade so viel zu beißen, dass er nicht völlig abmagerte. Kräfte aber konnte er so nicht sammeln. Seine Wunde brannte wie Feuer und hätte genäht werden müssen. Guillaume kannte sich aus, hatte er doch auf den Turnieren so manche Blessur davongetragen. Hier im Wald aber gab es keinen Baderchirurg, der sich seiner Verletzung hätte annehmen können. Den schmutzigen, stinkenden Säufer, den Geoffrey de Lusignan mit ein paar Leinenstreifen zu ihm geschickt hatte, hatte er lieber nicht an die Wunde gelassen. Wenn sie brandig wurde, das wusste er genauso gut wie die Lusignans, dann war es um ihn geschehen. Also kümmerte er sich lieber selbst darum.

Wochen, vielleicht auch Monate zogen sie so umher. Guillaume verlor jegliches Gefühl für Zeit, und an manchen Abenden war er so erschöpft und verzweifelt vor Schmerz, Hunger und Anstrengung, dass er darüber nachsann, ob es nicht leichter wäre, einfach einzuschlafen und nicht mehr zu erwachen, statt am nächsten Morgen weiterziehen zu müssen.

Ob sein Bruder in der Lage und gewillt sein würde, ein Lösegeld für ihn zu zahlen? Oder die Familie seines Onkels vielleicht? Warum aber sollten ausgerechnet sie ihn befreien, da er doch den Earl nicht hatte schützen können?

Guillaume schwankte zwischen abgrundtiefer Verzweiflung und wahnwitziger Hoffnung auf eine Gelegenheit zur Flucht. Doch die Poiteviner ließen ihn nicht aus den Augen. Ständig überprüften sie seine Fesseln, die seine Haut zunächst nur wund gescheuert hatten, mittlerweile aber tief in sein Fleisch einschnitten. Sie traten ihn und lachten, wenn er der Länge nach hinfiel. Manchmal verschütteten sie das Wasser für ihn auf seiner Kleidung, sodass er auch noch Durst leiden musste. Je aussichtsloser ihre Situation in der Auseinandersetzung mit dem König zu werden schien, desto grausamer wurden sie. Offenbar glaubten sie, nicht mehr viel zu verlieren zu haben.

Die Zeit verging, und mit ihr verrann Guillaumes Hoffnung, mit dem Leben davonzukommen. Trotzdem versuchte er eines Tages zu fliehen. Die Männer der Lusignans aber holten ihn schnell ein. Und als einer der Soldaten mit dem Stiefel nach ihm trat, um ihn in die Knie zu zwingen, brach die wulstige Wunde an seinem Bein wieder auf. Sie begann zu schwären, und schon bald breitete sich Fieber in Guillaumes ausgezehrtem Körper aus, ließ ihn von seinem Onkel fantasieren und von Alan träumen.

Dunkelheit und Übelkeit waren alles, was er spürte, als er langsam zu sich kam. Er versuchte, seine Finger und Zehen zu bewegen, und erstaunlicherweise gehorchten sie ihm. Gut so. Nur seine Augenlider waren bleischwer, sodass er fürchtete, sie nie wieder öffnen zu können, und vorläufig aufgab, es zu versuchen. Ob er tot war? Guillaume horchte.

»Setz das Messer an, wie ich es dir gezeigt habe!«, hörte er plötzlich eine Stimme, dann spürte er die Klinge an seinem Hals. Offenbar war er also nicht tot, doch wie es schien, würde es nicht mehr allzu lange dauern. Es sei denn, er wehrte sich. Aber vielleicht lohnte es sich ja auch nicht, für dieses elende Dasein zu kämpfen …

Sicher lohnt es sich! Guillaume räusperte sich und spürte, wie sein Adamsapfel nur knapp an der Klinge vorbeihüpfte.

»Er wird wach!«, sagte jemand.

»Dann beeil dich und rasier ihn endlich, ehe du noch ein Blutbad anrichtest«, riet die erste der beiden Stimmen.

Rasier ihn? Guillaume fühlte ein Kichern in sich aufsteigen. War er doch schon tot und sollte nun rasiert werden, um vor seinen Schöpfer zu treten? Dann durfte er keinesfalls loslachen! Er bemühte sich um Beherrschung. Wahrscheinlich war er verhungert, oder die Lusignans hatten ihn im Wald zurückgelassen, weil er zu schwach gewesen war. Die Lusignans, dachte er herablassend. Der Teufel soll sie holen! Hoffentlich wusch man ihn auch und kämmte sein Haar, bevor er ins Himmelreich einging! Nach den Wochen im Wald musste er grauenhaft aussehen und stinken wie ein Iltis!

»Wo ist er? Geht es ihm gut?« Ein Rascheln wie von Seidenstoff begleitete die besorgte Stimme einer Frau.

»Ich denke, dass er bald aufwacht, Mylady«, antwortete die erste Stimme warm. »Die Wunde an seinem Bein habe ich versorgt, und wie mir scheint, ist das Fieber bereits ein wenig gesunken.«

Offenbar lebte er also doch noch! Wer aber war ›Mylady‹?

Guillaume versuchte erneut, die Augen zu öffnen, und diesmal gelang es ihm. Ein wenig verschwommen zunächst, dann deutlicher sah er das Gesicht einer Frau, die sich über ihn beugte und ihn anlächelte.

»Aber …«, formten seine Lippen lautlos. Das war doch … Oder täuschte er sich? Guillaume schloss die bleischweren Lider und lächelte selig. Nein, sie war es. Die Frau, für die er jederzeit gestorben wäre. Tausend Mal, wenn es hätte sein müssen. Was tat sie nur hier? Oder vielmehr, was tat er hier? Guillaume spürte ihre zarte, kühle Hand auf seiner Stirn und zuckte zusammen. Ein eisiger Schauer lief über seinen Körper.

»Er glüht wieder!«, hörte er sie besorgt sagen.

»Keine Sorge, Mylady. Er ist stark. Die schwärende Wunde und das wenige Essen hätten sicher so manchen Kerl gefällt. Er aber hat es überlebt. Ist ein zäher Bursche. Glaubt mir, er wird schon bald wieder wohlauf sein.«

»Habt Dank für Eure Bemühungen, Bader! Wenn Ihr etwas benötigt, dann schickt Euren Lehrjungen zu mir.«

»Gewiss, Mylady.«

»Ich werde für ihn beten«, sagte sie sanft. »Ich komme morgen wieder und sehe nach ihm.«

Guillaume glaubte, sich plötzlich bruchstückhaft an einen Mann zu erinnern, der ihn freigekauft und von den Lusignans fortgebracht hatte. Das musste ihr Werk gewesen sein! Beglückt und dankbar riss er die Augen auf und versuchte, etwas zu sagen. »Ich …«, seufzte er, und als er sah, dass sie bereits fort war: »Ich muss ihr danken …«

»Schont Euch, Sir.« Der Bader drückte ihn zurück in die Kissen. »Morgen kommt Euch die Königin wieder besuchen.«

Abergavenny am Tag ihrer Eheschliessung 1169

Matilda, trödele nicht herum! Dein Bräutigam wartet«, ermahnte Lady St. Valéry ihre Tochter nun zum fünften Mal. Seit sie von den Hochzeitsplänen erfahren hatte, ging es ihr bedeutend besser. »Du wirst eine wundervolle Braut sein, glaub mir doch, mein Liebling!«

»Ach, Mutter, seht Ihr denn nicht, dass ich wie eine Vogelscheuche aussehe?« Matilda stieß sie beiseite. »Aber es sollte mir gleich sein. Der Gatte, den Ihr mir gewählt habt, gefällt mir ohnehin nicht. Einen mächtigen, wohlhabenden Mann mit grauen Schläfen hättet Ihr für mich aussuchen sollen, so einen wie seinen Vater. Nicht einen jungen Burschen mit stets feuchten, viel zu weichen Händen, der an den Fingernägeln kaut!« Matilda schüttelte sich angewidert.

»Aber Liebling, dein Gemahl wird schon bald Lord of Bramber werden. Mit unseren Ländereien wird das ein beachtlicher Besitz«, versuchte Lady St. Valéry, ihre Tochter zu besänftigen. »Und diese Burg hier ist doch auch recht komfortabel.« Sie machte eine ausschweifende Handbewegung über die großzügige Kammer, die man den Damen zur Verfügung gestellt hatte. Sie würde die Brautkammer sein, der Ort, an dem Matilda ihre Jungfräulichkeit verloren hätte, wäre da nicht die Begegnung mit ihrem Oheim gewesen … Zum Glück wusste niemand davon, außer einer alten Kräuterfrau daheim, die Matilda um Rat gefragt hatte, wie sie diesen Umstand in der Hochzeitsnacht vertuschen konnte.

Ein herablassendes »Pah!« entglitt ihr, doch es galt nicht der

Burg, sondern der Dummheit, die ihr Gatte hoffentlich besaß. Er durfte nicht merken, dass er betrogen wurde und keine Jungfrau bekam, sonst würde er sie womöglich mit Schimpf und Schande davonjagen. Dies war keine Liebesheirat, sondern ein Arrangement, das beiden Seiten zu mehr Macht verhelfen sollte.

Trotzdem war zu bedenken, dass Matilda nicht gerade eine Schönheit war. Ihre Oberarme waren zu kräftig, dicker sogar als Lescelines Waden. Ihr Leib war nicht zart und biegsam, wie man es von einer Frau ihres Alters erwartete, sondern breit und schwer, mit groben Knochen. Mehr wie der Körper eines Mannes. Auch ihre Größe gereichte ihr nicht zum Vorteil. Männer schätzten es nicht, wenn die Frau sie um mehr als einen Kopf überragte. Dem jungen William de Braose dagegen machte es offenbar nichts aus.

Er war ein wenig rundlich. Mit seiner teigigen Haut erinnerte er an einen Säugling. Doch in seinen Augen, da loderte ein Feuer, das Matilda neugierig machte, auch wenn sie sich das noch nicht recht eingestehen wollte.

Erstaunlich war, dass er tatsächlich zu genießen schien, wie viel Aufmerksamkeit er mit seiner künftigen Gemahlin erregte. Er lachte, wenn jemand sie als Riesin bezeichnete, und sah nicht ohne Stolz zu ihr auf.

Matilda sank ergeben auf die Knie, um sich das Myrtenkränzchen aufsetzen zu lassen, das ihre Mutter für sie hatte binden lassen. »Es pikst!«, beschwerte sie sich, schob den Kranz ein wenig zurecht und erhob sich dann. »Also gut, gehen wir«, brummte sie, ohne dem Kopfschütteln ihrer Mutter Beachtung zu schenken. Ihr war Lady de St. Valérys Urteil vollkommen gleich. Überhaupt scherte es sie wenig, was die Leute über sie dachten oder sagten. Sie hatte Pläne und würde sich nicht durch dummes Geschwätz davon abhalten lassen, sie umzusetzen.

Als Matilda nach der Trauung vor dem Eingang der Burgkirche, der Messe und dem anschließenden Festgelage von ihrem Gatten an der Hand genommen und in die Brautkammer geführt wurde, wusste sie, dass nun all ihre Fähigkeiten als Lügnerin gefragt waren, um ihm die verängstigte Jungfer vorzuspielen.

Sie zierte sich, als sie die Kammer betraten, tat verschämt und drehte sich scheinbar errötend um, als ihr Gatte sich seiner Kleider entledigte. Sie zog sich in die dunkelste Ecke der Kammer zurück. Er sollte denken, sie schäme sich, weil auch sie sich nun entkleiden musste. Doch in Wahrheit brauchte sie die Dunkelheit, um ihre Scham weit unten an der Öffnung mit Schweineblut zu benetzen, das sie in einem kleinen Gefäß mitgebracht hatte. Wenn er den Akt mit ihr vollzog, würde es nun mal ein wenig bluten müssen. In vielen Gegenden wurden nach der Hochzeitsnacht die Leintücher aus dem Fenster gehängt, um durch das Blut den Beweis anzutreten, dass die Braut jungfräulich in die Ehe gegangen war. Was wusste sie, ob das hier, in Wales, ebenfalls üblich war? Zwar war ihr Gatte keiner von diesen Wilden, wie Matilda die Waliser im Stillen nannte, doch lebte seine Familie schon seit der Eroberung Englands in dieser Gegend. Man konnte also nicht wissen, welche Traditionen sie erhalten und welche aufgegeben hatten.

Matilda drehte sich um, nachdem sie das Töpfchen wieder verschlossen und es gut versteckt hatte. Sie trug noch immer ihr dünnes Leinenhemd. Ihr Gatte sollte sie schließlich nicht für schamlos halten. Außerdem sollte er sie erst nach dem Akt nackt sehen, falls ihr schon jetzt ein wenig Blut die Schenkel herablief.

Er selbst stand inzwischen vollkommen unbekleidet neben der Bettstatt, von Vorfreude erregt, selbstsicher und ohne jegliche Scham.

Matilda schlüpfte unter die Bettdecke, die aus herrlich weichen Fellen genäht und mit Seide abgefüttert war. Ein schönes Stück, dachte sie zufrieden, denn die Decke gehörte nun ihr. Das Bett war breit und mit schweren, reich mit Stickereien verzierten Behängen ausgestattet und ebenfalls nicht zu verachten. Matilda sah, dass das erste weiche Licht der Morgensonne bereits durch die Holzläden drang. Es war besser, sie beeilten sich, sonst bemerkte er doch noch etwas von dem Betrug.

»Lösch das Licht und zieh die Vorhänge zu!«, bat sie und bemühte sich, verängstigt zu klingen, obwohl sie sich kein bisschen fürchtete. Sie wusste ja, was geschehen würde. Matilda seufzte vernehmlich. Bringen wir es hinter uns!, dachte sie genau wie damals, vor einem Jahr, als der Oheim über sie hergefallen war, und drehte das Gesicht zur Seite, damit ihr Gatte sie nicht auf den Mund küsste.

Nachdem William de Braose die Kerze gelöscht und die Vorhänge zugezogen hatte, kroch er zu ihr unter die edle Decke und legte sich auf sie.

»Mach es schnell!«, bat sie ihn mit zitternder Stimme, damit ihm nicht etwa einfiel, sie mit den Fingern zu erkunden, und er später Blut an seinen Händen entdeckte.

Und so vollzogen sie den Akt, der ihre Ehe besiegelte, in aller Schnelle und Heftigkeit.

»Du warst beileibe keine Jungfrau mehr, als du in mein Bett gestiegen bist!«, sagte William de Braose ihr auf den Kopf zu, sobald er von ihr abgelassen hatte. Ein kleiner Lichtstrahl erhellte ihre Bettstatt, sodass sie ihm in die Augen sehen konnte. Hohn stand darin!

Matilda sah ihn mit ehrlichem Entsetzen an. »Und was ist dann das?«, fragte sie vorwurfsvoll, riss den Vorhang beiseite und zeigte selbstsicher auf die Flecken auf dem Leintuch, die das Gegenteil zu beweisen schienen.

»Im Hurenhaus verkaufen sie auf diese Weise so manch erfahrenes Freudenmädchen als Jungfrau. Sind die Freier besoffen genug, dann merken sie es nicht und zahlen den überhöhten Preis. Mir aber kannst du nichts vormachen. Ich habe schon mehr als ein Jüngferlein beehrt. Trocken wie die Wüste sind sie. Das Blut aber hat dich feucht gemacht.« Er lachte selbstsicher. »Mein Vater hat mich schon früh mit solchen Schlichen vertraut gemacht.«

Einen Augenblick lang überfiel Matilda Angst. Ein seltsames, ungewohntes Gefühl war das. Nicht einmal als der Onkel sich ihr aufgezwungen hatte, hatte sie so gefühlt. Hass und Abscheu waren es gewesen, vertraute Gefühle, verlässlicher als das der Angst, das sie nun bei der Gurgel packte und ihr für einen Moment den Atem nahm. Doch so rasch wie die Furcht sie übermannt hatte, so schnell fiel sie wieder von ihr ab und überließ Matildas gewohntem Kampfgeist das Feld.

»Du kannst nichts beweisen, das Blut bezeugt meine Unschuld!«, fauchte sie ihn an und blickte ihm herausfordernd in die Augen. Die Sonne war inzwischen aufgegangen und tauchte die Kammer in weiches Licht. Das Töpfchen würde er gewiss nicht finden, dazu hatte sie es zu gut versteckt.

William de Braose lachte. »Solange du mir keinen Erben aus fremden Lenden unterschiebst, soll es mir gleichgültig sein. Du bringst genügend Land mit in diese Ehe, um dir die fehlende Jungfräulichkeit zu verzeihen. Gut einen Monat bist du schon hier unter meiner Aufsicht, darum bete, dass du frühestens in neun Monaten niederkommst und nicht schon in sieben oder acht, sonst töte ich dein Balg und jage dich davon.« Er sah sie aus kalten Augen an und stand auf.

Obwohl sich ihr der Onkel vor ihrer Abreise noch ein letztes Mal aufgedrängt hatte, war sich Matilda ihrer Sache sicher. »Ich bin nicht schwanger, und wenn, dann warst du es heute Nacht!«, fuhr sie ihren Gatten an. Vor zwei Wochen war sie unrein gewesen. Ein wenig verspätet zwar, weshalb sie die Krämpfe, die sie jedes Mal quälten, kaum hatte erwarten können, doch sie hatte geblutet wie üblich, vielleicht sogar ein wenig mehr.

William de Braose näherte sich ihr, bis sein Gesicht ganz dicht an dem ihren war. »Ich glaube dir«, sagte er, nachdem er sie einen Augenblick gemustert hatte. Dann richtete er sich wieder auf. »Und für den Fall, dass du doch schwanger bist, weißt du ja nun, was geschieht.« Er wandte sich ab und zog sich an. »Du solltest dich waschen und mir dann zum Frühstück in die Halle folgen, meine Liebste.« Er lächelte anmaßend, öffnete die Tür der Kammer, die er zur Nacht mit einem Schlüssel verschlossen hatte, und ging hinaus.

Matilda blieb erstaunt zurück. Ihr Gatte war nur wenige Jahre älter als sie – wie viele wusste sie nicht –, doch älter als siebzehn, höchstens achtzehn konnte er nicht sein. Mit seinem weichen, rundlichen Gesicht täuschte er sicher so manchen über sein wahres Wesen hinweg. Schließlich war auch sie darauf hereingefallen. Matilda schüttelte den Kopf. In dem Jungen steckte bereits ein Mann. Und was für einer!

Ein zufriedenes Lächeln huschte über ihr Gesicht. Eigentlich passten sie nicht einmal schlecht zueinander.

Westminster Abbey, 14. Juni 1170

In festlichem Ornat mit Mitra, goldbestickter Alba und Krummstock führte der Erzbischof den prächtigen Krönungszug an. Hinter ihm schritten sechs Bischöfe einher, von denen einer ein mit Edelsteinen besetztes goldenes Kreuz vor sich hertrug, das der Abtei von Westminster gehörte. Zwanzig Mönche folgten ihnen in vier Fünferreihen. König Henry II. und sein Sohn, der ebenfalls den Namen Henry trug, wurden von Rittern, höchsten Baronen und Würdenträgern des Landes begleitet.

Helles Glockengeläut kündigte den Zug an und trieb die Menschen in Scharen auf die Straßen, wo sie sich um die besten Plätze drängelten, damit sie einen Blick auf ihren König und den Prinzen erhaschen konnten. Neugierige stießen einander an und beschimpften sich, doch sobald der König und sein Sohn mit ihrer riesigen Entourage zu sehen waren, erklangen nur noch Jubel und Hochrufe. Ein langer, prachtvoller Prozessionszug schritt auf die Abtei zu. Bis auf den letzten Platz würde das Gotteshaus an diesem Tag besetzt sein.

Nur den hohen Gästen und den Mönchen von Westminster war es vergönnt, Zeugen der feierlichen Krönungszeremonie zu werden, die der König bis ins Kleinste hatte vorbereiten lassen. Jeder Schritt, jede Geste der bevorstehenden Krönung waren genauestens einstudiert, die Treppe zur Kirche war mit Blumen geschmückt und ein Würdenträger prunkvoller gekleidet als der andere. Der König hatte weder Kosten noch Mühen gescheut.

Auch Guillaume hatte einen neuen, bunten Waffenrock und wunderbar weiche Stiefel bekommen, an denen seine silbernen Sporen klirrten. Stolz reckte er den Hals. Weit vorne in dem langen Zug sah er Barone mit prächtigen Falken auf den Fäusten. Männer und Pferde waren herausgeputzt, die Waffen blank poliert, die Mienen stolz, beinahe hochmütig, um Stellung und Wohlstand zu betonen.

Eleonore von Aquitanien, seine Königin und einstige Retterin, hatte dafür gesorgt, dass Guillaume zum Haushalt des jungen Königs gehören würde, sobald dieser gekrönt war. Fast zwei Jahre waren vergangen, seit ihn die Königin von den Poitevinern freigekauft hatte.

Bei dem Gedanken an seine Gefangenschaft strich Guillaume unwillkürlich mit der Hand über die Außenseite seines Oberschenkels. Die Wunde war gut verheilt, nachdem sich der Bader der Königin seiner angenommen hatte, trotzdem war eine wulstige, nicht sehr schöne Narbe zurückgeblieben. Als er genesen war, hatte seine Gönnerin ihn mit Kleidung und Waffen ausgerüstet und dafür gesorgt, dass er sich wieder im Kampf üben konnte. Guillaume hatte sich schnell wohl an ihrem Hof gefühlt und sich mit ihrem ältesten Sohn, dem jungen Henry, angefreundet. Kurz vor der Abreise des Prinzen nach England hatte die Königin Guillaume rufen lassen.

»Erhebt Euch, Guillaume«, hatte sie ihn freundlich aufgefordert, nachdem er voller Ergebenheit das Knie vor ihr gebeugt hatte, und ihn angelächelt. »Wisst Ihr eigentlich, wie sehr mein Sohn Euch liebt und verehrt?« Sie ließ ihm kaum Zeit zu erröten. »Um wie viele Jahre seid Ihr älter als er?« Sie musterte ihn kurz. »Acht, neun Jahre?«

»Ich weiß es nicht genau, doch ich schätze, das dürfte richtig sein, Mylady«, antwortete Guillaume und senkte erneut demütig den Kopf.

»Henry blickt zu Euch auf, er sucht Eure Nähe und Eure Aufmerksamkeit. Ich vermute, das ist Euch ebenso wenig verborgen geblieben wie mir.« Sie lächelte, als Guillaume nun doch rot anlief.

So viel Lob hatte er nicht erwartet. Seit seiner Genesung hatte sie ihn niemals angesprochen, sodass er geglaubt hatte, sie wisse nicht einmal mehr, dass er noch immer an ihrem Hof lebte. Nun erfuhr er, dass sie ihn genauestens beobachtet hatte.

»Ihr seid mutig und wisst die Waffen wohl zu führen. Und obgleich Ihr noch jung seid und Kampfgeist besitzt, scheint Ihr doch kein Hitzkopf zu sein. Mein Sohn wird bald seinem eigenen Haushalt vorstehen«, sie sah Guillaume fest in die Augen, »und mein Gatte wird Euch – auf meine ausdrückliche Empfehlung hin – Henrys Erziehung an den Waffen übertragen.«

Zu Guillaumes größter Überraschung ergriff sie nun seine Hände und drückte sie. Trotz der Kühle ihrer feingliedrigen Finger strahlte ihre Berührung Wärme aus. »Sein Leben wird davon abhängen, wie gut Ihr ihn das Kämpfen lehrt, Guillaume. Auch wenn er sich bereits für einen Mann hält, ist mein Sohn doch fast noch ein Kind.«

Auch die Königin ist vor allem eine liebende Mutter, die sich um ihren Ältesten sorgt, dachte Guillaume gerührt, und einen Augenblick lang schweiften seine Gedanken zu seiner eigenen Mutter ab. Sie hatte ihre Tränen nicht verbergen können, als er ihr entrissen und nach Tancarville geschickt worden war, aber sie hatte sich fügen müssen. Ob die Königin ähnliche Wehmut empfand?

»Mein Gatte hat acht junge Ritter ausgewählt, die Henry beistehen sollen«, sagte die Königin. »Adam d'Yquebœuf, über den ich hörte, er sei Euch ein guter Freund, Thibault de Tournai, dessen Familie dem Haus Plantagenêt zutiefst ergeben ist, Peter FitzGuy und Robert de Tresgoz sind darunter. Ihr kennt sie ebenfalls?«

Guillaume nickte. Thibault und er würden niemals Freunde werden, aber sie würden miteinander auskommen müssen. Es würde ihnen zugutekommen, dass sie am Hof der Königin gelernt hatten, ihre Gefühle hinter einer Maske aus Höflichkeit zu verbergen. Peter FitzGuy hingegen war in der Tat ein angenehmer Mensch, stets fröhlich und zu Scherzen aufgelegt. Mit seinem dunklen Haar und dem kecken Dreiecksbärtchen an der Unterlippe gefiel er auch dem Weibsvolk. Robert de Tresgoz, der sein Haar im Nacken zusammengebunden trug, erinnerte mit seinem schmalen, etwas spitzen Gesicht und der gebogenen Nase an einen Falken. Er war ernster als FitzGuy, aber ebenfalls ein guter Mann. »Peter und Robert habe ich erst hier kennen- und schätzen gelernt; Adam und Thibault dagegen wurden wie ich in Tancarville ausgebildet«, erwiderte er und verneigte sich.

Eleonore nickte zufrieden. »Simon de Marisco wird ebenfalls zur Entourage meines Sohnes gehören, er ist Engländer wie Ihr. Ein ganz reizender Bursche übrigens«, sagte die Königin versonnen. »Ich verlasse mich auf Euch, Guillaume. Sorgt dafür, dass ein wackerer, aufrechter Mann aus meinem Sohn wird, hört Ihr? König zu sein heißt, eine schwere Bürde zu tragen. Auch wenn er noch nicht regieren muss, so ist doch die Aufgabe, die auf ihn wartet, keine leichte. Er wird treue Männer wie Euch brauchen!«

Guillaume verneigte sich. »Ich werde Euch nicht enttäuschen, Mylady, Ihr habt mein Wort. Beim Herrn und allen Heiligen schwöre ich, Eurem Sohn stets die Treue zu halten, was auch immer geschehen mag! So wie mein Onkel stets Euch und Eurem Gatten diente. Lieber sterbe ich, als mein Wort zu brechen!«

Bei dem Gedanken an die Königin, die ihn dankbar angelächelt hatte, hellte sich Guillaumes ernste Miene auf. Er war der Fechtmeister des Thronfolgers! Sein Herz schlug ein paar Mal besonders heftig. Nach dem Tod seines Vaters würde der junge Henry die Herrschaft übernehmen und Guillaume als sein Lehrer und engster Berater das Vertrauen des nächsten Königs besitzen. Wie viel näher er seinem Ziel damit schon war!

Der Jubel des Volkes schwoll an. Guillaume achtete darauf, seinen Schritt zu verlangsamen, so wie sie es geübt hatten, damit es kein Gedränge gab, und schritt, den anderen Rittern folgend, durch das Stufenportal. Voller Ehrfurcht betrachtete er den steinernen Boden, den schon so viel illusterere Füße als die seinen berührt hatten, und begab sich in das Innere der Abteikirche.

Durch die kleinen Rundbogenfenster fiel nur wenig von der warmen Frühsommersonne hinein. Dunkel und kalt empfing sie das nahezu schmucklose, schlichte Gotteshaus. Rundbögen mit behauenen Würfelkapitellen trennten die Seitenschiffe vom Langhaus, das auf den erhöhten Chorraum zuführte. Die Barone, Ritter und reichen Kaufleute aus London, die zu den Gästen, nicht aber zu den Würdenträgern gehörten, stellten sich in dichten Reihen an die Seite, während der Erzbischof in der Vierung haltmachte und Weihwasser in alle Richtungen versprengte, bevor er ein Gebet anstimmte.

Ein Schauder jagte über Guillaumes Rücken, so feierlich war ihm zumute. Hier, in dieser Kirche, war William der Eroberer als erster normannischer Herzog zum König von England gekrönt worden. Und seitdem jeder seiner Nachfolger. Ehrfürchtig sog Guillaume den leicht muffigen, süßlich schweren Geruch von Weihrauch ein, bekreuzigte sich, wie es alle anderen taten, und warf einen kurzen Blick nach oben.

Die Holzdecke aus dicken Balken war kunstvoll bemalt. Obwohl er sicher war, dass es sich um Szenen aus der Bibel handelte, war Guillaume nicht in der Lage zu sagen, von welchen Geschichten sie erzählten, war er doch Krieger und kein Gottesmann. Mehr als ein paar Gebete, wie das Vaterunser, das Ave-Maria und die Bitte um die Vergebung seiner Sünden, waren ihm nicht vertraut, denn in der Kirche wurde aus der Bibel stets auf Latein vorgelesen, das er nicht beherrschte.

Ob sich König Henry II. wegen der Sünde, die er zu begehen im Begriff war, vor dem Jüngsten Tag fürchtete?

Einzig der Erzbischof von Canterbury hatte das Privileg, den König von England krönen zu dürfen, doch Thomas Becket, einstiger Kanzler und Freund des Königs, befand sich im Exil, und das ausgerechnet bei Henrys größtem Widersacher, Louis, dem König von Frankreich. Darum sollte der Erzbischof von York die Krönung des Prinzen vornehmen. Das jedoch kam einer offenen Beleidigung Beckets gleich, der von den Plänen des Königs erfahren, die Krönung verboten und vom Papst die Androhung erreicht hatte, dass jeder Geistliche, der dennoch an ihr teilnahm, exkommuniziert werden würde. Diejenigen, die es betraf, wussten allerdings von all dem nichts. Der Papst hatte zwar den Bischof von Worcester beauftragt, die Einhaltung seiner Order in England zu überwachen, doch war diesem die rechtzeitige Überfahrt über den Kanal nicht geglückt, weil die Königin nach der Abreise ihres Sohnes alle Häfen auf dem Festland hatte schließen lassen. Offenbar hatte der König den Erzbischof von York mit einer alten Ausnahmegenehmigung des Papstes überredet, die Krönung vorzunehmen, obwohl diese durch die neuen Anordnungen längst hinfällig war, was jedoch kaum jemand wusste.

Guillaume schmunzelte. Er konnte nicht umhin, den König und seine Gemahlin für ihre Kraft und Unbeugsamkeit zu bewundern. Sie taten, was sie für sich, ihren Sohn und das Königreich für richtig hielten, und ließen sich weder von einem abtrünnigen Erzbischof noch von einem Papst im fernen Rom vorschreiben, was sie zu tun oder zu lassen hatten.

Nicht, dass Guillaume nicht gläubig gewesen wäre. Wie alle Menschen glaubte er an den Allmächtigen, ging regelmäßig zur Kirche, betete und beichtete. Was sich jedoch zwischen Becket, dem Papst und dem König abspielte, hatte mit dem Glauben nicht allzu viel zu tun. Es war ein Ränkespiel, bei dem es um Macht und Stärke ging.

Der Gesang der Mönche und die mahnende Stimme des Erzbischofs, die plötzlich anschwollen, zogen Guillaumes Aufmerksamkeit auf sich.

* * *

Adam warf einen kurzen Blick zu Guillaume, der auf der anderen Seite stand und in Gedanken versunken schien. Bald würden sie beide zum Haushalt des künftigen Königs gehören!

Warum die Königin allerdings Guillaume und nicht ihn als Fechtmeister des Prinzen vorgeschlagen hatte, entzog sich seiner Kenntnis. Als er erfahren hatte, dass man ihn mit anderen jungen Rittern dazu auserwählt hatte, die Entourage des jungen Königs zu bilden, hatte sich Adam geschmeichelt gefühlt; er hatte es auf seine Freundschaft mit dem jungen Henry zurückgeführt, mit dem er sich glänzend verstand, obwohl sie doch mehr als zehn Jahre voneinander trennten. Die Bewunderung des Prinzen tat Adam wohl, auch wenn es ihn manchmal zwackte, dass er nicht der Einzige war, zu dem der junge Mann aufblickte.

Niemandem war entgangen, dass Guillaume es ihm besonders angetan hatte. Vermutlich hielt er ihn für einen Helden, seit er nach einer Schlacht gegen die Feinde des Königs von der Königin freigekauft worden war. Guillaume war verletzt worden, und hinter vorgehaltener Hand erzählte man sich, er habe der Königin das Leben gerettet, was, wie Adam wusste, keineswegs der Wahrheit entsprach. Guillaume hatte ihm ausführlich erzählt, was geschehen war. Er hatte weder die Königin beschützt noch seinen Onkel vor dem Tod retten können. Aber aus irgendeinem Grund hatte er die Liebe der Königin gewonnen. Darum war *er* zum Fechtmeister des jungen Königs ernannt worden und kein anderer.

Zunächst war Adam wütend gewesen, doch nach genauerer Überlegung war er zu dem Schluss gekommen, dass es etwas für sich haben konnte, nicht der Fechtmeister des jungen Henry zu sein. Der zukünftige König war leicht beeinflussbar, unstet und ausgelassen. Ihn disziplinieren zu müssen, war sicher schwerer, als sich mit ihm zu amüsieren und ihn zu unterhalten. Guillaume würde ihn erziehen und darum ständig ermahnen müssen. Er würde ihn zwingen müssen, Dinge zu tun, zu denen der junge König keine Lust hatte, würde ihn gängeln und antreiben, während sich die anderen Ritter seiner Entourage darauf beschränken konnten, ihn zum Lachen zu bringen und sich auf seine Kosten ein schönes Leben zu machen. Vielleicht also hatte Guillaume sich wieder einmal keinen Gefallen damit getan, sich bei dem Prinzen und seiner Mutter so in den Vordergrund zu drängen!

Adam sog die schwere, weihrauchschwangere Luft ein, und ein zufriedenes Lächeln huschte über seine Lippen. Wer hätte sich träumen lassen, dass er einmal so dicht an den künftigen König rücken würde? Dass er hier und jetzt anwesend sein würde, wenn man dem jungen Henry die Krone auf das Haupt setzte, er seinen Eid sprach und man ihn segnete? Diesen erhebenden Moment würde er niemals vergessen. Der junge König würde ihn für immer lieben und bewundern, dafür würde Adam schon sorgen und auf diese Weise seine Zukunft sichern. Wer, wenn nicht der zukünftige Herrscher von England, würde ihm das Leben ermöglichen können, von dem er immer geträumt hatte? Ein Leben in den erlauchtesten Kreisen, Ruhm, Macht, Wohlstand und die Bewunderung der schönsten Frauen.

***

Der Augenblick der Krönung war gekommen! Das Scharren ungeduldiger Füße wurde leiser, und das Gemurmel der Anwesenden verstummte. Begleitet von feierlichem Gesang, trat der Erzbischof vor den zukünftigen König. Der Chor der Mönche klang aus, und der Erzbischof sprach einen Segen, ließ den jungen Henry den feierlichen Krönungseid sprechen und besprengte die Krone mit Weihwasser, bevor er sie auf das Haupt des Prinzen setzte.

Von nun an war der junge Henry kein Prinz mehr wie seine jüngeren Brüder Richard, Geoffrey und John, sondern ein König! Henry, den jungen König, würde man ihn nennen, um ihn von seinem Vater zu unterscheiden, solange dieser noch lebte. Niemand wusste, warum der König entschieden hatte, seinem Sohn die Krone aufs Haupt zu setzen. Er hatte es beschlossen, also musste es richtig sein. Guillaume lächelte. Der junge König war ein wohlgestalteter, fröhlicher Jüngling mit ebenmäßigem, freundlichem Gesicht. Unbeschwert, ein wenig unstet noch, zu sorglos für einen König und manchmal flegelhaft im Benehmen, wie es in seinem Alter keine Seltenheit war. Mit der Zeit jedoch würde er gewiss weiser und einsichtiger werden und in seine zukünftige Aufgabe als König hineinwachsen. Ein Zucken umspielte Guillaumes Mund. Vorläufig würde der alte König seine Macht ohnehin noch nicht mit ihm teilen. Mehr als den Titel hatte der junge Henry am heutigen Tag nicht zugestanden bekommen. Der alte König hatte ihn zwar zum Erben von England, der Normandie und dem Anjou erklärt, während Richard Aquitanien und Geoffrey die Bretagne erhalten sollten, doch der Macht war der Junge – denn ein solcher war er noch – nicht wirklich näher gekommen. Zu häufig benahm er sich ungebärdig wie ein Kind. Er wurde rasch zornig, wenn ihm etwas verwehrt wurde, verkraftete Niederlagen nur schwer und beantwortete sie mit Wut und Rachegedanken, die eines zukünftigen Königs nicht würdig waren und im Kampf mit dem Schwert geschwind gefährlich werden konnten. Der junge König hatte noch viel zu lernen, und Guillaume würde ihm dabei zur Seite stehen.

Als Zeremonie und Krönungsmesse endlich vorüber waren und alle die Kirche verließen, wartete der Erzbischof am Portal, um den jungen König zu beglückwünschen.

»Es muss Euch mit großem Stolz erfüllen, Eurem Vater nun ebenbürtig zu sein«, begrüßte ihn Roger von York und lächelte milde.

Der junge Henry sah ihn von oben herab an. »Oh, nein, mein lieber Erzbischof, Ihr täuscht Euch! Meinem Vater gleichgestellt bin ich mitnichten«, erwiderte er mit steinerner Miene.

Der Erzbischof nickte zufrieden. Er glaubte wohl, dass Demut aus den Worten des jungen Königs spreche.

»Denn ich, Erzbischof, bin der Sohn eines Königs. Mein Vater hingegen ist nur der Sohn eines Herzogs!«, fuhr der junge Henry dreist fort.

Der Erzbischof erblasste und schnappte nach Luft. Einige Ritter schüttelten entrüstet die Köpfe, andere murmelten einander etwas zu, während wieder andere nur betreten dreinblickten ob dieser gefährlichen Mischung aus Hochmut, Unverstand und Verachtung.

»Aber, Mylord ...!«, japste der Erzbischof empört nach einem flüchtigen Blick auf Henry II., dem die Zornesröte ins Gesicht geflogen war.

Der junge Henry aber lachte nur albern. Erst als auch er die

Rage seines Vaters wahrnahm, wurde er ein wenig kleinlauter. »Ich beliebte zu scherzen, mein lieber Erzbischof, verzeiht!« Er nickte dem aufgelösten Kirchenmann huldvoll zu und ging dann, den Kopf hoch erhoben, den Schritt gemessen, mit ernster Miene an ihm vorbei.

Er spielt König!, dachte Guillaume fassungslos. Der junge Henry war nicht mehr als ein Grünschnabel und sich der Macht des Wortes ebenso wenig bewusst wie seiner neuen Stellung. Ob ihn niemand gelehrt hatte, dass etwas unbedacht Gesagtes ebenso gefährlich und verletzend, ja sogar genauso tödlich sein konnte wie ein Schwertstreich?

»Man hat dich zu seinem Fechtmeister gemacht, hörte ich«, unterbrach eine Stimme Guillaumes Betrachtungen. »Keine einfache Aufgabe, trotzdem alle Achtung und meine besten Wünsche!«, raunte ihm einer der Priester ins Ohr und klopfte ihm freundschaftlich auf die Schulter.

»Gildwin!« Guillaume fiel aus allen Wolken und dem Freund um den Hals. Erinnerungen an die alten Zeiten in Tancarville wärmten seinen Magen. Wie lange war das her! »Lass dich ansehen! Du siehst großartig aus. Wie geht es dir?«, fragte er und musterte den alten Freund.

»Bestens!«, antwortete Gildwin strahlend.

»Und die Schulter?«

»Schmerzt noch immer bei jedem Wetterumschwung, doch im Scriptorium wird geheizt, wenn es kalt ist, darum beschwere ich mich nicht.« Gildwin strich sich über die Tonsur.

Guillaume schüttelte lachend den Kopf. »Du kannst dir nicht vorstellen, wie sehr du mir gefehlt hast und wie oft ich an dich gedacht habe. Du hast nie blühender ausgesehen, mein Freund! Das ruhige Leben scheint dir zu bekommen.« Die Freundschaft mit Adam hatte die zu Gildwin nicht ersetzen können, erst Alan, an die er nun unwillkürlich denken musste, hatte die Lücke füllen können, die Gildwins Fortgehen hinterlassen hatte. Zum ersten Mal seit Monaten gestand sich Guillaume zu, einen winzigen Augenblick lang an sie zu denken.

Gildwin grinste. »Auf jeden Fall bekommt es mir besser als die wilden Abenteuer in Tancarville!«

»Das ist mir vollkommen unverständlich, wie du dir unschwer vorstellen kannst.« Guillaume lachte. Obwohl sie so wenig gemein hatten, mochte er Gildwin nach wie vor. Er beugte sich zu ihm vor. »Ich würde zugrunde gehen, wenn ich nicht mehr kämpfen dürfte!«, gab er hinter vorgehaltener Hand zu.

Gildwin nickte. »Das glaube ich dir gern, mein Freund. Ich dagegen war nie zufriedener. Stell dir vor, ich werde den Erzbischof nach York begleiten!« Er zwinkerte Guillaume zu. »Sieht aus, als würdest nicht nur du aufsteigen.« Gildwin sah sich nach seinem neuen Herrn um. »Ich hätte so gern noch länger mit dir gesprochen, doch ich muss leider gehen.«

Guillaume umarmte ihn. »Gib auf dich acht!«, sagte er, tätschelte ihm den Rücken und sah ihm nach, als er in der Menge verschwand.

»War das nicht Gildwin?« Adam sah sich verwundert nach dem jungen Geistlichen um.

Guillaume nickte. »Wie es scheint, schätzt man ihn als Schreiber; er wird mit dem Erzbischof nach York gehen.«

»Nun, dann ist es sicher nicht verkehrt, ihn schon als Knappen gekannt zu haben.« Adam lachte auf. »Vielleicht wird mal ein Bischof oder gar ein Erzbischof aus ihm.«

»Würde mich nicht wundern.« Guillaume lächelte. »Komm!« Er klopfte Adam auf die Schulter. »Wir müssen zum jungen König. Man erwartet von ihm, dass er heute besonders großzügige Almosen verteilt. Ich hörte, dass es bei solchen Gelegenheiten oft Streit unter den Bettlern gibt. Da dürfen wir ihn nicht aus den Augen lassen.«

»Richtig! Und anschließend feiern wir die Krönung und unsere neue Stellung in seinem Haushalt!«, stimmte Adam zu. »Ich komme um vor Durst. Sieh nur, da sind Thibault und Simon. Lass uns zu ihnen gehen!«

Irland im August 1170

Morgen, gleich bei Sonnenaufgang, ziehen wir nach Milford Haven und setzen von dort mit unseren Truppen nach Irland über. Unsere Getreuen werden unterwegs zu uns stoßen.« Richard FitzGilbert de Clare ließ die Muskeln an seinem rechten Oberarm spielen. »Strongbow« nannten ihn seine Männer, genau wie seinen Vater früher. Ein Lächeln brachte sein schmales, sommersprossiges Gesicht zum Leuchten. Die Bogenschützen aus Wales waren berüchtigt für ihre Treffsicherheit. Er nahm sich ein Stück von dem krossen, herrlich duftenden Brathuhn, das man für ihn bereitet hatte, biss begierig in das noch heiße Fleisch und wischte sich mit dem Handrücken über das Kinn, als ein Fetttropfen daran herabrann. Er hatte einen langen Tag hinter sich und seit dem Frühstück, das er bei Sonnenaufgang eingenommen hatte, nichts mehr gegessen.

»Ihr werdet schon bald König von Leinster sein«, sagte einer seiner treuesten Männer.

Strongbow nickte nachdenklich. Ein gutes Jahr war es bereits her, dass er mit Diarmaid MacMurchada, dem König von Leinster, eine Vereinbarung getroffen hatte, die ihn in Kürze wohlhabend und mächtig machen würde, so denn alles verlief, wie er es sich erhoffte. Er hatte sich gut vorbereitet und nur die zuverlässigsten Männer um sich geschart. Außerdem war er nicht der einzige Baron aus Wales, der in Irland sein Glück zu machen hoffte. Eine stattliche Anzahl guter Freunde und Verwandte wartete bereits dort auf ihn. Gemeinsam würden sie die alles entscheidenden Schlachten gewinnen. Seine Männer vertrauten ihm, schätzten seine Zuverlässigkeit, seinen Mut und seine Beständigkeit.

Knapp zwei Wochen später landete Strongbow mit zweihundert bewaffneten Männern und gut tausend Bogenschützen in der Nähe von Waterford, nahm die Stadt ein und ließ MacMurchada wissen, dass die Trauung mit Prinzessin Aoife bereits am folgenden Tag stattfinden solle. Keinen Tag wollte er nunmehr ungenutzt verstreichen lassen.

»Ich hoffe, dass es nicht dazu kommt«, raunte Richards Onkel ihm zu, während sie auf Strongbows Braut und seinen künftigen Schwiegervater warteten. »Aber du solltest wissen, dass nach irischem Recht niemand die Prinzessin zur Heirat zwingen und sie dich ohne Weiteres zurückweisen kann, wenn du ihr nicht gefällst.«

»Was?« Strongbow fuhr zu ihm herum. »Wie das? Ihr Vater hat sie mir versprochen!«, rief er empört aus. »Sie ist der Preis für meine Hilfe, und nur durch sie werde ich eines Tages König von Leinster!«

»Gewiss, Richard. Ich weiß, was Diarmaid MacMurchada dir versprochen hat. Doch kann es durchaus sein, dass sich die Prinzessin weigert. Sie soll eine Schönheit sein und trotz ihrer Jugend einen irischen Dickschädel haben.«

Die Worte seines Onkels verunsicherten Richard. Er würde sich den Iren von seiner starken Seite zeigen müssen, damit sie ihn respektierten. Immerhin war er nur durchschnittlich groß und nicht übermäßig stattlich, eher mager, und sein rötliches Haar war bereits ein wenig schütter. An die vierzig war er und damit ungefähr im gleichen Alter wie der Vater seiner Braut. Wie würde sich die junge Frau entscheiden? Würde sie in Kauf nehmen, dass ihr Vater sein Königreich verlor, und Richard zurückweisen, falls er ihr nicht gefiel? Die Ader an seinem Hals pochte so heftig, dass er unwillkürlich darüberfuhr.

»Da kommen sie!«, rief sein Onkel plötzlich. »Gehen wir ihnen entgegen und empfangen sie mit allen Ehren!«

Als Aoife an der Seite ihres Vaters auf ihn zuschritt und ihn mit vor Schreck geweiteten Augen anstarrte, bekam Richard feuchtkalte Hände. Seine junge Braut hatte durch die geplünderte, in die Knie gezwungene Stadt zu ihm kommen müssen. Eine irische Stadt, die seine Männer übel zugerichtet hatten. Sie hatte den Gestank des Todes eingeatmet, war an blutüberströmten Leichen vorbeigeritten und hatte Elend, Trauer und Furcht in den Augen der verschreckten Menschen gesehen.

Was für eine Brautgabe war das? Richards Hals brannte.

Aoifes hübsches Gesicht, ihre mit bunten Bändern geschmückten, langen Haare und ihre vornehmen Kleider waren von der Asche der brennenden Häuser gezeichnet, die wie Regen vom Himmel fiel. Furchtsam und zugleich voller Missachtung blickte sie Richard und seine Männer an.

Richard kannte sich aus mit Frauen. Wenn er nicht wollte, dass sie ihn auf ewig für die Bluttaten hasste, die sie hier gesehen hatte, würde er die Prinzessin mit größter Umsicht behandeln müssen. Zwar wurde eine Ehe zumeist aus Kalkül geschlossen, doch war es leichter, miteinander zurechtzukommen, wenn man sich nicht verabscheute. Hass war eine denkbar schlechte Grundlage für eine gemeinsame Zukunft. Männer, die ihre Ehefrauen als Eigentum ansahen wie Ländereien und Pferde, verlangten Unterwerfung und strikten Gehorsam. Doch Liebe oder Respekt bekamen sie dafür nicht.

Auf dem Weg zur Kathedrale von Waterford beobachtete er die schöne Aoife, die, so jung sie auch war, etwas Hoheitsvolles hatte. Sein Herz überschlug sich, so sehr gefiel sie ihm, darum würde er ihren Hass nicht ertragen können. Obwohl es sein Recht war, sie zu ehelichen, bat er sie an diesem Tag höflichst, ja beinahe demütig, ihn zum Gemahl zu nehmen, und war erleichtert, als sie zustimmte, auch wenn ihre rot geränderten Augen ihren Mund Lügen zu strafen schienen, als sie »Ja, ich will« sagte.

»Ich bin nun Euer Weib und werde Euch lieben, wie es sich gebietet, doch wisset, dass ich Euch auf keinen Fall nach England oder gar nach Wales folgen werde«, erklärte sie beim Festmahl mit eiserner Entschlossenheit.

Richard nickte ergeben und lächelte sie verzückt an. Er sehnte sich danach, das Lager mit ihr zu teilen, und hoffte, schon in dieser Nacht einen Erben zu zeugen. Bevor er seine Braut jedoch in das Schlafgemach des Hauses führte, in dem sein Onkel sie untergebracht hatte, ließ er saubere Laken aufziehen und frische Blütenblätter und duftende Kräuter darauf verteilen. Kraft und unbeugsame Härte siegten im Krieg, in der Liebe aber gewannen Freundlichkeit und Verständnis. Richard war beinahe dreimal so alt wie seine Braut und wusste aus Erfahrung, dass er sie nur gewinnen konnte, wenn er ihr Zärtlichkeit und Geduld entgegenbrachte.

Pembroke, Wales, 8. September 1171

Drei Tage ließ der König ihn nun schon warten, um ihm seine Macht zu demonstrieren. Strongbow strich mit Daumen und Zeigefinger der rechten Hand über seine Wangen, sodass sein Gesicht noch schmaler aussah als ohnehin schon. Ein paar sonnige Tage während der letzten Wochen hatten die Sommersprossen auf seinem Gesicht belebt und gaben ihm ein frisches Aussehen, obwohl er sich erschöpft fühlte. Er rutschte auf der harten Holzbank hin und her und starrte auf die Tür zur großen Halle von Pembroke Castle. Seit dem Tod seines Vaters erhob er Anspruch auf diese Burg und den damit verbundenen Grafentitel, doch König Henry II. verweigerte ihm seit Jahren beides. Er konnte Strongbow einfach nicht verzeihen, dass er gemeinsam mit seinem Vater einst König Etienne unterstützt hatte.

Richard atmete tief ein und ließ die Luft langsam und geräuschvoll seiner Brust entweichen. Nach seiner Eheschließung mit Aoife hatte er nicht nur Dublin einnehmen können, ohne Blut zu vergießen, es war ihm auch gelungen, weitere Städte zu besetzen und Rory O'Connor, der sich Hochkönig der Iren nannte, immer weiter zurückzudrängen. So hatten sie die Machtverhältnisse in Irland zu ihren Gunsten verändert. Als König Henry II. von seinen Erfolgen gehört und seinen Baronen darum befohlen hatte, nach England zurückzukehren, war Richard in Irland geblieben, obwohl auch er hätte gehen müssen.

Plötzlich öffnete sich die Tür zur Halle, und ein Mann, der wie ein Schreiber aussah, näselte: »Der König ist nun gewillt, Euch zu empfangen.«

Richard sprang erleichtert auf. Ungeduldig folgte er den kleinen, schlurfenden Schritten des Mannes und kniete mit gesenktem Haupt vor dem für sein heftiges Temperament berüchtigten König nieder.

»Ihr habt drei Tage gewartet, um vorgelassen zu werden, und ich hoffe, sie sind Euch lang geworden, denn mich lasst Ihr bereits seit Monaten warten!«, donnerte Henry II.

Richard sah zu ihm auf. »Mylord, Sire, bitte verzeiht, dass ich Eurem Befehl erst so spät Folge leiste«, sagte er ohne das geringste Zittern in der Stimme und blickte ihm fest in die Augen. »Ich habe lange überlegt, was ich zu meiner Entschuldigung vorbringen könnte, doch was wäre geeigneter als die Wahrheit, um auf Eure Vergebung hoffen zu dürfen?« Er senkte kurz den Blick.

»Und was bitte ist die Wahrheit?«

»Mein Schwiegervater, Diarmaid MacMurchada, starb kurz nachdem Ihr unsere Rückkehr befohlen habt. Rory O'Connor ist ein nicht zu unterschätzender Gegner. Wäre ich früher gekommen, hätten wir alles verloren, wofür wir gekämpft haben.«

Henry II. nickte. »Ich hörte von den Schwierigkeiten in Irland, doch wie Ihr Euch sicher vorstellen könnt, kann ich Euch Euren Ungehorsam nicht ungestraft durchgehen lassen.«

Richard senkte erneut den Blick und verharrte in Demut. Er hatte keineswegs damit gerechnet, dass ihm der König so leicht verzieh, und sich bereits einen Plan zurechtgelegt. Damals, als Rory O'Connor Dublin besetzt hatte, war er bereit gewesen, sich ihm unterzuordnen, um seine Besitzungen in Irland nicht zu verlieren. Warum also sollte er nicht auch gewillt sein, sich seinem Lehnsherrn, dem König von England, zu unterwerfen?

»Sire, bitte seht meine Verspätung nicht als Weigerung an, Euch zu gehorchen, ich habe nur versucht, alles in meiner Macht Stehende zu tun, um Eure Stellung in Irland zu festigen«, sagte er, wohl wissend, dass Henry II. der Meinung war, Irland gehöre einzig und allein ihm. Lieber einen Teil freiwillig hergeben und etwas behalten, als alles zu verlieren!, dachte Richard und fuhr fort: »Ich bin gekommen, weil Ihr es befohlen habt, aber auch, um die Städte und Ländereien, die ich erobert habe, sowie das Königreich von Leinster, das ich durch meine Ehe erhielt, in Eure Hände zu legen.« Richard machte eine kurze Pause, bevor er weitersprach. Er berief sich auf normannisches Recht, nicht auf irisches, und hoffte auf die Gnade seines Herrn. Es war ein Wagnis, ohne Zweifel. Ein hastiger Blick auf den König verriet ihm, dass Henry II. ein solches Angebot nicht erwartet hatte und ihn darum neugierig ansah. »Und ich bitte Euch untertänig, sie mir zum Lehen zu geben«, schloss er.

Der König nickte einen Moment nachdenklich. Dann huschte ein verschmitztes Lächeln über sein Gesicht. »Mein lieber Richard, ich nehme Eure Gabe mit großer Freude an, doch Eure Bitte kann ich nicht erfüllen.«

Richard spürte, wie das Blut aus seinem Gesicht wich. Henry II. musste diese Geste doch als Zeichen seiner Treue ansehen! Hatte er seinen König so falsch eingeschätzt? Sein Herz begann, wie toll zu galoppieren. Aoife erwartete sein erstes Kind, einen Sohn, wie er inständig hoffte. Wie sollte er ihr erklären, dass er sein Königreich, *ihr* Königreich, soeben verschenkt hatte?

»Dublin, das Umland, einige Burgen sowie die Hafenstädte werde ich Euch nicht zugestehen können.« Der König hustete kurz, bevor er fortfuhr: »Und das Königreich Leinster wird es nicht mehr geben. Welche Ländereien ich Euch überlasse, müssen wir noch klären.« Der König sah Richard noch immer streng an und schien den Schreck, den er ihm eingejagt hatte, zu genießen.

»Wie Ihr wünscht, Mylord«, erwiderte Richard unsicher und verbeugte sich tief.

Henry nickte huldvoll. »Erhebt Euch, Lord Striguil.«

»Ihr bestätigt meine Ländereien in der Normandie und in Wales?«, vergewisserte sich Richard.

Der König nickte. »Wenn Ihr allerdings darauf hofft, Euch künftig wie Euer Vater Earl of Pembroke nennen zu dürfen, so muss ich Euch auch diesmal enttäuschen«, fügte er mit einer Miene hinzu, die keinen Widerspruch duldete.

Richard verneigte sich zähneknirschend. »Mylord!« Vorläufig

würde er nicht mehr erreichen können. Immerhin hatte er nicht alles verloren, auch wenn er noch nicht wusste, wie viel Land er künftig in Irland besitzen würde.

»Ich werde in Kürze nach Irland aufbrechen, und Ihr, Lord Striguil, werdet mich begleiten!« Henry II. wandte sich ab. »Ihr dürft Euch zurückziehen. Haltet Euch jedoch zu meiner Verfügung!«, befahl er, ohne Strongbow anzusehen.

Mit mehr als fünfhundert Schiffen, ebenso vielen Rittern, viertausend bewaffneten Männern und einigen Tausend Bogenschützen segelte der König nach Irland, um seine Vorherrschaft auch dort unter Beweis zu stellen. Schon während der Überfahrt musste er sich genau überlegt haben, wie er seine Männer – Figuren auf dem Schachbrett der Macht gleich – verteilen würde. Obwohl er sich gewiss des Wertes seiner Lords bewusst war, schien er verhindern zu wollen, dass sich zu wenige Männer mit zu viel Macht in Irland etablierten und damit ähnlich unabhängige Besitzverhältnisse schufen, wie er sie in Wales von seinem Vorgänger übernommen hatte. Er machte also Hugh de Lacy zum Lord of Meath und legte Dublin und das Umland in seine Hände. Waterford und Wexford vergab er an ebenso königstreue Männer.

Strongbow bekam immerhin genügend Ländereien, um ein gutes Auskommen zu haben, sein Titel als König von Leinster aber war für alle Zeiten verloren.

Neufchâtel-en-Bray im Mai 1172

Eine Schwertwunde heilt und vernarbt sehr bald,
wenn ein Arzt sie versorgt,
aber die Liebeswunde verschlimmert sich,
wenn ihr Arzt in der Nähe ist.
(Chrétien de Troyes – Yvain)

Seit einigen Meilen schon waren Burg und Stadt, die er einst an der Seite des Kammerherrn verteidigt hatte, zu ihrer Rechten zu sehen, und Guillaume konnte nicht umhin, sie immer wieder zu betrachten und an den Tag seiner Schwertleite zu denken. Unwillkürlich fuhr seine Hand zu der Narbe an seiner Schulter. Die Wunde, die der flämische Soldat ihm mit dem Eisenhaken zugefügt hatte, war längst verheilt, doch seine Enttäuschung, weil sich trotz all seiner Bemühungen die Nähe zu seinem früheren Herrn nicht wieder eingestellt hatte, schmerzte noch immer.

Bunte Zelte und Wimpel, flatternde Standarten und der Lärm des Kampfplatzes, der vom Wind herübergetragen wurde, lenkten Guillaumes Aufmerksamkeit auf sich. Hitze, einem Fieber gleich, packte ihn. Sein Kampfgeist war erwacht.

»Dahinten, seht!«, rief er und juchzte laut. »Los, beeilen wir uns! Ich kann es kaum erwarten, die Franzosen das Fürchten zu lehren!« Er zwinkerte seinem Herrn, dem jungen König, verschwörerisch zu. Trotz seiner Krönung vor zwei Jahren hatte Henry weder Regierungsgeschäfte zu erledigen noch besaß er Macht oder Verantwortung für das Reich, dessen Krone er trug.

Also zog er auf der Suche nach Ruhm und Ehre mit den Rittern seines Haushaltes von einem Turnier zum nächsten.

»Sieg für Henry!«, rief Guillaume und streckte die Faust in den Himmel.

»Schande den Franzosen!«, fielen die anderen Ritter johlend ein, gaben ihren Pferden die Sporen und zeigten sich siegessicher.

In ihrem ersten Jahr unter englischem Banner hatten sie weitgehend Niederlagen zu verzeichnen gehabt, und die Franzosen hatten sich einen Spaß daraus gemacht, sie damit aufzuziehen. Sie hatten sogar die Frechheit besessen, schon bei der Aufstellung offen darüber zu streiten, wer wem welche Waffen, Pferde und Rüstungen abnehmen würde. Den Normannen unter den Rittern des jungen Königs war es ein Gräuel gewesen, von den Franzosen als Engländer verlacht zu werden. Darum hatte Guillaume ganze Arbeit leisten müssen, um sie aufeinander einzuschwören, damit sie sich ihren Gegnern als einträchtiger Verband entgegenstellten, auch wenn sie im Kampf um die Gunst ihres Herrn weiterhin Rivalen waren.

Guillaume bestimmte die Stelle, an der die Knappen und Knechte die Zelte des jungen Königs errichten sollten, ließ Pfosten für die Pferde in den Boden rammen und Lagerfeuer bereiten, an denen sie sich am Abend wärmen konnten.

»Falls mich der König sucht: Ich will sehen, ob ich Henry, den Herold, finde«, erklärte er am nächsten Morgen einem der Pagen und machte sich auf die Suche nach Henry le Norrois, einem mittellosen jungen Adeligen, der auf nahezu allen Turnieren anzutreffen war, auf denen sie kämpften. Er ritt stets voraus, kannte die letzten Neuigkeiten und wusste, wer sich verletzt hatte oder verhindert war. Guillaume war ihm schon vor Jahren zum ersten Mal begegnet und zählte ihn seitdem zu seinen größten Bewunderern. Die Loblieder, die der Norrois in spaßigen Versen zu dichten wusste, trieben die Entlohnung junger Ritter in die Höhe, darum beteiligten sie ihn an ihren Verdiensten. Auch Guillaume hatte er nach seinem Auszug aus Tancarville einige großzügige Gönner beschert, denn seine Aufgabe als Herold verstand Henry le Norrois wie kein Zweiter. Doch mehr noch als sein unverzichtbares Wissen und seine heiteren Loblieder schätzte Guillaume seine fröhliche Gesellschaft und sein erfrischend ehrliches, loses Mundwerk.

Der Lagerplatz schien aus allen Nähten zu platzen, so viele Ritter, Händler, Gaukler, Huren und Handwerker waren hierher gekommen. Gemächlich schlenderte Guillaume zwischen den Zelten hindurch. Er begrüßte alte Freunde, nickte seinen Feinden zu und strahlte, als er den Norrois entdeckte.

»Henry, mein Freund!«

»Guillaume, Blume der Ritterschaft!« Der Norrois verbeugte sich überschwänglich und grinste ihn aus dieser Haltung von unten her an, bevor er sich wieder aufrichtete. »In gewohnt guter Form, wie ich sehe! Deine Feinde werden mit den Knien schlottern, wenn sie dir erst gegenüberstehen!«

»Erzähl mir, welche großen Ritter erwartet werden. Wer wird uns besonders gefährlich werden? Und wen sollen wir noch für unseren Verband hinzugewinnen?«

Henry le Norrois lachte, machte sich über die Franzosen lustig, berichtete von einigen bedeutenden Kämpfern, die zu fürchten waren, und riet Guillaume, sich einen jungen Ritter anzusehen, der sich in letzter Zeit hervorgetan hatte und noch keinem festen Verband angehörte.

»Ellenweore! Henry!«, drang eine Stimme aus der Menge.

Der Norrois runzelte die Stirn und blickte sich um. »Jean!«, rief er erfreut.

Guillaume hatte den Jungen noch nie zuvor gesehen, dem Henry nun jovial auf die Schulter klopfte.

»Hast du nicht gerade Ellenweore gerufen? Wo ist sie?« Henry sah sich erneut suchend um. »Ellen!«, rief er plötzlich und winkte jemanden herbei. »Wie geht es dir?«

Neugierig drehte sich Guillaume um. Eine junge Frau mit wirren roten Locken stand, nicht weit von ihm entfernt, wie vom Blitz getroffen da. Ihr Gesicht war gerötet und um die Nase ein wenig von Ruß geschwärzt.

Guillaumes Herz schien mit einem Mal nicht mehr in seiner Brust, sondern weit oben im Hals zu schlagen. Alan? Er räusperte sich unsicher. Konnte diese Ellen seine Alan sein? Er hatte Mühe, wieder zu Atem zu kommen. »Kennen wir uns?«, fragte er, während sein Blick an der jungen Frau festhielt. Sie musste es sein! Ihre Gesichtszüge schienen ihm weicher und weiblicher geworden, doch sie war es zweifelsohne. Guillaumes Herz schlug hart gegen seine Brust. Alan, meine Alan, dachte er. Wie viele Jahre sind vergangen, seit wir uns zum letzten Mal gesehen haben!

Die junge Frau schüttelte den Kopf. Verwirrung stand in ihrem Gesicht. »Verzeiht, ich muss zurück. Die Arbeit …«, behauptete sie, knickste und eilte davon.

Der junge Jean murmelte eine Entschuldigung und stürzte ihr nach.

»Meine Herren, Guillaume! Einen Eindruck machst du auf die Frauen!« Henry lachte, und seine Augen wurden zu vorwitzigen kleinen Schlitzen. »Ich hatte nicht einmal Zeit, euch vorzustellen, und schon ist sie auf der Flucht vor dir.«

Guillaume blickte ihr noch immer nach. Ob sie bemerkt hatte, wie aufgewühlt er war? »Woher kennst du sie?«, fragte er Henry mit rauer Stimme, räusperte sich und zog ihn mit sich fort. »Du musst mir alles über sie erzählen.«

»Nanu, was ist denn in dich gefahren? Verliebt?« Henry grinste schelmisch. »Hätte gedacht, es zieht dich eher zu den höheren Töchtern, wo es was zu holen gibt. Du kannst doch sonst den Hals nicht voll kriegen.« Er zwinkerte Guillaume zu, als der empört schnaufte. Dann wurde er ernst. »Ellenweore gehört ganz sicher nicht zu der Sorte, die sich als Gespielin eignet. Sie steht als Schmiedin ihren Mann, die anderen Handwerker fürchten ihre Konkurrenz, weil sie hervorragende Arbeit leistet. Eine wirklich bemerkenswerte Frau und ganz sicher kein Spielzeug für einen Ritter!«

»Ach, was weißt denn du!«, brummte Guillaume und wandte sich grußlos ab. Ellenweore hieß sie also. Falls das tatsächlich ihr

Name war. War es ein glücklicher Zufall, dass der Name, verkürzt und nur wenig anders betont, statt eines Mädchens einen Jungen bezeichnen konnte? Hatte man sie anfangs vielleicht gar versehentlich für einen Jungen gehalten, und sie war in die ganze Sache nur hineingeschlittert? Wenn ja, dann hatte sie nicht wirklich gelogen, versuchte Guillaume, eine Entschuldigung für sie zu suchen, sondern vielmehr unterlassen, die Wahrheit aufzuklären, was zugegebenermaßen auch irgendwie eine Lüge war.

Guillaume atmete tief ein. Wie dem auch sei, absichtlich oder nicht, er spürte an seinem Herzrasen, wie viel sie ihm noch immer bedeutete. Ob auch Alan, nein, Ellen, ihrem Ziel näher gekommen war? Immerhin schmiedete sie ja noch. Und wenn sie inzwischen mit einem Schmied verheiratet war? Der Gedanke, sie könne einem anderen gehören, versetzte Guillaume einen schmerzhaften Stich.

»Verzeiht, Herr, der junge König wartet auf Euch!«, unterbrach ein Knappe seine Grübeleien und verbeugte sich artig. »Das Turnier beginnt bald. Ihr sollt die Männer aufstellen.«

»Sicher, ich komme. Geh nur schon vor!«

Obwohl Guillaume sich bemühte, die Gedanken an Ellen vorerst zu verdrängen, schweiften sie immer wieder ab. Er schwelgte in Erinnerungen, und während er das wattierte Wams anlegte, das man Gambeson nannte, hatte er plötzlich wieder ihren Duft in der Nase. Schweigend ließ er sich Kettenhemd, Waffenrock und Helm überstreifen, nahm seine Waffen entgegen und bestieg sein Pferd. Dem Knappen musste es so vorkommen, als wäre er wie gewöhnlich in Gedanken schon auf dem Schlachtfeld. Diesmal aber waren weder sein Kopf noch sein Herz bei dem bevorstehenden Kampf.

Das Streitross, das er gewählt hatte, war ein wunderbares Tier. Nicht so beeindruckend, wie Bucephalus es gewesen war, dafür außerordentlich zutraulich. Vor allem aber war es Beute. Guillaume hatte es erst vor wenigen Tagen einem aufschneiderischen Franzosen abgenommen und ritt es heute zum ersten Mal. Sicher war der frühere Besitzer fest entschlossen, ihm das Pferd umgehend wieder abzunehmen, was den Reiz daran ausmachte, es zu reiten.

Seit Bucephalus' Tod hatte Guillaume sich geschworen, sich nie wieder so eng an ein Tier zu binden, dass er leiden musste, wenn er es verlor. Zwar lehrte er seine Pferde nach wie vor, auf seinen Pfiff zu hören, doch einen Namen gab er keinem mehr. Guillaume atmete tief durch. Wenn der Franzose ihm erst auf den Fersen war, würde er sich mächtig anstrengen müssen, um das Pferd nicht wieder zu verlieren.

Als die Mêlée begann, stürzte sich Guillaume ins Kampfgetümmel und geriet rasch in Bedrängnis.

»Wenn Ihr glaubt, ich ließe Euch mein bestes Pferd, dann irrt Ihr!«, brüllte der Franzose und malträtierte Guillaume mit kräftigen Hieben auf den Helm. »Je eher Ihr aufgebt, desto besser für Euch!«

»Niemals!«, rief Guillaume, obwohl er seinen Gegner nur noch mit einem Auge sehen konnte. »Ich gebe niemals auf!« Sein Lachen schepperte unter dem verrutschten Helm. »Ich werde Euren Gaul noch häufig reiten, wenn er denn durchhält«, höhnte er blechern. Die Hitze unter dem verrutschten Helm war unerträglich. Mit aller Kraft trieb Guillaume das Pferd weiter an und riss sein Schwert hoch, um seinem Gegner einen mächtigen Streich damit zu versetzen.

Der Franzose aber wich geschickt aus und konterte mit einem erneuten Schlag auf Guillaumes Kopf.

Benommen von der Wucht des Hiebes, hielt Guillaume einen Moment inne. Diesen Augenblick der Schwäche nutzte sein Gegner aus, um den Knauf seines Schwertes wie einen Schmiedehammer mit kleinen heftigen Schlägen auf das bereits eingedrückte Metall niedersausen zu lassen, bis es so stark verformt war, dass er nun endgültig darin gefangen war und sich ergeben musste.

Schnaufend und schwitzend stand er nun – ohne das Pferd – am Rand des Kampfplatzes und versuchte, seiner Wut über sein jämmerliches Versagen Herr zu werden.

»Ich fürchte, wir werden dich da rausschneiden lassen müssen«, hörte er plötzlich eine vertraute Stimme. »Komm schon, gib mir deinen Arm, ich führe dich«, sagte der Norrois mit leicht spöttelndem Unterton. »Drüben bei den Handwerkern werden wir uns eine Blechschere ausleihen und dich aus deinem dunklen Gefängnis befreien.« Er packte ihn beim Arm und zog ihn fort. »Könnte es sein, dass dich Ellenweore mehr abgelenkt hat, als gut für dich ist?«

»Unsinn«, brummte Guillaume gereizt. Der Gedanke, wie viel Spott er wegen dieser Niederlage noch würde erdulden müssen, behagte ihm gar nicht.

»So, da sind wir.«, sagte Henry le Norrois irgendwann und lachte. »Du hast doch bestimmt eine Blechschere«, hörte Guillaume ihn fragen. »Die ersten Schläge auf das Blech haben ihm nichts ausgemacht, aber jetzt sitzt der Helm fest! Er kriegt kaum noch Luft, der arme Kerl. Könntest du ihn bitte da rausholen?«

»Wird nicht gerade angenehm werden!«, hörte Guillaume eine Stimme sagen, die durch den Helm auf seinem Kopf ganz verzerrt klang.

»Ist nicht das erste Mal, er kennt das schon«, erklärte Henry. »Trotzdem solltest du vorsichtig sein. Ist ein vielversprechender Kämpfer, der Mann, auch wenn das in seinem jetzigen Zustand nicht so aussieht.«

Guillaume brummte missmutig. »Elender Heuchler, Verräter! Warte nur, bis ich hier raus bin …«, fluchte er unter dem Helm. Es schmerzte, als daran gerüttelt und gezogen wurde, doch solange man ihm den Kopf nicht abriss, würde kein Wort der Klage über seine Lippen kommen.

»Wie ärgerlich, dass Pierre nicht hier ist! Ihr seid mir keine besonders gute Hilfe. Nun haltet schon richtig fest!«, hörte er die Stimme unwillig befehlen. Dann zerrte und zog es erneut, bis der Helm endlich seinen Kopf freigab.

»Seid Ihr wohl …«, hörte Guillaume die Stimme fragen. Es klang, als säße der Helm noch immer auf seinem Kopf.

»Mein Schädel dröhnt noch«, antwortete er, ohne hochzusehen. Als er schließlich doch aufschaute, blieb ihm der Mund offen stehen. »Du?«, fragte er ungläubig, als die Schmiedin vor ihm stand.

»Mylord!« Ellen sah auf ihre Füße, nachdem sie sich vor ihm verbeugt hatte. Dabei hätte er so gern ihr Gesicht gesehen!

Guillaume rieb sich den noch immer dröhnenden Kopf.

»Ich muss weiterarbeiten.« Ellen wandte sich hastig ab.

»Was schulde ich dir?«

»Nichts, es war ja keine große Sache. Außerdem seid Ihr ein Freund von Henry. Wenn Ihr wollt, könnt Ihr den Helm hierlassen.«

»Ich danke dir.« Guillaume legte eine Silbermünze auf den Tisch, machte jedoch keine Anstalten zu gehen. Und wenn er ewig warten musste, er wollte ihre Augen sehen!

Mit einem strengen Blick wedelte er Henry fort. Zum Glück begriff der, was die Geste bedeutete, und machte sich – wenn auch mit einem frechen Grinsen – davon.

Ellen ging derweil ihrer Arbeit nach, als wäre Guillaume nicht da. Seine Anwesenheit schien sie nicht zu stören. Ob sie ihn etwa nicht erkannt hatte? Nein! Guillaume schüttelte unwillkürlich den Kopf. Das war unmöglich. Vermutlich hatte sie Angst, dass er ihr auf die Schliche kommen würde. Was sollte er nur sagen, um sie nicht allzu sehr in Verlegenheit zu bringen? Er grübelte eine Weile, dann rief er erfreut: »Jetzt hab ich's!«

Ellen zuckte zusammen.

Sie hatte ihn so lange an der Nase herumgeführt, dass er der Verlockung, sie nun wie früher ebenfalls ein wenig zu necken, nicht widerstehen konnte. »Ich habe mir die ganze Zeit das Hirn zermartert, an wen du mich erinnerst.«

Ellen tat, als hätte er nichts Ungewöhnliches gesagt, und nahm die Münze, die er ihr hingelegt hatte, ohne ihn anzusehen. Ihre Finger jedoch zitterten, als sie das Geldstück umständlich in die Börse an ihrem Gürtel packte.

»Ja! Ich glaube, ich kenne deinen Bruder!« War es nicht geradezu genial, sie glauben zu lassen, er halte sie für Alans Schwester?

Immerhin blieb ihr Geheimnis auf diese Weise ebenso gewahrt wie seines!

»Meinen Bruder?« Sie sah erstaunt auf.

»Ja, Alan, ein junger Schmied aus East Anglia. Ich habe ihn in Tancarville kennengelernt! Henry hat gesagt, du seist auch aus England.«

Ellen antwortete nicht sofort. Vermutlich überlegte sie, was sie antworten sollte. Guillaume jubilierte innerlich über seinen grandiosen Einfall. Falls sich Thibault und Adam ebenfalls an Alan erinnerten, war diese Erklärung auch für sie die glaubwürdigste, also hakte er nach: »Er ist doch dein Bruder, oder? Ihr seht euch so ähnlich wie Zwillinge. Alan war mir ein wirklich guter Freund, als ich noch Knappe war. Hat er dir nie von mir erzählt? Ich heiße Guillaume!« Er sah sie fragend an. Worauf wartete sie? Leuchtete ihr denn nicht ein, dass diese Erklärung ihre Rettung war?

»Ach so, ja, ja. Ihr seid das also«, stammelte Ellen schließlich und lächelte scheu.

»Wie geht es ihm denn, ist er auch hier?«, fragte Guillaume und sah sich scheinbar suchend um.

»Nein«, antwortete Ellen. »Er ist tot«, gab sie nach kurzem Zögern zurück und schien sich zu bemühen, betroffen auszusehen.

Guillaume fand Gefallen an ihrem kleinen Spiel und mimte Entsetzen. »Das wusste ich nicht! Was ist denn passiert?«, wollte er mit aufgerissenen Augen wissen.

»Sein Hals ist angeschwollen, bis er erstickt ist. Hat eine Menge Leute erwischt in dem Winter.«

Na, das ist ja großartig, dachte Guillaume leise schmunzelnd, du bist doch tatsächlich eine begnadete kleine Lügnerin! »Schlimme Sache«, sagte er und nickte nachdenklich. »Du schmiedest auch?« Nein, was für eine dumme Frage!, schalt er sich, doch in Anbetracht der Situation war es gleich, was er sagte. Vermutlich achtete Ellen nicht einmal darauf.

»Liegt bei uns in der Familie.« Diesmal zitterte ihre Stimme ein wenig.

»Alan wollte immer ein Schwert für den König schmieden.« Guillaume hatte keine Mühe, wehmütig zu klingen.

»Das ist auch mein Wunsch!« Ellen sah ihm kurz in die Augen. Wie grün sie waren! Guillaume spürte, wie sein Herz zu rasen begann. Wie sehr er sich nach diesen grünen Augen gesehnt hatte!

»Wenn der junge König irgendwann einmal zu Geld kommt, was vermutlich erst nach dem Tod seines Vaters sein wird, werde ich ihm von dir erzählen. Vorausgesetzt, du bist so gut wie Alan!« Guillaume lächelte.

Ellen senkte den Blick und errötete.

Guillaumes Kopf fühlte sich noch immer ein wenig dumpf an, aber er schmerzte nicht mehr. Trotzdem griff er sich an die Stirn und wankte dann, als könnte er sich kaum noch auf den Beinen halten. Vielleicht gelang es ihm ja, Ellen ein Weilchen für sich allein zu haben!

»Was ist mit Euch?« Ängstlich sprang sie ihm bei und hielt ihn am Arm fest. Wie gut es tat, den kräftigen Griff ihrer Hände zu spüren!

»Mir ist schwindelig, und mein Schädel …« Guillaume sprach nicht weiter.

»Die Schläge auf den Kopf!«, schloss Ellen und führte ihn hinaus. »Ihr müsst an die frische Luft. Außerdem solltet Ihr Euch ausruhen. Wenn Ihr mir sagt, wo es langgeht, begleite ich Euch zu Eurem Zelt.«

»Danke!« Das läuft ja besser als gedacht, frohlockte Guillaume, atmete tief durch, blieb aber noch stehen. Sie sollte ruhig glauben, dass sich alles um ihn herum drehte.

Ellen bat einen der anderen Schmiede, auf ihre Sachen zu achten, bis Pierre, der Meister, zurück war, und hakte Guillaume unter.

Der vom Regen der letzten Tage aufgeweichte Weg entlang einer Wiese führte sie an einem lichten Waldstück vorbei.

»Können wir uns erst mal einen Moment setzen?«, bat Guillaume nun, um nicht zu rasch am Zeltplatz anzukommen.

»Gut«, sagte Ellen und sah sich um. »Dort auf dem Baumstamm könnt Ihr Euch ausruhen.«

Guillaume ließ ihren Arm nicht los, als er Platz nahm, sodass sie sich dicht neben ihn setzen musste. Schweigend sah er sie an. Ellen wirkte nervös und fuhr sich mit der Zungenspitze über die Lippen. Obwohl sie nicht im üblichen Sinne als schön zu bezeichnen war, konnte Guillaume den Blick nicht von ihr lassen.

»Ich habe noch nie in meinem Leben so grüne Augen gesehen«, begann er und strich ihr mit einer liebevollen Geste eine widerspenstige Haarsträhne aus der Stirn. »Habe ich vorhin gesagt, du und Alan sähet euch ähnlich wie Zwillinge? Das war natürlich Unsinn. Es wäre mir aufgefallen, wenn er so grüne Augen gehabt hätte wie du«, log er und kostete sein kleines Spielchen weidlich aus.

Ellen lächelte dünn. Ob sie ihn für einfältig hielt? Einerlei. Hauptsache, sie blieb noch ein Weilchen mit ihm hier sitzen! »Außerdem hast du viel mehr von diesen frechen kleinen Sommersprossen!«, stellte er fest.

Als plötzlich ein Schatten über Ellens Gesicht huschte und ihr Lächeln vertrieb, fürchtete Guillaume, sie verletzt zu haben. »Du bist doch nicht böse, wegen der Sommersprossen?«, fragte er überrascht.

Ellen schüttelte den Kopf. »Schlechte Erinnerungen haben mich eingeholt.«

Sicher tut es ihr längst leid, dass sie mich ständig hat belügen müssen und nun schon wieder dazu gezwungen ist, dachte Guillaume mitleidig. »Es wird alles gut!«, sagte er sanft, und als Ellen sich plötzlich erhob, brach Panik in ihm aus. Wenn sie jetzt nur nicht fortging! Guillaume sprang auf, zog sie einfach an sich und küsste sie.

So lange hatte er von diesem Augenblick geträumt! Immer und immer wieder. All seine aufgestaute Leidenschaft, die Angst, sie verloren zu haben, und das berauschende Glück, sie endlich in den Armen zu halten, flossen in seinen Kuss. Guillaume spürte, dass Ellen ebenso aufgewühlt war wie er. Sie rang nach Atem, und er zog sie noch fester an sich. Nie wieder wollte er sie loslassen!

Als Ellen seinen nächsten Kuss mit aller Leidenschaft erwiderte, war er so wonnetrunken wie noch nie zuvor, und sein Verlangen nach ihr wuchs ins Unermessliche. Er drängte sich an sie und begann, sie sanft zu liebkosen. Wie oft hatte er davon geträumt, sie auf diese Art berühren zu dürfen!

Seine Hände glitten über ihre kräftigen Schultern, die ihm noch immer so vertraut waren, dann über die Schlüsselbeine hinunter zu ihren Brüsten, die er nun durch ihr Kleid hindurch erkunden wollte.

Ellen keuchte.

Nie mehr würde er sie gehen lassen. Er wollte sie hier, jetzt, immer. Sanft, aber bestimmt zog er sie in den Wald hinein, presste sie gegen eine dicke Buche, küsste sie, hob mit klopfendem Herz ihr Kleid und fuhr mit der Rechten darunter. Sein Atem ging stoßweise, so erregt war er. Er streichelte ihre Kniekehlen, glitt sanft, doch zielstrebig an den Innenseiten ihrer Schenkel aufwärts bis zu dem gekräuselten Haar.

»Du bist wunderschön!«, sagte er mit rauer Stimme und küsste sie auf den Hals und weiter runter bis zu ihrer Brust.

Ellen seufzte, als er seine Hand bewegte. Sein Verlangen nach ihr war so drängend, dass es schmerzte. Mit nur einer Hand nestelte er seine Beinlinge auf.

Ellen hatte die Augen geschlossen. Sie bebte unter seinen Berührungen und ließ ihn gewähren.

Wie lange hatte er sich danach gesehnt, eins mit ihr zu werden! Die Weichheit ihres Körpers und die Hingabe, mit der sie ihn empfing, erfüllten ihn mit unendlicher Lust. Als er hörte, dass Ellen stöhnte, liefen Wonneschauer durch seinen Körper, schienen ihn bersten zu lassen vor Leidenschaft.

Erschöpft und glücklich streichelte er über Ellens Wange und lächelte sie an. Warum weinte sie nur? Bestürzt ergriff er ihr Kinn, zog es hoch, um ihr in die Augen zu sehen, und wischte die Träne, die ihr über die Wange rollte, mit seinem Daumen fort. Ellen nach diesen starken Gefühlen so verletzlich zu sehen, rührte ihn zutiefst.

»Ich weiß gar nicht, warum ich …«, stammelte sie.

»Scht!« Er legte den Zeigefinger auf ihre Lippen und küsste sie erneut.

Als sie kurz darauf den Wald verließen, vermied Ellen, ihn anzusehen. Ob sie bereute, dass sie sich geliebt hatten?

»Könnt Ihr von hier aus allein zu Eurem Zelt kommen?«, fragte sie mit beschämt gesenktem Blick.

»Sicher!« Guillaume blieb stehen und zog sie an sich. Er wollte sie nicht einfach so gehen lassen! Sie würde glauben, dass er sie nicht mehr begehrte, nur weil er bekommen hatte, was er wollte. Doch das stimmte nicht! »Morgen ist Sonntag, da musst du nicht arbeiten. Wir treffen uns hier zu Mittag, ja?«, beharrte er darum.

Ellen nickte.

»Du bist wunderschön und sehr aufregend!« Guillaume versuchte sich an einem aufmunternden Lächeln, obwohl er sich merkwürdig bedrückt fühlte.

Am nächsten Tag rollte er seine Wolldecke zusammen und verschnürte sie, bevor er sich auf den Weg in den Wald machte. Er würde Ellen ein Lager auf einer Blumenwiese bereiten, das einer Königin würdig war, statt sie, wie am Vortag, flüchtig an einen Baumstamm gedrängt zu lieben. Ewig wollte er sich Zeit lassen, um ihren Körper zu erforschen, ihre Haut zu liebkosen und ihren Duft zu genießen.

Nach dem Osterfest, an dem es schon einmal wärmer gewesen war, hatte sich das Wetter erneut abgekühlt. Es hatte viel geregnet, bis die Sonne vor Kurzem wieder die Oberhand gewonnen hatte. Die Wege und Wiesen waren noch immer ein wenig feucht, und die Erde gab unter seinen Schritten nach. Bis der Boden gänzlich getrocknet war, würde es noch ein paar schöner Tage bedürfen. Bis dahin war es gut, dass die Decke sie vor der aufsteigenden Feuchtigkeit schützen würde.

Guillaume sog die laue Luft genießerisch ein. Überall um ihn herum begann die Natur mit aller Macht zu neuem Leben zu erwachen. Kräuter und Blumen hatten zu blühen begonnen und schmückten die saftig grünen Wiesen mit ihren zarten Farben. Die Apfelbäume, die so untrennbar mit der Normandie verbunden waren wie die Normannen selbst, standen in voller Blüte und versprachen eine reiche Ernte im kommenden Herbst sowie fässerweise frischen Cidre.

Während einige Vögel noch um die Gunst eines Gefährten balzten, hatten andere längst begonnen, in Bäumen oder Sträuchern an ihren Nestern zu bauen. Liebestolle Eichhörnchen und Hasen rannten umher, und verliebte Schmetterlinge umschwirrten einander. Überall brummte und summte es, denn es war Frühling!

Guillaume erfreute sich am Anblick des blauen Himmels, an dem nicht ein einziges Wölkchen dahinzog. Er würde auf Ellen warten müssen, denn er war noch vor dem Mittag zu ihrem Treffpunkt aufgebrochen, doch das machte nichts. Nur dass sie kam, war wichtig.

Als er den Wald erreichte, fiel die Sonne durch die zartgrünen Blätter, die an den Bäumen zu sprießen begannen, und tauchte alles um ihn herum in weiches Licht. Aus dem Unterholz reckten sich Brennnesseln der Sonne entgegen, und am Fuß einiger Bäume wuchsen grün-weiße Teppiche aus Maiglöckchen. Guillaume bückte sich und pflückte ein paar der zarten weißen Blumen. Als kleiner Junge hatte er seine Amme und seine Mutter hin und wieder mit Maßliebchen, Veilchen oder Maiglöckchensträußen erfreut. Ob er auch Ellen damit eine Freude machen konnte?

Als er genügend Blumen zusammenhatte, machte er sich auf den Weg zu der Stelle, an der sie sich am Vortag getrennt hatten. Hoffentlich kam sie auch! Guillaume dachte an ihre Verabredungen in Tancarville und war mit einem Mal ganz sicher. Sie würde kommen, was auch immer geschehen mochte!

Als er sich dem umgekippten Baumstamm näherte, sah er, dass sie bereits dort saß. Sie lächelte entrückt und war so faszinierend in ihrer Einfachheit, dass er sie einen Augenblick gebannt betrachtete, bevor er auf sie zuging.

Ellen blickte erstaunt zu ihm auf, als er sie ansprach, und blinzelte.

»Du bist noch schöner heute!« Guillaume setzte sich schwungvoll neben sie und streckte ihr die Blumen entgegen.

»Maiglöckchen!«, staunte sie, offensichtlich gerührt.

Guillaume sah sie nur schweigend an, obwohl sein Herz vor Glück schrie. Er hätte etwas sagen sollen, doch es wollte ihm einfach nichts Rechtes einfallen. Nur an die Liebe mit ihr konnte er denken.

Ellen wurde unruhig unter seinem Blick. »Ich werde bald mit einem Schwert anfangen«, hob sie an.

Nein, sprich nicht von deiner Arbeit!, dachte Guillaume, sonst kannst du nicht wieder aufhören. Er sehnte sich so sehr danach, sie in den Armen zu halten, dass er sie nicht weitersprechen ließ, nach ihrem Kinn griff, ihr Gesicht zu sich drehte und sie voller Verlangen küsste. Wie schon am Vortag nahm er sie wortlos an die Hand und zog sie mit sich.

»Nicht hier, wir könnten gesehen werden!«, widersprach sie, als sie sah, wo er sich niederlassen wollte, errötete und schüttelte den Kopf.

Fest entschlossen, sie nicht gehen zu lassen, breitete Guillaume die Decke aus und zog sie unbeirrt zu sich herab. Wenn sie erst lagen, würden sie kaum noch zu sehen sein. Und was war andererseits auch schon dabei, wenn jemand sie entdeckte? Am Vortag im Wald hätten sie ebenso leicht beobachtet werden können. Guillaumes Hals war wie zugeschnürt. Er war kein Mann großer Worte und Liebesschwüre. Auch wenn sie in seinem Kopf durcheinanderpurzelten, so wollten sie sich doch nicht so einfach aussprechen lassen. Er war ein Mann der Tat, darum küsste er Ellen, presste sie an sich und spürte beglückt, wie ihr Widerstand dahinschmolz.

Nachdem sie sich leidenschaftlich geliebt hatten, kleidete Guillaume sich an und legte sich auf den Rücken, um wie früher schweigend mit ihr den Himmel zu betrachten. »Erzähl mir von dem Schwert«, forderte er Ellen schließlich auf, die neben ihm lag, drehte sich auf den Bauch und stützte sich auf. In Ellens Augen schien sich die ganze Wiese zu spiegeln, so grün waren sie.

»Ihr habt …«

»Du!«, unterbrach er sie und hätte ihr vor Glück in die Nase zwicken mögen.

»Ich?«

»Du sollst *du* zu mir sagen!« Das also ist die Liebe, dachte er staunend und lächelte sie an.

»Gut. *Du* hast also gehört, was ich vorhin gesagt habe!«, funkelte sie ihn an.

Wie wunderbar sie aussah, wenn sie aufgebracht war!

»Natürlich habe ich zugehört. Aber da du Alans Schwester bist, war zu befürchten, dass wir den Nachmittag mit Vorträgen über Schwerter verbracht hätten, wenn ich gleich nachgefragt hätte. Ich gebe zu, mein Appetit auf dich war zu groß.« Und wird nie wirklich gestillt sein, dachte er, pflückte ein Maßliebchen und kitzelte sie damit, bevor er sie erneut küsste.

Ellen runzelte die Stirn, als er sie wieder ansah. »Dein Appetit auf mich? Das klingt so …«

»Das klingt nach Honigküchlein oder süßen Früchten«, erwiderte er, dachte an den Duft ihres Halses und küsste ihr Kleid an einer Stelle, wo er ihre Brustwarze vermutete.

»Du bist unmöglich!«, schalt sie ihn sanft.

»Ich weiß!« Guillaume sah sie mit gespieltem Schuldbewusstsein an. »Worauf wartest du? Erzähl mir endlich von dem Schwert!«, sagte er lachend.

Frühling und Sommer zogen ins Land. Einige Wochen lang war Guillaume beinahe ein freier Mann und zog ohne seinen Herrn von einem Turnier zum nächsten, denn der junge König sollte in Winchester ein zweites Mal gekrönt werden und seine Gemahlin zugeführt bekommen, mit der er bereits seit seinem fünften Lebensjahr verheiratet war. Seine Braut war die älteste Tochter des Franzosenkönigs mit seiner zweiten Gemahlin, der Kastilierin.

Guillaume hatte die warme Jahreszeit nie mehr genossen als in diesem Jahr. Alles, was sein Herz begehrte, war sein. Er konnte Ellen sehen und lieben, und die Kraft, die er daraus schöpfte, ließ ihn mehr und größere Siege für seinen Herrn davontragen als je zuvor.

Jeder Tag, den er mit Ellen verbrachte, war wie ein Geschenk des Himmels, kostbar und einzigartig. Sie wussten beide, dass ein gemeinsames Leben, eine Ehe, etwas von Dauer, für sie nicht vorgesehen, ja sogar ganz und gar unmöglich war, auch wenn sie niemals auch nur ein Wort darüber verloren hatten. In Ellens Augen hatte Guillaume gesehen, dass sie sich dieser Tatsache ebenso bewusst war wie er.

»Vergiss nicht, dass ich dich liebe!«, wollte er ihr bei jeder Trennung sagen, doch er brachte es nicht fertig und winkte nur. Liebe brach Herzen und machte unglücklich, das wusste jeder, der Troubadouren so oft gelauscht hatte wie er. Liebe führte zum Scheitern und manchmal sogar zum Tod. Trotzdem liebte er sie und war glücklich.

Wäre er ein Erstgeborener gewesen, mit Ansprüchen auf Land und Titel, so hätte er eine Schmiede für Ellen bauen können. Sie hätten nicht heiraten, aber Liebende bleiben können, ein Leben lang. Doch er war kein Erstgeborener und Ellen gewiss keine Frau, die sich mit einem zweiten Platz begnügte. Nein, er hatte ihr nichts zu bieten. Rein gar nichts. Darum sprach er nicht von Liebe, mied das Wort gar wie einen Fluch, obwohl die Liebe doch sein Herz fest im Griff hatte.

Bei Chartres im November 1172

Sobald der junge König ihn entbehren konnte, eilte Guillaume zu dem Platz, an dem die Handwerker ihre Werkstätten aufgebaut hatten, und suchte nach Ellen. In Compiègne hatte er sie schmerzlich vermisst und sich den Kopf darüber zerbrochen, warum sie nicht gekommen war.

Schmal ist ihr Gesicht geworden, dachte er besorgt, als er sie endlich wiedersah und hörte, dass sie krank gewesen und darum fortgeblieben war. Immerhin lag jetzt ein rosiger Hauch auf ihren Wangen. Ob er allerdings von der Frische des Morgens herrührte oder ob es seine Anwesenheit war, die sie erfreute, wusste er nicht zu sagen.

»Ich bin fertig mit dem Schwert, willst du einen Blick drauf werfen?« Ellens grüne Augen leuchteten.

»Nichts lieber als das!« Sie hatte schon so viel davon erzählt, dass er es kaum noch erwarten konnte.

Ellen winkte Meister Pierre hinzu, wickelte das Schwert aus und übergab es Guillaume.

Bedächtig wog er es in beiden Händen und zog es schließlich ehrfürchtig aus der mit dunkelrotem Leder bezogenen Scheide.

Welch ein wunderbares Schwert! Die spiegelnd glänzende Klinge war perfekt geformt.

»Fühlt sich wirklich gut an!«, sagte er voller Anerkennung und ließ es durch die Luft sausen. »Wie scharf ist es?«

»Ich habe ein Haar damit gespalten.«

Guillaume betrachtete das Schwert genauer. Es war hervorragend ausbalanciert und besaß eine ungewöhnliche Ausstrahlung. Wahrlich eine ganz besondere Waffe! Wie gern hätte er dieses Schwert besessen! Weil es von hervorragender Qualität war und weil Ellen es geschmiedet hatte. Doch ein Schwert wie dieses war kostspielig und Guillaumes Börse trotz seiner letzten Erfolge ständig leer. Man erwartete Großzügigkeit von einem Ritter, und Guillaume wollte der Beste sein, also gab er, ohne zu zögern, half jedes Mal bereitwillig aus, wenn der junge König ihn darum bat, wohl wissend, dass er keinen einzigen Penny je wiedersehen würde. Die Zuneigung seines Herrn, die ihm durch seine Freigiebigkeit zuteilwurde, hatte den Verlust stets aufgewogen. Beim Anblick des Schwertes aber, das Ellen Athanor nannte, bereute er zum ersten Mal, nicht frei über seine Mittel verfügen zu können.

»Er findet es besser als nur gut, aber er will es nicht zugeben!«, raunte Guillaume Ellen zu, nachdem Meister Pierre ein wenig an der Waffe herumgenörgelt und sich dann abgewandt hatte. Er küsste sie auf die Nasenspitze, ohne sich darum zu scheren, ob es jemand bemerken würde.

Ellen sah sich verlegen um. »Können wir uns nach der Arbeit sehen? Ich muss mit dir reden. Es ist wichtig, aber nicht für jedermanns Ohren bestimmt«, bat sie und weckte seine Neugier damit.

Guillaume nickte. »Ich hole dich ab.«

Bis zum Abend blieb ihm genügend Zeit, um über ihre Worte nachzudenken. Was wollte sie ihm nur sagen? Hatte sie etwas zu beichten? Wollte sie vielleicht endlich ihr Geheimnis lüften und ihm gestehen, dass es nie einen Alan gegeben hatte? Oder … Er hielt einen Moment inne. Erwartete sie womöglich ein Kind von ihm?

Bei diesem Gedanken huschte ein Lächeln über sein Gesicht. Im Geiste sah er sich auf seinem Streitross sitzen, vor sich einen Sohn, der Ellen wie aus dem Gesicht geschnitten war. Ein Sohn. Guillaume wiegte seinen Kopf ein wenig hin und her. Er hatte Ellen in den letzten Monaten häufig geliebt, und nicht immer war es ihm gelungen, sich rechtzeitig zurückzuziehen. Vielleicht war ihr darum nicht wohl gewesen, weil sie guter Hoffnung war!

Guillaume dachte nach. Wenn es so war, würde sie heiraten müssen, damit jemand für sie und das Kind sorgte, denn er würde dazu nicht in der Lage sein. Wer aber nahm schon eine Frau, die das Kind eines anderen unter dem Herzen trug? Ein Schmied vielleicht, der ihre Begabung kannte und sie als wohlfeile Hilfe brauchen konnte.

Guillaumes Miene verfinsterte sich. Der Gedanke, Ellen an einen anderen Mann zu verlieren, war ihm ebenso unerträglich wie der, dass sie vorschlagen könnte, die Dienste einer Kräuterfrau in Anspruch zu nehmen, um sein Kind loszuwerden. Ewige Verdammnis und Höllenqualen waren die Strafe für einen solchen Mord.

Bis es zu dämmern begann, grübelte er immer wieder darüber nach, was Ellen ihm wohl zu sagen hatte, dann war es endlich Zeit, zurück zur Schmiede zu gehen.

»Fertig?«, fragte er sie mit klopfendem Herzen.

»Hm, ich komme.«

Sie sah besorgt aus. Ob sie fürchtete, er könne ihr zürnen, falls sie tatsächlich ein Kind erwartete? Guillaume lächelte sie aufmunternd an, als sie zu ihm aus der Schmiede trat.

»Ellenweore! Er ist weg! Ich kann ihn nirgends finden!« Madeleine, das junge, durchaus ansehnliche, aber stets ein wenig verwirrt wirkende Mädchen, das mit Ellen umherzog, stürzte auf sie zu. Es jammerte so laut, dass sich die Leute umdrehten und es neugierig begafften.

»Von wem spricht sie?«, wollte Guillaume wissen.

»Jean – ich hab dir schon von ihm erzählt!«

»Ja, richtig.«

Auch Jean war Ellens Wegbegleiter, und Guillaume erinnerte sich noch gut an seine erste Begegnung mit ihm. Warum aber wurde so viel Aufhebens um ihn gemacht? Der Junge sah nicht aus wie jemand, um den man sich sorgen musste. Vermutlich hatte er nur ein Liebchen gefunden. Er schien genau das richtige Alter für erste Erfahrungen zu haben. Kein Grund zur Besorgnis also. Ellen schien das ebenso zu sehen.

»Lass mich erst mein Werkzeug und das Schwert zum Zelt bringen, dann gehen wir ein Stück«, schlug sie vor. »Ich muss dir dringend etwas erzählen.« Sie rieb sich über die Schläfen.

»Du machst es ja ganz schön spannend!« Guillaume zwinkerte ihr lachend zu und begleitete sie.

Der graue zottelige Hund, den Ellen liebevoll Graubart nannte, begrüßte sie schwanzwedelnd, als sie bei ihrem Zelt ankamen. Ellen streichelte ihn kurz und schlüpfte dann, gefolgt von Madeleine, hinein.

Guillaume lehnte sich derweil an einen Baum und beobachtete einen dicken alten Mann, der von seinem Weib mit dem Kochlöffel verprügelt wurde. Immer und immer wieder hieb die erzürnte Frau auf ihn ein, verfluchte ihn und schimpfte, weil er angeblich einer jungen Magd schöne Augen gemacht hatte. Immer mehr Schaulustige wurden von ihrem Geschrei angelockt. Der Alte wehrte sich nicht, hob nur die Arme, um mit den Händen seinen Kopf zu schützen, und wimmerte. Guillaume wollte schon einschreiten, als sich ein anderer Mann seiner erbarmte und der Frau mitten im Schlag den Kochlöffel entriss. Als das Spektakel vorbei war und die Neugierigen wieder ihrer Wege gingen, stellte Guillaume erstaunt fest, dass Ellen noch nicht zurück war. Er ging zu ihrem Zelt und sah hinein, doch da war sie nicht.

»Was ist denn los, Ellenweore?«, rief er, als er sie schließlich nicht weit entfernt entdeckte. Sie sah verstört aus, ganz so, als hätte sie eine schlimme Nachricht erhalten.

»Thibault!«, stieß sie hervor.

»Nein, nicht der schon wieder!«, stöhnte Guillaume. Ob Thibault womöglich entdeckt hatte, dass Ellenweore die Schwertschmiedin und Alan, der Schmiedejunge aus Tancarville, ein und dieselbe Person waren? Würde ihm ähnlich sehen, wenn er ihr deshalb nun das Leben schwer macht, dachte Guillaume und schnaufte missbilligend.

»Ich bin Alan, nicht seine Schwester, und Thibault weiß das.«

Also doch. Sie weiht dich nur ein, weil er Druck macht, zischelte eine boshafte, kleine Stimme in Guillaumes Kopf.

»Er hat gedroht, dir alles zu sagen, wenn ich ihm nicht zu Willen bin.«

Was hatte Thibault gefordert? Sie sollte ihm zu Willen sein? Guillaume glaubte, seinen Ohren nicht trauen zu können. Er schnappte empört nach Luft.

»Ich habe ihn zum Teufel gejagt und gesagt, ich werde dir selbst erzählen, wer ich bin. Da hat er wohl nach einer anderen Lösung gesucht, seinen Willen durchzusetzen, und hat Jean mitgenommen.« Sie schwieg ebenso plötzlich, wie sie zu reden begonnen hatte.

»Und jetzt?«, fragte Guillaume. Er bemühte sich, ruhig zu wirken, obwohl er Thibault hätte erwürgen können. Dass Ellen nicht vorhatte, zu ihm aufs Lager zu steigen, bedurfte keiner Nachfrage, da war er sich ganz sicher. Eifersüchtig war er darum keineswegs, nur besorgt und sehr wütend.

Ellen sah ihn verstört an. »Wie, was jetzt?«

»Was sollen wir machen, ich meine, wegen Jean?« Guillaume überlegte, wie sie Ellens Weggefährten aus Thibaults Gewalt befreien konnten.

»Hast du eigentlich verstanden, was ich gesagt habe? Ich bin Alan!«, schrie sie ihn an.

»Sicher habe ich verstanden, Ellen. Glaubst du im Ernst, ich hätte das nicht längst gemerkt?« Guillaume sah ihr in die Augen und atmete tief ein. »Allein der Duft deiner Haut! Ich verstehe bis heute nicht, wie du die anderen so lange hast täuschen können. Auch Thibault! Am ersten Sonntag damals im Wald von Tancarville hatte ich schon einen Verdacht, und bei unserem dritten Treffen war ich mir sicher.«

Ellen starrte ihn sprachlos an. »Du … du hast es die ganze Zeit gewusst?« Sie baute sich vor ihm auf. Zorn funkelte in ihren grünen Augen, doch Guillaume zuckte nur mit den Schultern und grinste.

»Und wenn schon?«

Sie japste nach Luft. »Ich kann es nicht glauben! Du hast dich die ganze Zeit über mich lustig gemacht?«

»Wäre dir lieber gewesen, wenn ich dich hätte auffliegen lassen?«, entgegnete Guillaume gereizt. Immerhin war sie ja diejenige gewesen, die gelogen hatte. Er dagegen hatte ihr Geheimnis nur gehütet und ihr später dann als Alans Schwester sogar einen Ausweg gezeigt. Warum tat sie nun, als wäre *er* der Schuft? Als sie auf seine Frage nicht antwortete, ermahnte er sie: »Wollen wir noch weiter über vergangene Zeiten plaudern, oder gehen wir jetzt lieber deinen jungen Freund befreien, bevor Thibault noch durchdreht?« Die Aussicht, Thibaults Plan fehlschlagen zu lassen, reizte ihn über die Maßen, auch wenn er wusste, dass sie dabei vorsichtig vorgehen mussten.

Ellen brummelte etwas, holte Athanor wieder aus dem Zelt und befahl Madeleine, auf sie zu warten. »Rühr dich auf keinen Fall von der Stelle, hörst du?«, befahl sie dem Mädchen, das offensichtlich sehr einfältig war. »Du brauchst nicht mitzukommen«, sagte sie ein wenig schnippisch, als Guillaume sich anschickte, sie zu begleiten.

»Ich weiß, wie gut du mit dem Schwert umgehen kannst, Ellen«, erwiderte er sanft, »aber Thibault hat inzwischen viel mehr Erfahrung als du. Außerdem ist er hinterhältiger. Ich kann ihn sowieso nicht leiden, und Jean hat schließlich nichts mit dieser Sache zu tun. Da ist meine ritterliche Ehre gefragt«, erklärte er und lächelte sie aufmunternd an.

»Pah, Ehre!«, platzte sie heraus.

Guillaume überhörte es geflissentlich, obwohl ihn ihre Herablassung verletzte. Sie war verwirrt und sorgte sich um Jean. Vielleicht schämte sie sich auch, weil sie so lange gebraucht hatte, um ihm die Wahrheit zu gestehen. Darum beschloss er, ihren Ausruf nicht zu ernst zu nehmen.

»Am besten ich tue so, als wollte ich Thibault besuchen, in aller Freundschaft sozusagen. Und du …«

»Ich schleiche mich von hinten an, versuche, Jean zu befreien und unerkannt zu fliehen. Du bist nicht umsonst als großer Taktiker bekannt!«, unterbrach Ellen ihn spitz, doch dann lenkte sie ein: »Ich weiß ja, dass es die vernünftigste Lösung ist, damit

Thibault nicht gleich Verdacht schöpft. Wenn wir einen Kampf vermeiden können, umso besser.«

Sie liefen zum Lagerplatz und trennten sich, als sie nicht mehr weit von Thibaults Zelt entfernt waren. Hoffentlich ging alles gut! Wenn nur Rose ihnen nicht in die Quere kam! Seit Tancarville war sie immer dort, wo auch Thibault sich aufhielt. Er behandelte sie wie eine Leibeigene, schlug und erniedrigte sie, benutzte sie, wie es ihm beliebte, und hinterging sie, wenn ihm danach war. Und doch konnte sie offenbar nicht von ihm lassen. Rose verließ das Zelt nicht oft. Ob Ellen ihr in der Vergangenheit je auf einem der Turniere begegnet war? Sie hatte nie mehr ein Wort über sie verloren. Ich muss sie fragen, dachte er. Später. Er sah sich noch einmal prüfend um und schlich weiter. Es war schon fast dunkel, und die brennenden Fackeln, die in der Erde steckten, warfen zitternde Schatten an die Zeltwände. Zielstrebig ging er auf ein rot-grünes Zelt zu. Der Wachposten am Eingang grüßte ihn freundlich und ließ ihn ohne Weiteres ein.

»Kalt heute Abend!« Guillaume rieb sich die Hände und nickte Thibault freundlich zu.

»Was führt dich zu mir?«, fragte der betont gelangweilt, doch der unruhige Blick, der zwischen seinem ungebetenen Gast und einem Vorhang, der sein Zelt abteilte, hin- und herhuschte, verriet, dass er keineswegs so gelassen war, wie er tat. Bestimmt hielt er hinter dem Vorhang Jean versteckt!

»Ach, nichts Wichtiges, eine Beschwerde über einen deiner Männer.« Guillaume winkte ab. Er musste Zeit gewinnen, damit Ellen ihren Freund befreien konnte. Etwas Besseres war ihm so schnell nicht eingefallen.

»Eine Beschwerde?« Thibault fuhr auf. »Was soll das, Guillaume?«

»Einer deiner Männer soll einen jungen Mann entführt haben.« Guillaume warf die Arme hoch. »Ich weiß, Thibault, wie unsinnig das ist, doch ich muss einer solchen Anschuldigung nachgehen.« Guillaume war letztlich recht zufrieden mit seinem Einfall.

Wenn er einen seiner Männer der Entführung bezichtigte, konnte Thibault sich später damit entschuldigen, dass er nichts davon gewusst habe, und so sein Gesicht wahren, was für Jeans und Ellens Sicherheit unabdingbar war. »Ein Edelmann bringt genügend Geld ein, aber ein einfacher Handlanger?«, fuhr Guillaume fort und ließ sich auf einen der faltbaren Stühle aus Holz und Leder fallen, obwohl ihm Thibault keinen Platz angeboten hatte. Er lachte laut und schlug sich auf die Schenkel. »Wer sollte schon einen einfachen Burschen gefangen nehmen!«

Thibault zog eine süßsaure Miene und lächelte dünn, als Guillaume sich einen leicht verschrumpelten Apfel aus der Tonschale auf dem Tisch nahm und hineinbiss.

»Du weißt, wie absurd deine Anschuldigungen sind, also verschwinde von hier!«, knurrte Thibault den seelenruhig kauenden Guillaume an, als plötzlich Madeleine in das Zelt stürzte.

»Verzeiht, Mylord, sie war so schnell unter meinem Arm durch«, murmelte der Wachsoldat verlegen und wollte sie schon wieder hinausschieben, als sie laut zu greinen anfing:

»Jean, ich will meinen Jean!«, jammerte sie und wehrte sich mit erstaunlicher Kraft gegen den Wachposten, kratzte, biss und schlug nach ihm.

»Jean! Sie will ihren Jean!«, äffte Thibault sie nach. »Und ich will Ellen«, knurrte er sie an, als wäre Guillaume gar nicht anwesend, und mit einem Mal überschlugen sich die Ereignisse. Der Vorhang im hinteren Teil des Zeltes wurde zurückgeschlagen. Es war Ellen, mit Athanor in der Rechten. Sie musste Madeleines Stimme gehört haben. Verwirrt blickte sie von Thibault zu dem jungen Mädchen. Jean war nirgendwo zu sehen. Offenbar war er bereits in Sicherheit.

Guillaume erhob sich bedächtig, um die Geschehnisse nicht noch weiter voranzutreiben.

Thibault aber zückte sein Schwert und gab seinen Männern ein Zeichen, dass sie sich zurückhalten sollten.

»Was soll das, Thibault? Willst du etwa gegen eine Frau kämpfen?«, mischte er sich nun ein.

»Tu nur nicht so, ich weiß, dass du und sie …« Thibault lachte auf. »Aber ich habe sie vor dir gehabt, mein Lieber!«

Guillaume schüttelte nur den Kopf. Thibault musste von Sinnen sein!

Madeleine wehrte sich unterdessen mit aller Kraft gegen den Wachposten, der sie festhielt. Als sie sich losriss, stürzte ein Knappe, der sich bisher im Hintergrund gehalten hatte, mit gezücktem Schwert auf sie zu.

Ellen reagierte umgehend und sprang Madeleine bei.

Mit Genugtuung stellte Guillaume fest, dass sie besser kämpfte als der Knappe. Mühelos drängte sie ihn zurück. Thibault jedoch würde sie nicht gewachsen sein, dachte er und zog nun ebenfalls sein Schwert. Ein drohender Blick von ihm reichte, und der Knappe ließ seine Waffe sinken.

Als Ellen Madeleine zu sich zog und versuchte, mit ihr das Zelt zu verlassen, stellte sich Thibault den beiden in den Weg.

»Lass sie doch gehen!«, forderte Guillaume ihn versöhnlich auf. Doch Thibault sah ihn nur verächtlich an.

Diesen Moment der Unachtsamkeit nutzte Ellen und versetzte ihm einen Streich auf den Schwertarm.

»Geht jetzt! Ich kümmere mich um ihn«, rief Guillaume ihr zu, als Thibault sein Schwert sinken ließ und nach seinem Arm griff, von dem das Blut troff.

»Lasst sie nicht entkommen!«, krächzte Thibault, doch vor dem Zelt wurde so lautstark gefeiert, dass ihn niemand hörte.

»Du hältst besser deinen Mund, sonst erstatte ich dem jungen König umgehend Bericht!«, fauchte Guillaume ihn an.

Thibaults Kinn zitterte vor Wut. Sein Wort würde gegen das des Maréchal stehen. Er schien abzuwägen, ob es sich lohnte, so weit zu gehen. Der junge König hielt große Stücke auf seinen Fechtmeister; vermutlich ahnte Thibault, dass es darum schwer werden würde, sich zu rechtfertigen, wenn der Maréchal ihn der Entführung eines Jungen bezichtigte.

»Ich sollte mir das mal ansehen!« Guillaume zeigte auf Thibaults blutgetränkten Ärmel und ließ sein Schwert sinken.

»Lass mich bloß in Frieden!« Thibault versuchte, ihn von sich zu stoßen, als er näher trat, sog die Luft geräuschvoll durch die Zähne ein und griff mit seiner Linken nach seinem verletzten Arm.

Immerhin vermochte er ihn ein wenig zu heben. Die Wunde würde seine Kampfkraft also nicht auf Dauer einschränken. Trotzdem schmerzte sie sicher heftig. Guillaume konnte nicht umhin, einen Anflug von Schadenfreude zu empfinden.

Ellen hatte einen großartigen Streich ausgeführt, genauso wie sie es früher in Tancarville geübt hatten.

»Verlass endlich mein Zelt«, fauchte Thibault. »Ich brauche kein Kindermädchen, oder glaubst du etwa, ich werde ihr nachlaufen?« Er spuckte verächtlich auf den Boden. »Sie ist nicht mehr wert als ein Straßenmädchen.« Dann lachte er gehässig auf. »Sie hat dir wohl den Kopf verdreht!« Schweißperlen standen auf seiner wachsweißen Stirn. »Du solltest dich lieber in Acht nehmen! Es lohnt sich nicht, mich ihretwegen zum Feind zu haben!« Er schwankte ein wenig und winkte seinen Pagen herbei, der bis dahin vollkommen reglos in einer Ecke gestanden hatte. »Bring mir Leinen, um mich zu verbinden, mach schon!«, fuhr er den Jungen an.

Der magere Knabe mit den dunklen Schatten unter den großen Augen sputete sich. Er bekam von einem Knappen das Leinen in die Hand gedrückt, von Thibault jedoch eine Ohrfeige, als er ihm die Stoffstreifen mit zitternder Hand reichte.

»Nun verbinde mich schon, du Tölpel!«

»Lass mich das machen«, schlug Guillaume vor, obwohl es ihn ungeheure Kraft kostete, seine Wut auf Thibault niederzuringen. Wie viel lieber wäre er ihm an die Gurgel gegangen, weil er Ellen beleidigt und bedroht hatte. »Ich habe mehr Erfahrung in solchen Dingen«, sagte er und schickte sich an, dem verängstigten Jungen die Leinenstreifen abzunehmen.

Thibault zischte nur herablassend.

»Wir sind niemals Freunde gewesen«, sagte Guillaume, »und ich weiß weder, was du dir bei dieser Sache gedacht hast, noch was du mit dem Jungen anstellen wolltest, doch das ist nicht mehr von Belang, denn er ist fort, genauso wie Ellen.« Er verband Thibault, so gut es ging. »Du solltest die Wunde bald nähen lassen!«, fügte er hinzu und deutete auf das Leinen, das schon wieder von Blut durchtränkt war. »Auch wenn wir einander nicht ausstehen können, die Liebe zu unserem Herrn und der Dienst in seinem Haus verpflichten uns gleichsam. Vergessen wir also den Vorfall.« Guillaume hatte größte Mühe, gelassen zu klingen. Am liebsten hätte er Thibault auf der Stelle mit eigener Hand niedergestreckt, doch einen Edelmann zu töten, hätte ihn an den Galgen gebracht und Ellen nicht weitergeholfen. Ellen …

Guillaumes Magen zog sich schmerzhaft zusammen. Sie würde vermutlich nie wieder auf ein Turnier kommen. Schließlich konnte sie nicht riskieren, Thibault noch einmal zu begegnen. Was, wenn sie bereits fort war? Er rang nach Atem.

»Du entschuldigst mich«, sagte Guillaume kurz und wandte sich entschlossen ab. Er musste sie unbedingt finden und ein letztes Mal in seinen Armen halten!

Als er aus Thibaults Zelt stürmte, sah er, dass sich eine Traube aus Wachleuten gebildet hatte. »Er atmet nicht mehr«, sagte einer der Männer. Er kniete neben dem jungen Wachsoldaten, der Guillaume zuvor ins Zelt gelassen hatte, und schloss die Augen des Toten. Seine Schulter war gespalten. Der Wachposten musste versucht haben, sich Ellen und Madeleine in den Weg zu stellen …

Guillaume atmete tief ein. Sie hatte einen Ritter verletzt und einen Soldaten getötet, darum musste sie so schnell wie möglich fliehen! Guillaume rannte zu der Stelle, an der ihr Zelt gestanden hatte. Vielleicht konnte er ja noch etwas für sie tun! Er lief, so schnell ihn seine Füße trugen, doch er kam zu spät. Das Feuer war notdürftig mit Sand gelöscht und rauchte noch, das Zelt war fort. In aller Eile aus dem Boden gerissen, wie die zurückgelassenen Eisenhaken bewiesen. Guillaume verwischte die Spuren ihrer Flucht bis zum Waldrand, setzte sich auf einen Baumstamm und vergrub das Gesicht in seinen Händen. Ellen, meine liebste Ellen, werde ich dich jemals wiedersehen?

Dezember 1172

»Ihr gebt viel zu viel Geld aus!«, ereiferte sich der Priester, der von König Henry II. beauftragt war, die Finanzen seines Sohnes zu überprüfen, und legte dem jungen König ein Pergament vor, auf dem er die Einnahmen und Ausgaben der letzten Wochen notiert hatte. »Euer Vater ist es leid, Euch ständig mit Geldmitteln zu versorgen. Ihr seid verschwenderisch und bezahlt zu viel für die Turnierkämpfer, neue Waffen und Eure Entourage.« Er fuhr sich mit der Rechten über die akkurat geschorene Tonsur, die von einem Kranz dichter, dunkler Haare umgeben war. Als er den Arm hob, lugte am Hals ein Stück des härenen Hemdes hervor, das er unter seiner Kutte trug.

»Soll ich meine Männer hungern lassen?«, ereiferte sich Henry, »nur weil mein Vater ein Geizhals ist?«

Guillaume wusste, dass der junge König ungerecht war.

Henry II. war mehr als großzügig, doch sein Sohn gab das Geld gedankenlos und mit vollen Händen aus.

»Unser junger König hat einen Ruf zu verteidigen!«, mischte sich Thibault ein. Sein Arm war inzwischen so gut verheilt, dass er schon wieder mit dem Kämpfen hatte beginnen können. Sowohl seine Verletzung als auch den Tod des jungen Soldaten hatte er seinem Herrn mit einem Duell erklärt, zu dem ihn der junge Mann angeblich herausgefordert habe. Guillaume aber hasste er seitdem gewiss noch mehr, auch wenn er seine Wut gut zu verbergen wusste.

Von Ellen und ihren Begleitern aber fehlte seit jenem Tag jede Spur. Nur in seinen Träumen lag sie wieder in Guillaumes Armen. Ganz gleich, wie schmerzlich er sie vermisste, Guillaume musste hoffen, dass sie nie wieder auf einem Turnier auftauchte, damit sie Thibault nicht noch einmal über den Weg lief.

»Immerhin ist es der Großzügigkeit unseres Herrn zu verdanken, dass wir als Engländer auf dem Kampfplatz nicht mehr verlacht werden«, fügte Thibault hinzu, wohl wissend, dass es nicht der junge König, sondern Guillaume gewesen war, der sie in den Sieg geführt hatte. Er hoffte wohl, ihn zu einem Widerspruch bewegen zu können, doch Guillaume blieb schweigsam. Thibault fuhr daraufhin mit seinen Ausführungen fort: »Außerdem braucht unser Herr ein Gefolge, Kleidung und Pferde, die eines Königs würdig sind, oder soll er sich vielleicht, einem Bettler gleich, in Sack und Asche kleiden und zu Fuß gehen?« Thibault wusste genau, dass Guillaume stets bemüht war, den jungen König bei seinen Ausgaben zu Mäßigung anzuhalten. Er versuchte alles, um Guillaume herauszufordern, wohl in der Hoffnung, ihn so beim jungen König in Misskredit zu bringen.

Doch Guillaume war klug genug, sich zurückzuhalten.

»Was meint Ihr dazu, Guillaume?«, fragte der junge Henry ihn jedoch um Rat.

»Ihr kennt meine Meinung, Sire, und wisst, dass ich Euch stets beistehe«, antwortete Guillaume und verbeugte sich leicht.

Bald zweieinhalb Jahre war Henry nun schon König, doch reifer war er in dieser Zeit nicht geworden. Er war noch immer der hübsche Bursche mit dem fröhlichen Gesicht, der bei allem Charme doch verantwortungslos, vorlaut, eitel und leichtgläubig war. Er genoss es, verehrt und bejubelt zu werden, selbst wenn er mit barer Münze dafür bezahlen musste. Trotzdem liebte Guillaume ihn und hoffte, dass Henry tief in seinem Herzen wusste, wie es mit der Loyalität so mancher seiner Ritter bestellt war, auch wenn er sich das gewiss nicht gern eingestand.

Der junge König winkte Guillaume näher heran. »Werdet Ihr mir noch einmal aushelfen?«, flüsterte er ihm ins Ohr.

Widerstrebend dachte Guillaume daran, dass er Athanor, das wunderbare Schwert, das Ellen geschmiedet hatte, damals nicht hatte kaufen können, weil all sein Geld in die Börse des jungen

Königs geflossen war, und für einen winzigen Augenblick spielte er mit dem Gedanken, ihm seine Hilfe diesmal zu versagen. Doch das Schicksal hatte es gut mit ihm gemeint und ihm Athanor wenige Monate nach der Auseinandersetzung mit Thibault ein zweites Mal über den Weg geschickt. Einer der französischen Ritter hatte auf einem Turnier damit geprahlt, und Guillaume, der die edle Waffe auf Anhieb wiedererkannt hatte, war nicht eher zur Ruhe gekommen, bis er sie ihm im Kampf abgenommen hatte. Doch auf Ellens Spur hatte Athanor ihn auch nicht bringen können. Nun legte er mit einer beinahe zärtlichen Geste die Hand auf den Knauf des Schwertes und nickte knapp.

Also wandte sich der junge Henry dem Priester zu. »Teilt meinem Vater mit, dass ich vorläufig zurechtkomme!«, sagte er von oben herab.

»Aber …« Der Geistliche tippte auf das Pergament mit der Aufstellung.

»Kein Aber, geht jetzt!«, befahl der junge Henry barsch.

»Der König hält Euch bewusst kurz, Sire«, sagte Thibault, nachdem der Geistliche gegangen war, und Adam nickte zustimmend. »Er will Euch klein halten!«

»Was nützt Euch die Krone, wenn Ihr keine eigenen Einkünfte habt? Es ist erniedrigend, dass Ihr für jede Münze bei Eurem Vater betteln müsst«, sagte nun auch Thomas de Coulonces, ein junger Ritter, der erst seit Kurzem von Henry favorisiert wurde.

Keiner von ihnen hat ihm je ausgeholfen, alle haben stets nur genommen, dachte Guillaume missbilligend.

»Ihr solltet dafür sorgen, dass Euer Vater endlich die Macht mit Euch teilt und Euch eigene Ländereien zugesteht, damit Ihr Eurer Stellung angemessen leben könnt«, stachelte Thibault den jungen König weiter auf.

»Richtig!«, riefen nun auch diejenigen, die bis dahin geschwiegen hatten.

»Was denkt Ihr, Guillaume? Soll ich mir Verbündete suchen, um meinen Forderungen Nachdruck zu verleihen?«

»Ja, Guillaume, sagt uns, wie es mit Euch steht! Können wir

auf Euch zählen?«, fragte Thibault mit einem boshaften Glanz in den Augen.

Jeder der Anwesenden hatte vor allem das eigene Wohl im Sinn, darum überlegte Guillaume gut, bevor er antwortete. »Ihr wisst, Sire, dass ich Euch ewige Treue geschworen habe und eher sterben würde, als mein Wort zu brechen«, sagte er schließlich, an Henry gewandt. »Was auch immer Ihr beschließt, ich stehe Euch bei, auch wenn ich nicht glaube, dass eine Auseinandersetzung mit Eurem Vater der richtige Weg ist.«

»Soll ich denn ewig warten?«, murrte der junge König. »Mein Vater hat durch den Tod Beckets den Unmut vieler auf sich gezogen, was mir nun zum Vorteil gereichen könnte.«

Kurz nach der Krönung des jungen Henry, im Dezember desselben Jahres, war der Erzbischof von Canterbury, Thomas Becket, aus dem Exil zurückgekehrt und schon bald darauf, nach einem Streit mit dem König, in seiner Kathedrale ermordet worden. Obwohl Henry II. geschworen hatte, die Mörder – allesamt Ritter seines Haushaltes – hätten Becket auf eigene Faust und ohne seine Billigung getötet, hatte ihm kaum jemand geglaubt.

»Mein königlicher Schwiegervater, Louis, lädt uns ein, das Weihnachtsfest bei ihm zu verbringen. Ich bin sicher, dass er uns ebenfalls unterstützen würde, darum gedenke ich, seiner Einladung Folge zu leisten«, sagte Henry und sah Guillaume herausfordernd an.

Darauf, dass auch Louis ihm nur aus Eigennutz helfen will, kommt er nicht einmal, dachte Guillaume erschüttert.

»Auch meine Mutter ermutigt mich, mir die Bevormundung und die ständige Zurechtweisung durch meinen Vater nicht länger bieten zu lassen«, fuhr der junge König ungeduldig fort. »Darum sagt mir, Guillaume, worauf soll ich warten? Mein Vater steht in der Blüte seines Lebens. Bis er stirbt, bin ich ein alter Mann!«

Guillaume zuckte mit den Schultern. So sehr er die Königin auch verehrte, glaubte er doch, dass sie ihre Söhne nicht allein aus politischem Kalkül gegen den Vater aufhetzte. Troubadoure besangen allerorts die schöne Rosamunde, zurzeit bevorzugte Geliebte des Königs. Darum war es kein Wunder, dass man munkelte, Eleonore sei eifersüchtig und sinne ihretwegen auf Rache. Ob sie aus verletztem Stolz und zurückgewiesener Liebe ihre Söhne zu Werkzeugen gegen den Gatten machte?

»Mylord, es geht um *Eure* Krone«, sagte Guillaume nach kurzem Grübeln und sah dem jungen König tief in die Augen. Es war unverantwortlich, ihn zum Kampf zu ermuntern. »Um *Euer* Land, *Euren* Vater und *Eure* Zweifel. Welchen Weg Ihr gehen sollt, vermag ich nicht zu sagen, Sire. Ich bin nicht Ihr. Ich habe von meinem Vater nie etwas zu erwarten gehabt und bin darum kein guter Ratgeber in der Frage nach Eurem Erbe. Wie auch immer Ihr Euch jedoch entscheidet, seid versichert, dass ich niemals von Eurer Seite weiche. Befehlt Ihr Krieg, dann werde ich gehorchen und all meine Kraft für Euren Sieg einsetzen. Die Entscheidung jedoch obliegt Euch ganz allein. Niemand kann sie Euch abnehmen. Es ist Eure Verantwortung. Euer möglicher Sieg, aber auch Eure Niederlage, sollte der Kampf nicht von Erfolg gekrönt sein. Bitte bedenkt, dass Eurem Vater entgegenzutreten, selbst mit der Unterstützung mächtiger Männer, noch immer ein großes Wagnis ist. Er wird nicht nur respektiert und vermutlich noch mehr gefürchtet, er hat Euch auch viel an Erfahrung voraus.«

»Ich weiß, wie sehr Euch mein Wohl am Herzen liegt, mein Freund, darum werde ich über Eure Worte nachdenken«, erklärte der junge Henry. Er hatte nicht unfreundlich geklungen, trotzdem war seinem Gesichtsausdruck zu entnehmen, dass Guillaume ihm nicht die Antwort gegeben hatte, die er sich erhofft hatte.

Limoges, 25. Februar 1173

Ich weiß nicht, wie er das macht! Immer wieder bringt er mich dazu, Dinge zu tun, die ich nicht tun will!«, schimpfte der junge Henry und lief unruhig auf und ab.

Der König hatte von seinen Plänen, Weihnachten am Hof des französischen Königs zu verbringen, erfahren und darauf bestanden, dass ihm der Sohn in die Normandie folgte, um das Christfest mit seinen Eltern und seinen Brüdern in Chinon zu feiern. Henry hatte dem Befehl, in die Normandie zu kommen, zwar Folge geleistet, sich dann jedoch nicht nach Chinon begeben, sondern, fernab von der Familie, sein eigenes Weihnachtsfest ausgerichtet.

Weil er bei dieser Gelegenheit nicht alle Ritter hätte bewirten können, denen er gewogen war, hatte er sich einen Spaß erdacht und nur diejenigen empfangen, die Guillaume hießen. Da dies aber der wohl am häufigsten vorkommende Name in der Ritterschaft war, hatte er noch immer einhundertzehn Gäste verköstigt und unterhalten. So waren seine ohnehin schon begrenzten Mittel rasch erschöpft gewesen, und er hatte sich nicht lange nach dem Fest gezwungen gesehen, wieder bei seinem Vater vorstellig zu werden und seiner Aufforderung, ihn nach Limoges zu begleiten, schweren Herzens zu folgen.

»Manchmal denke ich, mein Vater erniedrigt uns mit Absicht! Ich habe zugestimmt, dass Raymond de Toulouse Limoges bekommt, damit er nicht mehr nur Louis, sondern auch der englischen Krone unterworfen ist. Trotzdem gehe ich auch diesmal leer aus!«, echauffierte er sich.

Guillaume wusste nicht recht, was er dazu sagen sollte. Er war den immer wieder aufkeimenden Ärger seines Herrn leid, denn es lag nicht in seiner Macht, etwas an der Situation zu ändern. Die Zeit arbeitete für den jungen König, doch der war ungeduldig und wollte nicht warten.

»Henry. Maréchal.« Der König erschien im Eingang der Halle und durchschritt sie mit dem ihm ganz eigenen breitbeinigen Gang. Wie immer folgten ihm ein gutes Dutzend Ritter, dazu Pagen, Knappen und Schreiber. Er nickte seinem Sohn und Guillaume knapp zu, setzte sich dann mit dem Rücken zum Feuer auf den Lehnstuhl, der für ihn bereitstand, und rieb sich die roten Hände.

»Ich bin sehr zufrieden mit den Verhandlungen«, hob er an, ohne seinen Sohn auch nur eines weiteren Blickes zu würdigen.

Ist sicher besser, wenn er ihn nicht ansieht, dachte Guillaume, der bei fast allen Unterredungen zwischen Vater und Sohn anwesend war und den jungen König besser kannte als jeder andere. So wie ein offenes Buch dem, der zu lesen vermochte, seinen Inhalt offenbarte, so gab auch das Gesicht des jungen Henry stets preis, was er dachte. Ob er je lernen würde, seine Gefühle hinter einer Maske zu verbergen, wie es für einen Mann seines Standes erforderlich war? Höfisches Verhalten zählte zu den großen Tugenden, die ein Ritter besitzen musste. Zwei Gesichter musste man dazu sein Eigen nennen. Sein wahres Antlitz und das höfische, das sich stets freundlich und beherrscht zeigte, selbst wenn es Anlass zu Trauer, Enttäuschung oder Wut gab. Bei Hof ging es kaum anders zu als im Spiel. Wer sich durch seine Mimik verriet, durfte nicht hoffen, gewinnen zu können.

Guillaume verfeinerte sein höfisches Verhalten darum tagtäglich. Nur wenige enge Vertraute kannten noch sein wahres Gesicht, wussten, wie verletzlich und unsicher er sein konnte.

»Ich habe für deinen jüngsten Bruder ein Ehebündnis mit der Tochter von Humbert, dem Grafen von Maurienne, arrangiert!«, unterbrachen die Worte des alten Königs seine Gedanken. Henrys Blick streifte seinen Sohn nur flüchtig, als er in die Runde blickte.

John war erst neun oder zehn Jahre alt und, wenn man glauben konnte, was Guillaume zugetragen worden war, alles andere als ein Engel. Der junge König kannte seinen jüngsten Bruder kaum, darum verband ihn nichts mit ihm. Wenn der Vater ihm nun von seinem Vorhaben berichtete, steckte gewiss noch etwas dahinter. Gespannt blickte Guillaume zum alten König, dessen kräftige, schwielige Hände zu Fäusten geballt auf die Oberschenkel seiner leicht gespreizten Beine gestützt waren. Seine kleinen, klaren Augen leuchteten zufrieden, als er in die Runde sah.

»Alice wird eines Tages die Besitzungen ihres Vaters erben, sie umfassen die Savoyen sowie das Piemont und reichen bis nach Turin. Aber wir sichern uns durch dieses Bündnis bereits jetzt bedeutende Alpenpässe.« Er nickte seinem ältesten Sohn wie beiläufig zu. »Du wirst verstehen, dass dein Bruder nicht mit leeren Händen in diese Ehe gehen kann. Darum habe ich beschlossen, ihm Chinon, Laudun und Mirebeau zu geben!« Seine Worte besiegelte er mit einem freundlichen Lächeln, als erwartete er keinerlei Widerspruch vom jungen König.

Der jedoch blickte entsetzt von seinem Vater zu Guillaume und wieder zurück. Unglauben und tiefe Enttäuschung standen ihm ins Gesicht geschrieben.

»Das werde ich keinesfalls dulden!«, stieß er nach dem ersten Schreck empört hervor. »Ich habe die älteren Rechte an diesen Burgen und werde sie John unter gar keinen Umständen abtreten.« Er sprang auf. »Ihr habt mich zum König gekrönt, Vater, habt mir die Normandie, England und das Anjou in Aussicht gestellt, und wozu das alles? Außer einem wertlosen Titel habe ich rein gar nichts bekommen. Richard und Geoffrey geht es mit Aquitanien und der Bretagne kaum anders. Ich fordere Euch auf, uns endlich mehr Macht zu geben, statt meine Ländereien zu verschenken!«

Er klingt noch immer wie ein Kind, dachte Guillaume, der die Verzweiflung seines Herrn ganz deutlich fühlen konnte, und beschloss, ihm beizuspringen, auch wenn es klüger gewesen wäre, sich vor dem König bedeckt zu halten.

»Verzeiht, Sire«, wandte er sich mutig an den König. Er senkte die Stimme, um Henry II. vor seinem Gefolge nicht bloßzustellen. »All die hier anwesenden Barone werden Eurem Sohn eines Tages die Treue schwören! Doch wie, Sire, könnt Ihr hoffen, dass sie ihren Schwur auf Dauer halten, wenn Ihr selbst ihm nicht mehr Achtung zollt?« Guillaumes Herz begann zu rasen, als ihm bewusst wurde, auf welch schmalem Grat er wanderte.

Ein unruhiges Hüsteln und Fußscharren ging durch den Raum, als der König Guillaume wütend anfunkelte.

»Wie, Sire, soll Euer Sohn eines Tages sein Reich führen, wenn Ihr ihm heute jegliche Macht und damit Erfahrung und Eigenständigkeit versagt?«, fügte Guillaume trotzdem im Flüsterton hinzu. Er war der Lehrmeister des jungen Königs und hatte seinem Herrn zur Seite zu stehen, ihn wenn irgend möglich zu schützen, auch wenn er selbst dabei in Gefahr geriet.

Der alte König beugte sich vor und starrte ihn an. »Auch wenn ich meinem Sohn die Krone aufs Haupt setzte, so ist es doch noch immer *mein* Reich! Das solltet weder Ihr vergessen, Maréchal, noch Henry. Ich bin noch lange nicht tot und habe auch nicht vor, so bald abzudanken!« Sein Gesicht hatte die Farbe von frischen Himbeeren.

»Es ist nicht nur mein Wunsch, Vater. Auch der König von Frankreich, viele Barone Englands und der Normandie wollen, dass du uns mehr Einfluss zugestehst. Es ist an der Zeit, mit uns zu teilen!«, begehrte der junge König noch einmal auf.

Guillaume aber ahnte, dass dieser Streit zu nichts Gutem führen würde.

»Wann es an der Zeit ist, meine Macht mit meinen Milchbärten von Söhnen zu teilen, entscheide immer noch ich und kein anderer!«, donnerte Henry II. ungeachtet der Barone, sprang auf und hieb so heftig mit der Faust auf den Tisch, dass der Kerzenleuchter darauf wackelte und umzukippen drohte. »Und was diesen französischen Unruhestifter angeht, so schert es mich keinen Deut, was er will, das kannst du ihm gern ausrichten, wenn du dich wieder einmal bei ihm verkriechst!«, fuhr er unbeirrt fort.

Der junge Henry schnaufte. »Ich schwöre, Vater, Ihr werdet Eure Sturheit bereuen, wenn Ihr nicht nachgebt!«

»Willst du mir etwa drohen?« Der alte König erhob die Stimme. »Nur zu!«

Henry wandte sich ab. »Ihr werdet schon sehen!«, murmelte er und verließ wutentbrannt die Halle.

Guillaume folgte seinem Herrn auf dem Fuße und marschierte schweigend neben ihm her, als sie den Hof überquerten und an den Gesindeunterkünften vorbei auf die Stallungen zuliefen.

»Warum sagt Ihr nichts?« Der junge Henry blieb stehen und sah Guillaume hilflos an.

»Muss ich das? Ihr kennt mich gut genug, um zu wissen, dass ich nicht glücklich über diesen Streit bin.«

»Das ist alles?«

»Es war unvorsichtig, ihm zu drohen. Er ist nun vorgewarnt und ein Überraschungsangriff nicht mehr möglich, falls Ihr gedenkt, Euren Forderungen militärisch Nachdruck zu verleihen. Euer Vater wird Euch von nun an stets im Auge behalten.«

»Ihr meint also, ich solle klein beigeben?«

»Nein, Mylord, aber …«

»Er hat nicht nur die Frechheit, mir zu verwehren, was mir zusteht, sondern auch noch die, meine Burgen zu verschenken!«, brauste der junge Henry auf. »Und das ausgerechnet an John!«

»Ich weiß, wie empört Ihr seid, wütend und enttäuscht. Trotzdem war es unklug, Eurem Vater zu drohen. Feingefühl ist nicht gerade Eure Stärke«, bemerkte Guillaume sanft.

»Nun, besonders taktvoll würde ich Euch auch nicht gerade nennen!«, entgegnete der junge König pikiert. »Ich habe nicht den Eindruck, dass mein Vater Euch mit besonderer Zuneigung zugetan ist, und das nicht erst seit dem heutigen Tag. Er war stets der Meinung, dass Ihr zu jung und unerfahren seid, um mein Lehrmeister zu sein. Ihr wisst, dass Ihr Eure Stellung einzig meiner Mutter verdankt.«

»Gewiss, Mylord, und Ihr habt recht. Ich bin alles andere als taktvoll gewesen, doch bin ich nur ein einfacher Krieger. Ein

Mann der Lanze und des Schwertes, kein König, so wie Ihr. Eure Worte haben mehr Gewicht und sind darum mit größerem Bedacht zu wählen. Was wird Euer Vater schon auf die Meinung eines unbedeutenden Ritters geben?«

»Oh, nein, Guillaume, das lass ich nicht gelten. Ihr wählt Eure Worte stets mit Bedacht. Ich weiß, dass Ihr, um für mich zu sprechen, bewusst in Kauf genommen habt, den Unmut meines Vaters auf Euch zu ziehen«, erwiderte der junge König versöhnlich. »Ich schätze Euch und weiß, Ihr würdet es lieber sehen, wenn ich mich nicht gegen ihn auflehnte.« Er atmete tief ein. »Aber ich werde keinesfalls nachgeben! Und auch wenn Ihr gegen eine solche Auseinandersetzung seid, so bitte ich Euch doch, mir zu helfen, wenn ich mir nehme, was mir zusteht!«

»Ihr wisst, Mylord, wie ich zu Euch stehe. Ich habe Euch die Treue gelobt. Zuverlässigkeit, Beständigkeit und Ehre sind keine leeren Worte für mich, und Treue ist mein wertvollstes Gut. Trotzdem bitte ich Euch, Mylord, wartet noch, bis der Augenblick günstiger ist. Lasst Euren Vater nicht merken, dass Ihr Euch entschieden habt, nicht länger stillzuhalten. Er würde Euch nicht einfach ziehen lassen, damit Ihr Euch ungestört auf einen Aufstand gegen ihn vorbereiten könnt. Eure Zeit ist nicht mehr fern, Sire! Ich beschwöre Euch, habt noch ein wenig Geduld!«

Henry dachte einen Moment nach. »Ihr habt recht, Guillaume«, sagte er dann. »Solange ich in seiner Nähe bin, werde ich mich bemühen, meine Wut zu verbergen, und meinen Vater noch eine Weile in Sicherheit wiegen.«

Schon bald nach den Drohungen, die der junge Henry in Limoges ausgestoßen hatte, waren sie dem König auf dessen ausdrücklichen Befehl nach Chinon gefolgt, am fünften Tag des dritten Monats jedoch bei Nacht und Nebel Richtung Paris geflüchtet. Vor seiner Krönung war der junge Henry zwar rituell zum Ritter geschlagen worden, doch war er zu jung für eine richtige Schwertleite gewesen. Nun aber war er zwanzig und alt genug. Fest entschlossen, Krieg gegen seinen Vater zu führen und diesem auf Augenhöhe entgegenzutreten, hatte er darum den König von Frankreich um Unterstützung gebeten. Louis hatte ihm seine Hilfe zugesagt, war jedoch nicht selbst gekommen, um seinem Schwiegersohn das Schwert umzugürten, sondern hatte hochrangige französische Adelige aus seiner Entourage als Vertreter geschickt. Henry aber hatte sich ausgerechnet an Guillaume gewandt.

»Liebster Freund, von Euch und von Gott möchte ich diese Ehre erhalten«, hatte er gesagt und ihn gebeten, ihm die Schwertleite zu erteilen.

Die Worte des jungen Königs und die Spannung jenes wunderbaren, ehrenvollen Augenblicks klangen noch immer in Guillaume nach.

»Wovon träumt Ihr, mein Freund?«, fragte der junge König, als er Guillaume versonnen lächeln sah. »Kämpft Ihr im Geiste schon für unsere Sache, oder sehnt Ihr Euch nach Eurer Liebsten?«

Guillaume schüttelte den Kopf. An Ellen zu denken, verbot er sich, auch wenn es ihm nur selten gelang und ihn noch immer heftige Sehnsucht nach ihr überfiel, sobald sich ihr Bild vor sein inneres Auge schob. »Verzeiht, Mylord!« Er bemühte sich um ein Lächeln. »Ich dachte an Eure Schwertleite und daran, wie stolz ich war und immer noch bin, dass Ihr *mich* dafür ausgewählt habt.«

»Ihr werdet mich niemals verraten und mir immer beistehen, nicht wahr, Guillaume?« Der junge Henry sah ihn ernst an. Furcht stand in seinem Blick. Er wusste genau, dass sein Vorhaben ungeheuerlich war. Immerhin war er im Begriff, sich gegen den eigenen Vater, der auch sein König war, aufzulehnen.

»Mylord! Wie könnt Ihr auch nur einen Augenblick an mir zweifeln?«, empörte sich Guillaume.

»Verzeiht, mein Freund.« Henry lächelte tapfer. Ihr erster Angriff auf die Normandie stand unmittelbar bevor. »Mein geliebter Vetter, der Graf von Flandern, und der Herzog von Boulogne werden von Osten aus angreifen, die Bretonen von Westen und wir von Süden, so wie wir es besprochen haben. Betet, Guillaume, dass es uns gelingen möge, die Sache rasch zu beenden!«

»Gebete lasst besser Priester sprechen, Mylord, ich für meinen Teil werde lieber kämpfen, bis der Sieg Euer ist.«

»Sagt mir, Maréchal, begehe ich einen Fehler?«

»Ich weiß es nicht, Sire. Aber es ist ohnehin zu spät, Ihr könnt nicht mehr zurück. Darum blickt nach vorn und seid guten Mutes. Eure Verbündeten sind mächtig und zahlreich!«

Henry nickte. »Ihr habt recht. Danke, mein Freund!«

»Sire, Eure Mutter!«, rief ein junger Ritter, der ihnen als Späher diente, und stürzte atemlos auf den jungen König zu.

»Was ist mit ihr? Ist sie hier? Bringt sie zu mir!«

»Ritter Eures Vaters haben sie gefangen genommen, als sie Poitiers verlassen wollte, um Euch hier zu treffen. Sie hatte Vorkehrungen getroffen und Männerkleider angelegt, um unerkannt zu entkommen«, der junge Mann hatte Tränen in den Augen, »doch genutzt hat es ihr nicht.«

»Wohin hat er sie bringen lassen?« Verzweiflung stand auf Henrys jungenhaftem Gesicht.

»Ich weiß es nicht, Mylord, niemand weiß das.«

»Sorgt Euch nicht um Eure Mutter, Sire!« Guillaume tätschelte Henry die Schulter. »Euer Vater wird ihr kein Leid antun. Er hält sie gewiss nur fern von Euch, um Euch zu schwächen. Wir müssen uns auf einen baldigen Sieg konzentrieren. Ist der erst vollbracht, könnt Ihr Eure Mutter leicht befreien.«

»Wie wahr, mein Freund!« Henry reckte das Kinn kämpferisch vor. »Wir werden meinen Vater in die Knie zwingen, uns nehmen, was uns zusteht, und meine Mutter schon bald retten!«

Einen kurzen Augenblick lang hatte Guillaume so etwas wie Mitleid mit dem alten König. Wie musste ihm wohl zumute sein, seit er wusste, dass sich sein Weib und alle seine Söhne, bis auf John, gegen ihn gewandt hatten?

Rouen, 10. August 1173

Richard Strongbow de Clare warf nur einen flüchtigen Blick durch die große Kammer, die man ihm zugewiesen hatte, und ließ sich erschöpft auf das verführerisch weiche Bett fallen. Im Frühjahr, als sich die Prinzen gegen ihren Vater erhoben hatten, war er auf Befehl des Königs mit einer stattlichen Anzahl Soldaten in die Normandie gekommen, hatte Gisors gehalten, in Breteuil gekämpft und war bei der Befreiung von Verneuil dabei gewesen. Nun lagen Monate schwerer Kämpfe hinter ihm. Obwohl er nicht gern aus Irland fortgegangen war, hatte er dem Ruf seines Königs, ohne zu zögern, Folge geleistet, um nicht noch einmal als ungehorsam zu gelten. Darüber hinaus brachte er nicht das kleinste bisschen Verständnis für die Rebellen auf. Mochten sie auch noch so zahlreich sein, sie würden verlieren. Strongbow schnaufte missbilligend. Sie mussten scheitern, denn sie verstießen gegen göttliches Recht! Henry II. war der rechtmäßige König, niemand sonst. Ganz gleich, wie streng, vielleicht auch ungerecht er zuweilen sein konnte. Seine Söhne und seine Lords schuldeten ihm Respekt, keine Rebellion.

Gewiss, die Prinzen waren noch jung und unerfahren, leichtgläubig und zu vertrauensselig wohl auch, auf jeden Fall aber offenbar nicht in der Lage, die Folgen ihres Tuns ermessen zu können. Im Kampf hatten sich viele Getreue um den jungen Henry als mittelmäßige Krieger entpuppt. Nur wenige hatten sich durch besonderen Ehrgeiz hervorgetan. Wirklich aufgefallen war nur einer, der, beseelt von außerordentlichem Kampfgeist, auch besondere Qualitäten als Anführer bewiesen hatte. Sein Ruf hatte sich bis in Strongbows Lager verbreitet.

»Guillaume le Maréchal«, murmelte er und schüttelte den Kopf. Ein mutiger, ehrbarer Krieger war er ohne Zweifel, und gewiss hätte er eine große Zukunft vor sich gehabt, wenn er nicht auf der falschen Seite gestanden hätte. »Schade um ihn«, brummte Strongbow, »ist ein ganzer Kerl.«

»Verzeiht, Herr, der König schickt nach Euch.«

Strongbow richtete sich auf und blickte den jungen Soldaten, der neben seinem Bett stand, aus müden Augen an. »Der König?«, wiederholte er und begriff erst dann. Er musste eingenickt sein, dabei hatte er doch nur nachgedacht! Mit einem Satz stand er auf und richtete seine Kleider. »Gewiss doch, ich komme!«

Der Soldat verneigte sich und sprang aus dem Weg, als Richard an ihm vorbeistürmte.

»Ihr habt mich rufen lassen, Mylord?« Strongbow hatte vor der Halle kurz haltgemacht, um nicht zu abgehetzt zu wirken, und ging nun gemessenen Schrittes auf den König zu, der, umringt von Rittern und Knappen, an einem langen, schweren Eichentisch stand. Strongbow verneigte sich elegant und harrte einen Augenblick so aus, bevor er sich wieder aufrichtete.

»Richard FitzGilbert de Clare, Lord of Striguil und Leinster!«, begann der König und ließ den Blick über die Fleischplatte wandern, die vor ihm stand.

Richard straffte den Rücken, legte beide Hände darauf und umfasste mit der linken sein rechtes Handgelenk. »In dieser Haltung wirkst du größer«, hatte Aoife einmal gesagt.

»Euch gebührt mein Dank für Eure hervorragenden Dienste«, fuhr der König fort, nahm sich ein Stück Braten und spießte mit einem spitzen Messer ein weiteres Stück auf. »Ihr müsst hungrig sein. Nehmt!« Er streckte es Strongbow entgegen.

»Habt Dank, Sire!«

»Nun macht schon, esst!«, forderte Henry II. ihn auf, als Strongbow das Fleisch nicht umgehend in den Mund schob, und legte die Stirn ungeduldig in Falten. Dann schnippte er mit den Fingern. »Hat dir niemand gesagt, dass einem Gast stets Wein gereicht wird?«, fuhr er einen höchstens siebenjährigen Jungen an.

»Doch, Sire, verzeiht!« Der Junge hatte Tränen in den Augen.

»Heul nicht, sondern tu, was man dir sagt!«, mischte sich nun ein langer, schlank gewachsener Knappe ein und versetzte dem Jungen einen Schlag auf den Hinterkopf.

Strongbow fühlte sich unwillkürlich an seine eigene Zeit als Page erinnert. Ein kleines Lächeln huschte über sein Gesicht. Auch er war häufig für mangelnde Aufmerksamkeit bestraft worden, doch es hatte ihm nicht geschadet, im Gegenteil. Der junge Page, der gewiss aus einer der mächtigsten Familien des Königreichs stammte, vielleicht gar ein Neffe oder entfernter Vetter des Königs war, würde mit der Zeit ebenfalls lernen zu tun, was von ihm erwartet wurde.

Das Kinn des Jungen bebte, und seine Hände zitterten, als er einen silbernen Becher mit weißem, nach Nelke duftendem Wein füllte. Ein paar Tropfen gingen daneben und bildeten eine kleine Lache auf dem Eichenholz. Der Schreiber, der am Tisch saß, blickte ungnädig auf und schob die Urkunden, die er gerade ausfertigte, ein wenig zur Seite. Eilig wischte der Junge den verschütteten Wein mit seinem Ärmel auf.

»Ich habe beschlossen ...« Der König setzte sich in einen Lehnsessel und machte Anstalten, seine Stiefel auszuziehen. Sofort kam ein weiterer Junge herbeigeeilt, griff nach dem königlichen Bein, klemmte Henrys Fuß zwischen seinen Knien ein und bekam den anderen aufs Hinterteil gedrückt, bis er nach vorne fiel, den Stiefel noch immer in der Hand.

»Ah, tut das gut!« Henry II. stöhnte genüsslich und wackelte mit den Zehen, bevor er dem Jungen den zweiten Stiefel entgegenstreckte. »Ich könnte ein heißes Fußbad vertragen«, murmelte er, nachdem seine Füße von dem offenbar drückenden Schuhwerk befreit waren und er nun in Beinlingen dasaß.

»Ja, Sire!« Der Page verbeugte sich hastig und rannte hinaus, wohl um heißes Wasser bereiten zu lassen.

»Was sagte ich noch?« Der König sah Strongbow irritiert an. »Ach ja! Ich bin sehr zufrieden mit Euch, Sir Richard.« Er erhob sich und blickte ihn prüfend an.

Strongbow war mit einem Mal ganz feierlich zumute.

»Ich habe darum beschlossen, Euch als Lohn für Eure Dienste Wexford und Wicklow Castle zu geben. Darüber hinaus ernenne ich Euch zum Constable von Waterford und Dublin.«

»Habt meinen aufrichtigen Dank, Sire!« Richard verneigte sich. Er hatte gewusst, dass der König ihn belohnen würde, aber er hatte sich ein wenig mehr erhofft.

»Einen Augenblick noch, unterbrecht mich nicht!«, ermahnte ihn der König. »Außerdem ernenne ich Euch, Richard de Clare, Lord of Striguil und Leinster, in Anwesenheit dieser Zeugen zum Justiziar von Irland. Auf dass Ihr mir auch künftig treue Dienste leisten mögt.«

Strongbow blickte den König erstaunt an und vergaß, den Mund zu schließen. Dass er ihn so großzügig bedenken würde, hatte er nicht zu hoffen gewagt.

»Habt Ihr alles protokolliert?«, fragte Henry II. seinen Schreiber.

»Jawohl, Mylord, einen Augenblick noch, bis die Tinte getrocknet ist, dann kann das königliche Siegel aufgebracht werden«, antwortete der schmale Mann mit den schütteren Haaren, sah kurz auf, während seine Feder noch über das Pergament kratzte, blies auf die feuchte Schrift und streute ein wenig Sand darüber.

»Unseren Truppen aus Brabant ist es gelungen, den Aufstand in der Bretagne niederzuschlagen. Dafür haben aber der Earl of Leicester und sein kriegerisches Weib, das, wie man hört, in voller Ritterrüstung mit seinem Gatten in den Kampf ziehen soll, eine beachtliche Söldnerarmee versammelt und sie über den Kanal nach England gebracht.« Der König hielt einen Augenblick inne. Eine Zornesfalte grub sich zwischen die Augenbrauen in seine Nasenwurzel.

Ob er an sein eigenes Weib dachte, das in nicht unerheblichem Maß mit an diesem Krieg schuld war? Vermutlich verwünschte er die starken, dickköpfigen Frauenzimmer, die sich einfach nicht unterordnen wollten, überlegte Richard und musste unwillkürlich an Aoife denken. Auch sie hatte ihren eigenen Kopf und war bei Weitem nicht immer einer Meinung mit ihm. Trotzdem liebte er sie von ganzem Herzen und war voller Vorfreude auf den überraschten Ausdruck auf ihrem Gesicht, wenn sie erfuhr, dass ihn der König zum Justiziar von Irland gemacht hatte.

»Robert of Leicester soll vorgehabt haben, sich dem Earl of Norfolk und anderen Rebellen anzuschließen«, erklärte der König weiter und nahm einen kräftigen Schluck Wein. Dann wischte er sich mit dem Handrücken über den Mund und grinste breit. »Doch wie mir berichtet wurde, ist es unserem Freund Richard de Lucy gelungen, ihre Truppen zu zerschlagen. Es sieht also ganz so aus, als wäre es bald vorbei mit dem unseligen Aufstand. Noch ein oder zwei Burgen, dann sollten Louis und meine Herren Söhne endlich so weit in die Knie gezwungen sein, dass sie mit uns über einen Frieden verhandeln.« Henry II. winkte Strongbow näher. »Ich habe Euch falsch eingeschätzt, de Clare, dachte ich doch damals, als Ihr meinem Befehl nicht gefolgt seid, Ihr wäret ein Mann ohne Ehre im Leib.« Er nickte nachdenklich. »Auch wenn Ihr als junger Bursche meine Mutter bekämpft habt«, er hielt einen Moment inne, »seid Ihr wohl ein wahrhaft königstreuer Mann. Etienne hatte den Thron zu Unrecht bestiegen, aber er war König«, sagte er grüblerisch, dann hellte sich sein Gesicht auf. »In den vergangenen Monaten, mein lieber Richard, habt Ihr mir Eure unerschütterliche Treue zum zweiten Mal bewiesen. Seit Ihr mir Eure Güter in Irland übergabt, was zugegebenermaßen ein großes Wagnis war, weiß ich, welch kluger, loyaler Mann Ihr seid.« Er bleckte die Zähne beim Lachen und nahm erneut einen Schluck Wein. »Ich hörte, Euer Weib sei kürzlich niedergekommen?«, fuhr er im Plauderton fort.

»Ja, Sire. Mit einem Sohn!« Richard de Clare strahlte vor Stolz.

»Wie wunderbar!« Der König schien einen Augenblick nachzudenken. »Was wäre ein Vater ohne Sohn, und doch …« Er legte die Hand auf Strongbows Arm. »Ihr solltet zusehen, dass Ihr rasch heimkehrt, um Weib und Kind in die Arme zu schließen.«

»Ich danke Euch, Mylord!« Strongbow verbeugte sich. Der wehmütige Blick in den Augen des alten Königs war ihm nicht entgangen. Drei seiner vier Söhne hatten ihn so bitter enttäuscht, und doch schien er sie noch immer zu lieben.

August 1174

»Warum wollt Ihr mich nicht mehr?«, fragte die junge Wäscherin. Als Guillaume sich zu ihr umwandte, wiegte sie sich verführerisch und strich mit der Hand über das gut kniehohe Gras. Sie war ihm über die Wiese gefolgt und stand nun nicht mehr als zwei Schritte von ihm entfernt, den Blick fest auf seine Augen geheftet. »Findet Ihr mich nicht schön?« Sie fuhr mit beiden Händen durch ihre glatten braunen Haare, schüttelte aufreizend den Kopf und streckte ihre prallen Brüste vor, die von dem Kleid mit dem großzügigen Ausschnitt nur knapp bedeckt wurden.

Guillaume holte tief Luft. Einmal hatte er versucht, in ihrem Schoß Erlösung und Vergessen zu finden. Seitdem verfolgte sie ihn und bedrängte ihn mit ihren Reizen. Warum ließ sie ihn nicht in Frieden? Sah sie denn nicht, dass er allein sein wollte?

»Nun sagt schon, findet Ihr mich nicht schön?« Sie kam auf ihn zu und schürzte die Lippen. Ihr Atem ging stoßweise, als sie sich mit halb geöffnetem Mund an ihn drängte.

Guillaume schloss die Augen. Sein Körper verlangte erneut nach ihr. Sein Herz aber begehrte auf und verlangte Ellen.

Weder Liebesschwur noch Treueversprechen bindet dich an sie! Du wirst sie niemals wiedersehen. Willst du ewig leben wie ein Mönch?, zirpte es in seinem Kopf.

Guillaume rang nach Atem. Die Wäscherin rieb sich an ihm, ließ ihre Zunge zuckend über seinen Hals und hinauf bis zu seinem Ohr gleiten. Guillaume hörte sich stöhnen, fühlte, wie sie ihr Kleid hochschob und begehrlich mit der Hand über seinen Bauch nach unten fuhr.

»Komm«, girrte sie und wollte ihn zu Boden ziehen.

Guillaume öffnete die Augen. »Nein!«, stieß er hervor, schob sie fort und ging mit langen Schritten über die Wiese. Was hätte er ihr sagen können, wie erklären, was er doch selbst nicht verstand? Er war hergekommen, um allein zu sein, nicht, um der Liebe zu frönen. Liebe! Konnte man die Begierde bei der Vereinigung zweier Körper überhaupt Liebe nennen? Der Gedanke an Hunde, Pferde und Rinder drängte sich ihm auf. Nein, Liebe war etwas anderes! Etwas Tieferes. Ein Gefühl von Einssein, von Verständnis, Sicherheit, Vertrauen und Geborgenheit. Und um all dies empfinden zu können, war da nicht die genaue Kenntnis des geliebten Menschen nötig? Der Einblick in seine Seele, das Wissen ob seiner Hoffnungen und Träume, seiner Stärken und Schwächen?

Er hatte versucht, Ellen zu vergessen. Wer war sie denn schon?, hatte er sich gesagt. Nur eine einfache Schmiedin! Keine Schönheit, weder reich noch vollkommen. Und doch gehörte ihr sein Herz.

Seit er vor einigen Monaten mit den Truppen des jungen Königs nach England gekommen war, um den Kampf gegen Henry II. auf der Insel fortzuführen, dachte er immer wieder darüber nach, was wohl aus ihr geworden war. Ob sie noch immer in der Normandie lebte? Oder war sie vielleicht ebenfalls nach England zurückgekehrt? In jeder Stadt, jedem Dorf und jedem Weiler, durch den sie kamen, ertappte er sich dabei, nach dem melodischen Klang des Schmiedehammers zu horchen und nach Ellens glutroten Haaren und der für sie so typischen leicht gebeugten und doch stolzen Körperhaltung Ausschau zu halten. Guillaume schüttelte den Kopf. Er musste sie endlich vergessen und sich auf das Wesentliche konzentrieren. Auf seinen Herrn, den Krieg, die politischen Verwicklungen und seine Zukunft bei Hof.

Ein beißender, schwerer Qualm brannte plötzlich in seiner Brust und brachte ihn zum Husten. Früher war das Land mit fruchtbaren Feldern, blühenden Obsthainen und grünen Wäldern gesegnet gewesen. Weizen, Hafer und Roggen hatten sich ebenso im Wind gewiegt wie Gerste und Hopfen. Auf den ausgedehnten, saftigen Wiesen hatten die begehrten Wollschafe gegrast, und in den Eichenwäldern hatten sich Schweine Fett für den Winter angefressen. Jetzt aber brannte England. Rauchsäulen stiegen aus abgefackelten Feldern und verkohlten Wäldern auf. Vieh in großer Zahl war abgeschlachtet worden oder brüllend im Feuer verendet. Hunger, Elend und Armut breiteten sich aus.

Der Gedanke, mit welcher Unbarmherzigkeit der Krieg, an dem er beteiligt war, seine Heimat geschunden hatte, beschämte Guillaume. Die ehrgeizigen Pläne seines Herrn hatten es erfordert, doch der Erfolg des Aufstandes schien in immer weitere Ferne zu rücken. Die Truppen des alten Königs hatten Henry und seinen Brüdern heftig zugesetzt. Auch der Versuch, den Papst auf ihre Seite zu ziehen, war gescheitert, denn der alte König hatte vorgesorgt und zahlreiche Bistümer in England mit Verbündeten besetzt, auf deren Unterstützung er zählen konnte. Im September des vergangenen Jahres hatte er zu Verhandlungen in Gisors aufgerufen, doch weder die Prinzen noch der französische König waren bereit gewesen, Frieden mit ihm zu schließen. Stattdessen hatten sie für weitere Angriffe in England gesorgt.

Doch erst als sich David of Scotland, der Bruder des »Löwen«, im Frühsommer ihrer Sache angeschlossen und den Norden Englands angegriffen hatte, war Hoffnung aufgeglommen. Endlich hatte es so ausgesehen, als wendete sich das Blatt zugunsten des jungen Königs. Der Earl of Norfolk hatte das königstreue Norwich in die Knie gezwungen und Walkelin de Ferrers desgleichen mit Nottingham getan, das dem alten König treu ergeben gewesen war.

Doch auch Henry II. war nicht untätig geblieben. Er war mit beeindruckender Entourage in Sandwich gelandet und von dort nach Canterbury gezogen, um sich, barfuß und in kratziges Sackleinen gehüllt, auf den Boden der Kathedrale zu werfen. Am Schrein des heiligen Thomas Becket hatte er um Vergebung für die Ermordung seines einstigen Freundes gefleht. Seit diesem Bußgang schien das Glück nur noch ihm zugewandt zu sein.

Abergavenny Castle, Wales, Winter 1175

»Warum lädst du Seisyll ap Dyfnwal nicht zu einem Festmahl ein? Ich habe gehört, es sei Brauch in Wales, sich vor dem Weihnachtsfest mit seinen Feinden zu versöhnen und ihnen ihre Untaten zu verzeihen.« Matilda lächelte unschuldig.

»Den Mörder meines Onkels soll ich einladen? Bist du noch bei Sinnen, Weib?«, rief William de Braose empört und fuhr zu ihr herum.

Ihr Lächeln wurde zu einem unheilvollen Grinsen.

»Oh, du reizendes, ruchlosestes aller Weiber! Was hast du dir nur wieder Arglistiges ausgedacht?« Er nahm sie in den Arm und küsste sie.

»Du lädst sie ein, so wie es der König im Sommer auch getan hat. Um Frieden mit ihnen zu schließen, führst du sie in deine Halle.«

»Nicht in diesem Leben!«

Matilda klimperte mit den Wimpern, beugte sich nach vorn und flüsterte ihm etwas ins Ohr.

»Oh, du … du …« William de Braose japste nach Luft vor Begeisterung. Er schlang die Arme um seine erst neunzehnjährige Gemahlin und drehte sich mit ihr im Kreis. »Gepriesen sei der Tag, an dem ich dich zum Weib nahm.«

»Gib doch acht!«, rügte Matilda ihn lachend. »Du zerdrückst ja mein Kleid!«

»Dein Kleid, sagst du? Zelt solltest du es lieber nennen!«, antwortete er feixend und streichelte über ihren runden Leib.

Seit fünf Jahren waren sie verheiratet. Von jenem Augenblick an, als sie erkannt hatte, wie ähnlich ihr Gemahl ihr war, wie hinterhältig und verschlagen, hatte sie sich Hals über Kopf in ihn verliebt. Drei Kinder hatte sie ihm bereits geschenkt, dieses würde das vierte sein.

Zwei Wochen später traf Seisyll ap Dyfnwal, Lord of Gwent, begleitet von seinen besten Männern und seinem ältesten Sohn, auf Abergavenny Castle ein.

»Werter Nachbar!«, begrüßte de Braose ihn mit offenen Armen zum Bruderkuss, hielt jedoch inne, bevor sie sich berührten, und sah seinen Gast mit gespieltem Entsetzen an. »Ihr werdet Euch doch nicht bis an die Zähne bewaffnet an meinen Tisch setzen wollen?« William de Braose blickte ihn betroffen an.

»Ein Friedensmahl sollte wahrlich nicht mit Bögen auf dem Rücken und Schwertern am Gürtel eingenommen werden!«, mischte sich nun auch Matilda ein, stemmte ihre Handfläche in die Lenden, streckte ihren runden Leib nach vorn, sodass niemand übersehen konnte, dass sie guter Hoffnung war, und zauberte ein freundliches Lächeln auf ihr Gesicht. »Versöhnung bedarf keiner Waffen, denkt Ihr nicht? Oder wollt Ihr uns am Ende etwa Übles antun?« Matilda riss gekonnt die Augen auf und fuhr mit einer Hand schützend über ihren Leib.

»Fürchtet Euch nicht, Mylady, wir sind gekommen, um Frieden zu schließen«, sagte Seisyll ap Dyfnwal in fließendem Französisch, das aus seinem Mund jedoch beinahe so klang wie das Walisische, das Matilda so sehr hasste. Ihr Gast war ein durchaus ansehnlicher Mann, älter als ihr Gatte, mit grauen Schläfen und feurigen Augen. Kein Wunder, dass ihn seine Männer lieben, dachte Matilda, wenn auch nicht mehr lange. Sie senkte den Blick, damit niemand den Triumph darin aufleuchten sehen konnte.

»Wenn Ihr darauf besteht, dass wir uns unbewaffnet an Euren Tisch setzen, so folgen wir Eurer Bitte, denn die Höflichkeit gebietet es, unseren Gastgeber nicht zu beleidigen.«

»Aber Vater!«, setzte sein Sohn, der ebenso feurige Augen hatte, zum Widerspruch an.

»Schon gut«, beruhigte ihn Seisyll und brachte ihn mit einer strengen Geste zum Schweigen.

Matilda lächelte erleichtert. »Unsere Männer werden Eure Waffen gut verwahren, bis es Zeit für Euch ist, heimzukehren.« Sie winkte einige Knappen herbei, die Bögen, Lanzen und Schwerter ihrer zahlreichen Gäste einsammelten und forttrugen.

»Nun denn, so tretet ein!«, lud William de Braose sie mit einer ausholenden Armbewegung ein. Sobald Seisyll ap Dyfnwal und seine Männer jedoch den Burghof betreten hatten und das Tor hinter ihnen geschlossen worden war, fielen de Braoses Männer über sie her. Einer seiner Knappen warf William de Braose sein Schwert zu, und Seisyll ap Dyfnwal zückte das Messer, das er am Gürtel behalten hatte, doch gegen die Waffe seines Gastgebers hatte er keine Chance. In kürzester Zeit hatten de Braose und seine Männer den Lord of Gwent, seinen Sohn und seine Begleiter abgeschlachtet wie wehrloses Vieh.

Matilda hatte sich derweil in die Sicherheit des oberen Stockwerks zurückgezogen und von einem Fenster aus zugesehen. Sie wiegte sich und das Kind in ihrem Leib hin und her und lächelte zufrieden. »Das ist ja noch viel aufregender als die Jagd!«, murmelte sie.

Als das blutige Werk getan und alle Waliser erschlagen waren, eilte William de Braose zu ihr und berichtete, wie erfolgreich er ihren Plan in die Tat umgesetzt hatte.

»Man wird ihn vermissen, wenn er nicht zurückkehrt«, warnte Matilda ihren Gatten. »Zeige deine Stärke und statte seinem Weib einen Besuch ab, bevor sie Männer aussendet, die ihren Gemahl und ihren Sohn suchen sollen!«, forderte sie. »Diese walisischen Hunde werden dich nur respektieren, wenn sie dich fürchten. Nicht mehr dein Vater, sondern du bist jetzt der Lord of Bramber, und niemand soll es künftig wagen, dich herauszufordern.«

William de Braose nickte. »Welch kluges Weib mir der Herr doch beschert hat! Wenn der heutige Tag vergangen ist, wird kein Waliser es mehr wagen, sich mir in den Weg zu stellen.« Er küsste Matilda auf die Stirn.

»Nimm mich mit!« Ihre Stimme war rau vom Verlangen, die Waliser auch weiterhin leiden zu sehen.

»Du willst mit uns nach Arnallt reiten? In deinem Zustand?«

Matildas Augen waren voller Begierde, als sie nickte.

Sie erreichten Seisyll ap Dyfnwals Burg noch am selben Tag und metzelten die überraschten Soldaten, die sich in aller Hast zu verteidigen suchten, ohne Mühe nieder.

William de Braose schleifte Gwladus, Seisylls Weib, an den Haaren aus ihrer Kammer in die Halle, wo er sie vor allen Anwesenden in die Knie zwang. Sie war älter als er, doch noch immer eine schöne Frau mit klaren grauen Augen, die an den walisischen Himmel erinnerten. Trotzdem ließ ihn ihr Betteln, er möge sie verschonen und ihr das Leben lassen, unberührt.

»Bitte, Mylady!«, flehte sie nun Matilda an, in der Hoffnung, durch sie Barmherzigkeit zu erfahren.

»Beweise ihr deine Gnade, mein Liebster!«, wandte sich Matilda mit gütiger Stimme an ihren Gatten, bevor sie kalt wie Eis fortfuhr: »… und beende ihr Leiden!«

Ein Junge von sechs, vielleicht sieben Jahren schrie auf, als de Braoses Messer ihre Kehle durchtrennte, sich das Blut der Frau aus der Wunde ergoss und der Hoffnungsschimmer in ihren Augen verglomm.

»Sieh nicht hin, Cadwaladr«, raunte eine Magd dem Jungen zu und versuchte, ihn hinter ihrem Rücken zu verbergen.

Matilda aber war Gwladus' letzter ängstlicher Blick nicht entgangen. Mahnend hatte sie in die Richtung des Jungen gesehen. Schweig, um nicht erkannt zu werden und mit dem Leben davonzukommen!, hatten ihre Augen das Kind warnen wollen. Der Schrei des Knaben jedoch, in dem sich Angst mit Wut und Verzweiflung vermischte, hatte ihn verraten.

»Das ist Seisylls Sohn!«, rief Matilda und zeigte auf Cadwaladr.

»Komm zu mir, mein Junge!«, forderte de Braose das Kind auf und winkte es herbei. Er ließ von der toten Frau ab, und ihr Körper sackte neben ihm zu Boden.

Die Mägde weinten leise schluchzend.

»Komm!«, lockte er den Kleinen mit sanfter Stimme.

»Hör nicht auf ihn, lauf weg!«, rief die Magd, hinter der er stand, in Panik und schob das Kind in Richtung Treppe. »Lauf, Junge!«

De Braose wollte dem Jungen nachstürzen, doch die Magd verstellte ihm todesmutig den Weg. Ein Fausthieb ins Gesicht brachte sie zum Taumeln. »Weg da!«, knurrte er, stieß sie zur Seite und drängte sich an ihr vorbei. Er sah über die Schulter zurück zu seinen Männern. »Tötet sie«, befahl er. »Alle!«

Matilda eilte ihrem Gatten nach. Sie rannte, so schnell sie mit ihrem gewölbten Leib konnte, die Treppe hinunter und folgte ihm über den morastigen Burghof. Dort sah sie, dass er den Jungen eingeholt hatte und sein Schwert hob. Der entsetzte Blick in den Augen des Kindes hätte einen Stein erweichen können. Unglauben und Angst standen in seinem Gesicht, so wie bei seinem Vater, seinem Bruder und seiner Mutter, bevor sie gestorben waren, dazu aber leuchtete auch unglaublicher Hass in ihnen auf.

»Töte ihn«, rief Matilda, »sonst rächt er sich eines Tages an unserem Sohn!« Sie legte die Hand auf ihren gerundeten Leib, denn das Kind darin bewegte sich heftig.

William de Braose ließ sein Schwert, ohne zu zögern, auf den Jungen niedersausen. Schlaff, als hätte es keine Knochen im Leib, fiel das Kind zu Boden und tränkte die walisische Erde seiner Vorfahren mit seinem Blut.

Arras, Anfang 1176

»Ich liebe das Festland!«, rief der junge König schwärmerisch, breitete die Arme aus, schloss die Augen und sog die feuchtkalte Januarluft so genüsslich ein, als handelte es sich um eine laue Frühlingsbrise.

Guillaume ließ den Blick gelangweilt über die Weite des vor ihnen liegenden Landstrichs gleiten. Wo im Frühjahr und Sommer bunte Wiesen vor Lebenslust überschäumten und sich saftig grüne und sonnig gelbe Felder neben blühenden Hainen aneinanderreihten, so weit das Auge reichte, erstreckten sich jetzt nur brachliegende Äcker, aufgebrochene Erde, abgegraste, vertrocknete Weiden und ein paar kahle Büsche und Bäume, die in verblichenen Grün- und Brauntönen vor sich hin dümpelten. Kein Berg, nicht einmal ein vernünftiger Hügel setzte einen Höhepunkt in die Landschaft.

Gedankenversunken ritt Guillaume weiter neben seinem jungen Herrn her. Vor mehr als einem Jahr hatte der König den Aufstand seiner Söhne endgültig niedergeschlagen. Viele Burgen und Städte waren zerstört worden, ganze Landstriche verwüstet und unzählige tapfere Männer, aber auch unschuldige Frauen und Kinder gestorben. Dennoch waren die Prinzen und der junge König nach wie vor der festen Überzeugung, richtig gehandelt zu haben. Einzig und allein weil ihre militärische Niederlage es erfordert hatte, waren sie bereit gewesen, ihren Vater um Frieden und Verzeihung zu bitten.

Henry II. hatte sich zwar überaus großzügig gezeigt, ihnen vergeben und sie sogar mit beträchtlichen Einkommen, Festungen und Burgen ausgestattet, doch mehr Freiheit und die Macht, nach der sie gestrebt hatten, besaßen sie noch immer nicht. Auch ihren Beratern, denen er zunächst den schlechten Einfluss auf seine Söhne verübelt hatte, war der König mit Milde begegnet und hatte alle Gefangenen, bis auf seine Gemahlin, freigelassen. Obwohl Guillaume den König nicht zu fürchten hatte, schien ihm die eigene Zukunft doch ungewiss, denn es würde wohl noch eine Ewigkeit dauern, bis der junge Henry endlich regierte. Wer konnte schon wissen, was bis dahin noch alles geschah?

Niedergeschlagen wie immer, wenn er an den Krieg dachte, den er weder hatte verhindern noch für seinen Herrn gewinnen können, zog Guillaume seinen mit dichtem Pelz gefütterten Mantel enger um die Schultern.

»Es sollte nicht mehr weit sein«, unterbrach der junge König seine dunklen Gedanken, legte die Hand an die Stirn und starrte in die Ferne. »Ich kann es kaum noch erwarten, meinen Vetter endlich in die Arme zu schließen!«

Guillaume nickte nur und sah verdrießlich zum Himmel, dessen verwaschenes Grau nicht zum ersten Mal in diesen Tagen nach Regen aussah. Hauptsache, sie wurden nicht schon wieder nass bis auf die Knochen!

»Da! Seht nur, dort hinten, das muss es sein!«, rief Henry plötzlich, zeigte auf einen dunklen Fleck in dem trüb braunen Einerlei und gab seinem Pferd die Sporen.

Es war ein gedrungenes Fachwerkhaus mit Ställen, mehreren Schuppen, einem Küchengebäude und einer kleinen Kapelle, das da inmitten von Weiden und Feldern lag. Das musste das Gestüt sein, das man ihnen als Aufenthaltsort des Grafen von Flandern genannt hatte. Wohlstand, Sicherheit und Ordnung strahlte es aus, obwohl die kaum zwei Mann hohe, steinerne Mauer, die es umgab, einem ernsthaften militärischen Angriff gewiss nicht lange standhalten würde.

Als sie durch das offene Tor in den Hof ritten, liefen furchtlos zischende Gänse auf sie zu, drehten jedoch ab, bevor ihnen die Hufe der Pferde gefährlich werden konnten. Zwei kräftige

Knechte und ein junger, erstaunlich hochgewachsener Page eilten im Laufschritt herbei.

»Geht und sagt eurem Herrn, dass der junge König ihn zu sprechen wünscht!«, befahl Guillaume und hoffte inständig, es möge sich bei ihrem Herrn um den von Henry so sehnsüchtig gesuchten Grafen handeln.

»Nun mach schon!«, brummte der ältere der beiden Knechte und gab dem Jungen, dessen Arme und Beine viel zu lang wirkten, einen Schubs. Der Page stolperte los, sah sich noch zweimal ehrfürchtig um, fiel beinahe über die eigenen Füße und war kurz darauf in der Halle verschwunden.

Es dauerte nicht lange, und Philippe von Flandern kam mit großen Schritten die Treppe herunter. »Henry!«

»Philippe, liebster Vetter! Gepriesen sei der Herr! Meine Suche nach dir hat ein Ende!« Der junge König strahlte über das ganze Gesicht.

»Guillaume, Robert, Adam …« Der Graf von Flandern begrüßte auch die Ritter in Henrys Begleitung. »Nicht schon wieder Regen!« Er warf einen vorwurfsvollen Blick zum Himmel, als die ersten schweren Tropfen fielen, legte den Arm um Henrys Schultern und zog ihn fort. »Komm, es wird unbehaglich hier draußen. Lass uns hineingehen und heißen Würzwein trinken!«

In der verrauchten, düsteren Halle huschten mit dem Luftzug, den die Gäste hereinbrachten, wirre Schatten vom Licht der Fackeln über die Wände. Um so viel Wärme wie möglich in der Halle zu halten, hatte man die Fenster mit Holzläden verschlossen, dennoch zog es, und das kräftige Feuer kämpfte mühsam gegen die winterliche Kälte an.

Der Graf klatschte in die Hände, und sofort liefen zwei flachsblonde Pagen herbei, die sich glichen wie ein Ei dem anderen. »Bringt uns Hypocrass und sagt dem Koch, dass der König und seine Männer unsere Gäste sind!«

»Ja, Herr!«, erwiderten die Jungen im Chor und sausten im Gleichschritt davon, als wären sie ein einziger Page.

»Die Zwillinge meiner Halbschwester«, erklärte Sir Philippe, als er die Verwunderung seiner Gäste bemerkte. »Prächtige Jungen!« Er sah den beiden Knaben nach, dann wandte er sich wieder an den jungen König. »Erzähl, Henry, was führt dich zu mir?«

»Langeweile, mein lieber Vetter, schreckliche, grausame Langeweile. Ich war dabei, in England zu versauern.« Er schnaubte. »Darum habe ich meinen Vater um Erlaubnis ersucht, ein wenig reisen zu dürfen. Und nun: Me voilà!« Er breitete die Arme aus und lachte, als in genau jenem Moment das Feuer laut knackte. »Hier bin ich!«

»Großartig! Der Winter schlägt auch mir aufs Gemüt, mein lieber Vetter. Deine Gesellschaft ist mir darum eine höchstwillkommene Abwechslung!« Philippe von Flandern klopfte ihm auf die Schulter. »Ihr kommt also geradewegs aus England?«, erkundigte er sich.

Henry nickte. »Wir haben von Dover nach Wissant übergesetzt und dort erfahren, dass du dich irgendwo hier in der Gegend aufhältst.«

»Und die Überfahrt?«

»War grauenvoll, der Wind eisig und die See aufgepeitscht, nicht verwunderlich zu dieser Jahreszeit, ich weiß.« Er winkte ab. »Kein Mann an Bord, der nicht die Fische gefüttert hätte. Außer Guillaume!«, erklärte Henry mit gespielter Wut, aus der jedoch Bewunderung zu erkennen war.

»Soso!« Der Graf zwinkerte Guillaume zu. Dann wandte er sich wieder an Henry. »Ich habe vor, noch einigen meiner Güter einen Besuch abzustatten. Was hältst du davon, wenn wir gemeinsam reisen? Wir könnten Wildschweine, Rehe und Frauenherzen jagen, Freunde besuchen und es uns gut gehen lassen.«

»Klingt großartig!«, sagte Henry dankbar.

»Vielleicht begegnen wir Chrétien de Troyes. Ich liebe seine Dichtkunst! Kennst du ihn?«

»Meine Mutter soll große Stücke auf ihn halten, aber ich bin ihm noch nicht begegnet«, antwortete der junge König nicht sonderlich begeistert und rieb sich erwartungsfroh die Hände. »Wann brechen wir auf? Gleich morgen?«

Der Graf lachte laut auf und tätschelte ihm den Arm. »Wie du wünschst, mein ungeduldiger Vetter!«

Eine Zeit lang zogen sie also mit dem Grafen von einer Burg zur anderen, besuchten Gutshöfe und Gestüte und genossen ihre Freiheit. Waren sie in einer Stadt, so kosteten sie die selbst gebrauten Biere der örtlichen Schankhäuser, um herauszufinden, welches das würzigste war, würfelten um Geld, sangen, prahlten von ihren Heldentaten und tranken bis zum Sonnenaufgang, sodass sie am darauffolgenden Morgen ihre brummenden Schädel schonen mussten. Waren sie hingegen auf dem Land, dann vertrieben sie sich die Zeit mit der Jagd mit Hunden, Falken oder Habichten und machten den Mägden schöne Augen.

»Wie ich hörte, findet bei Epernon schon bald ein Turnier statt«, erzählte Henry eines Abends mit vollem Mund und ließ sich eine weitere Scheibe Fleisch aufgeben. Würzigen Wildschweinbraten und zartes Rehfleisch mit gepfefferter Mandelmilchsauce gab es, dazu gesottene Äpfel, Brot und genügend Wein, um ihre Kehlen nicht austrocknen zu lassen.

Ein Turnier! Guillaume entwich ein sehnsüchtiger Seufzer. Während ihrer Zeit in England hatte nicht ein Einziges stattgefunden. Der König hatte sie verboten, weil er sie für zu gefährlich hielt. Nur die Plaids, die stärker reglementiert, weniger tollkühn und darum nicht halb so aufregend waren, hatte er noch gestattet. Guillaume überlegte, wie lange es her war, dass er auf einem richtigen Turnier gekämpft hatte. Vor dem Aufstand der Prinzen war das gewesen! Ja, damals hatte er sich nicht so unnütz und überflüssig gefühlt …

* * *

Bitte, kein Turnier, dachte Adam, lächelte jedoch so freudig, dass ihm gewiss niemand ansah, wie wenig Lust er verspürte, sich schon wieder in einem Kampf bewähren zu müssen. Die vergangenen Monate an der Seite des jungen Königs waren bestens für ihn verlaufen. Während sich Guillaume gelangweilt hatte und entsprechend übler Laune gewesen war, hatte er sich großartig amüsiert. Das unbesorgte Leben eines reichen Mannes zu führen, das Lager mit willigem Weibsvolk zu teilen, zu trinken und zu spielen, mundete ihm mehr als das saure Soldatendasein, das Schmerzen und Entbehrungen bedeutete.

Dass es Guillaume anders ging, war nicht das Schlechteste, denn auf diese Weise hatte der junge König während des Friedens seinem Fechtmeister weniger, seinen anderen Rittern dafür mehr Aufmerksamkeit geschenkt, und Adam hatte davon profitieren können. Gewiss konnte er mit Fug und Recht behaupten, dass er – gleich nach Guillaume – zu den Männern gehörte, denen der junge König am meisten vertraute. Wenn sie nun aber wieder auf Wettkämpfe zogen und Guillaume sich dabei von seiner besten, tapferen, kämpferischen und erfolgreichen Seite zeigen konnte, dann waren Adam und die anderen Ritter erneut in Gefahr, bei Henry ins Hintertreffen zu geraten. Wenn sich Guillaume doch wenigstens ein wenig durch die Liebe ablenken ließe!

Adam grinste. Er selbst hatte schon wieder ein neues Mädchen im Auge, jung und wohlgenährt und, wie es schien, einem amourösen Abenteuer keineswegs abgeneigt.

Er hob seinen Becher und tat einen tiefen Zug. Wie auch immer sich der junge König entschied, er würde das Beste daraus machen.

***

Guillaume sehnte nichts mehr herbei als die Gelegenheit, sich in einen Kampf stürzen zu können, denn es gab kaum etwas Besseres, um seine Grübeleien über Ellen zu vertreiben.

»Die Turniere fehlen Euch ebenso wie mir, nicht wahr?«, riss ihn der junge König aus seinen Gedanken.

Guillaume nickte heftig, nahm sich ein großes Stück Pastete und biss hinein. Sie war noch warm, der Teig saftig und das Fleisch so zart, dass es auf der Zunge zerging.

»Auch mir juckt der Schwertarm!«, gab Simon de Marisco zu und tat, als kratzte er sich.

»Mir geht es nicht anders«, rief Thibault, und die anderen Ritter des jungen Königs stimmten ihm lautstark zu.

»Helme verbeulen!«

»Geiseln nehmen und Beute machen!«

»Bis zum Umfallen kämpfen!«, riefen sie, einer freudiger als der andere.

»Ich würde nichts lieber tun, als gemeinsam mit Euch daran teilzunehmen. Doch zu meinem Leidwesen fehlt es mir an geeigneter Ausrüstung.« Der junge König blickte seine Ritter niedergeschlagen an. Sein Vater hatte ihn nur spärlich bewaffnet ziehen lassen, darum zuckte er hilflos mit den Schultern.

»Aber liebster Vetter!«, rief der Graf aus. »Wenn es nur Waffen, Helme und Kettenhemden sind, die dir zu deinem Glück fehlen, so will ich dir allzu gern aushelfen. Geh und bediene dich in meiner Rüstkammer! Nimm dir, was immer dein Herz begehrt! Auch Streitrösser kannst du in meinem Stall wählen.«

Ein Raunen ging durch den Raum. Welch schöner, ehrbarer und großzügiger Ritter der Graf von Flandern doch war!

»Mein wunderbarer, liebenswerter Vetter, ich preise deinen Großmut und nehme deine freigiebige Einladung mit der allergrößten Freude an!« Der junge König erhob seinen Becher. »Auf Graf Philippe, den wir von ganzem Herzen lieben und ehren!«

»Auf Graf Philippe!«, erklang es aus vielen Kehlen.

Das Turnier, in das sie so voller Begeisterung und Ehrgeiz gezogen waren, hatte in einer beschämenden Niederlage gegipfelt. Weder Guillaume noch einer der anderen Ritter des jungen Königs hatte Beute gemacht. Nicht ein einziges Pferd, keine Rüstung, kein Schwert, nicht einmal das kleinste Messer hatten sie aus dem Kampf mitgebracht, nur blaue Flecken, Zerrungen, Schnittwunden und ein angekratztes Selbstwertgefühl. Nicht eine einzige Geisel hatten sie genommen, dafür aber Waffen und Pferde verloren, die ihnen der Graf von Flandern geliehen hatte.

Während ihre Gegner ihren Sieg lautstark gefeiert hatten, wäre Guillaume vor Scham am liebsten im Erdboden versunken. Mit Recht hatte ihn der junge König voller Zorn getadelt. Guillaume war nicht an seiner Seite gewesen, als er ihn am dringendsten gebraucht hatte. Zutiefst beschämt hatte er seinen Herrn um Verzeihung gebeten. Nie wieder wollte er einzig dem eigenen Verlangen nach Kampf und Ruhm folgen und dabei vergessen, seinen Ehrgeiz zu zügeln. Niemals, so hatte er seinem König geschworen, würde er künftig auch nur einen Zoll von seiner Seite weichen.

Irland im Juni 1176

Strongbow warf sich auf dem Lager, das man ihm bereitet hatte, hin und her. Der Schmerz in seinem Fuß war so grausam, dass er kaum noch wusste, wie er ihn aushalten sollte. Er biss die Zähne zusammen, um den Schrei zu ersticken, der ihm im Hals steckte. Erschöpft hob er den Kopf an, schlug die Decke zurück und sah an seinem Bein herab. Der Fuß war schwarz bis über den Knöchel hinaus, der Schmerz aber zog sich bis weit über das Knie.

Die Verletzung am Fuß war zunächst unscheinbar gewesen, darum hatte er sie nicht weiter beachtet. Dann aber war sie rot und heiß geworden und hatte zu eitern begonnen. Kräuterauflagen und Waschungen mit Essigwasser waren vergeblich gewesen. Fäulnis hatte sich in seinem Fuß ausgebreitet und vergiftete ihn nun.

Ein Schauder durchlief ihn. Er sackte zurück, zog die Decke wieder über sein Bein und bis zum Kinn herauf. Eben noch hatte er so sehr geschwitzt, dass sich Schweißperlen auf seiner Stirn gebildet hatten und ihm in die Augen gelaufen waren. Nun fror er erbärmlich, zitterte am ganzen Leib und konnte beim besten Willen nicht verhindern, dass seine Zähne aufeinanderschlugen.

»Aoife«, murmelte er im Fieber und sah das Gesicht seines geliebten Weibes vor sich.

Zwei Kinder hatte sie ihm geboren. Gilbert und Isabelle. Aoife hatte ihn auf den Duft von Isabelles Kopf aufmerksam gemacht, kurz nachdem sie geboren war. Nur wenig rotblonder Flaum wuchs auf ihm. »Weich und warm, nach Sicherheit, Liebe und Zärtlichkeit riecht so ein Säugling«, hatte Aoife ihm versonnen erklärt.

Zunächst hatte er sie ausgelacht, doch dann hatte er die Nase auf den kleinen Schädel seiner Tochter niedergesenkt und an der Stelle geschnuppert, an der ihr Kopf pochte, als trüge sie ihr Herz dort statt in der Brust.

Aoife hatte recht gehabt! Ob ihm bei Gilbert dieser Duft nicht aufgefallen war, weil er ein Knabe war? Oder hatte es daran gelegen, dass sein Sohn bereits mehr als ein halbes Jahr alt gewesen war, als er ihn zum ersten Mal gesehen und auf den Arm genommen hatte? Gewiss, Richard war stolz, einen Sohn zu haben. Sehr sogar. Doch Gilbert war ein wenig zu zart und kränklich. Aoife verhätschelte ihn, aus Angst, er könne das nächste Jahr nicht überleben, und zog ihn seiner Schwester vor. Richard aber empfand für Isabelle die größere Liebe. Vielleicht, weil sie das stärkere Wesen und den ausgeprägteren Willen hatte. Während Gilbert als Säugling stets nur gegreint und gewimmert hatte, lachte sie gurgelnd vor Freude oder brüllte aus vollem Hals, wenn ihr etwas nicht passte.

Richards Gesicht verzog sich zu einem traurigen Lächeln. Er hätte seiner Tochter einen Gatten auswählen wollen. Einen guten Krieger und aufrechten Mann, wie er viele unter seinen Gefährten wusste. Wie gern hätte er sie aufwachsen sehen und sie eines Tages zum Traualtar geführt! Und Gilbert, den er nach seinem Vater benannt hatte? Der Junge würde ohne Vater aufwachsen und sich später ebenso wenig an ihn erinnern können wie die kleine Isabelle …

Normandie im Juli 1177

»Ich bitte Euch um Großmut, Sir.« Guillaume verbeugte sich vor dem grinsenden Franzosen mit dem schmalen Schnauzbärtchen.

Seit eineinhalb Jahren zog der Haushalt des jungen Königs nun schon von einem Wettkampf zum nächsten, und Guillaume hatte Wort gehalten. Nicht einen Augenblick war er seinem Herrn mehr von der Seite gewichen. Doch weder sein Ehrgeiz noch der Eifer seiner Kameraden hatten sie zum erhofften Sieg geführt, und Niederlage war auf Niederlage gefolgt.

»Bitte, ich besitze nur noch dieses eine Schwert«, hob er an. Wie wichtig ihm die Waffe war, die ihm der Franzose abgenommen hatte, gestand er ihm jedoch nicht. Zweimal schon hatte er Athanor in den vergangenen Wochen im Kampf verloren und es zurückgekauft. Diesmal aber besaß er keinen Penny mehr.

»So, tut Ihr das?« Der Franzose schüttelte den Kopf und schnalzte mit der Zunge. »Und ich dachte doch tatsächlich, ich besäße es nun!«

»Gewiss, verzeiht.« Guillaume zwang sich, seine Wut hinunterzuschlucken, und verbesserte sich. »Ich besitze kein Schwert mehr, um zu kämpfen, darum bitte ich Euch, Sir, um der Ehre willen, gebt mir die Waffe zurück, auch wenn ich zurzeit nicht in der glücklichen Lage bin, Euch die geforderte Summe zahlen zu können.« Guillaume musste sich bemühen, ruhig zu bleiben. Besaß man Geld, so war es leicht, Schulden zu machen, besaß man jedoch keines, so wollte einem auch niemand etwas stunden.

»Nun, Ihr kennt den Preis, den ich verlange. Sobald Ihr die geforderte Summe habt, bekommt Ihr das Schwert zurück.«

Der Franzose zuckte grinsend mit den Schultern und wandte sich ab.

Wütend und zugleich verzweifelt ging Guillaume zurück zu seinem Zelt. Wie in aller Welt sollte er Zuversicht ausstrahlen, wenn er vor seinen Herrn trat? Wie ihm versichern, dass sie schon bald siegen würden, wenn er doch selbst schon lange nicht mehr daran glaubte? Nicht einmal um Hilfe konnte er seinen Herrn bitten, denn die Börse des jungen Königs war ebenso leer wie Guillaumes eigene.

Kaum ein Auge tat er in dieser Nacht zu. Er wälzte sich von einer Seite zur anderen, dachte an Ellen und Athanor und quälte sich mit Vorwürfen, bis der Morgen graute.

»Gut geschlafen, Maréchal?« Baudouin de Béthune, ein ungefähr fünfzehn- oder sechzehnjähriger flämischer Adeliger, steckte den Kopf in Guillaumes Zelt. »Meine Güte, Ihr seht grässlich aus! Seid Ihr krank, oder habt Ihr gestern zu viel getrunken?« Er grinste verlegen, als Guillaume beides verneinte. »Darf ich?«

»Sicher, Baudouin!« Guillaume mochte den jungen Mann, obwohl er gerade einmal halb so alt war wie er. Er winkte ihn herein und rang sich ein Lächeln ab.

Baudouin war ebenfalls Page in Tancarville gewesen und hatte ähnlich hochgesteckte Ziele wie er selbst. Außerdem war auch er ein Nachgeborener, ein Sohn also, der seinen Weg allein finden musste. Das verband.

Sein Vater, ein Lehnsmann und Freund Philippes von Flandern, hatte ihn im Haushalt des nur wenige Jahre älteren jungen Königs unterbringen können, der ihn umgehend ins Herz geschlossen hatte. Im Gegensatz zu Henry aber, war Baudouin außerordentlich reif für sein Alter. Er hatte ein fröhliches Wesen, war bemüht, eifrig und zuverlässig. Auch schien er stets zu wissen, wann ein Scherz oder ein freundliches Wort angebracht waren und wann es gescheiter war, zu schweigen. Und das gefiel Guillaume.

»In Tancarville erzählt man sich, dass Ihr bis zum Abendrot auf dem Holzstumpf geblieben seid«, begann Baudouin und zauberte damit ein wehmütiges Lächeln auf Guillaumes sorgenvolles Gesicht. »Wie habt Ihr das nur durchhalten können?« Bewunderung lag in seiner Stimme. »Viele Pagen haben es seitdem versucht und sind gescheitert. Auch ich.« Er senkte den Kopf kurz beschämt, sah wieder auf und lächelte verschmitzt.

Tancarville, dachte Guillaume voller Wehmut, wie lange ist das her!

»Ours hat ständig nur von Euch geredet: ›Guillaume war stets als Erster im Ziel. Guillaume war ein hervorragender Schwertkämpfer und der Beste im Umgang mit der Lanze!‹ Immer wieder Guillaume.« Baudouin de Béthune lachte. »Ihr ahnt ja nicht, wie stolz ich war, als ich hörte, dass Ihr der Fechtmeister des jungen Königs seid!«

»Konntest ja nicht wissen, dass es so demütigend sein würde, mit uns herumzuziehen.« Guillaume lachte verzweifelt auf.

»Oh nein, Sir Guillaume! Das ist es nicht. Ihr seid mein großes Vorbild und werdet es immer sein. Es liegt nicht an Euren Kampfkünsten, dass der junge König nicht mehr Erfolg hat. Ihr seid der Beste, ganz sicher! Und auch die anderen Ritter des jungen Königs sind mutig und schlagen sich wacker. Ich habe alle Kämpfe beobachtet. Verzeiht darum, wenn ich ganz offen spreche …«

»Nur zu!«

»Mir scheint, dass ein jeder seine Kraft nur für sich einsetzt, statt gemeinsam mit den anderen für unseren Herrn einzustehen.«

Guillaume sah den jungen Mann verblüfft an. Den Rittern des jungen Königs Selbstsucht vorzuwerfen, war vorlaut und verdiente eine tüchtige Strafe! Andererseits sprach Baudouin nur aus, was er selbst längst erkannt hatte. Guillaume schnaubte. Was aber änderte das schon?

»Aus dem eifrigen jungen Mann, der bis zum Abendrot ausgehalten hat, ist ein Verlierer geworden, der sich demnächst ein

Schwert leihen muss, um kämpfen zu können.« Guillaume hörte selbst, wie bitter seine Worte klangen.

Baudouin runzelte fragend die Stirn.

Guillaume erzählte ihm von dem Verlust seines Schwertes und dem viel zu hohen Preis, den der Franzose dafür forderte. »Athanor bedeutet mir mehr als jede andere Waffe«, gestand er niedergeschlagen.

Baudouin nickte nachdenklich. Plötzlich hellte sich seine Miene auf. »Wartet auf mich, ich komme so schnell wie möglich zurück!«, rief er und stürmte ohne weitere Erklärung hinaus.

Guillaume sah ihm verwundert nach. Was hatte der Bursche vor? Wenn er nur nicht auf den Gedanken kam, den jungen König um Hilfe zu fragen und ihn zu beschämen, weil er nicht würde helfen können! Wie immer, wenn er nervös war, tastete Guillaume nach seinem Schwert. Wenn sich das Metall des Knaufes in seiner Hand erwärmte, beruhigte ihn das für gewöhnlich. Nun aber vergrößerte der vergebliche Griff nach Athanor seine Verzweiflung nur noch mehr.

Es dauerte nicht lange, bis Baudouin zurückkehrte und Guillaume einen gut gefüllten Lederbeutel entgegenstreckte.

»Woher hast du so viel Geld?« Guillaume wog den Beutel in seiner Hand. Wie beruhigend doch das Gewicht von Münzen sein konnte!

»Mein eigenes hat nicht gereicht, darum habe ich bei den Männern gesammelt. Adam d'Yquebœuf, Robert de Tresgoz, Simon de Marisco, Rogier de Gaugi und Pierre de Préaux, sogar Thomas de Coulonces, alle haben ein paar Münzen gegeben. Nur Thibault de Tournai wollte nicht.« Baudouin runzelte die Stirn. »Mit Verlaub, ich schätze, er kann Euch nicht leiden.«

Guillaume grinste. »Geht mir mit ihm nicht anders, darum bin ich froh, ihm nichts schuldig zu sein. Vielleicht erzähle ich dir bei Gelegenheit, was es mit ihm und mir auf sich hat.« Er umarmte Baudouin. »Ich danke dir, mein Freund!«

Dann machte er sich zu der Stelle auf, an der noch am Vorabend die Unterkunft des Franzosen gestanden hatte, doch das Zelt war fort und der Platz leer. Nur ein paar Abfälle lagen noch da.

Guillaume taumelte, glaubte gar, den Boden unter den Füßen zu verlieren. Nur Ruhe! Denk nach!, ermahnte er sich.

Wenn der Franzose auch am nächsten Kampf teilnahm, dann musste er sich nur ein Weilchen gedulden, bis er Athanor wiederbekam.

Die Tage bis dahin aber wollten kaum verstreichen. Als sie endlich den neuen Turnierplatz erreichten, erledigte Guillaume, was ihm der junge König aufgetragen hatte, und machte sich dann umgehend auf die Suche nach dem Franzosen.

»Euer Schwert?« Der Ritter zog die blasse Stirn kraus und strich sich nachdenklich über das Oberlippenbärtchen. Dann grinste er und schüttelte den Kopf, als bedauerte er. »Da kommt Ihr zu spät, mein Lieber! Ich habe es verkauft. Heute Morgen erst. Hat einen guten Preis gebracht.«

Kalter Schweiß klebte an Guillaumes Rücken. Empörung und Enttäuschung schnürten ihm die Luft ab. Der Franzose hatte versprochen, es aufzubewahren, bis Guillaume es zurückkaufen konnte. Verdammt! Es war kein Verlass auf diese gottverfluchten Franzmänner! Keinen Penny war ihr Wort wert!

»Wem habt Ihr es verkauft?«, stieß Guillaume aufgeregt hervor.

Der französische Ritter zuckte nur mit den Schultern. »Ich könnte Euch ein anderes Schwert verkaufen, wenn Ihr noch eine Waffe benötigt.«

Guillaume wandte sich wortlos ab. Ohne Athanor fühlte er sich wie amputiert. Einzig die Hoffnung, es schon bald wieder in seinen Händen zu halten, hatte ihn mit einem Funken Hoffnung in die Zukunft blicken lassen. Athanor war ein Stück von Ellen und damit ein Stück von ihm selbst. Guillaume wankte mehr zu seinem Zelt, als dass er lief.

Wie betäubt schlüpfte er in Gambeson und Kettenhemd und ließ sich den Waffenrock mit den Farben seines Herrn überstreifen. Wozu sollte er noch kämpfen?

Er hätte mit dem Geld ein anderes Schwert erstehen müssen, doch Athanor zu ersetzen schien ihm ein Frevel und darum unmöglich.

Auf dem Weg zum Zelt seines Herrn musterte er die Ritter, die an ihm vorbeizogen. Ob einer von ihnen sein Schwert gekauft hatte? Er hätte darauf bestehen müssen, den Namen des Käufers genannt zu bekommen …

»Da seid Ihr ja endlich, Maréchal!«, rief der junge König und winkte ihn ungeduldig herbei. »Kommt her!«

Guillaume nickte ergeben und gehorchte. Sein Blick flog durch das Innere des Zeltes. Von den reich verzierten Eichentruhen, den Seidenkissen und Felldecken, die Henrys Unterkunft einst geschmückt hatten, war nicht mehr viel vorhanden. Nicht mehr lang und er würde keine silbernen Pokale und Teller, ja nicht einmal mehr Juwelen besitzen.

»Ich hörte vom Verlust Eures Schwertes und von seinem viel zu hohen Preis«, unterbrach der junge König seine Gedanken. »Ihr habt mir so oft ausgeholfen, Maréchal, darum bin ich Euch etwas schuldig, auch wenn ich selbst nicht mehr viel besitze.«

»Nein, Mylord, Ihr schuldet mir nichts«, sagte Guillaume sanft.

»Ich habe einen meiner Ringe versetzt«, erwiderte der junge Henry eifrig und lächelte.

»Das ist überaus großherzig von Euch, Sire, doch es wäre nicht nötig gewesen. Athanor ist weg, verkauft.« Guillaume wollte sich abwenden, damit ihm sein Herr nicht ansah, wie verzweifelt er deshalb war.

»Wartet, mein Freund!«, rief Henry und holte ein längliches Bündel hervor.

Guillaumes Brust war wie zusammengeschnürt. Niemals würde ihm eine andere Waffe Athanor ersetzen können, nicht einmal eine, die er von seinem Herrn geschenkt bekam. Doch das würde der junge König nicht verstehen. Verzweiflung packte Guillaume mit eiserner Hand an der Gurgel.

Der junge Henry wickelte die Waffe aus und streckte sie ihm strahlend entgegen.

»Sire!«, stieß Guillaume hervor und rang nach Atem. »Ich dachte, ich hätte es für immer verloren!« Er nahm Athanor an sich und fiel auf die Knie. »Mylord, Ihr habt meinen aufrichtigen, zutiefst empfundenen Dank!« Er küsste die Hand seines Herrn und bemerkte eine weiße Stelle an seinem Zeigefinger. »Wie kann ich Euch das je vergelten?«

»Der Ring hat einst meiner Mutter gehört. Sie hat ihn mir kurz vor meiner Krönung geschenkt. Lasst uns heute endlich siegen, Maréchal, und reiche Beute machen! Auf dass ich ihn schon bald wieder auslösen kann!«

»Das werden wir, Sire!«, beteuerte Guillaume. Baudouins Worte über ihren mangelnden Zusammenhalt wollten ihm nicht mehr aus dem Kopf gehen. Der Grünschnabel hatte recht. Sie waren kein Verband mehr und würden erst wieder siegreich sein, wenn sie erneut als Gemeinschaft kämpften. So wie vor dem Aufstand, als sie die Franzosen mehr als einmal besiegt hatten. Und Guillaumes Aufgabe war es, dafür zu sorgen, dass dies geschah. »Wir werden kämpfen wie nie zuvor. Ihr habt mein Wort!«, versprach er und begleitete den jungen König hinaus. Sein Herz war leicht wie lange nicht mehr.

Mit lauter Stimme wandte er sich den Männern seines Herrn zu, die vor dem Zelt versammelt waren und voller Selbstzweifel auf den Beginn des Wettstreits und eine erneute Niederlage warteten: »Heute ist der Tag, an dem wir siegen werden!«, rief er ihnen entschlossen zu und beachtete ihr mürrisches Gemurmel nicht. »Es ist an der Zeit, dass wir den Ruf unseres Herrn wiederherstellen.« Er hob die Stimme noch ein wenig an. »Die Franzosen haben sich lange genug über uns lustig gemacht!«

»Sie sind uns überlegen!«, wandte einer der Männer unwillig ein.

»Weil sie vergessen haben, wie stark wir sein können. Heute werden wir sie daran erinnern!«, erklärte Guillaume entschlossen.

»Aber wir haben kaum noch Pferde und Waffen …«

»Darum müssen wir heute siegen und uns zurückholen, was uns genommen wurde! Unsere Waffen, unsere Pferde, vor allem aber unsere Ehre!«

»Ja, zeigen wir ihnen, wer der Stärkere ist!«, stimmte ihm jemand zu. Guillaume erkannte, dass es Pierre de Préaux, Enguerrands älterer Bruder, war, der seit der Rebellion zu den treuesten Rittern des jungen Königs gehörte.

»Ich will ihr Blut fließen sehen!«, rief ein anderer. »Und wenn es das Letzte ist, was ich tue!«

Guillaume nickte zufrieden. »Wir sind Henrys Männer!«, brüllte er und wanderte vor den anderen auf und ab. »Wir sind ein Fleisch, ein Herz, ein Leib, und Henry ist unser Kopf. Wir sind ein Verband!« Guillaume war voller Zuversicht, dass ihnen an diesem Tag nichts Schlechtes widerfahren konnte. Er erhob mahnend die Stimme: »Wir müssen für jedes Glied dieses Leibes einstehen. Achtet aufeinander, helft euch gegenseitig und vor allem: Beschützt unseren geliebten Herrn treu, entschlossen und tapfer. Keine Alleingänge mehr! Von niemandem. Nicht der Erfolg des Einzelnen, sondern einzig der Sieg unseres Königs zählt!« Guillaume sah einen nach dem anderen an. »Niemand soll mehr wagen, uns zu schmähen! Beute!« Er stieß Athanor in die Höhe. »Für Henry!«

Die Männer jubelten voller Begeisterung.

Guillaume klopfte mit Athanors Knauf auf seinen Schild. »Henry! Henry!«, skandierte er.

Die Ritter des jungen Königs schlugen ebenfalls auf ihre Schilde und antworteten ihm aus rauen Kehlen.

»Für den König!«, rief Guillaume.

»Für den König«, schrien die Männer nun aus Leibeskräften, als hätten seine Worte die schwere Bürde, ewig verlieren zu müssen, endlich von ihren Schultern genommen.

Guillaume und seine Kameraden waren so zuversichtlich wie nie zuvor. Sogar ihre Gegner bemerkten verblüfft, welchen Kampfgeist sie ausstrahlten, wunderten sich, begannen, zu zaudern und zu zögern, und gerieten so in Schwierigkeiten.

»Dex aïe!«, rief der junge König trunken vor Eifer. Gott helfe! Er stürzte sich auf die Franzosen, als die ersten Männer vor ihm zu flüchten begannen.

An diesem Tag nahmen sie ihren Gegnern viele herrliche Pferde und unzählige kostbare Waffen ab. Die Lösegelder für die Freiheit ihrer Geiseln würden ihre Börsen endlich so reich mit Münzen füllen wie lange nicht.

»Ihr habt den König zum Sieg geführt, Maréchal!«, sagte Baudouin de Béthune voller Bewunderung, als sie zum Lager zurückkamen.

»Henry!«, rief Guillaume statt einer Antwort und stieß Athanor in die Luft.

»Henry!«, erwiderten die Ritter um ihn herum, jubelten und rissen die Fäuste hoch.

»Du warst es, der mich wieder daran erinnert hat, worauf es ankommt«, sagte Guillaume und legte den Arm um die Schultern des jungen Mannes. »Zusammenhalt!« Er zwinkerte ihm verschwörerisch zu. »Komm, mein junger Freund, lass uns mit den anderen auf unseren Erfolg anstoßen!«

Seit jenem Turnier gehörten sie zu den Siegern, und niemand wagte mehr, sie zu verspotten. Respekt zollte man ihnen nun und achtete sie als gefürchtete Gegner. Hocherhobenen Hauptes ritten sie auf jeden neuen Kampfplatz und ließen sich bewundern und verehren. Ihr stolzes Auftreten, die vielen Pferde, ihre glänzenden Waffen und ihr Ruf als Gemeinschaft beeindruckten.

Vor allem die jungen Ritter, die aus Flandern und Frankreich, dem Hainaut und der Bourgogne, dem Poitou, der Touraine oder dem Anjou, der Normandie und der Bretagne herbeigereist waren, sehnten sich danach, einmal zu ebensolchem Reichtum und Ruhm zu gelangen wie sie. In die Truppe des jungen Königs aufgenommen zu werden, galt als die höchste Ehre, denn Henry nahm nur die Besten der jungen Ritter in seinen Dienst. Hundert hervorragende Männer und mehr kämpften zuweilen an seiner Seite und machten ihn schlagkräftiger und erfolgreicher als je zuvor. Der Frieden im Land dauerte schon eine ganze Weile an, und die Ritter und Barone langweilten sich immer mehr. Umso zahlreicher zogen sie darum zu den Turnieren. Die Herzöge von Blois, Flandern, Clermont, Champagne und Beaumont zog es ebenso zu den Wettkämpfen wie den berühmten des Barres, den man »den guten Barrois« nannte, und andere große Barone. Jeder von ihnen hatte viele Dutzend Ritter in seiner Begleitung, und jeden Einzelnen dürstete es danach, sich im Kampf hervorzutun.

Guillaume kannte viele von ihnen aus der Zeit des Aufstands. Mit einigen hatte er Seite an Seite gekämpft, während andere zu den Feinden des jungen Königs gehört und im Lager seines Vaters gestanden hatten. Auf dem Kampfplatz jedoch waren Freunde manchmal Gegner, Feinde zuweilen Verbündete und Politik unwichtig. Vielen Rittern war Guillaume in Freundschaft verbunden, ganz gleich, ob Mitstreiter oder Gegner.

Der Ansturm auf die Turniere wurde in diesen friedlichen Zeiten so stark, dass nicht selten an die tausend Ritter aufeinandertrafen. Mehr als in den meisten Schlachten, wie der junge König gern aufgekratzt bemerkte.

Wie Donnergrollen klang es, als die Mêlée begann und Hunderte schwer bewaffneter Männer auf ihren Schlachtrössern aufeinander zuritten. Schon bald barsten Schilde, und Lanzen splitterten krachend. Schwerter sirrten durch die Luft. Männer wurden aus ihren Sätteln gehoben. Jubel, Kampf- und Kriegsgeschrei schwollen zu einem ohrenbetäubenden Lärm an.

Wie jedes Mal stürzte sich Guillaume voller Tatendrang neben seinem Herrn in das Kampfgeschehen. Doch immer, wenn er ein Pferd mit oder ohne Reiter in Sicherheit brachte, hatte auch Rogier de Gaugi, ein junger Flame, der schon seit einer Weile zu den Rittern des jungen Henry gehörte, ein Tier gefangen.

»Drei!«, rief Guillaume ihm grinsend zu.

»Ich auch!«, antwortete Rogier und lachte breit.

»Aber ich werde gewinnen«, behauptete Guillaume. An den

Mann, den er als Nächstes zu bezwingen gedachte, erinnerte er sich nur allzu gut. Mathieu de Walincourt hatte ihn einst mit solchem Hochmut behandelt, dass es Guillaume nun umso mehr reizte, ihn gefangen zu nehmen und sein Pferd einzubehalten.

Er senkte seine Lanze, ritt wie vom Teufel besessen auf Walincourt zu und hob den Franzosen so geschickt aus dem Sattel, dass der auf seinem Hinterteil landete, bevor er noch wusste, wie ihm geschah. Als er sich fluchend erhob und schimpfend abzog, sah Guillaume ihm erheitert nach. Geschieht ihm recht, dem eingebildeten Kerl!, dachte er zufrieden und führte seine Beute, Walincourts Pferd, zu seinem Knappen, damit er darauf achtgab. Doch als er kurz darauf seine nächste Geisel sowie ihr Pferd in Sicherheit brachte, trat einer von Henrys Knappen an ihn heran.

»Verzeiht, Sir Guillaume, der König lässt Euch ausrichten, Ihr möchtet Walincourt sein Pferd zurückgeben!« Der Knappe zog den Kopf ein, als erwartete er Schelte von Guillaume, doch der runzelte nur die Stirn.

Was dachte sich der junge König dabei? Für einen Augenblick war Guillaume gewillt, den Gehorsam zu verweigern, doch dann besann er sich. »Wenn es der König verlangt. Bitte! Bring den Klepper zu Walincourt zurück«, erwiderte er verächtlich und kehrte zum Kampfgeschehen zurück. Mathieu de Walincourt war offenbar nicht nur arrogant, sondern auch ein schlechter Verlierer!

»Und? Wie viele?«, rief Rogier lachend, als Guillaume sich wieder ins Getümmel stürzte.

»Vier!«

»Fünf!«, antwortete Rogier mit einem zufriedenen Grinsen.

Hätte ich auch gehabt, wenn der König mir Walincourts Pferd nicht genommen hätte, dachte Guillaume bitter, und als Mathieu Walincourt kurz darauf erneut in seiner Nähe auftauchte, jubelte er innerlich. Warte nur, dir werde ich zeigen, welchen Sinn es macht, mich zu narren!, dachte er grimmig, griff Walincourt an und hieb mit aller Kraft auf seinen Helm und seinen Schwertarm ein. Es war ein köstlicher Triumph, ihn ein zweites Mal zu besiegen und ihm erneut das Pferd zu nehmen.

»Das werdet Ihr noch bereuen!«, drohte Walincourt, der ohne sein Pferd erstaunlich klein und nichtssagend wirkte, und verließ wutschnaubend den Platz.

Guillaume schüttelte nur den Kopf. Wer nicht mit Anstand verlieren konnte, war eines Sieges schon gar nicht würdig!

Erst als der Tag zur Neige ging und sich alle Ritter zerstreuten, ließ auch Guillaume Athanor sinken. Er hieß einen der Knappen die Beute zu seinem Herrn bringen und eilte zu ihm.

Wie üblich waren bereits zahlreiche Barone um den jungen König versammelt, um mit ihm über die Lösegelder für ihre Ritter, Waffen und Pferde zu verhandeln. Schon von Weitem sah Guillaume, dass Mathieu de Walincourt ebenfalls bei Henry stand und wild gestikulierend auf ihn einredete.

»Guillaume!«, rief Henry gebieterisch, als er ihn erblickte, und winkte ihn ungeduldig herbei.

Der Ton seines jungen Herrn missfiel Guillaume, trotzdem gehorchte er umgehend. »Sire!« Er verbeugte sich knapp.

»Warum habt Ihr Walincourts Pferd nicht zurückgegeben, wie ich es befahl?« Henry zog die Augenbrauen zusammen.

»Das habe ich, Sire, noch vor dem Mittag ließ ich es ihm zurückbringen.« Guillaume deutete eine Verbeugung an.

»Ihr habt es mir aber erneut genommen, darum ist es noch immer in Eurem Besitz«, antwortete Walincourt hochnäsig.

»Wie könnt Ihr wissen, ob ich es noch besitze oder es fortgab?« Guillaume sah Mathieu de Walincourt kalt an. »Es muss wohl an die zehn Jahre her sein, da sind wir uns schon einmal begegnet. Vermutlich erinnert Ihr Euch nicht. Ich war noch jung und unerfahren, kaum älter als zwanzig und gerade erst zum Ritter geschlagen. Ihr nahmt mir mein Pferd und gabt es mir nicht zurück, obwohl ich ehrenwerte Fürsprecher hatte. Diesmal verweigere ich Euch darum die Herausgabe.«

»Aber Ihr hattet nicht denselben Ruf wie heute. Ihr wart ein Niemand!«, wandte Walincourt aufgebracht ein.

»Nun, wenn das der Grund ist, dann muss ich Euch das Pferd erst recht nicht wiedergeben.«

Walincourt erntete Hohngelächter.

»Das habt Ihr herausgefordert!«, war aus der Menge um sie herum zu hören. »Hättet besser auf Euer Pferd achtgeben sollen. Oder seinerzeit großzügiger sein!«

Die Männer johlten, und Rogier de Gaugi pfiff auf zwei Fingern.

Ein Grübchen bohrte sich in die Wange des jungen Königs und bewies, dass auch er sich amüsierte.

Walincourt wandte sich wortlos ab und stolzierte davon.

»Zwölf, eines davon zweimal!«, sagte Guillaume auf Rogiers herausfordernden Blick hin.

»Ebenfalls zwölf, keines davon zweimal. Damit habt Ihr gewonnen!« Rogiers jungenhaftes Gesicht verzog sich zu einem breiten Grinsen.

November 1179
Vive le Roi!

Gut zwei Jahre hatte Guillaume im Verband mit Rogier gekämpft und gewonnen. Gemeinsam waren sie praktisch unschlagbar gewesen und hatten es zu Ruhm und Wohlstand gebracht. Beglückt betrachtete Guillaume die dreizehn jungen Ritter, die seine Farben trugen. Er hatte es kaum erwarten können, sich ein eigenes Banner zuzulegen und Männer in seinen Dienst zu nehmen.

»Ich war kaum älter, als mir der Erzbischof von York die Krone aufs Haupt gesetzt hat«, unterbrach der junge Henry Guillaumes Gedanken, gab seiner Königin die Hand und schritt mit ihr die Treppe der Kathedrale hinab. Ehrengäste, Würdenträger und Barone quollen dicht an dicht hinter ihnen aus dem Gotteshaus und drängten sie weiter. »Philippe wird vorläufig genauso wenig regieren wie ich. Wir teilen das gleiche Schicksal. Und das wer weiß, wie lange noch«, raunte er ihm zu.

Guillaume nickte stumm. Er wusste, wie es im Herzen seines geliebten Herrn aussah und wie sehr er darunter litt, noch immer nicht zu herrschen. Obwohl er ein junges, hübsches Weib hatte, ein Eheleben, wenn er es wünschte, und Freiheit, wenn ihm danach war, so besaß er doch noch immer nicht die Macht, die sein Herz so sehr begehrte.

Guillaume warf einen kurzen Blick nach oben. Es war Anfang November, und wie üblich zu dieser Jahreszeit war die Luft schon seit Tagen erfüllt von Nebel und feinem Nieselregen. Als ob das Grau des Himmels zu Boden tropft, dachte er griesgrämig und schlug die Kapuze seines Mantels hoch. Nicht ein einziger

Sonnenstrahl war zur Krönung des jungen Franzosenkönigs bis zu ihnen vorgedrungen. All der Pomp, das Gold und die Edelsteine an den königlichen Gewändern, die während der feierlichen Krönungszeremonie so herrlich gestrahlt und im Kerzenlicht gefunkelt hatten – hier draußen vor der Kirche sahen sie nur noch matt und trübe aus.

»Gut, dass ich meinen Vater bei der Krönung vertreten und die Krone getragen habe«, lachte der junge König auf, als er neben Guillaume zum Stehen kam. »Ich kann ihn mir nur schlecht als Würdenträger für einen milchbärtigen Knaben vorstellen, und als solchen würde er Philippe zweifelsohne bezeichnen, wenn man ihn danach fragte. Oder seht Ihr ihn vielleicht in Demut voranschreiten, ein purpurfarbenes Seidenkissen mit der französischen Krone auf den schwieligen Händen?« Bei diesem Gedanken prustete er los, und auch um Guillaumes Mundwinkel zuckte ein Lächeln.

Sie bestiegen ihre Pferde und reihten sich in den Krönungszug ein, der sie durch die Stadt zum Palast führte, wo eindrucksvolle Festlichkeiten vorbereitet waren. Der französische König verwöhnte seine Gäste nur mit dem Besten. Speisen, Wein und Unterhaltung waren erlesen und die Räumlichkeiten, die man dem jungen Henry zugewiesen hatte, überaus bequem. Trotzdem war Guillaume froh, als sie nur wenige Tage später weiterzogen und Reims und seine Kathedrale hinter sich ließen, um in südwestliche Richtung zu reiten.

»Das Turnier zu Ehren von Philippes Krönung fände mein Vater gewiss verwerflich«, sagte der junge König und zwinkerte Guillaume zu. »Ihr wisst ja, wie er über solche Wettkämpfe denkt. Ich dagegen kann es kaum erwarten!«

»Mir geht es nicht anders, Mylord! Kein Ritter, der etwas auf sich hält, wird es verpassen wollen.« Guillaume strahlte.

»Und Ihr seid mit eigenem Banner dabei, das ist gewiss ein gutes Omen«, rief der junge König. »Kommt, sputen wir uns!«

Als sie endlich den Turnierort bei Lagny erreichten, zügelte Guillaume sein Pferd und ließ den Blick über den Platz schweifen. »Wir sollten uns rasch eine geeignete Stelle für unsere Zelte suchen und uns dann ein wenig umsehen, was meinst du, Baudouin?«

Der junge Flame nickte, doch eine steile Falte zwischen seinen Augenbrauen zeigte, dass ihm etwas auf der Seele lag.

»Was ist dir? Du bist schon seit Reims so schweigsam.« Guillaume sah ihn fragend an.

»Wir sind Freunde, nicht wahr?«

»Aber gewiss doch!« Guillaume blickte ihm in die Augen. »Was ist es, das dich so bedrückt?« Trotz des erheblichen Altersunterschieds war ihm Baudouin in den letzten Jahren ein lieber Freund geworden, wie er treuer nicht sein konnte.

»Du solltest Adam, Thibault und Thomas im Auge behalten. Sie gönnen dir weder deine Reichtümer noch den Ruhm, den du dir erkämpft hast. Am wenigsten aber verschmerzen sie es, dass du dich über sie erhoben hast und nun dein eigenes Banner führst. Sieh doch, wie feindlich sie dich ansehen!«

Guillaume blickte sich zu ihnen um.

Die drei nickten ihm zu und lächelten.

Huldvoll nickte Guillaume zurück.

»Ihre Lippen verziehen sich zu freundlichen Fratzen, doch in ihren Augen brennt Missgunst«, warnte Baudouin ihn.

»Ach was!« Guillaume winkte ab. »Dass Thibault mich hasst, ist nichts Neues. Und Thomas de Coulonces?« Er zuckte gelassen mit den Schultern. »Ich weiß nicht. Aber Adam?« Er schüttelte den Kopf. »Adam ist mir seit Tancarville stets ein Rivale im Kampf, aber sonst ein guter Freund gewesen. Er würde mir niemals Schlechtes wollen.« Guillaume lachte auf. »Wenn sie mir meinen Erfolg neiden, so werden Thibault und Coulonces ihre Anstrengungen noch vergrößern, um mich zu überflügeln. Und unserem jungen König so noch besser dienen.« Seine Mundwinkel zuckten. Er zwinkerte Baudouin verschwörerisch zu. »Ich weiß, mein Freund, dass du es gut meinst. Doch deine Sorge um mich ist unbegründet. Henry liebt mich. Selbst wenn sie mir schaden wollten, was könnten sie schon gegen mich ausrichten?«, fragte er unbekümmert und ließ sich aus dem Sattel gleiten, ohne auf eine Antwort zu warten. »Hier baut die Zelte auf!«, ordnete er an und warf einem seiner Knappen die Zügel seines Pferdes zu. »Nun hör auf, Trübsal zu blasen, Baudouin. Komm, genießen wir das Leben! Um Sorgen kümmern wir uns, wenn wir welche haben!« Neugierig blickte sich Guillaume um und nickte hier oder da einem Waffenbruder zu.

»Gratulation zum eigenen Banner, Maréchal!«, rief Enguerrand de Préaux und steuerte auf sie zu. Seine veilchenblauen Augen waren mit dem Alter noch dunkler geworden. Sein engelhaftes Haar aber strahlte in demselben unschuldigen Blond wie früher.

»Ich danke dir, mein Freund!« Guillaume nahm ihn zur Begrüßung bei den Unterarmen, wie sie es in Tancarville getan hatten. »Wie schön, dich wohlauf zu sehen!« Ein Lächeln huschte über sein Gesicht. Aus dem einst so zarten Pagen, um den er sich gesorgt hatte, war ein starker Mann und, wie er gehört hatte, hervorragender Kämpfer geworden. Ours hatte ganze Arbeit geleistet.

»Baudouin!« Enguerrand begrüßte auch ihn herzlich.

Der junge Flame blickte sich suchend um. »Sind deine Brüder ebenfalls hier?«

»Gewiss doch«, bestätigte Enguerrand. »Welchen suchst du?«

»Roger und Jean. Sie schulden mir noch eine Revanche im Würfeln. Haben mich das letzte Mal bis aufs Hemd ausgezogen«, erklärte Baudouin lachend.

»Ach nein!« Enguerrand schüttelte scheinbar bedauernd den Kopf und grinste dann breit. »Soweit ich weiß, warten sie nur darauf, zu einem Spielchen aufgefordert zu werden.« Er deutete nach Süden über den Platz. »Ihr Zelt steht dort hinten, fast in der Mitte!«

Baudouin lächelte verschmitzt. »Na, dann werde ich gleich einmal zu ihnen gehen und sie herausfordern, bevor ihnen noch einfällt, ihre Reichtümer beim heutigen Kampf zu verlieren. Ihr entschuldigt mich?« Er deutete eine kleine Verbeugung an, zwinkerte Guillaume zu und ging davon.

»Hoffentlich gewinnt er diesmal!« Guillaume sah ihm nach und seufzte.

»Das will ich nicht hoffen. Bei aller Freundschaft!«, witzelte Enguerrand. »Sie sind nun mal meine Brüder, und Blut ist bekanntlich dicker als Wasser.«

»Maréchal, ich rate Euch, bewundert ein letztes Mal Eure Pferde und Waffen, denn wir werden sie Euren Männern heute abnehmen«, drohte ein junger Ritter aus der Champagne laut lachend und schlug Guillaume ein wenig zu vertraulich auf die Schulter.

»Es wird mir eine Freude sein, mit Eurem Herrn über Euer Lösegeld zu verhandeln. Nehmt also den Mund lieber nicht zu voll, sonst wird es umso teurer!«, gab Guillaume trocken zurück. »Sehen wir uns nachher noch?«, wandte er sich wieder an Enguerrand, ohne dem jungen Mann weitere Beachtung zu schenken.

»Gewiss doch, lass uns später ein paar Krüge leeren!«

Ein riesenhafter, glatzköpfiger Ritter stand plötzlich hinter Guillaume. »Gut gewählt!«, brummte er mit tiefer Stimme und zeigte auf das neue Banner. Dann entblößte er eine Reihe grauschwarz verfärbter Zahnstummel und lachte. »Aber es wird Euch auch nicht helfen, denn heute werde ich Euch besiegen!« Noch ehe Guillaume geantwortet hatte, zog er ab, und das freundliche Nicken des guten Barrois, der mit seinen beiden Söhnen und einer beeindruckenden Entourage vorbeiritt, lenkte Guillaumes Aufmerksamkeit auf sich. Welch erhebendes Gefühl es war, von dem berühmten des Barres gegrüßt zu werden!

»Dann bis später also!«, verabschiedete sich Enguerrand.

Guillaume nickte und reckte sich. In der Menge hatte er den wirren Schopf des Norrois entdeckt. »Henry!«, rief er ihm nach. »Warte auf mich!«

Henry le Norrois drehte sich um. »Guillaume! Blume der Ritterschaft, Mutigster aller Kämpfer, Edelster der Edlen!«, begrüßte er ihn wie üblich und machte eine überschwängliche Verbeugung, die er mit einer wirbelnden Handbewegung untermalte. »Seit dem Morgen singe ich bereits Loblieder auf dich und deine

Heldentaten«, erklärte er und schlug sich mit einem theatralischen Augenaufschlag an die Brust. »Großer Ruhm eilt dir dank meiner voraus, und dein Banner wird niemand übersehen!«

»Recht so!« Guillaume tätschelte ihm die Schulter.

»Hast du Ellen gesehen?«, fragte er wie zu Beginn eines jeden Turniers.

Und wie all die Male zuvor schüttelte der Norrois nur mitleidig den Kopf. Er sah sich kurz um und beugte sich zu Guillaume vor. »Wie Kain Abel ansah, blicken sie dich an«, flüsterte er und deutete mit dem Kopf in die Richtung, in der Thomas und Thibault standen. »Der Neid nagt an ihnen, weil dir der größere Ruf vorauseilt!«

»Was seit Jahren auch dein Verdienst ist, mein Freund. Vermutlich lassen sie darum kein gutes Haar an dir. Ich höre von ihnen nur Schlechtes über dich«, sagte Guillaume sorglos lachend.

»Sie liebten und schätzten mich, besänge ich nicht deine Ruhmestaten, sondern die ihren.« Der sonst so fröhliche Norrois sah mit einem Mal ganz ernst aus. »Ich bin nur ein Habenichts und kann mit ihrer Verachtung leben. Du aber solltest dich lieber vorsehen.«

Guillaume winkte ab. »Ich bin missgünstige Blicke gewöhnt. Am besten, man schenkt ihnen keine Beachtung.«

»Nun, es versteht sich von selbst, dass ich nichts dagegen hätte, wenn du auch diesmal wieder anständig Beute machst, selbst wenn sie dich dafür noch mehr hassen und mich ebenfalls.« Der Norrois grinste breit, denn als Gegenleistung für die Loblieder beteiligte Guillaume ihn nach wie vor an seinen Gewinnen.

»Dex aïe – Gott helfe«, murmelte Guillaume den Schlachtruf seines Herrn und seufzte ergeben.

Der Norrois lachte auf. »Dex aïe *li Mareschal!*« Er formte die Hände zu einem Trichter vor dem Mund und rief die Worte, so laut er konnte.

»Grundgütiger! Das müssen an die dreitausend Ritter sein!«, staunte Guillaume, als sich kurz vor dem Beginn des Turniers die unterschiedlichen Verbände formierten. Baudouin hatte einen Teil seines verlorenen Geldes zurückgewonnen und war rechtzeitig vor Beginn der Kämpfe an die Seite des jungen Königs zurückgekehrt. Vor einigen Monaten war er zum Ritter geschlagen worden und durfte seitdem mehr als nur zusehen.

»Die Gier der Männer nach Triumph und Beute liegt wie ein Flirren in der Luft, spürst du das?« Guillaume atmete tief ein, schloss die Augen und genoss das Gefühl von Aufregung, das ihn erfasste. »Man kann ihre Erregung geradezu riechen, findest du nicht?«

»Nein«, lachte Baudouin, »aber ich glaube dir wohl, dass *du* es kannst!«

* * *

Stolz und kämpferisch sah Guillaume aus. Kein Wunder, dass ihn fast alle jungen Ritter zu ihrem Vorbild auserkoren hatten.

Adam legte die Hand auf seinen Magen. Er brannte schon wieder. So wie immer, wenn er sich über den Erfolg seines einstigen Freundes ärgerte. Das Banner des Maréchal schien mit den anderen Standarten um die Wette zu flattern. Ärgerlich war das, einfach unerträglich! Adam sah zu den Rittern Guillaumes hinüber. Sein neues Wappen hatte sich der Maréchal der Länge nach geteilt in den Farben Gold und Grün gewählt, wobei in der Mitte, seinem Herrn zu Ehren, ein roter Löwe prangte. Ein edles Banner, daran bestand kein Zweifel. Adam schnaubte. Hatte er ein solches etwa nicht verdient? Gewiss, er hatte weniger Beute gemacht als Guillaume und Rogier, aber die hatten ja auch die nicht zu überhörende Stimme des Norrois gehabt, der ihre Erfolge überall herumposaunt hatte. Bevor die beiden noch die Lanzen angelegt hatten, waren gestandene Ritter schon vor ihrem Ruf erzittert. Er selbst und seine Gefährten hingegen konnten solcherlei Ängste bei ihren Gegnern nicht hervorrufen, obwohl auch sie gute Krieger waren.

Adam warf einen Blick auf den jungen König. Wie immer war dieser zu ungestüm und waghalsig und brachte sich durch seine Kühnheit unnötig in Gefahr. Ein Zucken umspielte Adams Mund. Guillaume würde all seine Kraft darauf verwenden müssen, ihn vor seinen Angreifern zu schützen, und kaum Beute machen können!

»Komm!«, rief Thibault und lenkte Adam von seinen Gedanken über den Maréchal ab. Sie kämpften nach wie vor gemeinsam und hatten sich eine Gruppe jüngerer, unerfahrener Ritter ausgewählt, die leicht zu besiegen sein würden. Zwar erzielte man so weniger Lösegeld, und auch ihre Pferde waren nicht so wertvoll wie die eines Barons, aber man konnte mehr von ihnen gefangen nehmen und lief weniger Gefahr, besiegt zu werden. Zwei junge Ritter hatte Adam gleich zu Beginn aus dem Sattel gehoben, nun wählte er sein nächstes Opfer.

»Dex aïe li Mareschal!«, hörte er plötzlich die Rufe von Guillaumes Männern. Sein Kopf schnellte herum. War das zu glauben? Thibault und Thomas hatten also die Wahrheit berichtet! Welch unglaublicher Affront! Wie zur Hölle konnte Guillaume es wagen, seinen Rittern zu gestatten, den Schlachtruf des Königs, nur wenig abgeändert, auf ihn zu verwenden?

Adam hielt vor Empörung den Atem an. Erst der unerwartete Schmerz zwischen seinen Rippen ließ ihn wieder nach Luft schnappen. Der junge Ritter, den er sich als Gegner gewählt hatte, jubelte. Seine Lanze hatte getroffen. Adam keuchte, verlor den Halt und stürzte zu Boden. Verdammt, das war Guillaumes Schuld! Seine Männer mit ihrem unsäglichen Schlachtruf hatten ihn abgelenkt. Adam kochte vor Wut. Wie ein Anfänger saß er nun im Dreck, aus dem Sattel gehoben von einem jungen Ritter, dem noch Flaum auf den Wangen wuchs.

»Du bist zu weit gegangen, Guillaume! Das wirst du mir büßen«, knurrte Adam, rappelte sich auf und stapfte davon.

März 1180 in der Nähe von St. Edmundsbury

Seit dem Turnier bei Lagny war alles anders. Banner und Gefolge machten Guillaume zu dem, was er immer hatte sein wollen: zu einem großen Ritter! Seine Männer hatten im Kampf ihr Können und ihren Mut bewiesen und reichlich Beute für ihren Herrn gemacht, während Guillaume sich ausschließlich dem Schutz des jungen Königs gewidmet hatte. Er war nun ein gemachter Mann, und doch, trotz allem Stolz, der ihn erfüllte, tief in seinem Inneren fühlte er sich dumpf und einsam.

Er stand vor seinem Zelt mit einer Klinge in der Hand und schabte sich den Bart, als Baudouin kam und vor ihm auf und ab stolzierte.

»Neu?« Guillaume unterdrückte ein Schmunzeln und zog die Augenbrauen hoch, als er das Schwert an Baudouins Gürtel entdeckte.

Der junge Flame nickte stolz. »Willst du mal sehen?«

»Sicher!« Guillaume streckte die Hand aus und nahm die Waffe in Empfang. Sie lag wunderbar in der Hand! »Fühlt sich großartig an, gut ausbalanciert!« Ein merkwürdig ergreifendes Gefühl überkam ihn. »Fast wie Athanor«, murmelte er und fuhr mit der Rechten kurz an seinen Gürtel, wo sein geliebtes Schwert hing. Dann entdeckte er an Baudouins neuer Waffe den Kreis mit dem E darin, der mit Kupferdraht in die eine Seite der Klinge, nicht weit von der Parierstange entfernt, eingelegt war. Schweiß brach ihm aus allen Poren. »Und es hat die gleiche Tauschierung!« Er sah Baudouin verblüfft an. »Wo hast du das her?« Guillaume spürte den Schlag seines Herzens an den Rippen und bis hoch in seinen Hals.

»Ich habe jemanden getroffen, den ich noch aus Béthune kenne!«

Guillaume konnte die Spannung kaum noch ertragen. Warum druckste Baudouin herum, anstatt ihm zu sagen, woher er das Schwert hatte?

»Was verschweigst du mir? Bring mich hin! Los, bring mich zu der Schmiede, aus der du es hast!« Guillaume wischte sich hastig die Seifenreste aus dem Gesicht und stürmte los.

»Warte doch!«, rief Baudouin, der Mühe hatte, ihm zu folgen, und eilte ihm nach.

Als sie in den Hof der Schmiede ritten, lief ihnen ein zotteliger grauer Hund entgegen, bellte und knurrte sie an.

Guillaume zog die Brauen zusammen und musterte ihn. War das nicht der Hund, der mit Ellenweore von einem Turnier zum anderen gezogen war? Eine Welle von Erinnerungen überflutete ihn. »Graubart«, murmelte er bewegt. Jeans Schuhe hatte er zerkaut und dem Beutel mit Ellens Schleifsteinen den Garaus gemacht. Ein Lächeln huschte über Guillaumes Gesicht. Er stieg ab, näherte sich dem alten Hund vorsichtig und hielt ihm die Hand entgegen.

Graubart beschnupperte sie, schien sich an den Geruch zu erinnern und begrüßte Guillaume mit einem freundlichen Schwanzwedeln.

»Ist etwas nicht in Ordnung mit Eurem neuen Schwert?«, erkundigte sich ein Mann, der über den Hof kam.

»Oh nein, nichts dergleichen! Mein Freund hier wollte den Schmied kennenlernen, der es gefertigt hat«, antwortete Baudouin mit einem leicht spöttischen Grinsen.

»Ihr kennt den Weg«, brummte der Mann ungewöhnlich gereizt und kehrte ihnen den Rücken zu.

Guillaume konnte es kaum noch abwarten. Er begleitete Baudouin zur Werkstatt und öffnete die Tür.

Dunkelheit und Hitze überraschten ihn. Es dauerte, bis er sich an das wenige Licht gewöhnt hatte und er Ellen entdeckte, die an einem Amboss arbeitete. Sein Herz begann zu rasen. Ellen, meine Ellen, dachte er aufgewühlt.

»Das ist die Schmiedin, die mein Schwert gefertigt hat«, stellte Baudouin sie just in diesem Augenblick vor. »Und darüber hinaus hat sie mir vor Jahren mal das Leben gerettet!« Er grinste Guillaume an. »Hättest du nicht gedacht, dass es eine Frau ist, nicht wahr?«

Guillaume hatte geahnt, nein, er hatte *gewusst,* dass er Ellen begegnen würde, trotzdem traf ihn ihr Anblick mitten ins Herz. Er hatte sich so sehr bemüht, sie aus seinen Erinnerungen zu verbannen, dass es nun schmerzte, sie wiederzusehen. Ellen war reifer geworden, doch von ihrer Anziehungskraft hatte sie nichts eingebüßt. Ihre Wangen leuchteten, und einen Moment lang kam es Guillaume so vor, als wäre die Zeit stehen geblieben.

Er heftete den Blick auf sie und wünschte sich, ihn niemals mehr abwenden zu müssen. Jean nahm er nur aus den Augenwinkeln wahr.

»Ellenweore! Wie lange ist das her?«, fragte er, obwohl er genau wusste, wann sie sich das letzte Mal gesehen hatten.

Baudouin blickte ihn verdutzt an. »Ihr kennt euch?«

»Gut sieben Jahre«, antwortete sie, ohne Baudouins Frage zu beachten.

Guillaumes Herz hüpfte. Sie hatte rasch und richtig geantwortet! Ob sie sich genauso schmerzlich nach ihm gesehnt hatte wie er sich nach ihr? Und das Leuchten in ihren Augen, bedeutete es nicht, dass sie erfreut war, ihn zu sehen?

»He! Könntet ihr mich bitte mal aufklären!«, drängte sich Baudouin nun dazwischen.

»Wir kennen uns aus Tancarville«, erklärte Ellen knapp.

»Ihr wart mal in Tancarville?«, fragte er sie.

»Ich habe dort das Schwertschmieden gelernt. Bei Donovan, vielleicht kennt Ihr ihn ja?« Sie antwortete, ohne Baudouin anzusehen, den Blick fest auf Guillaume geheftet.

»Baudouin ist erst vier Jahre nach uns nach Tancarville gekommen.« Bitte, Herr, lass sie ihren Blick niemals von mir abwenden!, betete Guillaume stumm.

»Aber dann ist es doch länger als sieben Jahre her!«, schloss Baudouin, der hervorragend rechnen konnte, folgerichtig.

»Wir haben uns später noch einmal getroffen.« Ellens Stimme klang rau und zugleich samtig.

So wie ihre Haut und ihr Wesen, dachte Guillaume, aufs Neue entflammt.

Ein verstehendes Lächeln huschte über Baudouins Gesicht.

»Woher hast du …?«, fragte Ellen. Einer Liebkosung gleich, war ihr Blick an Guillaume herabgeglitten und hatte an seinem Schwertgürtel haltgemacht.

»Athanor?« Guillaume legte die Hand darauf. Der kühle Knauf erwärmte sich schnell. »Einige Monate nachdem wir Jean befreit hatten und ihr fortgegangen seid, habe ich es einem Franzosen auf einem Turnier abgenommen. Er hat damit geprahlt – hatte es gerade erst gekauft. Ich habe Athanor sofort erkannt und musste es einfach haben. Du hättest es *mir* verkaufen sollen, nicht einem Fremden.« Guillaume konnte nicht verhindern, dass er ein wenig vorwurfsvoll klang.

»Du hast es dir erkämpft!« Ellen lächelte gerührt.

»Baudouin hat mir sein neues Schwert gezeigt. Es hinterließ das gleiche gute Gefühl in der Hand wie Athanor. Und dann habe ich dein Zeichen darauf entdeckt. Einen Moment fürchtete ich, andere Schmiede könnten es ebenfalls benutzen und mein Schwert vielleicht gar nicht Athanor sein.«

Die Tür der Werkstatt öffnete sich quietschend.

»William?« Ellen sah den ungefähr siebenjährigen Jungen, der nun unsicher auf der Schwelle stand, unwillig an. »Was ist denn schon wieder?«

»Darf ich den Pferden Wasser geben?« Er hinkte näher.

Beim Anblick des Knaben überkam Guillaume ein lange vergessenes Gefühl von Sehnsucht. Bilder seiner Amme, ein zarter Duft von Milch und Schweiß, der melodische Klang englischer Worte schienen ihn wie im Traum in eine lange vergessene Zeit zurückzuversetzen. »William?«, wiederholte er und sah Ellen fragend an.

Jeder hätte in ihren Augen lesen können, dass der Junge sein Sohn war! Er hätte blind sein müssen, um es nicht zu begreifen. Das Haar des Kindes war braun mit einem Rotstich – von Ellen, dachte Guillaume gerührt. Sein Gesicht aber ähnelte seinem eigenen. Warum hat sie nur nichts gesagt? Hatte sie es nicht gewusst, oder hatte sie es ihm verschwiegen, um ihn nicht in Verlegenheit zu bringen? Guillaume kämpfte um Fassung. Er hatte einen Sohn! Sein Blick tastete das Kind ab und blieb an dem einarmigen Mann hängen, der nicht weit von ihm entfernt stand. Es war der Schmied, dem sie vor der Werkstatt begegnet waren. Der waidwunde Blick, mit dem er zwischen Ellen und dem Jungen hin- und hersah, versetzte Guillaume einen eifersüchtigen Stich.

»Es wäre in der Tat gut, wenn du dich ein wenig um unsere Pferde kümmern würdest. Wir sind schnell geritten, sicher sind sie durstig«, wandte Baudouin sich an William und durchbrach damit die Stille.

Der Junge strahlte ihn an. »Sind wundervolle Tiere, so stark und edel!«, befand er und hinkte davon.

»Was ist mit seinem Bein?«, fragte Guillaume und verspürte den heftigen Drang, sich zu räuspern. Er hoffte noch, es möge nichts Ernsthaftes sein. Eine Verletzung nur, die bald verheilte, doch er ahnte bereits, dass dem nicht so war.

»Sein Fuß ist verdreht, von Geburt an«, erklärte Ellen kühl.

»Ein Krüppel«, murmelte Guillaume betroffen über diese Ungerechtigkeit des Himmels. Warum, Herr? Warum strafst du ihn für meine Sünden und nicht mich?, zürnte er dem Allmächtigen lautlos.

Plötzlich trat der Schmied näher und funkelte ihn aus wütenden Augen an. »Für einen Schmied sind die Füße nicht wichtig. Einer wie ich ist da schon schlechter dran!« Er hielt Guillaume seinen Armstumpf hin. »Wie es scheint, kann ich nicht einmal meine Frau halten!«

»Isaac!« Ellen sah ihn vorwurfsvoll an.

Das also war der Mann, der mit Ellen das Bett teilte. Ein Glückspilz, der vor Selbstmitleid zu zerfließen schien, statt zu schätzen, welch hohes Gut er besaß.

Guillaume betrachtete ihn geringschätzig. »Wenn das so ist, liegt es wohl kaum an Eurem Arm«, erwiderte er barsch und wandte sich an Ellen. »Es hat mich gefreut, dich wiederzusehen.« Er nahm ihre Hand fest in die seine, und für einen Augenblick gab es nur sie und ihn.

»Er sieht dir ähnlich«, sagte Baudouin, nachdem sie die Schmiede verlassen hatten. William hatte die Pferde mit Wasser versorgt und streichelte ihnen nun sanft die Nüstern. »Und er kann mit Pferden umgehen, wie sein Vater.«

»Er ist ein Krüppel!«, knurrte Guillaume. Und ich bin schuld daran, fügte er im Stillen hinzu.

»Danke, William.« Baudouin drückte dem Jungen eine Silbermünze in die Hand. »Du siehst deinem Vater ähnlich!«, sagte er und blickte ihm fest in die Augen.

»Isaac ist nicht mein Vater!« William klang ein wenig patzig.

»Ich weiß das, denn ich kenne deinen Vater. Er ist ein mutiger Krieger, ein großartiger Mann und der beste Freund, den man sich nur wünschen kann. Du musst sehr stolz auf ihn sein.« Baudouin lächelte den Jungen voller Zuneigung an.

Guillaume wusste nicht, ob er seinen jungen Freund für diese lobenden Worte lieben oder ihm zürnen sollte, und wandte den Blick ab.

»Ist das wahr? Ihr kennt ihn?«

»So wahr ich Baudouin de Béthune heiße!«

Guillaume blieb stumm. Er brachte es nicht fertig, den Jungen noch einmal anzusehen. Zu schmerzlich war der Gedanke, die Frau, die er noch immer mehr als alles auf der Welt liebte, und den Sohn, von dem er stets geträumt hatte, zurücklassen zu müssen. »Hör auf zu schwafeln und komm!«, knurrte er Baudouin an und saß auf.

»Ich mochte sie schon immer«, sagte Baudouin nach einer Weile zu Guillaume. »Sie hat in Béthune bei der Gehängemacherin gearbeitet, als ich ungefähr fünf war. Ich bin in den Fluss gefallen und wäre ertrunken, wenn Ellen mich nicht unter Einsatz ihres eigenen Lebens aus dem Wasser gefischt hätte.«, erklärte er. In seiner Stimme schwang Bewunderung mit.

Guillaume war zu bewegt von ihrem Wiedersehen, um etwas zu erwidern. Ellen, meine Ellen. Sie hat den Jungen nach mir benannt!, dachte er nur. William … Er wiederholte den Namen im Geist, kaute ihn, kostete ihn aus, ließ ihn auf sich wirken und glaubte, die Stimme seiner angelsächsischen Amme zu hören, die ihn in seiner Kindheit so gerufen hatte. Ob Ellen dem Jungen irgendwann die Wahrheit über seinen Vater sagen würde?

Thorne im Oktober 1180

Das Wetter war bereits seit gut drei Wochen nass und grau in grau und der Morast zuweilen so tief, dass der Tross des jungen Königs nur schwer vorankam. Schuhe und Stiefel blieben im Schlamm stecken, der bis hoch zu den Schenkeln spritzte, und die junge Königin beschwerte sich, weil sie fror und hungrig war, weil sie sich langweilte oder ihr das Hinterteil schmerzte. Trotzdem zog Henry rastlos umher. Weil das Wetter zu schlecht war, um die Nächte im Freien zu verbringen, sorgte Guillaume dafür, dass sie stets einen trockenen, sicheren Ort fanden, an dem sie zur Nacht willkommen waren. Klöster, Herbergen, größere Gutshöfe oder Burgen kamen infrage.

An diesem Tag näherten sie sich der Burg von Thorne, die auf einer sanften Anhöhe vor ihnen lag. Sir Ralph, der Burgherr, war nicht besonders wohlhabend, aber ein großzügiger Mann, der ihnen sicher seine Gastfreundschaft erweisen würde, auch wenn ihn die Bewirtung eines so großen Trosses ein Vermögen kostete. Gewiss hatte er eine gut beheizte Kammer für die junge Königin und ihren Gatten und ein Plätzchen auf dem Boden der Halle für seine Männer.

Palisaden aus dicken Eichenholzstämmen umgaben einen steinernen Wohnturm aus dunkelbraunen Ziegeln und weitere düster wirkende Gebäude. Die Hütten der Tagelöhner und Bauern schienen die Ostflanke des Hügels hinabzufließen wie zähflüssiges Blei. Felder und Wiesen zogen sich über die Hügel, und im Westen war das dunkle Grün eines großen Waldes zu sehen.

Während des Aufstands der Prinzen war Guillaume schon einmal hier gewesen. Damals hatte Sir Ralph, der sich als königstreu bezeichnete, gegen sie gekämpft. Doch die Zeit der Revolte war längst vergessen, Vater und Sohn waren versöhnt und die Verbündeten Henrys II. auch die Freunde des jungen Königs.

»Erinnert Ihr Euch noch, Mylord, als ich beim Turnier zwischen Anet und Sorel den edlen Simon de Neauphle verlor?« Guillaume schnappte nach Luft wie ein Fisch, der am Ufer lag, und beugte sich quer über den Tisch, damit er seinen Herrn ansehen konnte.

Odon, ein weizenblonder Page von ungefähr zehn Jahren, goss ihm derweil einen Becher Wein ein. Guillaume nickte dankbar. Der Rebensaft hatte die Farbe von Ochsenblut und sorgte rasch für unbeschwerte Heiterkeit in der Halle.

»Freilich, mein Freund, wie könnte ich je Eure verdutzte Miene vergessen!« Der junge König schlug sich auf die Schenkel und wandte sich an ihre Gastgeber. Sir Ralph und seine Gemahlin schienen vor Ehrfurcht geradezu erstarrt. »Wir hatten die Franzosen soeben in die Flucht geschlagen, als wir nach einer wilden Verfolgungsjagd von unseren Männern getrennt wurden und in einen Hinterhalt gerieten. Simon de Neauphle versperrte uns mit gut dreihundert bewaffneten Fußsoldaten den Weg. Es schien kein Durchkommen möglich, doch umkehren wollte ich nicht. Also schlug mein tapferer Begleiter vor, einfach auf sie zuzusprengen und sie zu überrennen.« Der junge Henry lachte. »Wir gaben also unseren Pferden die Sporen und jagten so entschlossen auf die Soldaten zu, dass diese unwillkürlich eine Gasse bildeten, durch die wir hindurchkonnten.« Der junge König gab seinem Pagen ein kaum sichtbares Zeichen, damit er auch ihm Wein nachfüllte, und nahm einen kräftigen Schluck. Kein Ton war zu hören, so gespannt warteten alle auf den Fortgang der Geschichte. Nicht einmal der Lautenschläger, der sie bis dahin unterhalten hatte, schien zu wagen, in die Saiten zu greifen.

Henry grinste spitzbübisch und legte seiner Gemahlin die Hand auf den Arm. »Der Maréchal ritt voran. Durch ihre Reihen hindurch, als ständen sie Spalier für ihn. Simon de Neauphle staunte nur und begriff wohl erst, was geschah, als Sir Guillaume sein Pferd am Zaumzeug packte und ihn hinter sich herzerrte. Weiß der Herr, warum niemand es wagte, uns Einhalt zu gebieten.« Henry steckte sich ein Stück Pastete in den Mund. Sofort stand sein Page mit einer silbernen Wasserschüssel neben ihm. Der junge König tauchte seine Hände in das nach Lavendel duftende Nass, schüttelte sie ab und trocknete sie dann mit dem Leinentuch, das der Junge über dem Arm trug. Dann nahm er den mit Wein gefüllten Pokal, der zwischen ihm und der Gastgeberin stand, und trank einen Schluck. »Ich muss zugeben, unser Galopp war halsbrecherisch, besonders für unsere Geisel!«, fuhr er lachend fort und warf Guillaume einen übermütigen Blick zu. »Der arme Simon de Neauphle blieb nämlich auf dem Weg durch die Stadt, durch die unser rasender Ritt ging, an einer Regenrinne hängen und wurde vom Pferd gerissen, ohne dass Sir Guillaume es bemerkte. In unserem Lager angekommen, sprang mein lieber Fechtmeister von seinem Schlachtross und warf einem der Knappen die Zügel des erbeuteten Pferdes zu. ›Nimm dich des Ritters an, den ich gefangen habe!‹, befahl er dem verdutzten Jungen. ›Welcher Ritter?‹, stotterte der und sah verwirrt zwischen dem Maréchal und dem leeren Sattel hin und her. Diesen Blick werde ich mein Lebtag nicht vergessen! Ich glaube, mein lieber Freund, wir haben nie herzlicher gelacht, was meint Ihr?«

Guillaume nickte heftig, rang nach Luft und wischte sich eine Träne aus dem Augenwinkel. »Ein großer Verlust, Sire, wahrlich! Ich bin sicher, er hätte ein ordentliches Lösegeld eingebracht!«

»Nun ja, wenn ich mich recht entsinne, war sein Pferd nicht das schlechteste, und wenn man bedenkt, wie ausweglos die Situation zunächst geschienen hatte, so war es trotz allem ein hervorragender Fang.« Der junge König lachte. »Ich schätze allerdings, Sir Simon wäre lieber ein ehrenvoller Gefangener gewesen, der sich freikaufen muss, als ein freier Mann, der von einer schnöden Regenrinne aus dem Sattel gerissen wurde. Denkt Ihr nicht?«

»Da mögt Ihr wohl recht haben, Sire!« Guillaume wischte sich genüsslich über den Mund und ließ sich ein weiteres Stück von dem herrlichen Ochsenbraten schmecken.

»Renaut de Nevers dagegen habt Ihr tatsächlich gefangen, und das mitsamt seinem Pferd. Wisst Ihr noch?«

»Er hat Euch herausgefordert, Mylord, und die Antwort bekommen, die er verdient hatte«, sagte Guillaume bescheiden und hoffte, der junge König möge ihn nicht bitten, diese Geschichte zum Besten zu geben. Da sich alle Ritter des jungen Königs damals gebrüstet hatten, Renaut de Nevers für ihren Herrn gefangen zu nehmen, würde es ihm nur als Angeberei ausgelegt werden, wenn er sie erzählte.

»Nun, wie mir scheint, seid Ihr um die rechte Antwort auf eine Herausforderung nie verlegen. Wie damals, als Euch Pierre de Lechans und sein Kamerad die Pferde abgenommen haben, die Ihr erbeutet hattet!«, sagte der junge König, und in seinen Augen glommen sowohl Bewunderung als auch ein Hauch Schalk auf.

Guillaume lachte erleichtert, weil dies eine andere Geschichte war, und trank einen Schluck.

»Erzählt uns davon, Sir Guillaume!«, rief nun die junge Königin, entwand ihrem Gemahl die Hand und applaudierte auffordernd.

Begeistertes Gemurmel erfüllte den Raum, und mit einem Mal kam es Guillaume vor, als wäre es in der zugigen Halle ein wenig wärmer geworden. Das Feuer knisterte und knackte. Die Fackeln und Talglichter zuckten und erhöhten die Spannung im Saal.

Guillaume, der diese Geschichte liebte, stand auf und verbeugte sich vor seiner Herrin. Weder die düsteren Blicke seiner Neider noch der besorgte Ausdruck auf Baudouins Gesicht waren ihm verborgen geblieben, doch wenn die Königin darauf bestand, dann musste er schließlich erzählen! »Euer Wunsch ist mir Befehl, Mylady!«

Die blauen Augen der jungen Französin strahlten ihn aufreizend an. Sie war die Gemahlin seines Herrn, darum liebte und verehrte er sie, wie es sich für einen Ritter gehörte, sein Herz aber rührte die Königin trotz ihrer Schönheit nicht.

»Wunderbar!«, rief sie und klatschte begeistert in die zarten, weißen Hände, als er mit seiner Geschichte zum Ende gekommen war. »Ich bin sicher, Euch war das Glück stets hold!« Sie lachte und warf den Kopf in den Nacken.

»Nicht immer, Mylady, aber oft.«

Wieder applaudierten die Damen, und die Königin nickte ihm verheißungsvoll lächelnd zu.

Die Augen der jüngeren Ritter glänzten, denn so mancher von ihnen hatte sich Guillaume zum Vorbild erkoren. Ein Lächeln huschte über sein Gesicht. Er war gewiss der glücklichste Mann in dieser Halle, denn er hatte erreicht, was er sich immer erhofft hatte. Ihm gehörten die Liebe und die Anerkennung des jungen Königs ebenso wie Ruhm und Bewunderung.

* * *

»Hast du die begehrlichen Blicke der Königin bemerkt? Sie verschlingt ihn geradezu mit ihren Augen, wenn er erzählt«, raunte Thibault Adam ins Ohr. »Widerlich ist das, einfach schändlich!«

Adam nickte nur und starrte Guillaume an, dessen Gesicht vor Aufregung und vom Wein gerötet war. Warum in aller Welt wollten nur alle von seinen Heldentaten hören? Abhandengekommene Pferde! Adam entließ einen herablassenden Atemstoß durch seine Vorderzähne. Jedem von ihnen waren schon Pferde auf ungerechtfertigte Weise abgenommen worden, doch machten sie keine Heldentaten daraus! Adam kratzte sich das üppige Brusthaar durch die Öffnung von Kotte und Hemd.

Früher in Tancarville war Guillaume alles andere als ein Held gewesen. Auch wenn er als schnellster Läufer und bester Schwertkämpfer gegolten hatte, war er nicht gerade beliebt gewesen. Manchmal hatte Adam sogar Mitleid mit ihm gehabt. »Er hat sich schon immer vorgedrängt!«, brummte er kaum hörbar.

Thibault hatte es trotzdem vernommen und nickte zustimmend. »Sollte lieber ein wenig Zurückhaltung üben, sonst wird ihm die Prahlerei eines Tages noch zum Verhängnis«, antwortete er mit einem drohenden Unterton in der Stimme. »Ich kann ihn nicht ausstehen!«

»Man könnte ein wenig nachhelfen«, murmelte Adam. »Aber es müsste vorsichtig geschehen!« Er rieb sich mit dem Ärmel über die juckende Nase. Noch wusste er nicht, wie man es anstellen konnte, Guillaume zu Fall zu bringen. Nur eines wusste er: Es war höchste Zeit, ihn von seinem hohen Ross zu stoßen.

Oktober 1180 bei Mildenhall nahe St. Edmundsbury

Mancher glaubt, sich seinen Vorteil zu wünschen,
und wünscht seinen Schaden.
(Chrétien de Troyes – Yvain)

Der junge König hatte seine Zelte auf einer großen Wiese bei Mildenhall aufstellen lassen, denn in der Abtei von St. Edmundsbury, wo man ihm üblicherweise großzügig Gastfreundschaft gewährte, war man in diesen Tagen vollkommen überfordert. Keiner der Mönche war zurzeit so hohem Besuch gewachsen, denn der Abt war erst vor kurzem verstorben. In seinem dreiundzwanzigsten Amtsjahr war er auf dem Weg zum Schrein des heiligen Thomas Becket vom Pferd gestürzt und hatte sich das Knie verletzt. Jede Hilfe war vergeblich gewesen, und Abt Hugh war nach wochenlangem Leiden schließlich zum Herrn berufen worden. Nun lagen Trauer und Hilflosigkeit über der riesigen Abtei und alle beschäftigte die schwierige Frage, wer seine Nachfolge antreten würde.

Auf der regennassen, matschigen Wiese wurden in aller Eile Zelte und Pferdekoppeln errichtet. Überall wurde gehämmert, verzurrt, gesägt, geschleppt, gebrüllt und geflucht. Schon wieder sah der Himmel nach Regen aus, darum sputeten sich alle mit dem Aufbau, um fertig zu werden, bevor der nächste heftige Guss sie bis auf die Knochen durchnässte.

Guillaume war das rastlose Umherziehen gewöhnt. Er ließ

sich von nichts, schon gar nicht von ein paar Regentropfen, aus der Ruhe bringen. Er hatte einen emsigen Pagen und einen beflissenen Knappen, die dafür sorgten, dass seine Waffen verstaut, sein Lager gerichtet und seine Kleider gebürstet waren. Sie hatten bereits sein Zelt aufgestellt und bewachten es, wenn er fort war, damit nichts gestohlen wurde.

Bis zu Ellens Schmiede waren es nur wenige Meilen und so rang Guillaume schon seit dem Morgen mit sich, ob er ihr und William einen Besuch abstatten sollte. Wäre Ellen nicht die Frau eines anderen gewesen … Guillaume seufzte. Er musste sie endlich vergessen. Schweren Herzens beschloss er zur Unterkunft seines Herrn zu gehen. Henrys Zelt wurde stets als Erstes errichtet und diente den Rittern des königlichen Haushaltes als Versammlungsort. Gewiss erwartete man ihn dort bereits.

Auf seinem Weg über den Platz fiel Guillaume ein Reiter mit leuchtend rotem, lockigem Haar auf. Wie angewurzelt blieb er stehen, als er sah, dass es Ellen war und beobachtete aus der Ferne, wie sie sich ungeschickt vom Pferd gleiten ließ. Sie ist schon immer lieber zu Fuß gegangen, dachte Guillaume schmunzelnd. Ihre Hilflosigkeit im Umgang mit Pferden hatte er stets befremdlich und zugleich auf seltsame Weise entzückend gefunden.

Ellen band das Pferd an einem Pfosten fest, strich mit der Hand über seinen kräftigen weißen Hals und lehnte ihre Stirn an den Kopf des Tieres, als wollte sie sich sammeln. Dann nahm sie ein Bündel an sich, das wie ein verhülltes Schwert aussah, und ging entschlossenen Schrittes auf das Zelt zu.

Guillaume musste an ihre heimlichen Treffen im Wald denken. Ein weiches Lächeln huschte über sein Gesicht. Schöner noch als diese Erinnerungen aber waren jene an die Zeit, als sie miteinander verschmolzen waren, ihre Herzen im Gleichklang geschlagen und ihre Augen von Liebe gesprochen, ihre Münder jedoch geschwiegen hatten. Guillaume beschloss, den hinteren Eingang zum Zelt seines Herrn zu benutzen, um von der Unterredung nichts zu verpassen.

Im königlichen Zelt standen seine Waffenbrüder dicht an dicht um die wärmenden Kohlebecken gedrängt. Sie tranken, redeten und lachten laut, während Guillaume, nervös wie ein junger Knappe, nach Ellen Ausschau hielt. Er drängte sich zwischen den Rittern hindurch, bis er ihren roten Schopf entdeckte. Mit züchtig gesenktem Kopf folgte sie dem jungen König zum Thron. Sie musste ihm gleich am Eingang in die Arme gelaufen sein!

Plötzlich sprang der junge Henry mit einem heftigen Satz nach vorn und ließ sich auf dem mit Schnitzereien verzierten Eichenholzstuhl nieder. Während Ellen ihn erschrocken anblickte, grinste er breit. Ganz offensichtlich hatte er seine helle Freude daran, sie verunsichert zu haben.

Dass er solcher Kindereien niemals überdrüssig wurde! Guillaume schüttelte ärgerlich den Kopf.

Wie auf ein geheimes Kommando verstummten alle Anwesenden. Nur das Schaben einiger Füße durchbrach die plötzliche Stille. Neugierig scharten sich die Männer um Ellen. Nur ein kleiner Gang zwischen ihr und dem Thron blieb noch frei.

Ellen ging zögerlich auf den jungen König zu, und auch Guillaume drängte sich an seinen Waffenbrüdern vorbei in Richtung Thron.

»Du bringst mir etwas?«

Guillaume stellte sich neben seinen Herrn und legte den Arm scheinbar gelassen auf die Rückenlehne des Throns. Er musste sich anstrengen, um unberührt und ernst auszusehen, denn Ellen leuchtete vor Aufregung. Erst als er bemerkte, wie bleich Thibault geworden war, umspielte ein winziges, schadenfrohes Zucken seinen rechten Mundwinkel. Dass Thibault sich wegen der Sache mit Jean noch Sorgen machte, war nach all diesen Jahren geradezu lächerlich!

Ellen knickste und streckte dem jungen König wortlos das noch immer eingewickelte Schwert entgegen.

»Nun gib schon her!«, forderte Henry ungeduldig und tippelte mit den Füßen.

Zehn Jahre lag seine Krönung nun zurück, und er benahm sich noch immer wie ein kleines Kind. Guillaume unterdrückte ein

Stöhnen. Ellen richtete sich auf, wickelte das Schwert aus und hielt es ihm hin. Der junge Henry beugte sich blitzschnell vor, riss es an sich und hielt es hoch wie eine Trophäe.

Das Gehänge war aus dunkel gegerbtem, kräftigem Rindsleder und mit einer breiten Messingschnalle versehen, die Schwertscheide selbst ganz mit Gold durchwirkter, purpurfarbener Seide umhüllt und mit gekreuzten Lederbändern daran befestigt. Die breite Spitze schützte ein goldenes Ortband, und über der geraden Parierstange, deren leicht nach unten abgeknickte vergoldete Enden aussahen wie Wolfsmäuler, saß ein mit gedrehtem Golddraht umwickelter Griff, den ein kreisrunder Knauf krönte.

Wohlwollend betrachtete der junge Henry das Schwert, zog es langsam aus der Scheide und wog es in der Hand. Die Edelsteinverzierung würdigte er keines Blickes. Mit einer heftigen Bewegung drehte er sich zu Guillaume um. Das dunkle Surren, mit dem das Schwert durch die Luft sauste, kommentierten die Anwesenden mit anerkennendem Beifall und Tuscheln. Der junge König besah sich das Schwert jetzt ein wenig genauer und drehte es vor Guillaumes Augen hin und her.

»Da! Seht nur, es hat die gleiche Tauschierung wie Athanor!«, rief er. Ein weiteres aufgeregtes Murmeln ging durch die Menge.

Guillaume hatte Ellenweores Zeichen längst entdeckt. Was bezweckte sie nur mit der Waffe? Glaubte sie etwa, der junge König würde ihr das wertvolle Schwert abkaufen? Vermutlich würde er es tatsächlich haben wollen, doch er besaß nicht genügend Barmittel, um es bezahlen zu können. Trotz aller Turniersiege gab er noch immer mehr aus, als er einnahm. Er würde ihr einen viel zu niedrigen Preis bieten, und vermutlich würde Ellen nicht wagen, mehr zu fordern. Im schlimmsten Fall würde sie ihm die Summe dann auch noch stunden müssen und ihr Geld niemals sehen.

Guillaume atmete tief ein. Mit seinem Herrn waren keine guten Geschäfte zu machen, darum hatte er ihm nie von Ellens Begabung erzählt.

»Dieses Schwert heißt Runedur, Mylord«, meldete Ellen sich zu Wort und riss Guillaume aus seinen Gedanken. »Ich weiß, ich sollte es Eurem Boten übergeben, doch als ich hörte, dass Ihr Euer Lager hier aufgeschlagen habt, konnte ich nicht widerstehen, es Euch persönlich zu überreichen.«

Von was für einem Boten spricht sie? Guillaume zog die Augenbrauen zusammen. Er war nicht nur der Fechtmeister seines Herrn, sondern auch sein engster Vertrauter. Er hätte wissen müssen, wenn Henry jemanden beauftragt hatte, ein Schwert bei Ellen zu bestellen.

»Seid Ihr bereits bezahlt worden, oder schulde ich Euch noch etwas dafür?«, fragte der junge Henry nun misstrauisch und zog die Augen zu kleinen Schlitzen zusammen. Er wusste also ebenso wenig wie Guillaume von einem Auftrag für ein Schwert!

»Eure Bezahlung war durchaus großzügig, mein König. Es ist kein Lohn mehr zu entrichten!« Ellen lächelte, und auch der junge Henry strahlte jetzt vorbehaltlos.

Verwundert sah Guillaume sich um. Ob einer der anderen Anwesenden mehr davon wusste? Niemandem war auch nur die geringste Gemütsregung anzusehen. Nur Thibault wirkte noch immer aufgebracht. Unbeherrscht raunte er seinem Knappen etwas zu. Ob er seine Finger im Spiel hatte? Wenn ja, was bezweckte er dann damit? Er sah nicht aus, als hätte er das viele Geld, das diese wunderbare Waffe gekostet haben musste, dafür ausgeben wollen, dass sie nun ohne ein Wort des Dankes an den jungen König ging. Überhaupt zweifelte Guillaume daran, dass Runedur je für Henry gedacht gewesen war. Wenn Thibault es in Auftrag gegeben hatte, dann wohl eher, um es für sich zu behalten. Darum war es sicher besser, Thibault nicht aus den Augen zu lassen, solange sie sich in der Nähe der Schmiede aufhielten. Guillaume hatte Mühe, dem weiteren Gespräch zwischen dem König und der Schmiedin zu folgen. Immer wieder schweiften seine Gedanken ab. Wie gern hätte er sie gesprochen und sie nach dem Befinden des Jungen gefragt! Doch als Ellen ging, wandte sich der König an ihn, um ihm das Schwert genauer zu zeigen, und als Guillaume endlich das Zelt verlassen konnte, war Ellen längst fort.

November 1180

Der Himmel hellte sich seit Wochen zum ersten Mal ein wenig auf. Die Wolken rissen auseinander und gaben endlich ein paar winzige Zipfel Blau frei. Guillaume sah nach oben und nickte. Kein schlechter Tag für einen Ausritt.

Er rief Geoffrey, seinen Knappen, zu sich, nahm seinen Falken Princess mit und machte sich auf den Weg. Der König würde demnächst ein neues Schwert benötigen, denn einer seiner liebsten Knappen sollte bald zum Ritter geschlagen werden. Guillaume sollte das Schwert bei Ellen in Auftrag geben. Der Gedanke aber, ihr wieder zu begegnen, machte ihn nervös. Sieben lange Jahre hatte er Ellen Stück für Stück aus seinen Träumen verbannt. Doch seit sie sich vor wenigen Wochen wiedergesehen hatten, spukte sie erneut durch seinen Kopf. Gewiss war es dumm, sich noch immer nach ihr zu sehnen. Immer wieder sagte sich Guillaume, dass sie verheiratet war, doch statt seiner Sehnsucht nach ihr durch bloße Vernunft Herr zu werden, empfand er Eifersucht auf ihren Gatten. Dass sie nun einem anderen Mann gehörte, schmerzte ihn mehr, als er sich eingestehen wollte. Was für ein Glückspilz war dieser Isaac doch! Sogar mein Sohn gehört ihm, dachte er widerwillig. Ob der Junge ihn »Vater« nannte? Guillaume legte die Stirn in Falten und schüttelte schließlich den Kopf. Nein.

»Isaac ist nicht mein Vater«, hatte er gesagt, als Baudouin ihm verkündet hatte, er sähe seinem Vater ähnlich. Guillaume atmete tief ein. Sein Sohn hatte die gleichen blauen Augen wie er. Ob er ihm auch im Wesen ein wenig ähnelte? Ein wehmütiges Lächeln huschte über sein Gesicht. Ach, Ellen, meine Ellen, dachte er traurig und atmete tief ein. Ganz gleich, wie sehr sein Herz auch an ihr hing, in seinem Leben war bisher nie Platz für ein Eheweib gewesen und würde es so lange nicht sein, wie er abhängig von seinem König und dessen Großmut war. Ohne Ländereien und eigene Einkünfte war er ein Nichts, ein Niemand, der sich Weib und Kind nicht leisten konnte.

Sie hat ein Schwert für den König geschmiedet, so wie sie es sich erträumt hat, dachte er, wohl wissend, dass der König das Schwert weder bestellt noch bezahlt hatte. Dennoch gehörte es ihm nun. Guillaume strich sich über das Kinn. Er würde seinen Kopf dafür verwetten, dass es Thibault gewesen war, der das Schwert in Auftrag gegeben hatte. Grenzenlose Wut hatte in dessen Blick gestanden, als Ellen das Schwert dem jungen König übergeben hatte. Er war von Ellen besessen gewesen, damals. Ob das noch immer so war? Guillaumes Herz schlug ärgerlich. Hatte er vielleicht darum unbedingt ein Schwert von ihr besitzen wollen? Eines, von dem er glauben wollte, dass es besser war als Athanor, weil sie es für den König geschmiedet hatte?

Guillaume nickte. Nach allem, was damals geschehen war, hatte Thibault freilich nicht selbst zu ihr gehen können und darum gewiss einen Boten zu ihr geschickt. Eine stattliche Summe musste Runedur gekostet haben. Allein die Edelsteine, mit denen es verziert war! Guillaume entfuhr ein herablassendes Schnauben. Als wären es Rubine und Smaragde, die ein Schwert zu etwas Besonderem machten! Aber Thibault besaß nun weder das Schwert noch das Geld, nicht einmal den Dank seines Königs hatte er bekommen. Der Verlust musste ihn darum doppelt und dreifach schmerzen. Wenn er deshalb nur nicht nach Rache sann! Ob ich Ellen warnen soll?, fragte sich Guillaume. Ein wehmütiges Lächeln huschte über sein Gesicht. Ihre Augen hatten vor Stolz grüner geleuchtet als die Smaragde auf dem Knauf des Schwertes, hatte sie doch glauben müssen, dass ihr großer Traum endlich in Erfüllung gegangen war. Er schüttelte den Kopf. Nein, er hatte nicht das Recht, ihr Glück zu zerstören. Er wollte es bewahren. Für sie. Ob Thibault Ruhe gab, wenn er ihm den Schaden ersetzte? »Ja, das könnte ich versuchen!«, sagte er halblaut und nickte zufrieden.

»Spracht Ihr mit mir, Sir?« Geoffrey sah ihn fragend an.

»Nein, mein Junge.« Guillaume lächelte mild, obwohl er den Burschen nicht ausstehen konnte. Der junge König hatte ihm Geoffrey aufgedrängt, weil er faul und vorlaut war. ›Nur Ihr könnt noch einen brauchbaren Ritter aus ihm machen!‹, hatte Henry verzweifelt gesagt und Guillaume gebeten, sich seiner für eine Weile anzunehmen.

Eine undankbare Aufgabe war das, denn Geoffrey war nicht nur unwillig, sondern auch noch ungeschickt. Auch Princess konnte ihn nicht leiden, darum hatte es ungewöhnlich lange gedauert, das Lannerfalkenweibchen an ihn zu gewöhnen. Nie im Leben wäre Guillaume darum auf den Gedanken gekommen, das Tier während ihres Rittes in Geoffreys Obhut zu geben. Weder das Auf- noch das Absteigen mit einem Vogel auf der Faust beherrschte der Junge, auch wie man das Tier beruhigte, wenn es während des Ritts nervös wurde, begriff er nicht.

Den Zügel seines Pferdes locker in der Rechten, strich Guillaume dem Falkenweibchen sanft über das Brustgefieder.

Als sie die Schmiede erreichten und Guillaume seinen Sohn verträumt im Hof sitzen sah, wo er Graubart kraulte, der die Herbstsonne genoss, spülte eine warme Woge von Zuneigung durch seinen Körper.

Der Junge sprang umgehend auf, als er ihn entdeckte, und lief erstaunlich flink auf ihn zu.

»Ist das ein Falke, Sire?«, fragte er neugierig.

»Ein Lannerfalke.« Guillaume nickte. »Entferne dich ein wenig, damit ich absteigen kann, ohne dass sich der Vogel beunruhigt«, bat er mit ruhiger Stimme. »Falken sind wilde Tiere, und sie bleiben es ihr Leben lang – auch in Menschenobhut. Jede heftige Geste ängstigt sie, und sie versuchen fortzufliegen. Komm also nur langsam näher und sprich leise«, forderte er William freundlich auf.

»Aber Ihr haltet ihn doch an dem Lederband fest?«, wunderte

der sich, deutete auf Guillaumes Faust und trat ganz vorsichtig ein wenig näher.

»Eben, mein Junge, und wenn sie – der Falke ist nämlich eine Dame –, wenn sie bei allem, was sich um sie herum bewegt, versuchen würde aufzufliegen, könnte sie sich verletzen«, erklärte Guillaume geduldig und erfreute sich daran, wie aufmerksam William ihn ansah.

»Ach so, verstehe!« Die Augen des Jungen leuchteten auf. »Wie heißt sie denn?«, fragte er und hielt den Kopf schief, wie auch Ellen es manchmal tat.

Guillaume lächelte weich. »Princess of the Sky«, antwortete er. Was für ein prächtiger Bursche mein Sohn doch ist!, dachte er gerührt.

»Darf ich sie mal streicheln?«

»Du kannst es versuchen, aber vorsichtig!«, sagte Guillaume. Princess war noch ein wenig scheu. Außerdem konnte niemand voraussagen, wen ein Falke mochte und wen er zu meiden vorzog.

William kam ganz zaghaft noch ein Stück näher heran, senkte den Blick und sah den Vogel nur aus dem Augenwinkel an.

Ein guter Anfang, dachte Guillaume, denn dem Falken nicht gleich in die Augen zu sehen, war ein durchaus probates Mittel, um ihn nicht zu erschrecken. »Das machst du gut!«, lobte er seinen Sohn. »Wenn sie unruhig wird, musst du dich sofort und ohne rasche Bewegung zurückziehen! Verstanden?«

William nickte. Es war ihm anzusehen, wie stolz er war, so dicht bei dem Greif zu stehen. Langsam hob er die rechte Hand und streichelte ganz sacht Princess' Brust.

»Du hast ein Händchen für sie«, sagte Guillaume warm. »Sie an meinen Knappen Geoffrey zu gewöhnen, hat eine Ewigkeit gedauert«, erklärte er und zwinkerte seinem Sohn verschwörerisch zu.

Geoffrey, der seinen Namen vernommen haben musste, kam von hinten auf Guillaume zugestolpert. Prompt versuchte Princess ängstlich, sich von der Hand ihres Herrn zu erheben.

»Du kannst sie nicht anfassen, du erschreckst sie!«, keifte Geoffrey William an.

»Ich?«, fragte der und bedachte ihn mit einem überraschend geringschätzigen Blick.

»Du bist ein Tölpel, Geoffrey. *Du* hast sie aufgeschreckt!«, grollte Guillaume mit leiser Stimme, um Princess nicht noch mehr zu beunruhigen. Sein Sohn hatte sich tadellos verhalten, Geoffrey aber war als Knappe wirklich eine Qual. Er warf dem Burschen einen wütenden Blick zu. Ich werde dem jungen König sagen müssen, dass ich ihn nicht länger ertrage, dachte er.

Princess hatte sich inzwischen wieder beruhigt, und William die Hand ein weiteres Mal gehoben, um sie zu streicheln.

»Du bist geschickt!«, lobte Guillaume ihn und barst fast vor Stolz auf seinen Sohn.

»Ich habe schon Tauben, Kiebitze, Eichelhäher und andere Vögel gehegt. Manchmal finde ich Gelege, zu denen die Mutter nicht zurückkommt, dann ziehe ich die Vögel auf«, erzählte William mit leuchtenden Augen. »Ich habe sogar schon mal einen verletzten Raben gepflegt, der war sehr gelehrig! Aber er ist weggeflogen. Paarungszeit!« William grinste verlegen und sah Princess bewundernd aus den Augenwinkeln an.

»Nun, mein Junge, mit gewöhnlichen Vögeln haben Falken nicht viel gemein. Raubvögel fürchten den Menschen, hassen ihn sogar und finden sein Antlitz ganz und gar grässlich. Um sie handzahm zu bekommen – der Falkner nennt das ›locke machen‹ – und sie dazu zu bringen, für den Menschen zu jagen, braucht man großes Geschick und unendlich viel Geduld. Der Falke sucht die Nähe des Menschen nicht, er meidet sie. Er liebt die Freiheit. Und gerade weil es so schwierig ist, Raubvögel zu zähmen, ist die Falkenjagd die nobelste aller Arten zu jagen!« Guillaume beobachtete mit großem Vergnügen, wie aufmerksam sein Sohn seinen Worten lauschte, hin und wieder verstehend nickte und versonnen lächelte.

Die Falkenjagd war in der Tat die nobelste Jagd von allen, doch nicht Guillaumes bevorzugte Art, ein Tier zu erlegen. Die Hetzjagd durch einen Wald, in halsbrecherischem, atemlosem Ritt, entsprach mehr seinem Wesen. Seinem Sohn aber sagte er davon nichts, denn die Augen des Jungen leuchteten so sehr beim Anblick des Falken, dass er nicht anders konnte, als sich an dieser Leidenschaft zu weiden.

»William!«, hörten sie eine kräftige Frauenstimme rufen. Es war Ellen, die ihren Kopf aus der Schmiede steckte. »Wo in Gottes Namen treibt sich der Bengel schon wieder herum?«, rief sie verärgert.

Guillaume musste unwillkürlich lächeln, setzte jedoch umgehend eine ernste Miene auf, als sie ihn entdeckte, sich die schmutzigen Hände an ihrem Kleid abwischte und sich über die Stirn fuhr, um ein paar widerspenstige Locken unter ihr Kopftuch zu stopfen.

»Mylord!«, sagte sie überhöflich, wohl um ihm zu bedeuten, dass sie auf Abstand zu bleiben gedachte. Sie deutete ein Nicken an, knickste aber zum Glück nicht. Ein Zucken spielte um Guillaumes Mund. Sie machte keine gute Figur, wenn sie knickste, es passte nicht zu ihr. Unterwürfigkeit lag ihr nicht. Und nach allem, was sie miteinander verbunden hatte, wäre derlei Ehrbezeugung auch vollkommen übertrieben gewesen, das wusste sie so gut wie er. Ihr Haar leuchtete in der Herbstsonne, als glühte es, und entfachte seine Leidenschaft für sie aufs Neue.

Sie nahm ihren Sohn bei den Schultern und schob ihn in Richtung Werkstatt. »Geh zu Jean und hilf ihm!«, befahl sie, bevor sie sich Guillaume erneut zuwandte.

»Der König ist sehr zufrieden mit Runedur«, sagte Guillaume und räusperte sich. Er gab Geoffrey ein Zeichen und übergab ihm Princess. Dann begleitete er Ellen zur Werkstatt.

»Was kann ich für dich tun?«, fragte sie nach ein paar Schritten, blieb stehen, um die Tür der Schmiede zu öffnen, und ließ Guillaume den Vortritt.

»Ein Schwert«, sagte er kurz, »einer der Knappen des Königs soll demnächst zum Ritter geschlagen werden. Er ist für mich wie ein Sohn«, sein Blick streifte William, »oder ein jüngerer

Bruder«, murmelte er, als ihm bewusst wurde, wie töricht er daherredete. Keiner der Pagen und Knappen bedeutete ihm so viel wie William!

Ellen tat, als hätte er nichts Dummes gesagt, und stellte ihm die üblichen Fragen zu der Waffe, die sie anfertigen sollte. Sie verabredeten einen Preis und den Tag, an dem das Schwert abgeholt werden sollte.

»Wir werden dann schon wieder auf dem Festland sein. Henry wird zu Weihnachten am Hof seines Vaters erwartet«, erklärte Guillaume bedauernd, weil er das Schwert nicht selbst würde abholen können. Nervös nestelte er an seiner Schwertscheide.

»Müsste mal neu gemacht werden; das Leder ist ganz zerschlissen«, stellte Ellen fest und deutete auf Athanors Scheide. »Ich kann das gleich erledigen, wenn du willst. Ist mir schon beim letzten Mal aufgefallen, als du hier warst. Ich habe alles da, was ich dazu brauche. Wenn du ein bisschen Zeit hast …?«

Es ist unglaublich, wie sie mir unter die Haut geht, dachte Guillaume fassungslos und nickte zustimmend. »Darf ich dir William solange entführen?« Der Junge hatte so viel Freude an Princess gehabt, dass er ihm gern noch ein wenig mehr von den Falken und der Beizjagd erzählen wollte.

Ellen zuckte betont gleichgültig mit den Schultern. »Sicher, warum nicht? William! Begleite den Maréchal!«, rief sie ihrem Sohn im Befehlston zu.

William folgte Guillaume strahlend. »Danke, dass Ihr mich aus dieser grässlichen, dunklen Schmiede befreit habt!« Er grinste Guillaume verschwörerisch an. »Ist es wahr, dass Ihr der engste Vertraute unseres Königs seid?«

Guillaume lachte. Sein Sohn schien ein gescheiter Bengel zu sein, der bei Tisch die Ohren offen hielt, die Werkstatt jedoch nicht halb so sehr liebte, wie seine Mutter es tat.

»Ich bin der Lehrer des jungen Henry, und der, da hast du recht, ist auch König von England, so wie sein Vater. Und ich denke, ich bin in der Tat sein engster Vertrauter. Zufrieden?«

William nickte verlegen.

Guillaume ahnte, wie aufgeregt und vermutlich beeindruckt er war. Sicher bewunderte er ihn. Ja, vielleicht träumte er sogar davon, auch einmal ein Ritter zu werden. Er ist mein Sohn, dachte Guillaume voller Stolz, gewiss träumt er von mehr als einem Dasein als Schmied!

»Hast du Lust zu sehen, wie ein Falke fliegt? Ich zeige es dir, wenn du willst«, schlug er vor und legte William die Hand auf die Schulter.

»Würdet Ihr das wirklich tun?«, staunte der erfreut, und als Guillaume bejahte, hüpfte er aufgeregt herum.

»Jetzt aber langsam, sonst erschreckst du sie noch!«, beschwichtigte Guillaume ihn und deutete mit dem Blick in Richtung Princess. Mit jedem Moment, den er länger mit William verbrachte, wuchs ihm der Junge mehr ans Herz.

Den ganzen Nachmittag verbrachten sie auf einer Wiese in der Nähe der Schmiede. Guillaume zeigte seinem Sohn, wie Princess flog, erklärte ihm die Wesensart der Falken und was man bei ihrer Zähmung, dem Lockemachen, und dem Abrichten auf eine Beute, dem Abtragen, beachten musste. Während William mit offenem Mund zuhörte und hier und da nachfragte, wenn er etwas nicht verstand, lungerte Geoffrey nur gelangweilt herum und verdrehte die Augen, weil er wohl meinte, all das bereits zu wissen.

William dagegen schien umgehend Vertrauen zu Guillaume gefasst zu haben. Er erzählte völlig ungehemmt von Isaac und seinem amputierten Arm, von Ellen und der Schmiede und von Jean und Rose, die inzwischen verheiratet waren und Kinder miteinander hatten. Guillaume staunte, wie gut es Ellen gelungen war, sich und dem Jungen ein Heim zu schaffen und ihren Träumen so nahe zu kommen. Sie brauchte ihn nicht, und doch schämte sich Guillaume ein wenig, weil er ihr nie zur Seite gestanden hatte. Jean aber war stets für sie da gewesen, hatte in der Schmiede geholfen und jedes Jahr mehr Verantwortung übernommen. Rose kümmerte sich um Haus und Hof und schien auch William das Gefühl von Wärme und Zuneigung zu geben, was ihm guttat, da Ellen nach seinen Aussagen streng und unnachgiebig war. Kein Wunder, wenn man bedachte, dass sie ihm den Vater zu ersetzen hatte, der Guillaume nie hatte sein können! Dass sie William jedoch mehr als alles andere liebte, daran hatte Guillaume keinen Zweifel.

»Hier, nimm meinen Handschuh und streif ihn über!«, forderte er seinen Sohn auf.

Ehrfurchtsvoll nahm William den hirschledernen Handschuh entgegen.

»Jetzt heb deine Hand und mach eine Faust.«

Der Handschuh war zu groß, und wie erwartet konnte William die Faust nicht ganz schließen. Guillaume lachte, als der Junge ihn hilflos ansah. »Du hast nun ein wenig Gespür für den Handschuh, darum öffne die Faust wieder, damit ich Princess daraufstellen kann. Die Fessel, die an ihrem Geschüh befestigt ist, hältst du fest, indem du den Daumen fest andrückst. Verstanden?«

William nickte begierig.

Guillaume hob die Faust des Jungen ein wenig an, winkte Geoffrey herbei, ließ den Falken auf Williams Hand umsteigen und legte die Fessel unter den Daumen des Jungen.

»Du musst die Hand ganz ruhig halten!« Guillaume erkannte, wie verzweifelt sich William bemühte, nicht zu zittern, doch ein Lannerfalkenweibchen war für einen erst Siebenjährigen ohne Erfahrung einfach zu schwer. Es dauerte, bis man sich daran gewöhnte, einen Falken zu halten, ohne sich zu verkrampfen. Die Falkner, die meist schon als Kinder mit Greifvögeln zu tun gehabt hatten, konnten einen Falken den ganzen Tag auf der Hand tragen, ohne zu ermüden. Sie hatten ihre ganz eigene Art, den Ellenbogen ein wenig auf der Hüfte abzustützen, und waren an ihrer Haltung leicht von den Lords zu unterscheiden, die ihre Vögel meist nur kurz auf der Faust hielten.

Guillaume lächelte, weil ein Hauch von Enttäuschung in Williams Blick lag, als er Geoffrey befahl, ihm den Falken abzunehmen. Princess hatte trotz Williams Unsicherheit ruhiger auf seiner Hand gestanden als nun bei Guillaumes Knappen. Ob

Geoffrey heimlich grob mit dem Vogel war? »Lass uns zurückgehen«, schlug Guillaume vor, und als sie im Hof der Schmiede Ellen über den Weg liefen, legte er den Arm auf die Schulter seines Sohnes. »Er hat ein Händchen für Tiere«, verkündete er stolz.

»Nun, wenn er nicht bald anfängt, sich etwas mehr für das Schmieden zu interessieren, wird er es nicht weiter als bis zum Hufschmied bringen. Da kann es dann nicht schaden, wenn ihn die Tiere nicht auch noch niedertrampeln!«

Guillaume wunderte sich, dass Ellen so missmutig und hart klang. Er selbst hatte an diesem Nachmittag immer wieder an seine eigene Kinderzeit denken müssen. Zwar erinnerte er sich nur noch an wenig, doch eines wusste er genau: Seine Mutter und die Kinderfrauen hatten ihn stets unsäglich verwöhnt und so gut wie nie gescholten.

»Ist wieder wie neu!«, riss Ellen ihn aus seinen Gedanken und hielt ihm das Schwert samt Scheide unter die Nase. »Nur der Leim muss noch ein wenig trocknen. Du solltest es nicht gleich wieder umhängen.«

»Wunderbar!« Die Schwertscheide war so schön wie am ersten Tag. Guillaume tastete nach seinem Geldbeutel.

»Nicht doch!« Ellen legte ihre rußgeschwärzte, schwielige Hand auf seinen Unterarm. »Das war das Mindeste, was ich tun konnte.«

Guillaume zuckte ergeben mit den Schultern. Das Schwert, das er heute in Auftrag gegeben hatte, war nichts Besonderes. Einen Dank war sie ihm darum wahrhaftig nicht schuldig. Ob sie womöglich glaubte, er habe auch bei dem Auftrag für Runedur seine Hände im Spiel gehabt? Einen Moment lang war er versucht, ihr von seinem Verdacht bezüglich Thibault zu erzählen, doch er brachte es nicht übers Herz, sie zu enttäuschen.

»Leb wohl, mein Junge, sei anständig und hilf deiner Mutter!«, ermahnte er darum lieber seinen Sohn und verabschiedete sich mit einem Schulterklopfen von ihm.

Princess auf der Linken, bestieg er sein Pferd. Er beugte sich zu Ellen herab und hauchte ihr einen Kuss auf die Wange. Ihre Haut roch vertraut nach Ruß und Eisen. Einen winzigen Moment lang schloss Guillaume die Augen, dann räusperte er sich und richtete sich auf.

Ellen stand da wie erstarrt, und Geoffrey sah ihn fragend an. Nur William schien nichts bemerkt zu haben.

»Gehorche deiner Mutter, und tu, was sie von dir verlangt!«, wandte sich Guillaume noch einmal an ihn. Der Junge nickte brav und strahlte, während Ellen noch immer dastand wie vom Donner gerührt. Ob er sie und William jemals wiedersehen würde? Guillaume atmete gegen die Enge in seiner Brust an, wendete sein Pferd und sprengte davon.

Normandie, Sommer 1182

Adam ließ sich in einem mit dicken Kissen bequem gepolsterten Sessel nieder und legte die Füße auf die Holztruhe, die vor ihm stand. Es war an der Zeit, etwas gegen diesen übermäßig von sich eingenommenen Maréchal zu unternehmen! Seit er sein eigenes Banner hatte, hielt er sich für etwas Besseres, dabei war Guillaume keineswegs aus feinerem Holz geschnitzt als jeder Einzelne von ihnen! Und er selbst, Thomas und Thibault waren beileibe nicht die Einzigen, die ihn zum Teufel wünschten.

Adam atmete tief ein. Er hatte einen Plan und Verbündete. Alles, was jetzt noch fehlte, war der richtige Bote, um die Aufmerksamkeit des Königs auf Guillaumes Verfehlungen zu richten. Es war geschickter, solche Beschuldigungen bestätigen zu können, als sie selbst vorzubringen. Schließlich sollte es nicht so aussehen, als wären Neid und Missgunst im Spiel.

»Adam?« Thomas de Coulonces glitt lautlos herein. »Ich habe versucht, Raoul de Hamars für unsere Sache zu gewinnen …«

Adam nickte zufrieden. Sir Raoul war genau der Richtige. Er sah den jungen König beinahe täglich, war ihm nahe, ohne jedoch zum Kreis seiner engsten Vertrauten zu gehören. »Und?«

Thomas kratzte sich unbehaglich am Kopf. »Er will mit den Anschuldigungen nichts zu tun haben! Aber er hat mir versprochen, Stillschweigen über unsere Unterredung zu bewahren.«

Adam nickte nachdenklich. Ärgerlich war das, aber nicht zu ändern. »Wir werden jemand anders finden«, murmelte er. »Ich glaube, ich weiß auch schon, wen!«

Normandie, Herbst 1182

Pierre de Préaux setzte sich zu Guillaume in die Nähe des großen Feuers, das bereits seit Tagesanbruch in der Halle brannte. Sein Haar war fast ebenso blond wie das seines Bruders, doch es war glatt und strähnig und hatte nichts Engelhaftes. Alle De-Préaux-Brüder hatten blaue Augen. Pierres jedoch waren von einem fast schmutzig wirkenden, toten Graublau, vielleicht war er darum derjenige von ihnen, der am wenigsten Glück bei den Frauen hatte.

»Ich möchte dich warnen, Guillaume!«, flüsterte er und sah sich besorgt um, als fürchtete er, belauscht zu werden. »Die Mauern einer Burg sind dick, und doch können sie Ohren haben«, wisperte er. »Auch ich habe mein Wissen einer Indiskretion zu verdanken, darum …«

Guillaume konnte seine weiteren Worte nicht verstehen, so leise sprach Pierre. Er beugte sich also zu ihm vor und runzelte die Stirn.

»Du hast Feinde bei Hof!«, flüsterte Pierre atemlos.

Guillaume lachte auf und nickte. Es überraschte ihn, dass ein gestandener Ritter wie Pierre sich deshalb sorgte.

»Sie wollen dich bei Henry in Verruf bringen, und ich fürchte, es wird ihnen gelingen. Es sind fünf. Fünf einflussreiche Männer, von denen du einige für deine Freunde hältst. Sie behaupten …« Pierre hielt inne und senkte den Kopf, als schämte er sich, die Anschuldigungen gegen Guillaume zu wiederholen.

»Was? Was werfen sie mir vor?«, fuhr Guillaume auf.

»Pst!« Pierre sah sich erschrocken um. »Sie sagen, du begingest *lèse majesté!«*, raunte er.

»Majestätsbeleidigung?« Guillaume schnaubte empört. »Ausgerechnet ich, der ich immer für Henry einstehe? Das ist lächerlich!«

»Es ist dein Schlachtruf, Guillaume. Du hättest niemals zulassen dürfen, dass deine Männer den Schlachtruf des Königs abwandeln. Aber das ist es nicht allein; auch dein Banner und deine Reichtümer bringen deine Feinde gegen dich auf. Sie halten dich für eitel, anmaßend und selbstgefällig. Dass der Norrois deinen Mut in den höchsten Tönen lobt, den jungen König aber vollkommen unerwähnt lässt, ziehen sie als Beweis dafür heran.«

Irrte sich Guillaume, oder war aus Pierres Äußerungen ein Funken Verständnis für seine Feinde herauszuhören? »Denkst du das auch?«, fragte er darum streng.

»Ich meine, du solltest dich etwas zurücknehmen«, murmelte Pierre de Préaux sichtlich verlegen. »Aber ich denke auch, dass du dem König treu ergeben bist und seine Ungnade nicht verdient hast.«

»Wer ist es, Pierre, vor dem ich mich in Acht nehmen muss?«

Pierre de Préaux schüttelte den Kopf. »Ich habe genug gesagt.« Er erhob sich. »Du bist nun gewarnt. Sprich mit Henry, erkläre ihm deine Treue.«

»Ich habe mir nichts vorzuwerfen und würde mich schämen, auf solch ungeheure Vorwürfe zu antworten!«, erklärte Guillaume aufgebracht. »Henry wird solchen Anschuldigungen niemals Glauben schenken!«

Als der junge König ihn jedoch schon am nächsten Tag einsilbig und mit vertrockneter Miene empfing, war Guillaume zutiefst verletzt. Nicht nur Baudouin war überrascht und sah den König ungläubig an. Auch andere Ritter blickten verwundert zwischen Henry und Guillaume hin und her. Einige schienen ihn zu bedauern und sich zu fragen, was wohl geschehen sein mochte. Anderen glaubte er eine gewisse Genugtuung anzusehen. Allen voran Thibault, dem der Triumph mit einem süffisanten Grinsen ins Gesicht geschrieben stand.

Was, fragte sich Guillaume, war nur geschehen, dass sein Stern so unverhofft hatte sinken können? Anstatt der Sache jedoch auf den Grund zu gehen, zog er sich, verletzt über die Kälte seines Herrn, aus der Halle zurück.

»Wie kann er nur glauben, dass ich mich über ihn zu erhöhen versuche, und das nur wegen meines Schlachtrufs? Ich habe immer alles für ihn getan!«, beschwerte er sich bei Baudouin, der ihm gefolgt war, und erzählte ihm von Pierres Warnung.

»Du kennst unseren jungen Herrn besser als jeder andere und weißt, wie leicht er zu beeinflussen ist«, versuchte sich Baudouin an einer Erklärung. »Er ist jung und unerfahren, und deine Feinde sind schlau und voller Neid. Doch der junge König liebt dich über alles und wird dich nicht verstoßen!«

»Nun, darauf werde ich auch ganz sicher nicht warten!«, antwortete Guillaume beleidigt. »Ich werde ihm zuvorkommen und mich für eine Weile vom Hof zurückziehen.« Er war zutiefst verletzt und wütend, weil Henry bösen Zungen Glauben schenkte, obwohl Guillaume ihm doch stets treu zur Seite gestanden hatte. Sein Leben für den jungen König zu geben, war er stets bereit gewesen, doch das schien nicht zu zählen.

»Glaubst du wirklich, das ist die richtige Entscheidung?«, unterbrach Baudouin seine Gedanken mit skeptischer Miene. »Man könnte es dir als Eingeständnis deiner Schuld auslegen.«

»Unsinn!«, entgegnete Guillaume barsch. »Ich habe mir nichts vorzuwerfen. Wenn der König irgendwelchen Gerüchten glauben will … Sollte er meine Anwesenheit befehlen, so werde ich da sein. Doch solange ich unerwünscht bin, gehe ich meiner Wege.«

»Aber …«

»Kein Aber, Baudouin. Mein Entschluss steht fest.«

Guillaume verließ den Hof des jungen Königs wie angekündigt, ohne den Versuch, mit seinem Herrn ins Reine zu kommen.

Freunde, die ihn aufnehmen konnten, hatte er genug. Auch bekam er schon bald großzügige Angebote von bedeutenden Baronen, doch die Hoffnung auf eine baldige Versöhnung mit seinem Herrn ließ ihn niemals los.

Als der junge König wenige Monate später endlich nach ihm schickte und befahl, er möge sich beim nächsten Turnier einfinden, um an der Seite seines Herrn zu kämpfen, war Guillaume voller Freude und Zuversicht. Doch der junge König schenkte ihm weder ein Lächeln, noch verzieh er ihm. Er blieb unnahbar, ganz gleich, wie verlässlich Guillaume ihm zur Seite stand. Nicht einmal die Ermahnung seines Vetters, des Grafen von Flandern, der den jungen König dazu aufrief, einen Mann wie Guillaume um keinen Preis ziehen zu lassen, konnte ihn dazu bewegen, ihm zu vergeben. Auch wenn nicht ein einziger Vorwurf über seine Lippen kam, so war doch unschwer zu erkennen, wie wütend, vielleicht auch enttäuscht Henry noch immer war. So blieb unausgesprochen, was zwischen ihnen stand, und ihre Wege trennten sich erneut.

Am Hof zu Caen, Weihnachten 1182

Als Guillaume kurz vor dem Christfest Caen erreichte, waren seine Fingerspitzen taub vor Kälte. Auch seine Füße konnte er in den feinen Lederstiefeln kaum noch spüren. Bis vor wenigen Tagen war der Winter eher mild gewesen, doch dann hatte ein eisiger Wind aufgefrischt, der einem jegliche Wärme aus den Knochen blies.

Beeindruckt betrachtete Guillaume die riesige Burgmauer, die so lang war, dass man meinen konnte, eine ganze Stadt fände dahinter Platz. Die Holzbrücke, die zum nördlichen Torhaus führte, ächzte unter dem Gewicht der Pferde und Fuhrwerke. Handwerker, Händler und Bauern schoben sich dicht gedrängt in Richtung Torwache. Die wenigen Männer und Frauen, die Caen verlassen wollten, mussten sich wohl oder übel durch die einströmende Menge hindurchzwängen, was zu Pferd gewiss nicht schwierig war, zu Fuß jedoch praktisch unmöglich, denn wenn der König in Caen Hof hielt, bedeutete das Arbeit für viele. Wäscherinnen und Bierbrauer wurden ebenso gebraucht wie Stallknechte, Küchenhelfer, Köche, Bäcker und Wasserträger, denn der König erwartete viele Gäste. Berühmte Grafen und Herzöge, aber auch Prinzen und sogar Könige.

Nur den bedeutendsten Männern des Landes wurden Speis und Trank in der Halle serviert. Wer nicht dazugehörte, lungerte im Burghof herum und musste sich selbst versorgen. Garküchen aus der Stadt hatten darum Stände errichtet. Kinder und Frauen boten selbst gebackene Pasteten und Kuchen feil, verkauften Eier, geräucherten Speck, Schinken und Würste. Bier und Cidre flossen in rauen Mengen, da der König die Zeche zur Feier der

Geburt Jesu übernahm. So waren schon am Mittag alle angeheitert, manche sogar betrunken.

Nicht nur in den Hallen von Königen wusste man zu feiern, auch die einfachen Leute amüsierten sich zum Weihnachtsfest, der Kälte zum Trotz! Obwohl der Wind mit den Rauchschwaden, die beim Verbrennen des feuchten Holzes entstanden, auch die Wärme des Feuers davonblies, waren alle fröhlich. Männer spielten mit klammen Fingern auf selbst geschnitzten Flöten und trommelten einen Takt dazu oder sangen zotige Lieder. Leichte Mädchen drehten sich im Tanz dazu, um die Kälte zu vertreiben, schlugen das Tamburin und wiegten sich verführerisch, wohl in der Hoffnung, die Nacht im Schutz eines Zeltes oder zumindest unter einer warmen Decke verbringen zu können.

Ein Lächeln zuckte um Guillaumes Mund, als ein Possenreißer die Menge mit derben Scherzen zum Brüllen brachte. Nachdem er sich in Ruhe umgesehen hatte, hieß er den einzigen Begleiter, der ihm noch verblieben war, die Pferde unterzubringen und befahl ihm, vor der Halle auf ihn zu warten. Eustache de Betrimont war ein mittelloser, treuer Mann, der nicht viel Lohn verlangte und sich mit dem Wenigen zufriedengab, das Guillaume ihm bieten konnte. Die anderen Ritter hatte er fortschicken müssen, um sein Geld nicht unnötig zu verschwenden, denn ohne seinen Herrn war seine Zukunft zu ungewiss.

»Guillaume!«, rief Baudouin aufgekratzt, lief ihm strahlend entgegen und umarmte ihn. Dann wurde sein Gesicht ernst. »Deine Feinde haben die Vorwürfe gegen dich bis zum Alten vordringen lassen«, raunte er Guillaume ins Ohr.

»Darum bin ich hier, mein Freund. Du hattest recht. Ich darf nicht länger schweigen. Ich muss mich zur Wehr setzen, um meinen guten Ruf wiederherzustellen.«

»Ich bin froh, dass du da bist.« Baudouin senkte erneut die Stimme. »Sogar eine Tändelei mit der Königin haben sie dir inzwischen angedichtet.« Er sah Guillaume mitleidig an. »Henry hat seine Gemahlin zu ihrem Vater zurückgeschickt, weil sie ihm keinen Sohn schenkt. Die Gerüchte aber, dass er sie deinetwegen vom Hof entfernt habe, halten sich hartnäckig und machen ihm übel zu schaffen. Ich hoffe, es ist nicht zu spät für eine Versöhnung …«

»Maréchal, wie geht es Euch? Hat Euch mein dickköpfiger Vetter herbeordert, um Euch endlich zu vergeben?«, rief Philippe von Flandern da und steuerte erfreut auf ihn zu.

»Nein.« Guillaume schüttelte den Kopf. »Ich weiß nicht einmal, ob ich hier willkommen bin.«

»Mir seid Ihr es stets, vergesst das nicht!«

Guillaume rang sich ein Lächeln ab und nickte.

Mehr und mehr Männer, einfache Ritter, aber auch Barone, kamen auf ihn zu, klopften ihm auf die Schulter und begrüßten ihn freundlich. Nur Thibault und Thomas beäugten ihn feindlich aus der Ferne. Ob sie mit den Anschuldigungen zu tun hatten?

Als Guillaume die Halle betrat, ergriff ihn eine nie gekannte Wehmut. Hier, beim jungen König, war sein Platz, sein Heim. Bitterkeit stieg in ihm auf. Er hatte nicht verdient, von seinem Herrn geschmäht zu werden!

Guillaume warf einen Blick auf den herrlichen Wandteppich an der kalkverputzten Wand zu seiner Linken. Smaragdfarbene Bäume waren darauf zu sehen, Blumen in den schönsten Farben, edle Damen zu Pferd, Falken, Hirsche, Hunde, Hasen, Vögel und anderes Getier. Die Kinder standen mit großen Augen davor und ergötzten sich daran. Ein Mädchen zeigte aufgeregt hüpfend auf einen Igel, den es in einer Ecke entdeckt hatte, während ein kleiner Junge, der ihr so ähnlich sah, dass er ihr Bruder sein musste, sich mehr für die Wildschweine interessierte, auf die er mit dem rechten Zeigefinger deutete, während sein linker in seinem Mund steckte und sich auf und ab bewegte, weil er so heftig daran nuckelte.

Guillaume holte tief Luft und durchquerte mit entschlossenen Schritten die Halle. Wie Nadelstiche fühlte er die neugierigen Blicke der Gäste in seinem Rücken. Ein leises Raunen folgte ihm durch die Menge, schwoll an und verstummte, als er sich vor dem König und seinem Sohn verneigte.

»Ich bitte Euch, Mylord, hört mich an!«, wandte er sich ohne

Umschweife an seinen jungen Herrn. Und obwohl dieser huldvoll nickte, verriet seine Miene Ablehnung. »Wie mir zugetragen wurde, ließ man Euch glauben, dass ich Euch verraten habe, doch das ist eine Lüge. Ich bin Euch treu und ein wahrhaftiger Freund wie eh und je. Ich bin gekommen, um hier, vor Euch und Eurem königlichen Vater, meine Unschuld zu beteuern.« Guillaume ahnte, dass alle guten Worte vergebens sein würden, und als er sah, dass alle Mühe, seinen Herrn von seiner Redlichkeit zu überzeugen, umsonst war, hielt er inne. Baudouin und andere Freunde hatten bereits vergeblich versucht, den jungen König zu besänftigen, doch weder ihnen noch Guillaume wollte er Glauben schenken. Nur ein Gottesurteil kann mir nun noch helfen, dachte Guillaume niedergeschlagen und räusperte sich. »Meine Fürsprecher haben nichts ausrichten können, um Euch zu überzeugen, darum lasst Gott entscheiden, ob ich die Wahrheit spreche. Lasst mich um meine Ehre kämpfen!«, rief er in der Hoffnung, der Allmächtige möge ihm Gerechtigkeit widerfahren lassen. Ein Raunen ging durch die Menge. »Die drei Stärksten meiner Ankläger sollen an drei aufeinanderfolgenden Tagen gegen mich antreten. Verliere ich, so hängt mich, wie man es mit Verrätern tut!«

Lautes Gemurmel war zu hören, nachdem Guillaume seinen Vorschlag unterbreitet hatte, und alle Augen waren auf den jungen König gerichtet.

»Niemals!«, rief der aus und sprang empört auf. »Niemals werde ich einem solchen Kampf zustimmen.«

»Mylord!«, rief Guillaume verzweifelt. »Die Männer, die mich beschuldigen, sind hier unter uns. Sagt, warum sprechen sie jetzt nicht? Warum klagen sie mich nicht öffentlich an?« Guillaume sah sich mit zunehmender Enttäuschung um, begegnete mitfühlenden, bangen, aber auch schadenfrohen Blicken. »Ich kenne meinen Ruf und sehe, dass sie nicht wagen, ihre ungeheuren Beschuldigungen erneut vorzubringen. Darum lasst mich einen anderen Vorschlag machen: Lasst mir einen Finger der rechten Hand abhacken, Mylord!« Diesmal heulte die Menge auf. »Ihr allein wählt, welchen. Dann lasst mich gegen den Stärksten meiner

Gegner antreten. Verliere ich, so behandelt mich wie einen überführten Verräter!«

Guillaume wusste, wie dramatisch sein Vorschlag war, doch wie konnte er sonst seine Unschuld beweisen? Er musste sich der Güte Gottes anvertrauen.

»Wer solch einen mutigen Vorschlag macht, kann nichts zu verbergen haben«, hörte Guillaume jemanden sagen.

Ungläubiges Tuscheln erfüllte den Saal.

Der junge König aber schüttelte nur trotzig den Kopf.

»Seht doch, guter Herr, dass ihre bösen Zungen nur behauptet haben, was sie nicht beweisen können!«, bat Guillaume in höchster Not. »Wäre es anders, so würden die Männer, die jene Lügen über mich verbreitet haben, nun mutig hervortreten und ihr Wort verteidigen.« Doch obwohl er zum Beweis seiner Unschuld mehr angeboten hatte, als vernünftig war, blieb sein Herr unbeugsam, und aus Guillaumes Verzweiflung wurde bittere Enttäuschung. »Da ich Eure Gnade nicht erwarten darf, Mylord, so muss ich glauben, dass Euch jene Anschuldigungen nur zum Vorwand dienen, um mich vom Hof zu entfernen«, sagte er verdrießlich und verneigte sich. »Ich verlasse Euch also.« Dann wandte er sich an den alten König. »Sire?« Als der ihn nur feindselig ansah, neigte Guillaume kurz das Haupt. »Von Euch, mein König, erbitte ich nicht mehr als einen Geleitbrief, damit ich Euer Land sicher verlassen kann, denn gegen jedes Gesetz und alle Vernunft ist man mir an diesem Hof feindlich gesinnt. Man tut mir unrecht und lässt zu, dass die Männer, die mich wider besseres Wissen anklagten, nicht einmal die Köpfe heben. All Eure hohen Gäste haben gesehen, wie mein Recht mit Füßen getreten wird!«

Baudouin sah ihn ungläubig an. Ist es Mut oder Dummheit, so frei zu reden?, schien sein Blick zu fragen, doch Guillaume hatte nichts mehr zu verlieren. Sein Leben blieb ihm, doch alles, wofür er so lange gekämpft hatte, schien für immer verloren.

Der alte König funkelte ihn zornig an, hieß seinen Schreiber jedoch mit einem fast gebellten Befehl, den erbetenen Geleitbrief aufzusetzen. »Geht, Maréchal!«, knurrte er sodann.

Februar 1183

Nach seinem enttäuschenden Besuch in Caen hatte Guillaume für eine stattliche Summe in einem Turnier gekämpft, grandios gesiegt und allen Unkenrufen zum Trotz nicht lange auf weitere großzügige Angebote warten müssen. Sogar eine recht ansehnliche Ehe hatte man ihm in Aussicht gestellt, doch er hatte abgelehnt. Für Geld zu kämpfen reichte ihm nicht. Er wollte mehr. Solange er denken konnte, war es sein Wunsch gewesen, ein Ritter des Königs zu sein. Es hatte ihn glücklich gemacht, seinem Herrn zur Seite zu stehen, und die Hoffnung, dass Henry eines Tages ein besonderer König werde, hatte ihn getragen. Nun aber, da nur wenige verleumderische Worte genügt hatten, um seinen Herrn vergessen zu lassen, wie treu er ihm stets gewesen war, erfüllten Guillaume eine nie gekannte Leere und Enttäuschung.

Niemals hatte er je an sich und seinem Ziel gezweifelt, sein Tun nie zuvor infrage gestellt oder darüber nachgegrübelt, ob der Sinn seines Lebens ein anderer hätte sein können. Nun aber quälten ihn all diese Fragen. Wer war er, jetzt, da er nicht mehr der Lehrmeister des jungen Königs war? Ein Niemand? Ein Versager? Ein Verräter gar, ohne es zu wollen?

Eine Ehe, wie man sie ihm offeriert hatte, wäre gewiss ein Ausweg gewesen, hätte sie ihn doch mit einem kleinen Gut und einer Rente versorgt. Ein ruhiges, wenig bedeutsames Leben hätte er führen können, so wie es Ellen und sein Sohn taten. Warum aber hatte er dann auf sie verzichtet? Er war seinem Ziel so nah gewesen! Doch nichts in seinem ganzen Leben hatte er je zu einem glücklichen Ende gebracht. Erst hatte er den Kammerherrn enttäuscht und nun den jungen König. Nicht einmal einen gesunden Sohn hatte er gezeugt!

Sollte er sich darum künftig mit Mittelmaß zufriedengeben, oder sollte er aufstehen und kämpfen?

Wofür aber lohnte es sich zu kämpfen? Was war seine Bestimmung? Je länger Guillaume grübelte, desto weniger fand er eine Antwort. Auch im Wein suchte er sie vergebens, ganz gleich, wie viel er davon trank.

»Mylord, es ist Zeit«, unterbrach Eustache seine trüben Gedanken, deutete auf Guillaumes Gambeson und sein Kettenhemd und lächelte aufmunternd.

Doch statt seine Rüstung überzustreifen und nach den Waffen zu greifen, die ihm für gewöhnlich Kraft und Halt gaben, blieb Guillaume auf seinem Lager liegen. Vergessen brachte der Wein nur, solange er die Sinne benebelte, aber sobald der Kopf wieder klar war, waren alle Fragen so quälend wie zuvor.

»Was ist los mit dir?« Jacques d'Avesnes stürmte in Guillaumes Zelt und sah ihn mit zusammengekniffenen Augen an. »Warum bist du nicht fertig? Die Männer des Grafen warten auf dich.«

Guillaume schüttelte den Kopf und drehte ihn fort. »Lass mich in Frieden!«

»Was soll das heißen?«

»Ich werde nicht kämpfen. Ich bin müde!«

»Müde!«, lachte Jacques d'Avesnes auf. »Von Sinnen wohl eher!«, knurrte er und stürmte hinaus.

Guillaume legte den Arm über die geschlossenen Augen und atmete tief ein. In Caen hatte er alles gewagt und doch verloren. Nun war er müde; er war es leid, auf Turnieren zu kämpfen. Die Frau, die er noch immer über alles liebte, war längst mit einem anderen verheiratet, weil sie auf ihn nicht hatte zählen können. Sein Sohn war ihm fremd, und sein Herr hatte ihn davongejagt wie einen räudigen Hund.

Schweißgebadet wachte Guillaume mitten in der Nacht auf. Das Turnier musste längst vorüber sein. Kein Laut drang mehr aus dem Lager; auch die Sieger schienen zu schlafen. Guillaume ließ sich zurück auf die Kissen fallen.

Er hatte vom Sohn Gottes geträumt, nicht von dem Mann, der am Kreuz für die Menschen gestorben war, sondern von dem Säugling, den Herodes hatte verfolgen lassen. Einen verdrehten Fuß wie William hatte der kleine Jesus in seinem Traum gehabt, bis die Heiligen Drei Könige gekommen waren und mit ihren Geschenken Heilung und Hoffnung gebracht hatten. Er schloss die Augen und versuchte, erneut einzuschlafen. Wieder erschienen ihm die Heiligen Drei Könige, und als Guillaume am Morgen erwachte, glaubte er zu verstehen, was der Traum bedeutete.

»Eustache, steh auf und pack unsere Sachen, wir reisen ab!«, weckte er seinen Knappen und rüttelte ihn wach. Ohne Fragen zu stellen, gehorchte Eustache, schlug das Zelt ab und verstaute es mit den Waffen und Guillaumes Rüstung auf ihrem Packpferd.

»Wo gehst du hin?«, fragte Jacques d'Avesnes, als Guillaume aufbrechen wollte.

Guillaume zog den Sattelgurt fest und sah ihn ernst an. »Nach Köln, ich gehe nach Köln.«

»Warum Köln?«, wunderte sich Jacques.

»Im dortigen Dom werden die Gebeine der Heiligen Drei Könige aufbewahrt. Viele Wunder sind dort geschehen«, sagte er zuversichtlich. Sein Traum hatte es ganz deutlich gezeigt: Die Heiligen Drei Könige hatten den krummen Fuß des Kindes geheilt! Sicher würden sie auch William gesund machen, wenn er seine Sünden gestand und bereute und sie um ihre Hilfe anflehte.

Jacques dachte einen Augenblick nach, dann sagte er: »Nun, ein Wunder könnte auch mir für mein Seelenheil nicht schaden. Ich habe gesündigt, und das nicht zu knapp! Ob mir der Herr wohl vergibt? Gegen eine großzügige Spende freilich«, lachte er. »Die Türen zum Paradies möchte ich wohl offen wissen, wenn ich eines Tages den letzten Atemzug tue. Auf nach Köln also!«, drängte er sich auf und beschloss, ohne Guillaumes Zustimmung abzuwarten, ihn zu begleiten.

Drei Wochen waren sie unterwegs, bis sie Köln erreichten. Obwohl Guillaume lieber allein gereist wäre, war Jacques d'Avesnes doch ein angenehmer Begleiter gewesen. Die meiste Zeit hatte er damit verbracht zu scherzen, um Guillaume aufzuheitern, und manchmal war ihm das sogar gelungen. Nun aber, da Köln ganz nah lag, wurde Guillaume erneut nachdenklich und wortkarg.

»So viel Geld für diese verdreckte Kammer, das ist Wucher!«, knurrte Jacques, nahm den dunklen Umhang und den breitkrempigen Hut ab, die ihn als Pilger auswiesen, und warf beides auf die zerwühlte Bettstatt des einfachen Gasthofes.

Die letzten Nächte hatten sie in strömendem Regen in einem völlig durchnässten Zelt verbracht. Ihre Kleider waren seit Tagen nicht mehr richtig trocken geworden und klebten feucht an ihren ausgekühlten Leibern. Guillaume fühlte ein Kribbeln in der Nase und nieste. Immerhin war der muffige, dunkle Raum einigermaßen warm. Die Decke auf der Bettstatt allerdings sah nicht so aus, als wäre sie je gewaschen worden. Wie viele Pilger wohl schon die Nacht darin verbracht hatten und wie viele Flöhe und Wanzen darin zu Hause sein mochten?

»Ob der Wirt einmal im Jahr nach Köln pilgert und um Vergebung für seine Sünden bittet?«, unterbrach Jacques mit einem schiefen Grinsen seine Gedanken. »Wobei sich die Frage stellt, ob ein einziges Mal im Jahr ausreicht«, brummte er und schüttelte die Decke aus. »Gehört Wucher nicht zu den Todsünden?«

Guillaume zuckte mit den Schultern. Vielleicht gehörte ja nicht nur der für den nächsten Tag vorgesehene Fußmarsch, sondern auch die Übernachtung in dieser Herberge zu ihrer Buße.

»Ein Tag zu Fuß sollte reichen«, hatte Jacques lachend gesagt, nachdem sie sich mit der nötigen Pilgerausrüstung versorgt hatten. »Immerhin sind wir Ritter, was von ›reiten‹ kommt! Was in aller Welt soll es dem Herrn bringen, wenn wir uns die Sohlen unserer feinen Stiefel durchlaufen? Wichtig für die Vergebung der Sünden, so hört man allenthalben, ist neben ehrlicher Reue und innigen Gebeten vor allem eine nicht zu knapp bemessene Opfergabe, und die habe ich vor, auf dem Schrein zurückzulassen!«

Ehrliche Reue und innige Gebete … Guillaume war in den vergangenen Tagen immer wieder in sich gegangen. Was genau bereute er? Ellen geliebt zu haben? Nein. Einen Sohn mit ihr gezeugt zu haben? Auch das konnte er nicht bereuen, dazu liebte er William zu sehr. Wie sollte er vor den Herrn treten und ihn um ein Wunder für William bitten, wenn er nichts bereute? Guillaume rang nach Atem. Gewiss, manchmal hatte er sich der Sünde der Eitelkeit schuldig gemacht. Vermutlich verdiente er darum auch den Zorn seines Königs. Doch Gott hatte William lange vorher bestraft. Warum nur? Weil Guillaume Ellen geliebt hatte, ohne den Bund der Ehe mit ihr einzugehen?

»Komm, lass uns etwas essen gehen, ich sterbe vor Hunger!«, unterbrach Jacques seine Grübeleien und schlug ihm auf die Schulter, als er nicht reagierte.

Obwohl er weder Hunger noch Durst verspürte, begleitete Guillaume seinen Freund nach unten.

»Wie es aussieht, sind wir nicht die Einzigen, die auf den Gedanken gekommen sind, hier Pferde und Diener unterzubringen. Kein Wunder, dass der Wirt nahezu jeden Preis verlangen kann«, sagte Jacques, als sie an einem der überfüllten Tische im Schankraum Platz nahmen, und bestellte Bier und Braten.

»Wenn Ihr etwas Wohlfeileres sucht, müsst Ihr Euch wieder von der Stadt entfernen«, raunte ihnen ein junger Mann in feinstem Französisch zu. Seiner Kleidung nach musste er ein wohlhabender Kaufmann sein. »Je näher Ihr dem Dom kommt, desto mehr verlangen die Gastwirte.«

Guillaume saß schweigend vor dem schalen Bier, das man ihnen vorgesetzt hatte. Lustlos kaute er auf dem zähen Braten herum, der mehr an derbes Leder denn an Fleisch erinnerte und ein weiterer Teil ihrer Buße sein musste, als sich der Kaufmann erneut zu ihm vorbeugte.

»Immerhin ist dieser Wirt kein allzu großer Lump. Das Essen ist zwar fürchterlich, wie Ihr vermutlich bereits bemerkt habt, aber zumindest um die Pferde müsst Ihr Euch nicht sorgen, die sind hier in Sicherheit, was man beileibe nicht von jeder

Herberge sagen kann. Mehr als einmal hörte ich schon, dass edle Tiere abhandenkamen, während ihre Herren schliefen oder im Dom beteten.« Er nickte freundlich. »Ich bin aus Brabant und mache häufig Geschäfte in Köln, müsst Ihr wissen. Die Ställe in der Domstadt sind schmutzig und unbezahlbar, genau wie viele Gasthöfe. Aber es gibt auch ordentliche Häuser, wenn man sie kennt!« Er strahlte sie an. »Wollt Ihr in Köln vernünftig unterkommen, so empfehle ich Euch den ›Heiligen Melchior‹ oder, falls dort nichts mehr vakant ist, den ›Mohren‹. Woanders legt Euer Haupt lieber nicht nieder.«

Jacques dankte ihm für seinen Rat und lud ihn auf ein Bier ein, auch wenn er nicht aussah, als wäre er auf Gönner angewiesen. Zum Dank erzählte der junge Brabanter noch eine Menge mehr über die Domstadt.

»Auf Eure Börsen solltet Ihr ganz besonders gut achtgeben. Diebesbanden streunen durch die Stadt. Sie halten Ausschau nach reichen Pilgern und haben ein Näschen dafür, wo sich das Stehlen lohnt. Einer von ihnen rempelt Euch an und redet wie ein Wasserfall, während ein zweiter Euch den Beutel vom Gürtel schneidet.« Er nahm einen kräftigen Schluck Bier und wischte sich den Mund mit dem Ärmel ab. »Auch vor den käuflichen Mädchen seid gewarnt. Die meisten von ihnen nehmen ihre Kundschaft gnadenlos aus. Und wenn Ihr spielt, hohe Herren, so lasst Euch gesagt sein, dass die Würfel der meisten Spieler gezinkt sind. Schon so mancher wohlhabende Pilger musste vor seiner Heimkehr zum Juden gehen und sich verschulden, um Mittel für die Rückreise zu haben.« Der junge Kaufmann hob seinen Becher und leerte ihn in einem Zug. »Brrrr!« Er schüttelte sich lachend. »Grausiges Gesöff!«

Bei Sonnenaufgang des nächsten Tages waren sie reisefertig. Aufbruchstimmung erfüllte den Schankraum, als sie hinuntergingen. Ein jeder, der hier haltmachte, wollte nach Köln, ob nun als Pilger zu Fuß oder wie der Kaufmann mit dem Wagen. Jacques und Guillaume hatten vor, sich wie die meisten wohlhabenderen

Wallfahrer auch unter die gewöhnlichen Pilger zu mischen, von denen sie nur durch die besseren Stoffe ihrer Kleidung und den aufrechteren Gang zu unterscheiden waren.

Ihre Knappen ließen sie mit den Pferden, Rüstungen und Waffen in der Herberge zurück.

Knöcheltief stand der Morast auf der Straße nach Köln, denn seit dem Abend schon regnete es ohne Unterlass. Das Nass troff stetig über die Krempen ihrer Pilgerhüte, perlte zunächst noch von ihren wollenen Umhängen ab, durchweichte den Stoff auf ihren Schultern jedoch noch vor dem Mittag. Vom Morgengrauen bis zum Einbruch der Nacht auf einem Pferd zu sitzen, war eines, zu laufen aber etwas ganz anderes. Spitze Steine drückten sich durch die vom Regen aufgeweichten Sohlen ihrer Stiefel, und das feuchte Leder rieb ihre Füße wund.

Erst zum Nachmittag hin wichen die schweren Regentropfen des Vormittags leichteren, feineren Tröpfchen und ließen schließlich sogar ein paar Sonnenstrahlen durch die dicke, schiefergraue Wolkendecke dringen, die den Dom schon von Weitem in geradezu göttlich scheinendes Licht tauchten und die Pilger sprachlos machten.

Da man die Wallfahrer an ihrer Kleidung erkannte, ließ man sie ohne Nachfragen ein. »Dom!«, rief eine der Wachen am Stadttor gelangweilt und deutete auf eine Gasse rechter Hand, durch die sich Unmengen von Menschen drängten.

»Zum ›Heiligen Melchior‹?«, erkundigte sich Jacques, bemüht, die fremd klingenden Worte so auszusprechen, wie es ihn der junge Kaufmann aus Brabant gelehrt hatte. »Meine Füße bringen mich um!«, raunte er Guillaume zu. »Lass uns zunächst eine Unterkunft suchen!«

»Ich will erst zum Dom!«, beharrte Guillaume, doch Jacques hörte ihm nicht zu. Er versuchte, die Torwache zu verstehen, die monoton und ausführlich antwortete. Doch offenbar verstand er kein Wort. Als er sich hilflos umsah, kam ein verwahrlost aussehender Junge mit filzigen schwarzen Haaren und vor Dreck starrenden, viel zu großen Kleidern auf sie zu. Er streckte ihnen die Hand wie ein Bettler entgegen und erklärte in gebrochenem Französisch:

»›Heilige Melchior‹ und ›Mohr‹ geht links, dann rechts und noch rechts, ganzes Stück von hier. ›Balthasar‹ und ›Stern‹ sind Nähe, gleich hier.« Er zeigte nach rechts. »Am Dom mehr Herbergen, auch welche wenig kosten und nichts gut für edle Männer, Herr«, erklärte er mit einem verschmitzten Augenzwinkern. »Soll ich Führer sein, mes Sires?«, fragte er, als Jacques ihm eine Münze in die schmutzig verkrustete Hand drückte. »Ich wissen auch, wo Mädchen finden!« Als er sie anstrahlte, sah Guillaume, dass ihm sowohl die oberen als auch die unteren mittleren Milchzähne fehlten. Er konnte kaum älter als sieben oder acht Jahre sein!

»Nicht nötig, danke!«, murmelte er und steckte dem Jungen noch eine zweite Münze zu. »Ich werde gleich zum Dom gehen.«

»Dom bald zumachen«, sagte der Junge. »Viel Menschen warten. Müssen Schlange machen morgen früh, mes Sires.«

Guillaume schüttelte ärgerlich den Kopf. Er wollte sich vor seinem Gott in den Staub werfen und ihn um Vergebung bitten, jetzt gleich!

»Wir werden den Weg zum Gasthof schon finden«, knurrte er Jacques an und zog ihn in Richtung Dom, der restlichen Pilgerschar folgend.

Schwarz vor Menschen waren die Gassen rund um das Gotteshaus. Überall lungerten Bettler herum, denn Pilger gaben großzügig.

Auch Jacques fiel auf, wie freigiebig die Menschen hier waren. »Die Bettler in dieser Stadt sind gewiss wohlhabender als so mancher Bauer!«, staunte er und legte eine Münze in die ausgestreckte Hand eines blinden Mädchens. Hübsch anzusehen war sie und so leicht bekleidet, dass ihre Brüste zu sehen waren, was Jacques offenbar nicht entgangen war, denn er hob die Augenbrauen und grinste.

Der Junge am Stadttor aber hatte recht gehabt. Die Schlange vor dem Dom war schier unendlich, und ein Mönch schickte weitere Gläubige davon. »Kommt morgen wieder, gute Leut«, sagte er. »Der Dom wird bald schließen.«

So irrten Guillaume und Jacques also durch die verwinkelten Gassen Kölns, bis sie endlich vor einem Gasthof standen, dessen Hauswand das Bild eines schwarzgesichtigen Mannes schmückte, wie weder Guillaume noch Jacques je einen erblickt hatten.

Nachdem sie im »Mohren« untergekommen waren, wollte Jacques noch ein wenig die Stadt erkunden und durch die Wirtshäuser ziehen. »Heut genieß ich, morgen reu ich«, sagte er lachend und forderte Guillaume auf, ihn zu begleiten.

»Nein, ich werde noch ein wenig in mich gehen und mich dann zur Ruhe legen. Sobald es hell wird, will ich zum Dom gehen«, lehnte Guillaume entschlossen ab.

»Wie du meinst!« Jacques zuckte mit den Schultern. »Ich jedenfalls bin durstig, und mein Magen knurrt.«

Hunger verspürte Guillaume ebenfalls, doch er zog es vor, sich ein wenig zu kasteien, um seinen Gebeten Nachdruck zu verleihen.

Am nächsten Tag kurz nach Sonnenaufgang drängte Guillaume in die bereits übervolle Gasse und ließ sich von der Menge in Richtung Dom schieben. Jacques war in der Nacht nicht zurückgekehrt. Vermutlich schlief er unter irgendeinem Tisch seinen Rausch aus. Guillaume schnaubte entrüstet. Der gute Jacques schien eine Wallfahrt mit einem Ausflug zum Jahrmarkt zu verwechseln! Guillaume drängte durch die mit Fachwerkhäusern gesäumten Gassen. Überall roch es nach Urin und Unrat, so wie in allen großen Städten.

»Guillaume!«, hörte er plötzlich jemanden rufen und blieb stehen. Die Menschen hinter ihm schoben und schimpften. »Hier bin ich!«

»Jacques!« Guillaume sah ihn aus einer Gasse linker Hand auf sich zukommen.

»Hier entlang!«, rief er und winkte ihn herbei. »Beim Schwert des Herrn! Riechst du das?«, fragte er, als Guillaume sich zu ihm durchgekämpft hatte, reckte den Kopf und schnupperte. »Komm!« Er wandte sich um und pflügte sich so rasch durch die Menge, dass Guillaume Mühe hatte, ihm zu folgen. Bei einem Bäcker machte Jacques plötzlich halt. »Sieh nur!«, rief er und deutete auf die hellen Weidenkörbe, in denen frische Brote lagen, die einladend dufteten. Die Bäckerin, ein dralles junges Weib in einem hellen Leinenkleid, mit Kopftuch und Schürze, roten Wangen und einer Spur Mehl auf der Nase, pries ihre Waren mit lauter Stimme an.

Sie rief etwas, das Guillaume nicht verstand, und zeigte auf die Körbe um sich herum. Große grobe Laibe mit herzhafter dunkler Kruste lagen darin, hellere, feinere Brote und kleine, feine, fast weiße Brötchen.

Plötzlich verzog sich das Gesicht der Matrone zu einer ärgerlichen Fratze. Laut schimpfend kam sie aus ihrem Laden und stürzte auf einen sehnigen Jungen zu, der Säcke mit Mehl von einem kleinen Handkarren hievte. Einer der Säcke war aufgegangen, und ein Teil des kostbaren Mehls hatte sich auf den Boden ergossen. Noch bevor die Bäckerin hinzugestürzt war, hatten sich zwei Bettler in den Straßendreck gekniet und begonnen, den kleinen Mehlberg mit ihren schmutzigen Händen in ihre fadenscheinigen Hemden zu schaufeln, die sie in Ermangelung eines Gefäßes vor der Brust geschürzt hatten. Ein Schwall von Beschimpfungen, die man nicht zu verstehen brauchte, um zu wissen, was sie bedeuteten, regnete auf die beiden Männer herab. Der Junge bekam so heftig eins hinter die Ohren, dass es ihm Tränen aus den Augen trieb, die helle Streifen auf seinem verschmierten Gesicht hinterließen.

Obwohl die Bäckerin sicher recht mit ihrer Wut hatte, tat Guillaume das magere Kerlchen leid.

»Hier«, rief Jacques und streckte Guillaume ein längliches, in sich gedrehtes Stück Backwerk entgegen, das nach Kümmel duftete. »Ich konnte nicht widerstehen. Wer weiß, wie lange wir vor dem Dom warten müssen!«, erklärte er kauend.

Guillaume betrachtete den Jungen, der kaum älter als William sein konnte. Mit hängendem Kopf stand er am Rand der Gasse. Sein Fuß war nicht verkrüppelt wie der seines Sohnes, doch sein Körper war so ausgezehrt, dass Guillaume ihm kurzerhand die Kümmelstange schenkte und eine Münze noch dazu. Der erstaunte, fast argwöhnische Blick des Jungen traf Guillaume bis ins Mark. »Iss, mein Junge«, forderte er ihn freundlich auf, dann wandte er sich ab und folgte Jacques, den die Menge bereits weitergeschoben hatte.

Immer heftiger drängten die Gläubigen auf den Dom zu. Obwohl es noch früh war, hatte sich bereits eine lange Schlange vor dem Portal gebildet. Guillaume erkannte einige Wartende vom Vorabend wieder. Sie sahen aus, als hätten sie auf dem Vorplatz des Doms übernachtet, um am Morgen zu den Ersten zu gehören, die eingelassen wurden. Jacques hatte sich bereits eingereiht und winkte ihn herbei.

Kinder mit Wassereimern liefen zwischen den Gläubigen umher und boten die Kelle Wasser für eine Kupfermünze an.

Marktfrauen verkauften süßes und herzhaftes Gebäck, denn es konnte eine halbe Ewigkeit dauern, bis man von den kräftigen Laienbrüdern am Eingang in den Dom gelassen wurde. Dennoch kauften nur wenige. Die meisten Wartenden verbrachten ihre Zeit mit dem Murmeln von Gebeten. Ein wenig Entsagung kann nicht schaden, dachte Guillaume zufrieden und ignorierte darum das Knurren seines Magens. Das Gemurmel der Wartenden war wie das Summen in einem Bienenstock und so ansteckend, dass sogar Jacques plötzlich anfing zu beten.

Zu viele Gläubige wollten in den Dom eingelassen werden. Darum wurde der Fluss in das Gotteshaus hinein von dem abhängig gemacht, der nach draußen strömte. Manchmal stand die Warteschlange ewig still, dann wieder ging es ein gutes Stück voran.

Guillaume und Jacques wurden mit einem ganzen Schwall von Gläubigen in das Innere des Doms gespült.

Obwohl er schon viele Kirchen gesehen hatte, war Guillaume ergriffen von der erhabenen Ausstrahlung des gut dreihundert

Jahre alten Gebäudes. Hier schien Gott in jedem Winkel anwesend zu sein. Das Gemurmel der Gebete hallte ihnen entgegen, schwoll hin und wieder an, als sprächen alle Gläubigen dieselben Worte gleichzeitig, und wurde dann wieder leiser und demütiger.

In der Schlange vor dem Dreikönigschrein beteten die Pilger noch inbrünstiger. Wer den enttäuschend unscheinbar aussehenden Schrein mit den Gebeinen der Heiligen Drei Könige endlich erreicht hatte, fiel davor auf die Knie, flehte um Vergebung und preiste den Herrn.

»Jeden Tag geschehen Wunder!«, hörte Guillaume vor sich eine Frau ausrufen. »Wer bereut, der wird erhört werden.«

Guillaume senkte den Kopf und wollte erneut die wenigen Gebete wiederholen, die er kannte: das Ave-Maria und das Vaterunser.

»Wollt Ihr hier Wurzeln schlagen?«, schimpfte eine Frau hinter ihm und schubste ihn, damit er weiterging. »Ich will meine Sünden beichten, heute noch!«, knurrte sie.

Jacques war bereits am Schrein angelangt, darum klaffte nun eine Lücke in der Schlange der Wartenden. Wütend fuhr Guillaume zu der Frau herum, besann sich jedoch des Ortes, an dem er sich befand, drehte sich wieder um und schloss auf. Jacques hatte seine Einkehr vor dem Schrein schon nach kürzester Zeit beendet, einen Beutel mit Geld dort abgelegt und sich, nicht weit entfernt, an eine Kirchenwand gelehnt, um auf Guillaume zu warten, der nun am Fuß des Schreins auf die Knie fiel und das bunt bestickte Tuch küsste, das die Lade bedeckte.

Ich habe sie geliebt, Herr, von ganzem Herzen!, begann er sein stummes Zwiegespräch mit Gott ein wenig unbeholfen. Ich flehe dich an, vergib mir meine Sünden!, begann er, nach wie vor unsicher, welcher Sünden er sich schuldig gemacht hatte. Heilt den Fuß meines Sohnes, ich flehe euch an, wandte er sich an die Heiligen Drei Könige und legte einen gut gefüllten Beutel mit Silberstücken auf dem Schrein ab. William soll einmal ein richtiger Mann werden, kein Krüppel. Bitte! Er ist ohne Schuld, beschwor er den Herrn, als gelte es, ihn von Williams Unschuld zu überzeugen, wie vor Kurzem den jungen König von seiner eigenen.

Guillaume schlug die Augen zum Himmel und begann erneut, innig zu beten. Plötzlich wurde ihm warm und immer wärmer, sein Herz begann zu rasen, und Schweiß brach ihm aus allen Poren. Man konnte doch mit Gott nicht wie mit einem Marktweib verhandeln!, dachte er empört über sich selbst und senkte beschämt den Kopf. Tränen rannen ihm über die Wangen. Wie anmaßend und selbstgefällig war er doch gewesen zu glauben, der Herr oder die Heiligen Drei Könige würden für ein beliebiges Schuldeingeständnis ein Wunder geschehen lassen!

»Ich bereue, Herr!«, murmelte er leise. Eitelkeit und Vermessenheit hatten ihn, Guillaume le Maréchal, glauben lassen, er könne das Schicksal, das Gott seinem Sohn auferlegt hatte, ändern. Wie anmaßend er war! Der Herr prüfte die Menschen tagaus, tagein. Manch einem legte er eine Bürde auf. Nicht, um ihn zu quälen, sondern um ihn zu erhöhen! William war ein prächtiger Junge, ganz gleich, was mit seinem Fuß war. Guillaume weinte heiße Tränen um den Jungen. Hochmut und Gier gehören ebenso zu meinen Sünden wie mangelnde Hingabe, bekannte er vor seinem Herrn. Opfer, wahre Opfer zu bringen, würde er bereit sein müssen, um Vergebung von Gott erwarten zu dürfen – nicht für William, sondern für sein eigenes Seelenheil, denn das, so begriff er, war tatsächlich in Gefahr. Williams krummer Fuß war ein Joch, das zu tragen gewiss nicht leicht war, das den Jungen jedoch reifer machte und ihn eines Tages über sich hinauswachsen lassen würde. »Ich bereue, Herr«, murmelte Guillaume immer wieder. »Ich bereue von ganzem Herzen.« Er murmelte ein weiteres Vaterunser und erhob sich schließlich, um seinen Platz der ungeduldigen Frau zu überlassen, die hinter ihm anstand. Als er noch einmal auf die Knie fiel und die Hände aneinanderlegte, um ein letztes Gebet zu sprechen, vernahm er hinter sich ein ungeduldiges Stöhnen und Schaben. Demütig sah er nach oben. Er musste seinen Platz nun einem anderen Gläubigen überlassen.

Antworten, so hatte er erkannt, würde er in sich selbst finden. Und was William anging, so wusste er, dass dieser auch mit einem krummen Fuß zu einem großartigen Mann heranwachsen würde.

»Der Summe nach zu urteilen, die du im Dom gelassen hast, musst du ein größerer Sünder sein, als ich dachte«, sagte Jacques schmunzelnd, als sie wieder ins Freie traten. »Ist womöglich wahr, was man sich über dich und die Königin erzählt?«

»Nein, verdammt, das ist es nicht!«, brauste Guillaume auf, ermahnte sich aber gleich darauf, sich zu mäßigen.

»Verzeih, Guillaume, ein dummer Scherz«, murmelte Jacques beschämt.

In der goldenen Herbstsonne, die seinen Nacken wärmte, fühlte sich Guillaume wie von einer schweren Last befreit. Der Himmel leuchtete so blau, dass ihn zum ersten Mal seit Langem wieder Lebensfreude erfüllte. Gott hatte ihn so reich beschenkt! Er hatte ihn stark gemacht und ihm Einfluss auf den jungen König gegeben. Er hatte ihm Liebe geschenkt und einen wunderbaren Sohn. Und all das, ohne dass Guillaume es verdient hatte. Einzig aus Großmut.

Unsagbar klein fühlte er sich und zugleich unendlich geliebt von einem Gott, den die Menschen so sehr fürchteten. Guillaume wusste, dass er sich vieler Sünden schuldig gemacht hatte, den jungen König aber zu überflügeln, hatte er niemals bewusst versucht. Er würde noch vieles im Leben falsch machen, doch er würde sich bemühen, mehr Güte an den Tag zu legen und danach zu streben, ein besserer Mensch, vor allem aber ein besserer Freund zu sein.

Er lächelte Jacques an und klopfte ihm auf die Schulter. »Ich bin froh, dass du mich begleitet hast, mein Freund. Lass uns ein Pilgerabzeichen kaufen, bevor wir Köln den Rücken zuwenden.«

Jacques nickte bereitwillig und strahlte. »Das Beten scheint dir bestens bekommen zu sein!« Er zwinkerte Guillaume erleichtert zu. »Ich hatte schon Bange, du würdest nie mehr lachen.«

Rund um das mächtige Gotteshaus waren Verkaufsstände fest mit den Wänden des Doms verbunden. Gebratene Würste und Nierenspieße, Kuchen, geröstete Mandeln und Bier wurden hier feilgeboten und verbreiteten eine unwiderstehliche Komposition aus Düften, der Guillaume nun nicht mehr wiederstehen konnte. Er kaufte sich eine heiße Wurst mit Brot und aß sie voller Genuss, während sie weiterschlenderten. Allerlei nützliche Dinge konnte man hier erstehen, besonders laut aber wurden die Pilgerabzeichen angepriesen, die es in unterschiedlichsten Größen und Formen gab. Es lohnte sich durchaus, das Angebot und die Preise genauer in Augenschein zu nehmen, bevor man kaufte, denn die Auswahl war beträchtlich.

»Das könnt Ihr Euch an den Hut stecken!«, sagte ein junges Mädchen am Stand auf Französisch, als Guillaume ein Abzeichen in ihrer Auslage betrachtete. »Hier findet Ihr mit heilige Petrus, Schutzpatron von Dom, da heilige Ursula und dort in Mitte mit Heilige Drei Könige!«, erläuterte sie ihre Ware.

Die Abzeichen waren nicht teuer, darum entschied sich Jacques für den heiligen Petrus und Guillaume für ein Abzeichen, auf dem der Dom zu sehen war, die Heiligen Drei Könige, ein Engel und ein Stern.

»Herr, gebt mir Eure Hand, und ich sage Euch, was der Allmächtige für Euch vorgesehen hat!« Eine magere Alte hatte sich Guillaume genähert und sprach ihn in erstaunlich gutem Französisch an. Sie zog das abgewetzte Tuch um ihre Schultern enger, streckte die Hand nach der seinen aus und lächelte geheimnisvoll.

Im ersten Moment schrak Guillaume zurück, doch der wissende, kluge Blick der Alten berührte ihn auf merkwürdige Weise. Mit ihren eingefallenen, faltigen Wangen und dem schlohweißen Haar erinnerte sie ihn an die Dörflerin aus Tancarville, der er einst das Brennholz gebracht hatte. Eine Woge von Zuneigung zu der ihm fremden Frau stieg in ihm auf.

»Scher dich fort!«, herrschte Jacques d'Avesnes die Alte an und wollte sie verscheuchen, doch Guillaume gebot ihm Einhalt.

»Lass nur, ich will hören, was sie mir zu sagen hat.« Mit klopfendem Herzen trat er auf sie zu und streckte die Hand aus. Als die Finger der Alten ihn berührten, fühlte er Ruhe und Zuversicht in sich aufsteigen.

»Ihr seid auf der Suche, Herr, nach Vergebung und Antworten«, sagte die Alte und studierte die Linien von Guillaumes Hand. »Fünf!«, rief sie plötzlich krächzend aus. »Fünf gekrönte Häupter und einen goldenen Thron sehe ich hier.« Sie tippte mit dem Finger in seine Handfläche. »Ein Wanderer seid Ihr und wisst nicht, wohin. Kennt weder das Ziel noch Eure Begleiter. Fragt Euer Herz, Mylord.« Sie lächelte geheimnisvoll. »Das Schicksal Englands liegt in Eurer Hand, Herr, Ihr bestimmt den Weg.«

»Leeres Geschwätz!«, begehrte Guillaume auf und entriss der Alten seine Hand. Die Zurückweisung durch den jungen König stand ihm noch deutlich vor Augen. »Könnte ich den Weg bestimmen, so wäre ich nicht hier, sondern bei meinem König!«

Die Alte kicherte. »Dann wird Euch der Weg, den Ihr wählt, gewiss zu ihm führen!« Sie nickte bekräftigend.

Jacques d'Avesnes schüttelte den Kopf, als die Alte mit ihrer runzligen Hand Guillaumes Arm drückte, sich dann abwandte und kurz darauf in der Menge verschwand. »Man braucht weiß Gott kein Hellseher zu sein, um zu wissen, dass ein Pilger nach Vergebung sucht, und in der Hand eines Ritters einen König zu sehen!« Er lachte ungläubig. »Aber fünf gekrönte Häupter! Das ist zu viel! Du müsstest hundert werden, um das zu erleben! Und dass das Schicksal Englands in deiner Hand liegt, nun, verzeih mir, mein Freund, das scheint mir ein wenig zu hoch gegriffen!«

Guillaume nickte abwesend. Jacques d'Avesnes hatte recht, die Worte der Alten schienen vollkommen absurd, und doch gaben sie ihm Zuversicht.

Am Morgen des nächsten Tages verließen sie Köln, gingen zurück zu der Herberge, holten ihre Knappen, die Pferde, Rüstungen und Waffen ab und zogen zurück nach Westen, bis sich ihre Wege in der Nähe von Reims trennten.

»Bist du sicher, dass du mich nicht begleiten willst?«, erkundigte sich Jacques. »Ein Turniersieg würde dich gewiss auf andere Gedanken bringen.«

»Nein, mein Freund, ich bin ganz sicher!« Verletzte Eitelkeit hatte ihn dazu bewogen, sich zurückzuziehen und seinen Herrn im Stich zu lassen. Selbstgefällig war er gewesen, und das schon zu lange! Aus Eitelkeit hatte er nicht auf die Warnungen seiner Freunde gehört und geglaubt, die Liebe seines Königs sei ihm für immer sicher. Darum hatte er verdient, was ihm zugestoßen war. Statt die Enttäuschung zu verstehen, die sein Herr über Guillaumes vermeintlichen Verrat empfunden haben musste, war er empört und beleidigt fortgelaufen. Für den jungen König musste das wie ein Eingeständnis seiner Schuld ausgesehen haben, ganz so, wie Baudouin es vorausgesagt hatte. Doch bei allem Unrecht, das geschehen war, es ging nicht um ihn, Guillaume le Maréchal. Es ging um England, um den König und um die Zukunft des Reiches.

Fest entschlossen, den jungen Henry zu finden und ihn um Vergebung zu bitten, verabschiedete er sich von Jacques und machte sich auf den Weg.

»Maréchal!«, rief ihm jemand am Nachmittag des folgenden Tages nach und wedelte aufgeregt mit dem Arm.

Guillaume runzelte die Stirn. Erst als sich der Reiter näherte, erkannte er Sir Raoul, den Sohn von Godefroi, dem Kammerherrn des jungen Königs.

»Welch glückliche Fügung des Schicksals! Ich bin seit Wochen auf der Suche nach Euch! Der junge König schickt mich!« Sir Raoul rang nach Luft. »Er bittet Euch inständig zurückzukehren. Er vermisst Euch und braucht Eure Hilfe.«

Guillaumes Herz klopfte wild. Er musste sich räuspern, um antworten zu können. »Meine Hilfe?«, fragte er. Sollte die Alte in Köln recht mit ihrer Weissagung gehabt haben? Führte der

Weg, den er gewählt hatte, ihn tatsächlich zurück zum jungen König? »Gibt es denn Schwierigkeiten?«, erkundigte er sich.

Der junge Mann nickte heftig. Dann griff er unter seinen Mantel und zog einen Brief hervor. »Ehe ich es vergesse, Maréchal, Sir Baudouin de Béthune bat mich, Euch dieses Schreiben zu übergeben.«

Guillaume steckte es ein, ohne auch nur einen Blick darauf zu werfen. Er war des Lesens nach wie vor nicht mächtig und würde sich darum noch eine Weile gedulden müssen, bis er erfuhr, was der Freund ihm zu berichten hatte. Auch wenn Sir Raoul gewiss ein vertrauenswürdiger Mann war, so wollte Guillaume doch lieber jemand anderen bitten, ihm den Inhalt vorzulesen. »So berichtet mir denn, Sir Raoul, was geschehen ist«, forderte er den jungen Mann auf.

»Zu Weihnachten in Caen …«, Sir Raoul brach kurz ab und hüstelte verlegen.

»Ja?«, forderte Guillaume ihn auf fortzufahren.

»Der König hat in Caen erstmals eine Rangfolge unter seinen Söhnen geschaffen und unseren Herrn endlich zum künftigen Herrscher über das Reich erklärt. Als Gegenleistung befahl er Henry, Aquitanien Richard zu überlassen, wofür der ihm wiederum den Treueeid schwören sollte. Henry hat getan, was sein Vater gefordert hat. Richard aber weigert sich standhaft, den Eid zu leisten. Keiner von ihnen dürfe über dem anderen stehen, da sie doch alle vom selben Fleisch seien, sagt er!« Raoul schüttelte empört den Kopf. »Immerhin hat er nicht infrage gestellt, dass Henry als der Ältere einmal das Erbe des Vaters antreten soll. Was jedoch die Güter ihrer Mutter betrifft, so fordert Richard, als gleichberechtigter Erbe behandelt zu werden. Henry, Geoffrey und der alte König haben sich gemeinsam gegen Richard gestellt, weil der nichts Besseres zu tun hatte, als gleich nach Caen damit zu beginnen, seine Burgen und Städte zu befestigen.«

Guillaume schüttelte den Kopf. »Das dürfte weder seinem Bruder noch seinem Vater gefallen haben.«

Sir Raoul nickte. »Unser Herr hat umgehend eine Armee gegen Richard aufgestellt. Philippe von Frankreich hat ihn unterstützt und ebenfalls Truppen nach Aquitanien entsandt.«

Guillaume strich sich mit der Hand über das Kinn. Das klang in der Tat nach beträchtlichem Ärger. Der junge König hatte schon seit Längerem ein Auge auf Aquitanien geworfen. Und da sich Richard in den letzten Jahren mit eiserner Hand hatte behaupten müssen, um die aufständischen Barone unter Kontrolle zu halten, hofften vermutlich einige von ihnen, mit dem jungen König einen weniger entschlossenen Herrn zu bekommen. Sicher hatten sie ihn darum auch zu einem Angriff ermutigt. Das aber behagte wohl Henry II. nicht gerade.

»Lasst mich raten. Der Alte hat die Seiten gewechselt und unterstützt nun Richard.« Guillaume sah den jungen Ritter fragend an.

Sir Raoul nickte. »Unser Herr braucht Euch, Maréchal, Euren Rat, Eure Weisheit und Eure militärische Erfahrung.« Er kratzte sich verlegen am Kopf. »Darum bittet er Euch, in aller Freundschaft zu ihm zurückzukehren.«

In aller Freundschaft … Guillaume nickte nachdenklich. Nun, da er mich braucht, spricht er wieder von Freundschaft, dachte er und schluckte die Enttäuschung, die ihm bitter auf der Zunge lag, hinunter.

Ob ihm Baudouins Brief weitere Erkenntnisse bringen würde? Sobald sie in die Nähe einer Kirche kamen, würde er sich einen Priester suchen, der ihm den Brief vorlas. Manchmal fragte er sich, ob es ein Fehler gewesen war, das Lesen nicht zu erlernen. Andererseits erinnerte er sich noch gut an seinen einzigen Versuch, sich die Buchstaben untertan zu machen. All die verschnörkelten Zeichen waren vor seinen Augen verschwommen, als ergriffen sie vor ihm die Flucht.

»Henry wartet in Limoges auf Euch. Werdet Ihr zu ihm zurückkehren?«, erkundigte sich Sir Raoul bang.

»Gewiss werde ich das.« Guillaume lächelte. »Der alte König aber wird nach wie vor nicht gut auf mich zu sprechen sein. Darum suche ich besser erst den französischen König auf und bitte ihn um ein Geleitschreiben. Sagt Baudouin de Béthune, dass er mich am zweiten Mittwoch des nächsten Monats in Montmirail treffen soll.«

»Allerliebster, treuester Freund«,

las der Priester, dem Guillaume ein paar Münzen für seine Dienste gegeben hatte, beflissen vor,

»seit du uns verlassen hast, haben Intrige, Missgunst und Eitelkeit Einzug bei Hof gehalten. Fünf Männer heben sich besonders mit übler Nachrede über dich hervor. Drei davon habe ich von Anfang an verdächtigt, du weißt, welche ich meine. Die anderen beiden waren auch für mich eine Überraschung. Diese Männer schmähen dich und ergötzen sich an dem Unrecht, das dir widerfahren ist. Sie frohlocken darüber, nicht mehr im Schatten deines Ruhmes zu stehen. Ja, sie bilden sich gar ein, heller zu strahlen als du, mein Freund. Darum muss ich dir unbedingt von den letzten Geschehnissen berichten, die mir große Genugtuung bereitet haben.

Ein Ritter trug unserem Herrn zu, wie erfolgreich du in Epernon gekämpft hast und welch großzügige Angebote man dir unterbreitet hat. Ich gebe zu, dass ich betrübt war, als ich hörte, dass du die Offerte meines Vaters ablehntest. Fünfhundert Livres Rente und die Hand meiner Schwester soll er dir geboten haben! Doch auch wenn ich dich nur allzu gerne Schwager genannt hätte, ich zürne dir nicht, mein Freund, dass du das großmütige Angebot abgelehnt hast. Es hat mir zu viel Freude bereitet zu erleben, wie unser Herr und seine treulosen Gefährten zugeben mussten, dass du auch ohne den Norrois einen einzigartigen Ruf als großer Ritter und Turnierkämpfer hast. Welch wohltuender Balsam für mein trauriges Herz, das dich so sehr vermisst! Auch bemerkte ich, dass unser junger König in jüngster Zeit häufig niedergeschlagen und nachdenklich war. Adam ist nun seine rechte Hand. Er steht ihm Tag und Nacht zur Seite, so wie du es einst tatest, doch ersetzen kann er dich ihm nicht, so sehr er es auch wünscht, denn Freundschaft lässt sich nicht erzwingen. Mich quält der Verdacht, dass die Intrige gegen dich nur ein Anfang war. Ich fürchte Verrat an unserem Herrn aus seinen eigenen Reihen! Glaube mir, liebster Freund, Henry ist längst gewahr, welch großen Fehler er begangen hat, als er deinen Feinden Glauben schenkte. Ich weiß, wie sehr du ihm fehlst, darum bitte ich dich, um der Liebe zu unserem Herrn und um unserer Freundschaft willen, versage ihm deine Hilfe nicht!

Ich warte voller Ungeduld auf den Tag deiner Rückkehr.

Dein dir in tiefer, ewiger Freundschaft verbundener

Baudouin de Béthune

Geschrieben in Limoges am neunzehnten Tag des Monats Februar im Jahre des Herrn 1183.«

Guillaume ließ sich den Brief ein zweites Mal vorlesen, um sich jedes Wort davon merken zu können. Baudouin hatte ihn schon vor einer Weile verfasst. Ob sich die Angelegenheit seitdem zugespitzt hatte? Eine Falte grub sich in Guillaumes Stirn. Sein Freund witterte Verrat, hoffentlich war es nicht bereits zu spät! Wie gut, dass der junge König nicht nur Männer wie Adam, Thibault und Thomas, sondern auch solche wie Baudouin an seiner Seite hatte! Ein weicher Zug legte sich um seinen Mund. Er vermisste den Freund ebenso schmerzlich wie dieser ihn. Es würde guttun heimzukehren.

Limoges, Ende April 1183

Ein farbenprächtiger Regenbogen zierte den rauchgrauen Himmel von Limoges, als Guillaume mit seinen Begleitern durch das mit Blumen geschmückte Stadttor ritt. Soldaten standen zu beiden Seiten Spalier und bejubelten ihn. Guillaume runzelte die Stirn. Die Reihen waren schlecht ausgerichtet und die Kettenhemden der Männer nicht blank geputzt. Geradezu ärmlich sahen die Soldaten des jungen Königs aus. Viele Eisenhüte waren rostig und saßen schief auf den Köpfen, die Stiefel so mancher Männer waren ausgetreten, ihre Kleider schlecht geflickt und die Waffen angelaufen. Offenbar war es höchste Zeit, dass Guillaume sich wieder um Moral und Disziplin der Truppen kümmerte.

Aufrecht ritt er durch die Menge. Trotz der Enttäuschung, die er empfunden hatte, konnte er es kaum erwarten, seinen jungen Herrn in die Arme zu schließen. Es war seine Pflicht, dem jungen König zu dienen, und er erfüllte sie gern, doch seit er wusste, dass auch Ellen in Limoges war, schob sich ihr Bild immer wieder vor das des jungen Henry, und schon bald konnte er an nichts anderes mehr denken als an sie. An ihre lockigen, feuerroten Haare, die sie meist nachlässig mit einem Strick im Nacken zusammengebunden hatte, ohne sie auf diese Weise wirklich bändigen zu können. An die Sommersprossen auf ihrer Nase, die er so gern geküsst hatte. An ihre herrlich grünen Augen, die das Licht von Baumkronen widerzuspiegeln schienen. Und an ihre von der harten Arbeit schwielig rauen Hände, die sie trotz heftigem Schrubben niemals wirklich sauber bekam.

»Was hat er sich nur davon versprochen, sie herbringen zu lassen?«, fragte er Baudouin unvermittelt.

Der Freund sah ihn mit hochgezogenen Brauen an und hob die Schultern. »Glaub mir, ich habe versucht, ihn davon abzubringen, doch er hat darauf bestanden, Ellen nach Limoges zu holen, nachdem du dich von seinem Hof entfernt hattest«, erklärte Baudouin, der ihn wie verabredet in Montmirail abgeholt hatte. »Jeder seiner Soldaten weiß, dass sie Athanor und Runedur geschmiedet hat. Ihre Anwesenheit und ihre wunderbaren Schwerter sollten die Moral der Truppen heben, die deinen Fortgang für das Zeichen einer unmittelbar bevorstehenden Niederlage hielten.«

Guillaume sah Baudouin ungläubig an.

»Ich weiß, was für ein grotesker Einfall das ist! Aber was sollte ich tun? Nun, auf dem Weg von England hierher habe ich Ellen zumindest von meinem Verdacht erzählt, dass Adam, Thomas und Thibault hinter den Verleumdungen über dich stecken.« Baudouin zuckte mit den Schultern und seufzte leise. »So wie sie mich angesehen hat, bin ich sicher, sie liebt dich noch immer«, sagte er. »Wusstest du, dass es ihr zu verdanken ist, dass Thibault seine gerechte Strafe erhalten hat?«

»Nein, was ist geschehen?«, fragte Guillaume besorgt.

»Ich muss dir ein anderes Mal ausführlich davon berichten«, vertröstete ihn Baudouin. »Denn sieh nur, dort hinten steht der junge König. Er wartet auf dich, mein Freund.«

Guillaume atmete tief ein. Bei dem Gedanken, nicht nur seinem König, sondern auch Ellen wieder zu begegnen, wurde ihm flau im Magen. Ein Frösteln überkam ihn, als die Sonne hinter einer dicken, schieferfarbenen Wolke verschwand und von dem Regenbogen nicht ein einziger Tupfer Farbe blieb, so als hätte der Himmel sie aufgesogen.

Der junge König kam ihm mit weit geöffneten Armen entgegen.

»Guillaume!«, rief er erfreut aus und umarmte ihn, als hätte nie etwas zwischen ihnen gestanden. »Verzeiht mir, dass ich Euren Feinden Glauben schenkte, mein Freund«, murmelte er ihm sichtlich verlegen ins Ohr.

Alle Enttäuschung fiel mit einem Mal von Guillaume ab. Wie wohl es doch tat zurückzukehren! »Ich, Mylord, bitte Euch um Vergebung«, antwortete er demütig. »Aus verletzter Eitelkeit ließ ich Euch im Stich, statt Euch von meiner Treue zu überzeugen.« Er hielt den jungen König fest in seinem Arm. »Ich werde für immer an Eurer Seite stehen«, sagte er warm.

Immer mehr Ritter und Barone strömten herbei, klopften Guillaume auf die Schulter und begrüßten ihn herzlich. Sogar Geoffrey de Lusignan nickte und hieß ihn willkommen.

»Ich hab es kaum glauben können, aber auch er hat sich beim König für deine Rückkehr eingesetzt. Er weiß, dass Henry dich braucht«, raunte Baudouin Guillaume zu, als der den Lusignan ungläubig betrachtete.

Rogier de Gaugi lief auf sie zu und umarmte Guillaume. »Gut, dich zu sehen, alter Freund!«, rief er und lachte. »Willkommen daheim!«

Guillaume schluckte und lachte ebenfalls. Den ganzen Tag verbrachte er mit Baudouin und den anderen Rittern an der Seite des jungen Königs, der ihn über die Schwierigkeiten mit Richard und ihrem königlichen Vater aufklärte.

Aufmerksam hörte er sich an, was geschehen war, und beriet sich mit dem jungen König und dessen Vertrauten, was sie nun tun sollten.

Erst am Abend, als das Essen aufgetragen wurde und der Wein für eine entspannte Stimmung in der Halle sorgte, erlaubte sich Guillaume, wieder an Ellen zu denken.

Einerseits konnte er es kaum erwarten, ihr endlich gegenüberzustehen, andererseits fürchtete er sich davor. Er, der als mutigster Mann des jungen Königs galt, erzitterte bei diesem Gedanken!

Wie sie wohl schwanger aussieht, dachte er und seufzte leise. Bei den meisten Frauen wurden das Gesicht voller und die Hüften runder. Ob das für sie auch galt? Im Sommer würde sie niederkommen, hatte Baudouin gesagt. Wenn nur die Arbeit am Amboss nicht zu viel für sie wurde! Eine Sorgenfalte grub sich in Guillaumes Stirn. Sie war kein junges Mädchen mehr so wie damals, in Tancarville. Eine reife Frau von mehr als dreißig, vielleicht fünfunddreißig Jahren war sie nun, und in anderen Umständen zu sein, war in diesem Alter nicht ungefährlich. Zu hören, dass sie ein Kind erwartete, hatte Guillaume unvermutet hart getroffen. Gewiss, sie war gesund und kräftig, darum lag eine Schwangerschaft für eine verheiratete Frau durchaus nah. Trotzdem war der Gedanke überaus schmerzlich und hinterließ ein bedrückendes Gefühl der Enge in seiner Brust.

Ellen war ihm als Einzige im Leben wirklich nah gewesen. Sie hatte sich in *ihn* verliebt, nicht in den berühmten Ritter, denn der war er damals noch nicht gewesen. Sie kannte Guillaumes Träume und er die ihren. Ein Lächeln huschte über sein Gesicht. Er hatte sie so sehr begehrt und geliebt! An dem Schmerz, der sein Herz zu zerdrücken schien, erkannte er, dass sich daran auch nach all den Jahren nichts geändert hatte. Ein leiser Seufzer entfuhr ihm. Ellen war die mutigste Frau, die er kannte.

Guillaume dachte an jenen Augenblick, als er in Köln vor dem Schrein der Heiligen Drei Könige gekniet und gebetet hatte. Dort war ihm die Erkenntnis gekommen, dass er Selbstlosigkeit an den Tag legen und sich als Freund würde beweisen müssen. Er musste Ellen freigeben. Um seinetwillen, um ihretwillen und um der Zukunft seines Sohnes willen. Guillaume atmete tief ein. Seine Erinnerungen an vergangene glückliche Zeiten mit ihr würde er in seinem Herzen bewahren wie einen kostbaren Schatz.

Er trank von dem starken Wein, um sich zu betäuben, doch, anders als bei einer Kampfverletzung, half das bei wundem Herzen kaum. Als ein Page ihm den zehnten Becher eingoss, verschwammen die Gesichtszüge des zarten Jungen mit denen seines Sohnes.

Einen einzigen Nachmittag hatte er mit William verbracht und sich an jedem einzelnen Augenblick ergötzt. Mein Sohn!, dachte er voller Stolz. Druck legte sich auf seine Kehle. Was war schon ein halber Tag in all den Jahren? Nichts! Gar nichts! Er kannte den Jungen kaum, und William wusste nicht einmal, dass er sein Vater war.

Guillaume atmete gegen das immer stärker werdende Stechen in seiner Brust an. William war ein liebenswerter Junge mit wachem Geist und jenem Glanz in den Augen, der wahre Leidenschaft verriet. An die zehn musste er inzwischen sein. Ein wichtiges Alter, in dem die meisten Jungen eine Ausbildung begannen; das galt für das Handwerk ebenso wie für junge Edelleute. Ob William sich dazu eignete, Schmied zu werden, so wie Ellen es sich erhoffte? Immerhin war er nicht nur ihr Sohn, sondern auch seiner! Guillaume lächelte weich. Er erinnerte sich noch genau, wie dankbar der kleine Kerl gewesen war, als er den ganzen Nachmittag mit ihm draußen hatte verbringen dürfen statt drinnen in der stickigen Schmiede. Niemals würde er seine strahlenden Augen vergessen, die ihn mit so viel Bewunderung angesehen hatten.

»Ich gehe schlafen«, murmelte Guillaume müde, erhob sich vom Tisch, an dem noch immer kräftig gezecht wurde, nickte seinen Freunden zu und wankte hinaus.

Nachdem er auch den folgenden Morgen beim jungen König verbracht hatte, fasste sich Guillaume am frühen Nachmittag endlich ein Herz und ging zur Schmiede.

Auf seinem Weg nickten ihm rotwangige Mägde und breitschultrige Knechte ergeben zu, und als er über den Platz am Brunnen ging, stießen sich die jungen Frauen an, erröteten, wenn sie seinem Blick begegneten, und tuschelten aufgeregt. Sogar eine zahnlose Alte strahlte ihn an. Die Soldaten, die auf dem Platz und in den Ecken herumlungerten, sprangen auf und nahmen Haltung an, als er an ihnen vorüberging. Guillaume nickte ihnen scheinbar gelassen zu, obwohl in seinem Inneren Aufruhr herrschte. Sein Magen brannte bis hoch in den Hals, und seine Beine fühlten sich merkwürdig taub an. Als er schließlich vor der Schmiede ankam und das Hämmern auf vielen Ambossen vernahm, hielt er einen Augenblick inne. Dann atmete er tief ein und stieß die Tür auf.

Die Schmiede unterbrachen ihre Arbeit und rissen sich die ledernen Mützen vom Kopf. Stocksteif vor Ehrfurcht standen sie da und starrten ihn an, als er auf Ellen zuging.

Sie schien als Einzige nicht überrascht zu sein, ihn zu sehen, eher ein wenig gereizt. Sie senkte den Blick, als wollte sie ihm nicht in die Augen sehen, nahm einen Lappen, um sich die Hände daran abzuwischen, und schob eine widerspenstige Locke zurück unter die Haube. Dann sah sie auf und lächelte ihn gefasst an.

Müde und angestrengt sah sie aus. Schatten lagen unter ihren Augen, und ihre Wangen erschienen ihm hohler als früher.

Guillaume trat zu ihr und nickte knapp. »Bitte begleite mich einen Augenblick hinaus«, bat er, nahm sie sanft am Arm und zog sie mit sich fort.

Guillaume verließ die Stelle, an der sie sich getrennt hatten, mit hastigen Schritten, lief schneller und immer schneller, rannte schließlich und flüchtete, so rasch ihn seine Füße trugen. Wie grausam er zu Ellen gewesen war! Niemals würde er die Enttäuschung in ihrem Blick vergessen. Er lief immer weiter und machte erst halt, als er sicher war, ganz allein zu sein. Irgendwann ließ er sich auf einem umgestürzten Baumstamm nieder und schlug die Hände vor das Gesicht. Seine Liebe zu Ellen und der Kummer, sie verletzt zu haben, wurden so drückend, dass er glaubte, an seinem Schmerz zu ersticken.

»Herr, ich versprach, Opfer zu bringen, doch ich weiß nicht, wie ich damit leben soll!«, wandte er sich an Gott. »Sie muss nun glauben, dass ich sie niemals geliebt habe!«, murmelte er leise.

»Was ist los mit dir?«, hörte er plötzlich eine besorgte Stimme hinter sich. Es war Baudouin, der näher gekommen war, ohne dass Guillaume seine Schritte vernommen hatte.

Guillaume schluckte und wischte sich so unauffällig wie möglich die Tränen vom Gesicht. »Nichts, keine Sorge, mein Freund. Mein Kopf schmerzt, das ist alles.« Er brachte es nicht fertig, Baudouin anzusehen.

»Sicher.« Ohne viel Aufhebens zu machen, setzte sich Baudouin neben ihn.

Lange saßen sie da und sprachen kein Wort. Dann räusperte sich Guillaume.

»Ich habe mich verhalten wie ein Schwein«, presste er hervor.

Als er nicht fortfuhr, sah Baudouin ihn fragend an. »Was meinst du?«

Guillaume war nicht in der Lage, sofort zu antworten.

Baudouin de Béthune legte ihm die Hand auf die Schulter und wartete.

»Ich habe Ellen belogen, damit sie aufhört, mich zu lieben.« Ohne sich für die Tränen zu schämen, die ihm nun in den Augen standen, blinzelte er seinen Freund an. »Ich liebe sie mehr als alles andere, nur darum war ich so grausam zu ihr! Ich musste sie endlich freigeben!« Und während sein Blick ins Leere wanderte, fuhr er fort: »Sie wird schon bald nach England zurückkehren.« Dann sah er Baudouin eindringlich an und erklärte: »Ich habe kein Recht auf sie, ganz gleich, wie sehr ich sie liebe. Ich darf sie nicht für den Rest ihres Lebens unglücklich machen, indem ich immer wieder ihre Nähe suche.« Er sprang auf und vertrat sich die Beine, die mit einem Mal bis in die Zehenspitzen kribbelten. »Isaac liebt sie, weißt du? Nicht so wie ich!« Er lachte verzweifelt auf. »Aber er liebt sie. Auf seine Art. Ich weiß es.« Guillaume schnaubte. »Er wird mit ihr alt werden und ihr zur Seite stehen. Das ist *sein* Platz, nicht meiner, verstehst du?«

Baudouin nickte. »Quäle dich nicht, mein Freund! Edelmut, nicht Grausamkeit hat dich bewogen.«

»Kannst du gute Männer auswählen und dafür sorgen, dass Ellen sicher heimkehrt, bitte!«

»Gewiss doch, ich holte sie auf Geheiß des jungen Königs her und werde sie wohlbehalten zurückbringen.«

Guillaume schüttelte den Kopf. »Nein, mein Freund, der junge König wird zurzeit auf dich ebenso wenig verzichten wollen wie auf mich. Darum wähle gute, zuverlässige Männer dafür aus, ich bitte dich.«

»Sicher, Guillaume, du kannst dich auf mich verlassen.«

»Versprich mir, dass du nichts zu ihr sagst, das mein Verhalten rechtfertigt oder meine Worte beschönigt. Es muss endlich zu Ende sein.«

Château Martel, Anfang Juni 1183

»Der Herr straft mich für meine schrecklichen Sünden«, murmelte der junge König. Wässriger Kot lief ihm an den Beinen entlang, als er sich erheben wollte. Tränen standen in seinen Augen. »Ich … ich hätte nicht …« Er brach ab. »Guillaume, Ihr müsst Euch um alles kümmern, um meine Beerdigung, mein Seelenheil! Bitte, mein Freund!«

»Die Ruhr trifft viele Soldaten, mein König. Ihr müsst Euch schonen!«, versuchte Guillaume, ihn zu beruhigen, und drängte den jungen König zurück auf sein Lager.

Der Krieg gegen seinen Bruder und seinen Vater hatte die Kassen des jungen Königs geleert, sodass er sich keinen anderen Ausweg gewusst hatte, als die Klöster in der Umgebung von Limoges zu überfallen. Er hatte sie ihrer Schätze beraubt, um seine Söldner entlohnen zu können und das Auseinanderbrechen seiner Armee zu verhindern. Dass ihn nun die beschämendste aller Krankheiten befallen, seinen Körper in kürzester Zeit ermattet und den einstmals so stolzen jungen Mann völlig entkräftet hatte, schien er für die Strafe des Herrn für diese Missetaten zu halten.

Der junge König bebte.

Guillaume hatte dafür gesorgt, dass man den geschwächten Henry nach Martel gebracht hatte, wo er sich erholen sollte, und seinen Vater durch einen Boten von seinem bedrohlichen Zustand unterrichten lassen. Trotz aller Ruhe und frisch gebrühter Kräutertränke aber erholte sich der junge König nicht.

Tag und Nacht hielt Guillaume an seinem Lager Wache. Doch auch das half nicht.

»Sein Vater wird nicht kommen«, raunte Baudouin ihm zu, als Guillaume kurz die Kammer des jungen Königs verließ. »Er hat ihm nur diesen Ring geschickt. Zum Zeichen seiner Vergebung.« Baudouin schlug bedrückt die Augen nieder.

»Henry wird sterben«, sagte Guillaume tonlos und steckte den Ring ein. »Und ich werde nichts dagegen tun können.« Hilflosigkeit stand in seinen Augen. Er hatte immer dafür gesorgt, dass seinem Herrn nichts geschehen war, doch diesmal musste er machtlos mit ansehen, wie sein geliebter König verdorrte.

»Er ist jung und stark, er erholt sich wieder!«

Guillaume schüttelte den Kopf. »Nein, Baudouin. Er ist nur noch ein Schatten seiner selbst. Ich werde ihm den letzten Freundschaftsdienst erweisen müssen und die Vorbereitungen für sein Begräbnis treffen. Er selbst hat mich darum gebeten. Er weiß, dass es zu Ende geht.« Guillaume schluckte. Er würde dafür sorgen, dass alles seinen Gang ging, wenn der junge König starb, so wie es sich für einen Mann seines Standes schickte. Was dann kam, lag in den Händen des Allmächtigen.

Guillaume ging zurück zu Henry, der wächsern und eingefallen auf seinem Lager ruhte. Seine Brust hob und senkte sich kaum sichtbar. Oh, wenn er ihm doch nur hätte helfen können! Und was hatte das Schicksal für ihn selbst vorgesehen? War sein Weg hier, am Totenbett seines Herrn, zu Ende? Ohne den geliebten, jungen König stand er wieder am Anfang. Zwar hatte er viele Freunde und die Einkünfte aus Saint-Omer, die ihm der Graf von Flandern für ein Turnier zugesprochen hatte, doch war die Höhe der Rente zu gering, um davon so leben zu können, wie er es gewohnt war.

Guillaume fuhr sich durch das Haar. Er würde wohl wieder als Junggeselle umherziehen und sein Einkommen auf Turnieren verdienen müssen. Doch er verlor nicht nur einen Herrn, eine großartige Stellung und ein Heim, er verlor vor allem einen Freund. Einen Jungen, den er mitgeformt hatte, dessen Leben er stets beschützt hatte, auf den er oft stolz gewesen war und den er geliebt hatte wie einen jüngeren Bruder.

Es war nicht leicht, den Bischof von Cahors rufen zu lassen, damit er dem jungen Henry die Beichte abnahm.

Als sich der junge König, nackt und zitternd vor Angst, vor dem bischöflichen Kruzifix zu Boden warf und weinend um die Vergebung seiner Sünden flehte, zog sich Guillaume in eine Ecke der Kammer zurück. »Vergib mir meine Sünden!«, hörte er den jungen König in seiner Agonie rufen.

Guillaume schloss die Augen, atmete so wenig von dem muffigen, säuerlich nach Durchfällen stinkenden Odem der Kammer ein wie möglich und meinte, die Anwesenheit des Todes schon fühlen zu können. Tränen liefen über seine Wangen, als der junge König ihn rief.

»Guillaume, mein Freund, vergebt mir, dass ich Euch je misstraut habe! Ich hätte die Männer, die Euch verleumdet haben, bestrafen müssen …« Er weinte bitterlich und streckte die Hand nach Guillaume aus. »Verzeiht mir meinen Hochmut und schenkt mir Eure Liebe!«

Guillaume trat zu ihm ans Lager, nahm seine Rechte und strich ihm das nasse Haar aus der Stirn. »Ich vergebe Euch, mein König!«

Henry weinte dankbar. Der Tod aber wartete noch. Er harrte aus, schien Freude daran zu haben, sich am Fußende des königlichen Lagers herumzutreiben und nur hin und wieder gierig seine mageren Finger nach Henry auszustrecken.

Vier Tage siechte der junge König so dahin. Sein Gesicht war faltig und eingefallen, und sein Geist schien immer mehr zu erlöschen. Am fünften Tag des siebten Monats ließ er sich auf ein Bett aus Asche legen, unter dem Kopf nur ein Kissen aus Stein und am Körper ein härenes Hemd.

»Ich bin nun bereit zu gehen und will noch einmal beichten!«, raunte er Guillaume mühsam zu. »In Anwesenheit aller meiner Ritter.«

Guillaume nickte. Sein Hals war eng, das Schlucken schien ihm unmöglich.

»Herr, ich habe großes Unrecht getan«, weinte der junge König, als sich alle schweigend um ihn herum versammelten. »Ich habe die Freundschaft meines treuesten Ritters verraten, weil ich gutgläubig und eitel war. Ich habe gemordet, gestohlen und gebrandschatzt. Herr, vergib mir! Ich schwöre, dass ich zutiefst bereue!«

Als ihm der Bischof die Letzte Ölung erteilte, wurde er ruhiger. Henry schien bei klarem Verstand zu sein, als er sein Testament machte und begann, sein spärliches Hab und Gut unter seinen Männern zu verteilen. Er hatte ihnen ihre Treue noch zu seinen Lebzeiten zu vergelten, indem er sie beschenkte und bestimmte, was ihnen nach seinem Tod zustehen sollte, denn nach seinem Hinscheiden würde er nicht mehr für sie sorgen können. Doch der todgeweihte, junge König besaß keinen Penny mehr. Der zerstörerische Krieg hatte zu viel gekostet. Also verteilte er die Waffen und Kleidungsstücke, die er noch besaß. Seine engsten Vertrauten weinten, als er sie beschenkte, oder standen mit geröteten Augen um sein Lager. Sogar Adam und Thomas, die für ihre Machenschaften nicht zur Rechenschaft gezogen worden waren, weil Henry ein schwacher Herrscher gewesen war, schien dieser Moment nicht unbewegt zu lassen.

»Guillaume, Ihr seid mir der treueste Freund von allen gewesen«, stammelte der junge König mit dünner Stimme und sah sich suchend um.

»Ich bin hier, Mylord!« Guillaume, der die ganze Zeit neben seinem Kopfende gestanden hatte, trat vor ihn.

»Gebt mir Eure Hand!« Henry ergriff sie, legte sie mit der seinen auf das Kreuz des Mantels, der ihn bedeckte, und sah ihn aus angstgeweiteten Augen an. »Ich bitte Euch, mein Freund, erlöst mich! Ich werde nicht mehr ins Heilige Land ziehen können, um das Gelübde zu erfüllen, das ich vor Jahren schon ablegte. Darum flehe ich Euch an, geht Ihr an meiner statt! Bringt das Kreuz für mich nach Jerusalem.« Er keuchte vor Anstrengung.

Guillaumes Kehle war wie zugeschnürt. Diese letzte Aufgabe für seinen Herrn erfüllen zu dürfen, war eine große Ehre! Vielleicht war sie auch die Antwort auf die bange Frage, was aus ihm werden sollte. Auch wenn eine solche beschwerlich und kostspielig war und er womöglich nie wieder zurückkam, so war dies doch eine Aufgabe, die zu vollbringen ihn glücklich machen würde.

»Das tue ich, Mylord. Ich verspreche es!« Er strich dem jungen König mit einer geradezu väterlichen Geste über die verschwitzte Stirn.

»Mein Vater«, stöhnte der Sterbende in diesem Augenblick, »er muss mir verzeihen!«

Guillaume übergab ihm den Ring. »Das hat er bereits«, sagte er sanft.

Der junge König bedeckte das Schmuckstück schluchzend mit Küssen. »Meine Mutter! Er soll meine Mutter freilassen!«, murmelte er kaum hörbar, dann sackte sein Kopf zur Seite, und ein letzter Atemzug entwich seiner Brust.

Silbern
scheint die Sonne
am Mittag
1183 - 1199

Kilkenny, Irland, im September 1183

Isabelle legte die Hand an die Stirn, um ihre Augen zu beschirmen, und suchte das Flussufer unterhalb des Hügels ab. Wie immer zu dieser Jahreszeit floss das Wasser gemächlich gurgelnd dahin. Bald jedoch würde der Herbst mit seinen starken Regenfällen den Nore anschwellen und an manchen Stellen zu einem reißenden Fluss werden lassen. Isabelle stellte sich auf die Zehenspitzen und zog die Augenbrauen zusammen. Conall war nirgendwo zu sehen. Ihr Blick tastete jeden Baum, jeden Strauch um sie herum ab. Plötzlich erzitterte der Ast eines Busches ganz in ihrer Nähe. »Ich hab dich!«, wollte sie schon rufen, als eine Ente aus dem Unterholz gewatschelt kam. Isabelle schnaufte enttäuscht.

»Ich hab gewonnen!«, sagte Conall, tippte ihr auf die Schulter und grinste sie breit an, als sie sich umdrehte. Er entblößte zwei riesige Vorderzähne, die Isabelle besonders gut an ihm gefielen. Auch die Sommersprossen in Conalls Gesicht mochte sie, denn sie schienen auf seiner Nase zu tanzen, wenn er lachte.

»Jetzt schau doch nicht so entsetzt!« Conall fuhr sich durch die glatten roten Haare.

»Mach ich ja gar nicht, aber du gleich!« Isabelle hauchte ihm einen Kuss auf die Wange und flüchtete. »Fang mich doch, wenn du kannst!«, rief sie lachend und drehte sich nach ihm um.

Conall stand wie angewurzelt da, schüttelte den Kopf und wischte sich angewidert über die Wange. Er war eben ein richtiger Junge, und die mochten es nun einmal nicht, wenn man sie küsste. Ein Lächeln flog über Isabelles Gesicht. Conall sah unschlagbar amüsant aus, wenn er wütend war! Zum Glück war er nicht nachtragend. Dazu waren sie viel zu gute Freunde.

Eigentlich waren sie sogar mehr als das, denn Brigid, Conalls Mutter, war Isabelles Amme und der nur um wenige Wochen ältere Junge darum ihr Milchbruder. Die Liebe zu Brigid verband sie ebenso wie die Furcht vor Orin, ihrem Mann. Und sie hatten noch weitere Gemeinsamkeiten. Sie liebten Katzen und Pferde und konnten eine Ewigkeit seelenruhig neben der Angelrute ausharren und darauf warten, dass ein Fisch anbiss, obwohl sie doch im Inneren beinahe platzten vor Bewegungsdrang. Sie streunten mit Vorliebe durch die Burg oder die engen Gassen von Kilkenny, dachten sich Streiche aus, mit denen sie die Soldaten narrten, und versteckten sich dann mit klopfendem Herzen in einer der Scheunen. Manchmal saßen sie auch einfach nur im Gras und malten sich aus, wie es sein würde, wenn Isabelle erst Herrin von Kilkenny und Leinster war. Sie würde die Normannen heimschicken und dafür sorgen, dass Iren wieder die Macht hatten, darin waren sie sich einig. Niemand würde Hunger leiden oder sich fürchten müssen. Friede und Wohlstand, Eintracht und Glück würden dann das Leben in Kilkenny bestimmen. Wie sie das allerdings anstellen sollte, darüber zerbrachen sich die beiden nicht den Kopf. Schließlich war bis dahin noch genügend Zeit.

Kilkenny war ein recht bedeutender Marktflecken, seit der englische König und die Normannen Leinster beherrschten. In Scharen waren Engländer und Waliser nach Irland gekommen, um ihr Glück zu machen, und obwohl sie einander nicht ausstehen konnten, verband sie doch das Gefühl, weit über den Iren zu stehen, deren Sprache zwar der walisischen ähnelte, deren Gesetze und Bräuche jedoch fremd und ungewohnt waren und vor allem den Normannen archaisch und lächerlich erschienen. Weder die fröhlichen Weisen irischer Lieder noch die stampfenden Schritte und Figuren der dazugehörigen Tänze gefielen ihnen, nicht einmal dem verträumten Klang der Harfe konnten sie etwas abgewinnen.

»Du sollst zum Vater kommen!«, rief Brian, einer von Conalls jüngeren Brüdern, und stakste mit seinen kurzen Beinen durch das hohe Gras.

Isabelle breitete die Arme aus. »Los, komm! Ich fange dich auf!«

Brian strahlte sie an und rannte juchzend auf sie zu.

Isabelle fing ihn ein und wirbelte ihn herum. »Du bist doch schon wieder gewachsen und schwerer geworden!«, stellte sie mit gespieltem Tadel fest, als sie ihn absetzte, und zwickte ihn liebevoll in die Wange. »Bald kann ich dich nicht mehr heben!«

»Wenn ich groß bin, dann heirate ich dich!«, verkündete der Kleine im Brustton der Überzeugung und zog seinen großen Bruder am Ärmel. »Komm! Vater wird sonst böse!«

Brians Vater war Brigids zweiter Mann und Conalls Stiefvater. Brigids erster Mann war noch vor Conalls Geburt bei der Feldarbeit vom Blitz erschlagen worden, darum war es ein großer Glücksfall für die junge Witwe gewesen, dass Aoife, die Frau des Burgherrn, zur gleichen Zeit ein Kind erwartet und sie als Amme ausgewählt hatte. Brigid und ihr Säugling waren auf der Burg untergebracht worden, damit die Amme stets in Isabelles Nähe sein konnte, und so waren die beiden Kinder wie Geschwister aufgewachsen. Erst als Isabelle mit drei oder vier Jahren Brigids Brust entwachsen war, hatte man die Amme wieder ins Dorf entlassen. Orin, ein Tagelöhner und um einiges älter als Brigid, war der Einzige gewesen, der die arme Witwe hatte freien wollen, und so hatte Brigid ihm wohl oder übel das Jawort gegeben. Doch Orin war ein unbeherrschter und brutaler Mensch, der schon wegen des geringsten Anlasses zuschlug.

Brian zog heftiger am Arm seines Bruders. »Nun komm schon!«, drängte er.

Conall hob ergeben die Arme. »Ich mach mich dann wohl besser auf den Weg. Vielleicht sehen wir uns später!« Im Gehen winkte er Isabelle noch einmal zu.

»Hm«, brummte sie nur mürrisch. Wie ärgerlich, dass Conall stets fortmusste, wenn es am lustigsten war! Gelangweilt riss sie einen der langen, ährenartigen Grashalme aus, die über den Sommer gewachsen waren und ihr nun bis fast zur Hüfte reichten, schälte die beiden Blätter ab, die ihn seitlich umfassten, und steckte den dürren Stängel in den Mund. Dann machte sie sich auf den Weg zurück zur Burg.

Ihr Vater hatte den Wohnturm und die wehrhaften Palisaden, die ihn umgaben, aus mächtigen Eichenbalken errichten lassen. Seit Generationen schon hatten Isabelles Vorfahren ihre Hallen auf dem schroffen Felsen gebaut, der sich über dem Nore erhob, und ihr Vater hatte diesen Brauch fortgeführt. Strongbow – so hatten seine Männer ihn genannt – war einer jener normannischen Ritter gewesen, die nach Irland gekommen waren, um ihr Glück zu machen, und nach seinem Tod hatte der König sein Weib und seine Tochter unter seinen Schutz gestellt.

Ein herablassendes Zischen entwich Isabelle. Sie konnte die Normannen nicht ausstehen. Zwar beherrschte sie ihre vornehm näselnde Sprache beinahe so gut wie das Irische, doch dass normannische Frauen der Besitz ihrer Männer waren, so wie Pferde, Kleiderkisten und Tafelgerät, empörte sie zutiefst. Irische Frauen, so wusste sie von ihrer Mutter, waren stolz und eigensinnig. Isabelle reckte das Kinn. Niemand konnte eine Irin zwingen, Dinge zu tun, die sie nicht wollte. Schon gar nicht, sich einem Mann wie eine Hündin zu unterwerfen. Auch ihre Mutter hatte sich den fremden Normannen nicht aufzwingen lassen. Sie hatte sich aus Gründen der Vernunft entschieden, der Eheschließung zuzustimmen.

Isabelle fehlte jede Erinnerung an den Vater. Sie war noch zu klein gewesen, als er gestorben war. Nur die spärlichen Erzählungen ihrer Mutter ergaben ein vages Bild. Es waren wenige karge Worte über einen Mann, der Aoife innig geliebt und sie entgegen seinen normannischen Bräuchen stets hoch geachtet hatte, den sie aber nicht hatte wiederlieben können, weil ihr Herz bereits einem anderen gehört hatte. Immerhin hatte sie ihn schätzen gelernt und ihn geachtet. Zwei Kinder hatte ihnen der Herr geschenkt. Gilbert, Isabelles älterer Bruder, war vom ersten Tag an ein kränklicher Junge gewesen und noch als Knabe von einem Fieber dahingerafft worden. Darum war Isabelle nun die künftige Erbin von Kilkenny.

Der Steward, ein normannischer Ritter und enger Vertrauter ihres verstorbenen Vaters, sorgte für die Sicherheit auf der Burg. Isabelle schnaufte bei dem Gedanken an ihn. Er lächelte nie und sah sie stets so merkwürdig an. In ihrem ganzen Leben, so schwor sie sich, würde sie niemals einen normannischen Ritter heiraten, komme, was da wolle. Sie war eine irische Prinzessin, und nur ein irischer Prinz oder König war ihrer würdig!

Isabelle warf einen Blick hinauf zur Burg. Zuweilen kamen große Scharen normannischer Ritter und Soldaten nach Kilkenny, um die Stärke und Macht ihres englischen Königs zu demonstrieren. Einem Heuschreckenschwarm gleich, fielen sie über die Vorräte der Burg und der irischen Bauern her, soffen, schlugen sich die Bäuche voll und belästigten die Frauen. Sie verschwanden erst wieder, wenn die Speisekammern und Scheunen so gut wie leer waren. Auch Aoife musste dann einiges erdulden. So mancher Ritter ließ es an Respekt mangeln, nur weil sie Irin war. Einige warben auf so beschämend plumpe Art um die noch immer schöne, wohlhabende Witwe, dass Isabelle ihnen am liebsten an die Gurgel gegangen wäre. Ja, wäre sie ein Junge gewesen, groß und stark, so wie Conall es einmal sein würde, dann hätte sie ihnen Einhalt geboten! Als Mädchen aber musste sie zusehen, wie die Männer ihre Mutter bedrängten und immer wieder betonten, wie trefflich Aoife es doch habe, weil sie jederzeit einen von ihnen zum Gatten erwählen könne.

»Warum lässt du sie nur gewähren?«, hatte Isabelle ihre Mutter empört gefragt, als wieder einmal zwei Ritter um ihre Gunst gebuhlt hatten. »Sie behandeln dich nicht besser als eine gewöhnliche Magd!«

»Eine Königin bewahrt stets Haltung, mein Kind!«, hatte Aoife geantwortet und den Kopf noch ein wenig mehr in die Höhe gereckt. »Auch wenn es das Königreich Leinster nicht mehr gibt, so bin ich doch noch immer die Tochter von König MacMurchada!« Dann hatte sie Isabelle angelächelt und ihr den Kopf getätschelt. »Auch du wirst lernen müssen, Haltung zu wahren, denn du bist eine irische Prinzessin und bleibst es, solange du lebst, ganz gleich, was auch geschieht! Vergiss das niemals! Du wirst einmal verantwortlich für viele Menschen sein. Wir besitzen noch immer große Ländereien, auch wenn der englische König deinem Vater die Krone von Leinster verweigert hat.«

Bei dem Gedanken an die Worte ihrer Mutter atmete Isabelle tief ein. Gewiss, sie lernte sticken, Harfe spielen, lesen, schreiben, rechnen, das verhasste Französisch der Normannen und Latein, ganz so, wie es sich für ein Mädchen ihres Standes geziemte. Aber auch wenn sie sich geschickt dabei anstellte, so streifte sie doch viel lieber mit Conall umher, ging mit ihm zum Fischen oder hockte mit ihm im Stall bei den Tieren.

»Mimi!«, fiel ihr plötzlich ein, und ein weiches Lächeln huschte über ihr Gesicht. Die dicke Mim, eine der unzähligen Katzen, die Burg und Scheuern vor lästigen Ratten und Mäusen bewahrten, war wieder einmal trächtig. Isabelle liebte das eigenwillige Tier besonders. Seit sie klein war, hatten die Weichheit von Mims Fell, ihre Wärme und ihr zufriedenes Schnurren sie getröstet, wenn sie Kummer gehabt hatte. Mim hatte schon häufiger Junge bekommen, und wie die Male zuvor hatte sie sich auch diesmal rechtzeitig vorher in den kleinen Stall am Westtor zurückgezogen. Voller Vorfreude auf den Nachwuchs war Isabelle vor dem morgendlichen Latein-Unterricht zum Stall gelaufen und hatte nach ihr geschaut. Katzenjungen hatte sie jedoch noch nicht entdecken können. Vielleicht waren sie ja jetzt endlich da!

Isabelle hastete den steinigen Weg bergauf, knickte um, fing sich und eilte weiter. Das Herz klopfte ihr hart gegen die Rippen. Sie konnte es kaum noch erwarten, die winzigen Kätzchen zu begrüßen. Mit langen Schritten überquerte sie den Burghof, ohne nach rechts oder links zu schauen, dann riss sie die knarrende Eichentür des Schuppens auf. Ein helles Maunzen klang ihr entgegen.

»Oh!«, rief sie verzückt aus, verharrte auf der Schwelle und beobachtete, wie liebevoll die Katzenmutter ihre neugeborenen Jungen leckte. Drei winzige Kätzchen waren es. »Ich hole dir ein Schälchen Milch, Mimi!«, wisperte Isabelle, schlüpfte wieder hinaus und rannte zurück über den Hof in Richtung Küchenhütte.

»Nun mach schon, die Herrin hat Gäste! Steh nicht mit offenem Maul herum! Beweg dich, oder ich mach dir Beine!«, hörte sie den Koch schon von Weitem schimpfen. Isabelle spähte in die Küche und sah, wie er einem der Helfer einen Tritt ins Kreuz verpasste.

Sie seufzte. Dies schien ein denkbar ungünstiger Augenblick zu sein, um nach etwas Milch für die Katze zu fragen. Der Koch verwöhnte Isabelle zwar hin und wieder mit kleinen Leckereien, doch wenn in der Küche Eile angesagt war, ging man ihm lieber aus dem Weg. Von Milch für ein »Katzenvieh«, wie er die dicke Mim nannte, hielt er ohnehin nicht viel. Isabelle zog sich also zurück und beschloss, zu einem der Ställe zu laufen und selbst eine Ziege zu melken. Seit einer Weile schon wusste sie, wie man das machte. Conall hatte es ihr gezeigt. Geduldig und mit einem spitzbübischen Lächeln hatte er sie aufgefordert, an den Zitzen der Ziege zu ziehen, bis die Milch herausspritzte. Es war lustig gewesen, weil sie überallhin getroffen hatte, nur nicht in die dafür mitgebrachte Schale. Conall konnte nicht nur mit Ziegen gut umgehen, sondern mit allen Tieren, ganz gleich, ob Hunde, Katzen, Gänse, Enten, Schafe oder Pferde. Die Tiere vertrauten ihm auf Anhieb und liefen ihm nach, damit er ihnen ein wenig Aufmerksamkeit schenkte.

»Braucht Ihr Hilfe, Mistress?«, fragte der Ziegenhüter mürrisch, als Isabelle neben einem seiner gemächlich wiederkäuenden Tiere hockte und die warme, herb duftende Milch in einem Tonschälchen auffing.

»Nein, geht schon, bin fast fertig!« Isabelle strich noch einmal sanft über den Euter der Ziege, dann nahm sie die Schale und machte sich auf den Weg zurück zu der kleinen Scheune. Sie überquerte den Hof, so schnell sie konnte, bemüht, die Milch nicht zu verschütten. Erst als sie an dem schweren Riegel zog, gingen ein paar Tropfen daneben. Isabelle leckte sie von ihrer Hand und schlüpfte in den dunklen Schuppen.

»Hier, für dich!«, flüsterte sie und kniete sich neben die Dicke, um ihr die Milch vor die Nase zu stellen. »Aber Mim!« Isabelle glaubte, keine Luft mehr zu bekommen, und begann, panisch im Stroh zu wühlen. »Wo … wo sind deine Jungen?« Sie keuchte entsetzt, als sie nicht ein einziges Kätzchen finden konnte.

Mim hob den Kopf, sah sie vorwurfsvoll an und miaute erbärmlich.

»Der Steward …«, hörte Isabelle eine schnarrende Stimme und erschrak. »Er hat sie weggeholt!«

»Wer ist da?«, rief Isabelle und horchte. Nur ein leises Rascheln, wie von einer Maus im Stroh, und die Geräusche der Burg, die dumpf von draußen hereindrangen, waren zu hören. Manchmal schlichen sich Räuber in die Ställe von Kilkenny, um Federvieh oder Eier zu stehlen. Einmal waren zwei Männer erwischt worden. Die normannischen Soldaten hatten ihnen zur Strafe jeweils die rechte Hand abgehackt. Halb Kilkenny hatte dabei zugesehen. Isabelles Herz begann, wild zu pochen.

»Ich!«, antwortete die schnarrende Stimme. Es dauerte eine Weile, dann kam ein schmutzig verkrusteter Fuß zum Vorschein, und einen Augenblick später kroch ein magerer Alter umständlich aus seinem Strohversteck. Sein fast weißes Haupthaar war ebenso verfilzt wie der Bart, der den unteren Teil seines faltigen Gesichts bedeckte. Sein ausgezehrter Körper, der in löchrigen Lumpen steckte, sah zum Fürchten aus, doch seine graublauen Augen leuchteten so freundlich, dass Isabelle Mut fasste.

»Wer bist du?« Dann dachte sie an die Ermahnungen ihrer Mutter, sich stets wie eine Prinzessin zu benehmen, zog die Brauen zusammen und fügte ein wenig strenger hinzu: »Und was tust du hier?«

»Darragh!« Der Alte lachte leise. »Ich bin Darragh!« Ohne auf den zweiten Teil ihrer Frage einzugehen, fischte er einen Strohhalm aus seinen Kleidern.

Der verrückte Darragh! Ein Schauer lief Isabelle über den Rücken. Er wohnte, nicht weit vom Ort entfernt, in einer winzigen Kate im Wald. Üble Gerüchte rankten sich um ihn, wüste

Geschichten von verschwundenen Kindern … Im Dorf machte man einen Bogen um ihn, und zuweilen drohten die Mütter ihren Sprösslingen, der verrückte Darragh würde kommen und sie fortholen, wenn sie nicht artig seien. Isabelle atmete tief ein. Sicher war es besser, keine Furcht zu zeigen.

Als er jedoch auf allen vieren auf sie zukroch, wich sie unwillkürlich zurück. Er legte sich neben Mim ins Stroh und tastete versunken ihren Bauch ab. Isabelle wollte ihm Einhalt gebieten, um die arme Katze zu beschützen, doch ihre Arme waren schwer wie Blei, wollten einfach nicht gehorchen. Sie hingen nur schlaff an ihr herab, als gehörten sie nicht zu ihr.

Erstaunlicherweise begann die scheue Mim – die sich für gewöhnlich nur von Isabelle und Conall streicheln ließ – unter den Berührungen des Verrückten laut zu schnurren. Sie schien sich kein bisschen vor ihm zu fürchten! Isabelle legte den Kopf schräg und musterte den merkwürdigen Alten neugierig.

»Was … was hat der Steward mit den Jungen gemacht?«, fragte sie nach einer Weile, obwohl sie bereits ahnte, was geschehen war, und die Antwort fürchtete. Der Steward konnte Katzen nicht ausstehen. Er mochte es nicht, wenn sie ihm um die Beine strichen, und behauptete, sie seien eine wahre Plage, weil sie sich ständig vermehrten. Gewiss hatte der normannische Griesgram Mim die Jungen weggenommen, um sie in einen Sack zu stecken und fortzubringen. Entweder hatte er sie erschlagen, um sie loszuwerden, oder er ließ die armen Kätzchen im Fluss ertränken! Isabelle unterdrückte ein verzweifeltes Schluchzen.

»Da!«, flüsterte Darragh, ohne auf ihre Frage geantwortet zu haben. Seine Augen leuchteten auf. »Da ist noch eines!« Er deutete auf den Bauch der Katze.

»Aber …« Isabelle sah ihn ungläubig an und kroch näher.

»Hier, fühl!« Das Gesicht des Alten verzog sich zu einem strahlenden Lachen und zeigte drei dunkel verfärbte Stummelzähne mit riesigen Lücken dazwischen. Als Darragh nach ihrer Hand griff, wollte Isabelle sie fortziehen, doch er legte sie sanft auf den Bauch der Katze und drückte ihre schmalen Finger zart, aber bestimmt in das weiche, warme Fell. Sein Atem roch so faulig, dass Isabelle den Kopf zur Seite drehen musste.

»Ich glaube, ich fühle es!«, rief sie plötzlich aus und lächelte Darragh verdutzt an. »Ist das wirklich ein viertes Kätzchen?«

»Pst!« Der Alte legte den Zeigefinger auf den Mund.

Isabelle nickte gehorsam. »Wenn der Steward davon erfährt, dann tötet er es ebenfalls«, flüsterte sie. »Was sollen wir jetzt tun?« Ohne darüber nachzudenken, hatte sie »wir« gesagt.

»Ich weiß ein Versteck!«, raunte ihr der Alte zu. »Im Wald!«

»Aber ich darf nicht allein in den Wald!«, protestierte Isabelle und schüttelte heftig den Kopf. Wäre doch nur Conall da! Mit ihm an ihrer Seite hätte sie sich nicht so gefürchtet.

»Die Katze muss fort. Gleich. Bevor das Junge kommt!«, erklärte der Alte. Sein Kopf wackelte, als wäre er nur halbherzig an seinem Hals befestigt. »Wir müssen gehen!«

»Aber ich …« Isabelle spürte Unwillen in sich aufsteigen. War er so irr, dass er nicht verstand, was sie gesagt hatte? »Ich darf nicht in den Wald!«, wiederholte sie. Doch der Verrückte schien auch diesmal nicht zuzuhören.

»Ich nehme dich mit zu mir!«, sagte er zu der dicken Mim und streichelte sie.

Panik befiel Isabelle. Womöglich tat er der armen Katze etwas an! Vielleicht zog er ihr das Fell ab und briet sie am Spieß. Isabelle starrte ihn aus weit aufgerissenen Augen an. Er sah nicht aus, als bekäme er häufig Fleisch zu essen. Vielleicht nagte er in schlechten Zeiten sogar die Rinde von den Bäumen und hatte darum kaum noch Zähne im Mund?

Im Winter hatte ihnen ein Reisender von seinen Abenteuern während des Kreuzzuges berichtet. Die Halle war düster und rauchig gewesen, erfüllt von dem betörenden Duft von Zimt und Nelke, mit dem der heiße Wein gewürzt wurde. Ein Feuer hatte zu seinen beängstigenden Geschichten unheimliche Schatten an die Wände geworfen. Von hungernden Menschen, die sich von Baumrinde ernährten und das Leder ihrer Schuhe kauten, hatte er ihnen erzählt und von Soldaten, die nicht gezögert hatten, ihre Pferde zu essen, um nicht hungers zu sterben. Isabelles Kinn begann zu zittern, und Tränen schossen ihr in die Augen.

»Keine Sorge, ich werd ihr nichts tun!«, sagte der Alte beruhigend und strich Isabelle sanft über den Kopf.

Ob Verrückte Gedanken lesen konnten?

»Es ist bald wieder so weit, wir müssen gehen«, drängte Darragh sachte, und als Isabelle ihn fragend ansah, lächelte er aufmunternd. »Keine Sorge. Ich trage sie«, erklärte er und hob die Katze vorsichtig hoch.

Isabelle folgte ihm ohne Widerworte. Sie konnte Mim doch nicht im Stich lassen!

Statt quer über den Hof zu gehen, wo man sie gesehen und ihnen womöglich Fragen gestellt hätte, schlichen sie um den Schuppen herum und an den Holzpalisaden entlang.

»Nicht so schnell!« Isabelle eilte Darragh nach. Erst den Hügel hinunter, dann durch ein Haferfeld in Richtung Wald. Schließlich gelangten sie zu seiner Hütte, Darragh stieß die Tür auf, und ein muffiger, stechender Geruch schlug ihnen entgegen. Isabelle fühlte Angst und Übelkeit in sich aufsteigen und zögerte einzutreten. Was, wenn die Geschichten über Darragh doch stimmten?

Der Alte beachtete ihr Zögern nicht. Er ging voran, ließ die Tür offen stehen und machte sich in einer Ecke zu schaffen. Er holte etwas, das wie ein Stück einer alten Pferdedecke aussah, drückte ein wenig Stroh zurecht, damit es die Katze bequem hatte, und bettete sie darauf.

Er presste seine rechte Hand ins Kreuz, um sich aufzurichten, und verzog das Gesicht, als hätte er Schmerzen.

Mitleidig sah Isabelle ihn an. Als Darragh aber die Tür schloss und es in der Hütte plötzlich fast dunkel war, erschrak sie.

»Warte, ich öffne den Laden!«, sagte er in die Finsternis, als könnte er fühlen, was sie dachte. Er machte sich am Fensterladen zu schaffen, stieß ihn auf und ließ Luft und Licht herein. »Ich war einst ein großer Jäger!«, behauptete er mit rauer Stimme, wandte sich um und zeigte auf das graue Wolfsfell, das auf dem nachlässig gestampften Boden lag. Er lachte meckernd. »Früher.«

Isabelle wollte einen Schritt zurückweichen, doch Darragh packte ihren Arm und hielt sie fest.

»Allein, nur mit einem Jagdmesser bewaffnet, habe ich ihm den Garaus gemacht!« Er nickte mit Nachdruck und lachte erneut. Dann ließ er sie los.

Obwohl sie sich gerade eben noch vor ihm gefürchtet hatte, legte Isabelle nun den Kopf schief und betrachtete Darragh ungläubig. Dieser magere Mann sollte ganz allein einen Wolf getötet haben?

Darragh schien die Zweifel in ihren Augen zu sehen. Er sprang auf das stinkende Fell zu, riss es an sich und hielt es wie zum Beweis in die Luft. Durch einen Riss steckte er zwei Finger und wackelte damit. »Hier! Genau hier habe ich zugestochen, mitten ins Herz!« Der Alte sah sich ein paar Mal um, als fürchtete er, belauscht zu werden. »Der Wolf hat das Dorf bedroht, noch bevor der Normanne die Tochter unseres Königs geheiratet hat. Er hat viele Ziegen gerissen und ein Kind getötet!«, erklärte er mit gesenkter Stimme. »Vielleicht sogar mehrere!«

Einen Augenblick lang überlegte Isabelle, ob Darragh wusste, dass der Normanne, von dem er gesprochen hatte, ihr Vater war.

»Die Leute im Dorf haben gesagt, *ich* hätte das Kind auf dem Gewissen, aber das stimmt nicht!« Er seufzte tief, dann fügte er voller Stolz hinzu: »Ich bin losgezogen, um den Wolf zu töten, und als ich ihn ins Dorf brachte und vor aller Augen ausnahm, kam ein Fetzen von dem Kittel des verschwundenen Kindes zum Vorschein.« Er beugte sich zu Isabelle vor. »Trotzdem glaubten sie mir nicht und fürchten mich noch immer.« Er sah ihr einen Moment lang schweigend ins Gesicht. Traurigkeit und Verzweiflung standen in seinen Augen. Wenn stimmte, was der verrückte Alte sagte, dann hätten ihn die Dorfbewohner feiern müssen wie einen richtigen Helden, anstatt ihn zu meiden.

Darragh legte das Wolfsfell wieder auf den Boden zurück. »Die im Dorf glauben, ich sei irr, aber das bin ich nicht!«

Als er heiser lachte und dann krähte wie ein Hahn, lief Isabelle ein kalter Schauder über den Rücken. Gewiss war Darragh doch verrückt, vielleicht sogar gefährlich! Vielleicht hatte er sich die Geschichte mit dem Wolf nur ausgedacht und ließ sie nie wieder fort! Womöglich hatte Mim nicht einmal ein weiteres Kätzchen im Bauch. Wer konnte schon wissen, was Isabelle zu ertasten geglaubt hatte? Vielleicht hatte der Verrückte nur versucht, sie in seine Hütte zu locken, und sie war ihm gefolgt!

»Ich sollte gehen«, stammelte Isabelle. Sie fühlte Schweiß unter ihren Armen und ihren Rücken herablaufen und fror zugleich. Wie sollte sie es nur anstellen, die arme Mim mitzunehmen? Sie konnte sie doch unmöglich allein hier zurücklassen! Während Isabelle noch immer wie angewurzelt dastand und überlegte, drang plötzlich ein Maunzen an ihre Ohren.

»Du meine Güte, das Kätzchen!« Darragh hatte doch nicht gelogen! Erleichtert stürzte Isabelle zu der dicken Mim und streichelte sie behutsam. »Braves Mädchen«, murmelte sie zärtlich. Obwohl die Augen des kleinen Kätzchens noch fest verschlossen waren, tastete es sich zielstrebig zu den Zitzen seiner Mutter vor. Isabelle konnte den Blick nicht von den beiden lassen.

Darragh stand eine ganze Weile nur ruhig neben ihr und lächelte. Dann hob er ganz behutsam die Hand und rieb Mim mit dem Zeigefinger über die Nase.

Plötzliche Zuneigung zu dem Alten erfasste Isabelle angesichts dieser liebevollen Geste. Er war ein wenig absonderlich, in der Tat, doch musste man das nicht werden, so allein in dieser muffigen Hütte? Die Nähe der zwei Katzen, ihr wohliges Schnurren und die wunderbare Wärme ihres Fells würde er schon bald nicht mehr missen wollen. Die beiden waren gewiss gut bei ihm aufgehoben. Niemals, da war sich Isabelle mit einem Mal ganz sicher, niemals würde er ihr oder den Katzen etwas zuleide tun.

»Ist kräftig, das Junge. Wird mal groß und stark werden«, sagte er zufrieden. »Ein großer Mäusejäger!« Er strahlte Isabelle an und legte ihr freundschaftlich die Hand auf die Schulter.

Plötzlich flog krachend die Tür auf.

»Nimm deine dreckigen Pfoten von ihr!«, brüllte jemand.

Isabelle fuhr herum.

Drei bewaffnete Männer, die zur Burgwache gehörten, und eine dralle Magd drängten in die Hütte. Sporen schabten über den Boden.

Der Steward trat mit gezücktem Schwert auf Darragh zu. »Rühr sie nicht an!« Er drohte mit seiner Waffe.

»So ein Schwein! Sie ist noch ein Kind«, kreischte die Magd.

Isabelle begriff nicht, was sie meinte, und sah sie mit aufgerissenen Augen an. Sie half zuweilen als Wäscherin auf der Burg aus und tändelte mit den Soldaten, wann immer sie Gelegenheit dazu bekam. Darum mochte Isabelle sie nicht.

»Er kann dir nichts mehr antun, Kleines.« Die dralle Magd packte sie und zog sie an sich.

Darragh sah Isabelle mit hilflosem Entsetzen an, schüttelte den Kopf und stammelte etwas, das seine Angst zu einem unverständlichen Gemurmel verzerrte. Er zitterte am ganzen Leib und presste sich schutzsuchend gegen die Wand seiner Hütte, doch es nützte ihm nichts.

»Er hat mir ...«, stammelte Isabelle. *Geholfen,* wollte sie sagen, doch sie kam nicht dazu, ihren Satz zu beenden.

»Ich habe Euch doch gesagt, dass er sie hergelockt hat! Gewiss wollte er das Mädchen schänden, vielleicht gar töten«, kreischte die Magd und zupfte am Ärmel des Stewards. »Ihr müsst ihn bestrafen«, forderte sie. »Einer wie der verdient keine Gnade!«

Die Soldaten zogen den Kreis um Darragh enger. Einer der Männer trat dicht an ihn heran und spuckte ihm vor die Füße. »Elendes Schwein«, knurrte er, dann schlug er ohne Vorwarnung zu.

Der Alte sackte ächzend in die Knie.

Isabelle schrie auf. »Nicht! Bitte!« Sie wollte sich auf den Soldaten stürzen, doch die Magd hielt sie fest und presste Isabelles Kopf an ihren fleischigen Busen.

»Ist ja gut«, murmelte sie tröstend und keifte über Isabelle hinweg: »Vergreift sich an einem unschuldigen Kind!«

Dem ersten Schlag auf Darragh folgten weitere.

»Aber er hat mir doch nichts getan!«, schluchzte Isabelle.

»Keine Angst, das Schwein bekommt seine gerechte Strafe.« Die Magd strich ihr mit der rauen, schweren Hand über das Haar, ohne zuzuhören.

»Nein! Bitte, bitte nicht!« Niemand beachtete Isabelles Betteln. »Darragh!«, rief sie, als die Magd sie aus der Hütte zerrte, und streckte die Hand nach dem stöhnenden Alten aus. »Darragh!« Doch es half nichts.

Wütende Beschimpfungen waren aus der Hütte zu hören, dann ein lautes Röcheln und ein schmerzvolles Stöhnen.

»Sie dürfen ihm nicht wehtun«, jammerte Isabelle. Heiße Tränen rollten über ihre Wangen, als sie die Frau ansah, die sie noch immer festhielt. Das Gesicht der Magd war zu einer hasserfüllten Fratze verzerrt. Triumph leuchtete bei jedem Schlag auf, der aus der Hütte zu hören war.

Isabelle versuchte, sich ihrem eisernen Griff zu entwinden, riss und zerrte, schlug und trat nach ihr.

»Au!«, kreischte die Magd, rieb sich empört über Arm und Schienbein und ließ los.

»Er hat mich nicht angerührt!«, rief Isabelle und stürzte in die Hütte. »Lasst ihn umgehend in Frieden!«, forderte sie in herrischem Ton, stellte sich vor den Steward und stemmte die Hände in die Hüften.

Der Steward sah erstaunt auf sie herab. Noch einmal trat einer seiner Männer nach Darragh, der hilflos wimmernd am Boden lag und versuchte, seinen Kopf mit den Händen zu schützen.

»Sagt ihm, er soll aufhören! Auf der Stelle!«, befahl Isabelle und blickte ihm entschlossen in die Augen.

»Lasst ihn, er hat genug!«, rief der Steward nach kurzem Zögern den Soldaten zu und musterte Isabelle von Kopf bis Fuß. »Zurück zur Burg«, knurrte er dann. »Mistress!« Er nahm sie etwas unsanft am Arm und führte sie aus der Hütte. »Der Verrückte hätte Euch töten können«, sagte er vorwurfsvoll. »Meine Aufgabe ist es, Euch zu beschützen. Eure Mutter würde mir nie verzeihen, wenn Euch ein Leid geschähe!«

Abergavenny im Oktober 1183

Sieben Jahre hatten die Söhne von Seisyll ap Dyfnwal auf den Tag ihrer Rache gewartet, dann waren sie über die Burg von Abergavenny hergefallen und hatten sie bis auf den Bergfried in Schutt und Asche gelegt. Doch besiegt hatten sie William de Braose nicht. Matilda grinste zufrieden. Ihr Gatte hatte bereits damit begonnen, die Burg größer und schöner wieder aufbauen zu lassen.

»Steh nicht herum!«, fuhr sie eine der Kinderfrauen an. »Nimm mir den Jungen ab, er muss mal!« Sie reichte ihr den schon fast zweijährigen John, der sich an seine Mutter klammerte, küsste ihn zärtlich auf die Wange und strich ihm liebevoll über den lockigen Haarschopf. Sieben Kinder hatte sie bereits geboren. Maud, ihre Älteste, war elf. Dann kamen William, der erstgeborene Sohn, und schließlich Margret, Reginald, Loretta, Gilles und John. Matilda strich sich über den Leib. Drei Monate noch, dann würde ein weiteres Kind das Licht der Welt erblicken. Ihr Gatte hoffte auf noch einen Sohn, doch Matilda hielt Mädchen für ebenso gut, war sie doch selbst der beste Beweis dafür, dass Frauen genauso stark waren wie Männer! Maud war zwar nicht ganz so entschlossen wie Margret, dafür war Loretta ein wahrer Teufel und ganz nach Matildas Geschmack!

»Komm, mein Sohn, lass uns nachsehen, ob der Baumeister sein Versprechen hält und bis zum Winter mit der neuen Halle fertig wird.« Matilda winkte ihren Ältesten herbei und legte ihm stolz die Hand auf die Schulter. Er ähnelte ihr von allen Kindern am meisten. Zumindest äußerlich. Schon jetzt waren seine Füße so groß wie die der meisten Männer und sein Körper kräftig und schwer. Sicher würde er seinen Vater einmal um Haupteslänge oder mehr überragen, und das war gut so. Man würde ihn achten und schon wegen seiner Größe fürchten, selbst wenn er nicht die gleiche Begabung zur Grausamkeit hatte wie seine Eltern.

Matilda lächelte zufrieden. »Da kommt Moll Wallbee!«, tuschelten die Waliser, wenn sie vorüberging. Sie wichen ihrem Blick aus und verbargen schützend die Kinder vor ihr, aus Angst, es könne diesen ergehen wie Cadwaladr. Seit der Bluttat an Seisyll ap Dyfnwal und seiner Familie trauten die Waliser ihr jede Schandtat zu. Ihre ungewöhnliche Größe, die Schwere ihrer Knochen und die umbarmherzige Härte, mit der sie die walisischen Bediensteten, Handwerker und Tagelöhner behandelte, hatten ihr in ganz Wales den Ruf eingebracht, eine mächtige Riesin zu sein. Wohin sie auch kam, überall hatte man bereits von ihr gehört. Matilda straffte die Schultern, wohl wissend, dass sie so noch imposanter aussah, und genoss die ängstlich gesenkten Blicke der Arbeiter, Knechte und Mägde, die sie nur flüchtig anzusehen wagten, aus Furcht, ihren Zorn heraufzubeschwören. Hin und wieder ließ sie einen von ihnen auspeitschen. Oft für ein minderes Vergehen. Das Entsetzen, die Furcht und sogar der Hass, die ihr dafür entgegenschlugen, gaben ihr ebenso Kraft und Zuversicht wie der Stolz ihres Gatten, der immer wieder betonte, welches Glück er doch hatte, weil sein Vater sie zu seiner Braut gewählt hatte.

William de Braose strebte ebenso nach Macht und Reichtum wie sie. Er hatte das walisische Volk mit eiserner Faust im Griff, denn eine andere Sprache als die der Gewalt verstanden sie nicht. Immer wieder folgten sie dem Ruf ihrer Prinzen und lehnten sich gegen die normannischen Besatzer auf. Ohne Härte und Grausamkeit hätte ihr Gatte, statt Land hinzuzugewinnen, mehr und mehr an Terrain verloren.

So wie einst ihr Vater zog er ständig umher, sah auf seinen Gütern nach dem Rechten, zeigte Präsenz, sprach Recht und übte Vergeltung für Angriffe von Aufständischen. Matilda blieb zumeist in Abergavenny, um hier nach dem Rechten zu sehen, und mehr als einmal hatte sie in der Abwesenheit ihres Gatten Krieg gegen walisische Rebellen führen müssen. Sogar schwanger hatte sie sich mit Helm und Schwert auf ein Pferd gesetzt und war ihren Truppen voran in die Schlacht gezogen, denn sie fürchtete weder den Schmerz einer Verletzung noch den Tod. Jede Entbindung hatte Qualen und Gefahr bedeutet und sie doch nur stärker gemacht. Ihre Blutlinie war schon jetzt gesichert, auch wenn sie gewiss noch viele Kinder haben würde, darum fürchtete Matilda nichts und niemanden, nicht die Waliser und nicht den Tod, weder Gott noch den Teufel. Alle Menschen, einfache Bauern und Tagelöhner ebenso wie Adel und Klerus, waren käuflich, nur der Preis unterschied sich. Erklärte nicht sogar die Kirche selbst, dass auch Gott und der Teufel bestechlich waren? Nur darum machte es doch Sinn, mildtätig zu sein, seine Sünden zu beichten, auf einen Kreuzzug zu gehen, eine Abtei, ein Kloster oder eine Kirche zu stiften! Um Gott milde zu stimmen, damit er am Tag des Jüngsten Gerichts die Sünden vergab und man ins Paradies aufgenommen wurde. Ein wahrlich pragmatischer Gott war das, darum mochte Matilda ihn und betete täglich. Oft hielt sie Zwiesprache mit ihm, klärte ihn über ihre Vorhaben auf und bot ihm sogleich etwas an, das ihn gnädig stimmen sollte. Die Welt gehörte demjenigen, der sie sich nahm und bereit war, für seinen Besitz zu kämpfen. Wer darauf wartete, etwas geschenkt zu bekommen, würde vergeblich ausharren und mit leeren Händen vor seinen Herrn treten müssen. William de Braose war schon jetzt ein mächtiger Mann, doch sein Weg nach oben war noch lange nicht zu Ende, das fühlte Matilda ganz deutlich. Mit ihrer Hilfe würde er eines Tages zum mächtigsten Mann gleich nach dem König aufsteigen!

Normandie im Frühjahr 1184

Guillaume wischte sich mit dem Ärmel über die Augen und fuhr sich mit der Hand durch das Haar, das ihm der scharfe Wind zerzauste. Wer ihn von Weitem beobachtete, mochte glauben, die kräftige Salzbrise, die vom Meer her wehte, ließe ihm Tränen in die Augen schießen, doch es war der Schmerz über die Trennung von seiner erst vor Kurzem wiedergefundenen Familie, der ihn quälte. All die Jahre seit seiner Kindheit hatte er weder seine Mutter noch seine Amme oder seine geliebten Schwestern wiedergesehen. Und doch waren ihm alle schon bei der ersten Umarmung wieder so nah und vertraut gewesen wie damals. Zweimal hatte er seine Abreise verschoben, um das Gefühl von Wärme und Geborgenheit im Kreise der Seinen noch ein wenig länger genießen zu können. Die unbeschwerten Tage mit seiner Familie waren einfach zu schön gewesen, auch wenn er seinen Bruder nur einmal ganz kurz zu Gesicht bekommen hatte. Erstaunt hatte er in den Erzählungen seiner Schwestern Gemeinsamkeiten mit dem verstorbenen Vater entdeckt und bereits vergessen geglaubte Erinnerungen an ihn aufgefrischt. Der Aufbruch ins Heilige Land, wo ihn Ungewissheit, vielleicht Schmach und Tod erwarteten, fiel ihm nach diesem Besuch nicht leichter.

Guillaume war deutlich geworden, wie sehr er das milde, unbeständige Wetter Englands und die oft raue Witterung der Normandie liebte. Blauer Himmel, Wolken, Regen, Wind und Frische waren in seinem Leben stets im Wechsel gewesen und hatten es niemals langweilig werden lassen. Im Heiligen Land, so hatte er gehört, war es zuweilen wochenlang so heiß wie in der Hölle. Eine Qual für die Kreuzritter mit ihren eisernen Kettenhemden und eine große Herausforderung für ihre schwer beladenen Pferde. Guillaume starrte hinaus auf die unruhige See. Auf der anderen Seite des Kanals lag seine Heimat. Die Überfahrt war stürmisch gewesen, das Schiff hatte geschwankt wie eine Nussschale, doch zum Glück war ihm auch diesmal nicht übel geworden. Ein geborener Seefahrer sei er, hatten ihn die Matrosen gelobt. Guillaume schloss kurz die Augen und sog die feuchte, salzschwere Luft genießerisch ein. Ob er England je wiedersehen würde?

Eine Hand legte sich sanft und doch entschlossen auf seine Schulter. Durch das Tosen des Windes hatte er niemanden kommen gehört, trotzdem erschrak er nicht. Er brauchte sich nicht umzuwenden, um zu wissen, dass es Baudouin war, der hinter ihm stand, denn er erwartete ihn schon sehnsüchtig. Die Kraft und die Lebensfreude, die er an seinem jungen Freund so schätzte, schienen sich durch die Berührung auf ihn zu übertragen.

»Ich bin froh, dich zu sehen!« Er wandte sich um und lächelte Baudouin an.

Der Freund umarmte ihn voller Herzlichkeit. »Ich bin gerade erst angekommen. Lass uns ein paar Schritte gehen, ich habe mir das Hinterteil ganz flach gesessen!«

Schweigend wanderten sie den schmalen Weg oberhalb der Küstenlinie entlang.

Das Gras war noch feucht vom Regen der letzten Tage, und die Erde roch nach Frühling und Lebensanfang. Auch wenn noch immer ein paar Wolken zu sehen waren, die der Wind wie eine Herde Schafe über den Himmel trieb, so schien doch das Grau in Grau des Winters der Vergangenheit anzugehören, und das Blau, das hier und da am Himmel hervorlugte, versprach einen schöneren Tag als den vorigen. Guillaume betrachtete die Wolken, die über ihm dahinzogen. Sie waren ebenso Teil der Normandie wie das zarte Rosa der Apfelblüten, das dunkle Braun der fruchtbaren Erde oder das saftige Grün der Wiesen, das ihn an die Farbe von Ellens Augen erinnerte.

Baudouin blickte ebenfalls nach oben und blähte die Nasenflügel. »Wird Zeit, dass der Sommer kommt!«, murmelte er. Schweigend gingen sie noch ein ganzes Stück nebeneinander her, bis sie schließlich kehrtmachten. »Wann wirst du nach Jerusalem gehen?«

Guillaume wich Baudouins fragendem Blick aus, bückte sich kurz, um ein paar Steine aufzuheben, und begann, sie einen nach dem anderen mit aller Kraft fortzuschleudern, ohne dabei ein bestimmtes Ziel vor Augen zu haben. »Als ich ein Junge war, habe ich mit solchen Steinen Jagd auf Vögel gemacht«, sagte er. »Ich breche in wenigen Tagen auf. Ich war bereits in England und habe mich von meiner Familie verabschiedet.«

»Hast du Ellen besucht?«

»Oh, nein!«, stieß Guillaume hervor und schnaufte. »Sie dürfte seit Limoges kaum noch gut auf mich zu sprechen sein!« Nach einer Weile gedankenversunkenen Schweigens räusperte er sich. »Aber ich habe zwei Tage in der Nähe der Schmiede auf der Lauer gelegen und sie und den Jungen beobachtet«, gestand er. »Sie hätte mich gewiss nicht mit offenen Armen empfangen, und William hält mich ohnehin nur für einen ihrer vielen Kunden!« Guillaume blieb stehen und sah Baudouin an. »Lass dich bei ihr blicken, wenn du in England bist, und hab ein Auge auf meinen Sohn, wenn es dir irgend möglich ist. Bitte!«

Baudouin nickte und legte den Arm um seine Schultern. »Gewiss doch, mein Freund. Achte du nur gut auf dich. Dass du mir nicht in die Hände der Sarazenen fällst!« Er kickte einen achtlos fortgeworfenen, zerbrochenen Krug zur Seite. »Hier, für die Reise.« Baudouin streckte Guillaume einen gut gefüllten Beutel entgegen.

»Ich brauche nichts.« Guillaume schüttelte den Kopf und lächelte dankbar. Viele Menschen hatten ihm in den vergangenen Monaten Geld zugesteckt. Auch der König. Erstaunlich freundlich hatte er ihn nach der Beerdigung seines Sohnes empfangen. »Der König war zu Tränen gerührt, dass ich das Kreuz nehme, um das Gelübde seines Sohnes zu erfüllen. Er fordert meine Dienste ein, sobald ich zurück bin. Als Pfand dafür hat er zwei meiner besten Pferde einbehalten und mir zur Entschädigung einhundert Pfund gegeben. Die Pferde sind gewiss mehr wert, trotzdem bin ich zufrieden mit diesem Handel. Ich hätte sie ohnehin verkaufen müssen, um das nötige Geld für die Reise zu haben. Durch die großmütige Geste des Königs weiß ich nun zumindest, wohin ich gehöre und dass die Pferde wieder mein sind – so ich denn lebendig zurückkehre.« Guillaumes Kehle fühlte sich rau an, doch diesmal half auch ein Räuspern nicht.

»Du wirst zurückkommen, Guillaume, ganz gewiss«, versicherte ihm Baudouin. »Der Herr wird deine Selbstlosigkeit belohnen.« Er lächelte aufmunternd. »Ich bitte dich, erweise mir die Ehre und nimm mein Geld an. Du wirst es brauchen können und an mich denken, wenn du es benötigst. Mit diesem Beutel werde ich ein wenig bei dir sein.«

»Wohl denn.« Guillaume nahm das Geld an sich und lächelte dankbar. »Aber wisse, Baudouin, du bist mein bester Freund, und ich trage dich nicht in diesem Beutel, sondern in meinem Herzen mit mir. Ich werde in Jerusalem auch für dich beten.« Eine ganze Weile schritten sie noch schweigend nebeneinander her. »Nichts wird mehr so sein wie zuvor, selbst wenn ich zurückkehre«, murmelte Guillaume. »Unser junger König fehlt mir so sehr!« Er schloss die Augen und fuhr mit der Hand darüber, als könnte er die Bilder, die ihn quälten, fortwischen. »Ich wünschte nur, ich hätte mir erspart, ihn noch einmal anzusehen, bevor der Deckel seines Sarges für immer verschlossen wurde. Ich werde diesen Anblick einfach nicht los!«

Er hatte veranlassen müssen, dass man dem toten Henry Gedärm, Hirn und Augen entfernte, die in einem irdenen Gefäß getrennt hatten bestattet werden sollen, und seinen Körper anschließend mit Salz füllen lassen, damit ihm das Wasser entzogen wurde und er nicht so schnell verweste. Wie viel lieber hätte er den jungen Freund in der Blüte seines Lebens in Erinnerung behalten statt ausgeweidet wie ein geschlachtetes Tier und faltig wie einen Greis!

»Du warst ihm der treueste seiner Männer. Bis zum Schluss.

Der Herr wird dir deine Liebe vergelten«, versuchte Baudouin, ihn zu trösten.

Guillaume nickte. Gewiss, er hatte sich um alle Vorbereitungen gekümmert, so wie sein Herr es von ihm erwartet hatte, trotzdem war nicht alles so verlaufen wie geplant. Die Beisetzung des königlichen Leichnams hatte in der Kathedrale von Rouen stattfinden sollen. Um zu verhindern, dass die Hitze der strahlenden Junisonne den Körper des Toten während des langen Weges von Limoges allzu rasch zersetzte und die Luft mit dem Gestank von Fäulnis verpestete, war der tote Körper in eine Rinderhaut eingenäht und der bleierne Sarg anschließend sorgfältig verschlossen worden. Allein der Gedanke an den süßlich schweren Geruch verwesenden Fleisches, der sich hartnäckig in den feinen Härchen der Nase festsetzte, verursachte Guillaume Übelkeit. Einen Augenblick lang musste er um Haltung kämpfen.

Stumm, mit vor Trauer und Scham gesenkten Köpfen waren die letzten noch verbliebenen Ritter des jungen Königs dem Sarg ihres Herrn gefolgt. Viele seiner Männer hatten ihn verlassen, noch ehe er den letzten Atemzug getan hatte. Völlig mittellos, mit nichts als Verbindlichkeiten, war der junge König gestorben, verzweifelt und doch mit der Hoffnung auf Vergebung hatte er seine Seele dem Herrn empfohlen. Seinen wenigen Getreuen waren in diesen Tagen nicht einmal genügend Mittel verblieben, um sich auf dem Trauerzug mit dem Nötigsten zu versorgen. Selbst die wenigen Münzen, um Kerzen für die Totenwache zu kaufen, hatten ihnen gefehlt. Am härtesten aber war es Guillaume angekommen, Henrys Organe der Priorei von Grandmont anvertrauen zu müssen, denn sein Herr hatte diese noch kurz vor seinem Tod plündern lassen.

Guillaume rang nach Atem. »Ich habe in meinem Leben häufig genug gesündigt, um nicht aus reiner Selbstlosigkeit ins Heilige Land zu ziehen, glaube mir, mein Freund.«

»Du warst deinem Herrn stets treu ergeben«, versicherte Baudouin ihm noch einmal. »Du hast dir nichts vorzuwerfen!«

Guillaume schwieg. Er wusste Baudouins Zuspruch zu schätzen, auch wenn er diesmal nicht seiner Meinung war. Er hatte versagt, denn der Trauerzug hatte Rouen niemals erreicht. Das Volk ringsherum war furchtbar aufgebracht gewesen, denn die Söldner des jungen Henry hatten das Land geplündert. Der Bischof von Le Mans hatte den Leichenzug darum aufgehalten, um Überfälle zu verhindern, und dafür gesorgt, dass der junge König in aller Eile beigesetzt worden war. Guillaume hatte es nicht verhindern können. Zu wissen, dass er nun ins Heilige Land zog und dort für sich und seinen Herrn um Vergebung bitten konnte, erfüllte ihn mit größerer Zuversicht als Baudouins tröstende Worte.

»Ich glaube, mein Sohn will kein Schmied werden«, sagte er völlig unvermittelt.

»Wie kommst du denn darauf?«

»Er ist mein Sohn!« Guillaume zuckte mit den Schultern und lächelte traurig. »Als Ellen die Scheide meines Schwertes erneuert hat, habe ich einen ganzen Nachmittag mit dem Jungen verbracht. Er hat mir gestanden, dass er aus der Schmiede flieht, wann immer er es vermag.« Guillaume lachte auf. »Glaub mir, ich verstehe ihn nur zu gut! Ich würde umkommen, müsste ich mein Lebtag in solch einer dunklen, stickigen Werkstatt arbeiten!« Er zog die Brauen zusammen. »Vielleicht wäre gar ein guter Ritter aus ihm geworden, wenn ich …« Er brach ab und schüttelte den Kopf. Ellen wollte nicht, dass er den Jungen als seinen Sohn anerkannte, das hatte sie ihm auch ohne viele Worte deutlich zu verstehen gegeben. Diesen Wunsch würde er achten, denn er liebte sie noch immer. Um nichts in der Welt würde er Verrat an ihr üben, auch wenn es in Limoges so ausgesehen haben musste, als wäre er bereit dazu. Wenn Ellen so sicher war, dass der Junge die Gabe hatte, ein großer Schmied zu werden, dann musste das wohl sein Schicksal sein, auch wenn William andere Träume hatte.

Kilkenny, Dezember 1185

Isabelle schob die Ärmel ihres Wollkleides hoch und stopfte die langen Enden darunter, bevor sie sich an der Herdstelle der kleinen Hütte zu schaffen machte. Auf der Burg hatten sie Knechte für diese Arbeit, und sie musste sich nicht die Finger schmutzig machen, trotzdem wusste sie genau, was zu tun war. Sie fegte die Asche zusammen, legte neues Holz nach und entzündete es mit der Glut, die sie zuvor zur Seite geschoben hatte.

Brigid rutschte unruhig auf dem Schemel hin und her, auf den Isabelle sie verbannt hatte. »Lass mich das doch machen«, rief sie, als Isabelle Wasser aus dem Holzeimer schöpfte und begann, die Tischplatte mit einer Bürste zu schrubben, doch Isabelle schüttelte beharrlich den Kopf.

»Nein, Brigid, du ruhst dich ein wenig aus!«, sagte sie entschieden. »Die erneute Schwangerschaft ist viel zu anstrengend für dich! Glaub nur nicht, dass du aufstehen darfst, solange *ich* im Haus bin.« Isabelle sorgte sich um die Amme. Seit einiger Zeit war die einst so wunderbar füllige, weiche Frau mager und kantig geworden.

»Aber das Essen! Ich muss doch kochen. Wenn Orin heimkehrt …« Brigid knetete nervös ihre schrundigen Hände.

Isabelle schnalzte nur mit der Zunge und schüttelte tadelnd den Kopf. »Lass mich nur machen!« Sie wischte sich geschäftig mit dem Handrücken über die Stirn, lächelte und nahm einen der festen, weißlich grünen Kohlköpfe, die in Brigids Garten wuchsen. Nach den Schlägen, die der verrückte Darragh von den Soldaten bekommen hatte, war Isabelle fast täglich zu ihm gegangen, um ihn zu pflegen und seine Kate in Ordnung zu halten.

Geschickt schnitt sie nun den Kohl in feine Streifen und würfelte den durchwachsenen Speck, den sie mitgebracht hatte. Die Messerklinge wackelte und drohte, jeden Augenblick ganz aus dem Schaft zu fallen. Immer wieder setzte sie ab, um den Lederriemen festzuziehen, mit dem Orin versucht hatte, das Messer notdürftig instand zu setzen. Darragh hatte sich von dem Angriff nicht erholt, obwohl Isabelle alles in ihrer Macht Stehende getan hatte, um ihn gesund zu pflegen. Viele Tage hatte sie an seinem Lager gesessen, seine fiebrige Stirn gekühlt und um seine Genesung gebetet. Keine letzten Worte von Darragh waren ihr geblieben, nachdem der Alte die Augen für immer geschlossen hatte, nur die beiden Katzen und das bittere Gefühl, dass nicht nur die Normannen, sondern auch sie selbst schuld an seinem Tod war.

Isabelle schluckte und fuhr sich über die Augen. Brigids Zwiebelernte war dieses Jahr besonders mager, darum hatte sie nur eine der süßlich scharfen Knollen genommen, um ein bisschen Geschmack an die Kohlsuppe zu bringen. Nase und Augen liefen ihr von dem stechenden Geruch, als sie die Zwiebel schälte und in kleine Stücke hackte. Isabelle wischte sich die Hände an einem Leintuch ab und hievte den eisernen Grapen ins Feuer. Jedes seiner drei Beine musste festen Stand haben, damit der Topf nicht wackelte. Als das schwere Eisen heiß genug war, briet Isabelle Speck und Zwiebeln in dem ausgelassenen Gänsefett an, das sie ebenfalls aus der Burgküche mitgebracht hatte. Ein herzhafter Duft begann die Hütte zu erfüllen. Brigid war eine gute Köchin und überaus erfindungsreich. Sie wusste, wie man aus wenigen einfachen Zutaten eine schmackhafte Grütze oder Suppe zubereiten konnte. Doch wenn die Vorratskammer so gähnend leer war wie in letzter Zeit, dann fiel es auch ihr schwer, die Familie satt zu kriegen.

Isabelle hatte ihr häufig beim Kochen zugesehen und manchmal auch ein wenig helfen dürfen. Es machte ihr Freude, nun selbst etwas Wohlschmeckendes zuzubereiten und Brigid so ein wenig zu entlasten. Schon bald würde Orin von seinem Tagwerk heimkehren und eine heiße, nahrhafte Speise fordern. Wenn er nicht umgehend bekam, was er verlangte, wurde er furchtbar wütend und verlor die Beherrschung.

Ein deftiges Essen aber war gewiss ein geeignetes Mittel, um Brigid vor ihm zu schützen. Gleich zwei Kinder hatte die Ärmste im vergangenen Jahr tot zur Welt gebracht und war schon bald darauf erneut guter Hoffnung gewesen. Drei Zähne waren ihr in kürzester Zeit ausgefallen, und sowohl ihrem stumpfen Haar als auch ihrer fahlen, faltigen Haut war anzusehen, wie ausgelaugt sie war. Kein Wunder, wenn man bedachte, dass sie trotz ihres Zustandes immer wieder zugunsten ihrer Kinder auf Nahrung verzichtete, sobald das Essen knapp wurde. Ihre Portion teilte sie oft nicht nur einmal, sondern auch ein zweites und ein drittes Mal, obwohl für sie selbst dann kaum noch etwas übrig blieb. Je öfter Orin sein sauer verdientes Geld nicht nach Hause, sondern in eine der gut besuchten Schenken von Kilkenny trug, desto häufiger steckte sie zurück. Auch das, was Isabelle ihr regelmäßig brachte, gab sie ihren Kindern. Lange würde sie das nicht mehr durchhalten.

Der würzige Duft von Zwiebel, Schmalz und Speck vermischte sich mit dem kräftigen Dunst des Kohls und dem lieblichen Geruch des Kümmels, die sie zusammen mit etwas Wasser in den Topf gegeben hatte. Eine ordentliche Prise Salz noch, dann kostete Isabelle die dampfende Suppe vorsichtig. Mehr Salz, entschied sie. So schmeckte man den Speck besser heraus, und auch das Aroma des Gänseschmalzes würde stärker zur Geltung kommen. Isabelle streifte noch einmal ihre Ärmel zurück, die inzwischen heruntergerutscht waren, und fügte eine grob gewürfelte Pastinake sowie etwas großblättrige Petersilie zur Suppe und rührte um. Nun musste das Ganze noch köcheln, bis der Kohl gar war.

Brigid wollte sich erheben, als Isabelle nach dem Reisigbesen griff. »Aber du kannst doch nicht auch noch fegen«, protestierte sie. »Wenn deine Mutter das wüsste …«

»Ich vermute, sie ahnt, dass ich dir ab und an helfe«, winkte Isabelle gelassen ab. »Doch sie sagt nichts dazu, und auch ich schweige. Würde ich es ihr beichten, müsste sie es verbieten. ›Eine Prinzessin kocht und putzt nicht‹, müsste sie sagen. Doch sie weiß, wie viel du mir bedeutest, und lässt mich darum tun, was ich für richtig halte.« Isabelle lächelte weich. Aoife war eine ganz besondere Frau und Mutter. Entschlossen, sowohl ihre eigenen Rechte als auch die ihrer Tochter zu verteidigen, stolz und aufrecht, rechtschaffen und manchmal ein wenig still, einsam wohl auch, so ganz ohne Gatten.

Isabelle besprengte den Boden mit etwas Wasser, damit es nicht so staubte und sich der Lehm wieder ordentlich festtrat, fegte und stellte den Besen dann zurück in die Ecke. Sie sah sich gerade um, ob es noch etwas zu tun gab, als die Tür aufflog und Orin torkelnd auf der Schwelle stand. Statt einer Begrüßung rülpste er laut und klopfte sich mit der Faust auf die Brust, bis er ein weiteres Mal aufstoßen konnte. Sein Atem roch nach abgestandenem Bier. Aus glasigen Augen glotzte er an Isabelle herab.

»Hat dich der Duft unserer Suppe ins Haus gelockt?«, fuhr er sie an. »Als hättet ihr auf der Burg nicht genügend zu essen!« Er trat ein und warf seinen schmutzigen Umhang achtlos in eine Ecke.

Isabelle hob abwehrend die Hand, als Brigid aufspringen wollte, und schenkte Orin einen vorwurfsvollen Blick.

Der jedoch tat, als bemerkte er es nicht, und setzte sich polternd an den Tisch.

Die jüngeren Kinder, die zuvor ruhig in einer Ecke gesessen und selbstvergessen mit kleinen Holzfiguren gespielt hatten, schmiegten sich nun ängstlich aneinander. Nur Brian, der hinter seinem Vater eingetreten war, sah aufmerksam von Isabelle zu Orin.

»Ich habe Hunger, bring mir Essen, oder soll ich ewig warten?«, brüllte der Brigid an, weil sie nicht umgehend einen Teller für ihn aufgetragen hatte.

»Nicht doch, Orin, ich bringe dir Suppe!« Diesmal ließ sich Brigid nicht aufhalten. Sie erhob sich, so schnell ihr das mit ihrem runden Bauch möglich war, nahm die Eisenkelle vom Haken und eine Tonschale aus dem Regal. Dann drängte sie sich an Isabelle vorbei und schöpfte von der brodelnden Speise. Immer wieder tauchte sie die Kelle ein und suchte nach den Speckwürfeln.

»Mehr, gib mir mehr, ehe die Bälger sich draufstürzen und nichts mehr übrig bleibt!«, knurrte Orin, als sie ihm die gut halb volle Schale reichen wollte. »Ich habe hart gearbeitet und bin hungrig wie ein Wolf! Hast du kein Brot?«

Brigid schüttelte den Kopf. »Ich habe keinen Penny mehr, wir brauchen Getreide, Mehl und Speck«, murmelte sie, ohne ihn anzusehen, und schöpfte noch einmal, »hast du deinen Lohn mitgebracht?« Ihre Stimme zitterte.

Isabelle hielt den Atem an. Gierig schaufelte Orin die Suppe in sich hinein. Wenn er weiter so aß und womöglich noch etwas nachforderte, würde für Brigid und die Kinder schon wieder nicht genügend übrig bleiben. Obwohl sie weit höheren Standes war als Orin und ihn nicht fürchten musste, hatte Isabelle Angst. Angst um Conall, Brian und die anderen Kinder, vor allem aber um Brigid. Es musste schrecklich sein, einem so unbeherrschten Mann, seiner Wut und seiner Willkür schutzlos ausgeliefert zu sein.

»Immer bettelst du um Geld!«, knurrte Orin geringschätzig. »Was bist du nur für ein gieriges Weib! Statt faul herumzusitzen und ein totes Balg nach dem anderen zu gebären, solltest du lieber arbeiten. Oder glaubst du etwa, ich werde euretwegen auf mein wohlverdientes Bier verzichten?« Er zuckte bedrohlich mit der geballten Rechten.

»Nein!« Brigid wich angsterfüllt zurück. »Ich hab es nicht böse gemeint. Aber du musst doch essen …«, erklärte sie kleinlaut, »und die Kinder ebenfalls …« Sie schien Mühe zu haben, nicht auf der Stelle in Tränen auszubrechen. »Wenn Isabelle nicht Speck und Schmalz mitgebracht hätte, wäre die Suppe noch dünner gewesen. Seit Tagen schon weiß ich nicht mehr, was ich noch hineinschneiden soll!« Brigid hatte gewiss versucht, nicht vorwurfsvoll zu klingen, doch es war ihr nicht gelungen.

»Eine Wohltäterin ist dein Amming also!«, rief Orin spöttisch aus. »Nein, wie rührend! Muss an deiner Milch liegen, dass sie so ein weiches Herz hat, denn ansonsten scheren sich die feinen Leute ja nicht um unsereins! Auf der Burg haben sie Essen in Hülle und Fülle. Sie fressen, bis ihnen der Wanst platzt. Unser Darben kümmert da niemanden. Dabei ist es unser Getreide, sind es die Eier von unserem Federvieh und das Fleisch unserer Schweine, Schafe und Rinder, mit denen sie sich den Bauch vollschlagen. Und was bekommen wir? Ein wenig Speck als milde Gabe!« Orin sah Isabelle aus blutunterlaufenen Augen feindselig an.

»Orin!«, rief Brigid entsetzt.

Isabelle schüttelte beschwichtigend den Kopf. Sie wusste, dass er Unsinn sprach und dass das Bier schuld daran war. Keiner musste mehr zahlen als den üblichen Zehnten. Der Markt florierte, und es gab genügend Arbeit. In Kilkenny musste niemand darben, wenn er fleißig war und sein Geld zusammenhielt. Aber Orin war ein Säufer und Tunichtgut.

»Wenn du nicht so viele Münzen für Bier und Würfelspiel in der Schenke ließest, müsste deine Familie auch keinen Hunger leiden!«, fuhr Isabelle ihn an und streckte sich, um ein wenig größer zu wirken. Das Herz klopfte ihr bis zum Hals.

Orin lief glutrot an und sprang auf. »Wir sind keine Leibeigenen, Mistress! Niemals gewesen.« Er schwankte und fuhr dann mit schwerer Zunge fort: »Eure Mutter ist nicht mehr unsere Königin, falls Ihr das vergessen habt!« Er lachte hämisch, dann fuhr er sich über den Mund, aus dem Speichel geflossen war. »Seit sie diesen … diesen Normannen geheiratet hat, der Euer Vater ist«, knurrte er, »ist sie nicht einmal mehr Irin!«

»Was erlaubst du dir!«, rief Isabelle empört aus. »Es steht dir nicht zu, meine Mutter zu beleidigen!«

»Dies ist mein Haus. Ich bin hier der Herr und sage, was mir gefällt! Wenn Euch das nicht passt, Mistress … bitte, ich halte Euch gewiss nicht auf!« Er deutete zur Tür und machte eine spöttische Verbeugung. »Aber vielleicht wollt Ihr ja auch Eure normannischen Soldaten auf einen armen irischen Mann hetzen?« Er sah sie herausfordernd an.

»Wie kannst du nur, Orin!« Brigid schlug entsetzt die Hand vor den Mund. Tränen standen in ihren Augen.

Isabelle umarmte sie kurz. »Ich sehe morgen Nachmittag wieder nach dir«, hauchte sie ihr ins Ohr. »Sag Conall, dass er morgen gleich in der Frühe zu mir kommen soll«, bat sie im Gehen mit fester Stimme. »Und du, Orin, solltest besser deine Zunge hüten, oder es wird dir eines Tages noch leidtun!« Sie sah angewidert an ihm herab, öffnete die Tür und trat über die Schwelle.

»Hoho, das edle Fräulein will mir drohen!«, hörte sie ihn noch. »Können die Wahrheit nicht vertragen, die Hochwohlgeborenen, wollen einem gleich den Mund verbieten!«, rief er ihr nach. Er fühlte sich sicher, wusste er doch nur zu genau, dass Isabelle aus Liebe zu Brigid nichts gegen ihn unternehmen würde. »Ein schlechter Mann ist immer noch besser als gar keiner«, sagte Brigid manchmal. Und auch wenn Isabelle anderer Meinung war, so respektierte sie ihre Ansicht doch. Ich werde mich niemals einem Mann unterwerfen, den ich nicht ertragen kann, schwor sie sich und eilte, so schnell sie konnte, zurück zur Burg. Der Brustkorb wurde ihr vom hastigen Lauf eng, und der Atem brannte ihr in der Brust. »Wenn ich doch nur schon älter wäre!«, murmelte sie hilflos und ballte die Hände zu Fäusten.

* * *

Wie jeden Morgen bei Sonnenaufgang stieg Conall hinauf zur Burg. Was Isabelle nur wollte? Für gewöhnlich besuchte er sie erst am Nachmittag, wenn er die gröbsten Arbeiten im Stall erledigt und sie ihren Unterricht beendet hatte. Diesmal jedoch, so war ihm ausgerichtet worden, sollte er gleich in der Frühe zu ihr kommen. Als er den Wohnturm betrat, nahm er seine Bundhaube ab, grüßte den Steward mit einem Nicken und stieg die Treppe zu der Kammer hinauf, die Isabelle mit ihrer Mutter teilte. Die Holzstufen ächzten unter seinen Schritten. Im oberen Stockwerk angekommen, klopfte er an die Tür der Kammer, öffnete und steckte den Kopf hinein. »Ich sollte zu Euch kommen, Mistress?«

»Ja doch, nun tritt schon ein!« Isabelle winkte ihn ungeduldig herbei und lächelte einnehmend.

Conall walkte seine Bundhaube wie eine Wäscherin.

Ein Knecht kniete vor der Feuerstelle, fegte die Asche zusammen und tat, als wäre er gar nicht da.

»Ich hoffe, Ihr seid wohlauf?«, erkundigte sich Conall gesittet und deutete eine kleine Verbeugung an. Isabelle fand dieses »höfische Spiel«, wie sie es nannte, überaus amüsant. Er dagegen konnte sich nur schwer daran gewöhnen, so förmlich zu reden. Es kostete ihn große Mühe, Isabelle nicht mehr mit *du* anzusprechen, wenn andere dabei waren. Früher war er selbstverständlicher mit ihr umgegangen, doch seit fast einem Jahr hatte er sie *Mistress* zu nennen und *Ihr* zu sagen. Lady Aoife hatte ihm zu verstehen gegeben, dass es an der Zeit war, sich ihrer unterschiedlichen Herkunft entsprechend zu verhalten. Sie waren den Kinderkitteln entwachsen, und Isabelle war kein kleines Mädchen mehr, sondern eine junge Lady, die in nicht allzu ferner Zukunft einen hochwohlgeborenen Gemahl bekommen würde.

Dass sie sich tüchtig verändert hatte, war Conall nicht entgangen. Sie war gewachsen und überragte ihn nun um ganze vier Finger. Und unter ihrer Cotte zeichnete sich der Ansatz zweier Brüste ab, die deutlich machten, dass sie auf dem besten Weg war, zur Frau zu werden. Er selbst dagegen war noch lange kein Mann. Noch immer spross ihm kein einziges Haar dort unten, wo Orin dichte Kräusellocken bis zu den Beinen wuchsen, und auch von Bartflaum konnte er nur träumen.

Immerhin benahm sich Isabelle wie früher, sobald sie wieder allein waren.

»Hat er sie geschlagen, nachdem ich fort war?«, fragte sie mitten in seine verwirrenden Gedanken und sah ihn forschend an.

Conall zog missmutig die Augenbrauen zusammen. Musste sie das unbedingt vor dem Knecht zur Sprache bringen? Er fühlte, wie das Blut in seinen Kopf schoss. Dann erst bemerkte er, dass der Mann die Kammer bereits verlassen hatte und sie allein waren. Er wollte den Kopf schütteln, doch Isabelle kannte ihn gut genug, um ihm anzusehen, wenn er flunkerte. Selbst wenn er versuchte, sie zu schonen, sie würde wissen, was geschehen war. Sie konnte in seinem Gesicht lesen wie in der Bibel. Das behauptete sie jedenfalls immer.

Also nickte er zaghaft. »Es kann nicht mehr ewig dauern, bis ich größer bin als er«, brach es aus ihm hervor. »Eines Tages sorge ich dafür, dass er sie nicht mehr anrührt, glaub mir!« Conall knetete seine Haube mit beiden Händen.

»Ja, das wirst du.« Isabelle ging auf ihn zu, legte die Hand auf seinen Arm und hauchte ihm einen Schmetterlingskuss auf die Wange.

Conall errötete, runzelte die Stirn und schabte mit dem Fuß über den Boden. Früher hatte er Isabelles Küsse stets angewidert fortgewischt. Diesmal jedoch hob er die Hand nicht. Der Kuss war noch immer auf seiner Wange zu spüren, wie ein kleiner Falter saß er da und schwang die Flügel. Hitze füllte Conalls Leib und brachte ihn zum Schwitzen. Verwirrt sah er zu Boden. Er wusste, dass Isabelles Kuss ihn nicht ärgern, sondern trösten sollte, und erstaunlicherweise gelang ihm das sogar.

Isabelle verstand seinen hilflosen Zorn, denn sie liebte Brigid ebenso wie er. Conall spürte, wie sich sein Magen verkrampfte. Isabelles vertrauter Duft umgab ihn noch immer, besänftigte und beunruhigte ihn zugleich. »Gehen wir später fischen?«, fragte er, um sich abzulenken.

»Hm.« Isabelle schien nicht sicher zu sein, ob sie Lust dazu hatte. Sie legte den Kopf schräg und strich sich eine rotblonde Strähne hinter das Ohr.

Wenn sie erst verheiratet ist, wird ein Schleier ihr weiches Haar verbergen, dachte Conall wehmütig. Als die Nachricht Kilkenny erreicht hatte, dass der jüngste Sohn des Königs nach Irland gekommen war, hatte er schon gefürchtet, dieser könne sie freien. Immerhin war Isabelle eine Prinzessin! Glücklicherweise aber hatte Prinz John mit seiner Mission in Irland eine Niederlage erlitten und war nach wenigen Monaten unverrichteter Dinge nach England zurückgekehrt. Es hieß, er habe die irischen

Führer beleidigt und so sehr gegen sich aufgebracht, dass sie sich gegen ihn verbündet hatten. Conall schüttelte den Kopf. Nein, einem solchen Mann durfte Isabelle niemals gehören! Überhaupt sollte sie besser keinen Normannen heiraten. Eine irische Prinzessin hatte etwas Besseres verdient. Der Gedanke, dass Isabelle eines Tages die Frau eines fremden Ritters werden würde, hinterließ ein ungewohntes, wundes Gefühl in Conalls Brust. Niedergeschlagen beobachtete er, wie sie mit dem Zeigefinger einen Scheitel auf ihrem Hinterkopf zog und ihr Haar teilte. Die Art, wie sie erst die eine Seite flocht, dann geschickt ein buntes Band um das Ende wand und sich schließlich der anderen Seite annahm, war ihm so vertraut, dass er lächeln musste. Er mochte es, wenn sie Zöpfe trug.

»Ich würde lieber ausreiten!«, sagte Isabelle, als sie fertig war, und strahlte über das ganze Gesicht.

»Aber …?« Vor einigen Wochen war sie vom Pferd gestürzt und hatte sich verletzt. Seitdem waren sie nicht mehr ausgeritten, denn ihr Arm hatte erst verheilen müssen. Konnte er wirklich schon wieder gut sein? Isabelle hatte sich nie über Schmerzen beschwert, trotzdem war Conall aufgefallen, dass sie auch jetzt noch hin und wieder das Gesicht verzog, wenn sie die Hand mit aller Kraft zusammenpressen musste.

»Der Stallmeister hat dich erst kürzlich wieder über die Maßen gelobt, und sogar der Steward hat meiner Mutter bestätigt, wie geschickt du im Umgang mit den Pferden bist!«, fuhr Isabelle fort. »Sie weiß, wie gut du reitest, und meint, ich bräuchte mehr Übung, damit ich nicht wieder stürze. Darum soll ich von jetzt an regelmäßig mit dir ausreiten. Ich kann es kaum erwarten!«, gestand sie. Ihre Augen glitzerten. »Aber wir sollten langsam anfangen, denn du hast die Verantwortung für mich.« Sie lächelte weich.

Pferde waren Conalls große Leidenschaft. Dass er dem Stallmeister von klein auf kaum von der Seite gewichen war, hatte sich als großes Glück erwiesen, denn dieser hatte schnell bemerkt, wie behände Conall im Umgang mit den Tieren war. Darum hatte er die Herrin um Erlaubnis gebeten, ihn anzulernen. Da er selbst keinen Sohn, sondern nur drei Töchter besaß, von denen eine kaum älter, die beiden anderen etwas jünger als Conall waren, hoffte er wohl, sich einen künftigen Schwiegersohn heranzuziehen und so später zumindest für eine seiner Töchter einen guten Mann zu haben. Conall rieb sich über die juckende Nase. Er konnte mit Mädchen nicht allzu viel anfangen. Er fand sie zu geziert, albern, dumm und eitel, manche auch gar zu aufdringlich. So wie Dairenn, die Tochter des Bogenmachers. Sie wartete fast täglich am Wegesrand, wenn er von der Burg kam und nach Hause ging, machte ihm schöne Augen und kicherte grundlos.

Mit Isabelle war das anders. Jede ihrer Gesten, jeder Gesichtsausdruck, alles an ihr war ihm vertraut. Er kannte sie besser als seine Brüder, denn seit ihrer Geburt verbrachten sie jeden freien Augenblick miteinander. Sie konnten gemeinsam lachen, bis ihnen die Bäuche wehtaten, aber auch schweigend nebeneinandersitzen. Manchmal stritten sie wie die Kesselflicker, nur um kurz darauf wieder die Köpfe zusammenzustecken und etwas auszuhecken.

Plötzlich wurde die Tür zur Kammer aufgerissen. Conall erschrak und fuhr herum.

»Platz da!«, rief der Steward und drängte ihn beiseite, sodass zwei Soldaten an ihm vorbeikonnten. Sie trugen Aoife herein und legten ihren schlaffen Körper auf das große Bett. Kreidebleich, mit flatternden Lidern und flachem Atem lag sie da und rührte sich nicht.

»Was ist geschehen?«, rief Isabelle entsetzt und stürzte auf ihre Mutter zu.

Conall stand wie angenagelt da, unfähig, etwas zu sagen oder zu tun.

»Ich weiß es nicht«, antwortete der Steward mit besorgter Miene. »Geh, Junge, hol rasch die Kräuterfrau, sie soll nach ihr sehen, vielleicht weiß sie Rat«, forderte er Conall auf und ruckte mit dem Kopf in Richtung Tür.

Lyons-la-Forêt, Ende März 1186

Neun Monate nach dem unerwarteten Tod seines Herrn war Guillaume seinem Versprechen gefolgt und ins Heilige Land gezogen. Weit fort von England und der Normandie hatte er eine fremde, grausame und zugleich verführerische neue Welt kennengelernt. Hitze, Blut, Sand und Verzweiflung hatte er dort geschmeckt, gute Freunde verloren und wichtige Erkenntnisse gewonnen. Demut und Ehrfurcht, Worte, die ihm zuvor fremd gewesen waren, hatten Bedeutung und ungeahnte Tiefe erlangt. Düstere Gedanken über seine eigene Sterblichkeit hatten seine Sicht auf das Leben getrübt, ihn gegrämt und ihn zum ersten Mal Furcht vor dem Tod empfinden lassen. Nirgendwo war man Gott näher als in Jerusalem, und nirgendwo konnte man sich verwundbarer und einsamer fühlen. Tapfer hatte er versucht, dieser schwermütigen Gedanken Herr zu werden, hatte inbrünstig gebetet und Fürbitte geleistet, um Gottes Gnade für den jungen König zu erlangen. Er hatte häufig an Gildwin gedacht und in Gedanken Zwiesprache mit ihm gehalten, denn sein Freund aus Tancarville hätte ihn verstanden.

Irgendwann schließlich hatte sich Guillaume mit dem Gedanken vertraut gemacht, dass niemand wusste, wann es zu Ende war. Wichtig war ihm nur noch erschienen, reinen Gewissens vor seinen Herrn treten zu können, wenn der ihn eines Tages abberief. Also hatte er auf einem der opulenten Märkte der Heiligen Stadt eine kostbare Seidendecke für seinen Sarg erstanden und sich den Templern zugewandt, die sich den Schutz der Pilger zur Aufgabe gemacht hatten.

Den Rückweg in die Normandie hatte er ohne rechte Zuversicht angetreten, ungewiss war sein Überleben auf der schweren Reise, sein Schicksal fraglich und trübe seine Aussichten, noch einmal bei Hof aufzusteigen. Er war kein junger Mann mehr! Wie lange noch würde er als Ritter große Taten vollbringen können? Wie lange würde ihm sein Körper noch kraftvoll dienen, statt eine Last zu werden, gebrechlich, runzlig und krank?

Guillaume zog den Mantel über der Brust zusammen. Der Wind war frisch und ließ ihn frösteln. Er schloss die Augen und füllte seine Brust mit jener feuchtkalten Luft, die er aufs Heftigste vermisst hatte. So weit fort von der Heiligen Stadt musste die Erinnerung an seine Ängste doch langsam zu verblassen beginnen! Die Erde unter den Hufen seines Pferdes duftete nach Frühling, genau wie damals, vor zwei Jahren, als er aufgebrochen war. Guillaume öffnete die Augen und sah sich um. Er war zurück und lebte noch, war das nicht Anlass genug zur Freude?

Plötzlich lenkten ihn Hufschläge und Hundegebell von seinen trüben Gedanken ab. Ein Jagdhorn war zu hören, es schien sich zu nähern. Guillaume streckte sich und sah sich um, als plötzlich eine Schar Reiter aus dem Wald auf den Weg sprengte. Hunde liefen kläffend neben ihnen her. Einer der Männer drehte sich zweimal nach ihm um, dann zügelte er sein Pferd und wartete, bis Guillaume aufgeholt hatte. Auch seine Begleiter hielten nun an.

»Maréchal!«, rief der Mann freundlich, als Guillaume näher kam.

»Mylord, Sire!«, stammelte Guillaume überrascht, als er den König erkannte. Henry II. war kein junger Mann mehr, und doch strotzte er nur so vor Kraft und Lebenslust. Für Guillaumes Zweifel würde er gewiss kein Verständnis haben.

»Hat Euch der Herr noch nicht haben wollen?«, neckte ihn der König und lachte ausgelassen. Ohne auf eine Antwort zu warten, wandte er sich ab. »Folgt uns zur Burg, Sir Guillaume, und lasst Euer Pferd versorgen, ich erwarte Euch in der Halle!«, rief er ihm über die Schulter zu und gab seinem Pferd die Sporen.

Guillaume sah ihm verdutzt nach, trieb sein Pferd zur Eile an und folgte den Reitern.

Das Gemäuer der Burg war nicht neu, drei, vier, vielleicht mehr Generationen mochte es wohl alt sein. Auch die Wandteppiche auf den kalkverputzten Wänden waren schon älter und bereits an einigen Stellen geflickt. Die dicken Kissen, die auf den Eichenholztruhen der Halle lagen, waren abgewetzt und die Farben ein wenig verblichen. Vielleicht war es diese zwanglose Gemütlichkeit, die Lyons etwas so Anheimelndes und Einladendes gab, dass der König gern und häufig hierherkam.

Guillaume wich zur Seite, als mehrere Knechte Tischböcke, Holzplatten und Bänke herbeischleppten, um die Tafel für das Festmahl aufzustellen. Der König hatte inzwischen in einem Armsessel am oberen Ende der Halle Platz genommen und war umringt von fröhlich auf ihn einschwatzenden Baronen. Offenbar sprach man über die soeben beendete Jagd, die, den mehr als zufriedenen Gesichtern nach zu urteilen, ausgezeichnet verlaufen sein musste.

Ein gutes Omen für das erste Wiedersehen mit dem König nach so langer Zeit, dachte Guillaume, entspannte sich ein wenig und ging entschlossenen Schrittes auf Henry II. zu. Er wollte weder zu forsch wirken noch übermäßig zurückhaltend oder gar ängstlich. In angemessenem Abstand zum König blieb er stehen und verbeugte sich. Als er auch nach längerem Warten noch unbeachtet blieb, räusperte er sich. Einer der Männer, die beim König standen, sah ihn geringschätzig an.

»Mylord, Ihr wünschtet mich zu sehen!« Guillaume sprach laut und entschieden, aber auch darauf bedacht, seine Stimme freundlich klingen zu lassen.

»Gewiss, Maréchal! Tretet näher und berichtet mir von Eurer Reise. Habt Ihr für meinen Sohn …« Er hielt inne und bekreuzigte sich. »Der Herr sei seiner Seele gnädig. Habt Ihr getan, was Ihr geschworen habt?« Der König musterte ihn eindringlich.

»Ja, Mylord.« Guillaume drohte nun doch die Stimme zu versagen. Er räusperte sich noch einmal. »Ich legte seinen Mantel vor dem Altar nieder, wie er mich geheißen, entzündete eine Kerze und betete einen ganzen Monat lang jeden Tag für sein

Seelenheil. Sein Gelübde ist erfüllt, Mylord. Er möge in Frieden ruhen.« In den Augen des Königs glaubte Guillaume das Glitzern von Tränen zu sehen. Er trat einen Schritt auf ihn zu. »Er fehlt mir«, gestand er dem König im Flüsterton.

Henry II. nickte nur wortlos, stemmte die Faust auf seinen Oberschenkel und lehnte sich ein wenig zur Seite. »Ich brauche einen Hauptmann für eine meiner Truppen und denke, Ihr seid der richtige Mann dafür.«

Guillaume verneigte sich. »Danke, Mylord, es ist mir eine große Ehre.«

Henry II. sah einen seiner Männer an und zuckte kaum merklich mit dem Kopf, dann wandte er sich wieder an Guillaume. »Ihr seid staubig von der Reise. Darum mögt Ihr Euch zurückziehen, um die Kleider zu wechseln, bevor das Essen aufgetragen wird.« Er wedelte mit der Hand. »Geht schon, geht! Man wird Euch geben, was nötig ist, um Euch frisch zu machen und neu einzukleiden.«

Guillaume verbeugte sich noch einmal. Als er sich wieder aufrichtete, sah er Robert de Tresgoz, der ihm aus der Menge der Ritter zulächelte. Wenigstens ein Gesicht, das nicht feindlich verschlossen ist!, dachte er erleichtert.

»Ich bin hungrig und könnte ein ganzes Wildschwein allein verspeisen!«, rief der König und klatschte in die schwieligen Hände. »Sagt dem Koch, er möge sich sputen, außerdem verdurste ich!«

Sofort eilten zwei Knappen davon.

»Folgt mir, Maréchal«, sagte der Mann, dem der König ein Zeichen gegeben hatte, und musterte Guillaume von Kopf bis Fuß.

Allein in der Kammer, die man ihm zugewiesen hatte, atmete Guillaume auf. Er war angekommen. Nicht zu Hause, aber zurück. Er rieb sich Körper und Gesicht mit einem nassen Leintuch ab und wischte den Staub der Reise fort. Dann legte er die neuen Kleider an, die man ihm gebracht hatte. Zufrieden strich er mit der Hand über seine Brust. Der Stoff des neuen Surcots fühlte sich gut an! Fest, sauber und warm, nicht schmutzig und blank wie das dünn gewordene Gewebe seines alten Gewandes. Ein winziges Lächeln huschte über sein Gesicht. Als er sich seiner Kleider entledigt hatte, war aus den Falten noch ein wenig Wüstensand gerieselt. Ob sich die Erinnerungen an Entbehrungen, Leid und mühevolle Qualen ebenso leicht abstreifen lassen würden wie die alten Kleider?

Guillaume kämmte sich das Haar, das er zuvor über einem Eimer notdürftig gewaschen hatte, schüttelte den Kopf, dass es nur so klatschte, und fuhr sich mit der Hand über das Kinn. Drei oder vier Tage war es her, dass er sich den Bart geschabt hatte. So konnte er unmöglich an der Tafel des Königs speisen. Er holte sein Messer hervor und begann, es zu schärfen.

»Guillaume?«, hörte er eine Stimme hinter der Tür, dann klopfte es.

Erstaunt, dass ihn jemand zu sprechen wünschte, öffnete er.

Baudouin breitete die Arme aus und drückte ihn herzlich an sich. »Bist du in einem Stück?« Er ließ ihn los und sah fragend an ihm herab.

»Wie du siehst, mein Freund!« Guillaume strahlte ihn an. »Du ahnst nicht, wie glücklich ich bin, dich zu sehen!« Er trat einen Schritt zur Seite. »Komm rasch herein. Die Kammer wird nicht lange mein sein.«

Baudouin trat ein und sah sich neugierig um.

»Nicht schlecht, nicht wahr? Klein, aber wohnlich.« Hinter dem Bett, unter dem geöffneten Fenster, durch das die Geräusche des geschäftigen Burghofs und die sanften Strahlen der Abendsonne hereindrangen, stand eine Eichentruhe, aus der Leinenhemden, Cotten und ein weiterer Surcot herausquollen. »Und wie du siehst, fehlt mir ein Page!« Guillaume stopfte die Gewänder in die Truhe und schlug den Deckel zu.

»Verständlich, dass schon des Königs Großvater Lyons schätzte«, murmelte Baudouin. »Jeder Raum hat etwas Behagliches, und die Wälder sind voller Wild.« Dann musterte er Guillaume neugierig. »Ich war so erleichtert, als ich hörte, dass du eingetroffen bist! Du scheinst wohlauf zu sein, doch …« Er zog die Brauen zusammen und zeigte auf Guillaumes Gesicht. »Was ist das da?«

»Nichts, jedenfalls kein Andenken von einem Kampf mit Sarazenen, wie du vielleicht hoffen magst. Ein ganz gewöhnlicher Kratzer nur, den ich mir auf der Reise zugezogen habe.«

»Steht dir hervorragend, muss ich gestehen. Gibt dir etwas … Verwegenes!« Baudouin seufzte vernehmlich. »Ich werde künftig wohl mächtig Konkurrenz bei den Damen bei Hof haben!« Sein schelmisches Grinsen unterstrich er mit einem verschwörerischen Augenzwinkern.

»Ach, woher!« Guillaume lächelte. Wie gut es doch tat, den Freund wieder um sich zu haben! Baudouin hatte ihm mehr gefehlt als alle anderen. »Mit einem so schmucken, jungen Herzensbrecher wie dir kann ein alter, gebrechlicher Mann wie ich nicht wetteifern«, behauptete er mit zittriger Stimme, griff sich ins Kreuz, als wäre er lahm, und lachte dann herzlich. Mit beinahe vierzig Jahren war er gewiss kein junger Mann mehr, doch alt fühlte er sich noch nicht. Er war gesund, und noch steckte die Kraft eines gut trainierten Burschen in ihm, auch wenn er an den Schläfen schon vor Monaten das erste graue Haar entdeckt und es umgehend entfernt hatte.

»Erst lehrt er die Ungläubigen das Fürchten, und dann verspottet er die Daheimgebliebenen!« Baudouin tat entrüstet.

»Du kennst mich, mein Freund. Ich werde dir bei deinen Eroberungen nicht im Weg stehen, mein Ehrenwort!« Guillaume legte die Hand aufs Herz und verbeugte sich ein wenig spöttisch.

»Du musst mich verstehen, mein Lieber, ich will mein Leben als Junggeselle genießen, solange ich kann. Wer weiß, welche Art Weib einmal der Lohn für meine Treue sein wird? Am Ende bekomme ich gar eine Braut wie der arme Guillaume de Mandeville.« Baudouin kam ein wenig näher und flüsterte: »Es heißt, Hawise de Aumale habe alles, was einen Mann ausmache, bis auf …« Er sah an sich hinunter. Sein Blick lag bedeutungsschwer auf seiner Männlichkeit. »Du verstehst?«

»Aber Baudouin! Eine Ehe soll reich machen oder zumindest sorglos, doch nicht zwangsläufig glücklich! Mandeville ist durch diese Verbindung immerhin Graf von Aumale geworden, das sollte wohl reichen, um ihn zu entschädigen.« Guillaume wurde plötzlich nachdenklich. »Wer weiß, vielleicht mag er sie ja gar. Starke Frauen können sehr begehrenswert sein.«

»Wie Ellenweore, meinst du wohl?« Baudouin griente bis über beide Ohren.

»Hast du von ihr gehört?« Guillaume trat einen Schritt auf den Freund zu. »Sag, geht es ihr gut? Und mein Sohn, was macht er? Hast du die beiden gesehen?«

Baudouin hob ergeben die Hände. »Immer langsam! Ich werde dir alles haarklein berichten, keine Sorge. Du erlaubst doch?« Er deutete auf einen Stuhl.

»Gewiss, mein Freund, setz dich! Ich wollte mir noch den Bart schaben, bevor ich in die Halle zurückkehre, doch zuerst musst du erzählen!«

»Oh, lass dich von mir nicht aufhalten, scher du dir nur das Fell aus dem Gesicht, während ich berichte, was geschehen ist.«

Guillaume benetzte Wangen und Kinn mit Wasser. »Worauf wartest du?«, fragte er ungeduldig, nahm das Stück Olivenseife, das er aus dem Süden mitgebracht hatte, schäumte es auf und bestrich seinen Bart damit, bevor er das Messer ansetzte. Auf diese Weise wurde die Haut weniger rot und brannte nach der Rasur nicht so sehr.

»Im Herbst, nachdem du fortgegangen bist, war ich mit dem König in England«, begann Baudouin. »Eine glückliche Fügung wollte, dass er der Abtei von St. Edmundsbury einen Besuch abgestattet hat. Da der König jedoch niemals lange an einem Ort bleibt, empfahl ich ihm die Umgebung als Jagdgebiet zur Beize in der Hoffnung, die Gelegenheit zu bekommen, die Schmiede aufzusuchen.« Baudouin lachte auf. »Dass Henrys weißer Ger entfliegen würde, konnte ich freilich nicht ahnen! Die Schmiede lag ungefähr in der Richtung, in die der Falke geflogen war. Darum schlug ich vor, dort nach dem Vogel zu fragen. So hoffte ich,

Ellen und den Jungen sehen zu können. Doch stell dir vor: Ich traf sie nicht nur beide wie erhofft an, auch der Falke des Königs war dort! William hatte ihn eingefangen. Ellen war ganz offensichtlich ergriffen vom Besuch des Königs.« Baudouin lachte auf. »Dein Sohn hingegen schien nicht im Geringsten beeindruckt.« Baudouin rutschte auf seinem Stuhl herum, während Guillaume das Messer absetzte und ihn erwartungsvoll ansah.

»Und? Was ist dann geschehen? Was hat der König gesagt? Hat er William belohnt?«

»Gewiss doch! Er war über die Maßen erfreut, seine Blanchpenny zurückzubekommen, auch wenn der Greif verletzt war. William hatte die Wunde ordentlich versorgt, darum hat ihm der König eine seiner großen Silbermünzen gegeben.« Baudouin holte tief Luft. »Aber William wäre weder dein Sohn noch der von Ellen, wenn er es dabei hätte bewenden lassen. Stell dir vor, er lehnte die Belohnung ab!« Bei dem Gedanken an diesen Augenblick schüttelte er ungläubig den Kopf. »›Verzeiht, Sire, kann ich nicht lieber Falkner werden?‹, das waren seine Worte!« Baudouin lachte erneut auf. »Du kannst dir gewiss vorstellen, dass so viel Dreistigkeit ein entsetztes Raunen unter den Schmieden und Jägern hervorrief. Der armen Ellen entfuhr ein Laut des Schreckens, und ich gebe zu, auch ich war besorgt, was der König wohl auf diese Anmaßung erwidern würde. Ehe er noch in Rage geraten konnte, trat ich darum vor und flüsterte ihm ins Ohr, dass der Junge ein ganz besonderer sei. Damit hatte ich seine Aufmerksamkeit geweckt, und er war bereit, mehr zu erfahren. Ich zögerte, schließlich wusste ich nicht, was ich preisgeben durfte. Der König wurde ungeduldig, als ich zu lange schwieg, und brummte missmutig. Also erklärte ich ihm, dass du der Mutter des Jungen schon lange in tiefer Freundschaft verbunden seist. Ich schwöre, mit keiner Silbe bedeutete ich ihm, dass du Williams Vater bist, aber er muss auch so verstanden haben, was dich mit William verbindet, denn plötzlich lächelte er wissend. Ich sagte ihm, dass dir der Junge sehr am Herzen liegt und du mich gebeten hast, während deiner Reise ins Heilige Land ein

Auge auf ihn zu haben.« Baudouin kratzte sich am Hinterkopf. »Ellen war noch immer starr vor Schreck, dein Sohn indessen stand mit erwartungsvollem Blick vor dem König und strahlte ihn so voller Hingabe an, dass ich meinte, keinem der Anwesenden könne entgehen, wie ähnlich er dir in diesem Moment sah!« Baudouin rang nach Luft. »Es war schmerzlich, nicht zu wissen, ob du noch lebtest und wie es dir ging!« Nach einer kurzen Pause, in der er sich sammelte, fuhr er fort: »Ich dachte an unser Gespräch, bevor du aufgebrochen bist, und bat den König um Erlaubnis, mich Williams Wunsch annehmen zu dürfen. Ohne zu zögern, teilte er mir sein Einverständnis durch ein knappes Nicken mit und winkte William zu sich. ›Nun, mein Junge, wie ich höre, ist deine Mutter eine ganz erstaunliche Frau mit großartigen Freunden‹, sagte der König streng, aber nicht unfreundlich. ›Ich werde dir darum deine Unverschämtheit verzeihen und über dein Anliegen nachdenken‹, erklärte er und verdonnerte William dazu, seiner Mutter vorläufig auch weiterhin in der Schmiede zur Hand zu gehen.« Baudouin lachte. »Du kannst dir gewiss vorstellen, wie erleichtert ich war, als der König kurz darauf zum Aufbruch rief.« Baudouin sah Guillaume fragend an. »Ich habe doch das Richtige getan?«

»Gewiss, mein Freund! Doch nun sag mir endlich, hast du meinen Sohn untergebracht? Und wo?«

»In Thorne! Er mag ein knurriger Mann sein, dieser Logan, aber er versteht sein Handwerk, hast du einmal gesagt, als wir mit Sir Ralph auf der Jagd waren, erinnerst du dich? Sir Ralph war hocherfreut, dir einen Gefallen erweisen zu können. Er hat mir versprochen, niemals auch nur mit einem Wort zu erwähnen, dass William dein Sohn ist!«

Guillaume hatte seine Rasur inzwischen beendet, wischte sich den letzten Rest Seife aus dem Gesicht und umarmte Baudouin. »Du bist mir stets der liebste und treueste Freund gewesen.« Er lächelte dankbar. »Wie hat Ellen es aufgenommen? Sie wird den Jungen kaum freiwillig herausgegeben haben?«

»Wenn ich mich recht entsinne, erwähnte ich ganz nebenbei,

dass der König beschlossen habe, den Jungen ...« Baudouin zuckte mit den Schultern und lächelte. »Eine kleine Notlüge, um sie zu überzeugen. Sie hat es mir trotzdem nicht leicht gemacht. William war nicht in St. Edmundsbury, als ich kam, und Ellen schweigsam wie ein Grab. Ihr Mann aber, der einarmige Schmied, hat mir erzählt, dass sie den Jungen nach Orford gebracht hatte, in der Hoffnung, dass William bei einem fremden Schmied bereitwilliger lernen werde. Und dort habe ich ihn dann auch angetroffen. Ich glaube übrigens, dass er just an diesem Tag versucht hat fortzulaufen, denn der Schmied hat ihn im Wald gefunden.«

Guillaume lachte erleichtert. »Ach, Baudouin, du glaubst nicht, wie viel lieber ich William statt mit einem Hammer in der Hand mit einem Falken auf der Faust sehe, auch wenn Ellen sicher enttäuscht ist. Eines Tages wird sie trotzdem stolz auf ihn sein, denn dem Jungen steht eine großartige Zukunft bevor, dessen bin ich gewiss. Gleich morgen lasse ich eine Nachricht an Sir Ralph aufsetzen, um mich nach William zu erkundigen.«

»Ich hörte letzten Herbst, dass er sich hervorragend macht!« Baudouin lächelte aufmunternd, stand auf und vertrat sich die Beine. »Bist du fertig?«

»Sieht man das nicht?« Guillaume setzte sein strahlendstes Lächeln auf.

»Dann lass uns hinuntergehen, der herzhafte Duft, der mir in die Nase steigt, lässt mich hoffen, dass schon bald aufgetragen wird!« Baudouin leckte sich genüsslich über die Lippen und öffnete die Tür.

Als Guillaume den dritten Becher Wein leerte, wurden seine Beine schwer, und ihm schwindelte. Eine wohlige Wärme breitete sich in seinen Gliedern aus, durchflutete seinen Magen und seinen Unterleib. Das Essen war vorzüglich. Fleischig zarte Enten, herzhafte Schwäne mit pfeffrigen Beeren, würziger Wildschweinbraten und Hirsch mit scharfer Mandelsauce wurden gereicht. Baudouin saß zu seiner Rechten, Peter FitzGuy zu seiner

Linken. Gérard Talbot und Robert de Tresgoz, die nun ebenfalls dem Vater ihres früheren Herrn dienten, hatten gegenüber Platz genommen. Fröhlich schwatzten sie auf Guillaume ein, hoben immer wieder ihre Becher, um auf sein Wohl zu trinken, stießen auf das Heilige Land und die baldige Vertreibung der Sarazenen an und feierten seine Rückkehr so voller Freude, als wäre es ihre eigene. Sie alle waren dem jungen König bis zum Schluss treu ergeben gewesen, und Guillaume genoss es, sie wiederzusehen, doch zugleich schmerzte es ihn, so ausgelassen mit ihnen zu feiern, obwohl in ihrer Mitte jemand Bedeutendes fehlte. Ein fröhlicher, stets zu Scherzen aufgelegter, manchmal etwas leichtsinniger junger Mann. Guillaume schloss für einen Moment die Augen und hielt den Atem an.

Die Zeiten hatten sich geändert!

Er öffnete die Lider wieder. Ich muss der Wahrheit ins Gesicht sehen, sagte er sich. Der junge König ist tot. Ich aber lebe und muss nach vorn blicken. Henry II., der starke, starrsinnige, unangefochtene König von England und Herzog der Normandie, ist nun mein Herr, und ich bin ihm ebenso zu Treue verpflichtet wie zuvor seinem Sohn. Nur wenige Männer bekamen eine solche zweite Chance, darum musste er sie ergreifen, wenn er sein Ziel, einmal bedeutend zu sein, doch noch erreichen wollte. Guillaume ließ sich einen weiteren Becher Wein einschenken und wandte sich wieder dem fröhlichen Gelage zu. Doch weder die heiteren Weisen der Musikanten noch die Kunststücke der Jongleure, die kleine sandgefüllte Bälle aus Ziegenleder und Kegel aus Holz durch die Luft wirbelten, weder die Lieder der Troubadoure noch die wogenden Hüften der Tänzerinnen, die sich zum Klang der Musik bewegten und die Männer mit vertraulichen Gesten umgarnten, konnten seine Aufmerksamkeit lange bannen. Immer wieder schweifte sein Blick zum König ab. Er war auch jetzt noch ein beachtlicher Mann, den seine Feinde fürchteten. Guillaume erinnerte sich genau an die Kriegsberatungen mit den Verbündeten seines Herrn. Voller Hochachtung hatten sie über den König und seine ungewöhnlichen Strategien gesprochen und sich stets aufs Neue gefragt, wie er wohl handeln würde und was man tun konnte, um ihn zu besiegen. Erfolgreich waren sie mit ihren Spekulationen jedoch nicht gewesen. Henry II. war zu erfahren, zu gut gerüstet und zu klug gewesen, um sich durchschauen und von seinen Söhnen und ihren Männern niederringen zu lassen. Gut fünfzig musste er inzwischen sein, doch seine Schultern waren noch immer breit und seine Brust kräftig. Ob ihn die Auseinandersetzungen mit seinen Söhnen so sehr gegrämt hatten, dass sein Rücken nicht mehr so gerade war wie früher? Aufmerksam schaute der König auf die Männer in seiner Halle. Er schien alles zu sehen und seine Ohren überall zu haben. Sein Blick streifte Guillaume und hielt einen Moment inne. Ich habe meinen Sohn geliebt, auch wenn er mir großen Schmerz zugefügt hat, schienen seine Augen zu sagen.

Auch ich habe den jungen König geliebt, selbst wenn er manchmal ein Kindskopf war, dachte Guillaume. Nicht alle seine Entscheidungen habe ich gutheißen können, aber ich habe ihm stets zur Seite gestanden. Meine Treue gehört nun Euch, mein König. Er senkte den Blick für die Dauer eines Wimpernschlags, und als er aufschaute, nickte Henry ihm zu, als hätte er seine Gedanken erraten. Dann wandte er sich wieder den Männern an seiner Tafel zu, scherzte mit ihnen und ließ sich ein großes Stück Fleisch nachreichen. Sein Haar war von dem gleichen Rot wie das seines Sohnes, nur dass es von silbrig grauen Fäden durchzogen und nicht mehr so dicht war. Guillaume stellte zu seinem Erstaunen fest, dass er den König mochte, obwohl er in ihm doch so lange einen Feind gesehen hatte. Die Kraft, die er ausstrahlte, hatte etwas Anregendes und Beruhigendes zugleich. Dieser Mann, das sah man ihm an, war der Aufgabe, König zu sein, in der Tat gewachsen. Er strebte nach Macht wie viele Männer, wusste sie aber einzusetzen wie kaum ein anderer.

Wie so mancher Reiter hatte der König die Beine im Sitzen weit auseinandergestellt. Ein Lächeln huschte über Guillaumes Gesicht. Auch er saß oft so da. Nach einem langen Ritt war es, als könnte man das Pferd noch eine ganze Weile zwischen den Schenkeln spüren und sie nicht recht zusammenführen.

Der König griff nach einer Gänsekeule und biss hinein. Entschlossenheit, Mut und Beharrlichkeit sprachen aus jeder seiner Bewegungen.

»Erinnert Ihr Euch noch an den Kampf, bei dem der Herzog von Boulogne das Zeitliche segnete?«, rief einer der königlichen Ritter vom oberen Ende der Tafel und stürzte einen Becher Wein herunter. Die Männer um ihn herum lachten und begannen sofort, mit Einzelheiten aufzuwarten und mit eigenen Erfolgen zu prahlen. Seit das Festmahl begonnen hatte, erzählten sie eine Kriegsgeschichte nach der anderen. Von besetzten und zerstörten Burgen, von ihren fantastischen Siegen und den unzähligen Niederlagen ihrer Feinde.

»Wie ist das mit Euch, Maréchal? Entsinnt Ihr Euch ebenfalls?«, rief ihm der Ritter zu und fixierte ihn aus seinen stechend hellen Augen. Dann lachte er. »Ach, verzeiht, ich vergaß! Ihr gehörtet ja der falschen Seite an und wart bei den Verlierern. Für Euch muss das Ableben des Herzogs ein herber Verlust gewesen sein!« Er brüllte vor Lachen und schlug sich auf die Schenkel.

Täuschte sich Guillaume, oder zuckte auch um den Mund des Königs ein Hauch von Spott? Guillaumes Gesicht wurde heiß wie unter der Wüstensonne, und sein rechter Oberschenkel zuckte, bereit, ihn kurzerhand aufspringen zu lassen, wenn sie nicht bald aufhörten, ihn und seine Freunde zu verspotten.

»Bleib ruhig!«, raunte Baudouin ihm zu und legte unauffällig die Hand auf seinen Arm. »Du gewöhnst dich daran.«

Guillaume musste an seine Jugend in Tancarville denken. Es war genau das gleiche Gefühl von Ungerechtigkeit und Hilflosigkeit wie damals, das er in diesem Augenblick empfand. Hatte er diese Art Spott nicht schon lange hinter sich gelassen? Sollte er wirklich noch einmal ganz von vorn anfangen müssen? Wie ein Page? Weitere gehässige Bemerkungen über den jungen König und seine Männer fielen. »Wir haben das Richtige getan!«, knurrte er, als Baudouin ihn ein weiteres Mal zurückhielt.

»Sicher haben wir das. Wir haben nach bestem Wissen und Gewissen gehandelt und werden das auch weiterhin tun. Wir haben uns nie etwas zuschulden kommen lassen. Glaub mir, der König weiß das, sonst säßen wir nicht hier. Seine alten Haudegen aber grämt es, dass er uns so rasch verziehen hat. Du warst ihnen schon immer ein Dorn im Auge. Gerade weil sie ob deiner Stärken wissen. Dass der König ausgerechnet die nun wieder fördern will, die sich ihm an der Seite seines Sohnes entgegengestellt haben, das können und wollen sie nicht verstehen. Sie fühlen sich bedroht, besonders von dir, Guillaume. Sie schmähen dich, weil sie fürchten, der König könne dir schon bald mehr gewogen sein als ihnen«, flüsterte Baudouin ihm zu und hatte seinen Kopf so dicht an Guillaumes Ohr, dass seine Lippen es hin und wieder berührten. »Lächle, mein Freund!«, forderte er ihn wispernd auf. »Lächele und lass sie nicht wissen, was du fühlst!«

Guillaume hatte Mühe zu atmen. Damals in Tancarville war es leichter gewesen, gute Miene zum bösen Spiel zu machen, denn die Schmähungen hatten nur ihm selbst gegolten. Er hatte einfach mitgelacht, wenn die Knappen ihn aufgezogen hatten. Die bösartigen Bemerkungen über den jungen König aber trafen ihn tief. Mit versteinertem Gesicht, die Hände zu Fäusten geballt, fixierte er den König. Wie lange würde der noch warten, bis er seinen Männern Einhalt gebot?

»Schweigt und wagt nicht länger, das Andenken meines Sohnes zu beschmutzen!«, rief der König nun tatsächlich und schlug so heftig mit der Faust auf den Tisch, dass die fein verzierten silbernen Weinpokale zu tanzen anfingen. Wut und Trauer in seinem Blick waren ebenso wenig zu übersehen wie seine Enttäuschung. Mitleid packte Guillaume. Weder Vater noch Sohn hatten es verstanden, aufeinander zuzugehen. Nur im Kampf hatten sie sich begegnen und gegenseitig respektieren können. Wenn man es recht überlegte, waren ihre Auseinandersetzungen eine schreckliche Verschwendung von Kraft, Geld und Männern gewesen.

Nach dem Gelage an der Tafel des Königs war Guillaume am nächsten Morgen mit pelziger Zunge, schwerem Kopf und einem bitteren Geschmack im Mund erwacht. Der König gedenke schon am folgenden Tag in aller Frühe aufzubrechen, ließ man ihm ausrichten, und nach einem kurzen Gang an der frischen Luft machte sich Guillaume mit seiner neuen Aufgabe als Hauptmann vertraut. Statt eine weitere Nacht mit seinen Kameraden zu feiern, legte er sich früh zu Bett und war am nächsten Morgen noch vor dem ersten Tageslicht ausgeschlafen und reisefertig.

Nun schickte er einen ungeduldigen Blick nach oben. Die Sonne war längst aufgegangen und auf dem besten Weg, den Zenit zu erreichen. Überall im Hof warteten Soldaten, Knechte, Ritter, Reit- und Packpferde. Nur der König hatte sich noch immer nicht blicken lassen.

Auf seine Frage, wann dieser denn endlich aufzubrechen gedenke, erntete Guillaume nur mitleidige, hier und da auch spöttische Blicke, bekam jedoch keine Antwort.

»Ich habe die ersten Male genauso verloren dreingeschaut wie du jetzt!«, hörte er eine freundliche Stimme hinter sich sagen und drehte sich um.

»Gérard!« Er war erleichtert, ein bekanntes Gesicht zu sehen, denn Baudouin und Robert hatten Lyons bereits am Vortag verlassen, um des Königs Überfahrt nach England vorzubereiten.

»Wenn es heißt, der König wolle früh aufbrechen, so kann man fast sicher sein, dass es nicht vor dem Mittag losgeht, wenn überhaupt! Heißt es allerdings, der König bleibe drei oder vier Tage am gleichen Ort, so sollte man jederzeit auf einen überstürzten Abzug vorbereitet sein. Wenn ihn plötzlich die Reiselust packt, dann lässt er seine Männer in aller Eile zusammenrufen, um schon im nächsten Moment aufzubrechen.« Gérard Talbots breiter Kiefer machte mahlende Bewegungen, als äße er. »Wir *Jungen,* wie sie uns nennen, haben es an seinem Hof ganz sicher nicht immer leicht, weil uns die Alten stets kritisch beäugen, doch auch der König hat ein Auge auf uns. Er fordert viel, wird aber auch rasch zum freimütigen Gönner, wenn er Loyalität und Hingabe erkennt.« Talbot grinste aufmunternd. »Und für euch Männer aus Wiltshire scheint er ohnehin eine besondere Schwäche zu haben. Siehst du den jungen Ritter dort hinten?« Er deutete auf einen schlanken, hochgewachsenen Mann in Kettenhemd und Waffenrock, dessen Schwertleite kaum länger als fünf Jahre zurückliegen mochte. Trotz seiner Jugend fiel er durch eine selbstsichere Ausstrahlung auf, die ganz ohne Arroganz auskam.

»Das ist der Sheriff von Northampton, kennst du ihn?«

Guillaume schüttelte den Kopf.

»Dann sollte ich ihn dir unbedingt vorstellen!« Talbot winkte dem Ritter zu. »Sir Geoffrey!«, rief er ihn freundlich an. »Darf ich Euch mit Guillaume le Maréchal bekannt machen?« Als der junge Mann vor ihnen stand, legte Talbot ihm freundschaftlich die Hand auf die Schulter. »Dieser vielversprechende junge Mann hier ist Geoffrey FitzPeter, er nennt die Gunst des Königs sein Eigen und ist ihm ein trefflicher Getreuer!« Talbot hob plötzlich den Kopf, fixierte etwas in der Ferne und nickte. »Ihr entschuldigt mich? Man verlangt nach mir«, erklärte er, rief nach seinem Pagen und ließ die beiden stehen.

Der junge Ritter verbeugte sich respektvoll, doch ohne unterwürfig zu wirken. »Es ist eine Ehre und eine große Freude, Euch am königlichen Hof zu wissen, Maréchal. Euer Ruf als Turnierkämpfer ist legendär, und Ihr seid nicht nur für mich ein großes Vorbild, sondern für ganze Heerscharen junger Ritter!«

Das ungekünstelte Lächeln und der offene Blick des jungen Mannes nahmen Guillaume gleich für ihn ein. »Ihr seid aus Wiltshire?«, erkundigte er sich darum.

»Ja, genau wie Ihr!« FitzPeter strahlte ihn an.

»Ihr wisst …?«

»… dass Ihr auf Marlborough Castle geboren wurdet. Überall spricht man von Euch, Maréchal, großer Ruhm eilt Euch voraus!« Seine begeisterten Worte klangen aufrichtig und keineswegs anbiedernd. »Ich habe einiges über Euch und Eure Familie gelernt und jede Einzelheit behalten, auch wenn ich nicht mit einem so guten Gedächtnis gesegnet bin, wie Ihr es sein sollt!« Sein Lächeln hatte etwas Spitzbübisches.

Auch Guillaume zog die Mundwinkel nach oben. Kein Wunder, dass der König ihn förderte. Witz, Charme und Tüchtigkeit, gepaart mit höfischem Verhalten, Courage und Können, das waren die Eigenschaften, die der König offenbar ebenso schätzte wie Guillaume.

Als sich die Wartenden langsam zerstreuten und jeder wieder seiner Wege zu gehen schien, zog Guillaume die Brauen zusammen. »Es sieht aus, als bräche der König heute tatsächlich nicht mehr auf«, murmelte er.

»Oh, dann habt Ihr noch nicht davon gehört?« FitzPeter trat einen Schritt näher. »Geoffrey de Bretagne soll sich von seinem Vater losgesagt haben und nun am Hof des französischen Königs weilen. Ein Bote brachte die Nachricht gestern Abend lange nach Einbruch der Dunkelheit. Den ganzen Morgen hat sich der König darum mit seinen engsten Vertrauten beraten.«

Guillaume sah ihn sprachlos an.

»Prinz Geoffrey gelüstet es schon lange nach Macht«, raunte FitzPeter ihm zu, »doch nicht er, sondern Richard wird eines Tages König werden. Ein starker Herrscher wird er sein, und der junge Franzosenkönig weiß das. Gerade weil Richard einmal ein ernst zu nehmender Gegner für ihn sein wird, so wie heute sein Vater, versucht der französische König nun, Geoffrey aufzuwiegeln, in der Hoffnung, die Plantagenêts weiter zu spalten und damit zu schwächen.«

Ging man von der üblichen Erbfolge aus, so war nach dem Tod des jungen Henry in der Tat Richard als der nächstältere der rechtmäßige Anwärter auf den Thron. Allerdings konnte der König auch einen anderen seiner Söhne zum Erben bestimmen. Während er Geoffrey offenbar niemals als Thronfolger in Erwägung gezogen hatte, schien es durchaus im Rahmen der Möglichkeiten, dass er eines Tages John, seinen jüngsten und ihm liebsten Sohn, zu seinem Nachfolger designierte, auch wenn dieser in Irland jämmerlich versagt hatte, während Richard Qualitäten als

Feldherr und Herrscher besaß, die durchaus für ihn als künftigen König sprachen.

Guillaume wusste genau, wie die französischen Könige dachten und welches Ziel sie verfolgten. Wie schon sein Vater Louis, hatte Philippe einzig das Wohl Frankreichs im Sinn. Eine Verbindung mit Geoffrey war nicht mehr als Mittel zum Zweck, auch wenn dieser vermutlich, genau wie einst sein Bruder, an Verständnis und Freundschaft glauben wollte.

»Vielleicht brechen wir ja morgen auf!«, sagte FitzPeter und verabschiedete sich.

Normandie, Sommer 1187

Guillaume bahnte sich den Weg über den staubigen Hof durch Karren, Vieh und Misthaufen. Die Schweine grunzten gereizt, als er an ihnen vorbeilief, Enten und Gänse schnatterten aufgebracht, und ein Ganter folgte ihm mit bedrohlichem Zischen in Richtung Stall. Mehr als ein Jahr war er nun schon am Hof Henrys II. Rastlos zog er mit dem königlichen Tross von einer Stadt zur nächsten, von einer Burg zur anderen, befehligte Truppen, ritt als Kundschafter voraus und spornte seine Männer an, im Kampf an den Waffen ihr Bestes zu geben. Dass er sich darüber hinaus mit Bescheidenheit schmückte und seine Meinung nur dann kundtat, wenn er danach gefragt wurde, hatte ihm schon bald die Anerkennung des Königs und nach und nach auch die jener Männer eingebracht, die ihm zunächst mit Abneigung und Argwohn begegnet waren.

Noch bevor er den Stall erreicht hatte, sprengte ein Reiter hinter ihm in den Hof, scheuchte das empört gackernde Federvieh auf und versetzte die Schweine so in Panik, dass sie laut quiekend auseinanderstoben. Guillaume blickte sich fragend um. Es war Prinz John, der mit Geringschätzung von seinem hohen Ross auf die Knechte herabsah, die umgehend herbeieilten, um ihm die Zügel abzunehmen. Zu Pferd machte der junge Prinz nicht einmal eine schlechte Figur, erst als er abstieg, war zu sehen, dass er von recht kleiner Statur war. Während seine älteren Brüder von beeindruckender Größe waren, rotwangig, frisch und strahlend, war Prinz John zudem noch mit blasser, leicht teigig aussehender Haut und dunkel umringten Augen geschlagen. Statt der gelassenen, selbstsicheren Ausstrahlung, die seinen Brüdern die Zuneigung vieler Menschen einbrachte, gab John sich herablassend, war herrisch, blasiert und überheblich. Mit dem Bild des kühnen Helden, das der junge Henry abgegeben hatte und das auch Richard verkörperte, konnte er nicht dienen.

Er ist ein Teufel, flüsterten die Leute hinter vorgehaltener Hand. Geschichten von brutaler Gewalt und Verschlagenheit rankten sich schon seit seiner Kindheit um den jüngsten Prinzen. Guillaume vermutete jedoch, dass er weder viel aufbrausender noch wesentlich hinterhältiger oder unberechenbarer war als sein Vater und die älteren Brüder. Vermutlich sah man ihm aber die Wutausbrüche und Verfehlungen nicht so leicht nach wie ihnen, weil er nicht annähernd so einnehmend war wie sie. Guillaume war dem Prinzen nicht oft begegnet, hatte ihn nicht aufwachsen sehen und ihm auch niemals auf dem Übungsplatz gegenübergestanden, darum empfand er weder Freundschaft für ihn noch Abscheu. Ein wenig Mitleid hatte er mit ihm, denn in den Augen des jungen Mannes hatte er jene enttäuschte Verzweiflung gesehen, die für nachgeborene Söhne geradezu schicksalhaft war. Wie aussichtslos musste es dem Prinzen erscheinen, als jüngster Sohn des Königs sein Leben lang hinter den älteren, mächtigeren Brüdern zurückzustehen und ihnen dienen zu müssen! Doch John war nicht nur der jüngste Sohn, er war auch derjenige, der den schmachvollsten Beinamen trug. John Ohneland genannt zu werden, musste sich anfühlen, als hätte man keinen Wert, auch wenn der Vater inzwischen dafür gesorgt hatte, dass der Prinz sehr wohl Ländereien und eigene Einkünfte besaß. Während die älteren Brüder Ritter waren, wie jeder sie sich vorstellte, breitschultrig, groß und strahlend, schien der kleinere, schmächtigere John einer dunklen Seite anzugehören. Obwohl sein Haar einen Rotstich hatte, war es doch nicht von jenem typischen hellen Rotblond, das den Plantagenêts eigen war, sondern dunkler, beinahe braun. Etwas Zorniges, Verschlagenes konnte in seinem Blick liegen, aber auch Trauer und Verletzlichkeit hatte Guillaume schon darin entdeckt, als John sich unbeobachtet gefühlt hatte. Niemand bei Hof schien zu verstehen, warum gerade er des Königs Lieblingssohn war. Guillaume jedoch rührte diese ungewöhnliche Zuneigung des Königs zu dem weniger perfekten Sohn und stimmte ihn milde in seinem Urteil über den Prinzen.

»Der König wünscht Euch zu sprechen, Maréchal!«, riss ihn ein zaghaftes Stimmchen aus seinen Gedanken.

Guillaume blickte verwundert nach unten und lächelte dann. FitzPeters Page, ein Junge von sieben, höchstens acht Jahren, sah scheu zu ihm auf. Er war noch nicht lange bei Hof und wirkte manchmal ein wenig verloren.

»Ich komme, mein Junge!«, sagte Guillaume freundlich, tätschelte dem Knaben die Schulter und sah ihm mit einem Lächeln auf dem Gesicht nach, als er davonstob. Der Junge war ein entfernter Vetter von Geoffrey FitzPeter, mit dem Guillaume seit dem vergangenen Jahr eine Freundschaft verband, die weniger auf Vertrautheit als auf gegenseitiger Anerkennung beruhte. Obwohl FitzPeter um einiges jünger war als er, hatte Guillaume ihn als besonnenen, tüchtigen Mann kennen- und schätzen gelernt, und da auch der König ihn estimierte und ihn schon mehrfach großzügig für seine Dienste belohnt hatte, stand dem jungen Mann gewiss eine glänzende Zukunft bevor. FitzPeter war Guillaume in seinen Ansichten nicht unähnlich, wusste ebenso wie er den Wert von Verbündeten bei Hof zu schätzen, hatte ähnlich ehrgeizige Ziele, besaß Weitblick, Klugheit und Loyalität. Anstatt sinnlos miteinander um die Gunst des Königs zu buhlen, wie es so viele andere taten, hatten sie darum schon früh beschlossen, ihre Kräfte lieber zu vereinen und einander zu unterstützen.

Wenn FitzPeter seinen Pagen geschickt hatte, musste es dringend sein, darum sputete sich Guillaume.

Die vergangenen Monate waren überaus bewegt gewesen. Geoffrey, Henrys abtrünniger Sohn, war im August des vergangenen Jahres – noch während seines Aufenthaltes am französischen Hof – bei einem Turnier vom Pferd gestürzt und kurz darauf verstorben. Wie nicht anders zu erwarten, hatte der französische König seinen Tod nicht ungenutzt gelassen. Ohne zu zögern, hatte er Geoffreys unmündige Tochter in seine Obhut genommen und die Verwaltung der Bretagne an sich gerissen. Im darauf folgenden April, viele Monate nach Geoffreys Verscheiden, war Prinz Arthur geboren, sein einziger Sohn und legitimer Erbe. Philippe hatte sogleich neue Forderungen gestellt und gedroht, in Aquitanien einzumarschieren, so er nicht zum Vormund des Jungen erklärt würde. Als er in dieser Angelegenheit keine Einigung mit Henry II. hatte erzielen können, war Philippe im Berry eingefallen, hatte Issoudun und Fréteval eingenommen und war weiter nach Châteauroux gezogen.

Richard und John waren umgehend nach Châteauroux geeilt, um es gegen Philippe zu halten, bis ihr Vater mit seiner Armee eingetroffen war. Doch als sich schließlich die imposanten Heere beider Herrscher vor der Burg gegenübergestanden hatten, hatte sich gezeigt, dass weder Henry II. noch dem Franzosen an einer Feldschlacht gelegen war. Eine Burg, darin waren sie sich einig, musste durch Belagerung und Verwüstung der umgebenden Ländereien in die Knie zu zwingen sein, nicht durch unnützes Blutvergießen. Richard war es gewesen, der einen Waffenstillstand zu erwirken vermocht hatte, der besagte, dass Châteauroux weiterhin Henry zustand, während die eroberten Festungen von Issoudun und Fréteval bei Philippe verbleiben sollten.

Bei dem Gedanken, dass Richard den Franzosen nach den Verhandlungen nach Paris begleitet hatte, schüttelte Guillaume unwillkürlich den Kopf. Henry II. war ein sturer Mensch mit eigenen Vorstellungen davon, wie sich seine Söhne zu verhalten hatten. Er forderte bedingungslose Unterwerfung von den Prinzen, die sie zu leisten jedoch nicht bereit waren. So kam es, dass – nach dem jungen Henry und seinem Bruder Geoffrey – Richard nun bereits der dritte Sohn des Königs war, der sich auf ein Ränkespiel mit den französischen Königen eingelassen hatte. Richard mochte geglaubt haben, seinen Vater unter Druck setzen zu können, indem er seine Freundschaft zu Philippe zur Schau stellte, doch seine Rechnung war nicht aufgegangen. Henry II. war unbeugsam geblieben. Je mehr ihn Richard zu drängen versuchte, desto sturer weigerte sich der König, ihn als Nachfolger auf dem englischen Thron zu bestimmen.

Guillaume seufzte. Die Lage war verfahren, und er war froh, dass ihn der König niemals aufgefordert hatte, in dieser Angelegenheit seine Meinung zu sagen. Zum Glück hatte Richards Aufenthalt am französischen Hof nur wenige Wochen gedauert, dann war der Prinz nach Aquitanien zurückgekehrt.

Als Guillaume den Wohnturm erreichte, nickte er den beiden Bewaffneten zu, die an der Tür zur Halle standen. Die Wächter begrüßten ihn beflissen, stießen die Tür auf und ließen ihn eintreten.

»Mylord!« Guillaume verneigte sich kurz und ging mit langen Schritten auf den König zu, der, wie immer umringt von Lords, Knappen und Pagen, in der Mitte der Halle dicht am Feuer weilte.

»Maréchal, da seid Ihr ja endlich!«, rief Henry II. aus. »Nun kommt schon her, schließlich sollt Ihr heute erneut meine Güte und Großzügigkeit erfahren!«

Guillaume glaubte, seinen Ohren nicht zu trauen. Mit allem hatte er gerechnet, mit einem Überfall des Franzosen, mit einem Angriff Richards, doch nicht mit so unerwartet glänzender Laune seines Herrn. Erstaunt sah er ihn an.

Der König schob ihm einen ungefähr fünfzehn Jahre alten Jungen entgegen. »Ich möchte Euch Jean d'Erlée aus Somerset vorstellen. Er ist der Sohn eines meiner Kammerherren.« Der König kratzte sich die kahle Stelle auf dem Kopf, die wie eine Tonsur aussah. »Seit Eustache de Betrimont zum Ritter geschlagen wurde, habt Ihr keinen Knappen mehr. Das bedarf dringender Änderung, darum will ich Euch den jungen d'Erlée anvertrauen.«

»Mylord!« Guillaume verneigte sich gerührt. Zum Weihnachtsfest war er mit der Vormundschaft für Heloise von Lancaster und der Aufsicht über Cartmel, einem großen königlichen Gut mit entsprechenden Einkünften, bedacht worden und hatte im Frühjahr die stattlichen Ländereien der blutjungen Lady besucht. »Ist es wahr, dass Ihr mein Gatte werdet?«, hatte ihn die dralle Mistress mit der flachen Stirn gefragt und ihn mit glitzernden Augen begehrlich angelächelt. In der Tat hätte er Heloise von Lancaster heiraten und Erben mit ihr zeugen können, denn als ihrem Vormund stand ihm das Recht zu, ihr nach eigenem Gutdünken einen Gatten zu wählen. Ihre beachtliche Mitgift hätte ihn zu einem Baron von annähernd gleicher Bedeutung wie seinen älteren Bruder gemacht, doch Guillaume wollte mehr als das. Nicht nach der wahren Liebe trachtete er, denn die hatte er schon vor vielen Jahren gefunden, und der Gedanke, noch einmal einen Menschen so tief in sein Herz einlassen zu können wie Ellen, schien ihm absurd. Nein, es waren Wohlstand und Ansehen, vor allem aber Einfluss, nach denen er strebte. Überzeugt, den Gipfel seiner Möglichkeiten noch nicht erreicht zu haben, hatte er darum beschlossen, noch Junggeselle zu bleiben und seinem Mündel nur ein väterlicher Freund zu sein.

Dass der König ihm nun einen Jungen aus königstreuer Familie anvertraute, war ein neuerliches Zeichen seiner Anerkennung. Sie brachte Guillaume zwar keine Einkünfte ein, stellte jedoch die Gunst seines Herrn vor aller Augen unter Beweis.

Der König versetzte Jean d'Erlée einen kräftigen Schlag auf den Schädel. Wie bei einer plötzlichen Verbeugung schnellte der Kopf des Jungen nach vorn. »Auf diese Weise haben alle meine Pagen in kürzester Zeit gelernt, sich zu verneigen!« Henry II. lachte so sehr, dass sein Bauch wackelte. »Jean wird gewiss einen großartigen Knappen abgeben, auch wenn es vermutlich einer strengen Hand und einer Menge Geduld bedarf. Er ist verzärtelt – war er doch nie Page – und vollkommen unbedarft im Kampf mit Streitaxt, Lanze, Schwert und Fäusten. Auch ringen kann er nicht.«

Der Junge lief rot an.

»Immerhin hält er sich recht passabel auf dem Rücken eines Pferdes!« Der König lachte schallend, dann wurde er wieder ernst. »Er hat die letzten Jahre viel zu viel Zeit bei seiner Mutter verbracht«, erklärte er weiter. »Das Frauenzimmer hat ihn nicht fortlassen wollen, als er das rechte Alter dazu hatte, und sein Vater hat ihr nachgegeben.« Henry II. rollte mit den Augen. »Eine grässliche

Plage sind Weiber, die ihren Männern keinen Gehorsam zollen!« Jeder im Raum wusste, dass er auf seine aufrührerische Gemahlin anspielte, die er nicht anders hatte unterwerfen können, als sie einzusperren. Einige Ritter lachten nervös, während andere lieber betreten schwiegen. Dass er Eleonore schon seit so vielen Jahren gefangen hielt, mochte in seinen Augen unabdingbar sein, behagte aber beileibe nicht allen seinen Anhängern.

Der Junge hingegen schien die Andeutung nicht begriffen zu haben. Er glaubte wohl, die Ehre seiner Mutter sei verletzt worden, und wollte schon aufbegehren, um sie zu verteidigen.

Guillaume legte ihm rechtzeitig die Hand auf die Schulter und sah ihn warnend an.

»Viele Stimmen bestätigten mir, dass Ihr ein großartiger Lehrer seid«, erklärte der König und hielt kurz inne.

Ob er sich fragt, was geschehen wäre, wenn er mich nicht zum Lehrmeister seines Sohnes gemacht hätte?, fragte sich Guillaume und räusperte sich verlegen.

»Schont den Jungen also nicht und macht einen Mann aus ihm«, fuhr der König fort.

»Das werde ich tun, Mylord! Mit der größten Freude.« Guillaume verneigte sich.

»Gut, gut!« Henry II. wedelte ihn fort, als wäre er ihm plötzlich lästig. »Ihr könnt gehen!«

Guillaume nahm die Hand von der Schulter des Jungen. »Komm, Jean!«, forderte er ihn auf, verneigte sich noch einmal vor dem König und verließ die Halle. Schweigend lief ihm der Junge nach, bis Guillaume plötzlich stehen blieb und ihm fest in die Augen sah. »Weißt du, was als Knappe von dir erwartet wird?«

Ein zaghaftes Kopfschütteln war die einzige Antwort des Jungen.

»Es heißt ›Nein, Sir‹ oder ›Nein, Mylord‹«, rügte Guillaume ihn mit gespielter Strenge. Jean d'Erlées Blick war so unverdorben wie der eines Kindes, obwohl er doch schon fast ein Mann war. Guillaume lächelte kurz, bevor er wieder eine ernste Miene aufsetzte. »Ich werde dir beibringen, wie man kämpft, damit du dem König treu dienen kannst und trotzdem möglichst lange lebst. Du wirst hart arbeiten müssen. Manchmal wirst du mich verdammen und vor Erschöpfung weinen, doch das darf mich nicht rühren. Es wird nicht leicht werden, denn du bist schon ein wenig alt, um als Page anzufangen, und sollst mir schließlich als Knappe dienen.«

»Ich bin stolz, bei Euch zu sein, und werde mich bemühen, denn ich möchte einmal werden wie Ihr!«, platzte der Junge heraus und strahlte ihn an.

»Als Erstes wirst du lernen müssen zuzuhören, ohne etwas zu sagen, und nur zu sprechen, wenn du gefragt wirst«, tadelte ihn Guillaume. »Ich erwarte bedingungslose Treue von dir, Fleiß und Aufrichtigkeit, aber auch äußerste Verschwiegenheit. Du wirst mich, ohne zu murren, bedienen, wann immer ich es von dir fordere, bei Tag wie bei Nacht, ganz gleich, wie müde du bist. Du hast meine Worte niemals in Zweifel zu ziehen und mir zu berichten, wenn es ein anderer tut. Du wirst mir bei Tisch die besten Fleischstücke auflegen, dafür sorgen, dass ich Salz bekomme, wenn ich es wünsche, und dass mein Becher stets voller Wein ist. Du wirst alle Aufgaben eines Pagen erfüllen und gleichzeitig als Knappe meine Stiefel, meine Waffen und mein Kettenhemd putzen, mein Pferd versorgen, wenn wir unterwegs sind, und jede Aufgabe, die ich dir übertrage, mit Eifer und Hingabe erfüllen. Du wirst viele Fehler machen, und ich werde dich bestrafen. Aber ich werde gerecht sein, und ich werde dir verzeihen. Nur Untreue – hörst du? –, Untreue vergebe ich niemals!« Während seiner kurzen Ansprache musste Guillaume immer wieder an Tancarville denken. Wie sehr hatte er damals seinen Herrn verehrt, und wie bitter war er von ihm enttäuscht worden! Jean sollte das nicht widerfahren. »Ich bin dein Herr, also kommst du zu mir, wenn du in Schwierigkeiten bist. Ganz gleich, was es ist, du hast mein Ohr. Hast du das verstanden?« Er sah den Jungen eindringlich an.

Zuerst nickte Jean nur zaghaft, doch als Guillaume ihn streng musterte, sagte er laut und deutlich: »Ja, Mylord.«

21. Januar 1188

Die Nachricht vom Fall Jerusalems im vergangenen Oktober und dem Tod des Papstes, der diese schreckliche Neuigkeit nicht überlebt hatte, war schneller als ein Lauffeuer durch die christlichen Länder gezogen und hatte überall große Bestürzung hervorgerufen. Salah ad-Din hatte die Heilige Stadt nach nur zweiwöchiger Belagerung erobert und Guy de Lusignan, den König von Jerusalem, davongejagt. Guillaume hatte dem verhassten Lusignan die Krone von Anfang an nicht gegönnt und sich darum, aller Betroffenheit zum Trotz, einer gewissen Genugtuung nicht erwehren können, als er die Nachricht von Guys Niederlage vernommen hatte.

»Henry von England und Philippe von Frankreich haben einen Waffenstillstand beschlossen, um das Kreuz zu nehmen! Jerusalem wird befreit werden!«, rief der Bischof von Tyrus mit sich überschlagender Stimme in die tosende Menge und stieß ein aus schwarzem Ebenholz gefertigtes Kreuz mit dem schwer geschundenen Leib Christi in die Luft.

Guillaumes Brust wurde eng, als ein wahrer Freudentaumel die Menge erfasste. Jubel, Pfiffe und Hochrufe erklangen. Henry II. hatte lange gezögert, bevor er sich zu diesem Schritt hatte durchringen können. Die ständigen Auseinandersetzungen mit dem französischen König hatten die Lage in seinem Reich zu schwierig gemacht, um leichtfertig zu handeln. Erst als auch Philippe sich zu dem Kreuzzug entschlossen hatte, war Henry bereit gewesen, seiner Pflicht als christlicher Heerführer Genüge zu leisten und seine Teilnahme zu verkünden.

»Zur Fastenzeit im kommenden Jahr werden die Heere beider

Könige gemeinsam ins Heilige Land aufbrechen, um den Sarazenen Jerusalem zu entreißen! Jeder Mann, der sich ihnen anschließt, ob Geistlicher, Adeliger, Kaufmann, Handwerker, Bauer oder Tagelöhner, wird Vergebung für seine Sünden erfahren und ins Paradies einkehren!« Der Bischof taumelte, trunken vor Glück, und die Menschen in der Menge tobten.

Der Hass auf die Ungläubigen hatte schon seit Wochen überzukochen gedroht. Nun aber schien ein Ausweg in Sicht, und Zufriedenheit und unbändiger Stolz lagen in der Luft.

Richard hatte das Kreuz im November des vergangenen Jahres als Erster genommen. Kurz nachdem die schreckliche Nachricht Frankreich erreicht hatte, war er vor den Erzbischof von Tours getreten und hatte verkündet zu tun, was in seiner Macht stand, um die Heilige Stadt zurückzuerobern.

Prinz John dagegen hatte deutlich gemacht, dass er auf keinen Fall gedachte, ins Heilige Land zu ziehen, und behauptet, sein Vater brauche ihn zur Vertretung seiner Interessen im Reich.

Der Gedanke, dass John als einziger Plantagenêt in England verbleiben würde, während Richard und sein Vater nach Outremer zogen, sorgte bei Guillaume für ein gewisses Unbehagen, auch wenn es angesichts der Gefährlichkeit eines solchen Unterfangens sehr wohl vernünftig war, dass zumindest einer der beiden Prinzen in der Heimat zurückblieb. Immerhin konnte es durchaus geschehen, dass weder der König noch Richard lebend zurückkehrte.

Nach der Verkündigung seiner Teilnahme am Kreuzzug segelte Henry II. zurück nach England, erhob neue Steuern, um sein kostspieliges Vorhaben bezahlen zu können, und begann mit den ersten Reisevorbereitungen. Nur ein gutes Jahr blieb ihm dafür. Zeit, die dringend erforderlich war, um sowohl die enormen Geldmittel aufzubringen, die für einen Kreuzzug benötigt wurden, als auch Hunderte von Schiffen zu bauen, Tausende von Männern auszurüsten und Vorräte für Mensch und Tier anzukaufen und einzulagern. Ein so großes Heer zu verschiffen und unterwegs zu verpflegen, bedurfte genauester Planung und

Berechnung. Jeder Tag bis zum Aufbruch würde benötigt werden, damit aus dem schwierigen Unterfangen dieses Kreuzzugs ein Erfolg werden konnte.

Guillaume rechnete damit, seinen Herrn begleiten zu müssen. Der Gedanke an einen erneuten Aufenthalt in Outremer jedoch ließ ihn mit zwiespältigen Gefühlen kämpfen. Einerseits versetzte ihn die Aussicht, sich erneut beweisen zu können und womöglich an einem Sieg beteiligt zu sein, der Jerusalem der Christenheit zurückgab, in Hochstimmung. Andererseits erinnerte er sich noch gut daran, wie niedergeschlagen ihn die Wüste, die sengende Sonne, der Durst und die Trugbilder gemacht hatten. Nicht allein die Angst vor dem Tod war es gewesen, die ihn damals hatte bangen und zweifeln lassen, sondern auch die Furcht davor, Schwäche zu zeigen und in der Fremde, ohne christliche Beerdigung, ohne Grabinschrift und, schlimmer noch, ohne Kopf, irgendwo in der Wüste verscharrt zu werden.

Im Frühjahr schließlich war die Situation so ruhig, dass der König Guillaume für eine Weile entließ und ihm gestattete, sich nach Cartmel zurückzuziehen, um dort nach dem Rechten zu sehen. Auf dem königlichen Gut empfing man Guillaume nicht gerade mit überschwänglicher Freude. Nur der Geistliche schien von ihm angetan und gewillt, ihn in allen Aufgaben zu unterstützen. Er half ihm bei der Durchsicht der Bücher, nahm ihm die Beichte ab und hörte ihm zu, als Guillaume von Outremer erzählte. Das Wetter wurde von Tag zu Tag milder, der Regen seltener, und nach einigen Wochen begann Guillaume, sich nach seinen Männern und dem rastlosen Leben an der Seite des Königs zu sehnen.

»Eine Nachricht für Euch, Mylord! Ein Bote brachte sie, als Ihr auf der Jagd wart. Er musste umgehend weiter, darum bat er mich, sie Euch vorzulesen«, erklärte der Priester und rieb sich über die Nase.

»Jean, lass mir etwas frisches Wasser bringen, ich bin durstig! Und einen Krug Wein brauchen wir auch. Ihr nehmt doch einen Schluck, Vater?« Guillaume sah den Geistlichen fragend an.

»Gewiss doch, gern!«, beeilte sich der zu antworten.

Ein Lächeln huschte über Guillaumes Gesicht. Es war ihm nicht verborgen geblieben, dass der Gottesmann einen guten Tropfen wohl zu schätzen wusste. Seine rote Nase und die blutunterlaufenen Augen deuteten gar darauf hin, dass er dem Wein wohl häufiger und in größeren Mengen zusprach. Als Wasser und Wein aufgetragen waren, mischte Guillaume beides in einem Becher und löschte seinen Durst.

»Nun, ich höre!«, forderte er den Priester auf, der seinen Becher hastig leerte und dann das königliche Schreiben entfaltete.

»Henry, König von England durch Gottes Gnaden, grüßt Guillaume le Maréchal.

Hiermit fordere ich Euch auf, mir in voller Rüstung, bewaffnet und mit so vielen Männern, wie Ihr aufbringen könnt, zu folgen, um mich im Krieg gegen Philippe zu unterstützen, denn dieser hat kürzlich Châteauroux eingenommen. Teilt mir umgehend mit, wie viele Männer und welcher Art Truppen Ihr mit Euch führen werdet, damit die Verschiffung aller verfügbaren Männer aufs Festland vorbereitet werden kann.

Mehr als einmal habt Ihr mir zu verstehen gegeben, dass Euch Cartmel nicht ausreicht und Ihr nach mehr strebt. Wisset darum, dass Ihr, so Ihr mir treu dient, zusätzlich die Erbin von Châteauroux, ihre Titel und die Einkünfte der Ländereien bekommen sollt, sobald dies möglich ist.«

Der Priester sah fragend von dem Schreiben auf, doch Guillaume stand nur sprachlos da. Neuerliche Kämpfe gegen den Franzosen würden den Aufbruch in das Heilige Land verzögern! Unsummen würden von einem solchen Krieg verschlungen. Geld, das für den Kreuzzug gesammelt worden war. Dann seufzte er ergeben. Châteauroux war ganz sicher nicht leicht zu befreien, doch wer sein Glück nicht versuchte, konnte nicht hoffen, belohnt zu werden. Also überlegte, zählte, rechnete er, wie viele Männer ihm zur Verfügung standen und wie viele er noch anwerben konnte, um seinem König eine möglichst stattliche Truppe zur Verfügung stellen zu können. Die Aussicht auf Châteauroux war durchaus verlockend, auch wenn er befürchtete, dass es eine Weile dauern konnte, bis die Feste befreit war.

Nachdem es Guillaume gelungen war, ein beachtliches Aufgebot aus Berittenen, Fußsoldaten und Bogenschützen zusammenzustellen, ließ er ein Schreiben für den König aufsetzen, in dem er genaue Auskunft über die Anzahl seiner Männer gab. Dann rüstete er sie aus, so weit es die Geldreserven von Cartmel zuließen. Er verkaufte Vieh, um mehr Barmittel zu haben, und brach schließlich auf, um seine Männer mit den Truppen des Königs aufs Festland zu bringen.

Kilkenny, Ende Juni 1188

Nun macht schon, ich werde nicht ewig warten!«, rief der normannische Ritter ungeduldig durch die Tür zu Isabelles Kammer und hämmerte mit der Faust dagegen.

»Von mir aus könnt Ihr aufbrechen«, knurrte Isabelle, »ich habe nicht darum gebeten, Euch zu begleiten.«

»Öffnet die Tür, oder ich lasse sie mit dem Beil einschlagen!«, rief der Normanne nun hörbar gereizt.

Isabelle entriegelte und öffnete sie mit provokanter Behäbigkeit.

Der Normanne packte sie am Arm. »Entweder Ihr kommt freiwillig mit, oder ich lasse Euch aufs Pferd binden!«

Isabelle holte tief Luft. Eine Prinzessin bewahrt stets Haltung!, glaubte sie, die mahnende Stimme ihrer Mutter zu hören. Aoife war im vergangenen Winter nach langer Krankheit verstorben, darum hatte der König, dessen Mündel Isabelle nun war, befohlen, sie nach London zu bringen. Sie reckte den Kopf in die Höhe und stolzierte an dem normannischen Hauptmann vorbei.

»Drei Eurer bewaffneten Männer sollen Euch begleiten, so lautet unser Auftrag. Mehr kann ich Euch nicht zugestehen. Außerdem wartet in London bereits eine Zofe auf Euch«, hatte er ihr unfreundlich geantwortet, als sie gebeten hatte, wenigstens ein Dutzend Bediensteter und eine ihrer Hofdamen mitnehmen zu dürfen.

Isabelle fühlte, wie ihr bei dem Gedanken, Kilkenny verlassen zu müssen, die Tränen in die Augen schossen. Einen einzigen Tag Zeit, um sich von allen zu verabschieden, hatte man ihr gegeben. Brigid hatte geweint und gejammert. Ob sie jemals zurückkehren und sie wiedersehen würde? Mit wem sollte sie in der Fremde die vertraute Sprache ihrer Heimat sprechen? Mit den Soldaten vielleicht? Wem würde sie ihre Ängste enthüllen können? Gewiss würde man sie wie eine Gefangene einsperren, bis feststand, welchen Gatten man für sie gewählt hatte. Irgendein normannischer Ritter würde mit ihr und ihren Ländereien belohnt werden, ohne dass man sie nach ihrer Meinung fragte. Ihren Körper mochte er mit Gewalt nehmen, ihr Herz aber würde ihr künftiger Gemahl niemals bekommen!

Isabelle folgte dem Normannen nur widerstrebend in den Hof und schnaubte empört, als er sie bei der Taille fasste, um ihr aufs Pferd zu helfen.

»Nehmt Eure Hände von mir, oder glaubt Ihr wahrhaft, ich sei nicht in der Lage, allein aufzusteigen?« Sie funkelte ihn an und stellte erleichtert fest, dass er sie umgehend losließ. »Außerdem reite ich nur mein eigenes Pferd, Euren Gäulen traue ich nicht!«

»Uh, die Lady hat Angst vor unseren Pferden!«, spottete ein jüngerer Soldat und grinste frech.

Der normannische Ritter rief ihn zur Ordnung und nickte auffordernd in Richtung der drei bewaffneten Männer aus Kilkenny. Aus den Augenwinkeln sah Isabelle, dass einer von ihnen sogleich Richtung Stall trabte.

Erstaunt fragte sie sich, ob der Mann von Sinnen war. Was mochte der Steward nur für tumbe Gesellen ausgesucht haben! Jedermann auf Kilkenny wusste doch, dass ihr Pferd nur Conall und sie selbst an sich heranließ. Versuchte jemand anders, den Hengst zu satteln oder ihn auch nur am Zaumzeug zu führen, keilte Apollo aus und wurde zur Furie. Dafür war er das wunderbarste Pferd, das Isabelle je gesehen hatte, und schnell wie der Wind noch dazu.

Kurz darauf kehrte der Mann mit dem gesattelten Pferd zurück.

»Conall«, formten ihre Lippen lautlos. Ihr Milchbruder trug die Kleidung eines Soldaten!

»War der Einfall des Stewards, mich als Soldaten auszugeben«, raunte Conall ihr zu, als er dicht genug neben ihr stand, und drehte den Steigbügel zurecht. »Sicher ist es besser, wenn vorläufig niemand weiß, dass wir Freunde sind«, wisperte er und ließ sie dann mit gleichgültiger Miene aufsitzen.

Isabelle sah scheinbar hoffärtig an ihm vorbei, noch bevor Conall sich wieder zu den anderen Soldaten begeben hatte. Dieses Spiel hatten sie schon so oft gespielt, dass es ihnen keine Schwierigkeiten bereiten würde. Sie hatten sich sogar eine Art Geheimsprache ausgedacht, um sich mit scheinbar unverfänglichen Floskeln gegenseitig etwas mitzuteilen. Isabelle schlug das Herz bis zum Hals. Sie war nicht allein! Conall war da und würde sie beschützen. Wer aber würde Brigid vor dem Zorn ihres Gatten bewahren? Isabelle rang nach Atem und warf einen kurzen Blick zu den beiden anderen Soldaten. Es waren die besten Schwertkämpfer Kilkennys, der eine dazu noch ein hervorragender Ringer, während sich der andere aufs Trefflichste darauf verstand, Messer zu werfen. Fragend blickte sie den Steward an. Sollte er sich tatsächlich Sorgen um sie machen? Oder wollte er nur sichergehen, dass sie London als Jungfrau erreichte und er keinen Ärger bekam? Dass Conall ihre Ehre bis zum letzten Blutstropfen verteidigen würde, wusste der Steward sicher ebenso gut wie sie selbst.

Der Steward nickte ihr zu und trat näher, blieb jedoch in angemessenem Abstand vor Apollo stehen. »Lebt wohl, Mylady. Ich hoffe, Ihr kehrt bald gesund zurück. Sorgt Euch nicht um Kilkenny; ich werde gut für alles sorgen, so wie ich es immer getan habe.«

Wenn Ihr nicht gerade Katzenjunge ersäuft oder arme Verrückte erschlagen habt, wollte Isabelle schon mit auflodderndem Widerwillen antworten, doch sie besann sich eines Besseren. Der Steward hatte sich während des langen Siechtums ihrer Mutter als ehrlich und verlässlich erwiesen. Solange Aoife seine Aufzeichnungen hatte kontrollieren können, hatte er sich nie etwas zuschulden kommen lassen. Aber auch als ihm nach Lady de Clares Tod lange freie Hand gelassen worden war, weil Isabelle erst Monate nach dem Verscheiden ihrer Mutter den Mut und die Kraft gefunden hatte, sich seine Abrechnungen anzusehen, war alles in bester Ordnung gewesen. Die Speicher von Kilkenny waren gut gefüllt gewesen, und es hatte weder kostbares Tafelgerät noch Silber gefehlt. Unredlichkeit konnte sie dem Steward wahrhaftig nicht vorwerfen.

»Ich weiß, Ihr habt stets getan, was Ihr für richtig hieltet. Es ist uns gut gegangen, meiner Mutter – der Herr hab sie selig – und mir. Darum vertraue ich auch weiterhin auf Euch, so wie mein Vater und meine Mutter es getan haben.« Als sie ihm ein Lächeln schenkte, wurde sie gewahr, dass es das erste überhaupt war, das sie ihm je gezollt hatte.

Um den Mund des Stewards lag mit einem Mal ein weicher Zug. Gefällige Gesten voll zurückhaltender Zärtlichkeit kamen Isabelle in den Sinn, gemessene Worte, die Achtung und Hingabe ausgedrückt hatten, bewundernde Blicke, die er zu verbergen geglaubt haben mochte, die sie aber bemerkt hatte, ohne sie jedoch deuten zu können. Auf einmal wusste sie, was sie bedeuteten. Plötzlich machten all diese kleinen Dinge einen Sinn. Die Erkenntnis, dass der Steward ihre Mutter von ganzem Herzen, jedoch mit absoluter Zurückhaltung, großer Selbstlosigkeit und gebührlichem Respekt geliebt hatte, schnürte Isabelle die Kehle zu.

Normandie, 1188

Am elften Tag des siebten Monats traf die Armee des Königs in der Normandie ein. Henry II. hatte nicht nur seine wichtigsten Truppenführer und Barone mit ihren Männern um sich geschart, sondern auch Tausende von walisischen Söldnern angeworben, um den Franzosen endlich zu besiegen. Das Meer war sanft und die Überfahrt ruhig gewesen. Kein Mann hatte die Fische gefüttert, nicht einmal Baudouin, wie Guillaume augenzwinkernd bemerkt hatte. Voller Zuversicht und Kampfgeist zogen die königlichen Truppen nun in den Krieg, der Anfang des Jahres mit einem Aufstand Geoffrey de Lusignans in Aquitanien begonnen hatte.

Den ganzen Sommer über dauerten die schweren Kämpfe an. Im Herbst schließlich hatten die königlichen Truppen die meisten Teile des Berry zurückerobert, nur die Befreiung von Châteauroux war misslungen.

»Mylord, ich weiß, Ihr haltet nichts von der Aufforderung Eures Sohnes, mit Philippe über einen Frieden zu verhandeln«, wandte sich Guillaume an den König, dessen Beine in einer Schüssel mit dampfendem Wasser steckten. Ein Bader hockte vor ihm auf dem Boden und trocknete die königlichen Füße mit einem Tuch aus feinem Leinen.

»Gewiss nicht! Wir haben Philippe immer weiter zurückgedrängt, warum sollten wir jetzt verhandeln, wenn wir doch siegen können?«, sagte Henry II. mit sichtlichem Unverständnis. »Trotzdem bin ich hier!«

Als Treffpunkt zwischen den Kontrahenten war eine Lichtung auf neutralem Boden in der Nähe von Bonsmoulins vereinbart worden. Die Feste gehörte zu Henrys Grenzburgen und war vor mehr als sechzig Jahren von seinem Vater gebaut worden.

Plötzlich schnellte der König nach vorn. »Au! Pass doch auf, du Stümper!«, fuhr er den Bader an und ohrfeigte ihn.

»Bitte verzeiht, Mylord!«, antwortete der Mann, ohne sich über die rot glühende Wange zu streichen, und fügte ein wenig leiser hinzu: »Eure Nägel sind eingewachsen, Ihr müsst mächtige Schmerzen beim Laufen haben.«

»Darum habe ich dich rufen lassen. Gib also besser acht bei deiner Arbeit! Wenn du mich verletzt, wird dich das teuer zu stehen kommen!«, brummte der König und lehnte sich wieder zurück.

Guillaume betrachtete seinen Herrn bekümmert. Der Krieg schien ihn jeden Tag mehr anzustrengen. Müde und sorgenvoll sah er aus. Wie sehr aber würden ihn erst der Weg ins Heilige Land und die Kämpfe, die ihn dort erwarteten, erschöpfen? Ob er sich zu viel vorgenommen hatte?

»Richard fürchtet, dass der Aufbruch zum Kreuzzug in allzu weite Ferne rückt, wenn die Streitigkeiten nicht bald beendet werden«, erklärte er. »Aber ich hörte auch, dass Gerüchte an seinem Hof kursieren, Ihr wolltet John zu Eurem Nachfolger erklären.« Guillaume hielt einen Augenblick inne, um die Reaktion des Königs auf diese Behauptung abzuwarten, doch es war unmöglich, an seinem Gesicht abzulesen, ob das Gerücht stimmte oder ob es aus der Luft gegriffen war. »Ich bin sicher, der französische König ist nicht ganz unschuldig an diesen Behauptungen«, fuhr er darum fort. Aber auch diesmal sagte der König nichts. »Warum erklärt Ihr Richard nicht im Verlauf der anstehenden Verhandlungen zu Eurem Nachfolger? Wäre das nicht eine gute Gelegenheit, bevor er ins Heilige Land aufbricht?« Guillaume räusperte sich. Diesmal erwartete er ein Donnerwetter seines Herrn, denn um die Nachfolge des Königs ging es schon lange, und bisher hatte sich Henry II. stets bedeckt gehalten. Nun zog er lediglich die Augenbrauen hoch und lächelte listig.

»Richard ist selbstherrlich und machtbesessen, darum meint er auch, mir Vorschriften machen zu können. Spielt sich als Vermittler zwischen Philippe und mir auf!« Ein empörtes Zischen entwich dem König. »Der Junge glaubt doch tatsächlich, es mit mir aufnehmen zu können, und merkt nicht einmal, dass der Franzose ihn nur benutzt! Glaubt mir, mein lieber Maréchal, es ist für alle Beteiligten vorteilhafter, wenn sich mein Herr Sohn nicht sicher sein kann, ob er König wird.« Henry II. sah auf seine Füße herab, die schrumplig vom Wasser und voller Schrunden waren.

An einer seiner Fersen war ein knotiger Fleck zu sehen, den der Bader stirnrunzelnd betrachtete, ohne jedoch etwas dazu zu sagen.

»Sobald ich hier fertig bin, werden wir gehen und verhandeln.« Der König schnaufte.

»Soll ich Euch den Mantel mit dem Hermelinkragen bringen lassen? Es ist kalt geworden«, schlug Guillaume vor. Es war der achtzehnte Tag des elften Monats, und der Winter wollte bereits Einzug halten.

Henry II. nickte. »Die Kälte fürchte ich nicht, aber Philippe ist ein eitler Mann, den teure Kleider beeindrucken können.«

»Ich bin fertig, Sire.« Der Bader erhob sich und verneigte sich tief. Vermutlich war er froh, dem König keine Verletzung beigebracht zu haben, die ihn den Kopf kosten konnte, denn er hatte trotz der Kälte im Raum geschwitzt.

Der König sah sich kurz um, und sofort war ein Diener zur Stelle, der den Mann entlohnte und entließ. »Hilf mir mit den Beinlingen«, befahl Henry und ließ sich die goldbestickten Kleider anlegen, die er nur selten trug, weil er einfaches, festes Tuch bevorzugte.

Als er wenig später auf das Zelt zuging, vor dem ihn sein Sohn und der König von Frankreich erwarteten, war ihm anzusehen, dass seine Füße noch immer schmerzten. Schlimmer jedoch musste das Leid sein, das Richard ihm zufügte, denn er war gemeinsam mit Philippe zum verabredeten Treffpunkt gekommen und hatte so zum zweiten Mal in aller Öffentlichkeit seine Verbundenheit mit dem Franzosen demonstriert.

Guillaume hielt es für seine Pflicht, seinem Herrn nicht einen Augenblick von der Seite zu weichen, und beobachtete sowohl diesen als auch Richard und den französischen König aufmerksam.

Philippe bemühte sich um ein teilnahmsloses Gesicht, doch Guillaume entging das Leuchten nicht, das in seinen Augen aufblitzte, als Henry seinen Sohn nur frostig begrüßte.

Die beiden Könige setzten sich an den Tisch, der in dem Zelt aufgestellt worden war, und die Verhandlungen begannen. Zunächst ließen beide Seiten durch ihre Schreiber eine Reihe von Vorhaltungen und Forderungen vortragen, bei denen es in der Tat um einen Friedensschluss ging. Doch der Ton, den die Kontrahenten anschlugen, änderte sich schon bald. Henry, Richard und Philippe stritten immer lauter und erzielten auch nach zwei Verhandlungstagen noch immer keine Einigung.

»Ich fordere Euch auf, all Euren Vasallen auf dem Festland zu befehlen, Richard den Lehnseid zu schwören«, schürte Philippe zu Beginn des dritten Tages die hitzigen Verhandlungen.

Als Henry nur empört schnaubte und verständnislos den Kopf schüttelte, verlor Richard die Geduld und sprang auf. »Sagt nun freiheraus, Vater, seid Ihr bereit, mich als Euren Thronerben anzuerkennen?«

Er sah den König erwartungsvoll an. Etwas beinahe Kindliches lag in diesem Blick, ganz so, als wollte er sagen: Sprecht, Vater, liebt Ihr mich?

Guillaume hielt den Atem an und harrte bang der Antwort des Königs. Doch genau wie zuvor auf seine Frage, ob er womöglich John als seinen Erben vorgesehen hätte, blieb Henry sie auch diesmal schuldig. Alle Blicke waren auf ihn gerichtet. Er aber schwieg.

»Nun, dann muss ich endlich glauben, was ich bisher für unmöglich hielt!«, rief Richard zutiefst enttäuscht aus, wandte sich dem französischen König zu, sank vor ihm auf die Knie und beugte das Haupt. »Mylord, ich, Richard, Sohn von Henry, huldige Euch für alle angevinischen Besitzungen auf dem Festland und die Gebiete, die ich in der Grafschaft Toulouse erobert habe, und bitte Euch, mich als den Thronfolger Englands anzuerkennen.«

Fassungslos sah Guillaume von Richard zu Henry. Mit einem solchen Affront hatte niemand gerechnet, weder er selbst noch der König! Konnte es wirklich angehen, dass Richard sich selbst zum Thronfolger erklärte? Mit der Anerkennung Richards durch den französischen König war Henry II. mit einem Mal nicht mehr Herr der Lage. Die wichtigste Entscheidung seines Reiches war über seinen Kopf hinweg getroffen worden, nur weil er zu lange gezögert hatte, sich eindeutig zu äußern.

»Bitte unterzeichnet noch den Waffenstillstand, über den wir vorhin sprachen!«, drängte Guillaume, als der König aufsprang, und schob ihm die Vereinbarung zu, die in der Zwischenzeit von den Schreibern aufgesetzt worden war.

Der König setzte seine Unterschrift wortlos auf das Pergament, verließ das Zelt, bestieg sein Pferd und sprengte davon.

Über das Weihnachtsfest, das Henry II. in Saumur verbrachte, erkrankte er und war im Januar, als die neuen Verhandlungen aufgenommen werden sollten, so schwach, dass er sich kaum von seinem Lager erheben konnte.

»Lasst ein Schreiben an meinen Sohn aufsetzen, das meinen Gesundheitszustand erklärt.« Der König atmete schwer. Fieber schüttelte seinen Körper. »Der Erzbischof von Canterbury soll um Aufschub bitten und Richard in aller Dringlichkeit auffordern, an meine Seite zurückzukehren.« Die Stimme des Königs war dünn und zittrig, sein Körper von der sengenden Hitze in seinem Inneren entkräftet. War ihm bis vor wenigen Monaten sein Alter kaum anzusehen gewesen, so hatte er plötzlich gespenstisch rasch all seine Kraft eingebüßt. Sein Haar war binnen kurzer Zeit vollkommen ergraut, die einstmals stets rosigen Wangen waren eingefallen, der ehemals breite, kräftige Rücken schmächtig geworden.

Der Erzbischof aber kehrte unverrichteter Dinge zurück und berichtete, dass Richard furchtbar erzürnt gewesen sei, weil er die Abwesenheit seines Vaters für nicht mehr als eine neuerliche Verzögerungstaktik hielt.

»Ich bin sicher, dieser Longchamps redet ihm so einen Unsinn ein!«, knurrte Guillaume wohl wissend, dass der König es niemals so weit hätte kommen lassen dürfen. Was nur hatte Henry II. mit seiner Weigerung, Richard zu seinem Erben zu erklären, erreichen wollen? Ob er tatsächlich glaubte, Zeit gewinnen zu können, um eines Tages John zu seinem Nachfolger zu machen? Guillaume seufzte. Trotz aller Loyalität zu seinem König bezweifelte er, dass die Entscheidung, Richard hinzuhalten, die richtige gewesen war. Andererseits, wer konnte schon wissen, ob Richard nicht auf dem Kreuzzug fiel? Vielleicht hatte der Vater ja eine Vorahnung, von der er niemandem etwas sagte, und John wurde tatsächlich eines Tages König von England …

Mai 1189

Am Ende des Wonnemonats schließlich fand ein neuerliches Treffen zwischen Henry, seinem Sohn und dem französischen König statt, bei dem Richard seinen Vater aufforderte, John das Kreuz nehmen zu lassen und ihn, Richard, endlich als Thronfolger anzuerkennen.

Der König aber hatte mit seiner langen Krankheit jedes politische Feingefühl eingebüßt und verharrte in seinem Starrsinn, ganz gleich, wie sehr seine Berater versuchten, ihn zu einem Einlenken zu bewegen. Als wollte er Richard noch ärger herausfordern, schlug er Philippe gar vor, Alice solle John statt Richard heiraten, was einer Erklärung gleichkam, dass er seinen Jüngsten auf dem Thron sah und nicht Richard.

Der französische König hätte von seinen Zusagen an Richard nicht mehr abrücken können, selbst wenn er gewollt hätte, also verließ er die Verhandlungen gemeinsam mit seinem empörten Verbündeten, ohne auch nur die geringste Einigung erzielt zu haben.

»Ich habe es nicht anders erwartet! Meine Kinder taugen nichts und werden sich und mich in den Abgrund reißen!«, rief der König aus, als er wieder mit seinen Beratern allein war. Nach einer nachdenklichen Pause sah er Guillaume hilfesuchend an. »Sagt mir, Maréchal, was ich tun soll.«

Guillaume hatte seit dem misslungenen Ausgang der Verhandlungen nichts anderes getan, als darüber nachzudenken, wie die Situation noch zu retten war. Eine wirklich Erfolg versprechende Lösung war ihm nicht eingefallen. »Ihr solltet Eurem Sohn einen Boten nachschicken, der ihn bittet, an Eure Seite zurückzukehren. Mit allem Nachdruck!«, antwortete Guillaume, ohne ernsthafte Hoffnung, dass Henry zustimmen würde.

»Gut!«, antwortete der König jedoch zu seinem größten Erstaunen. »Ihr und Bertrand de Verdun werdet diese Aufgabe übernehmen. Geht!«

Die Aussicht, Richard vielleicht doch noch umstimmen und den schon so lange schwelenden Konflikt endlich beilegen zu können, versetzte Guillaume in Hochstimmung. Sie würden versuchen, Richard zu erklären, wie schlecht es um die Gesundheit seines Vaters stand. Wenn sie ihm glaubhaft machen konnten, dass der König dabei war, sein Urteilsvermögen einzubüßen, ohne dass der Prinz annahm, sie verrieten Henry, würde ihnen das Unmögliche vielleicht gelingen. Voller Hoffnung machten sich Guillaume und Bertrand de Verdun auf den Weg.

Sie folgten dem Prinzen bis nach Amboise, nur um dort alle Hoffnung zerstört zu sehen.

An die zweihundert Briefe, mit denen er seine Lehnsmänner aufforderte, ihm Truppen zur Verfügung zu stellen, hatte Richard in der vergangenen Nacht aufsetzen lassen. Noch vor Sonnenaufgang hatte er Boten damit losgeschickt und war selbst bei Tagesanbruch abgereist.

Guillaume schüttelte den Kopf. Es war zu spät. Es würde erneut Krieg geben, und er konnte nichts, absolut nichts dagegen tun.

Niedergeschlagen kehrten sie zu ihrem König zurück und berichteten ihm von dem verräterischen Vorhaben seines Sohnes.

Gewiss litt der König, doch er zeigte keinerlei Rührung, weder Zorn noch Enttäuschung waren auf seinem Gesicht zu sehen. Nur eine Nachricht an Ranulf de Glanville, mit der Aufforderung, ihm so viele Männer wie möglich aus England zu Hilfe zu schicken, ließ er aufsetzen.

Auf dem Festland würde nun jeder Mann gebraucht, denn täglich schlugen sich mehr Barone auf Richards Seite. Vielen dieser Abtrünnigen hatte Henry II. einst blind vertraut, und ihr Verrat schien ihn beinahe stärker zu treffen als der seines eigenen Sohnes. Enttäuschung, Trauer und Schmerz zeichneten sein Antlitz von Tag zu Tag mehr.

»Maréchal!« Henry II. winkte Guillaume eines Tages aus seinem mit dicken Kissen gepolsterten Lehnstuhl herbei. Schmerzen plagten ihn wohl, doch er beklagte sich nicht.

Guillaume trat näher und verbeugte sich. »Mylord?«

»Ihr wisst, dass Ihr mir teuer seid, nicht wahr?«

»Gewiss, Mylord!« Guillaume verneigte sich noch einmal. Zu der Ehe mit Denise de Châteauroux war es noch immer nicht gekommen, darum fühlte er sich ein wenig betrogen, doch diese Enttäuschung ließ er sich nicht anmerken. Der König hatte andere Sorgen als die Ehewünsche seines Beraters.

»Maréchal, ich bitte Euch, die Vormundschaft über Heloise von Lancaster aufzugeben.«

Guillaume glaubte, sich verhört zu haben. Er sollte der Lady von Kendall entsagen?

Der König rang nach Atem und bebte. Eine Welle von Schmerz schien ihn überkommen zu haben.

»Mylord? Geht es Euch gut?«

»Gewiss doch, mein Freund, es ging mir nie besser!«, scherzte der König kurzatmig. Dann fuhr er fort: »Ich will sie dem jungen FitzReinfried zur Frau geben.«

FitzReinfried war erst kürzlich zum königlichen Steward ernannt worden. Ein tüchtiger junger Mann und der Neffe von Walter de Coutances, dem Erzbischof von Rouen. Ihm eine Gemahlin mit einer beachtlichen Mitgift zu geben, hieß, nicht nur ihn, sondern auch seine Familie zu ehren und an den König zu binden. Ein weiser Entschluss, gewiss, trotzdem löste der Gedanke, die Vormundschaft für Heloise zu verlieren, Unwillen in Guillaume aus.

»Wir werden Châteauroux zurückgewinnen, Maréchal«, sagte der König. »Nicht heute, aber bald! Doch Ihr sollt nicht länger warten müssen und schon jetzt für Eure Treue belohnt werden. Eure Ergebenheit soll sich endlich auszahlen, darum werde ich

Euch eine ganz besondere Erbin zur Gemahlin geben, während Denise de Châteauroux Eurem Freund Baudouin de Béthune zuteilwerden soll!« Er nickte einem seiner Schreiber zu, der umgehend von seinem Stuhl aufsprang und Guillaume ein Pergament vorlegte. »Wenn Ihr die Urkunde für FitzReinfried einstweilen unterzeichnen würdet, so soll die Erbin von Striguil Euer sein.«

Guillaumes Herz stolperte. Die Mistress war eine der reichsten Erbinnen des Landes! Dies war der Lohn, von dem er immer geträumt hatte! Ländereien in vielen Teilen des Reiches waren die ihren und würden durch eine Heirat die seinen werden! Der Gipfel, nach dem er stets gestrebt hatte, schien endlich zum Greifen nah! »Ich danke Euch, Mylord!« Guillaume verneigte sich tief.

Der König wandte sich an den Schreiber von Ranulf de Glanville. »Ihr werdet dafür sorgen, dass der Maréchal die junge Dame und ihre Ländereien bekommt, sobald er wieder in England ist! Euer Herr hat das gute Kind sicher untergebracht, wie ich weiß. Er wird es nicht leichtfertig herausgeben. Darum ist es an Euch, ihn von meiner Entscheidung zu unterrichten.«

»Jawohl, Mylord!« Der Schreiber nickte.

Der König lächelte Guillaume matt an. »Mit der Hochzeit, mein lieber Maréchal, müsst Ihr Euch jedoch noch ein wenig gedulden. Wir werden zu heftig bedrängt, als dass ich Euch jetzt fortlassen könnte.«

Le Mans, 11. Juni 1189

Nach dem glücklosen Ausgang der letzten Zusammenkunft waren Henrys Feinde ihm bis tief in die Grafschaft Maine gefolgt. Viele Burgen hatten sich Richard und dem Franzosen kampflos ergeben, als wüssten ihre Herren, dass die fortschreitende Krankheit des Königs ihn weiter schwächte und mit jedem Tag seinem Ende näher brachte. Erschöpft hatte Henry II. schließlich den Befehl zum Rückzug nach Le Mans gegeben, dem Ort, an dem er einst das Licht der Welt erblickt hatte. Einer Welt, die lange Zeit ihm gehört hatte, auch wenn er stets hart dafür hatte kämpfen müssen, einer Welt, die ihm nun zu entgleiten drohte.

Richard und der französische König waren nicht mehr fern, und eine Konfrontation schien kaum noch vermeidbar. Schwermütig bezog Henry II. zum wiederholten Mal in diesem Jahr Quartier im Palast von Le Mans. Die Nacht brach bereits herein, als er endlich vollkommen entkräftet in seinem bequemen Armstuhl saß, die Beine in eine wollene Decke gehüllt, obwohl die Luft doch von sommerlicher Milde war.

»Maréchal, mein Freund«, flüsterte er in das Halbdunkel der Dämmerung, und sogleich stand Guillaume vor ihm.

»Mylord?«

Der König schwieg.

»Soll ich Euch etwas zur Stärkung bringen lassen? Ein wenig Fleischbrühe vielleicht?«, fragte Guillaume besorgt. Er bangte schon seit Tagen um seinen Herrn. Schlecht sah er aus, und mager war er geworden. Seit einer guten Woche hatte der König, der früher üppige Mengen hatte vertilgen können, kaum noch etwas zu sich genommen. »Bitte, Mylord!«

Henry II. sah zu ihm auf und lächelte ihn flüchtig an. Bitterkeit und Trauer standen in seinen Augen. »Etwas Brühe«, murmelte er ungewöhnlich mild.

Nachdem Guillaume einen Diener losgeschickt hatte, wandte sich der König erneut an ihn. »Bei Sonnenaufgang geht und seht nach meinen Verfolgern. Ich vertraue Euch wie keinem anderen, mein Freund. Nie habt Ihr Eure Interessen über die meinen gestellt. Enttäuscht Ihr mich nicht auch noch, ich flehe Euch an!« Tränen der Erschöpfung standen in den Augen des Königs.

»Niemals, Mylord. Ich werde stets an Eurer Seite sein. Ihr habt mein Wort!«

»Gut.« Henry II. nickte ermattet.

»Heute Nacht seid Ihr in Sicherheit«, sagte Guillaume nach einigen Augenblicken des Schweigens. »Ruht Euch aus, Mylord, Ihr werdet schon bald all Eure Kraft brauchen.«

Im Morgengrauen, als die ersten Sonnenstrahlen Le Mans in weiches, rosiges Licht tauchten und die Steine, aus denen der Palast gebaut war, zum Glitzern brachten, ritt Guillaume mit einer Handvoll königstreuer Soldaten durch das rückwärtige Tor gen Süden. Die gut befestigte Straße, auf der man nach Tours gelangte, führte sie zu einer Brücke über die Huisne, an deren Ufern feiner Nebel emporstieg. Auf der anderen Seite des Flusses entdeckten sie Späher im Dunst. Richard musste sie vorausgeschickt haben.

Guillaume überlegte kurz, ob es Sinn machte, die Männer anzugreifen, entschloss sich aber, lieber umzukehren und den König darauf vorzubereiten, dass man schon bald mit einem Angriff auf Le Mans rechnen musste.

Henry II. ließ es sich nicht nehmen, selbst zur Huisne hinunterzureiten. Der Schlaf musste ihn ein wenig gestärkt und seine Schmerzen gemildert haben, denn er schien voller Zuversicht. »Reißt die Brücke ein!«, befahl er entschlossen. »Und lasst Speere in die Uferböschung stecken, damit sie nicht an Land können, falls sie versuchen, den Fluss auf dem Rücken ihrer Pferde zu überqueren!«, fügte er hinzu und zog sich wieder auf die Burg zurück.

Am frühen Nachmittag – der letzte Speer war kaum platziert – bebte die Erde. Es waren die Truppen Richards und Philippes, die an der zerstörten Brücke eintrafen. Sichtlich enttäuscht, weil sie den Fluss nicht überqueren konnten, schlugen sie ihr Lager am anderen Ufer auf.

So verbrachte der König noch eine weitere ruhige Nacht und ließ am nächsten Morgen in aller Frühe eine Messe lesen. Die Schmerzen, die seinen ganzen Körper so häufig plagten, schienen wie fortgeblasen, und er befahl Guillaume, ihn mit einigen Soldaten zur Brücke zu begleiten.

»Jean, sag den Männern, sie sollen sich bewaffnen«, rief Guillaume seinem Knappen zu.

»Nicht doch, Maréchal!«, lachte der König. »Wir werden keine Kettenhemden oder Waffen benötigen. Die Brücke ist zerstört, weder die Poiteviner noch die Franzosen werden so schnell über die Huisne gelangen«, erklärte er selbstzufrieden.

»Aber, Mylord …«

»Kein Aber, Maréchal. Haltet Euch nur bereit. Wir brechen in Kürze auf.«

Guillaume schnaubte leise, verneigte sich und verließ die Halle mit langen Schritten.

»Ich werde nicht ohne Rüstung und Waffen vor den Feind treten. Der König unterschätzt seinen Sohn und den König von Frankreich nicht zum ersten Mal!«, knurrte er. Seit Henry II. krank war, hatte sein Urteilsvermögen immer stärker nachgelassen, nun aber schien er es vollkommen verloren zu haben. Dieser Tag, das fühlte Guillaume ganz deutlich, würde nicht so friedlich vorübergehen, wie es der König zu glauben schien. Entgegen seinen Anweisungen ließ er sich darum von Jean d'Erlée helfen, sein wattiertes Wams, Kettenhemd und Waffenrock, Handschuhe, Helm und Schwertgurt anzulegen. Er legte die Hand auf Athanors Knauf. Gemeinsam würden sie auch diesmal siegen. »Es wird dem König nicht gefallen, dass ich sein Urteil für alle sichtbar anzweifle, doch das ist mir gleich«, erklärte er Jean und bestieg sein Pferd.

Als er mit seinen ebenfalls bewaffneten Männern zum König stieß, saß dieser bereits voller Ungeduld im Sattel, ließ seinen Blick mit stummer Verachtung an Guillaumes Rüstung und den Waffen herabgleiten und gab seinem Pferd die Sporen.

An der Brücke angekommen, wurde jedoch deutlich, wie recht Guillaume gehabt hatte, seinen König nicht unbewaffnet zu begleiten. Einigen der französischen Ritter war es gelungen, eine Furt zu finden. Sie stießen ihre Lanzen in den Fluss, um die Tiefe des Wassers zu prüfen, und überquerten ihn so zu Fuß.

Guillaumes Männer versuchten, die Angreifer in Schach zu halten, während er selbst lospreschte, um weitere Ritter zu Hilfe zu rufen. Als er mit Verstärkung zurückkehrte, waren die Gegner bereits bis zum Maison-Dieu, dem Hospital, vorgedrungen. Guillaume schwang seine Lanze und schwor, nicht eher zu ruhen, als bis der Feind besiegt war.

»Sie haben einen zusätzlichen Weg über das Wasser gefunden und greifen Le Mans von Westen her an!«, rief ihm am Nachmittag ein Ritter zu und zeigte in die Richtung, in die sich auch die Sonne begab. »Ihr müsst den König warnen, sie werden schon bald den Palast stürmen.« Dann deutete er auf die Vorstadt, aus der dicke Rauchschwaden aufstiegen. »Seht, dort hinten brennt es!«

Guillaume besprach sich mit Mandeville und des Roches, die ebenso erbittert gekämpft hatten wie er selbst, Baudouin de Béthune, der treue Dammartin, Maurice de Craon und all die anderen Ritter. Dann eilte er zu seinem König.

»Mylord, der Feind rückt näher. Ihr müsst Euch in Sicherheit bringen. Es bleibt kein anderer Ausweg! Ihr müsst die Straße nach Fresnay nehmen. Nur dort steht uns der Feind noch nicht gegenüber.« Guillaume rief die Männer des Königs zusammen und befahl den Rückzug. »Schnell, Mylord!«, drängte er. »Wir müssen aufbrechen.«

Schon bald lag das brennende Le Mans hinter ihnen, doch der Feind war ihnen bereits auf den Fersen.

»Wir werden verfolgt, Mylord. Reitet Ihr voraus, ich werde mit meinen Männern zurückbleiben und Euch den Rücken freihalten«, rief Guillaume und forderte einige Soldaten auf, ihm zu folgen. Dann wendete er sein Pferd und sah sich um. »Wir werden sie mit einem Hinterhalt überraschen«, erklärte er. »Sucht Schutz in einem Gebüsch und wartet auf mein Zeichen!«

Es dauerte nicht lange, bis sich Reiter näherten.

Ohne Vorwarnung preschte Guillaume aus dem Gebüsch und ritt mit gesenkter Lanze auf einen von ihnen zu.

»Tötet mich nicht, Maréchal! Es würde Euch nicht zur Ehre gereichen, denn ich bin unbewaffnet!«, rief der Mann, der zwar einen Helm auf dem Kopf trug, aber weder Kettenhemd noch Lanze oder Schwert mit sich führte.

Guillaume erkannte gleich, dass es kein Geringerer war als Prinz Richard. »Sorgt Euch nicht, denn *ich* werde Euch nicht das Leben nehmen, das wird der Teufel tun!«, rief er dem untreuen Sohn seines Herrn zu, ohne jedoch sein Pferd zu zügeln, senkte seine Lanze und ritt auf ihn zu.

Südlich von Tours, 4. Juli 1189

Einen guten Ritter soll man wert halten
und lieben, wenn man ihn findet.
(Chrétien de Troyes – Yvain)

Warum hat er sich nicht in die Normandie zurückgezogen?«, war ein Flüstern in den Gemäuern von Chinon zu hören. »Dort wäre er sicher gewesen!«

Guillaume wusste nicht, wessen Stimme er da gehört hatte, doch sie sprach die Wahrheit. Mit Engelszungen hatte er versucht, seinen König davon zu überzeugen, sich in die Normandie zu begeben, als sie sich in Alençon getrennt hatten, doch nun war es zu spät. Henry II. lag erneut auf dem Krankenlager, schwitzte und stöhnte, litt und siechte dahin. Nicht nur das Geschwür an seinem Fuß schmerzte, sondern sein ganzer Körper. Der Medicus hatte ihn zur Ader gelassen, doch statt ihm die üblen Säfte zu entziehen, schien ihn der Blutverlust nur noch mehr geschwächt zu haben.

Er hatte Guillaume zu sich rufen lassen, nachdem man ihn davon unterrichtet hatte, dass der Franzose Tours eingenommen und sich dort niedergelassen hatte. Und wie immer, wenn er gebraucht wurde, war Guillaume sogleich herbeigeeilt, auch wenn er längst nichts mehr tun konnte, um den Krieg noch für seinen König zu entscheiden.

Zwei Männer waren nötig, um den entkräfteten König aufs Pferd zu heben. Zitternd umklammerte Henry II. die Zügel. Das Gesicht dunkelrot und verzerrt vom Schmerz, gelang es ihm nur mühsam, sich im Sattel zu halten.

So gemächlich, dass ein Trupp Fußsoldaten ohne Eile vorausmarschieren konnte, ritten sie zu dem Treffpunkt, wo er ein weiteres Mal auf Richard und den König von Frankreich treffen sollte. Der König hatte ausrichten lassen, dass er zu schwach sei, um an den Verhandlungen teilzunehmen, doch sein Sohn hatte dies als schnöde Ausrede abgetan und auf der Anwesenheit seines Vaters bestanden.

Einem Trauerzug gleich zog der Tross des Königs voran. Nicht einmal die königlichen Fahnen wollten wehen. Kein Lufthauch rührte sich, so als hielte das ganze Land in Erwartung dessen, was nun kommen mochte, den Atem an.

Der König war zu geschwächt, um länger Widerstand zu leisten. In den vergangenen Wochen hatten Richard und Philippe eine Burg nach der anderen eingenommen und den schwer kranken Henry II. in die Isolation getrieben. Der Krieg war vorbei.

»All meinen Vasallen ... befehle ich ... Richard zu huldigen«, erklärte Henry II. stockend, bevor er seinen eigenen Lehnseid an den französischen König erneuerte.

Als seine Beine nachzugeben drohten, ließ Guillaume ihm einen Sessel bringen. Der König sank darin zusammen, stimmte der Zahlung einer Kriegsentschädigung zu und erhob sich mit letzter Kraft. Kaum schwankend diesmal und ohne Stütze, ging er zu seinem Sohn, um ihm den traditionellen Friedenskuss zu geben.

»Ich bete, dass mich der Herr nicht sterben lässt, bevor ich Rache geübt habe!«, flüsterte er Richard hasserfüllt ins Ohr. Nur Guillaume und einige der dicht bei ihm stehenden Lords hatten es hören können. Dann gaben seine Knie nach. Zwei Ritter sprangen ihm bei und fingen ihn auf.

»Lasst uns gehen, Mylord. Ihr müsst Euch schonen!«, wandte sich Guillaume an seinen König und führte ihn hinaus. Der Krieg war vorüber und ein Frieden vereinbart. Ob sich Henry II. je erholen würde? Das Geschwür an seiner Ferse plagte ihn schon so lange, hatte Schmerz und Fieber in seinem ganzen Körper verursacht und ihn so sehr geschwächt, dass Guillaume fürchtete, sein Herr werde die kommende Nacht nicht überstehen.

Zurück in Chinon, verlangte Henry II. nach der Liste des französischen Königs, auf der all jene Barone verzeichnet waren, die ihn verraten hatten und zu Richard übergelaufen waren.

»Nicht doch, Herr! Wartet damit, bis Ihr wieder bei Kräften seid!«, bat Guillaume aus Angst, die Enttäuschung könne den König umbringen.

»Ich will sie sehen!«, beharrte der jedoch und erhob die Hand mit zittriger Drohgebärde. »Oder finde ich Euren Namen etwa ebenfalls darauf?«

»Nein, Mylord, gewiss nicht.« Demütig verneigte sich Guillaume. Die Worte seines Herrn verletzten ihn, und doch konnte er verstehen, dass der König nicht mehr wusste, wem er vertrauen konnte. Guillaume verbarg seine Enttäuschung darum, so gut er konnte, und ließ den Halter des königlichen Siegels kommen, damit er Henry II. die Liste vorlese.

»Möge mir der Christ zu Hilfe eilen, Mylord! Der erste Name auf der Liste ist der von Graf John, Eurem Sohn!«, rief der Mann flehentlich, nachdem er einen Blick auf die Namen geworfen hatte.

Einen Moment lang schien es, als wäre jeder im Raum vor Schreck erstarrt. Der Liebling des Königs, der Grund für alle Streitigkeiten, war ein Verräter! Henrys Augen waren ungläubig aufgerissen. »Genug!«, rief er, »Ihr habt genug gesagt!« Er ließ sich zurück auf sein Lager fallen und schloss die Lider. Tränen rannen ihm über die Wangen, und ein Schluchzen entfuhr ihm.

Zwei Tage später, am sechsten Tag des siebten Monats, erlosch sein Lebenslicht nach einer qualvollen Nacht für immer. Keiner seiner Männer war in seiner letzten Stunde bei ihm gewesen. Nur ein paar Diener hatten sich in den dunklen Zimmerecken verborgen gehalten, als er sein Leben ausgehaucht hatte. Wie Ungeziefer waren sie hervorgekrochen, hatten dem Toten die Kleider vom Leib geschält und sogar das Leinen seines Krankenlagers gestohlen, bevor sie sich davongemacht hatten. Als Guillaume und die anderen Getreuen vom Ableben ihres Königs erfuhren, eilten sie zu seiner Kammer und fanden ihn auf dem kalten Boden ausgestreckt, nackt bis auf Bruche und Hemd, die Augen starr und weit geöffnet. Blut war ihm vor seinem Ende aus Mund und Nase gelaufen.

Steinschwer war Guillaumes Herz bei diesem erschütternden Anblick. Es ist nicht recht, dachte er, dass dieser große König so jämmerlich sterben musste! Tränen liefen ihm über die Wangen, und auch die anderen Ritter standen reglos da und weinten. »Um seiner Würde und der Liebe Gottes willen, bedeckt ihn doch!«, rief Guillaume in tiefer Verzweiflung und wandte den Blick beschämt ab.

Die wenigen noch verbliebenen Ritter seines Haushaltes bereiteten den Leib ihres Herrn für seinen letzten Weg vor, wuschen ihn und ließen ihn in königliche Kleider hüllen. Bereits am nächsten Tag trugen sie seinen Sarg auf ihren Schultern ins Tal der Vienne und brachten ihn nach Fontevraud, der Lieblingsabtei der Königin.

Die Nonnen dort weinten und schluchzten, als sie vom Tod ihres Gönners hörten. Sie ließen den König in der Abteikirche vor dem Altar aufbahren, wachten die Nacht hindurch an seiner Seite und beteten für sein Seelenheil.

Das Licht der Kerzen warf die flackernden Schatten der Trauernden an die Wand. Ihre Wärme war das einzig Tröstliche in dieser Nacht. Guillaume, Baudouin und die anderen Getreuen des Königs waren zu Füßen ihres verstorbenen Herrn auf die Knie gegangen und verharrten so in stiller Andacht. Guillaume fühlte weder den Schmerz in seinen Beinen noch die Kälte, die vom steinernen Kirchenboden aufstieg. Er war zu beschäftigt damit, über die Geschehnisse der letzten Tage nachzudenken. Als sie den Sarg hinab zur Vienne getragen hatten, waren die Armen in der Hoffnung auf Almosen gekommen und hatten ihrem König die letzte Ehre erwiesen. Doch es hatte nichts zu verteilen gegeben, denn der Senechal von Anjou hatte behauptet, nicht eine einzige Münze zu besitzen, obwohl er doch die Schlüssel zur königlichen Schatzkammer verwahrte! Guillaume wurde die Brust eng. Henry II. war auf ebenso bedauernswerte Art von dieser Welt gegangen wie sein Sohn!

Während Guillaume noch seines Herrn gedachte, wurde die Tür zur Kirche aufgerissen, und Richard schritt mit unbeweglicher Miene und klirrenden Sporen auf den Altar zu. Er hielt vor dem Sarg seines Vaters an, verharrte einen Augenblick in schweigsamer Andacht und stellte sich dann am Kopfende auf. Lange stand er so da. Unbeweglich, ohne auch nur eine Spur von Trauer, Wut, Schmerz oder Genugtuung zu zeigen. Niemand der Anwesenden hätte zu sagen gewusst, was der Sohn beim Anblick seines toten Vaters empfand, so steinern war der Ausdruck auf seinem Gesicht. So viel Beherrschung verdient Bewunderung, musste Guillaume widerwillig zugeben. Ihm selbst war das Herz zu schwer, um seinen Kummer zu verbergen.

Nachdem er eine ganze Weile so dagestanden hatte, gab der Prinz Guillaume ein kurzes Handzeichen. »Folgt mir nach draußen«, befahl er streng und ging entschlossenen Schrittes voran.

Guillaume wusste, in welch misslicher Lage er sich befand, denn seine Zukunft lag nun ganz in Richards Hand. Gestern noch waren sie Feinde gewesen und hatten sich im Krieg gegenübergestanden. Heute war Richard der künftige König und konnte ihn nach Herzenslust dafür bestrafen.

Als sie schließlich im Hof beieinanderstanden, wandte sich Richard mit einem süffisanten Grinsen an ihn. »Es ist nicht lange her, Maréchal, da wolltet Ihr mich töten und hättet es getan, hätte ich Eure Lanze nicht im letzten Moment abgewehrt!«

»Sire«, verwahrte sich Guillaume hocherhobenen Hauptes, »ich hatte niemals die Absicht, Euch zu töten, und habe mich nicht darum bemüht. Ich bin noch immer stark genug, um meine Lanze zu führen, und hätte sie leicht in Euren Körper stoßen können, so ich es denn gewollt hätte. Doch ich zog den Leib Eures Pferdes vor. Ich halte es nicht für falsch und bereue es auch nicht, denn ich musste meinen Herrn schützen!«

Richard sah ihn einen Augenblick an, dann lächelte er gütig. »Ich verstehe Eure Gründe, Maréchal, darum verzeihe ich Euch und werde Euch nichts nachtragen.«

»Ich danke Euch, Sire, denn Euren Tod habe ich ganz gewiss niemals gewollt«, versicherte Guillaume noch einmal.

»Ihr wart meinem Vater treu bis zum letzten Tag. Solche Ergebenheit ist selten, ebenso wie wahre Freundschaft, und doch bedeuten sie alles. Ich will Euch darum gleichfalls Vertrauen schenken, so Ihr mir ebenso große Treue versprecht!«

»Gewiss, Mylord, das tue ich!« Guillaume verneigte sich. Gott hatte entschieden, dass es Zeit für einen Wechsel auf dem Thron von England war, darum war es gewiss gut so. Henry II. war schon lange nicht mehr der starke Herrscher gewesen, den das Reich brauchte. Richard aber hatte die Kraft dazu, auch wenn er ein Rebell war, der sich gegen den Vater aufgelehnt hatte. Auch der junge Henry, dem Guillaume sich noch immer verbunden fühlte, hatte sich schließlich gegen den alten König erhoben. Wenn jemand dieses schwer zu beherrschende Reich regieren konnte, dann Richard. Er hatte die Königin auf seiner Seite, und den eisernen Willen, den ein König von England brauchte.

Richard nickte, als hätte er keine andere Antwort erwartet. »Morgen, wenn wir meinen Vater in allen Ehren bestattet haben, werdet Ihr nach England aufbrechen, um meine liebe Mutter aus ihrem Gefängnis zu befreien und ihr diverse Nachrichten zu überbringen, damit sie mich bis zu meiner Ankunft auf der Insel vertritt. Ich verlasse mich auf Euch, Maréchal!«

»Verzeiht, Mylord.« Guillaume räusperte sich. »Der König, Euer verstorbener Vater, gab mir die Hand von Isabelle de Clare …«, wagte er anzumerken.

»Er versprach sie Euch, wenn ich nicht irre, mein lieber Maréchal«, berichtigte ihn Richard und sah ihn streng an, dann fügte er mit einem verschmitzten Lächeln hinzu: »Ich aber gebe sie Euch zum Weib und mit ihr all ihre Ländereien!«

London, Ende Juli 1189

Guillaume streckte seine Füße unter dem mächtigen Eichentisch aus und lächelte FitzReiner an. In kaum mehr als vier Wochen war er durch die halbe Normandie gereist, hatte den Ärmelkanal überquert und war nach Winchester geeilt, um die Königin zu befreien. Doch man hatte sie bereits vor seiner Ankunft aus der Gefangenschaft entlassen. Die vielen Jahre, die sie der Welt hatte entsagen müssen, waren praktisch spurlos an ihr vorübergegangen. Strahlend und zuversichtlich wie immer hatte sie Guillaume empfangen und die Nachrichten ihres Sohnes angehört.

Lange noch hatten sie über die vergangenen Jahre, den Krieg, Henry II. und Richard gesprochen, bevor Guillaume endlich nach London aufgebrochen war, um zu heiraten.

»Ich kann Euch gar nicht genug für Eure großmütige Gastfreundschaft und die Hilfe bei der Ausrichtung meiner Hochzeit danken, mein lieber FitzReiner. Ohne Euch müsste ich meiner Braut staubig und abgerissen wie ein Bettler entgegentreten!«

FitzReiner grinste verschmitzt. »Nun, Maréchal, mir scheint dies wahrlich ein profitables Geschäft zu sein. Denn wer, sagt mir, könnte zurzeit ein würdigerer Schuldner sein als Ihr? Euer Gläubiger zu sein, wird mir durchaus zum Vorteil gereichen, denkt Ihr nicht?« Der Kaufmann warf den gewitzten Kopf in den Nacken und lachte. Dann erhob er seinen silbernen Becher und trank seinem Gast zu. »Darüber hinaus ist es mir eine Ehre und eine Freude, Euch zu beherbergen und Euch bei den Vorbereitungen zu helfen!«

Auch Guillaume nahm seinen gut gefüllten Becher, setzte ihn

an die Lippen, nippte kurz und tat dann einen tiefen Zug. »Großartiger Wein!«, lobte er den Hausherrn.

FitzReiner grinste. »Ich lasse ihn vom Festland kommen. Die wohlhabenden Londoner reißen sich um ihn!«

Seit mehr als zwei Jahrzehnten schon war der Kaufmann überaus erfolgreich. Er hatte stets viel gewagt, doch war er nie übermütig geworden, hatte die Gefahren und den Gewinn, den er zu erzielen gedachte, allzeit gut abgewägt und war so nicht nur reich geworden, sondern auch ein angesehener Mann, dessen Meinung zählte und dessen Rat und Freundschaft überaus gefragt waren. Sein herrliches Haus gehörte zu den größten und feinsten in ganz London. Er hatte es im äußersten Westen von Cheapside gebaut und Kontor, Lager- und Verkaufsräume zur Straßenseite eingerichtet, während die Wohnräume der Familie im rückwärtigen Teil des Gebäudes mit Blick auf den Garten lagen, von dem aus man St. Paul's erspähen, das Gewimmel der Straße jedoch nicht hören konnte. Nicht einmal das Geschrei der Fuhrleute, die Waren anlieferten, oder das Rumpeln ihrer Karren war zu vernehmen, nur das Gezwitscher eines Vogels aus einem der vielen Apfel- und Birnbäume, die im Garten standen, drang durch den geöffneten Laden. Guillaume schloss für einen kurzen Moment die Augen und genoss die friedliche Stille. Was für ein herrliches Gefühl es sein musste, dieses wunderbare Haus sein Eigen zu nennen! Bisher war er niemals sesshaft gewesen. Vor Kurzem aber hatte er zum ersten Mal erleben dürfen, wie großartig es sich anfühlte, ein eigenes Zuhause zu besitzen.

Auf seinem Weg nach England hatte er in Longueville auf dem Giffard-Gut St.-Vaast-d'Equiqueville haltgemacht. Es gehörte zum Erbe seiner Braut und damit zu seinen künftigen Besitztümern. Der Steward hatte ihn zunächst mit Zurückhaltung empfangen. Mit gerunzelter Stirn hatte er die Papiere, die Guillaume zur Legitimierung seiner Ansprüche vorweisen konnte, genauestens studiert. Dann hatte er aufgeblickt und ihn als seinen neuen Herrn willkommen geheißen. Die bequemste Kammer hatte er herrichten und ein gutes Mahl bereiten lassen. Der Priester, der Koch und alle Knechte waren Guillaume vorgestellt worden. »Mylord« hatten sie ihn genannt, sich tief verbeugt und ihn aus neugierigen Augen angesehen. Während Jean d'Erlée in das nicht weit entfernte Dieppe geritten war, um nach einem Schiff Ausschau zu halten, das sie nach England bringen würde, hatte der Steward Guillaume die Bücher vorgelegt, ihn zu den Vorratskammern geführt und ihm erklärt, welche Ländereien und wie viel Stück Vieh zu dem Gut gehörten.

»Ihr habt die Königin gesehen?«, unterbrach FitzReiner Guillaumes Gedanken.

»Oh, ja!« Ein bewunderndes Lächeln erhellte Guillaumes Gesicht. »Es ist unglaublich, wie schön sie nach wie vor ist! Ruhiger ist sie wohl geworden, das kann man nicht leugnen, aber durch die Gefangenschaft, die der König – der Herr sei seiner Seele gnädig – ihr aufgebürdet hat, ist sie weder gramgebeugt noch trübsinnig geworden. Sie sprüht noch immer vor Leben und ist voller Pläne. Eine großartige Frau mit einem unglaublichen Leuchten in den Augen!«

FitzReiner nickte. »Ich habe sie nur einmal aus der Ferne gesehen, hier in London. Ich war noch ein junger Bursche damals und umgehend verliebt!«

»Oh, ich verstehe Euch nur allzu gut!«, bestätigte Guillaume. »Obwohl sie um einiges älter ist als ich, war es auch mir nicht möglich, mich ihrer Ausstrahlung zu entziehen. Ich bin ihr nach meiner Schwertleite zum ersten Mal begegnet und war zutiefst beeindruckt, obwohl sie damals wohl beinahe so alt gewesen sein muss wie ich heute!« Er seufzte nachdenklich.

»Ich hörte, Ranulf de Glanville habe sich zwei Tage Bedenkzeit ausgebeten, bevor er Euch Eure Braut aushändigt!« FitzReiner zischte empört.

»Bitte?« Guillaumes Gedanken waren zu Ellen abgeschweift. Auch sie war nicht mehr jung, aber noch immer kraftvoll und entschlossen.

»Eure Braut.« FitzReiner lachte. »Glanville wird sie freigeben, glaubt mir«, versicherte er gelassen. »Er kann nicht anders; er tut sich nur wichtig, das ist alles. Wer weiß, was er sich erhofft hat!«

Guillaume zog die Augenbrauen hoch. »Ich hoffe, sie ist es wert, dass er so viel Aufhebens um sie macht. Am Ende ist sie gar einäugig oder hat einen Buckel!« Er lachte mit leiser Verzweiflung und winkte ab. »Wobei es mir gleich wäre, bei dem, was sie mit in die Ehe bringt!«

Eine Vermählung sollte reich und nicht unbedingt glücklich machen, waren das nicht seine eigenen Worte gewesen? Guillaume starrte ins Leere.

»Darauf trinken wir!« FitzReiner erhob lachend seinen Becher und klopfte ihm auf die Schulter »Auf die Mitgift und eine großartige Verbindung!«

***

»Von mir aus kann er ein berühmter Ritter sein!«, empörte sich Isabelle. »Ich will ihn trotzdem nicht!« Sie stampfte mit dem Fuß auf wie früher, als sie noch ein Kind gewesen war, weil sie sich genauso hilflos fühlte wie damals. Keiner hatte sie gefragt, ob sie mit dieser Ehe einverstanden war. Niemand war gekommen, um ihr den künftigen Gatten vorzustellen. Der Mann, mit dem sie schon bald das Bett teilen sollte, war ein Fremder für sie! Isabelles Kehle wurde eng.

»Oh, ich würde ihn Euch nur allzu gern abnehmen, denn wie ich hörte, soll er überaus ansehnlich sein!« Suzanne seufzte schwärmerisch »Ich fürchte allerdings, er wird keine mittellose alte Jungfer wie mich nehmen wollen, wenn er doch eine wohlhabende Schönheit bekommen kann!« Sie zuckte ergeben mit den Schultern, schickte einen theatralischen Augenaufschlag gen Himmel und grinste vielsagend.

»Pah!« Isabelle wandte den Kopf ab. Tränen waren ihr in die Augen geschossen. »Und was ist mit mir? Ich will keinen Mann, der nichts anderes kann als Krieg führen. Außerdem ist er mehr als zweimal so alt wie ich!« Sie schluchzte auf.

Suzanne nahm Isabelles Gesicht in beide Hände und sah ihr fest in die Augen. »Ach, Herzchen! Man hört viel Gutes über ihn. Er ist gewiss kein schlechter Kerl! Sicher lernt Ihr, ihn zu lieben!«

»Niemals!«, entfuhr es Isabelle. Dass sie ihn schon deshalb nicht wollte, weil er Normanne war, verschwieg sie, um Suzanne nicht zu verletzen, denn auch sie war Normannin. Voller Empörung hatte Isabelle sie als ihre Zofe abgelehnt, als man sie in den Tower gebracht hatte. Doch Suzanne war geblieben, und Isabelle war es nicht lange gelungen, sie mit Nichtachtung zu strafen, denn niemand war so fröhlich, so einnehmend freundlich und von Grund auf gut wie sie. Ganze zwei Tage hatte Isabelle es geschafft zu schweigen, dann war es mit ihrer trotzigen Verbitterung vorüber gewesen, und sie hatte sich in Suzannes Arme geworfen, um sich auszuweinen, sich aufmuntern zu lassen und endlich wieder einmal zu lachen.

»Und wenn er der schönste Mann der Welt wäre, ich will ihn nicht!«

»Ach, Liebchen. Ihr mögt Euch aufregen und Euch schwören, ihn zu hassen, doch einfacher macht Ihr es Euch dadurch nicht.«

»Ich will es mir auch gar nicht einfach machen!«, lehnte sich Isabelle auf. »Ich werde ihm niemals mein Herz schenken!« Ihr Gesicht nahm plötzlich einen harten, entschlossenen Zug an.

»Du wirst die ehelichen Pflichten über dich ergehen lassen müssen, aber du kannst sie auch nutzen, denn Männer sind leicht zu dirigieren, wenn man sie nur zu nehmen weiß«, glaubte sie, ihre Mutter zu hören. Aoife hatte sie darauf vorbereitet, dass der Tag kommen würde, an dem sie jemandem versprochen würde, den sie vermutlich niemals würde lieben können. »Im Bett kann man ihnen die größten Versprechen abtrotzen. Sieh es als Spiel, bei dem du nur gewinnen kannst«, hatte sie gesagt. »Auch wenn es dich schaudern lässt, abstößt oder langweilt, das eheliche Lager ist dein Schlüssel zur Macht!«

»Ich werde zu ihm ins Bett steigen, wie es von mir verlangt wird, ich werde ihn betören und ihm sein Herz rauben und nicht zögern, seine Macht für meine Zwecke zu nutzen!«, erklärte Isabelle trotzig und wandte sich ab.

»Aber Herz!« Suzanne war ganz offensichtlich schockiert, und Isabelle kam sich plötzlich so schmutzig vor wie die Straßenmädchen, von denen Conall ihr erzählt hatte.

Beschämt senkte sie den Kopf. Sie war um nichts besser als diese bemitleidenswerten Geschöpfe. Ein verzweifeltes Lachen packte sie. »Ich bin schlimmer als eine Straßenhure!«, rief sie aus. »Ich bekomme keinen Penny, nein, ich muss sogar noch Geld in die Ehe mitbringen, damit man mich nimmt! Ich bin ein Preis! Eine Entlohnung für treue Dienste. Gut genug, um dem Herrn Kinder zu gebären, aber nicht wert, gefragt zu werden, ob ich ihn überhaupt will! Ich hasse die normannischen Gesetze, die mich zu dieser Hochzeit zwingen. Sie sind beschämend und erniedrigend!« Isabelle kämpfte erneut mit den Tränen. »Ich bin eine irische Prinzessin!«, sagte sie erstickt. »Niemals werde ich meinen Stolz aufgeben!«

»Das sollt Ihr doch auch gar nicht, Kleines!« Suzanne wischte ihr eine Träne von der Wange.

Wie aber sollte Isabelle ihren Stolz nicht aufgeben müssen, wenn sie doch ihrem neuen Gatten zu Willen sein musste?

Nicht Aoife, sondern Conall war es gewesen, der ihr vor wenigen Monaten genauer erklärt hatte, was es denn bedeutete, eheliche Pflichten erfüllen zu müssen, und was genau auf dem Lager von ihr erwartet wurde. Angst und Albträume hatten Isabelle danach gequält.

»Aber es kann auch Freude machen!«, hatte Conall mit leuchtenden Augen behauptet und sie mit zu einer der Scheunen genommen, um es ihr zu beweisen. Im Stroh versteckt, hatten sie beobachtet, wie sich eine Magd mit einem der Knechte darin gewälzt hatte. Isabelle schloss die Augen und kämpfte gegen die Übelkeit an, die sie ergriff, als sie an das Schnaufen und Stöhnen dachte. Animalisch war ihr vorgekommen, was sie dort gesehen hatte, wild und beängstigend. »Wie kann man nur freiwillig so etwas Widerwärtiges tun?«, hatte sie Conall hinterher angeschrien und mit Entsetzen festgestellt, dass er von dem, was er gesehen hatte, keineswegs abgestoßen war.

»Ich fürchte mich!«, gestand Isabelle bei dem Gedanken an das, was sie in der ehelichen Kammer erwartete, und warf sich in Suzannes Arme.

»Schscht!« Liebevoll strich ihr die Zofe über die Haare und wiegte sie wie ein kleines Kind. »Alles wird gut«, flüsterte sie ihrem Schützling ins Ohr.

Isabelle schloss die Augen und dachte an den Tag, als sie Suzanne zum ersten Mal begegnet war. Gebannt hatte sie ständig nur auf den Vorderzahn geschaut, der in der Mitte von Suzannes Mund so weit nach vorn stand, dass sie die Lippen darüber kaum schließen konnte. Viele Menschen hatten krumme Zähne, einigen faulten sie nacheinander aus dem Mund, und manch einer besaß schon in jungen Jahren kaum noch welche, weil sie ihm bei einer Prügelei ausgeschlagen worden waren. Nie aber war Isabelle jemandem begegnet, dem seine schiefen Zähne so gut standen wie Suzanne.

»Vielleicht verliebt er sich ja in mich und liest mir jeden Wunsch von den Augen ab. Dann bitte ich ihn, mich nach Hause, nach Kilkenny, zu bringen!«, erklärte sie kleinlaut und sah ihre Zofe aus tränengefüllten Augen an.

»So ist es schon besser!« Die Normannin strich ihr über das glänzende, rotblonde Haar und lächelte weich. »Nehmt Ihr mich mit, wenn Ihr fortgeht?«

Isabelle nickte heftig. »Gewiss nehme ich dich mit!«, schluchzte sie erstickt. »Wenn du wirklich willst«, fügte sie hastig hinzu. Sie sah Suzanne vertrauensvoll in die stets fröhlich glitzernden, lavendelfarbenen Augen. Ihre Herzlichkeit und ihr aufmunterndes Lächeln würde sie noch so manches Mal brauchen, um Trost zu finden.

»Kopf hoch«, forderte Suzanne sie auf, »Ihr seid eine irische Prinzessin!«

Isabelle straffte sich und nickte tapfer.

»Du wirst auf alle Fälle mit mir kommen, wenn ich zu meinem Gemahl ziehen muss!«, erklärte Isabelle, als sie wenig später bei

Conall im Stall stand und zusah, wie er den Huf eines verletzten Pferdes untersuchte. »Darauf werde ich bestehen!« Schon wieder schnürte sich ihr der Hals zu, und ihre Augen füllten sich mit Tränen.

»Wir könnten abhauen«, brummte Conall, ohne sie anzusehen, »dann musst du ihn nicht heiraten!«

Isabelle schüttelte nur stumm den Kopf.

»Ich könnte dich heiraten!«, sagte er und errötete.

Isabelle lächelte ihn dankbar an. »Nein, Conall. Der Herr hat jedem Menschen seinen Platz auf der Erde gegeben … Ich schaffe das schon!« Sie versuchte, zuversichtlich zu klingen, obwohl sie keineswegs so sicher war, dass ihr nicht doch noch nach Weglaufen zumute sein würde, wenn es erst ernst wurde.

* * *

Als der Tag seiner Hochzeit gekommen war, nahm Guillaume ein Bad, denn er wollte sauber und wohlriechend in sein neues Leben als Baron schreiten. Er schabte sich den Bart und legte die kostbaren neuen Kleider an, die er mit dem von FitzReiner geborgten Geld erstanden hatte. Ein wenig fest war der gesteppte Stoff und vielleicht etwas zu warm für einen Sommertag, der schon am Morgen mit schwüler Hitze aufwartete, doch war er gewiss die richtige Wahl für diesen besonderen Anlass. Guillaume versuchte, das Zittern seiner Hände vor seinem Knappen zu verbergen.

»Ein großer Tag, Mylord!«, sagte Jean d'Erlée und strahlte ihn voller Hingabe an. Er zupfte den Stoff noch ein wenig zurecht und reichte seinem Herrn dann die Handschuhe aus herrlich weichem Rehleder.

»Guillaume!« Es klopfte an der Tür, und Baudouin streckte den Kopf in die Kammer. »Du wirst im Hof erwartet!«

»Ich komme!« Guillaume rang sich ein Lächeln ab. Obwohl er allen Grund zur Freude hatte, fühlten sich seine Beine ein wenig steif an, als er die Treppe hinabstieg. Als ihn seine Männer jedoch mit Jubel und Handschlag, besten Wünschen und spaßigen

Ratschlägen zum Eheleben begrüßten, erfüllte ihn unbändiger Stolz.

»Warte kurz auf mich, ich bin gleich zurück«, entschuldigte sich Baudouin und eilte quer über den gepflasterten Hof zum Stall.

»Bei den Gebeinen des Herrn!«, rief Guillaume, als Baudouin zurückkam und einen nervös tänzelnden Rappen mit herrlich glänzendem, blauschwarzem Fell mit sich führte. »Welch wunderbares Tier!« Er tastete das Pferd mit begehrlichen Blicken ab. Selten hatte er einen so kraftvollen, imposanten und geschmeidigen Hengst gesehen.

»Ist er nicht unbeschreiblich?« Baudouins Augen leuchteten. »Als ich ihn sah, wusste ich, dass er der Richtige für dich ist! Mein Geschenk zu deiner Hochzeit!«

Guillaume ging sprachlos auf das Tier zu.

Als der Rappe schnaubte, den Kopf schüttelte und zurückwich, musste er unwillkürlich an Bucephalus denken. »Ruhig!«, besänftige er das nervöse Tier. Obwohl er vor langer Zeit beschlossen hatte, keinem Pferd mehr einen Namen zu geben, wusste er doch, dass dieses einen verdient hatte.

»Ruhig, Pegasus!«, flüsterte er, zog den Hengst sanft zu sich und strich ihm behutsam über die Nüstern. Der Rappe schnaubte noch einmal kurz und nickte dann scheinbar zustimmend, ganz so, als gefiele ihm der Name. Dann sah er Guillaume so vertrauensvoll an, als hätte er nie einen anderen Herrn gehabt.

»Ich wusste, dass er dir gefällt!«, frohlockte Baudouin.

»Er muss ein Vermögen gekostet haben.« Guillaume strich dem Hengst anerkennend über den Hals.

»Das will ich wohl meinen! Genau wie das wundervolle Pferd übrigens, das ich in deinem Namen und von deinem Geld für die Braut ausgewählt habe«, gestand er grinsend.

»Oje, wenn das nur keine vergebene Liebesmüh war!« Guillaume zog zweifelnd die Brauen hoch. Wer konnte schon wissen, ob seine Braut überhaupt etwas für Pferde übrig hatte! Ein winziges Lächeln huschte über Guillaumes Gesicht. Ellen hatte

Pferde stets gefürchtet und sie kaum von Maultieren unterscheiden können.

»Ganz gewiss nicht! Ich habe den Zelter selbst hingebracht. Die junge Lady hat das Pferd eingehend und, wie ich feststellen konnte, durchaus mit Kennermiene begutachtet. Sie war mehr als angetan von dem außergewöhnlich schönen, milchfarbenen Tier.« Baudouin lächelte. »Wir haben übrigens auch für die Jungfrauen, die sie zur Kirche begleiten werden, weiße Pferde angemietet! Das wird prachtvoll aussehen! Ganz London wird dich beneiden, mein Lieber. Du weißt ja gar nicht, wie reich du vom Schicksal beschenkt worden bist, du Glückspilz! Deine Zukünftige ist nämlich nicht nur überaus wohlhabend, sondern auch ganz und gar liebreizend!«

»Nun, du weißt mehr über die Frauen als ich, bist du doch in dieser Hinsicht eindeutig der Erfahrenere von uns beiden!«

»Durchaus, mein Freund, durchaus. Und ich gestehe, ich wäre über die Maßen beglückt, wenn Denise de Châteauroux nur halb so anmutig wäre wie deine Braut!« Baudouin seufzte theatralisch. »Falls ich sie überhaupt jemals bekomme. Bei meinem Glück …« Er zuckte ergeben mit den Schultern. »Aber nun lass uns aufbrechen! Schöne Frauen soll man nicht warten lassen.«

Baudouin und FitzReiner hatten all ihren Ehrgeiz in die Vorbereitungen gelegt. Obwohl sie nur wenige Tage Zeit gehabt hatten, war es ihnen gelungen, die Neuigkeit von der sagenhaften Hochzeit in ganz London, ja sogar bis in die umliegenden Grafschaften hinein zu verbreiten. Sie hatten dafür gesorgt, dass alle Würdenträger aufs Prächtigste eingekleidet waren und jeder wusste, an welcher Stelle des Hochzeitszuges er sich einzureihen hatte. Der Priester war bestellt, eine Zuwendung an St. Paul's veranlasst und mehrere Beutel mit großzügigen Almosen vorbereitet.

FitzReiner hatte die Braut in einem seiner anderen Häuser nur zwei Straßen entfernt untergebracht, denn es schickte sich nicht, die Brautleute unter einem Dach wohnen zu lassen, bevor sie verheiratet waren. Als sich das Tor zur Straße öffnete, stockte

Guillaume der Atem. Unzählige Ritter, hoch zu Ross, warteten auf ihn. Schaulustige hatten sich um sie geschart und begrüßten ihn mit lautem Jubel. Bunte Fahnen und Wimpel in seinen Farben flatterten an langen Stangen in der Sommerbrise. Geblendet von der strahlenden Sonne, die am blassblauen, nur leicht bewölkten Himmel stand, kniff Guillaume die Augen zusammen. Dieser Tag versprach wahrlich ein besonderer zu werden. Die Waffenröcke der Ritter leuchteten in strahlenden Farben, und ihre Schwerter und Lanzen glitzerten im Sonnenlicht.

Baudouin gab noch kurze Anweisungen, dann machte sich der Hochzeitszug auf den Weg.

FitzReiner erwartete sie bereits. Er ließ das Tor öffnen, als sie eintrafen, und verneigte sich tief.

Vierzehn Jungfrauen auf weißen Pferden, die mit bunten Bändern geschmückt waren, ritten auf die Straße.

»Sind alles Töchter aus den besten Familien der Stadt«, raunte Baudouin Guillaume zu.

Dann erschien die Braut. Sie war anmutig, genau wie Baudouin gesagt hatte, wenn auch ein wenig hochnäsig, wie es schien. Ihr Kleid aus edler Seide leuchtete in herrlichstem Purpur, und in die Mähne ihres milchfarbenen Zelters waren goldene Bänder eingeflochten. Guillaume bewunderte das wundervolle Tier und seinen gleichmäßigen Gang, ohne einen weiteren Blick auf seine Braut zu werfen.

Baudouin hatte das Pferd wirklich hervorragend gewählt! Der Rücken des Zelters war mit einer goldbestickten Decke geschmückt, die vermutlich ebenso wie das Tier selbst und das Kleid seiner Braut ein Vermögen gekostet haben musste. Guillaume betrachtete die junge Frau noch einmal genauer. Aufrecht und stolz saß sie im Sattel, blickte ihn nur flüchtig an und ritt grußlos an ihm vorüber. Weder ein Lächeln auf ihrem schmalen, jungen Gesicht noch eine gerunzelte Stirn ließen erahnen, was sie von ihrem Bräutigam hielt. Gewiss hat man sie nicht dazu erzogen, sich ein Urteil über ihren künftigen Gatten zu erlauben, sondern dazu, eine gute Ehefrau zu sein, dachte er irritiert und beobachtete, wie sie sich hinter den ersten beiden Jungfrauen einreihte.

Als sich der Zug endlich wieder in Bewegung setzte, nickte Guillaume mal rechts, dann wieder links den winkenden Schaulustigen zu, die auf dem Weg nach St. Paul's eine Ehrengasse bildeten und um die besten Plätze kämpften. Überall wurde getuschelt und getratscht, gejubelt und gelacht. »Seht nur, wie schön die Braut ist!«, rief eine Frau entzückt aus, und Guillaume konnte nicht umhin, gehörigen Stolz zu empfinden. Die leuchtenden Purpurtöne des mit Perlen aufwendig bestickten Kleides entlockten vor allem den Damen begeisterte Ausrufe, während die Herren die edlen Pferde und Falken bewunderten, die einige der anwesenden Barone mit sich führten.

Guillaumes Rappe tänzelte nervös, als sich der Zug verlangsamte. Je näher sie St. Paul's kamen, desto mehr wohlhabende Londoner Bürger hatten sich unter die Schaulustigen zu beiden Seiten der Ehrengasse gemischt.

»Hast du gesehen, wer alles gekommen ist?«, raunte Baudouin ihm zu. »Der Zug ist um ein Vielfaches länger geworden, sogar FitzAilwyn, der Mayor, hat sich eingereiht, und auf der Treppe von St. Paul's erwarten dich einige der höchsten Barone des Landes. Ist es nicht unglaublich, wie viele hoch geschätzte Männer an deinem Glück Anteil haben wollen?«

Guillaume nickte weiter der jubelnden Menge zu. »Mein Traum ist tatsächlich wahr geworden!«, murmelte er.

»Das ist er, mein Freund!«, bestätigte Baudouin lachend.

Guillaume fiel ein verwahrloster junger Mann auf, der sich vom Hochzeitszug abgewandt hatte und in entgegengesetzter Richtung humpelnd durch die Menge pflügte. Ein Bettler, der sich die Almosen entgehen ließ?, dachte er stirnrunzelnd, und weil der Mann hinkte, musste er an William denken. Welch ein Segen, dass der in Thorne gut untergebracht war!

»Geh, mein Freund, geh und heirate!«, rief Baudouin, als der Zug anhielt, und riss Guillaume aus seinen Gedanken.

»Das tue ich!« Guillaume grinste ihn an und schwang sich vom

Pferd. Er eilte zu seiner Braut, um ihr herabzuhelfen, doch sie hatte nicht auf ihn gewartet und war allein abgestiegen. Hocherhobenen Hauptes, den Blick an ihm vorbei auf die Kirche geheftet, reichte sie ihm die Hand.

»Man nennt Euch den Liebling der Könige!«, flüsterte sie, ohne ihn anzusehen. »Was habt Ihr dafür tun müssen? Morden, stehlen?«

Die Verachtung in ihrer Stimme ließ Guillaume schaudern. Er sah sie erstaunt an.

In dem kurzen Blick, den sie ihm zuwarf, standen Herablassung und Widerwillen. Sobald sie jedoch wieder in die Menge schaute, schien sie vor Glück zu strahlen.

Was ist das für ein Spiel, das sie da treibt?, fragte sich Guillaume und geleitete seine Braut die Treppe zu St. Paul's hinauf.

* * *

Das unbeschwerte Lachen der Hochzeitsgäste, die heitere Musik der Lautenschläger, der fröhliche Gesang mit spaßigen Liedtexten und das Stampfen der Tanzschritte auf dem Holzboden drangen dumpf zu Isabelle in die Kammer. Für gewöhnlich zogen sich die Brautleute gemeinsam zurück. Sie aber hatte den fremden Gatten gebeten, vorgehen zu dürfen, und welch ein Glück, er hatte es gestattet.

Bis zum Festmahl war es ihr nicht gelungen, dem fremden Ritter freundlich zu begegnen! Erst nachdem sie genügend Wein getrunken hatte, um Angst und Scham vergessen zu können, war es ihr leichter gefallen, ihre Rolle zu spielen. Sie musste ihren Gatten betören, damit er sie zurück nach Irland brachte!

Also hatte sie versucht, aufreizend zu lachen, wenn er sprach, hier und da die Lippen zu schürzen und ihn mit verheißungsvollen Augenaufschlägen zu locken. Doch ihre Anstrengungen schienen ihn nicht sonderlich beeindruckt zu haben, ganz im Gegensatz zu seinem Freund, Sir Baudouin, der den ganzen Abend über immer wieder zu ihr herübergesehen hatte. Er war jünger als der Maréchal und von ansprechendem Äußeren, darum missfielen Isabelle seine bewundernden Blicke nicht, aber es war nicht seine Aufmerksamkeit, die sie hatte wecken wollen, sondern die ihres Gemahls.

»Ich erwarte Euch in der Kammer!«, hatte sie ihm also zugeraunt und war die Stufen zum oberen Stock schwankend und mit bleischweren Beinen hinaufgestiegen. Sie hatte die Magd ausgefragt, die sie im Stroh beobachtet hatte, um zu erfahren, wie man es überhaupt anstellte, einem Mann den Kopf zu verdrehen, denn in dieser Angelegenheit war Suzanne ihr nicht gerade eine Hilfe gewesen.

»Herzchen, Ihr seid schön und klug, fröhlich und freundlich, ich wüsste nicht, wie Euer Gatte Euch widerstehen könnte.« Das war alles, was Suzanne dazu zu sagen gehabt hatte.

Die Magd hingegen hatte von Augenaufschlägen gesprochen, von feuchten Küssen und der Liebe der Männer zu Brüsten und Scham. Hitze brannte durch Isabelles Körper, wenn sie daran dachte, wohin sich eine Zunge angeblich alles verirren konnte, dann folgten ein Schauder und leichte Übelkeit, die sie dem Wein zuschrieb.

»Wartet, Liebchen, ich helfe Euch!« Suzanne schnürte ihr das wundervolle Seidenkleid auf. Die weiten Ärmel reichten bis zum Boden. Langsam stieg Isabelle aus dem raschelnden Stoff.

»Du kannst jetzt gehen«, wies sie Suzanne mit einer knappen Geste an.

Die Zofe nickte wortlos, küsste Isabelle auf die Stirn und verließ die Kammer auf Zehenspitzen. Als sie fort war, zog Isabelle auch ihr Leinenhemd aus und träufelte einige Tropfen Rosenöl in ihren Nacken und auf die Innenseiten ihrer Arme und Schenkel. Verloren und ängstlich setzte sie sich auf den Rand des riesigen Bettes, das man für das Brautpaar hergerichtet hatte. Nun war sie ganz allein.

Fröstelnd, obgleich die Sommernacht lau war, zog sie das Laken über ihre Nacktheit. So wie sie jetzt mussten sich auch die Huren der Könige in ihrer ersten Nacht fühlen! Isabelles Augen begannen zu brennen, und ihre Kehle war wie zugeschnürt.

Langsam legte sie den Kopf auf das weiche Federkissen. Herrlich kühl war es auf ihren erhitzten Wangen. Sie schloss die Augen, und plötzlich liefen die Tränen in Strömen.

***

Als Guillaume die Kammer betrat, sah er, dass seine junge Braut eingeschlafen war, ohne die Kerze zu löschen. Er runzelte die Stirn und schüttelte ärgerlich den Kopf. Nicht nur, dass es Verschwendung war, eine Kerze während der Nacht brennen zu lassen, man konnte auch Haus und Hof durch eine solch verantwortungslose Unachtsamkeit verlieren!

Er entkleidete sich bis auf die Bruche, ging um das Bett herum, um die Kerze zu nehmen, und betrachtete die junge Frau, die ihn zum Baron gemacht hatte, aufmerksam. Trotz der kleinen Falte zwischen den hellen Brauen hatte ihr ebenmäßiges Gesicht mit der schmalen Nase etwas Reines, Unschuldiges, das weder zu der herablassenden Kälte passen wollte, mit der sie ihn am Mittag angesehen hatte, noch zu der Verführerin, die sie am Abend vergeblich zu spielen versucht hatte. Tagsüber war ihr Haar von einem Schleier bedeckt gewesen, wie es sich für eine verheiratete Frau gehörte, nun aber floss es über das Kissen bis auf ihre entblößten Schultern. Es war von einem etwas blassen, nichtssagenden Rotblond. Guillaume konnte nicht umhin, an Ellen zu denken, an ihre feuerroten, widerspenstigen Locken und die unzähligen Sommersprossen in ihrem ausdrucksvollen Gesicht mit den herrlich grünen Augen. Gewiss, sein junges Weib war durchaus liebreizend, wollte ihm jedoch im Vergleich zu Ellen blass und langweilig erscheinen. Er versuchte, sich an die Farbe von Isabelles Augen zu erinnern, doch es gelang ihm nicht.

Guillaume nahm die Kerze und trug sie zur anderen Seite des Bettes. Vorsichtig legte er sich neben seine Braut. Sie hatte ihm den schmalen Rücken zugewandt, und als sie im Schlaf leise seufzte, musste er lächeln. Sie war gewiss kein schlechter Mensch, und eines Tages würde er wohl auch Kinder mit ihr zeugen, so wie man es von ihm erwartete, doch nicht in dieser Nacht. Der Genuss des schweren roten Weins hatte ihn schläfrig gemacht. Guillaume drehte sich um und schloss die Augen.

***

Isabelle erwachte langsam. Sonnenstrahlen fielen durch den Spalt zwischen Fensterlaibung und halb geöffnetem Holzladen und tauchten den Raum in weiches Licht. Sie wollte sich gerade genüsslich strecken, als ihr die Hochzeitsnacht einfiel. Rasch kniff sie die Augen zu und stellte sich schlafend. Das Herz klopfte ihr bis in den Hals hinauf. Die Hochzeitsnacht war vorüber, es war bereits Morgen! Isabelle versuchte, sich zu erinnern, was geschehen war. Sie hatte sich hingelegt. Vollkommen nackt! Bei dem Gedanken, dass ihr Gatte sie womöglich so gesehen haben mochte, wie der Herrgott sie erschaffen hatte, stockte ihr der Atem vor Scham. Sie musste eingeschlafen sein. Isabelle hörte ihr Herz in den Ohren pochen. Ihr Gatte hatte sie nicht geweckt und sein Recht gefordert. Sie tastete nach dem Leintuch, das sie bedeckte, und öffnete die Augen nur einen winzigen Spalt, gerade genug, um sich vorsichtig umsehen zu können. Der Maréchal stand über eine Waschschüssel gebeugt, benetzte sich das Kinn mit Wasser, seifte es ein und begann, sich den Bart zu schaben. Offenbar hatte er nicht bemerkt, dass sie wach war. Isabelle erlaubte sich darum, ihn durch die halb geöffneten Augen ein wenig eingehender zu betrachten. Seine Schultern waren kräftig und sein Rücken breit mit einer langen Furche bis zu seinen Lenden. Als er die Hand hob, um das Messer über sein Gesicht zu führen, spannte sich die Haut über den Muskeln auf seinem Oberarm. Narben auf seiner Schulter, am Bein und an den Armen erinnerten daran, dass er ein Krieger war. Isabelle runzelte unwillkürlich die Stirn.

»Gut geschlafen?«, fragte der Maréchal, ohne sich umzusehen.

Isabelle erschrak und blieb ihm eine Antwort schuldig. Wie lange mochte er wohl schon wissen, dass sie wach war und ihn ansah? Isabelle glaubte, vor Scham zu ersticken. Was sollte sie jetzt nur tun? Unter dem Leintuch war sie noch immer vollkommen nackt. Sie konnte doch unmöglich aufstehen und sich vor seinen Augen ankleiden!

Der Maréchal wischte sich die Seifenreste aus dem Gesicht und zog sich an. Er nahm das Messer, das er zum Rasieren verwendet hatte, drehte sich um und kam auf sie zu.

Isabelle riss die Augen auf, versuchte, das Zittern, das sie vor Furcht packte, zu verbergen, und zog das Laken bis zum Kinn hinauf. Sie drückte sich in die Kissen, als könnte sie dort Schutz finden. Was in Gottes Namen hatte er nur vor? Wollte er sich nun mit Gewalt holen, was er in der Hochzeitsnacht nicht bekommen hatte?

»Ich …«, stammelte sie atemlos und keuchte, als er das Messer erhob. Doch statt ihr damit zu drohen, ritzte er den Daumen seiner linken Hand auf. Mit vor Angst geweiteten Augen starrte Isabelle ihn sprachlos an, als er das Blut mitten auf dem Bett an dem Leinen abwischte.

»Hängt das Laken so aus dem Fenster, dass man den Fleck darauf sieht, Mylady!«, sagte er nicht unfreundlich und verließ ohne weitere Erklärung die Kammer.

Isabelle saß noch immer zitternd im Bett, als sich der Türriegel hob und Suzanne hineinglitt.

»Euer Gatte schickt mich, um Euch beim Ankleiden behilflich zu sein!«, flüsterte sie. »Isabelle, Herzchen, seid Ihr wohlauf?«, fragte sie besorgt, als ihr eisiges Schweigen entgegenschlug.

»Er hat mich nicht angerührt!«, flüsterte Isabelle immer wieder, unglaublich erleichtert und zugleich ein wenig enttäuscht. Sie war sicher gewesen, einen schlechten Menschen geheiratet zu haben, doch der Maréchal hatte sich keineswegs so benommen.

Suzanne sah auf das blutverschmierte Laken und seufzte leise. »Ist schon gut, mein Herz, es vergeht! Mit jedem Mal wird es leichter«, tröstete sie Isabelle, setzte sich neben sie auf das Bett und nahm sie in den Arm.

Es dauerte eine ganze Weile, bis Isabelle nicht mehr schluchzte. »Ich glaube, er mag mich nicht«, sagte sie schniefend und sah Suzanne aus tränenverschleierten Augen an. »Ich schwöre, er hat mich nicht angerührt.« Isabelle deutete auf das blutverschmierte Laken. »Er hat sich in den Daumen geschnitten und gesagt, ich solle es aus dem Fenster hängen.« Sie rang nach Luft. »Es ist meine Schuld, ich bin eingeschlafen und …« Sie brach ab.

»Er hat Euch nicht …?«

»Nein!«

»Das ist in der Tat ungewöhnlich«, murmelte die Zofe und schüttelte verwundert den Kopf. Dann lächelte sie Isabelle aufmunternd an. »Na, seht Ihr, mein Liebchen, es ist alles gar nicht so schlimm!«

* * *

»Wenn er dir wehgetan hat, bringe ich ihn um!«, raunte Conall Isabelle zu, während er sich um Apollo kümmerte, der sich nach wie vor nur von ihm oder Isabelle satteln ließ. Er war stolz, den Hengst während der bevorstehenden Reise reiten zu dürfen. Isabelle wollte den milchfarbenen Zelter nehmen, den ihr der Maréchal zur Hochzeit geschenkt hatte. Conall konnte den Gedanken, dass sie nun einem Fremden gehörte, kaum ertragen.

»Nicht doch, mach dir keine Sorgen um mich!« Isabelle lächelte ihn zuversichtlich an.

Wie tapfer sie war! Oder hatte ihr die Hochzeitsnacht etwa gefallen? Hatte ihr der Maréchal nicht nur die Jungfräulichkeit geraubt, sondern auch schon ihren Widerstand und womöglich gar ihr Herz? Conall fühlte hilflose Wut in sich aufsteigen. »Wie kannst du nur zulassen, dass er dich anrührt, und dabei so ruhig bleiben!« Sein Herz setzte einmal aus, als Isabelle ihn plötzlich sanft mit dem Zeigefinger an der Kehle berührte.

»Du wirst ein Mann!«, sagte sie weich und lächelte. Dann sah sie ihm in die Augen. »Sorg dich nicht, Conall, er hat mich nicht angerührt!«

»Hat er nicht?«

»Nein.«

»Aber wenn er dir wehtut, heute Nacht oder morgen, ich schwöre dir, ich töte ihn auf der Stelle!«

Kein Mann würde Nacht für Nacht neben Isabelle schlafen können, ohne sie zu begehren. Früher oder später würde ihr Gatte sich nehmen, was ihm zustand.

»Hör auf!«, fuhr Isabelle ihn an. »Oder glaubst du etwa, du machst es mir damit leichter? Glaubst du vielleicht, ich wüsste nicht genauso gut wie du, dass es nur eine Frage der Zeit ist, bis er doch noch sein Recht fordert? Aber so sehr ich diesen Normannen auch verabscheue, ich werde den Teufel tun und dir auf die Nase binden, wenn er mich meiner Jungfräulichkeit beraubt! Du wirst ihm nichts antun, weil es dich nichts angeht und dich dein Leben kosten würde, hörst du?« Sie schnaufte. »Ich brauche dich, Conall! Wie sollte ich das alles ohne dich durchstehen?«

»Ich liebe dich, Isabelle!«, gestand Conall ihr. Seine Stimme war rauer als sonst und kratzte im Hals.

»Gewiss doch, Conall, ich weiß!« Sie fuhr ihm mit der Hand über die Wange. »Du bist doch mein Milchbruder, und ich liebe dich ebenfalls!«

Nicht wie ein Bruder liebe ich dich, sondern wie ein Mann, wollte Conall widersprechen, doch er brachte keinen Ton mehr heraus.

Isabelle blickte sich kurz um und hauchte ihm einen Kuss auf die Wange. »Darum darfst du auch keine Dummheiten machen, hörst du?«

Ich will nicht, dass er dich anrührt, dachte Conall. Ich könnte es nicht ertragen. Trotzdem nickte er. Ein Versprechen ohne Schwur, ohne Worte war gewiss nicht bindend. Und selbst wenn, dann würde er eben in der Hölle schmoren. Das konnte kaum schlimmer sein als die Qualen, die er Isabelles wegen litt. Der Gedanke, dass ihr Gatte sie doch eines Tages berühren würde, ihre Wangen streicheln, sie küssen, nackt sehen und mit den Händen ihren Körper erforschen, um sich dann mit ihr zu vereinigen, nahm Conall den Atem. Manchmal, wenn er abends auf seinem Lager auf den Schlaf wartete, malte er sich aus, wie es wäre, mit ihr verheiratet zu sein. Wollust packte ihn dann, unbändige Begierde und große Trauer. Mit wundem Herzen sah er ihr nach, als Isabelle sich abwandte und ging.

* * *

Beinahe einen Monat waren sie nun schon in Stoke d'Aubernon und genossen die Gastfreundschaft von Sir Enguerrand, einem Freund des Maréchal. Tagsüber mied ihr Gatte sie, und am Abend ging er auch weiterhin erst lange nach ihr zu Bett. Seit der Hochzeitsnacht hatte er noch immer keinerlei Versuch unternommen, sein Recht einzufordern, und mit jeder weiteren Nacht, in der er ihr die kalte Schulter zeigte, wurde Isabelle unsicherer.

»Sag mir, Conall, wenn du nicht mein Milchbruder wärst, würdest du mich dann begehren?«, fragte sie eines Tages.

»Was?« Conall starrte sie entsetzt an.

Isabelle legte die Hände auf die Hüften und drehte sich. »Ich meine, findest du, dass ich hässlich bin?«

»N-n-nein.«

»Das klingt aber nicht sehr überzeugend!«

»Ich wüsste gern, was das soll!«, brummte Conall, wischte sich die Finger an einem Tuch ab und verschloss den Topf mit dem Fett, das er benutzt hatte, um das lederne Zaumzeug einzureiben.

»Ich meine, wenn du mein Gatte wärst, würdest du mich dann begehren?«, beharrte Isabelle.

Conall sah sie aus zusammengekniffenen Augen an. »Ich glaube das einfach nicht!« Er schnappte nach Luft. »Ich hasse die Normannen!«, äffte er sie nach. »Waren das nicht deine Worte?«

»Das tue ich ja auch!«, rief Isabelle aus. »Aber wie bitte soll ich ihn zurückweisen, wenn er mich gar nicht will?«, schimpfte sie beleidigt, drehte sich auf dem Absatz um und rannte davon. Conall verstand sie doch sonst immer, wieso begriff er nicht, dass sie verletzt war? Dass es einfacher gewesen wäre, den Maréchal dafür zu hassen, dass er ihr Gewalt antat, als sich zu fragen, warum er sie nicht einmal ansah? Sie hatte ihn beobachtet, und so sehr sie auch gesucht hatte, es war nichts Hassenswertes an ihm zu finden gewesen. Obwohl seine Haare an den Schläfen bereits grau wurden – was ihm, wie sie zugeben musste, durchaus gut stand –, war er voller Lebensdurst und Tatkraft. Die jungen Ritter, die ihn umgaben, kämpften um seine Aufmerksamkeit und taten alles, nur um von ihm gelobt zu werden.

Jede Nacht seit der Trauung lag Isabelle wach und wartete, was geschehen würde. Zunächst hatte sie noch gezittert vor Furcht. Nachdem ihr Gemahl ihr jedoch Abend für Abend gleichgültig den Rücken zugewandt hatte und eingeschlafen war, ohne sie berührt zu haben, hatte sie begonnen, an sich zu zweifeln.

Manchmal wachte sie vor ihm auf und beobachtete ihn im Schlaf, oder sie lag abends noch wach, wenn er zu Bett ging, und hörte auf seinen ruhigen Atem, der nur hin und wieder von einem kaum wahrnehmbaren Murmeln unterbrochen wurde, das sie eines Morgens ganz deutlich verstand.

Er träumte von einer anderen Frau! Darum rührte er sie nicht an! Er hatte im Schlaf ihren Namen gemurmelt. Ein Schmerz, wie sie ihn noch nie zuvor gekannt hatte, erfüllte Isabelles Brust. In den vergangenen Jahren hatten ihr genügend Ritter, alte wie junge, den Hof gemacht. Nur ihr Gatte dachte nicht daran! Er erdreistete sich gar, von einer anderen Frau zu träumen! Von einer Magd womöglich, einer Wäscherin vielleicht, dachte Isabelle herablassend. Oder war es eine edle Dame, der er sein Herz für immer geschenkt hatte?

»Bitte, Suzanne, du musst mir helfen herauszufinden, wer diese Ellen ist!«, bettelte sie ihre Zofe am nächsten Morgen an.

»Warum hört Ihr nicht auf, darüber nachzudenken, Liebes? Wer weiß schon, was es zu bedeuten hat?«, versuchte Suzanne, sie zu beschwichtigen. »Wie soll ich herausfinden, wer diese Frau ist? Soll ich vielleicht zu ihm gehen und ihn fragen? Vom Gesinde kann es niemand wissen, denn er war noch nie zuvor hier. Und warum ist es auch so wichtig, was er in seinem bisherigen Leben getrieben hat und mit wem? Vergesst es einfach!«

Der zunächst gehegte Widerwillen gegen den Gatten, den man Isabelle aufgezwungen hatte, war mit einem Mal so gut wie vergessen. Plötzlich wollten ihr seine blauen Augen ebenso wenig aus dem Sinn gehen wie seine dunkle, weiche Stimme. Sein entschlossener Schritt und seine Gegenwart entlockten ihr rasendes Herzklopfen, und wenn er ihr zufällig näher kam oder sie gar berührte, schwirrte es in ihrem Magen.

»Ständig ist er mit diesem Jean d'Erlée beschäftigt! Er behandelt ihn wie einen Sohn. Will er denn keine eigenen Kinder haben?«, wetterte Isabelle, als sie Conall auf dem Hof begegnete, und sah immer wieder zu den beiden hin. Stolz lag im Blick ihres Gatten, wenn er Jean ansah. Sie jedoch schien er kaum wahrzunehmen. Flüchtig nur glitt sein Blick an ihr vorbei. Hielt nicht etwa inne, weil ihm gefiel, was er sah, sondern huschte gleichgültig vorüber.

»Du hast ihn nicht haben wollen, und nun klingst du, als verzehrtest du dich nach ihm!«, knurrte Conall. »Du müsstest doch froh sein, dass er dich noch immer in Ruhe lässt.« Er wandte sich ab und schickte sich ohne ein weiteres Wort an, seiner Arbeit im Stall nachzugehen.

»Ich will ausreiten, ich langweile mich zu Tode!«, fuhr Isabelle ihn an. »Sattle mein Pferd!«

»Wie Mylady befehlen!«, antwortete Conall steif. Gewiss war er gekränkt, weil sie ihm befohlen hatte, das Pferd zu satteln, statt ihn zu bitten, wie sie es für gewöhnlich tat.

Einen Augenblick lang wollte Isabelle wütend werden. Für wen hielt Conall sich? Er war weder ihr Bruder noch ihr Liebhaber, sondern nur ein Knecht! Dann schossen ihr Tränen in die Augen. Conall bedeutete ihr mehr als ein Bruder. Er war Halt und Erinnerung, Heimat und Vertrauen. »Entschuldige, Conall«, sagte sie mit belegter Stimme und schluckte. »Bitte!« Sie legte die Hand auf seinen Arm und hielt ihn fest. »Es tut mir leid. Ich wollte meinen Ärger nicht an dir auslassen.«

***

Guillaume hatte seine Braut in den letzten Tagen häufig aus der Ferne beobachtet und war erstaunt, wie schnell ihr jedermann zu Füßen gelegen hatte. Isabelle war weder eingebildet noch hoffärtig, wie er es von einer Prinzessin erwartet hatte, im Gegenteil. Ihre reizende, zurückhaltende Art hatte ihr im Nu die Herzen geöffnet. Nicht nur die Mägde und Knechte, auch die Kinder in Stoke liebten sie. Ständig drängten sich zwei oder drei von ihnen an sie und bettelten, sie möge ihnen eine Geschichte erzählen. Mit offenen Mündern saßen sie dann da, lauschten still und gebannt ihren Erzählungen, die stets eine unerwartete Wendung nahmen und die Kinder zum Staunen brachten. Wenn sie so dasaß und erzählte, waren Isabelles Züge weich und entspannt und ihre Wangen rosig. Begegnete sie jedoch Guillaumes Blick, schlug sie die Augen nieder oder drehte den Kopf fort.

»Ich würde gern ausreiten, aber Conall, der mich für gewöhnlich begleitet, ist krank«, sprach Isabelle ihn eines Morgens an, als er in Jeans Begleitung in die Halle kam. »Würdet Ihr vielleicht … so freundlich sein …?«, stammelte sie, als er sie fragend ansah.

Wie immer hatte er die gemeinsame Kammer schon in aller Frühe verlassen, lange bevor Isabelle erwacht war. Für gewöhnlich kreuzten sich ihre Wege kaum. Bei Tisch sprachen sie nur das Nötigste miteinander, und bisher hatte sie ihn noch nie um etwas gebeten. Guillaume räusperte sich. »Nichts Ernstes, hoffe ich«, sagte er ein wenig spöttisch, denn er hatte den jungen Mann an diesem Morgen bereits munter und wohlauf im Stall gesehen.

»Oh, nein, ich denke, nicht.«

Guillaume war weder verborgen geblieben, wie vertraut sie mit dem irischen Burschen war, noch dass aus jedem Blick und jeder Geste des jungen Mannes tiefe Liebe zu ihr sprach. Ob sie genauso für ihn empfand? Guillaume spürte einen winzigen Stich in der Brust. Wie fremd wir uns sind!, dachte er mit einem Hauch von Bedauern. Ein gemeinsamer Ausritt wäre eine gute Gelegenheit, ein wenig zu plaudern, überlegte er und wandte sich an Jean. »Lass mein Pferd und das der Lady satteln!«

»Wenn Ihr gestattet, treffe ich Euch gleich im Hof.« Isabelle knickste und rauschte davon.

Guillaume sah ihr nach und schüttelte den Kopf. Irgendetwas hatte sie vor. Ob sie einen neuerlichen Versuch unternehmen wollte, ihn zu verführen, so wie am Abend ihrer Hochzeit? Bei dem Gedanken, dass sie über dieses Vorhaben eingeschlafen war, konnte er sich eines Schmunzelns nicht erwehren. Vermutlich glaubte sie, unwiderstehlich zu sein, nur weil sie jung und schön war, doch Charakter und Leidenschaft zogen ihn mehr an als ein liebreizendes Gesicht und ein verführerischer Augenaufschlag.

Als Isabelle schließlich auf dem Pferd saß, strahlte sie bis über beide Ohren.

Mit einem kleinen Stirnrunzeln nahm Guillaume wahr, dass sie nicht auf dem Zelter saß, den er ihr geschenkt hatte, sondern auf einem nervösen Hengst.

»Die milchfarbene Stute, Euer Hochzeitsgeschenk an mich, ist ein großartiges Tier, Mylord«, sagte sie, als hätte sie seine Gedanken erraten. »Ich habe mich noch gar nicht dafür bedankt.« Sie senkte den Blick. »Trotzdem habe ich heute Apollo zum Ausreiten gewählt, er ist ein wenig temperamentvoller!« Sie sah wieder auf, lächelte ihn an und tätschelte den Hals ihres Hengstes.

»Baudouin hat den Zelter ausgewählt, es war sein Einfall, ich …« Guillaume brach ab, als er die plötzliche Enttäuschung in Isabelles Augen entdeckte. »Ich meine, ich hätte nicht gedacht …«

»Sir Baudouin«, wiederholte sie tonlos und nickte verstehend.

Ein miserabler Anfang für einen ersten Ausritt!, dachte Guillaume und nahm sich vor, künftig ein wenig vorsichtiger mit seinen Äußerungen zu sein. Eine ganze Weile ritten sie schweigend nebeneinander her. Bei Hof Konversation zu treiben, fiel ihm nicht schwer, aber seiner jungen Frau hatte er nichts zu sagen. Er kannte sie zu wenig, um zu wissen, was sie berührte.

»Ihr mögt Pferde?«, fragte er schließlich, weil ihm nichts Besseres einfiel.

»Ich *liebe* Pferde«, antwortete Isabelle, offenbar erleichtert, weil er das Schweigen gebrochen hatte. »Und ich bin eine gute Reiterin. Versucht doch, mich einzuholen!«, rief sie übermütig, drückte ihrem Pferd die Fersen in die Flanken und galoppierte davon.

Guillaume sah ihr erstaunt nach und seufzte erleichtert. So musste er wenigstens nicht mehr darüber nachdenken, was er sagen sollte.

Isabelle sah sich um, und als sie gewahr wurde, dass er ihr nicht folgte, winkte sie. »Kommt!«, rief sie. »Fangt mich, wenn Ihr könnt!« Sie lachte herausfordernd.

Warte nur!, dachte Guillaume und gab seinem Pferd die Sporen. Er liebte jede Art Wettbewerb, und auch wenn er Isabelle nicht für einen würdigen Gegner hielt, jagte er ihr doch nach. Er konnte nicht umhin zu bemerken, dass seine junge Braut so sicher im Sattel saß, als hätte sie nie etwas anderes getan, trotzdem war er überzeugt, sie rasch einholen zu können.

Sie war ihm bereits ein gutes Stück voraus und ritt nun wie der Teufel. Gekonnt setzte sie über einen Graben und duckte sich, um unbeschadet unter den tief hängenden Zweigen des immer dichter werdenden Waldes hindurchzukommen.

Guillaume setzte ihr nach. Die Hufe seines Pferdes schienen geradezu über den weichen Waldboden zu fliegen. Er holte auf, kam näher und näher, wollte schon nach den Zügeln ihres Hengstes greifen, als der stieg, Isabelle ihn herumriss und in die andere Richtung davonsprengte.

»Fangt mich doch endlich!«, rief sie, warf den Kopf in den Nacken und setzte über einen kleinen Bach.

Sie ritt, als wäre sie auf dem Rücken eines Pferdes geboren und aufgewachsen! Guillaumes Herz stampfte. Er trieb Pegasus an und führte die halsbrecherische Verfolgungsjagd fort. Immer wieder holte er auf, fiel in engen Schneisen jedoch wieder zurück, um Isabelle nicht zu gefährden.

»Seid Ihr nicht hungrig, Mylord?«, fragte sie irgendwann außer Atem, zügelte ihr Pferd und ließ sich mühelos von seinem Rücken gleiten. Sie sah sich kurz um und zeigte auf eine kleine Lichtung. Zwei Baumstämme lagen dort.

»Wir könnten uns ein wenig setzen und verschnaufen. Ich habe Proviant einpacken lassen.« Sie spähte zum Himmel hinauf. »Ist gewiss bald Mittag«, sagte sie und lächelte ihn mit einem gekünstelt wirkenden Augenaufschlag an.

Also doch ein Verführungsversuch, dachte Guillaume ernüchtert. Wild und ausgelassen reitend, hatte sie ihm besser gefallen als kühl und berechnend.

»Hungrig bin ich nicht, aber wenn Ihr Euch setzen wollt …«, gab er betont einsilbig zurück und begleitete sie zu einem der Baumstämme, damit sie Platz darauf nahm. Er setzte sich in angemessenem Abstand neben sie und räusperte sich nervös. Wie zu Beginn ihres Ausrittes wusste er nicht, worüber er mit ihr sprechen sollte. »Ich will mir demnächst die Burg und die Ländereien ansehen, die zu Striguil gehören«, erklärte er schließlich und nahm sich nun doch ein Stück von dem gebratenen Huhn, das Isabelle ihm entgegenstreckte. »Wart Ihr schon einmal in Wales?«, erkundigte er sich und nagte das Hühnerbein in Windeseile ab.

Isabelle schüttelte den Kopf. »Ich bin Irin und in Irland aufgewachsen!«, antwortete sie heftig. »Hätte mich der König nicht fortbringen lassen, so wäre ich noch immer dort, denn ich liebe mein Land! Ich habe weder Erinnerungen an meinen Vater, noch bedeuten mir seine Güter etwas!«

»Nun, sie geben Euch immerhin genügend Einkünfte, um ein sorgloses Leben führen zu können!«, erwiderte Guillaume ein wenig vorwurfsvoll. Schließlich schien die junge Dame gute Pferde, Dienstboten und schöne Kleider durchaus zu schätzen.

»Pah!«, rief sie aus und sah ihn herausfordernd an. »Das Königreich Leinster ist mehr wert als alles, was mein Vater je besessen hat. Erst die Mitgift meiner Mutter hat ihn zu einem großen Baron gemacht.« Sie warf Guillaume einen kalten Blick zu. »Die Normannen nehmen sich schon seit Generationen mit Gewalt, was ihnen gefällt, wir Iren aber lassen uns nicht unterjochen, darum hassen wir sie auch so sehr!«

Soso, die Katze hat die Krallen ausgefahren, dachte Guillaume und konnte nicht umhin, ein wenig zu lächeln. »Ach ja?« Er tat, als verstünde er nicht. »Ihr müsst verzeihen, Mylady, ich bin Engländer«, erklärte er und sah sie mit Unschuldsmiene an.

»Ach was, Ihr seid Normanne!«, rief Isabelle empört aus. »Ihr wurdet in Tancarville ausgebildet, wenn ich nicht irre.«

»Das ist richtig«, antwortete Guillaume. »Mein Vater war in der Tat aus normannischem Adel, ebenso wie der Eure, doch wenn mich das allein schon zum Normannen macht, so seid Ihr ebenfalls Normannin. Ihr wurdet in Irland geboren, ich in England. Auf Marlborough Castle, um genauer zu sein. Meine Amme war Engländerin, und die Sprache meiner Kindheit war Englisch. Mein Herz schlägt für England – auch wenn Ihr mir zugegebenermaßen einige großartige Ländereien in der Normandie mit in die Ehe gebracht habt, was mein Interesse an diesem Teil des Reiches erheblich steigert.« Schalk blitzte in seinen Augen.

»Mit in die Ehe gebracht!«, empörte sich Isabelle und sprang auf. »Glaubt mir, freiwillig hätte ich Euch niemals geheiratet! Eure normannischen Gesetze haben mich dazu gezwungen. Sie allein sind es, die Euch diese Ländereien eingebracht haben. Nach irischem Gesetz hättet Ihr mich um mein Einverständnis bitten müssen und wärt niemals Herr über meine Ländereien geworden, denn ich hätte Euch jeden irischen Greis vorgezogen, und sei er noch so gebrechlich!« Sie funkelte ihn wütend an.

»Vielleicht hättet Ihr auch lieber Euren hübschen Stallburschen genommen«, forderte Guillaume sie heraus und stand ebenfalls auf. Wenn sie ihn als Normannen beschimpfen konnte, warum sollte er sie dann nicht einer Tändelei mit einem Bediensteten bezichtigen?

»Er ist mein Stall*meister!«*, berichtigte Isabelle ihn herablassend. »Und ich bin eine Prinzessin! Ich hätte einen König wählen können, einen irischen König!«

Plötzlich brach Guillaume in schallendes Gelächter aus.

»Warum in aller Welt lacht Ihr?«, regte sich Isabelle auf.

Guillaume sah sie herausfordernd an. »Weil Ihr mir so zornig viel besser gefallt als verführerisch mit den Wimpern klimpernd!«

Isabelle schnappte nach Luft, holte aus und schlug ihm mit der geballten Faust vor die Brust. »Ihr macht Euch über mich lustig!«, rief sie entrüstet.

Guillaume hielt ihr zartes Handgelenk fest und presste ihre Faust an sein Herz, sodass sie es schlagen fühlen musste. Sie hatte ja doch Charakter! Und ein gewisser Schneid war ihr auch nicht abzusprechen! Auf jeden Fall hatte sie seine Neugier geweckt. Wer war sie? Was war sie? Wolf oder Lamm? Wovon träumte sie? Er sah ihr forschend in die Augen. Sie sind von einem unbestimmbaren Grün, dachte er. Nein, eher braun. Grünbraun mit einem Stich ins Bernsteinfarbene.

»Nein, Mylady, ich mache mich nicht über Euch lustig«, sagte er weich, »ich finde Euch wirklich reizend, so voller Leidenschaft, selbst wenn sie sich gegen mich richtet.« Dann küsste er sie auf die erstaunten, leicht geöffneten Lippen.

Zunächst ließ Isabelle ihn gewähren, dann jedoch keuchte sie, stieß ihn von sich und funkelte ihn an. »Ich hasse Euch!«, schrie sie mit bebender Stimme, wandte sich ab, lief zu ihrem Pferd und schwang sich auf seinen Rücken. Ohne sich noch einmal umzusehen, sprengte sie davon.

Guillaume sah ihr verdutzt nach. So heißes Blut hatte er ihr gar nicht zugetraut! Er schmunzelte beeindruckt. Vielleicht war sie ja doch nicht so langweilig, wie er geglaubt hatte …

* * *

»Ich … er …« Isabelle wanderte unruhig auf und ab, blieb stehen und sah Suzanne an. »Ich weiß nicht, er ist …« Sie brach erneut ab, löste ihr Tuch und begann, ihr Haar auszukämmen.

»Kommt, Herz, lasst mich das machen!« Suzanne nahm ihr die Bürste aus der Hand und fuhr mit gleichmäßigen Strichen über das lange, glänzende Haar.

Isabelle beruhigte sich langsam. Sie mochte es, wenn Suzanne sie kämmte oder ihr Zöpfe flocht. Kein Wunder, dass Pferde es liebten, wenn man sie striegelte, Hunde und Katzen, wenn man sie kraulte! Isabelle schloss die Augen und genoss die sanften Berührungen.

»Was hat Euch nur so aufgebracht?«

Isabelle dachte an den Kuss und lächelte, ohne die Augen zu öffnen.

»Nun sagt mir nicht, dass es Euch geglückt ist, Eurem Gatten den Kopf zu verdrehen!«

»Suzanne!«, rief Isabelle aus und drehte sich mit aufgerissenen Augen um.

»Nun tut doch nicht so!« Suzanne lächelte wissend und bleckte ihren vorwitzigen Zahn. »Ich sehe es Euch an der Nasenspitze an«, sagte sie und tippte mit dem Zeigefinger darauf. »Ihr seid verliebt!«

Isabelle schnappte entrüstet nach Luft. »Das ist nicht wahr, ich hasse ihn!«

»Na, na, na, ist das nicht etwas viel Gefühl für einen Mann, der Euch gleichgültig sein könnte, weil Ihr ihm doch offenbar ebenfalls gleichgültig seid? Das ist es doch, was Euch ärgert, oder nicht?«

»Ich bin ihm nicht gleichgültig. Er findet mich reizend!« Isabelle sah sie triumphierend an. »Wenn ich wütend bin«, fügte sie murmelnd hinzu.

»Soso.« Suzanne nickte verstehend.

»Und er hat mich geküsst!«

»Aha.«

»Jetzt sieh mich nicht so an, Suzanne! Ich bin nicht verliebt! Ich habe ihn fortgestoßen und ihm gesagt, dass ich ihn hasse.« Isabelle warf sich aufs Bett und vergrub ihr Gesicht im Kissen. »Und jetzt verabscheut er mich sicher.«

»Liebchen, warum macht Ihr es Euch nur so schwer?« Suzanne setzte sich zu ihr aufs Bett und streichelte ihr über den Kopf. »Er hat schöne blaue Augen, nicht wahr?«

Isabelle nickte, das Gesicht noch immer in das Kissen gedrückt.

»Und seine Männer lieben ihn.«

Isabelle schniefte und nickte erneut. Dann wandte sie sich um, stürzte sich in Suzannes Arme und weinte. »Ich werde ihm nie wieder unter die Augen treten können!«, schluchzte sie.

»Sicher könnt Ihr das, Liebchen. Heute Nacht schmiegt Euch ein wenig an ihn, Ihr werdet sehen, es wird Wunder wirken. Und wenn das Licht aus ist, sieht er auch nicht, wie sehr Ihr Euch schämt.«

* * *

Als Guillaume am Abend die Schlafkammer betrat, war das Licht bereits gelöscht. Vermutlich schlief seine Gemahlin, ermattet von dem Ausritt und ihrer Wut auf ihn. Ein kleiner Seufzer entfuhr ihm. Gewiss, er hatte immer gesagt, dass eine Ehe reich, aber nicht glücklich zu machen hatte, trotzdem hätte er sich ein wenig mehr Wohlwollen von seinem Weib gewünscht, denn im Grunde war sie reizend! Wenigstens Freunde hätten sie doch sein können, auch wenn sie keine Liebe füreinander empfanden. Wie gut hatte es doch Ellen getroffen! Sie hatte in Isaac einen Menschen gefunden, mit dem sie mehr verband als eine schnöde Verpflichtung. Wenn er nun nach so vielen Jahren Isabelle ein wenig in sein Herz lassen wollte, dann war es nicht, als würde er Ellen betrügen oder ersetzen. Ihr gemeinsamer Weg war längst Vergangenheit, wenn auch nicht vergessen. Guillaume entkleidete sich im Dunkel der Kammer und schlüpfte unter die Decke. Er schloss die Augen und dachte an den Kuss. Ein warmes, prickelndes Gefühl ergriff ihn. An Schlaf war nicht zu denken, dazu war er zu aufgewühlt. Die Augen weit aufgerissen, starrte er in die Dunkelheit.

Mit einem kleinen Schnaufer, wie ihn Schlafende von sich gaben, drehte sich Isabelle zu ihm, legte ihre Wange an seine Schulter und ihre Hand auf seine unbedeckte Brust. Er spürte ihre Nacktheit an seinem Arm. Aus Furcht, sie könne sich abwenden, wenn er sich bewegte, blieb er eine ganze Weile ruhig liegen und genoss ihre Nähe. Vorsichtig drehte er den Kopf, um ein wenig von ihrem Duft einzufangen. Dann hielt er es nicht länger aus und küsste sie zaghaft auf die Stirn. Isabelle hob den Kopf ein wenig an, und Guillaume konnte ihren Atem riechen. Nach Kräutern duftete er und ein wenig süß, als hätte sie Honig gegessen. Ob sie zulassen würde, dass er sie noch einmal küsste? Er senkte den Kopf. Als seine Lippen ihre Wange ganz dicht an ihrem Mundwinkel berührten, drohte sein Herz zu zerspringen, so bang war ihm.

Isabelle drehte den Kopf ein wenig, und ihre Münder berührten sich wie zufällig. Guillaume küsste sie mit geschlossenen Lippen, sanft und zaghaft, bis sie den Mund leicht öffnete und zuließ, dass seine Zunge nach der ihren suchte. Immer heftiger ging ihr süßer Atem. Verlangen nach ihr brannte in ihm. Dichter an sich wollte er sie spüren, ihren schönen Körper liebkosen und ihre weiche Haut unter seinen Händen spüren. Als Isabelle sich an ihn drängte, erfüllten ihn Unglauben und Glück. Er legte die Hand in ihren Nacken und streichelte ihn, fuhr durch ihr Haar und küsste sie fordernder und leidenschaftlicher. Wie zufällig berührte er ihre Brust und hielt den Atem an. Einen Augenblick fürchtete er, sie würde ihn fortstoßen, ihn vielleicht gar beschimpfen, doch nichts dergleichen geschah. Nur ein kleiner Seufzer kam über ihre Lippen und ermutigte ihn, sie weiter zu erkunden.

Sie bebte unter jeder seiner vorsichtigen Berührungen und legte ihre Hand federleicht und warm auf seinen Bauch, in dem es nun summte, als hätte er ein Bienennest verschluckt. Die Sehnsucht nach ihrem Schoß brachte ihn beinahe um den Verstand. Und doch zügelte er seine Leidenschaft aus Furcht, ihre neu gewonnene Vertrautheit zu zerstören, falls er zu weit ging.

»Ich will einen Sohn von dir!«, flüsterte Isabelle ihm ins Ohr. »Er soll deine Augen haben.«

Als Guillaume am nächsten Morgen munter wurde, sah Isabelle ihn fragend an. Er spürte, dass sie ihn schon eine Weile beim

Schlafen betrachtet hatte, und lächelte unsicher. Eine Falte stand auf ihrer Stirn und verhieß nichts Gutes.

»Wer ist Ellen?«, fragte sie.

»Warum willst du das wissen?«, versuchte er, Zeit zu gewinnen. Woher kannte sie nur ihren Namen?

»Hast du sie geliebt?« Isabelle kniff die Augen zusammen.

Guillaume sah keinen Grund, nicht zu nicken. Er war mehr als doppelt so alt wie sie. Isabelle konnte wohl kaum erwarten, dass er bisher in völliger Keuschheit gelebt hatte.

»Erzähl mir von ihr!«, forderte sie ihn scheinbar gelassen auf, doch in ihren Augen war ein bedenkliches Funkeln zu sehen.

»Nein.«

»Ist sie eine Prinzessin, so wie ich?«, bohrte Isabelle weiter.

»Nein, sie ist Schmiedin.«

Isabelle schaute ihn fassungslos an. »Eine Schmiedin?«

Guillaume sah, dass ihr Atem flach wurde.

»Liebst du sie noch immer?«

Er brachte es nicht fertig, den Kopf zu schütteln. »Das alles ist lange her«, antwortete er stattdessen. »Sie ist beinahe so alt wie ich und seit Jahren verheiratet. Du hast nichts zu befürchten, mein Liebling«, erklärte er beschwichtigend.

»Gut«, sagte Isabelle, klang jedoch nicht wirklich befriedigt, sondern schnippisch und noch immer beunruhigt. Sie erhob sich und ließ achtlos das Laken zu Boden gleiten. Nackt, wie der Herr sie erschaffen hatte, stand sie da, den Rücken ihm zugewandt.

Guillaume rollte sich über das Bett und stellte sich hinter sie. »Du bist wunderschön«, murmelte er ihr ins Ohr, umschlang ihren Leib, erschnupperte ihren Duft, indem er die Nase an ihrem Nacken rieb, und saugte an ihrem Hals. Er ließ die Hände über ihre Hüften auf ihren Bauch gleiten und biss ihr sanft in den Halsansatz. »Spürst du nicht, wie sehr ich dich begehre?«, flüsterte er und presste sich an sie.

Isabelle begann, unter seinen Liebkosungen heftig zu atmen, drehte sich um und sah ihm tief in die Augen. »Du wirst sie vergessen«, wisperte sie ihm ins Ohr, fuhr mit den Händen über seinen Rücken und drängte sich an ihn. »Ich will dich ganz für mich allein!«

Guillaume stöhnte leise und gab sich ihren Liebkosungen hin. Sie hatte recht. Er musste Ellen vergessen. Isabelle war nun sein, und es dürstete ihn so sehr nach ihrer Liebe und Zärtlichkeit. Endlich! Endlich würde auch er glücklich sein!

***

»Guten Morgen!«, flötete Isabelle gut gelaunt.

Conall sah von dem Huf auf, den er gerade säuberte. »Morgen«, brummte er, »bin gleich fertig.« Er beendete seine Arbeit, ließ das Bein des Pferdes los und sah sie an. Er hatte immer gewusst, dass er den Verlust ihrer Jungfräulichkeit in ihren Augen erkennen würde, doch was er jetzt sah, war nicht das, was er erwartet hatte. Conalls Herz krampfte sich schmerzhaft zusammen. Statt verletzt und traurig auszusehen, ein wenig beschämt vielleicht, funkelte und strahlte Isabelle. Dieser außergewöhnliche Glanz in ihren Augen traf ihn wie Messerstiche mitten ins Herz.

Der Normanne hatte sie nicht gezwungen! Nein, das war wohl nicht nötig gewesen. Sie sieht nicht aus wie ein Mädchen, dem Gewalt angetan wurde, dachte Conall herablassend und schnaufte. Sie muss sich ihm freiwillig hingegeben haben!

»Guillaume und ich wollen ausreiten. Würdest du bitte unsere Pferde satteln?«, sagte Isabelle freundlich und strahlte ihn an.

»Hat er dich so weit?«

»Bitte?«

»Er ist klüger, als ich dachte, dein Gatte. Scheint die Frauen zu kennen, wusste, wenn er dich zappeln lässt, würdest du es kaum erwarten können, dich zu ihm zu legen.« Conall zog die Nase hoch und spuckte neben sich aus.

»Was weißt du schon von den Frauen!«, antwortete Isabelle gekränkt.

»Nichts, du hast recht. Ich kenne ja nicht einmal dich, obwohl ich doch dachte, wir wären wie eins. Niemals hätte ich für möglich gehalten, dass du dich dem Normannen an den Hals wirfst und deine Herkunft verrätst.« Conall musterte sie abweisend. »Das normannische Blut deines Vaters scheint dich stärker vergiftet zu haben, als ich je für möglich hielt.«

»Conall, du gehst zu weit!«

»So? Was willst du tun? Willst du mich bestrafen lassen, nun, da du eine normannische Metze bist? Sicher doch, lass mich auspeitschen oder, besser noch, lass mich aufknüpfen, damit ich nicht länger mit ansehen muss, wie du dich selbst verrätst!«

»Ich habe weder mich verraten noch dich.« Isabelle legte ihm die Hand auf den Arm. »Conall«, sagte sie sanft. »Du wirst mir immer wichtig sein! Wir sind Freunde, du bist mein Bruder durch Brigids Milch, und ich liebe dich nicht weniger als zuvor. Wenn auch du mich liebst, so bitte ich dich, freu dich mit mir und sei dankbar dafür, dass ich in der ehelichen Kammer keine Qualen erdulden muss.« Isabelle errötete leicht.

»Es zerreißt mir das Herz, zu sehen, wie schnell du den Kampf gegen die Besatzer aufgegeben hast«, beharrte Conall, wohl wissend, dass es keineswegs um die Frage ging, ob sie eine irische Prinzessin war und ihr Gatte ein Normanne. Er war eifersüchtig! Er hätte jeden Nebenbuhler gehasst, ganz gleich, ob Ire, Normanne oder Engländer. Solange er denken konnte, hatte Isabelle ihm gehört. Tief in seinem Inneren war er schon seit Langem davon überzeugt, dass sie füreinander geschaffen waren und dass sie gemeinsam alle Hürden überwinden würden, um eines Tages miteinander glücklich zu werden. Bis zu der Hochzeit hatte er geglaubt, Isabelle denke genau wie er. Er war sicher gewesen, dass auch sie zärtliche Gefühle für ihn hatte. Und nun sollte alles anders sein? Nun sollte er damit leben müssen, dass sie nicht nur verheiratet war, sondern auch noch glücklich mit ihrem Gatten?

»Jetzt, da du in sein Bett gestiegen bist, wird er dir schon bald sein wahres Gesicht zeigen. Er wird dich betrügen, vielleicht auch schlagen, aber ich werde für dich da sein!« Conall versuchte, die Bitterkeit hinunterzuschlucken. Er liebte sie. Er konnte nicht anders, denn er kannte sie. Was wusste ihr Gatte schon von ihr? Weder welche Speisen sie hasste noch welche Farben oder Blumen sie liebte. Er war nie mit ihr beim Angeln gewesen, hatte ihr niemals die regennassen Haare aus dem Gesicht gestrichen, nie mit ihr um Brigid gebangt und nie von ihrer wunderbaren Suppe gegessen.

Aber er hat ihren Körper berührt an Stellen, von denen du nur zu träumen wagst!, erinnerte ihn eine hässliche Stimme in seinem Kopf. Sie gehört jetzt ihm! Du hast sie für immer verloren!

»Nein!«, rief Conall und bemerkte erst jetzt, dass Isabelle sich wortlos abgewandt hatte und gegangen war. »Ich werde um dich kämpfen«, flüsterte er, »und ich werde gewinnen!«

Westminster, 3. September 1189

Guillaume schloss die Augen und atmete tief ein. Diesen Tag würde er niemals vergessen und die Erinnerung daran ebenso mit ins Grab nehmen wie die an all jene großen Tage, die sein Leben ausgemacht hatten. An die zwanzig Jahre war es her, dass er der Krönung Henrys, des jungen Königs, beigewohnt hatte, und doch kam es ihm so vor, als wäre es gestern gewesen. Auch damals hatte die Zeremonie für ihn den Auftakt zu einem neuen Leben bedeutet. Ein aufregendes, unstetes Leben an der Seite seines jungen Herrn. Verrückte Dinge hatten sie getan; viele Kämpfe verloren und unzählige gewonnen. Sie hatten ihr Leben mehr als einmal aufs Spiel gesetzt und so manche unüberlegte, falsche Entscheidungen getroffen. Trotzdem würde er niemals auch nur einen einzigen jener Tage missen wollen, denn sie hatten zu den glücklichsten in seinem Leben gezählt, auch wenn sie nicht immer die einfachsten gewesen waren.

Mit der Krönung Richards stand nun ein weiterer großartiger Lebensabschnitt an, denn trotz aller Unbill, die er durch Guillaume erfahren hatte, war der künftige König ihm durchaus wohlgesinnt. Und er tat recht daran! Guillaume würde ihm ebenso treu dienen wie zuvor seinem Vater und davor seinem älteren Bruder. Trotzdem war diesmal alles anders. Guillaume war nicht mehr nur irgendein nachgeborener Sohn, sondern ein Baron mit eigenen Einkünften und der Aussicht auf eine großartige Zukunft. Es galt nun nicht mehr allein die Interessen seines Herrn und Königs zu vertreten, sondern auch die eigenen und die jener Söhne, die er noch zu zeugen gedachte.

»Wärt Ihr bitte so freundlich, Euch auf Eure Plätze zu begeben, Mylords!«, rief einer der Mönche und klatschte in die Hände, als müsste er eine Anzahl Kinder bändigen. Damit die Krönungszeremonie ihres Lieblingssohnes perfekt verlief, hatte die Königin nichts dem Zufall überlassen, alles aufs Sorgfältigste vorbereitet und darauf bestanden, dass alle an der Zeremonie beteiligten Würdenträger den Ablauf mindestens ein halbes Dutzend Mal übten, damit bei der Krönung jeder von ihnen genau wusste, wo er zu stehen und was er zu tun hatte.

Nahezu alle bedeutenden Lords und Ladys sowie die höchsten Kleriker des Landes hatten sich eingefunden und weder Kosten noch Mühen gescheut, um an der Krönung teilzunehmen. Dicht gedrängt schoben sie sich nun in ihrem prächtigsten Feststaat in die Kathedrale von Westminster. Auch Isabelle war irgendwo unter den Gästen.

Der Bischof von Canterbury, dessen Aufgabe es war, den König zu krönen, hatte Richard an seiner Kammer abgeholt. Bischöfe, Äbte und andere kirchliche Würdenträger hatten ihn begleitet und führten den künftigen König nun in feierlicher Prozession auf den Hochaltar zu.

Einer der Bischöfe trug das mit Edelsteinen verzierte goldene Kreuz vor sich her, das schon bei der Krönung des jungen Henry die Zeremonie geschmückt hatte. Die kirchlichen Würdenträger rechts und links von ihm hielten dicke weiße Kerzen in ihren Händen, die Kleriker dahinter trugen fein verzierte, goldene Gefäße mit Weihwasser und schwerem, süßlich duftendem Weihrauch vor sich her. Ihnen folgten vier Barone mit goldenen Kerzenleuchtern.

Hochrufe der unzähligen Schaulustigen, die sich in den Straßen versammelt hatten, um einen Blick auf ihren neuen König zu erhaschen, drangen herein.

Guillaumes Herz hämmerte vor Aufregung. Was für ein großartiger Tag! Damals bei der Krönung seines jungen Herrn war er nur Zaungast gewesen, diesmal aber war er Teil der feierlichen Handlung und hatte eine bedeutende Aufgabe! Sein Blick huschte zwischen den beiden Männern vor ihm hin und her, als die sich in Bewegung setzten und in den Zug einscherten. Der eine war sein älterer Bruder, Jean le Maréchal, der andere Godefroi de Lucy. Beide folgten dem Klerus mit stolzgeschwellter Brust. Jean hatte vom Vater nicht nur den Titel und das Amt des Maréchal geerbt, sondern auch das Privileg, die goldenen Sporen des künftigen Königs auf einem seidenen Kissen zum Altar zu tragen. Guillaume atmete tief ein und folgte seinem Bruder auf dem Fuß. Er selbst hatte keine solche Aufgabe geerbt, und doch war er nun hier und trug das goldene Zepter, das zu den Insignien der Macht gehörte! Seine Hände zitterten vor Aufregung.

Vorsichtig warf er einen kurzen Blick auf seinen Vetter, den Earl of Salisbury, der hocherhobenen Hauptes und im Gleichschritt neben ihm ging. Er war der Sohn jenes geliebten Onkels, den die Lusignans vor vielen Jahren niedergemetzelt hatten. In seinen Händen hielt er den goldenen Königsstab, an dessen Ende eine goldene Taube prunkte.

Guillaume hatte die Augen längst wieder geradeaus gerichtet, als er ein Keuchen hinter sich vernahm. Er musste sich nicht umwenden, um zu wissen, wen er da gehört hatte. Es war David, Earl of Huntingdon, der Bruder des Königs von Schottland. Er schritt mit Robert, Earl of Leicester, und John, Richards jüngerem Bruder, hinter ihm. Jeder der drei trug ein wundervolles goldenes Schwert mit reich verzierter Scheide vor sich her. Als Guillaume die Schwerter zum ersten Mal gesehen hatte, waren seine Gedanken unwillkürlich zu Ellen abgeschweift. Doch diese Schwerter waren nicht als Waffen für den Kampf gedacht, sondern galten als Zeichen von Macht und Reichtum.

Dem Prinzen und seinen Begleitern folgten sechs Grafen und sechs Barone. Auf ihren Schultern trugen sie eine große Truhe mit den königlichen Gewändern und Waffen.

Dicke wollene Stoffbahnen, die man auf den Steinboden gelegt hatte, schluckten ihre Schritte, sodass es schien, als schwebte die ganze Prozession, ätherischen Wesen gleich, zum Altar. Der Chor der Mönche erhob sich, und das begeisterte Getuschel der Gäste erstarb. Guillaume zählte im Geiste jeden Fuß, den er vor den anderen setzte, so wie es ihnen aufgetragen war. Nur wenige Schritte trennten ihn noch von der Stelle am Altar, an der er sich aufzustellen hatte.

Alle geistlichen und weltlichen Würdenträger begaben sich auf die für sie vorgesehenen Plätze. Auch die zwölf Träger nahmen ihre Position ein. Als Nächstes trat Mandeville zum Altar, auf seinen ausgestreckten Händen ein Seidenkissen mit der edelsteinverzierten, goldenen Krone, die so schwer war, dass es ihm dicke Schweißtropfen auf die Stirn getrieben hatte. Und dann schritt Richard, der künftige König, auf den Altar zu. Den Bischof von Durham hatte er zu seiner Rechten, den von Bath zu seiner Linken. Über ihren Köpfen war ein Baldachin aus purpurfarbener Seide gespannt, der von vier verdienten Baronen an langen Stangen gehalten wurde und Guillaume an das Hochzeitskleid Isabelles erinnerte, was ihn kurz erröten ließ. Feierlich kniete Richard vor dem Altar nieder und senkte in Demut das Haupt vor den dort ausgestellten Reliquien.

Der Gesang der Mönche schwoll an und brach auf ein knappes Handzeichen des Bischofs von Canterbury plötzlich ab. Stille erfüllte die mächtige Kathedrale. Nicht das kleinste Schaben, kein Hüsteln und kein Flüstern waren mehr zu hören.

Dann erklang die klare Stimme des Herzogs der Normandie.

»Hiermit gelobe ich, Richard, Sohn von Henry, König von England, und Herzog der Normandie, als künftiger König den Frieden im Reich zu wahren, den Allmächtigen und die heilige Mutter Kirche zu ehren und ihre Verordnungen zu achten. Ich schwöre bei Gott und allen Heiligen, wahre Gerechtigkeit walten zu lassen, schlechte Gesetze und ungerechte Gebräuche abzuschaffen und sie durch gute neue zu ersetzen!« Als plötzlich lauter Beifall und begeisterte Hochrufe ertönten, schreckte eine Fledermaus auf, die im Holzgebälk der Kathedrale geruht haben musste, schwirrte dreimal über Richards Kopf und verschwand. Die Anwesenden hielten bang den Atem an, dann schlugen sie dreimal das Kreuz und tuschelten aufgeregt durcheinander. Die Geistlichen sahen sich verschreckt an und murmelten rasch ein paar Gebete. Ob es sich um ein böses Vorzeichen handelte? Auch Guillaume schaute sich um, begegnete dem fragenden Blick seines Vetters und entnahm den besorgten Gesichtern einiger Freunde, dass auch sie sich Gedanken machten.

Richard dagegen schien vollkommen unberührt. Als wäre nichts Ungewöhnliches geschehen, ließ er die Zeremonie fortsetzen, sodass schnell wieder Ruhe und Aufmerksamkeit einkehrten. Mit bedächtigen Gesten nahmen ihm die kirchlichen Würdenträger seine Kleider ab. Nur das Hemd, das sie über seinen Schultern teilten, und die Beinkleider ließen sie ihm. Dann hieß man ihn in goldbestickte Schuhe schlüpfen. Der Erzbischof von Canterbury träufelte ein wenig heiliges Öl auf Richards Haupt und salbte laut betend seinen Kopf, als Zentrum des Wissens, seine Brust als Vertreterin der Ehre und seine Arme, die für Tapferkeit standen. Dann bedeckte er das Haar des Herzogs mit einem gesegneten Stück Leinen und der Haube, die Godefroi de Lucy hereingetragen hatte. Als dies vollbracht war, kleidete man Richard in seine königlichen Gewänder, eine Tunika und eine Dalmatika, wie sie sonst nur Mitglieder des hohen Klerus trugen. Dann übergab ihm der Erzbischof das Reichsschwert, und zwei Grafen legten ihm die goldenen Sporen an, die Guillaumes Bruder hereingetragen hatte. Nachdem ihm noch ein Mantel über die Schultern gelegt worden war, wurde Richard wieder zum Altar geleitet, wo Mandeville inzwischen die Krone abgelegt hatte.

Der Erzbischof erhob dröhnend die Stimme. »Ich ermahne Euch, Richard, Herzog der Normandie, Sohn von Henry II., erdreistet Euch nicht, die Königswürde von England auf Euch zu nehmen, so Ihr nicht den festen Willen habt, Euren zuvor gesprochenen Eid und alle Schwüre zu halten. Darum sprecht mir nach: Mit der Hilfe des allmächtigen Gottes werde ich sie ausnahmslos einhalten.«

Richard wiederholte die Worte mit klarer Stimme. Als er jedoch nach der Krone griff und sie vom Altar nahm, um sie dem Erzbischof zu reichen, hielt Guillaume erstaunt den Atem an. Auch der Erzbischof schien zunächst irritiert, denn es war keineswegs vorgesehen, dass der zu Krönende selbst nach der Krone griff. Dann aber setzte der Erzbischof mit der Hilfe von zwei weiteren Grafen die schwere Krone auf das Haupt Richards. Er legte ihm das goldene Zepter in die rechte Hand und den Königsstab in die linke und rief: »Lang lebe König Richard!«

»Lang lebe König Richard!«, jubelten die Anwesenden im Chor. Beifall und Hochrufe wollten kein Ende nehmen.

Die Erzbischöfe von Durham und Bath geleiteten den König zurück zu seinem Thron und halfen ihm, sich zu setzen. Dann las der Erzbischof von Canterbury die heilige Messe, und als der rechte Augenblick für die Opfergabe gekommen war, führten sie den König erneut zum Altar, damit er die Abtei großzügig bedenke. Nachdem er eine Mark in Gold gegeben hatte, wurde König Richard zurück zu seinem Thron geleitet, wo er ausharrte, bis die heilige Messe beendet war.

Während der König in feierlichem Zug zu seinen Gemächern gebracht wurde, damit er die Kleider wechseln und die schwere Krone gegen eine leichtere tauschen konnte, begab sich Guillaume gemeinsam mit Isabelle, die im Hauptschiff der Krönung beigewohnt hatte, in den Palast von Westminster. Er plauderte ausgelassen mit alten und neuen Verbündeten, begrüßte Bekannte und genoss die bewundernden Blicke, die seiner Gemahlin galten, als er plötzlich den Herrn von Thorne in der Menge entdeckte.

»Sir Ralph!«, rief Guillaume und winkte. Er entschuldigte sich bei Isabelle, die mit einem älteren Baron ins Gespräch vertieft war, und eilte ihm entgegen. »Sag mir, mein Freund, wie geht es William? Du weißt schon, William FitzEllen!«, raunte er ihm ins Ohr, als er ihn umarmte.

Sir Ralph sah nicht gerade aus, als wäre er glücklich über diese Frage. »Nun«, druckste er herum. »Baudouin hat mich auch schon gefragt. Der Junge … ich … Ach was, du erfährst es ja doch!«, sagte er dann entschlossen. »William hat Thorne schon vor Monaten verlassen, ich war eine ganze Weile nicht da, und als ich zurückkam, war er fort. Niemand hat mir sagen können oder wollen, warum er gegangen ist und wohin.«

»Hat er sich etwas zuschulden kommen lassen?«, erkundigte sich Guillaume bang.

»Nein, nicht, dass ich wüsste. Ehrlich, mein Freund. Es hieß, er habe sein Bündel gepackt und sei einfach verschwunden. Er hat sich gut gemacht, Logan war zufrieden mit ihm, und doch …« Er zuckte mit den Schultern. »Es tut mir leid!«

»Guillaume, alter Freund!«, unterbrach jemand ihr Gespräch und tippte ihm von hinten auf die Schulter.

Guillaume sah sich ein wenig verärgert um, denn er machte sich Sorgen um William. Wohin konnte er nur gegangen sein?

»Erkennst du mich denn nicht?«, fragte der Mann in der abgetragenen Kutte und lächelte ihn gewinnend an.

Guillaume kniff die Augen zusammen und schüttelte ungläubig den Kopf. »Gildwin?«

Der Kleriker nickte.

»Wieder bei einer Krönung! Ist es zu fassen?« Guillaume schüttelte den Kopf, dann umarmte er den Mann, von dem nur das Lächeln noch an den Jungen aus Tancarville erinnerte. »Ralph, darf ich dir …?« Guillaume wandte sich um, doch Sir Ralph war bereits in der Menge verschwunden. »Feist bist du geworden, mein Lieber!« Guillaume lachte und tätschelte Gildwin freundschaftlich den runden Bauch. »Es scheint dir gut zu gehen.«

Gildwin nickte und strich sich liebevoll über die Leibesmitte. »Alles mühsam angefuttert!« Er grinste, aber in seinen Augen lag Enttäuschung. »Doch ein Aufstieg, so wie ich ihn mir als Junge erhoffte, war mir nicht vergönnt. Die Arglist, die man benötigt, um weiterzukommen, die Intrigen, Heimlichkeiten, Schliche und Tücken, all das liegt mir einfach zu fern! Mein Herr wird gefürchtet, ich aber wollte stets geliebt werden. Ich wurde schon früh einer von vielen Schreibern des Erzbischofs, wie du weißt, doch keiner ist so lange geblieben wie ich. Wer es wollte, ist aufgestiegen. Ich jedoch bin der einfache, gläubige Mann geblieben, der ich stets war. Ich glaube noch immer an die Ehre, so wie man sie uns in Tancarville gelehrt hat, aber auch an die Gnade Gottes. Darum habe ich mein Schicksal in seine Hände gelegt und mich von ihm führen lassen. Ich denke schon länger darüber nach, mich zu verändern, doch wohin soll ich gehen?« Gildwin seufzte leise und lächelte mühsam. »Immerhin ist das Essen im Haus des Erzbischofs von York vorzüglich, auch wenn es gewiss nicht mit dem mithalten kann, was uns hier geboten wird!« Er lachte betont fröhlich und zeigte auf die unzähligen schwer beladenen Knechte, die mächtige silberne Platten in die Halle schleppten. Glasierte Spanferkel, vergoldete Schwäne, gebratene Pfauen, deren Federn ein riesenhaftes buntes Rad bildeten, Kapaune, Fasane, Rehbraten, hoch aufgetürmte Scheiben von Ochsenfleisch, verschiedene Fische, gesottenes Lamm mit Rosinen, Enten, Gänse und viele Speisen mehr trugen sie auf. »So jammere ich denn auch nicht, sondern freue mich, dass ich das Glück habe, heute hier zu sein und mich an all diesen Köstlichkeiten laben zu dürfen, vor allem aber, dass ich dich noch einmal wiedersehe!« Er strahlte Guillaume an und musterte ihn von Kopf bis Fuß. »Wie ich hörte, hast du erreicht, was du dir vorgenommen hast und mehr noch! Man nennt dich den ›Liebling der Könige‹, und ich muss sagen, du siehst prächtig aus! Als wäre das Alter an dir vorübergegangen, um bei mir hängen zu bleiben!« Er lachte.

Obwohl sich Gildwin so sehr verändert hatte, fühlte Guillaume dieselbe Verbundenheit mit ihm wie früher. Es war, als könnte er dem Freund noch immer alles erzählen, jede Sünde beichten, jeden Fehler, jede Schwäche gestehen, jeden Gedanken anvertrauen, und sei er auch noch so absurd.

Er beugte sich zu ihm vor. »Mir ist noch immer ein Rätsel, wie man aus all diesen Schnörkeln etwas entziffern kann. Ein Mann in meiner Stellung aber braucht, gerade was die Ausfertigung von Briefen und Urkunden angeht, Schriftgelehrte, denen er vollkommen vertrauen kann. Was würdest du davon halten, mein erster Schreiber zu werden, wenn es der Erzbischof gestattet? Du hättest die Aufsicht über ein oder zwei weitere Schreiber, später vermutlich mehr. Ich würde dich großzügig bezahlen, und für dein leibliches Wohl wäre auch gesorgt.«

Gildwin sah ihn mit zusammengekniffenen Augen an. »Mit einem solch verlockenden Angebot Spaß zu treiben, ist nicht anständig.«

»Ich treibe keinen Spaß, Gildwin. Ich dachte, du kennst mich besser.« Guillaume zog die Augenbrauen zusammen.

»Gewiss doch, Mylord, verzeiht!« Gildwin hatte unwillkürlich einen höflicheren, für seinen künftigen Herrn passenderen Ton gewählt. »Der Vorschlag kam so unerwartet! Nichts, glaubt mir, nichts wäre mir lieber, als Euer erster Schreiber zu sein!«

»Gut!« Guillaume strahlte. »Dann werde ich alles Weitere mit dem Erzbischof besprechen. Er wird meine Bitte kaum ablehnen können, schon gar nicht am heutigen Tag!« Guillaume lächelte. Dem König so nahezustehen, wie es ihm vergönnt war, hatte durchaus seine Vorteile. »Also lass uns darauf anstoßen, dass du schon bald mein Schreiber sein wirst!« Und mit gesenkter Stimme fügte er hinzu: »Sind wir allein, darfst du mich ruhig vertraulich mit Guillaume ansprechen, denn wir sind Freunde, auch wenn ich bald dein Herr bin, vergiss das niemals!« Dann winkte er einen Pagen herbei. »Bring uns Wein, wir wollen feiern und auf den König trinken!«

Der Junge nickte eifrig, lief zu einem Tisch und holte ihnen zwei Becher.

»Du wirst sehen, Gildwin, mein Weib wird dir gefallen, denn sie kann lesen und spricht Latein!« Guillaume zwinkerte dem Freund zu und sah sich in der Menge um, die sich um sie herum drängte. Beeindruckt von der Freigiebigkeit ihres neuen Königs, bestaunten die Gäste die langen Tischreihen, die mit weißen Leintüchern belegt, mit silbernen Tellern und Kelchen sowie unzähligen Krügen mit Wein gedeckt waren. Wohl an die tausend Gäste waren gekommen. Guillaume kannte fast alle. Immer wieder grüßte er mit einem Nicken oder winkte jemandem zu. »Entschuldige mich, Gildwin!« Er legte ihm die Hand auf den Arm. »Wir sehen uns später, ich werde auf keinen Fall versäumen, mit dem Erzbischof zu sprechen, damit er dich gehen lässt«, sagte er und kämpfte sich zu Baudouin durch, den er in der Menge entdeckt hatte.

Noch bevor er ihn auf Williams Verbleib ansprechen konnte, neigte sich der Freund zu ihm. »Ich werde mit dem König ins Heilige Land ziehen«, raunte er ihm ins Ohr. »Ich kann ihn nicht allein gehen lassen.«

Guillaume nickte. »Ihr werdet die Heilige Stadt zurückerobern!« Ein Kratzen in seiner Kehle zwang ihn, sich zu räuspern. »Du wirst mir fehlen, mein Freund!«

»Wie du mir damals. Und ich weiß, dass du dich ebenso um mich sorgen wirst wie ich mich seinerzeit um dich.«

Guillaume lächelte bedrückt. »Ich bin stolz auf dich«, sagte er trotzdem. »Richard wird umso sicherer sein, je mehr gute Männer mit ihm gehen. Sorge nur dafür, dass ihr beide unversehrt heimkehrt!«

»Das werde ich, mein Freund! Ich weiche unserem König nicht von der Seite!« Baudouin lachte sein jungenhaftes, etwas spitzbübisches Lachen. »Lass uns feiern! Kein Leben dauert ewig; genießen wir also, was es zu genießen gibt!« Er schlug Guillaume auf die Schulter. »Dein Weib sieht glücklich aus!«

»Ich glaube, sie ist es auch – so wie ich!« Guillaume strahlte ihn an. »Ich hoffe, du bekommst einmal eine ebenso wunderbare Gemahlin. Hättest es verdient, mein Freund, wo es doch zu der Hochzeit mit Denise de Châteauroux noch immer nicht gekommen ist!«

»Maréchal!«, begrüßten ihn immer neue Barone und drängten Baudouin von ihm fort. »Eine eindrucksvolle Krönungszeremonie, findet Ihr nicht?«, rief ihm einer zu.

Guillaume lachte und nickte, schüttelte Hände, klopfte Schultern. Wie viel Gutes ihm doch zuteilgeworden war! Er gehörte zu den wichtigsten Männern des Landes. Freundschaften und Bündnisse mit den mächtigsten Baronen des Reiches stärkten ihm den Rücken, der König zählte auf seine Meinung und vertraute ihm. Konnte ein Mann allein überhaupt so viel Glück haben?

Wenn er nur wüsste, wo sein Sohn steckte! Guillaume konnte sich nicht erklären, warum William Thorne verlassen hatte.

»Verzeiht, Mylord!«, unterbrach der Hauptmann der Wache seine sorgenvollen Gedanken und klärte ihn im Flüsterton über die bedrohliche Lage vor dem Palast auf, die ihm zu entgleiten drohte. »Was sollen wir tun, Maréchal?«

»Ich werde dem König berichten, was geschehen ist. Geht Ihr währenddessen wieder an Euren Platz. Ihr müsst Herr der Lage bleiben, bis wir wissen, was der König befiehlt.« Guillaume entschuldigte sich unauffällig bei den umstehenden Lords und ging scheinbar gelassen auf den König zu. Niemand sollte bemerken, dass es Grund zur Sorge gab.

»Verzeiht, Sire«, wandte er sich an Richard. An seinem Blick schien der König zu erkennen, dass es um etwas Wichtiges ging, denn er war sofort ganz Ohr. »Es sind Juden zum Palast gekommen, um Euch Geschenke zur Krönung zu überreichen. Trotz aller Bemühungen der Wachen hat es Unruhen gegeben, und ein älterer Jude ist geschlagen worden«, flüsterte Guillaume ihm ins Ohr.

Richard sah ihn erstaunt an. »Hatte ich nicht ausdrücklich befohlen, dass man sie gar nicht erst vorlassen soll?«, fragte er gedämpft, doch mit Ärger in der Stimme.

»Gewiss, Mylord, Eure Anweisungen wurden befolgt und das Verbot überall bekannt gemacht. Auch hat man die Juden vor dem Palast aufgehalten. Aber der Pöbel ist aufgebracht, weil sie sich erdreistet haben, Eure Verfügung zu missachten und herzukommen«, erklärte Guillaume besorgt.

»Meine Mutter hat geahnt, dass es Schwierigkeiten mit ihnen geben würde!« Richard stöhnte.

»Mylord, eine solche Situation kann schnell außer Kontrolle geraten. Wollt Ihr die Juden nicht doch vorlassen?«

Richard schüttelte entschieden den Kopf. »Damit künftig jeder glaubt, er könne meine Anweisungen einfach nicht befolgen? Oh nein! Lasst der Wache sagen, die Juden sollen in Sicherheit gebracht und umgehend nach Hause geschickt werden!«, knurrte er. »Nichts soll meine Krönung überschatten, nichts, hört Ihr!«

»Jawohl, Mylord!« Guillaume verneigte sich und verließ die Halle. Als er am Palasttor ankam, sah er, dass die Gewalttätigkeiten fortgeschritten waren. Drei Alte und ein jüngerer Mann, alle mit Schläfenlocken und schwarzen Röcken, lagen am Boden, wurden getreten, beschimpft und bespuckt. Guillaume trat der Menge entgegen und drängte sie so weit zurück, dass die Männer aufstehen konnten, dann wandte er sich an den Hauptmann der Wache.

»Der König wünscht die Juden nicht zu empfangen. Schickt sie nach Hause, hier sind sie nicht sicher.«

»Jawohl, Mylord.«

»Die Juden haben dem König nichts Übles gewollt. Sie haben Geschenke zu seiner Krönung gebracht. Lasst sie darum in Frieden ziehen!«, rief Guillaume nun der aufgepeitschten Menge zu, in der Hoffnung, sie beruhigen zu können. Der Hass jedoch, der den Juden entgegenschlug, als sie in Richtung London abzogen, ließ ihn mit einem unguten Gefühl zurück.

»Ihr seht besorgt aus, mein Freund!«, flüsterte ihm Geoffrey FitzPeter zu, als er in die Halle zurückkehrte. »Gibt es Schwierigkeiten?«

»Es hat Unruhen vor dem Palast gegeben. Ich fürchte, dass sich heute noch etwas Schreckliches ereignet.« Vielleicht war der Flug der Fledermaus ja tatsächlich ein böses Omen, dachte Guillaume und fühlte ein unheilvolles Kribbeln im Nacken.

»Was auch immer geschehen mag, wir werden dem König zur Seite stehen!«

Guillaume lächelte dünn und nickte. »Gewiss, mein Freund, das werden wir!«, versicherte er. Sein ungutes Gefühl aber blieb.

Am nächsten Morgen erfuhr er, dass seine Befürchtungen berechtigt gewesen waren. Die Unruhen hatten sich von Westminster bis nach London ausgebreitet. Es war zu Ausschreitungen gekommen, in deren Verlauf Häuser von Juden, aber auch von

Christen in Brand gesetzt worden waren. Von Plünderungen und vielen Verletzten, ja sogar von Toten wurde berichtet.

»Wie konnte das nur geschehen?«, fragte Richard aufgebracht, als man ihm darlegte, was vorgefallen war. »Eben um solches zu vermeiden, hatte ich die Juden fernhalten wollen!« Der König sprang auf und wanderte unruhig auf und ab. »Maréchal, was ratet Ihr mir? Was sollen wir tun?«

»Ihr müsst ein deutliches Zeichen setzen, Sire, sonst wird es zu weiteren Exzessen kommen. Lasst die Schuldigen in aller Öffentlichkeit bestrafen«, forderte Guillaume den König eindringlich auf. Die Juden waren nicht gerade beliebt, und die Gefahr, dass es zu weiteren, schlimmeren Ausschreitungen kam, war groß.

»Alle?« Der König runzelte die Stirn. »Wie soll das gehen?«

»Gewiss, Sire, Ihr könnt nicht *alle* Schuldigen bestrafen, dazu haben sich, wie ich hörte, viel zu viele Londoner Bürger beteiligt. Lasst ein paar Anführer finden, gewiss sind notorische Aufwiegler dabei, die schon früher gegen die Juden gehetzt haben. Statuiert ein Exempel an ihnen. Demonstriert, dass Ihr derartige Gewalttätigkeiten nicht zu billigen gewillt seid, sonst werdet Ihr womöglich schon bald im ganzen Land mit ähnlichen Übergriffen konfrontiert. Die Stimmung gegen die Juden ist in den meisten Teilen Englands äußerst gereizt und ein deutliches Zeichen Eurerseits dringend vonnöten!«

Richard nickte nachdenklich. »Ich weiß, Maréchal, darum hatte ich diesen Erlass zu meiner Krönung …« Der König stöhnte auf. »Wir können uns weder Unfrieden im Land leisten noch auf die beträchtlichen Steuereinnahmen durch die Juden verzichten, denn ich will so rasch wie möglich ins Heilige Land aufbrechen.« Er drehte sich um. »Glanville!«, rief er, wie man einem Hund befahl.

Ranulf de Glanville eilte herbei und verneigte sich vor dem König. »Mylord?«

»Ihr werdet eine Anzahl von Schuldigen finden. Drei oder vier mögen reichen. Hängt sie noch heute in meinem Namen auf und lasst überall verkünden, dass ich zutiefst erschüttert bin und Gewalttaten an Juden nicht dulden werde!«

»Wie Ihr befehlt, Mylord.« Ranulf de Glanville verneigte sich untertänigst und verließ den König mit trippelnden Schritten.

Guillaume sah ihm angewidert nach. Er mochte Glanville nicht. Die Art, wie er Isabelles Herausgabe verzögert hatte, hatte ihn geärgert, und die Unterwürfigkeit in Glanvilles Blick war ihm zuwider. Zum Glück schien Richard ihm ebenfalls nicht gerade wohlgesinnt zu sein.

Guillaume wiegte bedächtig den Kopf. Von dem Vorhaben seines Herrn, so bald wie möglich ins Heilige Land zu ziehen, war er nicht eben begeistert. Nicht nur, weil seine eigene Erfahrung dort ihn nachhaltig verändert hatte und er befürchtete, Richard, Baudouin und den anderen Rittern könnte Übles zustoßen. Er hielt es auch für vorrangig, dass sich der König um sein Reich kümmerte. Prinz John würde gewiss versuchen, die Abwesenheit seines Bruders zu nutzen, um seinen Einfluss zu vergrößern. Und wer weiß, vielleicht würde es ihn bei schlechten Nachrichten aus dem Orient gar gelüsten, nach der Krone zu greifen. Aufruhr und Ausschreitungen während der Abwesenheit des Königs konnten die Sicherheit des Reiches gefährden, darum hoffte Guillaume inständig, dass diese Maßnahmen gegen die Londoner Aufrührer genügen würden, um weitere Zwischenfälle zu verhindern.

Normandie, Ende Juli 1190

Guillaume hatte Isabelle mit in die Normandie genommen, als er seinem König dorthin gefolgt war, und sie auf dem Giffard-Gut untergebracht. Monatelang hatte er sie nicht gesehen. Nun konnte er es kaum erwarten, sie endlich wieder in seine Arme zu schließen. Sie hatte ihm inzwischen ein Kind geschenkt. Immer zwei Stufen auf einmal nehmend, eilte er ins obere Stockwerk des Gutshauses, wo ihre Kammer lag und stieß die Tür auf.

»Guillaume, du bist zurück!«, rief Isabelle und lief ihm entgegen.

Weich und rosig sieht sie aus, schöner noch als zuvor, dachte er gerührt, als sie ihm voller Stolz einen fest verschnürten Säugling entgegenstreckte.

»Er hat deine Augen!«

»So?« Er schaute das Kind neugierig an. Nur das wohlgenährte, runde Gesichtchen war zu sehen. Wie ein Engerling sieht er aus, dachte Guillaume beinahe ein wenig mitleidig.

»Nimm ihn!«

Unsicher nahm er das Päckchen entgegen und betrachtete den Winzling, dessen vollmondiges Gesicht sich plötzlich zu einem zuckenden Lächeln verzog. Ob einmal ein starker, mutiger Ritter aus ihm werden würde? Guillaume konnte nicht umhin, an William zu denken. Sein Erstgeborener war schon lange kein Kind mehr. Fünfzehn oder sechzehn musste er inzwischen sein und damit nur um wenige Jahre jünger als Jean d'Erlée, der Knappe, der ihm so nahe stand wie ein Sohn. Guillaume hatte vor, Jean schon bald zum Ritter zu schlagen und ihn mit Ländereien zu bedenken. Ein kaum hörbarer Seufzer entfuhr ihm. Wie gern hätte er auch etwas für William getan, doch wusste er noch immer nicht, wo er ihn finden konnte! Überall hatte er schon Erkundigungen eingeholt, doch niemand hatte von einem Falkner namens William FitzEllen gehört. Guillaume sah den Engerling freundlich an. Hoffentlich wuchs er recht schnell, damit er ihm schon bald das Reiten und Kämpfen beibringen konnte!

»Ich habe ihn Guillaume taufen lassen. So, wie wir es beschlossen hatten«, sagte Isabelle weich und lächelte, als der Kleine ein Schmatzen von sich gab.

»So, hatten wir das?« Guillaume erinnerte sich an ein kurzes Gespräch, nicht aber daran, dass sie sich einig geworden waren. »Wir hätten ihn Jean nennen können, nach meinem Vater, oder Richard, nach dem deinen«, sagte er ein wenig gereizt.

»Oh, mein Liebster, sei mir nicht böse! Sicher werden wir noch viele Söhne haben und sie auf die Namen unserer Väter taufen, doch für den Fall, dass es bei dem einen bleiben sollte, wollte ich ihn unbedingt nach dir benennen. Obwohl es, wie ich zugeben muss, kein Leichtes für ihn sein wird, eines Tages den Namen Guillaume le Maréchal zu tragen und diesen mit ebensolchem Glanz zu erfüllen, wie du es tust!« Isabelle sah ihn voller Hingabe an.

Guillaume küsste sie auf die Nasenspitze. »Was bist du doch nur für ein reizendes, kleines Eheweib!« Er lächelte bei dem Gedanken, wie sehr sie am Anfang die Krallen ausgefahren hatte, und blickte erneut auf den Jungen. Dass er bereits einen Sohn mit Ellen hatte, wusste Isabelle nicht. So konnte sie auch nicht ahnen, dass dieser ebenfalls nach ihm benannt war. Guillaume atmete tief ein. Isabelle war entzückend, liebevoll und eine begehrenswerte Ehefrau, doch sie war furchtbar eifersüchtig! So eifersüchtig, dass er ihr niemals hätte gestehen können, dass er bereits Vater war. Sie hatte ihn immer wieder nach Ellen gefragt, hatte gebohrt und gedrängt, doch es war nicht ein einziges Wort mehr über seine Lippen gekommen. Warum sollte sich Isabelle quälen und an ihm oder seiner Liebe zweifeln? Auch wenn Ellen noch immer einen Platz tief in seinem Herzen hatte – er liebte

Isabelle und begehrte sie allein. Ihre Fröhlichkeit, ihre Herzenswärme, die geradezu kindliche Entschlossenheit, mit der sie um das kämpfte, was sie als gerecht empfand, rührten ihn. Er war stolz auf seine kluge, schöne Frau, die von allen Menschen gleichermaßen geliebt wurde. Warum sollte er sie unglücklich machen, indem er von Ellen sprach? Warum sie quälen, indem er von William erzählte?

»Er ist wunderbar!«, sagte er mit rauer Stimme, räusperte sich und küsste den Engerling auf die Stirn. »Mein Sohn!«, flüsterte er und war auf einmal ungeheuer stolz. Diesen Jungen würde er aufwachsen sehen. Er würde ihn lieben und zu einem anständigen jungen Mann erziehen, der wusste, was Treue, Ehre und Mut waren. Mit Strenge, einer Spur Härte und nur wenig Nachsicht würde er ihm begegnen, denn nur so konnte der Junge die innere Größe erwerben, die er brauchen würde, um eines Tages all den Ländereien vorstehen zu können, die seine Mutter mit in die Ehe gebracht hatte und die sein Vater ihm vererben würde. Der Engerling auf seinem Arm begann, sich zu winden und zu greinen. Guillaume sah sich hilflos nach der Kinderfrau um und nickte ihr auffordernd zu, damit sie ihm das Kind abnahm.

Er nahm Isabelle bei den Händen und setzte sich mit ihr auf die große Truhe am Fußende des Bettes. Dann öffnete er den Beutel an seinem Gürtel. Statt der üblichen Geldstücke hatte er heute etwas anderes darin. »Ich danke dir für den Sohn, den du mir geschenkt hast«, murmelte er und legte ihr die herrliche Fibel in die Hand, die er für sie hatte anfertigen lassen. Das leicht rötlich schimmernde Gold erinnerte an die Farbe ihrer glänzenden Haare. Zwölf funkelnde Rubine waren in die Brosche eingelassen. Email-Arbeiten in Grün und Blau sowie ein gedrehter Rand machten das fast handtellergroße Schmuckstück zu einem beeindruckenden Kleinod.

»Guillaume!«, hauchte Isabelle gerührt. »Wie wunderschön sie ist! Ich danke dir!« Sie hielt die große Brosche in die Höhe. »Sieh nur die Farben, wie herrlich sie leuchten!« Ein Kuss flog auf seine Wange. »Ich werde sie zu allen Kleidern tragen können, vielleicht schließe ich auch meinen Mantel damit«, überlegte sie und zauberte ein Lächeln auf Guillaumes Seele.

»Der König ist vor Kurzem nach Süden aufgebrochen. Alle Vorbereitungen sind abgeschlossen, auch seine Schiffe haben Englands Häfen bereits verlassen, wie ich hörte«, sagte er unvermittelt, denn Isabelle war nicht nur die Frau, die ihm einen Erben geboren hatte und hoffentlich bald noch weitere Kinder schenken würde, sie war ihm auch eine enge Vertraute.

Richard hatte – um das Geld für seinen Kreuzzug zusammenzubekommen – dem hohen Klerus und vielen Baronen ihre Ämter entzogen und sie ihnen gegen bare Münze zurückverkauft. Einmal hatte er sogar lachend behauptet, er würde nicht einmal zögern, London zu veräußern, so er nur einen Käufer dafür fände. In Wahrheit jedoch hatte der König sehr wohl darauf geachtet, nicht zu viel seiner Macht in fremde Hände zu geben. Um die Verwaltung des Landes während seiner Abwesenheit sicherzustellen, hatte er unterschiedlichste Vorkehrungen getroffen. Zwar hatte seine Mutter, die in England zurückbleiben würde, auf eigenen Wunsch kein offizielles Amt erhalten, doch schien der König sicher zu sein, dass sie bereit war, als Regentin zu fungieren, so es vonnöten sein würde.

»Ich habe Richard dringend ersucht, Longchamp nicht so viel Macht zu geben. Und auch wenn er nicht immer meiner Meinung ist, so schätzt der König doch meinen Rat. Er hat Geoffrey FitzPeter, Hugh Bardolf, William Briwerre und mich für die Zeit seiner Abwesenheit zu weiteren Justiziaren ernannt, damit wir Longchamp in seinem Amt überwachen.«

»Aber Guillaume, das ist ja großartig!« Isabelle strahlte ihn an. Die Fibel hielt sie dabei in beiden Händen verborgen wie einen Schatz.

»Vor allem ist es dringend notwendig!« Guillaume seufzte.

Richard hatte zunächst Mandeville und den Bischof von Durham zu obersten Justiziaren erklärt und Longchamp zum Kanzler. Doch Mandeville war nur einen Monat nach jener Entscheidung verstorben, und so hatte der König seine Pläne ändern müssen und Longchamp, mit dem ihn eine tiefe Freundschaft verband, kurzerhand weit mehr Macht gegeben als vorgesehen.

»Kanzler, höchster Justiziar und dazu noch päpstlicher Legat, das kann nicht gut gehen«, erklärte Guillaume und schnalzte mit der Zunge. »Darum müssen wir bald nach England aufbrechen!«

Obwohl Longchamp, genau wie Guillaume, nur aus niederem Adel stammte – sein Vater war Forstverwalter gewesen, wie die Väter von FitzPeter und Briwerre –, hielt er sich für etwas Besseres. Vielleicht, weil er im Gegensatz zu ihnen kein Engländer war. Er meinte, tüchtiger, loyaler, aufrichtiger und treuer zu sein als alle anderen Höflinge, hielt sich für den edelsten, den nützlichsten und selbstredend den brillantesten Mann der königlichen Entourage. Dass er die anderen nur allzu deutlich spüren ließ, wie sehr er sie verachtete, war seiner Beliebtheit nicht gerade zuträglich. Er beschimpfte die Höflinge als unaufrichtig und verschlagen, nur weil sie ihre Meinung zumeist verhalten und in wohlbedachte Worte verpackt kundtaten, anstatt geradeheraus zu sprechen. Kurzum, Longchamp war unschlagbar darin, die Lords mit seiner Taktlosigkeit gegen sich aufzubringen. So hatte er sich schon bald nach Richards Abreise den größten Teil der Barone zu Feinden gemacht. Auch Guillaume konnte ihn nicht leiden, und wie sich rasch gezeigt hatte, beruhte diese Abneigung auf Gegenseitigkeit. Noch bevor der König aufgebrochen war, waren sie heftig aneinandergeraten, und Guillaume war darum sicher, dass es auch künftig zu Unstimmigkeiten zwischen ihnen kommen würde.

»Longchamp will meiner Familie schaden. Dass der König uns so großzügig mit Ländereien und Titeln belohnt hat, ist ihm ein Dorn im Auge. Stell dir nur vor, er hat meinem Bruder Jean das Amt des Sheriffs entzogen, nachdem es auch in York Aufstände gegen Juden gegeben hat!«

Jean verdankte ihm die bessere Stellung bei Hof und diente dem König nun Seite an Seite mit Guillaume, dennoch waren sich die Brüder fremd geblieben. Obwohl Jean nicht weniger ehrgeizig war, hatte Guillaume ihn doch überflügelt, und insgeheim zürnte der Ältere ihm wohl deshalb. Guillaume seinerseits hatte ihm nie verziehen, dass er ihn als nachgeborenen Sohn mittellos sich selbst überlassen hatte, statt ihn – wie ältere Brüder es häufig taten – mit einem Stück Land zu versorgen. Jean war schon immer kleinlich und rechthaberisch gewesen. Er bestand sogar darauf, beim Unterzeichnen der königlichen Urkunden vor Guillaume genannt zu werden, nur weil er der Ältere war!

»Du weißt, dass ich meinem Bruder nicht sonderlich verbunden bin«, fuhr Guillaume fort, »doch bei dieser Art Aufruhr ist ein Sheriff machtlos. Es geht so rasch, dass jedes Einschreiten zu spät kommen *muss!* Longchamp kann unmöglich vergessen haben, dass auch der König die Gewalttaten gegen die Juden am Tag seiner Krönung nicht hat verhindern können!«

Isabelle legte ihm die Hand auf den Arm. »Ihr werdet Longchamp schon in Schach halten! Verbindet dich nicht mit FitzPeter und Briwerre eine besondere Freundschaft?«

Guillaume nickte. »Ja, mein Liebling. Der König hat sie gut gewählt. Sie haben das Herz am rechten Fleck und das Wohl des Reiches im Sinn, genau wie ich. In Longchamp aber täuscht er sich. Er ist ein Heuchler, der nur selbstlos und bescheiden tut, in Wahrheit jedoch verliebt in Macht und Reichtum ist.«

Abergavenny, Herbst 1190

»Halt dich künftig mehr an den König!«, riet Matilda ihrem Gatten mit erhobenem Zeigefinger. »Ich sage dir, Richard ist es, der uns zu unserem Glück verhelfen wird! Sieh dir nur an, wie großzügig er diesen Maréchal bedacht hat!« Matilda konnte nur schwer verschmerzen, dass Guillaume le Maréchal durch seine Heirat mit Isabelle de Clare zu einem der bedeutendsten Lords im walisischen Grenzgebiet aufgestiegen war. Bisher war er ein Niemand gewesen, ein praktisch mittelloser Ritter, nun aber war er eindeutig ein Rivale ihres Gatten, auch wenn sie beide Männer des Königs waren und somit eigentlich auf derselben Seite standen.

Matilda missgönnte dem Maréchal nicht nur die Gunst des Königs, es ärgerte sie auch, dass er umfangreiche Bauarbeiten an der Burg von Striguil in Auftrag gegeben hatte. Sie selbst war so stolz auf ihre neue, größere Burg gewesen, dass sie nun fürchtete, Striguil könne am Ende des Ausbaus womöglich beeindruckender sein als Abergavenny.

»Ich will, dass wir die Burg in Hay-on-Wye vergrößern lassen. Ich habe bereits einen Baumeister gefunden, der Pläne anfertigen wird. Ich kümmere mich um alles, du wirst keine Arbeit damit haben«, versicherte sie ihrem Gatten entschlossen. Davon, dass der Baumeister der frühere Lehrmeister des Mannes war, der die Burg des Maréchal ausbaute, sagte sie nichts. Auch dass sie mithilfe eines Küchenjungen einen Brandanschlag auf Striguil plante, verschwieg sie ihm. »Man soll unsere Macht nicht nur in Abergavenny sehen können!«, erklärte sie und reckte das Kinn in die Höhe. Der König hatte dem Maréchal gestattet, das Amt des Sheriffs von Gloucester zu kaufen. Neid, weil der Maréchal seine Ländereien auf diese Weise noch weiter hatte ausdehnen können, fraß an ihr. »Es kann nicht angehen, dass einige Männer immer mehr und mehr bekommen, während wir leer ausgehen! Du musst dich bemühen, dem König aufzufallen, damit du schon bald ebenfalls Sheriff wirst«, zeterte sie. »Sheriff von Hereford! Das würde mir gefallen!«

»Gewiss doch, meine Liebste. Ich habe auch schon einen Plan.«

»Einen Plan? Welchen Plan?«, beharrte Matilda. So zielstrebig mochte sie ihren Gatten am liebsten. »Nun erzähl schon!«, drängte sie ungeduldig.

»Reginalds Herr wird mit dem König ins Heilige Land ziehen. Er will unseren Sohn mit sich nehmen, und ich habe gesagt, dass ich einverstanden bin. Ich werde Reginald mit allem ausstatten, was nötig ist, und ihn so dem König empfehlen.«

»Du willst …?« Matilda rang nach Atem. Es war ihr, als hielte eine eiserne Hand sie im Würgegriff. »Du willst meinen Sohn den Sarazenen zum Fraß vorwerfen?« Matilda war empört und … Was war das nur für ein merkwürdiger Schmerz in ihrer Brust? Es war, als würde ihr das Herz zerquetscht. Die weit aufgerissenen Augen von Gwladus, dieser walisischen Hündin, kamen ihr in den Sinn. Matilda schüttelte ungläubig den Kopf. Sie hatte seit ihrer Hochzeitsnacht keine solche Furcht mehr gekannt. Entsetzt sah sie ihren Gatten an. »Aber William, er ist noch ein Kind!«

»Nein, Matilda, das ist er nicht. Er ist wohl zu jung, um als Ritter in den Kampf zu ziehen. Als Knappe aber wird er seinem Herrn und damit unserem König treu dienen, dessen bin ich gewiss. Du wirst sehen, das Heilige Land wird einen Mann aus ihm machen.«

Wie ein wildes Tier verbiss sich die Furcht in Matildas Herz. Zehn Kindern hatte sie das Leben geschenkt, das jüngste und gewiss nicht letzte war erst wenige Monate alt. »Aber …«, setzte sie an.

»Kein Aber«, fuhr William de Braose ihr über den Mund. »Du

bist doch sonst nicht zimperlich. Reginald ist ein mutiger Junge. Er wird gewiss gesund zurückkehren. Doch selbst wenn er sein Leben ließe, müsstest du dich nicht grämen, stiege er doch dann durch seine noblen Taten in den Himmel auf. Du musst ihn ziehen lassen!«

Matilda rang um Fassung. Reginald war ihr lieb und teuer wie jedes ihrer Kinder. Der Gedanke, auch nur eines zu verlieren, war ihr schier unerträglich. Ihr Ältester jedoch war das Kind, an dem sie am meisten hing. »Aber William bleibt hier!«, begehrte sie darum auf.

»Gewiss doch, meine Liebe, gewiss.« William de Braose tätschelte ihr den Arm, wie er es sonst mit dem Hinterteil seines Pferdes tat, und Matilda fühlte zum ersten Mal seit ihrer Hochzeit unbändige Wut auf ihn.

April 1191

Guillaume konnte den Beginn der von ihm ausgerufenen Beize kaum noch erwarten, denn FitzOwen, der ehrgeizige Londoner Kaufmann, dem er im vergangenen Herbst auf einer Falkenjagd begegnet war, hatte sein Kommen zugesagt. Schon von Weitem war Guillaume damals der bescheidene, junge Mann in der Begleitung des Kaufmanns aufgefallen. Er hatte so gar nicht zu seinem nach Aufmerksamkeit heischenden Herrn passen wollen, und obwohl Guillaume seinen Sohn eine halbe Ewigkeit nicht gesehen hatte, war er auf Anhieb sicher gewesen, ihn wiedergefunden zu haben. Er war so erleichtert gewesen, den Jungen lebend und wohlauf zu sehen, dass er den Kaufmann bei nächster Gelegenheit angesprochen und ihn behutsam über seinen jungen Falkner ausgefragt hatte. Erst am Ende der Jagd hatte er auch mit William sprechen und sich vorsichtig nach Ellen erkundigen können.

Guillaume seufzte. Die Jagdgesellschaft versammelte sich bereits. Er musste die wichtigsten Barone begrüßen. Die meisten waren gute Freunde, viele gar langjährige Kampfgefährten. Sie trafen sich regelmäßig, um sich in ihrer Vorgehensweise abzusprechen, denn seit der Abreise Richards hatte es wie befürchtet Unruhen im Land gegeben.

Prinz John war von seinem Bruder zwar äußerst großzügig mit Grundbesitz in England bedacht worden, hatte im Gegenzug jedoch schwören müssen, die Insel zwei Jahre lang nicht zu betreten. Kaum war Richard jedoch fort gewesen, hatte sich John über seinen Schwur hinweggesetzt und war nach England gekommen. Da er aber in der Streitfrage, wer des Königs Nachfolger würde, falls dieser nicht lebend vom Kreuzzug zurückkehrte, eindeutig als Favorit galt, hatte niemand ernsthaft erwogen, ihm Einhalt zu gebieten, solange er nicht übertrieb. Auch Guillaume musste sich in Zurückhaltung üben, denn Prinz John war sein Lehnsherr in Irland und er ihm darum verpflichtet. Guillaume war immer loyal gewesen, ganz gleich, welche Konsequenzen er hatte fürchten müssen. Seine irischen Besitzungen aber durfte er Isabelle zuliebe nicht aufs Spiel setzen. Zweimal war ihm das Glück hold gewesen, und der Nachfolger seines Herrn hatte ihn mit Nachsicht behandelt. Bei John jedoch, da war er sicher, würde niemand, der sich ihm heute in den Weg stellte, auf Milde hoffen können, falls er eines Tages König wurde. Es galt also, loyal zu bleiben und trotzdem taktisch klug zu handeln, um keinen der beiden Brüder zu verärgern.

So sehr Guillaume auch Richards militärische und politische Fähigkeiten schätzte, so sehr hatte er den Entschluss des Königs, sich auf den Kreuzzug zu begeben, von Anfang an als Fehlentscheidung angesehen. Das Reich war groß und an vielen Grenzen in Gefahr. Wenn es tatsächlich zum Äußersten kam, Richard nicht zurückkehrte und John König wurde, dann war es ganz sicher besser für England, wenn die treuen, gewissenhaften Berater Richards auch ihm zur Seite standen. Der jüngste Sohn Henrys II. hatte nicht im Entferntesten die gleichen Qualitäten wie sein älterer Bruder und würde darum jede Hilfe brauchen, müsste er das riesige angevinische Reich regieren. Guillaume wusste, dass es eine Gratwanderung war, die sie alle zu bewältigen hatten, bis Richard hoffentlich unversehrt vom Kreuzzug zurückkehrte, gefährlich, aber notwendig.

Doch nicht Prinz John allein, auch Longchamp mit seinem despotischen Auftreten bereitete den Lords Kummer. Guillaume hatte darum all seinen Einfluss geltend gemacht und dafür gesorgt, dass ein Bote zu Richards Winterlager in Sizilien geschickt wurde, der dem König über Longchamps Verhalten Bericht erstatten und um Anweisung bitten sollte, wie man zukünftig in dieser Angelegenheit zu verfahren habe. Schwere Zeiten erforderten mutige Entscheidungen, und nur selten wusste man im Vorfeld, ob sich der eingeschlagene Weg als der richtige herausstellen würde.

Als die Kaufleute aus London eintrafen, ließ Guillaume seinem Freund FitzReiner und FitzAlwyn, dem Mayor, eine Nachricht überbringen und sie zum anschließenden Festmahl einladen, während er selbst sich umgehend an FitzOwen wandte, der nicht mit ihm tafeln würde. Guillaume musste sich zusammenreißen, um sich die Freude beim Anblick seines Sohnes nicht allzu sehr anmerken zu lassen und sich zuerst ausschließlich FitzOwen zu widmen.

Es war nicht zu übersehen, wie geehrt sich der Kaufmann von Guillaumes Aufmerksamkeit fühlte. Wie ein Gockel reckte er den Kopf und ließ den Blick schweifen, um zu sehen, ob die anderen Kaufleute mitbekamen, mit wem er sich unterhielt.

Nach ein paar ausgetauschten Höflichkeitsfloskeln und einem Lob für FitzOwens Falken konnte sich Guillaume endlich an William wenden. Wie lange hatte er darauf gewartet, seinen Sohn wiederzusehen! »Ich habe Princess mitgebracht. Sie ist zwar eine alte Dame, aber noch immer eine gute Jägerin. Begleite mich doch und begrüße sie«, schlug er vor. Dieser begabte junge Falkner ist mein Fleisch und Blut!, hätte er am liebsten allen zugerufen. Das ist William, der niemals Maréchal genannt werden wird. William, der Falkner. William, der Sohn der Schwertschmiedin und der meine!

»Princess ist auch ein Lannerweibchen«, erklärte William seinem Herrn und bat mit einer knappen Verbeugung um die Erlaubnis, sich entfernen zu dürfen. Dann folgte er Guillaume.

»Wie alt ist sie nun?«, fragte er erstaunt und strich Princess sanft über den Rücken.

»Sie war noch jung, als ich sie mit zur Schmiede gebracht habe. Es war ihr zweiter Herbst«, erklärte Guillaume und dachte mit Wehmut an den Nachmittag, an dem er seinen Sohn ein wenig näher hatte kennenlernen dürfen. Die ganzen Jahre hatte er von diesem einen Tag gezehrt.

»Also zwölf«, murmelte William, »ein stattliches Alter für einen Falken!«

Guillaume nickte und frohlockte. Der Nachmittag musste auch William etwas bedeutet haben, wie sonst hätte er so genau wissen können, wie lange er zurücklag?

»Maréchal!«

»Ich komme, Jean!«, erwiderte Guillaume und sah William in die grünen Augen, die ihn so sehr an Ellen erinnerten. »Ich werde dich heute beobachten. Komm später noch einmal zu mir!«

»Ja, Sir, wie Ihr wünscht.« William lächelte scheu.

Ach, wenn es nach Wünschen ginge! Dann wünschte ich mir, mehr Zeit mit dir verbringen zu dürfen, zu erfahren, wer du bist, was du liebst und wovon du träumst, dachte Guillaume wehmütig und wandte sich schweren Herzens ab.

»Ist das der Falkner, der Euch bereits im Herbst aufgefallen ist?«, fragte Jean d'Erlée, als Guillaume ihm schweigend folgte, und drehte sich neugierig zu William um.

Guillaume nickte nur.

»Irgendetwas an ihm kommt mir bekannt vor«, murmelte Jean und schüttelte nachdenklich den Kopf. »Ich komme noch darauf, an wen er mich erinnert!«

»Kann die Jagd endlich beginnen?«, knurrte Guillaume gereizt, um Jeans Aufmerksamkeit von William abzulenken.

»Ja, Mylord.« Jean d'Erlée stand unwillkürlich stramm. »Alles ist bereit.«

»Gut, dann werde ich das Zeichen zum Aufbruch geben!«

Guillaume hatte FitzOwen nur zu dieser Beize eingeladen, um William wiedersehen zu können. Immer wieder schaute er sich nach ihm um, beobachtete, wie er die Falken auf die Beute warf, und war begeistert von seinem Geschick im Umgang mit den Vögeln. Ein guter Falkner kann es weit bringen, dachte er und überlegte, wie er es anstellen konnte, William zu einem nobleren Herrn als dem hochnäsigen Kaufmann zu verhelfen, ohne dass sein Zutun dabei auffiel. Gewiss, er hätte einen seiner Freunde bitten können, William bei sich aufzunehmen. Doch wie hätte er erklären sollen, dass er ihn nicht selbst in seinen Dienst nahm, wenn er doch so große Stücke auf ihn hielt, ohne seine Herkunft preiszugeben? Auf den Gedanken, den Sohn stets um sich haben zu können, wenn er ihn als Falkner anstellte, war er bisher nicht gekommen, nun aber schien er ihm so verlockend, dass er einen Augenblick lang schwankte. Isabelle jedoch, daran hatte er keinen Zweifel, würde ihm binnen kürzester Zeit auf die Schliche kommen. Jean hatte eine Ähnlichkeit zwischen Guillaume und William bemerkt, sie jedoch nicht zu deuten gewusst, Isabelle aber würde erkennen, wer er war. Eine solche Enttäuschung konnte und wollte Guillaume ihr nicht zumuten. William war geschickt genug, um nicht aufgrund seiner Herkunft, sondern dank seiner Fähigkeiten aufzusteigen und eines Tages vielleicht sogar dem König aufzufallen.

Während Guillaume nach seinem Sohn Ausschau hielt, hörte er einige Lords über FitzOwens jungen Falkner sprechen. Sie fragten sich, woher er wohl kommen mochte, und zeigten sich äußerst beeindruckt von ihm. Guillaume war so stolz, als gelte ihr Lob ihm selbst, und stimmte ihnen voller Begeisterung zu.

Als die Jagd zu Ende war, sah er seinen Sohn in Begleitung eines weiteren jungen Falkners nicht weit von Hugh de Ferrers stehen.

»Verzeiht«, entschuldigte er sich bei den Lords, mit denen er gerade gesprochen hatte, und ging auf die beiden jungen Männer zu. »Du handelst mit dem Geschick eines erfahrenen Falkners, strahlst Ruhe und Sicherheit aus«, sagte er freundlich zu William. »Offenbar spüren das auch die Falken, so gelassen, wie sie auf deiner Faust stehen.«

William errötete, und Guillaume hätte ihn am liebsten umarmt.

Hugh de Ferrers, der Guillaume bei den beiden Falknern stehen sah, kam mit fragendem Blick auf sie zu.

»Eine wunderbare Beize, Guillaume!«

»Das finde ich ebenfalls. Ich war gerade dabei, die außerordentlichen Fähigkeiten dieses jungen Mannes zu loben.« Guillaume klopfte William freundschaftlich auf die Schulter. »Und sein Herr scheint nicht die Spur einer Ahnung zu haben, wie gut er ist!«, fügte er etwas leiser hinzu und grinste verschwörerisch.

William räusperte sich verlegen, während sein Freund bekräftigend nickte.

Der junge Hugh de Ferrers warf einen kurzen Blick auf die beiden Falkner und beugte sich nach einem kurzen Zögern zu Guillaume vor. »Ich habe vor, ihn abzuwerben«, sagte er gedämpft.

»Oh, daran tust du recht, mein lieber Hugh.« Guillaumes Herz frohlockte. »Er ist etwas Besonderes, dieser Junge. Er wird deinem Vater gefallen«, fügte er hinzu und nickte gewichtig.

De Ferrers strahlte. »Mein junger Falkner hier«, er schob den anderen ein Stück nach vorn, »kennt ihn von früher. Sie wurden zusammen ausgebildet.«

»Ah, dann bist du wohl Logans Sohn! Das spricht in der Tat für dich!«, sagte Guillaume und lächelte den jungen Falkner freundlich an, der ihm als Robert vorgestellt wurde. Für einen Augenblick hatte er doch tatsächlich vergessen zu verbergen, wie viel er über William wusste. Hoffentlich hatte der nichts bemerkt! Guillaume warf ihm einen forschenden Blick von der Seite zu und war erleichtert, dass nicht die kleinste Regung in Williams Gesicht auf einen Verdacht seinerseits schließen ließ. »Hughs Vater, Sir Walkelin, und sein älterer Bruder Henry stehen unserem König beim Kampf gegen die Ungläubigen zur Seite«, erklärte Guillaume ihm rasch. »Walkelin war mir allzeit ein guter Freund. Wenn du Falkner in Oakham Castle wirst, werden wir uns ganz sicher bald wiedersehen!« Obwohl er zu gern noch mehr Zeit mit seinem Sohn verbracht hätte, verabschiedete er sich mit einem kurzen Nicken. Der junge de Ferrers schien ihn mit William als neuem Falkner beeindrucken zu wollen. Blieb nur zu hoffen, dass er sich im Wort fühlen und nicht mehr zurückweichen würde.

Wohlige Wärme breitete sich in Guillaumes Magen aus. Vielleicht würde er seinen Sohn schon bald wiedersehen!

Nachdem die Beize vorüber war und sich die Kaufleute und Barone wieder in alle Winde zerstreut hatten, machte sich Guillaume auf den Weg nach Striguil, seiner Burg in Wales. Er hatte sie nach seiner Hochzeit mit Isabelle von Ralph Bloet in Empfang genommen und sogleich angesehen. Der Wohnturm war in recht ordentlichem Zustand gewesen, gut beheizbar, nicht allzu zugig, erstaunlich groß und ansprechend genug, um Isabelle und seinen Ältesten nach ihrer Rückkehr aus der Normandie hier unterzubringen.

Aus militärischer Sicht allerdings lag bei der Festung einiges im Argen, darum hatte Guillaume schon sehr bald die ersten Bauarbeiten in Angriff nehmen und mit der Burgmauer beginnen lassen. Striguil war nicht die einzige Feste im Grenzland zu Wales, die er nun besaß, aber sie war die größte und bequemste. Außerdem hatte Isabelle sie auf Anhieb ins Herz geschlossen. Obwohl die Anlage größer war als die in Kilkenny und der Wohnturm aus Stein und nicht aus Holz, wie sie ihm erklärt hatte, fühlte sich Isabelle an ihre Heimat erinnert, was daran liegen mochte, dass Striguil auf einem Hügel hoch über dem Fluss Wye thronte, ähnlich wie Kilkenny über dem Nore.

»Ein Tor ist immer der schwächste Punkt in einer Mauer, darum gebührt ihm unsere besondere Aufmerksamkeit, schließlich muss es Angreifern möglichst lange standhalten können«, erklärte Guillaume dem Baumeister.

»Gewiss, Mylord!«, stimmte der ihm zu und überlegte kurz. »Wir könnten über die übliche Beplankung noch massive Eichenverstrebungen in Rautenform legen. So, seht Ihr?« Er zeichnete eine Skizze in den feuchten Boden.

Guillaume betrachtete sie eingehend. »Und überall hier auf die Schnittstellen müssen eiserne Beschläge genagelt werden. Auch in Rautenform.« Guillaume zeigte auf verschiedene Punkte der Skizze. »So werden Holz und Konstruktion verstärkt, und das Tor sieht noch wehrhafter aus.«

Der Baumeister strahlte. »Großartig, Mylord!«

Eckige Türme konnten durch Tunnelgrabungen leicht zum

Einsturz gebracht werden, darum hatte Guillaume befohlen, dass die Wachtürme der Burgmauer rund werden sollten, so wie er es im Heiligen Land und auf dem Weg dorthin gesehen hatte.

»Eine Burg muss vor allem Sicherheit gegen Angreifer bieten. Gewiss ist es ebenfalls wichtig, Macht und Wohlstand zu zeigen, aber eben zweitrangig, Ihr versteht?«

Der Baumeister nickte erneut. »Gewiss, Mylord. Die Waliser sind ein kämpferisches Volk, sie werden Euch sicher noch Ärger machen. Besser, Ihr seid vorbereitet.«

Guillaume räusperte sich. »Ich werde eine Weile hier in Striguil bleiben, wenn Ihr also Fragen habt, kommt zu mir, wann immer es nötig ist!«

Seit William de Braose und sein Weib Matilda ihnen vor Kurzem einen Höflichkeitsbesuch abgestattet hatten, lag Isabelle ihm mit den beiden in den Ohren und drängte ihn, die Bauarbeiten voranzutreiben.

»Ich fürchte mich vor ihnen, verstehst du nicht? Mehr als vor den Walisern! Sie nennen de Braose den ›Oger von Abergavenny‹«, hatte sie aufgebracht erzählt. »Ein Menschenfresser und wahrer Teufel soll er sein! Jeder weiß, dass er mehrere walisische Prinzen feige abgeschlachtet hat. Stell dir nur vor, sie wollten sich in Hoffnung auf Frieden, nichtsahnend und unbewaffnet, an seinen Tisch setzen!« Isabelle hatte sich umgehend dreimal bekreuzigt. »Ich traue weder ihm noch seinem schrecklichen Weib. Du musst den Neid und die Missgunst in ihren Augen doch auch bemerkt haben! Sie hat die Bauarbeiten an der Burgmauer ganz genau betrachtet, so, als wollte sie uns schon am nächsten Tag überfallen! Ich habe ihr nicht einen Augenblick den Rücken zuzudrehen gewagt, so unheimlich ist sie mir. Und als sie sich über Williams Wiege gebeugt hat, ist mir fast das Herz stehen geblieben!« Isabelle hatte sich kaum beruhigen können und noch tagelang immer wieder davon angefangen.

Guillaume schüttelte den Kopf. William de Braose war ungefähr in seinem Alter, ein guter Kämpfer, mit dem Ruf, durchgreifen zu können, gewiss. Ein Menschenfresser aber war er ganz sicher nicht! Abergläubischem Unsinn der Waliser entsprangen solche Geschichten. Gegen Matilda de Braose sprachen gewiss nur ihre körperlichen Attribute, denn sie schien eine durchaus liebende Ehefrau und Mutter zu sein. Eine so große, starke Frau aber flößte selbst mutigen Männern Respekt ein, vor allem, wenn sie Aufständische waren und ihren eisernen Willen zu spüren bekamen.

»Nicht William und Matilda de Braose, sondern die Waliser sind unsere Gegner«, hatte er Isabelle eindringlich versichert.

Sir William hatte sich vermutlich nicht leisten können, Milde mit den Rebellen zu zeigen. Immerhin wiegelten die walisischen Prinzen das Volk seit Jahrzehnten gegen die Normannen auf. Als Nichtwaliser und Männer des Königs würden de Braose und er künftig zusammenhalten müssen, um nicht verwundbarer zu sein als nötig. Gewiss war die Tatsache, dass Isabelle erneut guter Hoffnung war, der eigentliche Grund für ihre Überängstlichkeit. Guillaume lächelte bei diesem Gedanken zärtlich.

»Feuer! Es brennt!«, rief plötzlich jemand.

Guillaume sah sich entsetzt um. Rauch und Flammen schlugen aus dem Küchengebäude. Guillaume rannte darauf zu. Das Feuer durfte nicht auf die anderen Gebäude übergreifen, darum begann er umgehend damit, Anweisungen zu erteilen.

»Ihr da, holt Säcke, macht sie nass und schlagt die Flammen damit aus«, rief er zwei Knechten zu, die herbeieilten. »Wasser, wir brauchen mehr Wasser!«, befahl er und schickte die Mägde zum Brunnen.

»Das Feuer darf nicht auf die Gesindeunterkünfte übergreifen!«, hörte er plötzlich die Stimme seiner Frau. Sie schien geradewegs aus dem Feuer zu kommen!

»Isabelle!«

Guillaume kämpfte sich durch den immer dichter werdenden Qualm, der aus der Küche drang. Was tat sie nur hier? »Isabelle!« Er hörte sie husten. »Wo bist du?«

»Hier!« Sie hustete stärker.

»Das Wasser, sieh nur!«, murmelte sie, hob ihr Kleid ein wenig an und starrte zwischen ihre Füße, wo sich eine Lache gebildet hatte. »Das Kind kommt!«, sagte sie, als Guillaume vor ihr stand, und hustete noch einmal. Funken regneten vom Dach, durch das sich die Flammen fraßen, und ein Bündel brennendes Stroh fiel auf Isabelles Arm. Sie schrie auf. »Das Kind!«

»Schnell, wir müssen hier raus!«, rief Guillaume, als weitere Teile des Daches in das Küchengebäude stürzten. Er nahm Isabelle auf seine Arme und trug sie hinaus.

»Es tut mir leid!«, wimmerte der neue Küchenjunge. »Ich wollte das nicht!«, rief er erstickt.

»Heul nicht, sondern hilf!«, fuhr ihn der Koch an. »Geh und hol Wasser!«

»Wird sie sterben?«, fragte der Küchenjunge sichtlich bedrückt.

Guillaume beachtete ihn nicht, drängte sich vorbei und lief auf den Wohnturm zu. »Sie kommt nieder, ruf die Hebamme und lass alles Nötige bereiten! Ich bringe sie in die Kammer«, befahl er Suzanne, die ihm entgegenstürzte. »Jean!«, rief er, als sein Knappe angerannt kam, »kümmere dich darum, dass das Feuer gelöscht wird!«

Seit dem Brand am späten Vormittag lag Isabelle in den Wehen. Guillaume ging noch einmal zum Baumeister. Wenn alles gut lief, würde er noch heute ein weiteres Mal Vater werden. Er warf einen nervösen Blick zum Wohnturm, aus dem man ihn verbannt hatte. Die Sonne würde bald untergehen, doch das Kind war noch immer nicht geboren. Wenn nur der Schreck wegen des Feuers und Isabelles Verbrennung am Arm nicht zu Komplikationen führten!

»Baumeister!«, rief Guillaume und ging auf das Küchengebäude zu, in dem das Feuer inzwischen gelöscht war. »Was haltet Ihr davon?« Er warf einen Blick auf die rußgeschwärzten Mauern und das eingestürzte Dach.

»Wie lange wird es dauern, den Schaden zu beheben?«

»Ich werde Männer von den anderen Bauarbeiten abziehen,

dann brauchen wir nur wenige Tage. Sieht schlimmer aus, als es ist. Die Mauern stehen noch, wir werden sie ein wenig reparieren und einen neuen Dachstuhl bauen müssen. Wir brauchen Stroh zum Eindecken …«, murmelte er. »Nichts Gravierendes, darum dürften sich auch die Kosten in Grenzen halten.«

Guillaume nickte erleichtert. Plötzlich wurde die Tür des Wohnturms aufgestoßen, und er horchte auf. Eine junge Magd stolperte die hölzerne Treppe herunter.

»Mylord!«, rief sie schon von Weitem, rannte, mit den Händen wedelnd, auf ihn zu, fiel auf die Knie, raffte ihre Röcke und erhob sich wieder. Guillaume wollte schon loslaufen. »Mylord, es ist ein Sohn!«, verkündete sie strahlend.

Guillaume entspannte sich und sah den Baumeister erleichtert an. »Lasst uns alles Weitere morgen besprechen!«

»Gewiss, Mylord, meinen Glückwunsch auch! Der Herr halte seine Hand über Eure Kinder und lasse Eure Gemahlin recht schnell genesen!«

»Danke, Meister.« Guillaume eilte zum Wohnturm und nahm dabei immer zwei Stufen auf einmal. »Isabelle!«, rief er und stürmte in die Kammer. »Bist du wohlauf?«

Isabelle lächelte ihn an und nickte. »Darf ich Euch Euren Sohn vorstellen, Mylord?«

»Herrje, wie winzig er ist!«, entfuhr es Guillaume erschrocken. »Und so zart! Ich habe unseren Ältesten viel größer und feister in Erinnerung.«

»Was daran liegen könnte, dass er schon zwei Monate alt war, als du ihn zum ersten Mal gesehen hast. Bei seiner Geburt war er nicht größer als Richard. Du hast doch nichts dagegen, dass wir ihn Richard nennen?«, versicherte sie sich.

Guillaume schüttelte den Kopf.

»Hier, nimm ihn!« Isabelle streckte ihm das Kind entgegen.

Wie klein und hilflos so ein Mensch doch war, wenn er das Licht der Welt erblickte, und wie groß und stark er werden konnte, wenn man ihm die richtige Pflege und eine ordentliche Erziehung angedeihen ließ!

»Ist alles dran?«, erkundigte sich Guillaume bei der Hebamme und sah sie ein wenig unbeholfen an.

»Alles, wie und wo es sein soll, Mylord.«

»Und deinem Arm, wie geht es deinem Arm?«, fragte er Isabelle. »Warum warst du überhaupt in der Küche?«

»Ich hatte Hunger«, sagte Isabelle kleinlaut, »und Glück!« Sie lächelte. »Die Verbrennung ist nicht schlimm, siehst du!« Sie hob den Arm, um den ein Leinenstreifen gebunden war. »Es geht schon wieder.«

»Nun, dann werden wir wohl ein großes Fest zur Geburt unseres Sohnes feiern müssen, sobald die Küche wieder aufgebaut ist«, erwiderte Guillaume weich und betrachtete das winzige Bündel voller Liebe.

Plötzlich knarrte die Tür, und ihr Erstgeborener, auf dem Arm seiner Amme, lugte neugierig um die Ecke.

»Sieh nur, mein Sohn!«, rief Guillaume freudig.

Der Junge strahlte, als er ihn sah, stemmte sich von seiner Amme weg, die ihn nur noch mühsam halten konnte, und streckte die Hände nach seinem Vater aus.

»Das ist dein kleiner Bruder!«, sagte Guillaume und hielt ihm den Säugling entgegen, damit er ihn kurz betrachten konnte. »Du wirst auf ihn achtgeben und ihn beschützen, nicht wahr?« Dann wandte er sich an die Hebamme. »Nehmt Ihr ihn«, forderte er sie auf, reichte ihr den kleinen Richard und nahm dann seinen älteren Sohn auf den Arm. Zufrieden schmiegte der seinen Kopf an die Schulter seines Vaters, steckte den Daumen in den Mund und nuckelte genüsslich daran. Guillaume strich ihm über das weiche, lockige Haar und küsste ihn auf die Stirn, dann setzte er ihn auf dem Boden ab. »Geh wieder zu deiner Nana«, sagte er und gab ihm einen sanften Klaps auf das Hinterteil.

Ein Schmatzen war zu hören, als der Junge seinen Daumen aus dem Mund zog und mit einem glucksenden Lachen zu seiner Amme lief, um sich an ihren Rock zu werfen. Er krallte sich daran fest und sah bettelnd zu ihr auf. »Hoch, Nana!«, forderte er und strahlte, als sie ihn auf den Arm nahm.

England, Februar 1193

Guillaume fuhr sich mit der Hand durch die inzwischen fast völlig ergrauten Haare und seufzte. Manchmal ergaben sich die Dinge auf wunderbare Weise, dann wiederum geschah ein Missgeschick nach dem anderen. Sein Atem stieg in dunstigen Schwaden auf, als er den Hof betrat. Er hatte nicht lange in Striguil bleiben können, denn seine Aufgabe als Justiziar forderte seine ganze Aufmerksamkeit. Auch heute hatte der Rat wieder lange getagt und Guillaume trotz des Feuers im Kamin und der zusätzlich aufgestellten Kohlebecken eiskalte Hände und Füße. Es würde guttun, sich auf den Rücken seines Pferdes zu schwingen und in den Wald zu reiten, um den Kopf frei zu bekommen.

»Sattle mir Pegasus!«, befahl er einem der Stallknechte, schwang seine Arme, um sich etwas aufzuwärmen, und stampfte mit den tauben Füßen.

Es dauerte eine ganze Weile, bis der Junge das Pferd bereitet hatte. Vermutlich waren auch seine Finger steif vor Kälte. Einen kurzen Augenblick dachte Guillaume darüber nach, umzukehren und sich wieder vor einem der prasselnden Feuer niederzulassen. Doch genau in diesem Moment brachte ihm der Stallbursche den schönen Hengst, und sobald Guillaume im Sattel saß und die kraftvollen Bewegungen des Tieres spürte, wusste er, dass ein Ausritt genau das war, was er jetzt brauchte. Ständig nur herumzusitzen und zu beratschlagen, was zu tun war, ohne den Körper zu fordern, ihn vielleicht gar bis an seine Grenzen zu führen, das ließ den Mut sinken und die Knochen steif werden.

Guillaume preschte durch das Tor und über die Wiesen. Das Stampfen der Hufe auf dem gefrorenen Boden war wie Musik in seinen Ohren, und der vertraute Geruch des Pferdes gab ihm Zuversicht, dass irgendwie doch noch alles gut werden würde.

Gut zweieinhalb Jahre waren vergangen, seit Richard ins Heilige Land aufgebrochen war. Der Bote, den sie im ersten Winter des Kreuzzugs zu ihm geschickt hatten, war mit einem Schreiben zurückgekehrt, das sie ermächtigte, Longchamp seiner Ämter zu entheben und ihn durch Walter de Coutances, jenen Erzbischof von Rouen, zu ersetzen, dessen Neffe Guillaume einst die Erbin von Kendall überlassen hatte.

Prinz John war in erbitterte Kämpfe mit Longchamp verstrickt gewesen, und immer mehr Barone hatten ihn dabei unterstützt. Sogar als Thronerben hatten sie ihn anerkannt, für den Fall, dass sein Bruder nicht lebend vom Kreuzzug zurückkehrte. Ein halbes Jahr etwa hatten die Justiziare Longchamp noch walten lassen, bis sie ihn schließlich seines Amtes enthoben und aus England verjagt hatten. Bis nach Flandern war der Kanzler geflüchtet, während der Erzbischof von Rouen sein Amt übernommen hatte. Der Einfluss des Prinzen aber war durch den Fortgang Longchamps noch gewachsen.

Bei dem Gedanken an John zügelte Guillaume unwillkürlich sein Pferd.

Woher hatten sie wissen sollen, ob Richard unversehrt aus dem Orient zurückkehren würde? Und wer hätte schon sagen können, ob das Schicksal nicht doch noch bedeutende Pläne mit John hatte? Richard treu zu sein, sich zugleich jedoch nicht mit John zu überwerfen, war darum das Bestreben der meisten Lords gewesen. Doch wie lange würden sie John gewähren lassen können, ohne bei der Rückkehr Richards als Verräter zu gelten? Wann war jener Zeitpunkt gekommen, der ihr entschiedenes Eingreifen erforderte? Diese Fragen hatten sie sich immer wieder gestellt, bis eines Tages die niederschmetternde Nachricht eingetroffen war, dass Richard auf dem Rückweg vom Kreuzzug verschollen war.

Wochenlang hatten sie nicht gewusst, was ihrem König zugestoßen war, ob er noch lebte und irgendwo gefangen war oder ob er längst tot war, vom Feind niedergemetzelt, erstochen, erschlagen oder womöglich – weit weniger ehrenhaft – ertrunken, wie man es vom großen Friedrich Barbarossa berichtet hatte.

Prinz John war überstürzt nach Frankreich aufgebrochen und mit Truppenverstärkung nach England heimgekehrt. Selbstsicher hatte er verkündet, dass sein Bruder nicht zurückkäme, doch weder die Barone noch die Justiziare oder die Königin hatten ihn bei dem Versuch, Richards Krone an sich zu nehmen, unterstützt. Ohne einen sicheren Beweis für den Tod ihres Königs hatten sie die Hoffnung, ihren König lebend wiederzusehen, nicht aufgeben wollen.

Doch statt von seinem Tod hörten sie schließlich, dass Richard von Leopold V. von Österreich gefangen genommen worden und dem Kaiser übergeben worden war.

Johns verräterische Bemühungen waren also gescheitert, und er würde den Zorn seines Bruders fürchten müssen, sobald dieser zurückkehrte. Auch den Baronen, die John unbehelligt hatten walten lassen, konnte der König Verrat vorwerfen, darum mussten sie nun unzweifelhafte Loyalität unter Beweis stellen und alles tun, um Richard so schnell wie möglich zu befreien. Der Rat hatte also zwei Äbte beauftragt, ins Heilige Römische Reich zu reisen, um dort mit Richard in Verbindung zu treten und seine Weisungen entgegenzunehmen.

Dicke, weiche Flocken fielen nun vom Himmel. Erst langsam, dann immer rascher tanzten sie herab. Guillaume starrte in das unendlich wirkende Grau über ihm, wählte sich eine Schneeflocke aus, heftete den Blick auf sie und verfolgte ihren Weg bis auf den Boden, dann sah er wieder nach oben und begann von vorn. Es dauerte nicht lange, und der Weg vor ihm war mit Schnee bedeckt, weiß, unschuldig, unbefleckt. Ist mein Gewissen ebenso rein?, fragte er sich. Habe ich mit Bedacht gehandelt, oder habe ich zugunsten meines eigenen Vorteils die Interessen meines Königs vernachlässigt?

Pegasus schnaubte ungeduldig.

Guillaume beruhigte den Hengst und tätschelte ihm den Hals.

Nein, er hatte seinen König nicht verraten. Er hatte versucht, ein guter Justiziar zu sein, das Beste für England zu tun, was immer das auch sein mochte. Dass er sich John, wie so viele andere Barone auch, nicht strenger entgegengestellt hatte, mochte sich nun als Fehler herausstellen, doch das hatte keiner von ihnen wissen können. Wenn Richard gestorben wäre, hätte John den Thron bestiegen. Wem wäre dann mit ihrer Gegenwehr gedient gewesen? England gewiss nicht, denn dem Reich hätten sie dann nicht mehr dienen können. Wie die anderen Lords auch hatte Guillaume sich nicht allein für England, sondern auch für seine Ländereien verantwortlich gefühlt. Für das Erbe seiner Söhne. Für seine Güter in Irland. Doch wenn er bei Richard in Ungnade fiel, so war dieses Erbe ebenso in Gefahr, als wenn er sich John entgegengestellt hätte und dieser König geworden wäre. Nein, es machte keinen Sinn, mit seinen Entscheidungen zu hadern. Er hatte sie guten Gewissens getroffen und würde sie auch vor Richard verteidigen können, falls der je an ihm zweifelte. Niemals, zu keinem Zeitpunkt, hatte Guillaume Verrat an seinem König geübt!

Er atmete tief ein. Es hatte aufgehört zu schneien. Die Luft war rasch zu kalt für Schnee geworden. Guillaume beschloss zurückzureiten, denn es dämmerte bereits. Er sehnte sich plötzlich nach Ruhe und Frieden, nach Isabelle, ihrer Wärme und ihrer Fröhlichkeit. Auch der Gedanke, wie es William wohl in Oakham ergangen sein mochte, beschäftigte ihn. Ob Walkelin de Ferrers unversehrt vom Kreuzzug zurückgekehrt war und den neuen Falkner kennen- und schätzen gelernt hatte?

Im April, am Ende des Monats schließlich, kehrte Hubert Walter, der Bischof von Salisbury, vom Kreuzzug zurück. Er war ein enger Freund des Königs und hatte Seite an Seite mit ihm gegen die Ungläubigen gekämpft, trotzdem hatten sie den Rückweg getrennt angetreten. Noch auf der Heimreise hatte der Bischof von Richards Gefangenschaft erfahren und sich umgehend auf den Weg nach Rom gemacht, um den Papst zu bitten, Druck auf den Herzog auszuüben. Im Anschluss an seine Audienz war er der Spur Richards ins Heilige Römische Reich gefolgt und hatte sich durchgefragt, bis er ihn schließlich in Hagenau aufgetan hatte. Dem Rat legte er bei seiner Rückkehr ein Schriftstück vor, das von Richard unterzeichnet war und ihn zum Nachfolger des Erzbischofs von Canterbury nominierte, der auf dem Kreuzzug vor Akko gefallen war.

Wie sich schon bald herausstellte, hatte Richard mit ihm eine hervorragende Wahl getroffen, denn Hubert Walter verlor keinen Augenblick Zeit und verhandelte umgehend einen Frieden mit Prinz John, um weitere Unruhen zu vermeiden.

Als kurz darauf die Nachricht eintraf, dass auch Baudouin lebend aus Outremer zurückgekehrt und endlich in England eingetroffen sei, fiel Guillaume ein Stein vom Herzen.

»Ist es wahr, dass Ihr gemeinsam mit dem König in Gefangenschaft geraten seid?«, fragte FitzPeter, als Baudouin vor den Rat trat, und runzelte die Stirn.

»Ja, Mylords, und ich will Euch gern berichten, was geschehen ist.« Baudouin nickte in die Runde. »Richard wollte England noch vor Ende des Jahres erreichen, doch die Rückreise gestaltete sich schwierig«, begann er zu erzählen. »Der König wollte weder im Winter die raue See um Spanien besegeln noch den Landweg durch den Süden Frankreichs wagen, wo er mit einem Angriff durch den französischen König oder Raymond de Toulouse hätte rechnen müssen. Auch der Weg über Mailand war ihm wegen des kaiserlichen Grolls auf die Welfen und Tankred von Lecce zu unsicher. Darum entschied er sich für einen Umweg.« Baudouin seufzte. »Wir segelten also nach Korfu und schickten unser Schiff von dort aus weiter nach Brindisi, um unsere Spur zu verwischen. Nur fünfzehn Getreue, zu denen auch ich gehörte, wählte sich Richard zu seiner Begleitung, heuerte ein Piratenschiff an und folgte der Adria-Küste Richtung Norden.«

»Wäre Raymond de Toulouse zu begegnen nicht weniger gefährlich gewesen als solch ein Umweg?«, fragte jemand. »Der König hat ihn doch schon mehr als einmal besiegt!«

Baudouin schüttelte den Kopf. »Nein, Mylords. Der König hatte nicht genügend Männer zur Verfügung und wäre leichte Beute für seine alten Feinde gewesen.« Er seufzte ergeben. »Zunächst wollte Richard östlich am Heiligen Römischen Reich vorbeiziehen und dann von einem der Nordseehäfen nach England segeln. Eines Morgens jedoch erklärte er uns plötzlich, dass er durch die Ostalpen reisen werde.«

Ungläubiges Gemurmel erhob sich.

»Ich warnte ihn davor, doch Richard schien unbekümmert. Er glaubte, als wohlhabender Kaufmann verkleidet, unbehelligt reisen zu können.« Baudouin machte eine Pause. Die Blicke der Lords hingen gebannt an seinen Lippen. »Doch man kam ihm schon bald auf die Schliche. Vielleicht, wenn er weniger stattlich und sein Haar nicht von so auffälliger Farbe gewesen wäre …« Baudouin zuckte mit den Schultern und lächelte. »Doch ich fürchte, es war seine Großzügigkeit, die ihm zum Verhängnis wurde, denn ein Kaufmann, das weiß jeder, wird nur dann reich, wenn er geizig ist!« Die Lords stimmten Baudouin lachend zu. »Als man uns schon bald verfolgte, ließ Richard acht Ritter zurück, um von uns abzulenken, doch in der Steiermark kamen uns kaiserliche Häscher bedrohlich nah, trotzdem war Richards Zuversicht ungebrochen. Er ließ weitere Männer zurück, und nur ein Junge, der die deutsche Sprache beherrschte, und ich blieben noch bei ihm. Wir flohen nach Nordosten, über den tief verschneiten Semmering. Der Feind saß uns im Nacken, und ich drängte den König, sich in Ungarn in Sicherheit zu bringen, doch er hörte nicht auf mich. Nach so vielen Tagen und Nächten auf den Pferden waren wir erschöpft und nahmen schließlich unweit von Wien, in Erdberg, Quartier. Ob uns der Junge verraten hat oder die byzantinischen Münzen, mit denen wir bezahlten?« Baudouin schüttelte nachdenklich den Kopf. »Vielleicht war es auch der auffällige Ring, den Richard am Finger trug … Drei Tage vor dem Christfest jedenfalls war unsere Flucht zu Ende, und die Männer von Herzog Leopold brachten uns nach Dürnstein, einem hoffnungslosen Ort hoch über der Donau.«

»Wie aber kamt Ihr frei, Baudouin?«, fragte FitzPeter.

»Eines Tages plötzlich hieß es, ich könne gehen. Man sagte mir, ich solle nach England zurückkehren, um zu berichten, dass der König angemessen behandelt werde und dass man gewillt sei, seine Freilassung erneut zu verhandeln. Es heißt, dass es Richards Wortgewandtheit zu verdanken sei, dass der Kaiser neue Bereitschaft zu Verhandlungen zeigt. Anlässlich eines Reichstages hatte der Kaiser nämlich begonnen, einen Prozess gegen Richard zu führen. Er hat ihn beschuldigt, an der Ermordung Konrads von Montferrat beteiligt gewesen zu sein und Verrat am Heiligen Land verübt zu haben.«

»Welch schamlose Frechheit!«, rief einer der Barone. Die anderen stimmten ihm zu und begannen, wütend auf den Kaiser zu schimpfen. »Unser König ein Verräter am Heiligen Land? Ausgerechnet Richard, der mutigste und ehrenhafteste von allen!«, echauffierten sie sich.

»Mylords!« Baudouin hob die Hände, um sie zu beruhigen. »Eine solche Anklage ist fürwahr eine Ruchlosigkeit ohnegleichen, und Ihr könnt Euch vorstellen, dass Richard sich nicht ohnmächtig hat beleidigen lassen! Mit Würde, Mut und Weisheit hat er sich zu wehren gewusst und mit wohlgewählten Worten und weltgewandtem Auftreten die Reichsfürsten auf seine Seite gebracht. Niemand hätte sich erhabener, beredsamer und gleichzeitig bescheidener verteidigen können als er! Achtung gebietend und zugleich den Fürsten Ehre erweisend, ist er seinem Beinamen Löwenherz mehr als gerecht geworden. Alle Vorwürfe gegen ihn wurden darum fallen gelassen.«

Eine längere Debatte über die Unverfrorenheit des Kaisers entstand. Guillaume war so empört, dass er am liebsten umgehend losgezogen wäre, um seinen Herrn zu befreien, doch ein solches Unterfangen war unsinnig und wäre zweifelsohne gescheitert. Also beruhigte er sich wieder, wohl wissend, dass es klüger war zu verhandeln, und so beschloss der Rat am Ende seiner Sitzung, William Briwerre als Vertreter der Justiziare nach Worms zu schicken, und bat Baudouin, ihn zu begleiten.

Der Franzosenkönig indes hatte die Zeit nicht ungenutzt verstreichen lassen und erneut die Messer gewetzt. Nur wenige Tage vor Hubert Walters Rückkehr hatte er die Unsicherheit, die in der Normandie durch Richards Gefangenschaft entstanden war, genutzt und praktisch ohne Gegenwehr die Burg von Gisors eingenommen. Wie aber sollte man sich des französischen Königs annehmen, die Freilassungsbedingungen für Richard verhandeln und zugleich das ungeheure Lösegeld auftreiben?

Die Justiziare taten alles Menschenmögliche, doch die Summe, die der Kaiser forderte, war so gewaltig, dass es mit der neuerlichen Erhebung eines Zehnten nicht getan war. Da ein Krieg mit dem Franzosen ebenfalls kostspielig gewesen wäre, beschlossen sie also, dass der König sich seiner später annehmen würde, und ließen verkünden, dass jeder Freie den vierten Teil seines beweglichen Besitzes abgeben müsse. Auch die Kirche, selbst die in Armut lebenden Zisterzienser, jeder wurde aufgefordert zu zahlen. Ganz gleich, ob Adeliger, Bauer oder Handwerker, Heiler oder Händler, Bischof oder Prior, alle kamen der Aufforderung, ohne zu murren, nach, denn jeder sehnte sich nach der Rückkehr des Königs, von der sich alle Frieden und Wohlstand erhofften.

Als die Verhandlungen im Juli mit der Unterzeichnung des Wormser Vertrags beendet wurden und die Hoffnung auf Richards baldige Freilassung rechtfertigten, flüchtete Prinz John aus Angst vor dem Zorn seines Bruders aufs Festland.

Oktober 1193

Guillaume und seine Männer waren schon seit drei Tagen bei herrlichstem Herbstwetter unterwegs. Kurz vor Sonnenaufgang, als sie aufgebrochen waren, hatte noch leichter Nebel über den Wiesen gestanden, nun aber war der Himmel erneut von strahlendem Blau. Der Herbst war die schönste, weil farbigste Jahreszeit, zumindest wenn das Wetter so herrlich mild war. An den Bäumen hingen leuchtend rote, gelbe und braune Blätter, durch die eine leichte, noch immer fast sommerlich laue Brise rauschte. Wurde der Wind ein wenig stärker, dann trennten sich einige Blätter von ihren Ästen, segelten zu Boden oder wirbelten durch die Luft. Wie hätte man an einem solch wunderbaren Tag nicht daran glauben können, dass alles bald in Ordnung kam?

Guillaume atmete tief ein. Wenn die Hufe der Pferde bei ihrem raschen Ritt den Boden aufrissen, stieg dieser unvergleichlich würzige Duft nach Erde auf. Gegen Ende des Monats würde aus der leichten Brise ein heftiger Wind werden, der schließlich als Herbststurm über das Land fegte, an Bäumen rüttelte, einige von ihnen entwurzelte und Schäden an Gutshöfen und Hütten verursachte. Immerhin war bereits der größte Teil der Ernte eingeholt, auch wenn hier und da noch ein paar späte Äpfel an den Bäumen hingen. In Kürze würden die ersten Esskastanien auf dem Markt angeboten werden, glühend heiß und duftend. Ob Richard noch in diesem Jahr heimkehrte? Guillaume bezweifelte es, doch hegte er die Hoffnung, dass es nicht mehr allzu lange dauern würde.

Der Kaiser hatte hohe Adelige als Geiseln gefordert, um Richard freizulassen, bevor die volle Summe von nun nicht mehr einhunderttausend, wie ursprünglich gefordert, sondern einhundertfünfzigtausend Mark bezahlt war. Die Hälfte mehr war unglaublich viel, doch mussten nun wenigstens keine fünfzig voll ausgerüsteten Galeeren mehr gestellt werden, und die Geiseln mussten sich auch nicht, wie zunächst vorgesehen, an einem Kriegszug nach Sizilien beteiligen.

Guillaume seufzte. Er hatte sich als Geisel für seinen Herrn zur Verfügung stellen wollen, doch Richard hatte ihn wissen lassen, dass er auf ihn zählte, um mit den anderen Justiziaren das Land zu verwalten und das Geld einzutreiben. Es gab genügend bedeutende Männer, die bereit waren zu gehen. Richards Neffen, die welfischen Prinzen Otto und Wilhelm, gehörten dazu. Walter de Coutances, der Bischof von Rouen und erster Justiziar von England, stellte sich, ein Sohn des Königs von Navarra und viele mehr. Auch Longchamp, der sich bereits zu Beginn von Richards Gefangenschaft für ihn eingesetzt hatte, sollte unter den Freiwilligen sein. Ein herablassendes Zischen entfuhr Guillaume bei dem Gedanken an Longchamp.

»Dort hinten ist Oakham!«, rief jemand.

Guillaume richtete sich im Sattel auf, legte die Hand an die Stirn und starrte in die Ferne. »Ich glaube, ich rieche Braten und frisches Brot!«, rief er seinen Männern lachend zu. »Ihr etwa nicht?« Er zwinkerte ihnen zu und gab seinem Pferd die Sporen.

Voller Ungeduld wartete er darauf, William endlich wiederzusehen. Während er von Walkelin de Ferrers und einigen bereits anwesenden Baronen aufs Herzlichste begrüßt wurde, blickte er sich immer wieder unauffällig um. Seinen Sohn aber konnte er nirgends entdecken.

»Unsere letzte Begegnung liegt eine ganze Weile zurück, mein junger Freund. Wie geht es Euch?«, begrüßte er Hugh de Ferrers mit besonderer Herzlichkeit, als der sich zu ihnen gesellte. »Und was macht der Falkner, den Ihr damals abgeworben habt?«

»Es geht mir großartig, Maréchal, seit mein Vater unversehrt heimgekehrt ist, und William macht sich wirklich hervorragend!« Hugh de Ferrers strahlte.

Während sein Vater und sein Bruder dem König auf dem Kreuzzug gedient und Ruhm hatten ernten können, war er dazu bestimmt gewesen, daheim zu bleiben. Gewiss war er darum nun stolz, dass der Maréchal so vertraulich mit ihm tat.

»Ich fürchtete zunächst, er sei noch ein wenig zu jung für seine Aufgabe als erster Falkner, aber …« Sir Hugh lachte auf. »Ich kann beileibe nichts Schlechtes über ihn sagen! Er hat sich bei den Jagdgehilfen durchgesetzt, Robert und er arbeiten großartig zusammen, und meinen Falken geht es bestens!« Hugh de Ferrers sah sich suchend um. »Sicher kreuzt er Euren Weg noch. William war den ganzen Tag hier, und soweit ich weiß, ist er noch nicht zur Falknerei zurückgekehrt.«

Guillaumes Herz schlug einen Takt schneller, als er ihn kurz darauf tatsächlich entdeckte. Prächtig sah er aus! Sein Rücken war breiter geworden und sein Gang selbstsicherer. Das Hinken war kaum noch zu sehen. Aus dem jungen Burschen war ein Mann geworden! Ihre Blicke kreuzten sich.

»Maréchal!« William eilte strahlend auf ihn zu. »Herzlich willkommen auf Oakham!« Er verbeugte sich. »Welche Ehre und Freude, Euch wiederzusehen!«

»Die Freude ist ganz meinerseits, mein Junge. Wie ich hörte, hast du dich gut eingelebt!«

William errötete ein wenig. »Das habe ich, Mylord. Robert ist mein bester Freund, ein guter Falkner und sehr geschickt im Umgang mit den Hunden. Was könnte schöner sein, als gemeinsam mit ihm für die de Ferrers zu arbeiten?« Er strahlte.

»Ich habe drei Tage nur auf dem Pferd gesessen und würde mir gern ein wenig die Beine vertreten. Warum begleitest du mich nicht?«, schlug Guillaume vor.

Drei Tage Ritt waren nichts ungewöhnliches für einen Ritter, doch etwas anderes war ihm so schnell nicht eingefallen. Was hätte er auch sagen können? Ich möchte ein wenig Zeit mit dir verbringen, mein Sohn?

»Gern, Mylord!«, antwortete William sichtlich erfreut.

Eine Weile liefen sie schweigend nebeneinander her. So viele

Fragen schwirrten Guillaume durch den Kopf, doch keine einzige wollte über seine Lippen kommen.

Schließlich richtete William das Wort an ihn. »Ich hörte, wie Walkelin de Ferrers mit seinen Söhnen sprach. Wird der König wirklich gestatten, dass er sich als Geisel für ihn zum Kaiser begibt?«

Guillaume bemerkte den bekümmerten Ausdruck in Williams Augen und legte ihm die Hand auf die Schulter. »Gewiss, mein Sohn, doch sorge dich nicht um deinen Herrn. Geisel zu sein, ist nicht so schlimm, wie es sich anhört. Verfügt man über genügend Mittel, so kann man sich den Aufenthalt recht angenehm gestalten.«

William sah ihn mit großen Augen an.

Guillaume lachte. »Du musst dich wirklich nicht sorgen. Keine der Geiseln wird in feuchten Kerkern gefangen gehalten werden. Man wird sie in vernünftigen Quartieren auf unterschiedlichen Burgen unterbringen. Es ist vor allem ein teures Unterfangen, denn sie müssen selbst für die Reise aufkommen. Auch Bedienstete müssen sie mitbringen und auf eigene Kosten unterhalten. Darum werden ihre Lehnsmänner alles tun, um das restliche Lösegeld möglichst rasch aufzutreiben und ihre Herren zu befreien. Das ist der Sinn des Ganzen.« Er lächelte William aufmunternd an. »Walkelin de Ferrers war bei der Schlacht in Arsuf dabei. Ich bin sicher, er hat im Heiligen Land bedeutend Schlimmeres erlebt als das, was im Heiligen Römischen Reich auf ihn wartet.«

»Wart Ihr schon einmal dort?«

»Im Heiligen Römischen Reich?«

»Nein, im Heiligen Land.«

Guillaume nickte. Bei dem Gedanken an jene Zeit fuhr seine Hand unwillkürlich zu der Stelle, an der er für gewöhnlich sein Schwert trug, und tastete ins Leere. Sein Knappe ölte es vermutlich gerade. »Hat deine Mutter dir von Athanor erzählt?«, fragte er William und lächelte. Richard hatte ein Schwert besessen, von dem es hieß, es sei Excalibur, das Schwert von König Arthus, doch er hatte es bei seinem Aufenthalt in Sizilien Tankred von Lecce zum Geschenk gemacht. Gewiss hatte er das in Outremer bitter bereut, denn es hieß, Excalibur mache seinen Besitzer unbesiegbar. Ob Richard womöglich Zweifel an der Echtheit Excaliburs gehabt und sich darum davon getrennt hatte? Wie aus weiter Ferne hörte Guillaume, dass William ihn etwas fragte.

»Was hast du gesagt, mein Sohn?«

Ein junger Ritter, Odon of Elmswood oder so ähnlich – Guillaume erinnerte sich nicht –, lief an ihnen vorbei, nickte dem Maréchal anbiedernd zu und bedachte William mit einem feindseligen Blick.

»Meine Mutter hat es gemacht, nicht wahr?«, wiederholte William seine Frage.

Guillaume sah ihn einen Augenblick verwirrt an, dann lächelte er. »Ja. Athanor war das erste Schwert, das sie in allen Teilen allein gefertigt hat. Darum hat es auch nur zwei sehr kleine Tauschierungen. Das kupferne E, das für Ellenweore steht, wie du sicher weißt, und das zu einem Wahrzeichen für edle Schwerter geworden ist, und das kleine goldene Herz auf der anderen Klingenseite. Das Herz ist ein Schutzzeichen und steht für das Leben des Ritters, dem das Schwert gehört.« Er zeigte an sich herunter und lachte. »Wie du siehst, hat es mir gute Dienste geleistet, denn ich erfreue mich noch immer bester Gesundheit. Trotz aller Kämpfe. Ich trage es heute nicht bei mir, aber das nächste Mal zeige ich es dir.« Guillaume seufzte nachdenklich. »Ich habe mich mehr als einmal von Athanor trennen müssen, doch niemals hätte ich es aufgegeben, niemals, verstehst du? Nicht nur weil es mir zu vielen Siegen verholfen hat. Es war mir auch stets ein Trost, wenn ich einsam oder verzweifelt war. Wie ein guter alter Freund. Auch damals im Heiligen Land.«

William räusperte sich. »Ich wusste nicht, dass es Euch so viel bedeutet!«

»Es ist mein wertvollster Besitz und wird es immer sein!« Guillaume lächelte.

Ein Page kam auf ihn zu. »Maréchal, mein Herr bittet Euch in die Halle!«, richtete er aus, nachdem er sich verbeugt hatte, wie es sich gehörte.

»Danke, Junge, ich komme!«

Der Knabe verneigte sich erneut und rannte davon.

»Es war schön, ein wenig mit dir zu plaudern, William Fitz-Ellen. Deine Mutter muss sehr stolz auf dich sein!«

William sah zu Boden und schwieg.

Ob Ellen ihm noch immer gram war, weil er kein Schmied hatte werden wollen? »Glaub mir, der Tag, an dem sie es versteht und stolz auf dich ist, wird kommen. Ich kenne sie!«, sagte Guillaume und legte William die Hand auf die Schulter. »Sie hat allen Grund dazu, denn du bist deinen Weg gegangen, um deine Träume zu erfüllen, genau wie sie!« Und ich, fügte er im Stillen hinzu.

William hatte sich höflichst verabschiedet, und Guillaume blieb das bittere Gefühl, nicht annähernd genug Zeit mit ihm verbracht zu haben. Er füllte seine Brust mit der inzwischen kühl gewordenen Abendluft, ließ sie in feinen Schwaden langsam aus seiner Nase entweichen und betrat dann die Halle, in der man ihn bereits erwartete.

Gut zwei Dutzend Ritter hatten sich versammelt, denn es gab wichtige Dinge zu besprechen. Als der herzhafte Duft von gebratenem Fleisch Guillaumes Nase kitzelte, antwortete sein Magen mit einem begehrlichen Knurren. *Gasteviande!*, glaubte er, seine Kameraden aus Tancarville lästern zu hören. Er liebte kross gebratenes, saftiges Fleisch noch immer, nur dass nun niemand mehr wagte, ihn damit aufzuziehen.

»Bevor wir unseren Gaumen verwöhnen, bitte ich den Maréchal, uns einen Überblick über die Lage zu geben«, erklärte Walkelin de Ferrers und erteilte Guillaume das Wort.

»Die Königin hat in Ipswich, Dunwich und Oxford nach Schiffen Ausschau halten lassen und ist dabei, eine beachtliche Flotte zusammenzustellen.« Guillaume räusperte sich. »Sobald wir einhunderttausend Mark beisammenhaben – was hoffentlich nicht mehr allzu lange dauert – und der Kaiser seine Bereitschaft erklärt hat, den König entsprechend dem Wormser Vertrag gegen diese Summe und zweihundert Geiseln freizulassen, wird unsere geliebte Königin höchstpersönlich aufbrechen, um ihren Sohn abzuholen.«

Ein Raunen ging durch den Saal. Niemand kannte ihr genaues Alter, doch jeder wusste, dass Eleonore an die siebzig sein musste!

Guillaume hatte sie erst kürzlich gesehen und kaum glauben können, dass sie so viel älter war als er. Ihr Gesicht war schmaler geworden, gewiss, und die Haut nicht mehr so prall wie früher, trotzdem war sie noch immer nahezu faltenlos. Sie strahlte Güte, Bescheidenheit und Eleganz ebenso aus wie Weisheit und außerordentliche Stärke. Einer Königin wie ihr musste man einfach zu Füßen liegen.

»Fürwahr«, bestätigte er nickend. »Eine mutige Entscheidung von einer ganz erstaunlichen Frau! Es versteht sich darum von selbst, dass ihrer Sicherheit zuliebe oberste Geheimhaltung erforderlich ist. Es werden alle nötigen Vorkehrungen getroffen, um die Flotte so zu verstärken, dass sie winterlichen Stürmen ebenso trotzen kann wie möglichen Piratenangriffen, trotzdem ist die Reise überaus gefährlich. Eine solche Summe, selbst auf mehrere Schiffe verteilt, lockt unzweifelhaft die brutalsten Unholde an, Räuber, Piraten und Gesetzlose, die vor nichts zurückschrecken. Euch, Sir Walkelin, bittet die Königin darum, sie mit Euren Männern als Teil ihrer Eskorte zu begleiten.«

Walkelin de Ferrers legte die Hand auf sein Herz und neigte das Haupt. »Richtet der Königin meinen zutiefst empfundenen Dank für diesen gütigen Beweis ihres Vertrauens aus. Ich werde zur Stelle sein, wenn es so weit ist. Lasst mir nur zur rechten Zeit eine Nachricht zukommen.«

»Elmswood?« Guillaume sah den jungen Ritter an, der ihm schon im Hof begegnet war.

»Elmswick, Mylord, Odon of Elmswick.«

»Elmswick, meinetwegen«, brummte Guillaume. »Ihr sollt einen Teil des Lösegeldes zu Lande begleiten. Eure Männer sollen verschwiegen sein und keine Fragen stellen, heißt es.«

»Jawohl, Mylord!« Elmswick grinste wie ein Spanferkel.

Fehlt nur noch der Apfel im Maul, dachte Guillaume. Der hasserfüllte Blick, den der junge Ritter seinem Sohn zugeworfen hatte, wollte ihm nicht aus dem Kopf gehen. Ob die beiden schon einmal aneinandergeraten waren? Besser, William geht ihm aus dem Weg, dachte er und fuhr fort: »Der Earl of Arundel wird Euch zu gegebener Zeit mit den Einzelheiten vertraut machen.« Guillaume wandte sich ab und teilte einem Baron nach dem anderen seine Aufgabe zu, bevor er noch einmal das Wort an diejenigen unter den Anwesenden richtete, die zu den Geiseln gehören würden.

»Ein Bote wird Euch mitteilen, wann und wo der Vogel schlüpfen wird.« Er griff nach seinem Becher. »Jeder weiß nun, was zu tun ist. Auf gutes Gelingen«, sagte er und hob ihn hoch. »Auf König Richard!«, rief er aus und trank den anderen zu.

Bis Dezember hatte Guillaume alle Hände voll zu tun, um das Lösegeld sammeln und zählen zu lassen. Erst als es auf den Weg gebracht war, konnte er heim nach Striguil reiten, um das Christfest mit seiner Familie zu verbringen, die er um eine Tochter bereichert vorfand.

Überglücklich, dass Mutter und Kinder wohlauf waren, genoss er die Ruhe vor dem Sturm. Wenn Richard erst zurück war, würde es sicher eine ganze Weile turbulent zugehen. Bis dahin wollte er so viel Zeit wie möglich mit Isabelle und den Kindern verbringen.

Für seinen Ältesten hatte er ein kleines Holzschwert und einen Schild anfertigen lassen, der mit seinem Wappen bemalt war. »Halb grün, halb gold, mit einem kriechenden Löwen in Rot, das sind unsere Farben«, erklärte er seinem Sohn stolz und zeigte dem gut Dreijährigen, wie er mit dem Schwert umzugehen hatte.

Der kleine Richard war noch keine zwei und konnte gerade eben laufen. Er war zu jung für ein Holzschwert, aber er juchzte, wenn sein älterer Bruder laut johlend durch die Halle lief und seine Waffe schwang. Die beiden Jungen hatten das Haar ihrer

Mutter und die blauen Augen ihres Vaters, so wie Isabelle es sich gewünscht hatte.

Guillaume glaubte, sein Amt als Justiziar stets nach bestem Wissen und Gewissen erfüllt zu haben, dennoch musste er fürchten, in Richards Augen nicht immer richtig gehandelt zu haben. So beriet er sich nach dem Fest mit den anderen Justiziaren, ob und wie man noch gegen Prinz John vorgehen sollte. Als deutlich wurde, dass die Rückkehr des Königs unmittelbar bevorstand, beschlossen sie, John, der noch immer bei dem Franzosen weilte, seiner wichtigsten Güter in England zu entheben und seine Burgen zu besetzen, um sich von ihm zu distanzieren. Ein deutlicher Schritt gegen ihn war nicht nur angemessen, sondern längst überfällig. Wenn sie ihre Entscheidung nur nicht zu spät getroffen hatten! Falls Richard enttäuscht von ihnen war, stand es schlecht um ihre Zukunft bei Hof!

Trotzdem hatte sich Guillaume bis zuletzt schwergetan, Schritte gegen Prinz John zu erwägen, denn der war noch immer Herr über Irland und damit sein Lehnsherr für Kilkenny und die umliegenden Ländereien. Guillaume schuldete ihm darum Treue, ob es ihm passte oder nicht. Würde der König sein Zögern verstehen? Würde er sein Verhalten dulden oder ihm bei seiner Rückkehr Verrat vorwerfen und ihn bestrafen? Guillaume wusste es nicht, doch seine Zuversicht wollte er nicht aufgeben.

STRIGUIL IM MÄRZ 1194

Die Nachricht vom Tod seines Bruders traf Guillaume nicht wirklich. Obwohl sie sich in den vergangenen Jahren häufiger gesehen hatten, waren sie sich niemals nah gewesen, trotzdem machte ihn der Verlust nachdenklich. Bin ich der Nächste, der sterben wird?, fragte er sich. Als Verräter womöglich, wie Jean?

Sein Bruder war bei den Kämpfen um Marlborough Castle gestorben, der Burg, auf der sie beide das Licht der Welt erblickt hatten. Doch nicht für Richard hatte er sie gehalten, sondern für Prinz John, und sie weder aufgegeben, als Guillaume ihn dazu aufgefordert hatte, noch als der Erzbischof von Canterbury sie hatte belagern lassen.

Guillaume horchte in sein Innerstes. Wie würde Gott der Herr ihn aufnehmen, wenn er einmal starb? War er würdig, sich eines Tages im Gewand der Templer auf den Weg zum Jüngsten Gericht zu machen? Gewiss, er hatte versucht, Gott gefällig zu sein, und eine kleine Augustiner-Abtei mit seinen Ländereien in Lancashire gegründet, doch war es sicher besser, sich der Kirche gegenüber noch bedeutend großzügiger zu erweisen, so ihm denn genug Zeit dazu verblieb!

Vermutlich würde ein Teil von Jeans Besitz an ihn gehen, denn sein Bruder hatte nur einen unehelichen Sohn, aber keinen Erben gezeugt. Ein weiterer Grund, nicht wirklich zu trauern, denn ganz so reich, wie er gehofft hatte, war Guillaume durch die Eheschließung mit Isabelle nicht geworden. Zwar war er durchaus ein bedeutender Baron, doch die Grafschaft Pembroke und der dazugehörige Titel, auf den schon Isabelles Vater vergeblich Anspruch erhoben hatte, waren nicht, wie erwartet, an ihn gegangen. Auch um seine Ländereien in Irland hatte er sich bislang noch nicht kümmern können. Ob er sie überhaupt jemals zu Gesicht bekommen würde? Immerhin hatte er Nachricht, dass Richard kürzlich in England eingetroffen war.

Guillaume seufzte. Wieder einmal waren sein Schicksal und seine Zukunft ungewiss. Einerseits erwartete man von einem Mann seines Standes, dass er trauerte und seine Aufgabe als Nachgeborener erfüllte, indem er seinen Bruder auf seinem letzten Gang begleitete, dessen Witwe eine Stütze war und für ein feierliches Begräbnis sorgte. Andererseits hatte Guillaume nicht nur eine Verpflichtung gegenüber dem Verstorbenen. Er war auch Richards Getreuer, und als solcher hatte er seinem König, ohne zu zögern und so schnell wie möglich, entgegenzuziehen. Wäre sein Bruder kein Verräter gewesen, so hätte der König gewiss Verständnis für eine Verspätung seines Justiziars gehabt. Ob er Richard aber warten lassen konnte, um einen Verräter zu ehren?

Guillaume befragte sein Herz. Dachte er an Jean, war es wie tot. Der Bruder hatte ihn nicht gemocht und ihm nichts bedeutet. Mit keinem Wort hatte er ihm jemals Zuneigung gezeigt, nie auch nur eine brüderliche Geste für ihn übrig gehabt. Stets war er nur voller Neid gewesen und auf den eigenen Vorteil bedacht. Bei dem Gedanken an Richard jedoch schlug Guillaumes Herz voller Hoffnung und Lebensfreude! Richard war sein König, der Herr, dem er ewige Treue geschworen hatte. Der Mann, der Freundschaft über alles schätzte, der ihm schon einmal verziehen hatte und dem er alles verdankte! Nein, sein Herz sagte es ganz deutlich: Er durfte seinen König nicht länger warten lassen als unbedingt erforderlich.

Guillaume ließ also Jeans Leichnam nach Cirencester bringen, wo eine feierliche Messe für den älteren Bruder gelesen wurde, und richtete tröstende Worte an die Witwe. Dann wies er seine Männer an, den Trauerzug ohne ihn nach Bradenstoke zu geleiten, wo Jean beerdigt werden sollte, und eilte mit drei Rittern nach Norden, um in Huntingdon zu seinem König zu stoßen.

Baudouin kam ihm als Erster entgegen, umarmte Guillaume und führte ihn zu ihrem Herrn. »Die meisten Burgen, die Prinz John während Richards Gefangenschaft verstärkt hat, haben bereits aufgegeben, nur Tickill und Nottingham harren noch aus«, erklärte er ihm auf dem Weg zum König. »Nach seiner Ankunft in Sandwich ist Richard sogleich nach Canterbury gezogen, um am Grab des heiligen Thomas Becket Andacht zu halten. Dann ging er nach London, wo er mit unglaublichem Jubel empfangen wurde. Du kannst dir nicht vorstellen, wie begeistert die Londoner waren, als er sich mit wenigen – schlecht gesprochenen zwar, aber *englischen* – Worten an sie gewandt hat. Die gesamte Bürgerschaft war herausgeputzt, die Stadt aufs Prächtigste geschmückt und die Stimmung von ausgelassener Freude. Die deutschen Adeligen, die Richard begleitet haben, waren erstaunt, mit welchem Aufwand der König begrüßt wurde. Sie haben wohl ein ausgeblutetes Land erwartet!« Baudouin lachte. »Die horrende Lösegeldforderung hat England gewiss ausgesaugt, doch Richards Untertanen sind königstreu und fleißig. Schon bald wird sich das Land erholt haben. Und die Londoner Bürgerschaft hat offenbar genug Reserven, um sich auch an dem Rest des Lösegeldes noch einmal ordentlich zu beteiligen!« Baudouin schickte sich an vorauszugehen und hielt Guillaume die Tür auf. »Ach ja, mein Beileid übrigens!«

»Danke.« Guillaume straffte die Schultern, bevor er vor seinen König trat. Jean war jetzt wirklich nicht wichtig.

»Maréchal!«, begrüßte ihn Richard gut gelaunt, ohne ein Wort über seinen verstorbenen Bruder zu verlieren.

Immerhin haben wir eines gemeinsam, dachte Guillaume: einen Bruder, der als Verräter des Königs gilt! Er verbeugte sich und ging auf Richard zu. »Erlaubt Ihr, dass ich Euch umarme, Sire?«

Der König nickte gnädig.

»England hat so sehr auf Euch gewartet!«, flüsterte er Richard ins Ohr. »Ihr ahnt nicht, welche Erleichterung es ist, Euch wohlbehalten wiederzusehen!«

»Nun, lieber Freund, auch ich bin froh, den unbehaglichen deutschen Burgen entkommen zu sein.« Richard lachte. »Nicht überall hat man mich wie einen hohen Gast behandelt.« Er schüttelte den Kopf. »Nur am Niederrhein genieße ich hohes Ansehen, im Gegensatz zum Kaiser, den man dort herzlich wenig schätzt. In Köln, wo ich auf meiner Rückreise haltgemacht habe, hat mich der Erzbischof mit großen Ehren empfangen und einen Gottesdienst im Dom abhalten lassen, um meine Freilassung zu feiern. Eine Freundschaft, die uns gewiss noch Nutzen bringen kann.«

»In Köln?« Guillaume zog die Augenbrauen hoch. »Eine beeindruckende Stadt, nicht wahr, Sire?«

»Ihr kennt sie?« Der König schien erstaunt.

Guillaume nickte. »Ich habe einst bei den Gebeinen der Heiligen Drei Könige gebetet.« Die Erinnerung an seine Reise ließ ein Lächeln über Guillaumes Gesicht huschen. Der Anlass war nicht der beste gewesen, doch das alles war lange her. »Allerdings war ich nicht Gast des Erzbischofs, sondern eines heruntergekommenen Wirtshauses!« Er lachte erleichtert. Nichts an Richards Verhalten deutete an, dass der König ihm gram war. Ob er wusste, dass es nicht leicht gewesen war, richtig zu handeln? Wie sehr Guillaume mit sich gekämpft und an sich gezweifelt hatte?

»Die Garnison von Tickill hat sich kampflos ergeben!«, verkündete Richard zufrieden. »Die Nachricht, dass ich wieder in England bin, hat genügt!« Er lachte, zuckte mit dem Kopf und sah seinen Pagen nur den Bruchteil eines Augenblicks an. Sofort eilte der zum Tisch, füllte zwei Becher mit Wein und gab einen seinem König und einen Guillaume.

»Trinken wir auf die wenig verlässlichen Anhänger meines untreuen Bruders!« Schalk lugte aus den Augen des Königs.

»Sire!« Guillaume räusperte sich kurz verlegen und trank.

»Und auf meine Getreuen, die wie Ihr, guter Freund, alles getan haben, damit England während meiner Abwesenheit sicher ist!«

Guillaume lächelte dünn. War das alles? Kein Vorwurf? Keine Frage nach dem Warum? Kein anklagender Blick? Guillaume konnte sein Glück kaum fassen, als der König seinen Becher erhob.

»Maréchal!«, hörte er die Königin rufen und blickte sich erstaunt um. Er hatte sie nicht bemerkt, als man ihn hereingeführt hatte, entdeckte sie nun aber nicht weit vom Kamin entfernt. »Kommt her!« Sie winkte ihn herbei.

Guillaume bat den König mit einer leichten Verbeugung, ihn zu entschuldigen, und trat vor sie.

Eleonore ergriff seine Rechte, hielt sie fest in beiden Händen und sah ihm in die Augen. »Ihr seid meinen Söhnen stets treu ergeben gewesen.« Ihre Hände waren zart und kühl wie immer und ihre Stimme sanft. Sie hielt einen Augenblick inne, als dächte sie darüber nach, was über Guillaumes Treue zu ihrem Gatten zu sagen war, fuhr dann jedoch milde lächelnd fort: »Mit John allerdings wart Ihr zu nachsichtig, viel zu nachsichtig!« Sie wedelte tadelnd mit dem Zeigefinger. »Richard«, voller Stolz sah sie zu ihrem Sohn herüber, »wird Euch für Eure treuen Dienste belohnen. Doch Ihr müsst mir versprechen, stets gut auf ihn achtzugeben. Er ist mir von all meinen Söhnen der liebste!« Sie lächelte. »Versteht Ihr?«

Guillaume dachte über seine eigenen Kinder nach und nickte. Auch wenn sie erleichtert aussah, wirkte die Königin ein wenig angestrengt. »Ihr solltet Euch nicht übernehmen, Mylady, warum setzt Ihr Euch nicht?« Guillaume zog einen bequemen Armstuhl herbei. Ihren Sohn aus seiner Gefangenschaft zu befreien, war ein langwieriges und sicher nicht einfaches Unterfangen gewesen, und der Weg bis ins Heilige Römische Reich und unter Umgehung Frankreichs wieder zurück war weit und in der winterlichen Kälte sicher nicht nur für eine Lady ihres Alters überaus beschwerlich gewesen.

Sie nickte dankbar und setzte sich. »Ihr habt ein gutes Herz, Maréchal.«

»Morgen ziehen wir nach Nottingham und erobern es!«, kündigte Richard voller Zuversicht an und erhob seinen Becher.

Die Verteidiger der Burg von Nottingham aber ergaben sich nicht so leicht, wie die Garnison von Tickill es getan hatte. Weder als Trompetenfanfaren seine Ankunft ankündigten noch als die Außenmauern der Feste nach einem schweren Angriff genommen waren, gaben sie auf. Nicht einmal als Richard Belagerungsmaschinen in Stellung brachte und einige der zuvor gefangenen Soldaten unweit der Stadt aufknüpfen ließ, wollten sie sich ergeben.

»Einer der Gefangenen hat uns berichtet, dass sie nicht glauben, dass Ihr wirklich zurück seid, Sire. Sie halten die Fanfaren und königlichen Standarten für eine List. Könntet Ihr Euch ihnen nur zu erkennen geben, sie würden die Burg gewiss umgehend aushändigen!«, erklärte Guillaume, denn der König verzweifelte beinahe ob ihrer Sturheit.

»Und wie, bitte, soll ich das tun?«, fauchte Richard ihn an. »Ohne mit einem Pfeil in der Brust zu enden? Ich kann mich kaum vor die Tore der Burg stellen, klopfen und persönlich um Einlass bitten!« Der König schnaubte, lief wütend auf und ab und erinnerte Guillaume an Henry II.

»Warum ladet Ihr nicht zwei Vertreter der Garnison ein und gewährt ihnen freies Geleit? Wenn sie sich selbst davon überzeugen können, dass Ihr frei seid und bei bester Gesundheit …«

Richard blieb stehen und grinste breit. »Warum bin ich darauf nur nicht selbst gekommen? Ihr habt recht, Maréchal! Worauf wartet Ihr noch? Nun macht schon, veranlasst, was nötig ist!«

Am folgenden Morgen wurden zwei Männer der Garnison von Nottingham zu ihm gebracht. Sie erkannten ihren König, warfen sich vor Richard zu Boden und flehten um Gnade. Dann versprachen sie, die Nachricht von seiner Anwesenheit umgehend weiterzugeben, und waren über die Maßen erleichtert, als Richard Wort hielt und sie unversehrt ziehen ließ.

»Ach, wenn es doch nur immer so einfach wäre zu gewinnen!« Richard lachte zufrieden, als sich die Garnison von Nottingham Castle schon bald darauf kampflos ergab, und zeigte sich milde, indem er lediglich Lösegelder von den Männern forderte, jedoch niemanden mehr hängen ließ. »Lasst uns den morgigen Tag ein wenig ruhiger angehen und in den Wald von Sherwood reiten, bevor wir das Konzil eröffnen!« Er klopfte Guillaume auf die Schulter. »Unser lieber Freund, der Erzbischof von Canterbury, kann es kaum erwarten, eine Menge Verordnungen, Vorschriften und Gesetze im Land zu verändern. Es gibt also schon bald viel zu tun!«

Nachdem der Erzbischof von Rouen sich ins Heilige Römische Reich begeben hatte, war Hubert Walter auch die Aufgabe des obersten Justiziars übertragen worden. Der König hatte ihn damit ebenso mächtig gemacht wie einst Longchamp, der inzwischen zwar entmachtet war, doch seit Kurzem wieder an Richards Seite stand.

»Ich werde meinen Lords wohl oder übel erneut in die Schatztruhen greifen müssen«, sagte Richard an Guillaume gewandt. »Auch Ihr werdet zahlen müssen, mein lieber Freund.«

»Gewiss, Mylord.« Guillaume neigte das Haupt.

»Es wird Euer Schaden nicht sein«, versprach Richard grinsend. »So wie ich Treue und Ergebenheit stets belohne.«

»Vielleicht solltet Ihr den Maréchal zunächst auffordern, Euch den Treueeid für Irland zu leisten!«, mischte sich Longchamp ein. Sie waren sich nie grün gewesen, darum wunderte es Guillaume nicht, dass Longchamp nun erneut versuchte, ihm zu schaden.

»Ja, Maréchal, wie steht es um den Treueeid für Irland?«, fragte der König.

»Verzeiht, Mylord, ich kann nicht.« Guillaume räusperte sich. »Eurem Bruder schwor ich bereits die Treue für Irland, dessen Herr er noch immer ist.«

Longchamp zog die Augenbrauen hoch und grinste. »Sät Ihr heute für eine spätere Ernte, Maréchal?«

Guillaume beachtete die Anschuldigung Longchamps nicht. »Mylord, ich habe Euch für die Ländereien Eures Reiches stets treue Dienste geleistet und bin ebensolche meinem Herrn in Irland schuldig. Wer auch immer versuchen sollte, die Insel an sich zu reißen, dem müsste ich an Johns Seite entgegentreten.« Guillaume verneigte sich mit rasendem Herzklopfen. Ob der König seine bedingungslose Treue zu schätzen wusste, auch wenn sie nicht ihm selbst galt?

»Ihr tut wohl daran, mir keinen Eid zu schwören, denn das wäre nicht recht«, antwortete der König und umarmte ihn. »Ihr seid ein aufrechter Mann, Maréchal! Ich zähle auf Euch, baue auf Euren Rat und Eure Freundschaft.«

»Mylord, ich werde Euch immer dienen!« Guillaume verneigte sich und bemerkte aus dem Augenwinkel nicht ohne Genugtuung, dass Longchamp kalkweiß vor Wut geworden war.

Portsmouth am 12. Mai 1194

Nachdem Richard in Northampton Hof gehalten und sich anschließend in Winchester ein zweites Mal hatte krönen lassen, war er nach Portsmouth gezogen, um sich von dort aus so rasch wie möglich aufs Festland einzuschiffen. Er hatte die Vorbereitungen zur Abreise mit aller Macht vorangetrieben und eine beachtliche Flotte zusammengestellt. Doch das Wetter hatte seine Pläne durchkreuzt und ihn gezwungen zu warten, bis sich die See beruhigt hatte.

Nachdem er Portsmouth die Stadtrechte erteilt und so all diejenigen besänftigt hatte, die sich von dem ungebührlichen Benehmen seiner Soldaten belästigt fühlten, war es nun endlich so weit: Einem Aufbruch stand nichts mehr im Weg.

Gleich im ersten Dämmerlicht hatte sich Guillaume mit seinen Leuten im Hafen eingefunden und war dort de Ferrers und William begegnet. Ein paar Worte nur hatten sie wechseln können, mehr nicht. Guillaume fuhr sich nervös durch die Haare. Ellen ging es gut, und sein Sohn sah prächtig aus. Ein winziges Lächeln spielte um seinen Mundwinkel.

»Guillaume, hörst du nicht?«, unterbrach Isabelle seine Gedanken.

»Bitte?«

»Gibt es wirklich keinen anderen Weg als so ein Ding?« Sie zeigte auf das Schiff, das unter den Schritten der Soldaten, die es mit Proviant, Waffen und Pferden beluden, schwankte und ächzte.

»Da du kein Vogel bist und nicht fliegen kannst, leider nein«, sagte Guillaume und zwang sich zur Heiterkeit, damit sie nicht merkte, dass ihn etwas anderes beschäftigte. »Als wüsstest du nicht, dass England eine Insel ist, genau wie Irland!« Er schüttelte tadelnd den Kopf, dann küsste er ihr aufmunternd die Nasenspitze. Wie reizend sie doch war, so ängstlich! »Ich verspreche dir, mein Liebling, ich gebe gut auf euch acht. Und wenn wir erst Barfleur erreicht haben, dann lachst du nur noch über deine Ängste.«

»Oh, nein, ganz gewiss nicht! Allein der Gedanke, dass das Meer mit seinen kalten, nassen Fingern nach mir und den Kindern greift …« Isabelle schüttelte sich. »In den ersten Wochen jeder Schwangerschaft ist mir speiübel, und nun bin ich endlich einmal nicht in anderen Umständen und werde mich wieder übergeben müssen!« Sie senkte den Blick.

»Du weinst doch nicht etwa?« Guillaume ergriff ihr Kinn und zog es hoch. Eine Träne rollte über ihre Wange. Liebevoll küsste er sie fort. Sie schmeckte salzig wie das Meer, vor dem sie sich so fürchtete. »Meine kühne Prinzessin!«, murmelte er. »Du darfst nicht weinen, nicht vor den Kindern.« Zum Glück standen die Ammen mit den Kleinen ein wenig abseits.

Isabelle nickte und versuchte sich an einem tapferen Lächeln.

»So ist es besser, mein Liebling!« Wie verletzlich seine kleine Wildkatze doch geworden war, seit sie die Kinder geboren hatte!

Ob Ellen sich mit Williams Geburt ebenfalls verändert hatte? Guillaume dachte über Limoges nach und darüber, wie wenig er doch über ihren weiteren Lebensweg wusste. Darüber, was sie durchgemacht hatte, nachdem sie aus der Normandie fortgegangen war, und wie sie wohl zurechtgekommen war, allein mit dem Jungen. Nur ein einziges Mal hatte er Ellen weinen sehen. Damals im Wald, nach ihrem ersten Liebesakt.

Er wandte sich beschämt ab. Es war nicht richtig, an Ellen zu denken und dabei Isabelle in die Augen zu sehen! Warum nur kann ich sie nicht endlich vergessen?, ärgerte er sich. Er liebte Isabelle. Ganz sicher. Er liebte sie anders als Ellen, aber nicht weniger, nur anders eben. Vielleicht, weil er älter war und sie so viel jünger, oder einfach, weil er nicht mehr der verträumte Bursche von damals war.

»Vater, seht nur, dahinten, der Mann mit dem Falken!«, rief sein Ältester, stürmte auf ihn zu und zeigte auf William, der noch immer in der Ferne stand.

Guillaume zwang sich, nicht zu lange in seine Richtung zu sehen, und nickte.

»Bekomme ich auch einen, wenn ich groß bin?«

»Das werden wir sehen, mein Junge«, antwortete Guillaume sanft und strich dem kleinen Kerl liebevoll über den Kopf. Wie gern hätte er seine Söhne einander vorgestellt, doch die Furcht, dass Isabelle ihm auf die Schliche kommen könnte, hielt ihn davon ab. Sie würde ganz sicher in seinen Augen erkennen, wie viel ihm William bedeutete, ihn über den jungen Mann ausfragen und, wenn sie alles wusste, nicht mehr glauben können, dass er sie liebte, ganz gleich, wie sehr er es ihr versichern würde. Jeden Tag, an dem er an ihrer Seite erwachen durfte, war ein Segen, und er hoffte, mit ihr leben zu dürfen, bis der Herr ihn zu sich rief.

»Ich werde niemals zulassen, dass dir oder den Kindern ein Leid geschieht«, murmelte er Isabelle ins Ohr.

Sie sah ihn dankbar an und küsste ihn. »Morgen sind wir auf dem Festland!« Sie seufzte leise. »Es ist mir ganz gleich, wo wir leben – in Kilkenny, Striguil oder in der Normandie –, das Wichtigste ist, dass du so oft wie möglich bei uns sein kannst!« Eine Träne schimmerte in ihren Augen.

»Wenn du mir nicht doch wieder guter Hoffnung bist!«, sagte Guillaume, wedelte mit dem Zeigefinger vor ihrem Gesicht herum und stupste ihr damit auf die Nase. Immer, wenn sie ein Kind erwartete, hatte sie so etwas Verletzliches an sich, das den Beschützer in ihm weckte. Erst kurz vor Ende einer Schwangerschaft wurde sie wieder trotziger und kämpferischer.

Als sie am nächsten Morgen im Hafen von Barfleur anlegten, konnte Isabelle es kaum abwarten, von Bord zu kommen.

»Halte dich lieber gut fest, wenn du an Land gehst! Du wirst noch eine Weile schlingern, der Boden aber bewegt sich nicht«, warnte Guillaume sie vor, doch Isabelle hörte nicht und lief eiligst den Steg hinunter. Plötzlich sackte sie in die Knie.

»Oh, mein Gott, ist mir schlecht!«, wimmerte sie, nachdem Guillaume ihr aufgeholfen hatte, presste die Hand auf den Mund und wandte sich ab.

Obwohl er selbst nicht damit zu kämpfen hatte, wusste Guillaume, dass viele Reisende auch an Land noch eine Weile Übelkeit verspürten.

»Wir werden mit dem König zu der Kirche dort oben ziehen und dem Herrn für die sichere Überfahrt danken«, erklärte er Isabelle, um sie abzulenken, und zeigte auf einen Hügel. Seine Stimme musste er dabei erheben, denn mit einem Mal hatten alle Glocken der Stadt zur Begrüßung des Königs zu läuten begonnen. »Komm, setz dich einen Augenblick auf das Fass hier und ruh dich aus, bis es weitergeht! Ich schicke dir die Kinderfrauen her.«

Isabelle nickte und sah ihn mit Tränen in den Augen an. »Ich bin nicht so hartgesotten, wie ich gedacht habe«, sagte sie unglücklich und schniefte.

»Unsinn, meine Liebste, du bist wunderbar!«, versicherte er ihr. »Hast du nicht gesehen, wie viele Männer die Fische gefüttert haben? Auch Baudouin hasst Seereisen und spuckt jedes Mal fürchterlich.« Er lächelte sie aufmunternd an. »Kinderkriegen ist schwere Arbeit, habe ich gehört, und gefährlich obendrein. Du hast mir in kürzester Zeit zwei Söhne und eine wunderbare Tochter geschenkt, ohne dich jemals zu beklagen. Du bist sogar noch schöner dabei geworden. Wahrlich, du hast nicht den geringsten Grund, dich zu schämen!«

»Ich bin froh, dass du da bist«, sagte Isabelle dankbar. »Was täte ich nur ohne dich?«

Guillaume strich ihr über die Wange und schüttelte schmunzelnd den Kopf. »Ich möchte wetten, dass es wieder ein Mädchen wird.«

* * *

Isabelle hasste es, wenn sie ohne Grund in Tränen ausbrach.

Sie wischte sich energisch über die Wange und zog entschlossen die Nase hoch. Vielleicht hatte Guillaume ja recht, und sie war tatsächlich wieder guter Hoffnung? Andererseits hatte sie sich, außer auf dem Schiff, in den vergangenen Tagen kein einziges Mal übergeben müssen. Sie legte die Hand auf ihren Bauch und horchte in sich hinein. Jede ihrer Schwangerschaften war in den ersten drei, vier Monaten von entsetzlicher Übelkeit begleitet gewesen, die sich nur langsam gebessert hatte. Dennoch war sie mit einem Mal sicher, das Guillaume recht hatte. Ich werde ein neues Wickeltuch sticken müssen, dachte sie, lächelte und warf einen weichen Blick auf ihre Kinder.

Sie lagen dicht aneinandergekuschelt in der großen Bettstatt, umgeben von dicken Kissen, die verhinderten, dass sie im Schlaf herunterrollten. Der Palast von Jean d'Alençon, dem Erzdiakon von Lisieux, war großzügig, und die Kammern, die man den Gästen zur Verfügung gestellt hatte, strahlten Wärme und Gemütlichkeit aus.

Suzanne sah von ihrer Stickarbeit auf und betrachtete Isabelle mit zusammengekniffenen Augen. »Ihr seht so strahlend aus!« Dann sah sie auf die Hand auf Isabelles Bauch und lächelte weich. »Ihr seid wieder gesegnet, mein Herz, nicht wahr?«

Isabelle errötete. »Ich denke, ja.« Sie sah einen Augenblick ins Leere. »Mir ist diesmal gar nicht übel. Ob ich mich daran gewöhnt habe?« Sie sah Suzanne mit großen Augen an, dann lachte sie auf. »Guillaume glaubt, dass es wieder ein Mädchen wird. Ich habe keine Ahnung, warum.«

»Oh, Hauptsache, es ist gesund!«, winkte Suzanne ab.

»Verzeiht, Mylady, erlaubt Ihr, dass ich ein wenig hinuntergehe?«, wurden sie von einer Kinderstimme unterbrochen.

Isabelle schaute irritiert in die Richtung, aus der die Frage gekommen war, und sah, dass Marguerite sich an einem ungeschickten Knicks versuchte. Ich muss ihr unbedingt beibringen, wie man eine anständige Aufwartung macht, dachte sie und lächelte das Mädchen an.

Guillaume hatte Marguerite am Vormittag zu ihr gebracht. Sie war etwa neun, vielleicht zehn Jahre alt und hatte keine Eltern mehr. Das arme Ding war das Mündel von Prinz John, der nach Lisieux gekommen war, um sich vor seinem königlichen Bruder in den Staub zu werfen und Verzeihung zu erflehen.

»Etwas Damengesellschaft würde ihr gewiss guttun!«, hatte Guillaume Isabelle zugeraunt und einen Kuss auf ihren Hals gehaucht, als er das Mädchen in ihre Kammer gebracht hatte. »Sie ist ein halber Junge und stellt mir ständig Fragen über Falken.« Er hatte mit den Augen gerollt und ihr zugezwinkert.

Isabelle wusste, wie schwer es war, so allein inmitten all der Männer, darum hatte sie Marguerite aufgefordert, bei ihr und den Kindern zu bleiben.

»Darf ich?«, hakte das Mädchen jetzt ungeduldig nach.

Solange die Kleinen wach gewesen waren, hatte Marguerite mit ihnen gespielt, nun aber langweilte sie sich offenbar.

»Gewiss, Liebes, geh nur nicht zu lange fort, damit ich mich nicht sorgen muss, hörst du?« Isabelle tätschelte ihr die Wange.

Die Augen des Mädchens glänzten. »Ich gehe mir nur die Falken ansehen!« Ihr langes braunes Haar wippte fröhlich, als sie davonstürmte. »Danke, Mylady!«, rief sie noch rasch, lugte kurz durch den Türspalt und verschwand.

Isabelle konnte sie über den Flur hüpfen hören. Vermutlich hofft sie, in der Halle auch Guillaume vorzufinden und ihn mit noch mehr Fragen traktieren zu können, dachte Isabelle und musste lächeln. Im Umgang mit Mädchen und Frauen war ihr Gatte entzückend unbeholfen! Niemals machte er einer Frau schöne Augen, ja er schien nicht einmal wahrzunehmen, wenn ihm begehrliche Blicke zugeworfen wurden, und doch wurde Isabelle manchmal von quälender Eifersucht geplagt. Gerade, weil sie niemals von anderen Frauen gehört hatte, schien ihr diese geheimnisvolle Ellen umso bedeutsamer. Mehr, als dass sie Schmiedin war, hatte Guillaume nie von ihr erzählt. Nicht ein einziges weiteres Wort hatte sie aus ihm herausbekommen. Er hatte sie geliebt. Das hatte er zugegeben. Vielleicht liebte er sie noch immer! Isabelle spürte dieses grauenhafte Reißen in der Brust, das sie immer dann quälte, wenn sie über die fremde Frau nachdachte.

»Was habt Ihr, mein Liebling?«, fragte Suzanne besorgt, als Isabelle schon wieder eine Träne über die Wange lief.

»Nichts!«, flunkerte Isabelle. »Die Schwangerschaft ist es wohl, die mich so entsetzlich viel weinen lässt!« Sie versuchte sich an einem Lächeln. Eifersucht war wie eine schlimme Krankheit, zehrend und gefährlich. Ob Guillaume je eifersüchtig gewesen war? Isabelle bezweifelte es. Conall aber, Conall wusste, was Eifersucht bedeutete. Er kannte ihre zerstörerische Kraft, die Pein, die sie verursachte. Er hatte es nicht mehr ausgehalten zu sehen, wie glücklich sie mit Guillaume war, und darum gebeten, nach Kilkenny zurückkehren zu dürfen, als der Maréchal am Ende ihres ersten Ehejahres einen seiner treuesten Männer nach Irland geschickt hatte, damit er an seiner statt Isabelles dortige Ländereien in Besitz nahm. Isabelle rieb sich über die Nase. Es schmerzte, an Conall zu denken. Er fehlte ihr. Ob er inzwischen auch verheiratet war und Kinder hatte?

Es dämmerte bereits, als Marguerite mit vor Aufregung geröteten Wangen in die Kammer zurückkehrte.

»Der Maréchal hat mich zwei Falknern vorgestellt. Sie heißen William und Robert und waren sehr freundlich«, plapperte sie drauflos. »William war besonders entgegenkommend. Er hat mir erlaubt, einen der Falken auf die Faust zu nehmen und ihn zu füttern. ›Atzen‹ nennt man das. Ich habe einen Handschuh von ihm bekommen, weil Falken so scharfe Krallen haben!«, berichtete sie atemlos. »Sie haben auch ganz spitze Schnäbel, aber ich habe keine Angst. Wirklich! Ich finde sie wunderbar! Wenn ich groß bin, werde ich auch Falken haben, so wie mein Vater einst. William hat gesagt, auch Damen dürfen beizen gehen. So nennt man es, wenn sie jagen«, erklärte sie. »Ich wäre so gern morgen wieder zu ihnen gegangen, doch ihr Herr zieht weiter zu seinem Gut. Ach, Mylady! So einen schönen Tag hatte ich lange nicht. Ich habe so viel gelernt!«, schwärmte sie. »Hoffentlich begegne ich William bald wieder. Ich bin sicher, er würde mich abermals helfen lassen!«

Isabelle lächelte sie an und strich ihr eine Haarsträhne aus dem Gesicht. Guillaume war inzwischen bei ihr gewesen und hatte ihr von den neuesten Ereignissen berichtet.

»Der König hat seinem Bruder, deinem Vormund, vergeben«, erklärte sie Marguerite, ohne darauf einzugehen, welche Verfehlungen man dem Prinzen vorwarf. »Darum muss er nun für ihn Krieg führen. Das aber ist gefährlich, deshalb kannst du nicht mit ihm gehen. Wie wäre es, wenn du ein Weilchen mit uns kommst, bis Prinz John entschieden hat, wohin er dich schicken will? Ich werde mich mit den Kindern auf einem unserer Güter in der Normandie niederlassen. Du könntest dort mit ihnen spielen und Unterricht von einem Priester bekommen.«

»Wird Onkel John mich besuchen können?«

»Gewiss doch, mein Herz!« Isabelle lächelte.

»Und habt Ihr dort auch Falken?«, wollte Marguerite nun wissen.

»Ich glaube, nicht.« Isabelle lachte unsicher.

»Hm«, machte Marguerite und zuckte mit den Schultern.

Isabelle sah hilfesuchend zu Suzanne.

»Bestimmt gibt es dort viele andere Tiere. Hunde und Katzen«, sprang die Zofe ihr bei.

»Ach ja, eine Katze, wie gern hätte ich wieder eine Katze!«, schwärmte Isabelle. »Magst du Katzen, Marguerite?«

»Hm«, brummte das Mädchen und zuckte wieder mit den Schultern. »Weiß nicht. Ich glaube, ich mag Hunde lieber.«

Isabelle lächelte, obwohl ihr nicht wirklich danach zumute war, denn nicht nur Prinz John musste fort, um Evreux für den König zu erobern. Auch Guillaume würde Lisieux bereits am nächsten Tag verlassen, um mit Richard nach Verneuil zu ziehen, das Philippe belagert hatte, während sie in Portsmouth festgesessen und auf besseres Wetter gewartet hatten.

Winter 1194/1195

Nach Verneuil war Guillaume seinem König noch in viele weitere Kämpfe gefolgt. In Rouen, Tours, Loches, Angoulême und Vaudreuil hatten sie sich wacker geschlagen. Der Franzose hatte an Boden verloren und Richard die Herrschaft in der Touraine, die Philippe während seiner Gefangenschaft an sich gerissen hatte, zurückerlangen und seine Stellung in Aquitanien wieder festigen können.

Im Sommer schließlich war ein Waffenstillstand zwischen beiden Königen verhandelt worden. Doch die Atempause hatte nicht lange gewährt, und im Herbst waren zu allem Übel noch schlimme Missernten hinzugekommen, die das Land schwer gebeutelt und noch vor dem Christfest die ersten Hungersnöte hervorgerufen hatten.

Niedergeschlagen kehrte Guillaume diesmal in jenes Heim zurück, das Isabelle in der Normandie für sie eingerichtet hatte, und auch die Männer, die ihn begleitet hatten, ließen ob der großen Not im Land bekümmert die Köpfe hängen. Ihre Blicke glitten an freudlosen, kahlen Bäumen vorbei, deren Äste in den grauen Himmel ragten, als riefen sie Gott den Herrn verzweifelt um Hilfe an. Unbarmherzig kalt waren die letzten Nächte gewesen, die sie unter freiem Himmel auf gefrorenen Böden hatten verbringen müssen.

Guillaume wackelte mit den Zehen, um sicher zu sein, dass sie ihm im Schlaf nicht abgefroren waren. Von einem seiner Güter zum nächsten waren sie gezogen, hatten Burgen, Höfe und Gestüte aus seinem Besitz besucht. Er hatte sich von den Stewards die Bücher vorlegen lassen und war erschrocken, als Gildwin ihm daraus vorgelesen hatte. Fast überall waren die Ernten miserabel gewesen und die Vorräte viel zu früh zur Neige gegangen, sodass auch die Geldmittel von Tag zu Tag weniger wurden. Nur die Pferdezucht hatte mehr eingebracht, als er erwartet hatte. Doch je kälter es wurde, desto stärker stiegen die Preise für Mehl und Brot, was den Gewinn rasch dahinschmelzen ließ. Das Ende des Winters war noch nicht in Sicht, und die Not wurde überall größer.

Isabelle mochte versuchen, das Leid im Dorf zu lindern, doch es würde ihr nur bedingt gelingen, denn Guillaume hatte keine Nahrungsmittel mitbringen können. Überall war ihnen der Hunger begegnet. Kinder mit aufgetriebenen Bäuchen, die ihn an seinen eigenen Nachwuchs erinnert hatten, waren ihnen bettelnd nachgelaufen und hatten Guillaume in tiefe Verzweiflung gestürzt. Isabelle wusste gut hauszuhalten, doch auf einem großen Gut waren so viele hungrige Mäuler zu stopfen!

Guillaume sorgte sich um Isabelles Gesundheit. Die vier Schwangerschaften und die Sorgen der letzten Zeit hatten an ihr gezehrt. Er trieb sein Pferd an. Auch wenn er nicht wusste, wie er ihr mit nichts als schlechten Nachrichten unter die Augen treten sollte, hatte er es doch eilig, zu seiner Liebsten zu kommen.

Als sie endlich auf den Hof ritten, lief Isabelle ihm freudestrahlend entgegen.

»Sieh nur, Guillaume, was Sir Baudouin mitgebracht hat!«, rief sie schon von Weitem, wedelte mit den Armen und zeigte auf einen voll beladenen Wagen, von dem ihre Knechte mehrere Säcke abluden, die mit Mehl oder Getreide gefüllt sein mussten.

»Baudouin?«, wunderte sich Guillaume. »Aber …«

Herzog Leopold V. hatte im Herbst mit der Ermordung der bei ihm verbliebenen Geiseln gedroht, so Richard ihm nicht umgehend seine Nichte zuführte, die einem von Leopolds Söhnen versprochen war. Baudouin hatte sich darum Anfang Dezember auf den Weg gemacht, um das Mädchen mit einer schwer bewaffneten Eskorte nach Österreich zu bringen. Er konnte unmöglich schon zurück sein!

Guillaume ließ sich vom Pferd gleiten und fing Isabelle auf, die strahlend in seine Arme flog und sich an ihn schmiegte. Er sog den vertrauten Duft ihres Haares ein und schloss einen Moment die Augen. »Wo ist er?«, fragte er dann und küsste sie auf den Scheitel.

»In der Halle, am Feuer.« Isabelle nickte Gildwin und den anderen Begleitern ihres Mannes zu, dann nahm sie Guillaumes Gesicht in ihre Hände und musterte ihn besorgt. »Oh, Liebster, du siehst müde aus! Du musst hungrig und halb erfroren sein. Geh in die Halle zu unserem Gast und wärme dich auf, ich komme gleich nach. Ich will nur rasch durchzählen, wie viele Säcke es sind, und den Steward bitten, das Entladen zu überwachen, damit nichts abhandenkommt.«

Guillaume warf dem Stallburschen, der sogleich herbeigeeilt war, die Zügel seines Pferdes zu und ging, gefolgt von seinen Männern, zur Halle. Seine Füße schmerzten vor Kälte, und für einen Moment musste er an den alten König denken. Wie viel Kraft musste dieser Mann gehabt haben, um trotz all der Qualen immer wieder voranzustreben!

Guillaume drückte die Eichentür zur Halle auf. Wärme und der vertraute Duft von frischen Binsen und Lavendel schlugen ihm entgegen. »Baudouin, was machst du hier? Ich wähnte dich auf dem Weg nach Österreich.« Guillaume ging mit langen Schritten auf ihn zu.

Baudouin, der, umringt von seinen Männern, am Feuer stand und sich die Hände rieb, sah erstaunt auf. »Eine reizende Begrüßung, das muss ich schon sagen!«, knurrte er und versuchte wohl, vorwurfsvoll zu klingen, doch seine Augen funkelten fröhlich. Er eilte Guillaume entgegen und umarmte ihn. »Herzog Leopold ist tot!«

»Tot?«

Guillaumes Männer, die ihm in die Halle gefolgt waren, murmelten ungläubig, und auch er hatte Mühe zu glauben, dass ihnen das Schicksal so gnädig sein konnte.

»Er ist bei einem Scherzangriff auf eine Schneeburg vom Pferd gestürzt! Hat sich das Bein dabei verletzt. So schwer, dass man es abgenommen hat. Doch das half nicht, weil bereits Brand darin gewesen ist, der sein Blut vergiftet hat. Als wir die Nachricht von seinem Tod erhalten haben, sind wir sofort umgekehrt, wie du dir denken kannst. Die Nichte des Königs ist unversehrt und wieder bei Hof!« Baudouin strahlte.

»Und was wird aus den Geiseln, die in Leopolds Gewahrsam waren?« Guillaume ließ sich von seinem Pagen die Stiefel ausziehen und wackelte mit den Zehen, die durch die Hitze des Feuers nun zu kribbeln und zu brennen begannen. »Ist nicht auch Walkelin de Ferrers unter ihnen?«

Baudouin beantwortete Guillaumes Frage mit einem Schulterzucken. »Der Herzog muss gewusst haben, dass es zu Ende mit ihm ging. Es heißt, er habe befürchtet, nicht in geweihter Erde begraben zu werden, denn er war ja wegen Richards Gefangennahme exkommuniziert. Er soll alle Ansprüche an ihn aufgegeben und versprochen haben, die Geiseln freizulassen. Er soll sogar geschworen haben, einen Teil des Lösegeldes zurückzugeben, und seinen Sohn zum Bürgen für seine Versprechen erklärt haben. Besser hätte es wahrlich nicht kommen können!«

»Eine großartige Entwicklung, fürwahr! Doch nun, mein Freund, erkläre mir, was es mit den Säcken und Fässern auf sich hat, die du mitgebracht hast.«

»Ich war beim König, um seine Nichte zurückzubringen, und hörte, dass Richard mehrere Schiffsladungen mit Getreide aus England hat bringen lassen, denn die Not ist überall groß. Ich ahnte bereits, dass auch ihr zu leiden habt, und in der Hoffnung, dass er dir ein wenig unter die Arme greifen würde, erzählte ich ihm von meinem bevorstehenden Besuch bei dir. Es ist nicht genug für den restlichen Winter, aber ich hoffe, es hilft trotzdem ein wenig … Der König schickt dir seine herzlichsten Grüße und dazu noch drei Fässer Wein.«

»Nie hatte ein Mann einen treueren, besseren Freund als dich! Ich danke dir von ganzem Herzen und unserem König ebenfalls. Er wird hocherfreut gewesen sein, weil du seine Nichte unversehrt zurückgebracht hast! Ich hoffe doch sehr, dass er dir nicht nur eine Wagenladung Getreide und etwas Wein zur Belohnung gab, auch wenn sie mir in diesen schlechten Zeiten von unschätzbarem Wert sind!«

Baudouin schüttelte den Kopf. »Nein, keine Sorge, mein Freund. Er hat mir endlich eine überaus einträgliche Ehe und einen bedeutenden Titel versprochen.«

»Großartig!« Guillaume klopfte ihm auf die Schulter. »Erzähl mir mehr davon.«

»Ach, mein Freund.« Baudouin senkte die Stimme.

Guillaumes Männer hatten sich inzwischen zu den seinen gesellt und plauderten ausgelassen mit ihnen, sodass niemand ihrem Gespräch zuhörte. »Ich hoffe schon so lange. Du weißt selbst, wie oft man mir eine Ehe versprochen hat. Doch nie wurde etwas daraus. Auch ich werde nicht jünger. Ich muss endlich daran denken, einen Erben zu zeugen. Oder gleich eine ganze Schar, so wie du!« Baudouin lachte auf. Es klang jedoch nicht fröhlich, wie es sich angesichts der guten Aussichten erwarten ließ, sondern verzweifelt. »Deine Gemahlin wird mit jedem Kind schöner, und das, obwohl ich dachte, das sei nicht möglich. Die meine aber, so ich denn diesmal bekomme, was mir der König in Aussicht gestellt hat, ist …« Baudouin seufzte tief. »Du erinnerst dich an die Gemahlin von Mandeville?«, flüsterte er.

Guillaume nickte lachend. »Du sagtest, sie habe alles, was einen Mann ausmacht, bis auf …« Er blickte kurz auf Baudouins Schoß, zuckte mit den Schultern und lachte erneut. »So schlimm wie die Gräfin von Aumale wird deine Gemahlin schon nicht werden!«, raunte er ihm tröstend zu.

»Doch, mein Freund, das wird sie. Der gute de Forz, den Hawise nach dem Tod Mandevilles geheiratet hat, ist letzte Woche gestorben. Der König hat mir darum in Aussicht gestellt, der nächste Graf von Aumale zu werden!« Baudouins Gesicht war wie in Stein gemeißelt.

Guillaume sah ihn ratlos an. Sollte er den Freund bedauern oder beglückwünschen? Vor der Hochzeit mit Isabelle war er der unumstößlichen Überzeugung gewesen, eine Ehe müsse reich machen, nicht jedoch zwangsläufig glücklich. Nun aber konnte er sich beim besten Willen nicht mehr vorstellen, mit einer Frau verheiratet zu sein, die er nicht liebte, und mit ihr Nachwuchs zu zeugen. Was aber half es Baudouin, dass er so dachte?

»Vielleicht ist sie gar nicht so schlimm, wie man sagt. Möglicherweise gehört sie nur zu den Frauenzimmern, die genau wissen, was sie wollen, und es durchzusetzen verstehen. Sieh dir nur unsere Königin an! Und ist sie nicht eine Schönheit? Möglich, dass Hawises Ruf durch Unbeugsamkeit entstand.« Er klopfte Baudouin auf die Schulter und lächelte ihn aufmunternd an. »Sieh dich nur an, Baudouin. Wie könnte ein Weib dich nicht lieben und glücklich machen wollen? Du siehst blendend aus, und soweit ich weiß, liegen dir die Frauen zu Füßen!« Guillaume wusste, wie dünn seine Worte klangen. Liebe konnte man nicht befehlen und nicht erzwingen.

Baudouin verzog das Gesicht zu einer süßsauren Grimasse. »Es heißt, de Forz habe sie nur schwängern können, indem er sich bereit erklärte, auch ihre Kammerzofe ins eheliche Bett zu lassen«, flüsterte er ihm zu und schnaufte. »Hoffen wir, dass es wahr ist und wenigstens die Zofe liebenswürdig ist, denn ich werde mich wohl opfern und einen Erben mit meiner Gemahlin zeugen müssen.« Baudouin versuchte sich an einem Lächeln, das jedoch ein wenig schief ausfiel.

»Sieh es doch mal so, mein Freund: Du wirst einer der größten Barone der Normandie! Und wenn du erst einen Erben hast, musst du deinem Weib auch nicht mehr beiwohnen, wenn du nicht willst.« Guillaume stieß ihn mit der Schulter an. »Kopf hoch, alter Herzensbrecher! Du hast bald einen prächtigen Titel und eine hervorragende Stellung bei Hof. Was hältst du davon, wenn wir in den Wald reiten und etwas zum Abendessen jagen?« Guillaume verspürte nicht die geringste Lust, die warme Halle zu verlassen, was aber hätte sich besser geeignet als eine Jagd, um den Freund ein wenig abzulenken?

»Nicht nötig«, erwiderte Baudouin. »Ein Wildschwein liegt

bereits in deiner Küche.« Er zuckte lächelnd mit den Schultern. »Es ist uns über den Weg gelaufen, da konnten wir nicht widerstehen. Ich hoffe, es waren deine Wälder.«

»Ein Platz im Paradies ist dir gewiss, mein Freund!«, rief Guillaume erfreut. »Ich liebe Wildschweinbraten!« Er verdrehte genüsslich die Augen und fuhr sich mit der Zunge über die Lippen. »Junge, bring allen heißen, gewürzten Wein, auf dass ihnen der Schweiß ausbreche, und sag dem Koch, mein Magen knurrt!«, befahl er seinem Pagen fröhlich. »Setz dich, mein Freund, und teile meine Freude an meinem Heim mit mir!«, forderte er Baudouin auf und schob ihm einen bequemen Sessel hin. Das prasselnde Feuer wärmte ihnen die Glieder, der gewürzte Wein den Leib und ihre Freundschaft die Seele.

»Hörst du die Kinder jubeln, Guillaume?«, rief Isabelle, als sie die Halle betrat. »Es schneit!« Sie stampfte mit den Füßen auf den Boden. »Dicke Flocken, und sie bleiben liegen!« Dann wandte sie sich an ihren Gast. »Ihr seid gerade noch zur rechten Zeit eingetroffen, Sir Baudouin, genau wie mein Liebster. Ich hoffe doch sehr, dass Ihr uns die Freude macht und ein Weilchen bei uns bleibt.«

»Sehr gern, ein wenig Ruhe fernab vom Trubel des Hofes wird mir gewiss guttun. Ich verspreche auch, morgen wieder mit Guillaume auf die Jagd zu gehen, um die neuen Vorräte nicht über Gebühr zu beanspruchen.«

»Sir Baudouin!« Isabelle schüttelte tadelnd den Kopf. »Abgesehen von Eurer großzügigen Hilfe, würden wir das letzte Stück Brot mit Euch teilen.« Dann beugte sie sich ein wenig zu ihm vor. »Ihr seid Guillaume der Liebste von allen, hättet Ihr einen Sohn, er gäbe ihm sicher voller Freude eine unserer Töchter zur Frau«, flüsterte sie und zwinkerte ihm zu. »Wer weiß, vielleicht, eines Tages …«

»Oh, das könnte schon in Kürze wahr werden, denn wie es aussieht, werde ich dieses Jahr noch heiraten.«

»Nein, Baudouin, wie wunderbar!« Isabelle warf einen kurzen Blick zu Guillaume. »Dann wird es sicher bald etwas mit dem

Nachwuchs.« Sie zwinkerte noch einmal, errötete ein wenig und bat dann, sie zu entschuldigen. »Ich will rasch nach den Kindern sehen«, sagte sie, nickte den anderen Rittern kurz zu und rauschte an ihnen vorbei wie eine Frühlingsbrise.

»Ist es nicht wunderbar, dass Sir Baudouin bald heiratet?«, sagte sie am Abend, als sie zu Bett gingen, flocht ihre Haare zu einem langen Zopf und legte ihn über ihre rechte Schulter, wo er bis auf ihre voller und weicher gewordene Brust reichte, die durch das feine Leinenhemd schimmerte.

Guillaume konnte es kaum erwarten, zu ihr unter die Decke zu schlüpfen. Suzanne vergaß im Winter niemals, ihnen einen im Feuer erhitzten Stein ins Bett legen zu lassen, damit sie es schön warm hatten.

»Ein heißer Stein im Bett verspricht glühende Liebe«, sagte sie gern, und Isabelle raunte ihm diesen Spruch manchmal verführerisch zu.

»Ob sie auch eine Prinzessin ist? Vielleicht gar eine Irin?« Isabelle schien der Gedanke zu gefallen, denn sie lächelte, als sähe sie sich bereits mit der jungen Braut seines Freundes verbündet.

»Der König hat ihm Hawise d'Aumale versprochen«, antwortete Guillaume, um ihre Spekulationen zu beenden.

»Aber …!« Isabelle sah ihn entsetzt an. »Die ist doch bereits verheiratet!« Sie hatte sich in den Jahren ihrer Ehe wohl oder übel mit dem englischen und normannischen Adel beschäftigt und wusste inzwischen beinahe so gut Bescheid wie Guillaume, auch wenn sie längst nicht so viele Mitglieder der großen Familien kannte wie er.

»De Forz ist tot«, erklärte Guillaume knapp.

»Aber ist sie nicht … schon recht alt?«

Guillaume nickte. »Sie war zehn Jahre mit Mandeville verheiratet und acht mit de Forz. Und wie es scheint, liegt ihr nicht viel an der Ehe. Bevor sie de Forz geheiratet hat, hat sie sich lange geweigert. Der König musste erst ihre Güter konfiszieren, damit sie zustimmt. Wer weiß, was sie sich diesmal ausdenkt! Armer

Baudouin, ich hätte ihm so sehr eine reizende, junge Braut gewünscht!« Guillaume seufzte und zog Isabelle an sich. »Er beneidet mich um dich. Zu Recht! Ich werde dich in einen Turm einsperren müssen, damit dich mir niemand wegnehmen kann, aber zuvor werde ich dir noch einen Sohn machen«, knurrte er, lachte und kitzelte sie.

Isabelle schrie juchzend auf und kicherte. »Zu spät, mein Lieber, das hast du bereits! Nun, ich kann nicht sicher versprechen, dass es ein Sohn wird, doch …«

»Du bist guter Hoffnung?« Guillaume küsste sie. »Was bin ich doch nur für ein Glückspilz, eine so schöne, liebevolle, großzügige Frau zu haben, die mir ein Kind nach dem anderen schenkt!«

Isabelle schmiegte sich an ihn und fuhr mit der Hand unter sein Hemd. »Ich werde dir trotzdem zu Willen sein, schließlich bin ich dein Weib«, sagte sie mit einem unschuldigen Augenaufschlag, »und es ist meine Pflicht.« Sie ließ ihre Hand tiefer wandern, bis Guillaume heftiger atmete. Wenn sie schwanger war, hatte sie stets besonderen Appetit auf die Liebe!

Pains Castle, 1196

»Warum in aller Welt hast du sie hergebracht?«, echauffierte sich Matilda und warf ihrem Gatten einen wütenden Blick zu.

William de Braose zuckte nur mit den Schultern. »Ich konnte einfach nicht widerstehen!« Er grinste breit.

»Gewiss nicht!«, antwortete Matilda schnippisch, drehte sich um und stürmte aus der Halle. Wütend warf sie die Tür hinter sich zu und stieß den Diener beiseite, der ihr auf dem Treppenabsatz begegnete. Der Mann ließ vor Schreck den silbernen Kelch fallen, den er seinem Herrn hatte bringen wollen.

»Tölpel!«, fuhr Matilda ihn an und versetzte ihm eine schallende Ohrfeige. Dann setzte sie mit einem Faustschlag nach, der ihn krachend auf der Nase traf, ihm einen Aufschrei entriss und Tränen in die Augen trieb. Vermutlich hatte sie ihm die Nase gebrochen, doch das war Matilda gleich. Ihre Wut war noch immer so unbändig, dass sie mit einem Tritt nachsetzte. Der Mann fiel vor ihr auf die Knie und flehte um Gnade. Matilda packte ihn an den Haaren und schleifte ihn die Stufen herab zu dem Kelch, der davongerollt war. »Aufheben!«

Der Diener nickte und griff zitternd nach dem silbernen Trinkgefäß. Matilda ließ ihn los und lief schnaubend davon. Was bildete sich ihr Gatte ein, wer sie war? Wie konnte er es wagen, dieses junge Ding anzuschleppen? Halb nackt obendrein! Glaubte er wirklich, es störe sie nicht? Eine walisische Prinzessin! Matilda stieß ein herablassendes Zischen hervor. Wie konnte man nur so töricht sein, wenige Meilen von Pains Castle in einem See zu baden, und das, von nicht mehr als einer Handvoll Soldaten bewacht? Das junge Ding musste entweder entsetzlich dumm sein, oder sie hatte es auf William de Braose abgesehen. Ein boshaftes Grinsen legte sich auf Matildas Gesicht. In gewisser Weise war es ihr ja geglückt, ihn zu verführen, doch war sie nicht in seinem Bett gelandet, sondern eingesperrt in einer Kammer ganz oben im Wohnturm. Matilda atmete tief ein. Sie würde ihren Gatten aufmerksam beobachten müssen, nicht, dass er sich womöglich doch noch des Nachts davonschlich, um die Prinzessin in ihrem Gefängnis aufzusuchen!

»Verzeiht, Mylady!«, rief jemand hinter ihr und lief ihr nach. »Ich soll Euch ausrichten, dass ein Bote von Rhys ap Gruffydd eingetroffen ist. Man wird ihn in die Halle bringen.« Der junge Wachoffizier atmete heftig und verbeugte sich respektvoll. Vielleicht hatte er beobachtet, wie sie den Diener gezüchtigt hatte.

Matilda lächelte. Sie schätzte es, dass man sie fürchtete. Angst war das beste Mittel, Menschen gefügig zu machen. »In die Halle?« Matilda nickte und kehrte um. Gewiss vermisste man die Prinzessin und ihre Begleiter und schickte nun Männer aus, um Erkundigungen über ihren Verbleib einzuholen. Matilda fuhr sich über das Haar, setzte ein harmloses Lächeln auf und ging in die Halle. Sie kam noch vor dem Boten an und nahm in ihrem Armsessel Platz, der so groß und prächtig verziert war, dass er an einen Thron erinnerte.

»Verneigt Euch vor Lord und Lady de Braose!«, fuhr einer der Soldaten den Boten an und stieß ihn so heftig in die Halle, dass er stolperte und Mühe hatte, nicht der Länge nach hinzufallen.

»Mein Herr, Prinz Rhys ap Gruffydd, lässt fragen, ob Ihr die Prinzessin gesehen und ihr vielleicht Gastfreundschaft gewährt habt«, sagte er mit dünner Stimme und verbeugte sich zitternd. Gewiss fürchtete er, nicht lebend zu seinem Herrn zurückzukehren.

Ein Lächeln spielte um Matildas Mund. Sie liebte den Geruch von Angstschweiß.

»Ist Euch eine Prinzessin abhandengekommen?«, fragte William de Braose spöttisch. »Nein, wie unangenehm!« Er wandte sich an Matilda. »Meine Liebste, haben wir einen Gast, von dem ich nichts weiß?«

»Nein, mein Gemahl!«, antwortete Matilda wahrheitsgemäß, denn die Prinzessin war weder ihr Gast, noch war ihr Aufenthalt in der Burg ihrem Gatten unbekannt.

»Nun, so müsst Ihr denn mit dieser Antwort zu Eurem Herrn zurückkehren«, erklärte William de Braose. »Zu Eurer eigenen Sicherheit jedoch solltet Ihr Euch mit dem Überbringen dieser Nachricht beeilen!«, brüllte er den Boten so plötzlich an, dass der erschrocken zusammenfuhr. Dann gab er dem Wachsoldaten ein Zeichen und lachte schallend, als der den Boten packte und hinauszerrte.

»Du wirst einen Krieg heraufbeschwören!« Matilda sah ihren Gatten zänkisch an.

»Unsinn, Rhys ap Gruffydd wird es niemals wagen, uns anzugreifen. Er kann nicht sicher wissen, dass die Prinzessin wirklich hier ist. Außerdem wird er nie und nimmer genügend Männer zusammenbringen, um uns ernsthaft gefährlich werden zu können.« William de Braose grinste selbstsicher.

Matilda seufzte unwillkürlich. Sie fand ihn stets besonders anziehend, wenn er sich wie ein Schurke benahm! Waren sie nicht ein perfektes Paar? Matilda lächelte. Sie liebte diesen boshaften Mann und hätte niemals mit einem freundlichen, gutherzigen Gatten glücklich sein können. Ihr Gemahl war ebenso ehrgeizig wie sie, er hatte auf ihren Rat gehört und seine Macht ausgebaut, indem er sein Verhältnis zum König gefestigt hatte. So war er im vergangenen Jahr Seite an Seite mit Richard gegen den französischen König ins Feld gezogen, während Matilda sich in Wales behauptet hatte. Auch Sheriff von Hereford war er geworden, genau wie er es versprochen hatte.

Ein Schatten huschte über Matildas Gesicht. Dieser Maréchal aber stand dem König noch immer deutlich näher und hatte in Wales mit weniger Schwierigkeiten zu kämpfen gehabt, als sie gehofft hatte. Nicht einmal der Brand, den der Küchenjunge seinerzeit auf ihr Geheiß gelegt hatte, hatte ihm schaden können. Es ärgerte sie, dass sogar ihr Gatte den Maréchal lobte. Ja, er schien ihn gar zu mögen und bezeichnete ihn als Freund. Matilda aber konnte ihn nicht ausstehen, weil sie ihm neidete, was er besaß. Und diese irische Hure, die ihm Reichtum und Macht verschafft hatte, hasste sie ebenfalls. Hielt sich für etwas Besseres, nur weil ihr Vater ein König gewesen war! Nicht mehr als die walisische Hündin in ihrem Turmverlies war sie wert! Vielleicht, so sann Matilda nach, konnte man Rhys ap Gruffydd ja dazu bringen, den Maréchal zu verdächtigen und zu glauben, dass die Prinzessin in Striguil gefangen gehalten wurde …

Ein breites Grinsen vertrieb den Schatten auf Matildas Gesicht. Kein schlechter Einfall, dachte sie und überlegte, wie man es anstellen konnte, eine entsprechende Spur zu legen, als laute Stimmen von draußen ihre Aufmerksamkeit erregten.

»Waliser!«, brüllte jemand. »Rhys ap Gruffydds Truppen greifen die Burg an!«

»Alle Männer an die Waffen!«, rief William de Braose und rannte an ihr vorbei.

Sie hatten Prinz Rhys unterschätzt! Offenbar hatte er mit dem Boten noch weitere Männer auf die Burg verbracht. Vermutlich waren sie als Bauern und Händler verkleidet gewesen und hatten sich auf Karren hinter der Ladung versteckt. Nun griffen sie von überall her an. Sie versuchten, die Soldaten von den Truppen abzulenken, die sich der Burgmauer näherten.

»Schließt das Tor!«, befahl William de Braose geistesgegenwärtig, doch die Seile waren gekappt und die Ketten blockiert.

Matilda wusste, welche Wut die Waliser auf sie empfanden. Sie würden keine Gnade kennen. »Die Kinder, wir müssen die Kinder in Sicherheit bringen!«, rief sie einigen Rittern zu und stürmte voran. Sie wusste ein Schwert zu führen und würde eher ihr Leben geben, als ihre Kinder dem Feind zu überlassen. Warum nur hatte ihr Gatte die Prinzessin gefangen nehmen müssen? Plötzlich hielt Matilda kurz inne.

»Holt die Prinzessin, hüllt sie ein und sorgt dafür, dass sie nicht schreit. Die Waliser sollen nicht merken, dass wir sie mitnehmen!«

Spätsommer 1196

Im Frühjahr waren neue Schwierigkeiten auf den König zugekommen. Es hatte einen Aufstand in der Bretagne gegeben, und Arthur, Sohn und Erbe von Richards Bruder Geoffrey war an den Hof des französischen Königs geflüchtet. Richard aber war den bretonischen Rebellen mit aller Strenge entgegengetreten und hatte den Aufstand schon bald niederschlagen können. Auch Odon of Elmswick hatte königliche Truppen angeführt und sich durch besonders grausames Vorgehen ausgezeichnet. Zwar hatte er dem König so zu einem schnellen Sieg verholfen, doch Guillaume konnte dieser Art Kriegsführung nichts abgewinnen. Frauen, Kinder und Alte niederzumetzeln war nicht, was er sich unter einem guten Kampf vorstellte. Ritter und Soldaten, die sich gleichwertig gegenübertraten, das war ein richtiger Krieg, nicht das Abschlachten von Unschuldigen.

Diesem Elmswick aber schien es Freude gemacht zu haben, die Schwachen, Unbewaffneten und Verzweifelten niederzuknüppeln, denn er prahlte damit. Nicht einmal am Karfreitag hatte er geruht und im Namen des Königs sogar an diesem hohen Feiertag sein blutiges Handwerk betrieben. Gewiss, manchmal heiligte der Zweck die Mittel, und hin und wieder mussten Opfer gebracht werden, um Schlimmeres zu verhindern, doch Elmswick hatte ganz offensichtlich nur seinen Durst nach Blut und sein Streben nach königlicher Anerkennung befriedigen wollen. Guillaume runzelte sorgenvoll die Stirn. Es hatte eine Weile gedauert, bis er darauf gekommen war, dass Odon of Elmswick der Neffe von Sir Ralph war. Guillaume war ihm einmal dort begegnet, als Elmswick noch Page gewesen war. Ob er mit Williams überstürztem Verschwinden aus Thorne zu tun gehabt hatte? Guillaume senkte den Kopf auf seine Hand, schloss kurz die Augen und kniff sich sanft in die Nasenwurzel, dann sah er auf und betrachtete seinen schlafenden König. Schlecht hatte Richard in den vergangenen Wochen ausgesehen. Der Pfeil einer Armbrust hatte ihn bei der Belagerung von Gaillon am Bein getroffen. Auch sein Pferd war verletzt worden. Es war gestürzt, hatte den König unter sich begraben und ihn schwer verletzt. Guillaume, der in alter Gewohnheit stets ein Auge auf seinen Herrn hatte, wenn sie gemeinsam in den Kampf zogen, hatte sofort eine Handvoll Ritter herbeigerufen, um Richard aus seiner misslichen Lage zu befreien und in Sicherheit zu bringen.

Guillaume erinnerte sich an den Streich auf sein Bein an jenem Tag, als die Lusignans seinen Onkel getötet hatten, und fuhr mit der Hand über die wulstige Narbe, die ihn stets daran erinnern würde.

Richards Verletzungen waren so schwer gewesen, dass seine Genesung lange auf sich hatte warten lassen. Seit ein paar Tagen erst war das Gesicht des Königs wieder deutlich praller, und wenn er wach war, leuchteten seine Augen nicht mehr vom Fieber, sondern vor Tatendrang, so wie früher.

»Maréchal?«, murmelte der König nun und streckte sich.

»Sire?«

»Manchmal findet man die besten Antworten im Schlaf«, erklärte Richard und setzte sich auf. Sofort kam ein Page und schob die Kissen in seinem Rücken zurecht. »Lass mir etwas zu essen bringen«, befahl der König seinem Kammerdiener, der wiederum den Pagen anwies, in die Küche zu eilen.

»Ich bin froh, dass es Euch besser geht, Mylord!«

»Das tut es, mein Freund!« Richard nickte und grinste dann voller Schalk. »Ich habe überlegt. Ich war lange genug untätig und hatte genügend Zeit nachzudenken, wie ich meine Position gegenüber Philippe verbessern kann.« Er hob die Augenbrauen. »Und die Antwort ist Toulouse!« Seine Mundwinkel zogen sich zu beiden Seiten bis zu den Ohren hoch.

»Mylord?« Guillaume konnte nicht fassen, was er da hörte. War der König von allen guten Geistern verlassen? Hatte ihm der Sturz vom Pferd doch mehr zugesetzt als zunächst vermutet? Philippe hatte Nonancourt zurückerobert, und die Befreiung der Garnison von Aumale hatte dreitausend Mark gekostet. Wie konnte Richard nun daran denken, Toulouse anzugreifen?

Der König lachte, als er Guillaumes ungläubiges Gesicht sah. »Nicht, was Ihr nun wohl denkt, Maréchal! Ich werde nicht Krieg führen, sondern Frieden mit Raymond de Toulouse schließen. Auf diese Weise habe ich im Süden nicht ständig einen mächtigen Feind im Nacken. Verbündet sich Toulouse mit mir, so hat Philippe kein Druckmittel mehr in dieser Region!«

Guillaume sah ihn mit gerunzelter Stirn an. »Mit Verlaub, Sire, wie wollt Ihr das anstellen?«

»Nun, ich war mit meiner Bündnispolitik am Niederrhein durchaus erfolgreich. Warum sollte ich nicht auch im eigenen Land neue Wege gehen?«

»Nach fast fünfzig Jahren Krieg mit Toulouse?«

»Eben darum. Die Schwierigkeiten haben vor meiner Geburt begonnen; sowohl ich als auch Graf Raymond haben die Auseinandersetzung doch von unseren Vätern übernommen. Wir haben niemals Frieden gekannt und uns von Anfang an gehasst. Glaubt mir, es kostet mich eine gehörige Portion Überwindung. Dennoch werde ich ihm ein Angebot unterbreiten, das er nicht ausschlagen kann.«

»Ich kann kaum erwarten zu erfahren, was Ihr vorhabt!« Guillaume sah ihn forschend an. »Ihr wisst, dass er auf die Rückgabe des Quercy drängen wird!«

»Diesen Preis zu zahlen bin ich bereit, und mehr noch, ich werde Toulouse zu meinem Schwager machen!«

Guillaume stockte der Atem.

»Ich werde ihm die Ehe mit Johanna anbieten und ihm den Agenais als Mitgift in Aussicht stellen.«

Guillaume brachte nicht mehr als ein Räuspern heraus. Johanna war die Witwe des Königs von Sizilien und gemeinsam mit ihrer Mitgift ein Leckerbissen, den sich Toulouse kaum entgehen lassen würde.

»Als Gegenleistung muss er mir den Lehnseid für seine Ländereien schwören.«

»Was eine gänzliche Loslösung von Philippe bedeuten würde!«, rief Guillaume aus. »Großartig, Sire!«

»Nun, meine Schwester hat ihren Preis.« Der König zuckte lächelnd mit den Achseln.

»Toulouse wird Eurem Angebot gewiss nicht widerstehen können. Den französischen König braucht er wegen seiner Loslösung kaum zu fürchten, denn der wird keinen Krieg gegen ihn führen, weil ihm der Kampf mit Euch zu wichtig ist.« Guillaume holte tief Luft. Während er am Bett seines Herrn gewacht hatte, war auch ihm ein guter Einfall gekommen. »Was hieltet Ihr davon, den jungen Grafen von Flandern ebenfalls zu Eurem Verbündeten zu machen, Sire? Er ist zwar auch ein Lehnsmann des Franzosen, doch seine Grafschaft ist über die Maßen auf den Handel mit England angewiesen. Einen Versuch wäre es gewiss wert.« Philippe von Flandern war im Heiligen Land gefallen. Zunächst hatte seine Schwester mit ihrem Gemahl die Grafschaft übernommen, vor drei Jahren aber war ihr Sohn Graf geworden.

»Ein grandioser Einfall, Maréchal! Eine Ausweitung seiner Gebiete auf Kosten der Franzosen könnte ihm durchaus gefallen!« Richard lehnte sich zufrieden zurück und überlegte einen Augenblick. »Ich werde ein Verbot des Handels mit flandrischen Häfen verkünden. Ein wenig Druck wird Flandern empfänglicher für unseren Vorschlag machen. Und wenn der Graf verhandlungsbereit ist, werdet Ihr ihn gemeinsam mit Pierre de Préaux aufsuchen und ihm unser Angebot unterbreiten! Wir werden uns großzügig zeigen. Ein Rentenlehen, Geld und Geschenke dürften ihn neben ungestörten Handelsbeziehungen sicher überzeugen.«

Der König verschränkte die Arme im Nacken und lächelte. »Wie gut mir die Ruhepause doch getan hat, die mir die Verletzung aufgezwungen hat!« Er atmete tief ein. »Ich fühle mich zuversichtlicher und kräftiger denn je! Und diese Stärke werde ich der Welt und dem Franzosen nun endlich auch in Les Andelys vor Augen führen. Es ist mir gleich, wie sehr sich Walter de Coutances dagegen wehrt, seine Zollstation zu verlieren. Er wird sich damit abfinden müssen, sie einzubüßen. Er hat keiner der Tauschmöglichkeiten, die wir ihm angeboten haben, zugestimmt, doch ich bin es satt, mit ihm zu verhandeln. Sobald ich vollkommen genesen bin, werde ich mit dem Bau der Burg auf Les Andelys beginnen, ob ihm das recht ist oder nicht.« Richard wandte sich an seinen Kammerdiener: »Der Baumeister soll zu mir kommen. Ich habe noch einige Änderungen an den Plänen mit ihm durchzugehen.«

September 1198

Zwei Jahre waren seit der Genesung des Königs verstrichen. Um dem Bau der Burg in Les Andelys so viel Zeit wie möglich widmen und einen Großteil der Arbeiten selbst überwachen zu können, hatte Richard den mit Philippe vereinbarten Waffenstillstand weitgehend eingehalten und nach nur zwölf Monaten Bauzeit bereits im vergangenen Sommer vier Wohnräume auf seiner neu errichteten Burg bezogen.

Seine *schöne einjährige Tochter* nannte er die stattliche Festung, die an die Burgen der Kreuzritter im Heiligen Land erinnerte und schon bald als Château Gaillard in aller Munde war. Ungeheure Summen hatte der beeindruckende Bau verschlungen, den Richard zu seinem bevorzugten Wohnsitz gewählt hatte.

John dagegen war so ruhelos wie einst ihr Vater und zog von einem Ort zum anderen. Guillaume begleitete ihn auf Wunsch des Königs schon seit einigen Monaten. Nirgendwo hielt es den Prinzen länger als drei oder vier Tage. Mehr als drei Dutzend Ritter unter Waffen hatte er ständig in seiner Begleitung, dazu eine stattliche Anzahl Fußsoldaten. Neben Marguerite und weiteren vornehmen Damen begleiteten ihn Knappen und Pagen, unzählige Diener, dazu Köche, Wäscherinnen, Schreiber, Jäger, Falkner und zuweilen auch ein Troubadour. Machte er auf einem seiner Güter halt, so ließ der Prinz die Stewards und Bailiffs mit äußerster Strenge überprüfen, während er selbst lieber jagen ging.

»Wir werden schon morgen wieder westwärts ziehen und unterwegs bei Walkelin de Ferrers haltmachen!«, erklärte er Guillaume eines Tages. »Sein Gut liegt auf unserem Weg. Warum also nicht seine Gastfreundschaft in Anspruch nehmen?«

Guillaume konnte nur schwer verbergen, wie sehr ihn diese Neuigkeit aufwühlte. Eine wahnwitzige Hoffnung, William könne sich noch immer auf dem Festland befinden, packte ihn.

Die Tage, bis sie Ferrières erreichten, vergingen nur schleppend, doch dann war es endlich so weit. Walkelin de Ferrers erwartete sie, umringt von seinen Männern, sein Sohn zu seiner Rechten. Guillaume hielt nach William Ausschau. Ob er zurück in Oakham war? Plötzlich schlug sein Herz einen Salto. Dort, nicht weit von Henry de Ferrers entfernt, stand er!

»John, guter Freund!«, rief de Ferrers und breitete die Arme aus, um den Prinzen willkommen zu heißen.

Obwohl er ein strahlendes Lächeln aufsetzte, entging Guillaume die Sorgenfalte nicht, die sich beim Anblick von Johns Gefolge auf seiner Stirn eingegraben hatte. Vermutlich fragte er sich, wie er all die Menschen bewirten sollte und was ihn das kosten würde. Der Prinz machte sich um solche Umstände keine Gedanken. Er erwartete nicht nur die überaus freigiebige Gastfreundschaft der Lehnsmänner seines Bruders, sondern auch ungetrübte Freude auf ihren Gesichtern, wenn sie ihn empfingen, denn seit einiger Zeit machte er sich Hoffnung, von Richard zum Thronfolger erklärt zu werden.

Nachdem ihm der König in Lisieux verziehen hatte, war John überaus bemüht gewesen, seine Ergebenheit unter Beweis zu stellen. Er hatte sich gehorsam gezeigt und eine stattliche Anzahl Schlachten für seinen königlichen Bruder bestritten.

Bevor er seinerzeit ins Heilige Land aufgebrochen war, hatte Richard, wohl in der Hoffnung auf baldigen Nachwuchs, keinen Erben bestimmt. Die Ehe mit Berengaria aber, die er zu Beginn des Kreuzzuges geschlossen hatte, war noch immer kinderlos und die Frage der Thronfolge darum weiterhin ungeklärt. Zunächst hatte es so ausgesehen, als zöge Richard seinen Neffen Otto, den jungen Welfen, als Nachfolger in Betracht, denn er ließ ihn an seinem Hof erziehen und schien ihm so verbunden zu sein wie einem Sohn. Doch im vergangenen Jahr, an seinem vierzigsten Geburtstag, hatte Richard seinen Bruder aufgefordert, den Treueeid auf das Bündnis mit Flandern zu schwören. Als dann auch noch der Kaiser des Heiligen Römischen Reiches vollkommen unerwartet gestorben war und Richard seinen Einfluss am Niederrhein geltend gemacht hatte, um seinen Neffen Otto vom Lager der Staufergegner zum deutschen König wählen zu lassen, war John immer mehr als möglicher Thronanwärter in den Mittelpunkt gerückt, auch wenn die Frage nach Arthurs Ansprüchen auf die englische Krone noch immer nicht geklärt war.

Guillaume nickte Walkelin und Henry de Ferrers zu. Dann glitt sein Blick zu William hinüber, der noch immer wie festgewachsen am gleichen Fleck stand und weder Augen für den Prinzen noch für Guillaume hatte. Wie gebannt, mit halb geöffnetem Mund, starrte er Marguerite an.

Als der Prinz und seine Männer von den Pferden gestiegen waren, eilten unzählige Pagen und Knappen herbei, und ein mächtiges Durcheinander entstand. Guillaume überließ sein Pferd einem der Jungen und ging mit ausgebreiteten Armen auf Sir Walkelin und seinen Sohn Henry zu.

»Wie wunderbar, Euch so wohlauf zu sehen, guter Freund!«, begrüßte er Sir Walkelin, den er gealtert, aber noch immer aufrecht vorfand, und wandte sich dann Henry zu. »Wie schön, auch Euch wiederzusehen, mein Freund!« Guillaume klopfte ihm auf die Schulter. Als sich die de Ferrers' der Begrüßung der anderen Ritter von Johns Entourage widmeten, sah Guillaume zu seinem Sohn. Keinen Zoll hatte sich der Junge bewegt, seit sie angekommen waren. Schmunzelnd ging er zu ihm hinüber.

»Mach den Mund wieder zu, William!«

»Sir Guillaume!« William verbeugte sich. »Willkommen in Ferrières, Sir!«

Guillaume warf einen deutlichen Blick auf Marguerite. »In einem so jungen Leben sind vier Jahre eine Ewigkeit. Sie hat sich seitdem tüchtig herausgemacht, nicht wahr?«

William sah Guillaume ungläubig an. »Ist das wirklich Marguerite?«

Guillaume lächelte amüsiert. Der Junge hatte feuerrote Ohren! »Aus Mädchen werden Damen«, sagte er nickend. »Komm, begrüße sie!« Ein junger Knappe hatte ihr inzwischen vom Pferd geholfen.

»William!«, rief sie auch schon und lief auf ihn zu. »Wie schön, dich hier zu sehen!«, sagte sie so vertraulich, als wäre sie noch immer ein Kind.

William verneigte sich höflich. Sein Gesicht leuchtete nun ebenso wie seine Ohren. »Die Freude ist ganz die meine«, antwortete er mit rauer Stimme, und Guillaume glaubte, sich selbst zu hören.

»Onkel John, darf ich dir William vorstellen, den Falkner, von dem ich dir erzählt habe?« Marguerite zog ihn zum Prinzen und zupfte ihn am Ärmel.

»Willkommen, Sir, ähm … Mylord«, stammelte William, als wüsste er nicht recht, wie er den Prinzen ansprechen solle.

»Soso, das ist also der junge Mann, von dem ich seit Jahren höre: ›William hat dies erzählt, William hat jenes gesagt …‹«, zog Prinz John sein Mündel augenzwinkernd auf. Er liebte es, sie zu necken, und war ihr doch überaus zugetan. Niemals hatte Guillaume den oft so schwermütigen Prinzen fröhlicher, weicher und liebevoller erlebt als im Umgang mit Marguerite. Alle Plantagenêts, denen Guillaume bisher gedient hatte, waren Männer mit zwei Gesichtern gewesen. Weder Richard noch der Prinz bildeten darin eine Ausnahme. John konnte durchaus sehr charmant sein, im nächsten Augenblick jedoch auch hart und ungerecht.

»Macht Euch nicht lustig, Onkel! Auch der Maréchal schätzt William, nicht wahr, Sir Guillaume?«, unterbrach Marguerite seine abschweifenden Gedanken.

»Gewiss, ja, das tue ich!«

»Onkel John, darf ich mit zum Falkenhof und mir die Vögel ansehen?«, bettelte Marguerite.

»Du gibst sonst ja doch keine Ruhe, meinetwegen. William, sei so freundlich und nimm dich ihrer an!«, brummte der Prinz mit gespielter Verzweiflung und lächelte dann.

»Es ist mir eine Ehre, Sir.« William verneigte sich.

»Und zur Beize morgen darf ich auch mit, ja?«, bedrängte Marguerite den Prinzen.

John nickte gnädig. »Nun geh schon und lass mir meinen Frieden«, antwortete er lachend und wandte sich ab, um Walkelin de Ferrers in die Halle zu folgen.

»Eure Zelte könnt Ihr auf der Westwiese aufschlagen«, erläuterte Henry de Ferrers den Begleitern des Prinzen, die sich um die Unterbringung des Trosses zu kümmern hatten. Dann wandte er sich an Guillaume, der William und Marguerite nachsah. »Ein wahrer Glücksgriff, dieser Falkner!«, sagte er und blickte ihm ebenfalls nach. »Ihr werdet doch nicht etwa bereuen, ihn meinem Bruder empfohlen zu haben, statt ihn selbst in Euren Dienst zu nehmen?«

Guillaume schüttelte den Kopf. »Nein, mein Freund, er sei Euch gegönnt. Ich komme ohnehin kaum zur Beize.«

»Oh, dem werden wir Abhilfe schaffen, mein lieber Maréchal. Es ist alles für eine Beizjagd vorbereitet. Nun aber begleitet mich erst einmal in die Halle, mein Freund, denn dort wartet ein vorzüglicher Wein auf uns!«, lud Henry de Ferrers ihn ein und legte ihm die Hand auf die Schulter.

Guillaume sah sich noch einmal nach William um. Prächtig sah er aus, kräftig und gesund! Er schien es gut bei den de Ferrers' zu haben. Wenn er sich nur nicht unglücklich machte, indem er sich verliebte! Marguerite war das Mündel des Prinzen und für einen Mann seines Standes unerreichbar. Einen Moment lang musste Guillaume an Ellen denken. Ihre Liebe hatte ebenso wenig Zukunft gehabt. Aber hätte er deshalb darauf verzichten wollen? Nein. Er schüttelte entschieden den Kopf.

»Was habt Ihr, Maréchal, ist etwas nicht zu Eurer Zufriedenheit?«, erkundigte sich Henry de Ferrers und führte ihn in die Halle.

»Oh, nein, keine Sorge, mein Freund, alles bestens!«, versicherte Guillaume mit einem freundlichen Lächeln und nahm den Becher entgegen, den de Ferrers' Page ihm reichte. »Auf den König und Eure Gastfreundschaft!«

»Auf den König!«, antwortete de Ferrers und trank ihm zu.

»Maréchal!« Ein wuchtiger Schlag auf die Schulter traf Guillaume so unerwartet, dass er etwas von dem Wein aus seinem Becher auf seinem Gewand verschüttete. Erbost drehte er sich um. Wer in aller Welt benahm sich so plump vertraulich?

»Was zur Hölle soll das, Elmswick?«

Odon lachte meckernd. »Nichts für ungut, Mylord, ich …«, Als er den Wein auf Guillaumes Surcot entdeckte, wurde er verlegen und wischte eiligst darüber. »Verzeiht, Mylord. Ich wollte nicht …«

»Schon gut!« Guillaume zog die Stirn kraus. »Lasst nur!«, befahl er in einem Ton, der keinen Widerspruch duldete, und wandte sich ab. Das »Spanferkel«, wie er Elmswick im Geiste noch immer nannte, gehörte schon seit einiger Zeit zu den Männern des Prinzen. Er drängte sich ständig und mit aller Macht in den Vordergrund. Weder die Art, wie er mit dem Prinz vertraulich tat, noch sein ungeschlachtes Auftreten und sein ständiges Buhlen um Anerkennung und Aufmerksamkeit gefielen Guillaume. Männer wie Elmswick hielt er für gefährlich.

Die Sonne hatte sich erst vor Kurzem von ihrem Nachtlager erhoben und tauchte den Burghof nun in weiches Licht. Überall wimmelte es von Männern, die sich für die Beize bereit machten. Knappen und Pagen liefen kreuz und quer durcheinander, Hundeführer und Jagdgehilfen brüllten Befehle, Knechte prüften Sattelgurte und eilten über den Hof. Flüche, Lachen und die ganz besondere Aufregung, die alle vor einer Jagd erfasste, brachten die Luft zum Flirren.

Guillaume entdeckte William, der in Begleitung von Logans Sohn Robert und den Falknern des Königs in den Hof geritten war und so gebannt in die Menge starrte, als suchte er jemanden. Doch statt zu entdecken, wonach er Ausschau gehalten hatte, fiel sein Blick auf Lord Elmswick, der wieder einmal versuchte, alle Aufmerksamkeit auf sich zu lenken, indem er sein Pferd steigen ließ. Guillaume schnaubte und schüttelte missbilligend den Kopf.

»Das ist Arrow!«, sagte Henry de Ferrers, der plötzlich neben ihm aufgetaucht war, und zeigte auf den Vogel, den William auf seiner Faust trug. »Ihr solltet ihn beobachten, der Falke ist einfach großartig!«

»Ich werde ein Auge auf ihn haben, mein Freund, darauf könnt Ihr Euch verlassen!«, antwortete Guillaume. De Ferrers konnte nicht ahnen, dass er nicht nur den Falken meinte, sondern auch den Falkner, darum huschte ein winziges Lächeln über sein Gesicht. Als er wieder zu William schaute, sah er, dass Marguerite auf ihn zugeritten war, und wieder spürte er dieses Kribbeln im Nacken, das Unheil verhieß. Damals im Wald, als die Lusignans sie überfallen hatten, hatte er es zum ersten Mal empfunden, während der Krönung, als die Fledermaus aufgescheucht um Richards Kopf gekreist war, und an jenem Tag, als der König im Kampf verletzt worden war. Wenn das Mädchen William nur kein Unheil brachte!

Als plötzlich zum Aufbruch geblasen wurde und die Beize begann, war Guillaume gezwungen, seine unheilvollen Gedanken zu verdrängen und der Jagdgesellschaft bis zu dem Ort zu folgen, den die Falkner ausgewählt hatten. Kraniche würden sie jagen, hatte de Ferrers ihm stolz angekündigt, und so sah er voller Spannung nach oben, als die ersten Vögel aufflogen, und beobachtete, wie Arrow schon bald einen von ihnen verfolgte. Alle Augen waren auf den Falken gerichtet, der seinem Namen alle Ehre machte und sich kraftvoll nach oben schraubte, um sich dann pfeilschnell auf seine Beute zu stürzen.

»William hat ihn abgetragen«, raunte Henry de Ferrers Guillaume zu. »Ich war nicht begeistert von seinem Vorschlag mit der Haube, das könnt Ihr mir glauben.« Er schüttelte den Kopf. »Aber mein Vater hat es ihm gestattet.«

»Nun, wie es scheint, hat er gute Arbeit geleistet!« Guillaume lächelte de Ferrers an. Die Haube auf dem Kopf des Falken war ihm sofort aufgefallen. Nur in Outremer hatte er bisher Falken mit Hauben gesehen. In England und auf dem Festland waren sie nicht gebräuchlich. »Ich hörte, dass die Vögel durch die Haube ausgeruht bleiben, bis sie auf die Beute geworfen werden. Der König erzählte mir davon. Der Gedanke begeistert und beschäftigt ihn, auch wenn er seine Falken noch immer auf die übliche Weise abtragen lässt, weil seine Falkner es nicht anders wissen.«

»So?« De Ferrers sah ihn erstaunt an.

»Auch der Prinz scheint überaus beeindruckt von Arrow zu sein, seht nur!« Guillaume deutete mit dem Kopf in Johns Richtung. Sein Blick war gespannt auf den Falken geheftet.

De Ferrers' Gesicht hellte sich auf.

»Schade nur, dass der Lieblingsfalke des Prinzen heute nicht so erfolgreich ist! Das wird Johns Laune nicht gerade zuträglich sein!«

De Ferrers schnaufte, dann zeigte er hoffnungsvoll nach oben. »Seht nur, vielleicht schafft er es diesmal!«, rief er.

Der Falke des Prinzen schickte sich nach mehreren misslungenen Versuchen soeben erneut an, einen Kranich zu schlagen. Guillaume hielt gespannt den Atem an. Doch der um ein Vielfaches größere Beutevogel wehrte sich aus Leibeskräften und griff den Falken mit seinem gefährlichen Schnabel an. Er hieb und hackte nach ihm, bis der Falke ins Trudeln geriet. Plötzlich ging ein Aufschrei, dann ein erschrockenes Raunen durch die Menge der Zuschauer, und der Falke stürzte steinschwer vom Himmel.

Der Prinz, der den Blick nicht einen Augenblick von seinem Falken gelassen hatte, preschte los, um ihm zu Hilfe zu eilen.

Auch Guillaume gab seinem Pferd umgehend die Sporen und kam zur gleichen Zeit wie John dort an, wo das schwer verletzte Tier niedergegangen war. Der bedauernswerte Falke versuchte vergeblich, sich durch Schlagen der Flügel vom Boden zu erheben, doch seine rechte Schwinge blutete. Sie war gebrochen, und die Knochen spitzten zwischen den Federn hervor.

John wurde aschfahl, als die Falkner um ihn herum schweigend mit den Köpfen schüttelten.

Hilflos sah er von einem zum anderen.

»Platz, macht mir doch Platz!«, rief plötzlich Odon of Elmswick in das betretene Schweigen und drängte sich nach vorn.

Guillaume entwich ein zischender Laut. Elmswick beachtete den Vogel kaum, blickte nur die Falkner an und wandte sich dann an John. »Wenn einer vermag, Euren Vogel zu heilen, dann unser guter William hier«, behauptete er grinsend und klopfte diesem scheinbar zuversichtlich auf die Schulter.

Ein offener Bruch ist ein Todesurteil!, dachte Guillaume entsetzt. Elsmwick konnte unmöglich so dumm sein, dies nicht zu wissen. Er stellte William mit Absicht eine Falle und legte ihm einen Strick um den Hals! Er hatte sich also nicht geirrt: Aus irgendeinem Grund hasste Odon of Elmswick William!

Die Falkner und auch William sahen Elmswick an, als wäre er von Sinnen.

»Ein offener Bruch wie dieser heilt nicht. Er fängt an zu schwären und bringt den Vogel um«, erklärte Johns Falkner kopfschüttelnd.

»Gibt es nicht immer wieder Wunder?«, beharrte Elmswick. »Lasst es William versuchen, Mylord.«

Der Prinz sah William mit tränenfeuchten Augen an. »Glaubst du wirklich, du könntest ihm helfen?«, fragte er ihn hoffnungsvoll.

Ungläubig sah Guillaume, wie sich die Schlinge um den Hals seines Sohnes immer enger zog. Er betete, William möge nicht zusagen, was er nicht erfüllen konnte, und war erleichtert, als sein Sohn den Kopf schüttelte.

»Nein, mein Prinz, das glaube ich nicht«, sagte William und senkte demütig den Blick. »Aber ich würde es versuchen, wenn Ihr darauf besteht.«

Guillaumes Herz stolperte. Du kennst den Prinzen nicht!, hätte er seinem Sohn am liebsten zugerufen. Ein Vielleicht ist für ihn eine Zusage! Er wird sich darauf verlassen, dass du den Vogel heilst. Doch es war zu spät. William hatte die Schlinge höchstselbst zugezogen. Nun war es nur noch eine Frage der Zeit, wann er in die Tiefe gestoßen werden und sich das Genick brechen würde.

»Dann versuch es«, hörte Guillaume den Prinzen sagen. Er

wollte schon einschreiten, doch William wandte sich erneut an John.

»Es wird lange dauern, und selbst wenn der Bruch heilt, wird der Greif vermutlich nie mehr fliegen«, gab er dem Prinzen zu bedenken, und einen winzigen Augenblick lang hoffte Guillaume, John möge einsichtig sein und begreifen, dass der Falke dem Tod geweiht war. Doch einem verwöhnten Kind gleich, vertraute der Prinz darauf, dass er wie immer bekommen würde, was er begehrte. Er wollte glauben, dass es möglich war, den Falken zu heilen, also war es möglich.

»Trotzdem, behalte ihn hier und versuch es«, befahl er, »ich werde mit deinem Herrn reden, damit er dir jede Unterstützung gewährt.«

William verneigte sich. »Wie Ihr wünscht, Mylord.« Er nahm den Vogel in beide Hände, hob ihn auf und trug ihn behutsam davon.

Guillaume sah ihm verzweifelt nach. Der Zorn des Prinzen konnte ungeahnte Folgen haben. Und er war William gewiss, wenn es ihm nicht gelang, den Falken zu heilen. Bitte, Herr, sei meinem Sohn gnädig und lass ein Wunder geschehen!, flehte Guillaume stumm und versprach im Gegenzug eine großzügige Spende an die Kirche.

Als sie wenig später schmutzig, ermattet und wegen Johns Falken niedergeschlagen zurückkehrten, wartete bereits ein Bote des Königs in de Ferrers' Halle.

»Mylord«, wandte er sich an den Prinzen. »Euer Bruder, der König, übersendet Euch seine Grüße, er versichert Euch seiner Liebe und bittet Euch, Truppen zu sammeln und ihm im Kampf gegen den französischen König zu Hilfe zu eilen.« Dann wandte er sich an Guillaume. »Auch Ihr sollt dem König folgen, Maréchal, so lautet der Befehl.« Er übergab dem Prinz ein Schreiben mit königlichem Siegel und verbeugte sich tief.

John brach das Siegel, entfaltete das Schreiben und las es halblaut vor:

»Mein geliebter Bruder,
unser Freund und Verbündeter, der Graf von Flandern, ist auf unseren Wunsch im Artois eingefallen, um den französischen König zu einem Gegenschlag zu bewegen und uns so einen Zweifrontenkrieg zu ermöglichen, der Philippe rasch in Schwierigkeiten bringen sollte. Zu unserem großen Bedauern aber hat der Franzose von einem Gegenschlag abgesehen, ist stattdessen in jene Teile des Vexin einmarschiert, die sich wieder in unserer Hand befanden, und hat in kurzer Zeit mehr als ein Dutzend unserer Ansiedlungen niedergebrannt. Wir werden unsere Truppen nun Richtung Gisors bewegen und erwarten Euch dort. Der Maréchal, den ich in Eurer Gegenwart weiß, soll Euch, mein geliebter Bruder, mit seinen Männern begleiten. Hebt weitere Truppen aus und stoßt so rasch wie möglich zu uns.
Richard, König von England von Gottes Gnaden, grüßt Euch von Herzen und übersendet Euch seine Liebe.«

Nun also war es so weit. Die Zeit, dem französischen König endlich wieder zu entreißen, was er während der Gefangenschaft des Königs unrechtmäßig an sich gebracht hatte, war gekommen. Richard hatte alles bestens vorbereitet. Sein erst kürzlich zum deutschen König gewählter Neffe Otto war ein verlässlicher Verbündeter im Osten, der für Frankreich eine ständige Bedrohung bedeutete. Die Allianz mit Flandern stärkte Richard im Norden, während die geglückte Verbindung mit Raymond de Toulouse ihm im Süden den Rücken freihielt. Guillaume atmete unwillkürlich auf. Nicht nur, dass der König endlich wieder sein Reich würde einen können, auch Prinz John würde nicht mehr weiter umherziehen und sich die Zeit mit Jagden und Beizen vertreiben. Er würde in den Krieg ziehen müssen und William auf diese Weise Zeit für die Pflege des Falken gewinnen!

Rouen, 10. April 1199

Es war spät und Guillaume bereits zu Bett gegangen, als es heftig an der Tür seiner Kammer klopfte. »Ein Bote des Erzbischofs ist soeben eingetroffen, Mylord. Ihr sollt Euch umgehend in Notre-Dame du Pré einfinden! Es ist von äußerster Dringlichkeit!«, war die Stimme von Jean d'Erlée zu hören.

»Ich komme!«, rief Guillaume und schwang sich aus dem Bett.

Vor drei Tagen war bereits ein Bote des Königs nach Vaudreuil gekommen, wo Guillaume mit dem Erzbischof von Canterbury, dem Bischof von Bath, Jean und Pierre de Préaux und anderen hohen Männern Gericht gehalten hatte. Mit einem versiegelten Schreiben hatte Richard sie von einer üblen Verletzung unterrichtet, die er sich vor Châlus zugezogen hatte, und Guillaume aufgefordert, nach Rouen zu eilen, um den dortigen Bergfried und den darin befindlichen Schatz zu schützen. Bereits am Tag, bevor sie die Nachricht erhalten hatten, hatte Guillaume wieder dieses unheilvolle Kribbeln im Nacken gespürt. So wie damals, als der Armbrustbolzen den König am Bein getroffen hatte, nur um ein Vielfaches stärker. Bis zu seinem Kopf, auf dem sich die Haare aufgerichtet hatten, und tief hinunter bis zu seinen Lenden hatte es sich gezogen.

Wie es sein Herr von ihm erwartet hatte, war er, ohne zu zögern, nach Rouen aufgebrochen, um seinem Befehl umgehend Folge zu leisten. Ob der Erzbischof nun neue Anweisungen von Richard erhalten hatte?

»Rasch, Junge, hilf mir in die Kleider!«, forderte er seinen Pagen auf, der am Fußende des Bettes gelegen hatte und sich die Augen rieb.

Sofort holte der Knabe die Gewänder seines Herrn und half ihm, sich anzukleiden.

»Den Gürtel noch, dann ist es gut!« Guillaume eilte hinunter in die Halle, wo Jean d'Erlée auf ihn wartete. »Unsere Pferde sind gesattelt, Mylord. Seid Ihr einverstanden, dass ich Euch begleite?«

Guillaume nickte. »Schnell, Jean! Ich fürchte, so spät in der Nacht erwarten uns keine guten Nachrichten.«

Guillaume trieb sein Pferd an, und doch kam ihm der Weg nach Notre-Dame du Pré um ein Vielfaches länger vor als sonst.

»Ich kam so schnell, wie ich vermochte. Exzellenz, was ist geschehen, sagt es mir, rasch!«, rief er, statt den Erzbischof zu begrüßen. Doch seine ungute Vorahnung war längst einer schrecklichen Gewissheit gewichen, die Hubert Walters Miene zu bestätigen schien. »Der König ist tot, nicht wahr?« Guillaume stöhnte und sank auf einem Stuhl zusammen.

Hubert Walter nickte dem Boten zu, der zur Leibgarde Richards gehört hatte.

»Der König hat die Burg von Châlus belagert«, begann der junge Mann. »Er hat sie beschießen und untergraben lassen, um die Kapitulation zu erzwingen. Am Abend des zweiten Tages ist er noch einmal zur Burg geritten, um die Fortschritte der Belagerung in Augenschein zu nehmen. Es war schon fast dunkel und der König nur von Schilden, nicht aber von einer Rüstung geschützt. Auf einem einzigen Turm befand sich noch ein Armbrustschütze.« Ein kurzes, ungläubiges Schweigen unterbrach seinen Bericht. »Der König hat ihn zu spät bemerkt. Obwohl er gespürt haben muss, wie tief der Pfeil in seine Schulter eingedrungen war, hat er versucht, ihn selbst zu entfernen. Doch der Schaft brach ab. Es dauerte lange, bis der Wundarzt die Spitze in der Wunde ausmachen und sie entfernen konnte«, erzählte er stockend und mit Tränen in den Augen. »Als Brand die Wunde befiel, wusste der König, dass es zu Ende ging, und traf seine letzten Verfügungen. Er schickte nach Fontevraud nach seiner Mutter, legte die Beichte ab und empfing die heilige Kommunion. Dann ordnete er an, sein Herz hier in Rouen beizusetzen, seinen Leib aber zu Füßen seines Vaters in Fontevraud zu bestatten.« Der junge Ritter rang erneut nach Atem. »Er hat alle Barone in seiner Nähe zu sich berufen und sie den Treueeid auf Prinz John schwören lassen, denn sein Bruder, das war der Wille des Königs, soll sein Erbe sein. Vor vier Tagen, in der Abenddämmerung, als alles Nötige veranlasst war, hauchte Richard sein Leben aus. Seine Mutter war in seiner letzten Stunde bei ihm und hielt seine Hand. Als er verschieden war, klagte die Königin herzzerreißend.« Der junge Mann wischte sich die Tränen von den Wangen. »›Ich habe die Stütze des Alters, das Licht meiner Augen verloren!‹, rief sie weinend aus.«

Golden
versinkt die Sonne
am Abend
1199 - 1219

Winchester am Himmelfahrtstag 1199

Guillaume lief unruhig auf und ab. War es ungewöhnlich warm, oder bildete er sich das nur ein? Er ging zu dem geöffneten Fensterladen und warf einen flüchtigen Blick hinaus. Der Himmel war an diesem Morgen genauso trist wie seine Gemütsverfassung und der hineinwehende Wind eher kühl. Guillaume schloss die Augen und ließ sich einen Moment erfrischen.

In jener Nacht, als sie die Botschaft vom Tod ihres Königs erhalten hatten, hatte Hubert Walter, der Erzbischof von Canterbury, den jungen Arthur für den Thron vorgeschlagen. Richards ausdrücklicher Wunsch aber war es gewesen, dass ihm John auf dem Thron folgen sollte. Ob diese Entscheidung richtig gewesen war, würde sich erst mit der Zeit erweisen. Guillaume war sicher, dass weder der zwölfjährige Arthur noch der gut dreißigjährige Prinz John ein würdiger Nachfolger für Richard sein würde. Trotzdem hatte er sich für John ausgesprochen. Nicht weil er diesen übermäßig schätzte, sondern weil Richard es so gewollt und ihn für das kleinere von beiden Übeln gehalten hatte.

Mut und Würde, Klugheit und Großmut, Achtung und Freundschaft, Vertrauen und Aufrichtigkeit waren es gewesen, die Richards Männer bis zum letzten Tag an ihm zu würdigen gewusst hatten und die sie bei ihrem neuen König wohl vergeblich suchen würden. Auch an Ausstrahlung, Durchsetzungskraft und militärischen Fähigkeiten mangelte es John.

Guillaume schüttelte nachdenklich den Kopf. Er würde ihm trotzdem treu ergeben sein und John bis zum letzten Atemzug dienen, denn die Zukunft des angevinischen Reiches hing davon ab. Auch auf Geoffrey FitzPeter, Pierre de Préaux, Baudouin de

Béthune und einige weitere Getreue würde John zählen können. Doch in der Entourage eines Herrschers gab es stets auch gefährlich viele Jasager, deren einziges Interesse der eigenen Macht galt. Guillaume straffte die Schultern. Prinz John hatte den Thron lange und innig begehrt. Warum sollte er sich nicht doch bewähren, nun, da seine Zeit gekommen war?

Das Reich aber, zu dessen König er heute gekrönt werden sollte, war tief gespalten. In den angevinischen Gebieten war man gegen ihn. Geoffrey war nach Richard der nächstjüngere Sohn Henrys II. und somit nach Meinung der Barone von Anjou, Maine und Touraine der rechtmäßige Erbe des Throns. Da Geoffrey aber verstorben war, hielten sie seinen Sohn Arthur für den legitimen Nachfolger und hatten ihn kurzerhand in Angers zum Thronerben erklärt.

In der Normandie jedoch, wo John sich zum Herzog hatte gürten lassen, wehte ein günstigerer Wind für ihn. Die normannischen Barone waren sich einig, dass der jüngere Sohn eines Königs dem Reich näher stand als ein Enkel, weshalb ihrer Meinung nach nur er der rechtmäßige Thronerbe sein konnte. Dass auch der französische König Partei ergriffen hatte und Arthur unterstützte, den er eine ganze Weile an seinem Hof erzogen hatte, wunderte niemanden. Schwere Zeiten standen dem Reich bevor, so viel stand fest.

Guillaume ging zur Feuerstelle und rieb sich die Hände. Eben war ihm noch heiß gewesen, nun fröstelte er. Es galt, nach vorn zu schauen, wie er es immer getan hatte.

Alles war vorbereitet, um Prinz John noch an diesem Tag zum König zu salben. Die Armen waren großzügig mit Almosen bedacht worden, damit sie ihn bejubelten, wenn er zur Kathedrale schritt, und die größten Barone Englands hatten sich eingefunden, um ihm als Würdenträger zu dienen.

Ob John dem Reich guttun würde?

Guillaume zweifelte ein wenig, doch nichts war ungewisser als die Zukunft, das hatte ihn die Vergangenheit gelehrt. Er würde die Hoffnung auch diesmal nicht aufgeben. Angespannt füllte er seine Brust bis in den letzten Winkel mit Luft und ließ sie langsam wieder entweichen. Immerhin stand er diesmal von Anfang an auf der richtigen Seite und würde den Zorn des Königs nicht fürchten müssen! Er hatte John in den vergangenen Jahren besser kennengelernt, wusste darum ob seiner Stärken und kannte vor allem seine Schwächen. John brauchte ihn so wie einst sein Vater und seine Brüder, darum würde Guillaume ihn leiten, so gut es ihm möglich war, ihn beraten und stets für ihn da sein, ganz gleich, wie schwer es auch werden würde.

»Mylord«, riss Jean d'Erlée ihn aus seinen Gedanken und verbeugte sich vor ihm. »Man erwartet Euch.«

Guillaume lächelte und suchte nach Zuversicht in Jeans Blick.

Der junge Ritter schien zu ahnen, welche Fragen und Befürchtungen Guillaume quälten, denn er kam einen Schritt näher und sagte leise, aber entschieden: »Mit Eurer Hilfe, Mylord, wird der Prinz ein guter König werden!«

Guillaume nickte halbherzig. Wenn er doch nur ebenso viel Vertrauen in sein Geschick hätte wie Jean!

Nachdem Königin Eleonore bei den Baronen in Aquitanien für Unterstützung gegen Arthur gesorgt hatte, war sie ihrem Sohn nach England gefolgt und schritt nun Seite an Seite mit ihm auf die Kathedrale von Westminster zu. Jubel und Hochrufe begleiteten sie. Das Volk liebte die Königin, daran gab es keinen Zweifel. John aber misstrauten die Menschen, auch das war zu spüren. Sie hatten zu Richard aufgesehen und ihn verehrt, darum wollten sie ihrem künftigen König nicht so leicht verzeihen, dass er einst versucht hatte, seinen Bruder um den Thron zu bringen.

Gemessenen Schrittes und hocherhobenen Hauptes, den Rücken so gerade, als wäre sie noch immer ein junges Mädchen, begleitete Eleonore ihren jüngsten Sohn zum Altar, wo ihm Hubert Walter die Krone aufs Haupt setzen würde.

Isabelle von Gloucester, Johns ungeliebte Gemahlin, war der Krönung ferngeblieben, und so war Eleonore an diesem wichtigen Tag die Königin an seiner Seite.

Guillaume konnte nicht umhin, an jenen Tag zu denken, an dem Richard vor knapp zehn Jahren genau hier in dieser Kathedrale zum König gesalbt worden war. Jede Einzelheit erinnerte er. Die Schrittfolge, bei der er sich hatte konzentrieren müssen, die Würdenträger, von denen nur wenige noch lebten, die feierliche Stimmung, die von dem Flug der Fledermaus unterbrochen worden war, und die Angriffe auf die Juden, die diesen Tag noch lange überschattet hatten.

Mit Aufständen war diesmal nicht zu rechnen, und Johns Krönung würde gewiss nicht weniger festlich werden, denn der Prinz wollte seine Barone und sein Volk beeindrucken. Doch weder seine Juwelen noch die teuren Kleider oder die mächtige Krone waren es, die das Volk zum Jubeln brachten, als er nach der Zeremonie wieder auf die Straße trat, sondern einzig die erhabene Ausstrahlung seiner Mutter.

Am Tag nach seiner Krönung winkte der König Guillaume herbei. »Ich werde noch heute aufbrechen und von Burg zu Burg ziehen, um mir die Unterstützung möglichst vieler Lords zu sichern. Hebt Ihr derweil weitere Truppen für mich aus, Maréchal, zieht mit ihnen nach Shoreham und bereitet unsere Abreise vor. In drei Wochen stoße ich zu Euch, und wir segeln Richtung Dieppe.« John grinste. »Doch zuvor kniet nieder!«

Guillaume sah ihn erstaunt an. Er war kein Page oder unbedeutender Ritter mehr, und die Zeiten, in denen er vor dem König auf die Knie hatte fallen müssen, waren längst vorüber. Ein Hauch von Unwillen wollte in ihm aufkeimen, doch das Glitzern in FitzGeoffreys Blick und das kleine Schmunzeln in seinem Mundwinkel verhießen nichts Schlechtes, darum entschloss sich Guillaume zu tun, wie John ihn geheißen hatte.

»Sire?« Mit zwanzig war ihm das Knien leichter gefallen, trotzdem verzog er keine Miene.

»Lord Striguil, Ihr seid mir in der Vergangenheit zum Freund geworden. Ich baue auf Eure Treue, Euer Wissen und Eure Verbundenheit und will Euch als Ausdruck meiner besonderen

Wertschätzung heute eine Ehre zuteilwerden lassen, nach der es Euch, wie mir nicht verborgen blieb, schon lange gelüstet. Jedermann soll sehen, dass Ihr zu den bevorzugten Männern des Königs gehört!«

Guillaume betrachtete John in banger Erwartung. Die leicht zusammengewachsenen Augenbrauen gaben dem König etwas Dämonisches, und für einen Augenblick ergriff ihn eine unbestimmte Furcht.

»Erhebt Euch, Earl of Pembroke!« John grinste noch breiter.

Guillaume konnte sein Glück kaum fassen und fürchtete schon, seinen Ohren nicht trauen zu dürfen. Sein ganzes Leben lang hatte Strongbow, Isabelles Vater, vergeblich Anspruch auf diesen Titel erhoben!

»Nun erhebt Euch schon, Earl!«, rief John lachend aus. »Bevor Ihr Eure Grafschaft jedoch selbst in Besitz nehmen könnt, müsst Ihr mich aufs Festland begleiten und mir helfen, Philippe zu bezwingen.«

Guillaume strahlte. »Gewiss, Mylord!«

Earl of Pembroke, dachte er noch immer ein wenig ungläubig, nachdem er den König verlassen hatte. »Earl«, wisperte er. Ein schönes Wort, dachte er voller Stolz. Kurz und doch kraftvoll, Zeichen von Macht, Reichtum und Ansehen.

* * *

»Earl?«, schrie Matilda, als ihr Gatte berichtete, dass König John den Maréchal zum Grafen gegürtet hatte. »Earl of Pembroke?« Ihre Stimme überschlug sich fast. Sie stampfte mit dem Fuß auf. »Ich fasse es nicht!«

Ihr Gemahl sah sie mit großen Augen an. »Nun, es war zu erwarten, dass er es eines Tages schaffen würde …«, sagte er und zuckte mit den Schultern. »Immerhin hat ihm seine Ehe den Anspruch auf den Titel eingebracht.«

»Begreifst du denn nicht, was das bedeutet?«, fuhr Matilda ihn an. Sie schmeckte Galle in ihrem Mund. »Du!«, giftete sie ihren Gemahl an. »Du wirst niemals ein Graf werden!«

»Aber Liebling, ich bin noch immer mächtiger …«

»Unsinn!«, fuhr Matilda ihm über den Mund. »Nichts bist du, ein Niemand. Ich warne dich, sieh zu, dass du dich bei John unentbehrlich machst, um dein Versagen wiedergutzumachen.« Seit ihr Gatte die walisische Prinzessin entführt und mit in ihr Heim gebracht hatte, war sie nicht mehr gut auf ihn zu sprechen. Die Familie des Mädchens hatte ihnen schwere Zeiten bereitet und einige ihrer Burgen übel zugerichtet. Selbst nachdem es ihr gelungen war, die Prinzessin zu befreien, waren noch Angriffe erfolgt. Matilda versuchte, den immer wiederkehrenden Ärger über ihren Gemahl hinunterzuschlucken, doch es wollte ihr nicht so recht gelingen.

De Braose schien aufbegehren zu wollen, doch dann schnaufte er nur. »Ich werde mit John in den Krieg ziehen und mit neuen Ländereien und Titeln zurückkehren!« Er machte auf dem Absatz kehrt und wandte Matilda wortlos den Rücken zu.

»Das will ich dir auch geraten haben!«, rief sie ihm nach, als er ihre Kammer verließ. »Earl of Pembroke!«, schnaubte sie noch einmal, »ich fasse es nicht!«

***

John zog mit beachtlicher Truppenstärke aufs Festland, kämpfte gegen den französischen König, belagerte Burgen und Städte. Trotzdem schien auch nach zwei Monaten ein Sieg noch immer in weiter Ferne zu liegen.

»Ich hasse Philippe!«, brüllte John und warf einen erst halb geleerten Weinkrug in die Ecke des Saales. »Wofür hält er mich? Für einfältig? Oder glaubt er gar, ich fürchte ihn?« Er stieß einen seiner Pagen in die Richtung, in die er den Krug geworfen hatte. »Wisch den Wein vom Boden!«, fuhr er ihn an.

John hatte dem Treffen mit dem Franzosen zugestimmt, um einen vorläufigen Frieden zu verhandeln und dadurch Zeit zu gewinnen, doch Philippes Forderungen waren geradezu unverschämt und darum unannehmbar gewesen.

»Anjou, Maine und die Touraine Arthur überlassen!«, rief

John empört aus. »Und ihm selbst die Gebiete entlang der Seine! Warum sollte ich das tun?« John sah Guillaume, de Braose und seine anderen Berater fragend an. »Ich weiß, ich habe ihm den Treueeid nicht geleistet, nachdem ich zum Herzog der Normandie gegürtet wurde; das hat er mir zu Recht vorgeworfen. Doch ist dies nicht der wahre Grund für seinen Zorn. Der Treueschwur ist nur ein Vorwand, andernfalls hätte er mein Angebot angenommen, ihm auf der Stelle die Treue zu schwören!« John schüttelte energisch den Kopf. »Nein, Philippe will mich erniedrigen, er will mein Reich spalten und mich schwächen!«

Guillaume nickte bestätigend. Die französischen Könige hatten schon immer ein untrügliches Gefühl für Gelegenheiten bewiesen, einen Keil zwischen die Plantagenêts zu treiben, und nicht einer von ihren hatte sich ihren Intrigen gewachsen gezeigt. Erst der junge Henry, dann Geoffrey, John und sogar Richard. Sie alle hatten geglaubt, die französischen Könige benutzen zu können, und waren enttäuscht und betrogen worden. Diesmal war es Arthur, der jüngste Spross der Familie, der zum Spielball wurde.

»Wir werden den Franzosen zerquetschen wie eine Wanze«, rief Odon of Elmswick, der sich noch immer so häufig wie möglich in Johns Nähe aufhielt.

De Braose und einige andere Barone brummten zustimmend. Doch der Franzosenkönig war nicht so einfach zu besiegen. Und schon gar nicht durch leere Worte, denen keine Taten folgten.

»Warum sagt Ihr nichts, Maréchal?«, fragte John unwillig.

»Philippe wird *alles* tun, um Euch zu schaden, Mylord. Wir sollten ihn nicht unterschätzen.« Guillaume hatte *wir* gesagt, doch gemeint hatte er: *Ihr* solltet ihn nicht unterschätzen. Der Kampf zwischen den Königen von England und Frankreich wurde seit Jahrzehnten ausgefochten. Wie sollte ausgerechnet John, der am wenigsten erfahrene Sohn Henrys II., diesem Krieg ein Ende bereiten, wenn es weder seinem Vater noch Richard geglückt war, einen dauerhaften Frieden zu erzielen?

»Hätte ich seinen Bedingungen etwa zustimmen sollen?«, entrüstete sich John.

»Nein, Mylord, gewiss nicht!« Richard hatte seinem Bruder eine starke, gut ausgebildete Armee und verlässliche Bündnisse hinterlassen. Wenn John sie pflegte und klug einzusetzen wusste, sollte es ihm zumindest gelingen, seine Position zu festigen. »Ihr solltet Eure Verbündeten zu Euch bitten. Mit ihrer Hilfe …«

John unterbrach ihn und winkte ungeduldig ab. »Gewiss werde ich das tun, Maréchal, das versteht sich von selbst.« Er wandte sich an den Pagen, der zuvor den Boden aufgewischt hatte. »Hol mir neuen Wein«, forderte er, »ich bin durstig.« Dann wandte er sich wieder an Guillaume. »Verzeiht meine Schroffheit, Maréchal. Ihr habt recht. Lasst unsere Verbündeten bitten, so schnell wie möglich zu mir zu kommen. Ich werde mich mit ihnen beraten. Mit ihrer Hilfe und Eurem Beistand sollte es wohl gelingen, den Franzosen schon bald zur Räson zu bringen.«

Guillaume nickte. So spricht ein König, dachte er erleichtert. Vielleicht würde John seiner Aufgabe ja doch noch gerecht werden.

Le Mans im September 1199

Guillaume des Roches, Sire!«, rief eine der Leibwachen Johns und eskortierte mehrere Männer und eine Frau in die Halle der Burg von Le Mans, die Guillaume untrennbar mit dem alten König verband.

»Des Roches!« John setzte ein liebenswürdiges Lächeln auf und breitete die Arme aus. »Ihr habt meine Schwägerin und meinen geliebten Neffen mitgebracht! Ihr ahnt nicht, wie sehr Ihr mich damit erfreut!«, erklärte er honigsüß, doch statt Constanze und Arthur zu umarmen, setzte er sich wieder in den vergoldeten Lehnstuhl, den er stets mit sich führte und der in seiner Pracht einem goldenen Thron ähnelte. Durch ein Nicken gab er ihnen zu verstehen, dass er ihre Huldigung erwartete.

»Mylord.« Constanze senkte das Haupt und machte einen tiefen Knicks, während ihr Sohn sich nur zähneknirschend vor John verbeugte.

Guillaume des Roches, der Verräter aus Maine, wie John ihn gern abfällig nannte, verneigte sich. Er war Arthur zutiefst verbunden, darum hatte er an die Auslieferung des Jungen und seiner Mutter gewisse Bedingungen geknüpft.

»Thouars!«, begrüßte John den Ritter, der des Roches begleitete, und nickte auch ihm zu.

»Schwierigkeiten mit Philippe, mein guter des Roches?«, erkundigte sich der König, der bereits wusste, dass der Franzose ihnen einen glänzenden Vorwand für die Auslieferung von Arthur und Constanze geliefert hatte.

»Philippe hat Maine angegriffen und eine meiner Burgen dem Erdboden gleichgemacht«, erklärte des Roches betreten. »Euer

Neffe und Eure Schwägerin sind nicht mehr sicher bei mir, darum hielt ich es für das Beste, sie zu Euch zu bringen.«

Jeder der Anwesenden wusste jedoch, dass es nicht im Geringsten im Interesse des Franzosen lag, den beiden zu schaden. Im Gegenteil. Je länger der Streit um die Erbfolge andauerte, desto schwächer wurde Johns Position als König und damit als Gegner. Der französische König würde also alles tun, um Arthur zu unterstützen. Darum war es so wichtig gewesen, ihn in Johns Obhut zu bekommen und so Philippes Einflussnahme auf den Jungen künftig verhindern zu können.

»Oh, mein lieber Freund, sorgt Euch nicht um meinen geliebten Neffen und seine Mutter! Ich werde dafür sorgen, dass niemand sie findet!« Johns Augen glitzerten bedrohlich.

»Mylord, ich werde eine Kammer für Eure Gäste bereiten lassen«, erklärte Guillaume freundlich, als er sah, dass Constanze vor Angst blass geworden war.

»Eine Kammer«, sagte John und nickte. »Gewiss doch, eine Kammer!« So wie er sie betonte, klangen sogar diese harmlosen Worte bedrohlich, und Constanze begann zu beben. »Wann immer Ihr Euch zurückziehen wollt, es sei Euch gestattet, Madame!«, erklärte John von oben herab, wandte sich ab und beachtete sie nicht mehr.

Arthur, den er kaum angesehen hatte, schnaufte empört.

John drehte sich nach ihm um, warf einen herablassenden Blick auf den Jungen und musterte ihn von Kopf bis Fuß. Dann wandte er sich mit unverhohlenem Spott noch einmal an Constanze. »Euer Sohn scheint mir ein wenig kränklich. Ihr solltet ihn besser nicht allein lassen!« Dann lachte er schallend und schlug sich auf den Schenkel.

»Wenn Ihr so freundlich wärt …«, bat Constanze und sah Guillaume flehend an.

»Gewiss, Madame.« Er winkte Jean d'Erlée herbei. »Lass die Gäste des Königs standesgemäß unterbringen und sorge dafür, dass man ihnen Essen und Wein bringt!«

»Gewiss, Mylord!« Jean d'Erlée verbeugte sich. »Wenn Ihr so

freundlich wärt, mir zu folgen«, forderte er Constanze und ihren Sohn auf und ging voran.

Am nächsten Morgen, nachdem er im Stall gewesen war und nach Pegasus gesehen hatte, der am Vortag ein Eisen verloren und sich den Huf verletzt hatte, ging Guillaume fröhlich pfeifend in die Halle.

»Aimery de Thouars, dieser üble Verräter, hat Constanze und Arthur heute Nacht zur Flucht verholfen!«, rief der König und schnaubte.

Guillaume sah fragend zu Baudouin, der nur hilflos mit den Schultern zuckte.

»Eure Andeutungen, Sire …«, Guillaume räusperte sich, »haben Lady Constanze offenbar fürchten lassen, Ihr würdet sie und ihren Sohn wie Gefangene behandeln, sobald des Roches und Thouars fort sind.«

»Sie vertraut mir nicht, und es ist meine Schuld? Ist es das, was Ihr sagen wollt, Maréchal?« John funkelte ihn wütend an.

Guillaume antwortete nicht. »Es wird keinen guten Eindruck auf Eure Verbündeten machen, dass sie geglaubt haben, fliehen zu müssen«, gab er nur zu bedenken. »Jeder weiß, dass der Junge lange in Richards Gewahrsam war und ihm nie auch nur ein Haar gekrümmt wurde.«

»Ich habe ihnen nichts getan und sie nicht bedroht!«, beharrte John und sah Guillaume mit gerunzelter Stirn an. »Doch vielleicht hätte ich es tun sollen. Arthurs Flucht ist mehr als ärgerlich. Aber gut! Was geschehen ist, ist geschehen.« John wandte sich an einen seiner Pagen und ließ sich Wein nachschenken.

»Wisst Ihr schon, dass ich die Ehe mit meiner Base Isabelle of Gloucester für ungültig erklären lassen werde? Der Papst hat uns nach all den Jahren noch immer nicht seinen Segen gegeben, es dürfte also ein Leichtes sein.«

Guillaume blickte ihn erstaunt an.

»Nun seht mich nicht an, als wäre ich der Teufel selbst. Eine Ehe unter engen Blutsverwandten – und das sind wir ja – ist gar nicht zulässig und damit auch nicht bindend. Isabelle hat mir noch immer keinen Erben geschenkt. Ich muss schließlich an die Zukunft Englands denken.« Er strich sich über das Kinn und lächelte. »Der König von Portugal soll eine Tochter im heiratsfähigen Alter haben«, überlegte er laut. Dann nickte er. »Ja, ich glaube, ich werde Unterhändler zu ihm schicken, die über eine mögliche Verbindung verhandeln sollen.«

»Portugal?«, wiederholte Guillaume erstaunt und zog die Brauen hoch. »Warum nicht.« Richard hatte durch die Ehe mit Berengaria ein verlässliches Bündnis in Spanien geschaffen, doch in letzter Zeit schien eine spanische Ehe durch die dortigen Kriege nicht mehr so vorteilhaft. Eine Verbindung mit Portugal aber mochte in der Tat gar nicht einmal schlecht sein.

Poitou im Juli/August 1200

Die sengende Hitze der Mittagsstunde und der Staub, den der lange Zug aus Reitern, Fußsoldaten, Karren und Packpferden auf dem Weg zum Stammsitz der Lusignans aufwirbelte, erinnerten Guillaume an die unbarmherzige Glut der Sonne und den in alle Ritzen dringenden Sand, die er im Heiligen Land erlebt hatte. In Outremer wurden Freundschaften fürs Leben geschlossen, während Durst die Zunge an den Gaumen klebte, Sand in Ohren, Nase und Augen drang und die Gefahr durch Sarazenen von überall her drohte.

Auch Richard und Hughes de Lusignan, der wegen seiner dunklen Hautfarbe auch Hughes le Brun genannt wurde, waren auf dem Kreuzzug Freunde geworden. Obwohl die Auseinandersetzungen zwischen ihren Familien bereits mehr als vierzig Jahre andauerten, war im Heiligen Land eine enge, tiefe Freundschaft zwischen ihnen entstanden. Hughes de Lusignan hatte Richard sogar während seiner Gefangenschaft in Deutschland besucht und war für seine Treue nach dessen Rückkehr mit weiteren Lehen belohnt worden.

So geschickt Richard Freundschaften genutzt und Allianzen aufgebaut hatte, keine davon war nach seinem Tod lange nützlich gewesen. Praktisch alle Bündnisse, die John von seinem Bruder übernommen hatte, waren ihm bis zum Ende seines ersten Regierungsjahres zwischen den Fingern zerronnen. Wenig beeindruckt von ihrem neuen König, der Löwenherz so unähnlich war, hatten sich einige Barone entschlossen, dem Ruf Papst Innozenz' zu folgen und das Kreuz zu nehmen, andere waren neue Bündnisse eingegangen. So wie der Graf von Flandern, der ein Abkommen mit Philippe unterzeichnet hatte, das einen Zweifrontenkrieg gegen den französischen König künftig unmöglich machte.

So hatte John denn notgedrungen weiteren Friedensverhandlungen zugestimmt und sich im Mai bei Le Goulet auf neue Bedingungen mit dem Franzosen geeinigt. Um den Vertrag zwischen beiden Parteien zusätzlich zu besiegeln, war die Ehe zwischen Blanche von Kastilien, der Nichte Johns, und Philippes Sohn Louis beschlossen worden.

So hatte sich der französische König denn endlich bereit erklärt, John als legitimen Erben auf dem Thron Englands anzuerkennen, im Gegenzug dafür aber gefordert, dass Arthur die Bretagne unter Johns Lehnsherrschaft halten durfte. Außerdem sah der Vertrag die Auflösung von Johns Bündnis mit Otto vor. Darüber hinaus sollte John dem Franzosen den Lehnseid schwören und ihm zwanzigtausend Mark zahlen. Auch dass Flandern und Boulogne nicht länger Lehen des Königs von England, sondern wieder Lehen des französischen Königs sein sollten, wurde vereinbart, was bedeutete, dass mögliche Bündnisse mit ihnen in weite Ferne rückten.

Bei dem Gedanken, wie schnell sich die kunstvoll geplanten und geschickt aufgebauten Allianzen Richards in nichts aufgelöst hatten, stöhnte Guillaume auf. Nicht nur, dass Philippe dem König Zugeständnisse abgepresst hatte, die weder dessen Vater noch Richard akzeptiert hätten, nein, John war auch tatsächlich der festen Überzeugung, dass sich der Franzose damit abgefunden habe, ihn als mächtigen Nachbarn auf dem Festland zu dulden. Sogar einen dauerhaften Frieden zwischen ihnen hielt er offenbar für möglich. Doch nur ein Narr konnte glauben, dass der Franzose lange stillhalten würde. Wer ihn kannte, wusste, was für ein schlauer Fuchs er war. Geduldig würde er den rechten Augenblick abwarten, nur um dann erneut die Zähne zu zeigen.

Dass man ihm nicht trauen konnte, zeichnete sich bereits ab. Späher hatten beobachtet, dass Philippe dem normannischen

Grenzland einen Aufklärungsritt nach dem anderen abstattete, während John seelenruhig im Poitou umherreiste!

Guillaume schnaufte. Wie konnte es nur angehen, dass John so leichtgläubig war und dem Franzosen nicht halb so viel Verschlagenheit zutraute, wie er selbst besaß, obwohl er doch Philippes Glattzüngigkeit hätte kennen und durchschauen müssen?

Ob Hughes le Brun aufzusuchen ein Schritt in die richtige Richtung war, bezweifelte Guillaume.

»Sire!«, begrüßte le Brun den König, als sie seine Burg erreichten, und verbeugte sich tief. »Erlaubt, dass ich Euch herze«, rief er und breitete die Arme aus.

John war inzwischen vom Pferd gestiegen, schritt lächelnd auf ihn zu und ließ sich den Bruderkuss geben. Die Lusignans waren mächtig und weder als Feinde noch als Freunde zu verachten, das wusste er genau.

»Ich habe Aimery d'Angoulême und Guy de Limoges aufgefordert, mich bei Euch aufzusuchen und mir zu huldigen!«, erklärte John beim abendlichen Festmahl, riss schmatzend das Fleisch des Entenschlegels, den er in seiner Hand hielt, vom Knochen und wischte sich anschließend das Fett vom Kinn. Sofort streckte ihm sein Page eine Schüssel mit Wasser entgegen. John spülte seine Hände und trocknete sie mit dem eilig dargereichten Leintuch.

»Mein Vater kommt?«, freute sich Isabelle d'Angoulême, die junge Braut von Lusignans Sohn. »Wie wunderbar!« Sie warf dem König einen langen, geradezu unverschämt begehrlichen Blick zu.

Wie alt kann sie nur sein?, überlegte Guillaume irritiert und hoffte, dass der alte le Brun den unkeuschen Ausdruck auf ihrem Gesicht nicht bemerkt hatte. Mit einem Stirnrunzeln quittierte Guillaume das offensichtliche Wohlwollen, mit dem John die junge Dame betrachtete.

Isabelle d'Angoulême war le Bruns Sohn schon vor Jahren versprochen und bereits als Kind in seine Obhut übergeben worden. Das Ehegelöbnis war von beiden Kindern unterzeichnet, die Ehe jedoch ihrer Jugend wegen noch nicht vollzogen worden.

Während die Blicke der Knappen und jüngeren Ritter verschämt die kleinen festen Brüste maßen, die sich unter den Kleidern der jungen Frau abzeichneten, schien le Brun in ihr noch immer ein Kind zu sehen.

»Sitz gerade am Tisch und sprich nicht, wenn du nicht dazu aufgefordert wirst«, tadelte er sie, und Isabelle strafte ihn mit einem finsteren Blick, den er offenbar nicht einmal wahrnahm.

»So eine junge, schöne Braut wäre ganz nach meinem Geschmack«, raunte der König Guillaume zu.

Eine Antwort erwartete er nicht, und Guillaume enthielt sich wohlweislich jeglichen Kommentars. John vertrug keinerlei Einwand; er konnte den Gedanken, jemand könne ihm Vorschriften machen, nicht ertragen. Bemühte man sich, ihn zu einer Entscheidung zu drängen, die ihm nicht behagte, konnte man fest damit rechnen, dass er das genaue Gegenteil von dem tat, was man ihm riet. Trotzdem würde Guillaume ihn gewiss nicht ermutigen, Isabelle d'Angoulême Avancen zu machen. Das würden andere tun. Männer, die John dafür schätzte, dass sie ihm nach dem Mund redeten.

Guillaume strich sich über den Nacken und atmete tief ein. Der Besuch bei den Lusignans würde nichts Gutes bringen, das spürte er schon jetzt.

Als Aimery d'Angoulême eintraf, bat er, den König allein sprechen zu dürfen, bevor er ihm huldigte. Nur Johns Vertraute blieben dabei, le Brun hingegen zog sich, wenn auch murrend, mit seinen Männern zurück.

»Ihr wisst, Sire, dass ich bereits dem französischen König für meine Ländereien gehuldigt habe, darum habe ich Rat bei ihm gesucht, denn ich will weder Euch noch ihm als Verräter gelten.« Aimery d'Angoulême hielt kurz inne. »Eine schwierige Lage ist es, in der ich mich befinde.« Er sah den König zögerlich an.

»Sprecht, Angoulême! Ich bin gewiss, Ihr habt eine Lösung.« John nickte auffordernd und grinste erwartungsvoll.

»Gewiss, Mylord.« Angoulême verbeugte sich noch einmal.

»Philippe von Frankreich lässt Euch in Frieden und Freundschaft grüßen. Er hörte, dass Ihr auf Brautschau seid, und schlägt vor, dass Ihr Isabelle, meine einzige Tochter, heiratet.« Angoulême verbeugte sich noch tiefer.

Guillaume hielt den Atem an. Die Frage, wem Angoulême in diesem Fall künftig zu huldigen hatte, würde auf diese Weise in der Tat zweitrangig, die Konsequenzen aber waren gewiss verhängnisvoll. Guillaume schnaubte. Es hatte nicht lange gedauert, bis der Fuchs eine neue List erdacht hatte!

In banger Erwartung sah Guillaume zum König. Johns Augen glänzten verräterisch. Er würde den Haken an diesem Vorschlag wohl nicht erkennen und darum auch nicht ablehnen.

»Wenn ich Euch daran erinnern dürfte, dass Eure Tochter bereits so gut wie vermählt ist«, sagte Guillaume darum in leicht vorwurfsvollem Ton, nicht an John gewandt, sondern an Angoulême.

»Nun, wie Ihr Euch denken könnt, habe ich das keineswegs vergessen«, antwortete dieser, musterte ihn feindselig und wandte sich wieder an den König. »Es ist ein Wagnis, gewiss, doch eines, das sich lohnt!«

Johns Blick sprach für sich. Er begehrte Isabelle seit dem Augenblick, da er sie zum ersten Mal gesehen hatte, und die Aussicht, sie zu seiner Frau zu machen, schien ihn jede Vorsicht vergessen zu lassen. Ein König durfte jedoch nicht nach seinem Herzen und erst recht nicht nach der Lust seiner Lenden entscheiden!

»Glaubt Philippe tatsächlich, dass ich nicht sehe, was er vorhat?«, antwortete John zu Guillaumes Erstaunen und lachte. »Brächte ich die Lusignans gegen mich auf, hätte er erneut einen starken Verbündeten in ihnen und ich einen mächtigen Feind. Doch …« Er lächelte Angoulême an. »Eure Verbundenheit würde das aufwiegen, nicht wahr?«

Angoulême nickte. »Gewiss, Mylord!«

John schien die Schwierigkeit zu sehen, in der er steckte. Enttäuschte er Angoulême, so konnte der sich mit le Brun gegen ihn verbünden und so einen gefährlichen Machtblock mitten in Johns Festlandgebieten errichten und Aquitanien vom Rest des Reiches abschneiden. Brüskierte John le Brun, so würde der sich von ihm abwenden und Philippe unterstützen.

John dachte eine Weile nach, dann grinste er. »Wie wollt Ihr es anstellen? Die Lusignans werden Eure Tochter nicht freiwillig herausgeben.«

»Gewiss nicht, Mylord, doch gibt es noch ein größeres Problem.«

»Und das wäre?«

»Eure Verbindung mit Isabelle of Gloucester!«

»Oh, darum sorgt Euch nicht, mein lieber Angoulême. Das lasst ruhig meine Sorge sein!«

»Was ist mit Euren Unterhändlern in Portugal? Wie sollen sie erfahren, dass ihre Mühen vergeblich sein werden?«, raunte Guillaume dem König zu.

»Die Auflösung meiner Ehe, die Portugiesen – all das ist nichts, was Geld nicht regeln könnte«, winkte John ab und wandte sich wieder an Isabelles Vater. »Darum werde ich wegen der Mitgift hart mit Angoulême verhandeln müssen.« Er grinste ihn listig an. »Ihr werdet Großzügigkeit an den Tag legen müssen, doch das wird Euch gewiss nicht schwerfallen, schließlich wollt Ihr mein Schwiegervater werden, nicht wahr?« John lachte, als Angoulême beflissen nickte.

Guillaume hatte vom ersten Augenblick an gewusst, dass John die Gelegenheit, Isabelle d'Angoulême zu heiraten, niemals ausschlagen würde. Seine Begeisterung für sie war zu groß, und die Schwierigkeiten, die ihm die Hochzeit in den Weg legte, waren nicht mehr als eine willkommene Herausforderung, die seinen Ehrgeiz kitzelte. Eine Abwechslung. Ein Spiel, bei dem man gewinnen oder verlieren konnte. Wie alle Spieler liebte John die Ungewissheit und vertraute zugleich auf sein Schicksal, in der festen Überzeugung, dass es ihn nicht im Stich lassen würde.

John glaubte, mit jedem ein doppeltes Spiel treiben zu können, meinte, so die Fäden in der Hand zu haben, und begriff nicht, dass er sich auf diese Weise Freunde zu Feinden machte und seine Feinde noch übler verstimmte.

Es war dem König nicht schwergefallen, eine Einigung mit Angoulême zu erzielen, und so fand die Hochzeit nur zwei Monate später in Bordeaux statt.

»Dass le Brun nicht schon hier und heute erschienen ist, um Eurer Vermählung Einhalt zu gebieten und die Braut seines Sohnes zurückzufordern, ist gewiss seiner Hoffnung auf Eure Großzügigkeit zu verdanken, Sire. Ihr solltet den Lusignans Genugtuung verschaffen.« Guillaume zog die Augenbrauen zusammen, als der König auflachte und seiner Braut um Tisch und Stühle hinterherlief wie ein kleiner Junge.

»Könnt Ihr mir nicht wenigstens am Tag meiner Hochzeit Euren Rat ersparen?« John kicherte, als er Isabelle am Arm erwischt hatte, und zog sie zu sich.

Einen Augenblick lang entsann sich Guillaume der Macht der Liebe. Selbst der stärkste Mann war ihr hilflos ausgeliefert, wer sollte das besser wissen als er selbst? Er lächelte milde. Offensichtlich fand auch die Braut Gefallen an dem Arrangement, denn ihre Augen funkelten wie Edelsteine. Das Glück der jungen Frau, ihre Frische und Schönheit hatten auch die Schaulustigen betört, die vor der Kathedrale auf die Brautleute gewartet hatten. Die offensichtliche Verliebtheit der soeben Vermählten hatte den Menschen wahre Stürme der Begeisterung entlockt.

Die Liebe gab John etwas Nahbares, Menschliches. Guillaume atmete tief ein, schüttelte schmunzelnd den Kopf und ging hinaus.

»Der König wird für kurze Zeit nach England zurückkehren«, erklärte Guillaume Jean d'Erlée schon wenige Tage später. »Wir werden ihn begleiten, nach Striguil reiten und vielleicht auch nach Pembroke.«

»Ihr scheint ungehalten zu sein, Mylord«, wunderte sich Jean d'Erlée.

Guillaume räusperte sich. Für John war die Hochzeit nur ein Spiel gewesen, das die Erfüllung einer Begierde versprach, aber nicht mehr. Für die Lusignans hingegen war sie ein unerträglicher Affront, mit dem sie sich gewiss nicht einfach abfinden würden. Statt sich aber zu bemühen, sie durch anderweitige Zusagen zu beruhigen, ignorierte John ihre verständliche Wut. Der Franzose hatte sein Netz geschickt ausgelegt, und John war dabei, sich darin zu verfangen, auch wenn er glaubte, Herr der Situation zu sein.

»Wie könnte ich ruhig bleiben, Jean? Ich sage dir, der König irrt, wenn er glaubt, er käme ungeschoren davon.« Guillaume füllte seine Brust mit Luft und atmete hörbar aus. »Je mehr ich ihm zurede, desto vergeblicher sind meine Worte. Darum frage ich mich, Jean, wird er jemals auf mich hören? Oder wird er sich auch in großer Not jenen zuwenden, die ihm schönreden, statt ihn selbstlos zu beraten?« Guillaume musste an den jungen Henry denken. Auch er war Schmeichlern nicht abgeneigt gewesen. Gift hatten sie in sein Ohr geträufelt und Guillaume bei seinem geliebten Herrn in Verruf gebracht. Diesmal würde er vorsichtiger sein und sich absichern, so gut es ging.

Jean sah ihn voller Hingabe an. »Glaubt Ihr wirklich, der König hätte Euch zum Earl of Pembroke gegürtet, wenn er Euren Rat missachtete und Euch nicht schätzte?«

»Vermutlich nicht«, murmelte Guillaume. »Freigiebigkeit ist nicht gerade seine hervorstechendste Eigenschaft, würde ich sagen. Wenn John gibt, erwartet er etwas zurück.«

Jean d'Erlée nickte bestätigend. »Er wird Euren Rat und Euren Beistand schon bald brauchen, und glaubt mir, Mylord, er wird nicht zögern, beides einzufordern.«

Guillaume klopfte Jean auf die Schulter. »Du hast recht, mein Freund! Eines Tages wird alles gut.«

Striguil, Winter 1200/1201

Gildwin!«, empfing Guillaume seinen Schreiber und alten Freund mit einer einladenden Geste. »Bitte, setz dich ein Weilchen zu mir.« Er goss einen Becher Wein ein und reichte ihn über den Tisch. »Ein Bote hat diese Urkunde gebracht.« Guillaume schob Gildwin ein zusammengefaltetes Dokument mit dem königlichen Siegel zu. »Ich schätze, ich weiß, was drinsteht, doch möchte ich den genauen Wortlaut hören.«

»Erlaubst du, dass ich zunächst einen kurzen Blick darauf werfe?«, erkundigte sich Gildwin und zog die Kerze, die auf dem Tisch stand, ein wenig näher. Er brach das Siegel und entfaltete das Dokument. Dann kniff er die Augen zusammen und las, leise vor sich hin murmelnd. Guillaume vermutete, dass seine Sicht nachgelassen hatte, denn er blinzelte immer wieder. Trotzdem war Gildwin schneller fertig, als er erwartet hatte. Laut und deutlich las er ihm schließlich die Urkunde vor, die Guillaume die Grafschaft von Pembroke mit allen Einkünften offiziell zusprach.

»Ich gratuliere!«, sagte Gildwin lächelnd und sah von dem Schreiben auf. »Mylord, Earl of Pembroke!« Er faltete die Urkunde zusammen. »Wenn ich das richtig sehe, sind die Ländereien, die dir hiermit zugesprochen werden, gut zweimal so groß wie die, die zu Striguil gehören!« Gildwin lachte. »Damit dürftest du nun einer der bedeutendsten Barone in Wales sein.«

Guillaume nickte nachdenklich. »Wie ich hörte, besitzen einige meiner neuen Lehnsmänner nicht nur Ländereien in Wales, sondern auch bedeutende Güter in Leinster.« Er strich sich über die nachwachsenden Bartstoppeln auf seinem Kinn. »Mir scheint, dass es an der Zeit ist, nicht nur Pembroke einen Besuch abzustatten, sondern auch meinen Gütern in Irland.« Guillaume legte Gildwin die Hand auf den Arm. »Ich möchte, dass du mich begleitest und sämtliche Bücher, Verträge und Urkunden für mich überprüfst.«

»Der Herr sei meiner Seele gnädig!« Gildwin stöhnte und bekreuzigte sich.

»Du fürchtest dich doch nicht etwa vor der Überfahrt?« Guillaume lachte und knuffte ihn in den Oberarm. »Angst lasse ich nicht gelten, Gildwin!«

»Kannst du nicht einen jüngeren Schreiber mitnehmen und auf mich alten Mann verzichten? Ich meine, ich kann nicht einmal schwimmen …« Gildwin sah ihn verzweifelt an.

»Willst du mich etwa beleidigen, mein Freund? Du bist nicht älter als ich!« Guillaume sah ihn mit gespielter Entrüstung an. Dann legte er ihm den Arm um die Schultern und fuhr lachend fort: »Du bist ein Mann Gottes, Gildwin. Der Herr wird dich beschützen, wenn er glaubt, dass du des Lebens weiterhin würdig bist! Ich befehle es dir nicht, ich bitte dich als meinen Freund, mich zu begleiten.«

»Nun, wenn es dein ausdrücklicher Wunsch ist …«, sagte Gildwin seufzend, lächelte tapfer und verbeugte sich, bevor er sich empfahl und der Halle entfloh.

Guillaume sah ihm kopfschüttelnd nach und lachte. Gildwin hatte den Tod schon in der Jugend gefürchtet, trotzdem war er niemals ein Feigling gewesen.

»Was erheitert dich so, mein Liebster?«, erkundigte sich Isabelle, die dem Schreiber in der Tür begegnet war und nun in die Halle trat. »Amüsierst du dich über Master Gildwin?« Sie blickte sich noch einmal um, doch er war bereits verschwunden.

Guillaume nickte. »Er hat mächtige Angst vor der See!«

»Was ich ihm durchaus nachfühlen kann! Was hast du vor mit dem armen Mann?«

»Er soll mich bei meiner nächsten Reise begleiten. Und dich, meine Liebste, wollte ich ebenfalls mitnehmen.«

»Wieder zurück aufs Festland?«

Guillaume schüttelte den Kopf. »Nein, zunächst nach Pembroke und dann nach Irland.«

»Nach …?« Isabelle stockte der Atem. »Nach Irland?«

Guillaume nickte bestätigend und lächelte. »Ich habe soeben die Urkunde erhalten, die mir alle Einkünfte der Grafschaft Pembroke bestätigt.«

»Das ist ja großartig, Guillaume!«

»Von Haverford, das zu Pembroke gehört, ist die Überfahrt nach Irland kaum noch der Rede wert. Wir sollten Kilkenny also unbedingt einen Besuch abstatten.«

»Kilkenny!« Isabelle seufzte. Ihr Blick schien sich plötzlich in der Ferne zu verlieren. »Ob Brigid noch lebt?«, sagte sie halblaut. »Und Conall … Sicher hat er geheiratet und einen Stall voll Kinder, so wie wir!« Sie strahlte, schlang die Arme um Guillaumes Hals und küsste ihn. »Wann brechen wir auf?«

»Sobald du alles vorbereitet hast. Meine Männer sind in wenigen Tagen so weit.« Guillaume lächelte.

»Und die Kinder?«

»Werden hierbleiben müssen. Richte dich darauf ein, zwei, vielleicht drei oder gar vier Monate fort zu sein.«

Isabelle nickte. »Du ahnst nicht, wie viel es mir bedeutet, mit dir zu kommen, auch wenn mir die Kinder furchtbar fehlen werden!« Sie stellte sich auf die Zehenspitzen und küsste ihn, bevor sie sich abwandte.

»Mägde«, hörte Guillaume sie im Gehen murmeln und: »Kleider.« Offenbar war sie in Gedanken bereits dabei zu packen.

Eine gute Woche später machten sie sich auf den Weg nach Pembroke. Bald zwei Dutzend Ritter, darunter Jean d'Erlée, Geoffrey FitzRobert, Ralph Bloet, Eustache de Betrimont und John Marshal, der illegitime Sohn seines älteren Bruders, dazu Knappen und Pagen, einige Karren sowie mehr als dreißig Packpferde begleiteten sie. Isabelle hatte die Kinder in der Obhut ihrer Ammen gelassen und die Aufsicht über die Kinderfrauen

Suzanne übertragen, die sich aufgeregt schnatternd und tränenreich von ihr verabschiedet hatte.

Das Wetter in Wales war fast immer feucht und kühl. Außerdem trübte häufig Nebel die Sicht und ließ den Himmel zuweilen unwirklich nah erscheinen. Trotzdem war es ein wunderschönes Fleckchen Erde, das Guillaume hier besaß. Zwar waren die Wintermonate für gewöhnlich nicht gerade die angenehmste Zeit zum Reisen, dafür konnte man den Schnee, der seit Tagen wie Staub vom Himmel rieselte, einfach von den Kleidern schütteln, während der feine Regen, der während aller anderen Jahreszeiten beinahe täglich fiel, einen schon in kürzester Zeit bis auf die Knochen durchnässte. Die mächtigen Hügel, die im Sommer durch ein kräftiges Grün in allen Schattierungen bestachen, hüllte nun – wie ein Laken aus frisch gewaschenem Leinen – eine immer dichter werdende weiße Schneedecke ein.

Obwohl Isabelle sich mit aller Kraft dagegen gewehrt und zwei ganze Tage kein Wort mit Guillaume gesprochen hatte, waren sie zunächst ein Stück nach Nordwesten gezogen und hatten eine Nacht bei William und Matilda de Braose verbracht. Sie waren Nachbarn und einer wie der andere Gefolgsleute des Königs, darum legte Guillaume auf ein vertrauensvolles Verhältnis zu ihnen wert. De Braose stand hoch in der Gunst des Königs, der ihn mit Zusagen nur so überhäufte.

»Ich verstehe nicht, was du gegen Lady Matilda hast«, brummte er mit gerunzelter Stirn, als sie Abergavenny verließen. Ihre Gastgeber hatten es ihnen an nichts fehlen lassen und sie mit äußerster Freundlichkeit empfangen. »Dass sie keine Schönheit ist und nicht von allen so geliebt wird wie du, dafür kann sie schließlich nichts.«

»Sie macht mir Angst!«, wandte Isabelle mit einem vorwurfsvollen Blick ein. »Ich habe die ganze Nacht kein Auge zugetan!« Sie sah ihn mit gerunzelter Stirn an. »Hast du denn nicht bemerkt, wie boshaft sie geschaut hat, als sie dich mit deinem Grafentitel ansprach? Ich sage dir, sie neidet dir deinen Erfolg. Wenn sie nur nicht versucht, Striguil anzugreifen und unseren Kindern etwas zuleide zu tun!« Isabelle ließ sich auf einen Hocker fallen. »Vielleicht sollte ich lieber umkehren!«

»Unsinn, das ist einfach lächerlich!«, knurrte Guillaume, musste jedoch in diesem Moment seltsamerweise an die Warnungen seiner Freunde denken, die er seinerzeit so leichtfertig in den Wind geschlagen hatte und die sich doch allesamt bewahrheitet hatten. »Lord und Lady de Braose würden es niemals wagen, die Wut des Königs auf sich zu ziehen, indem sie uns angreifen!«, behauptete er, um Isabelle zu beruhigen. »Außerdem wird Striguil gut bewacht, wie du weißt. Und was die boshaften Geschichten über die beiden angeht, so wundern sie mich nicht. Die Waliser hassen die Männer des Königs! Wer weiß, was sie über uns erzählen!«, sagte er herausfordernd.

Vielleicht hat Isabelle ja recht mit ihrem Verdacht!, dachte er jedoch im Stillen. Er würde de Braose künftig im Auge behalten und sich kein zweites Mal darauf verlassen, dass ihm nichts geschehen konnte, weil ihn der König liebte. Isabelle aber sollte sich sicher fühlen, darum wäre es unklug gewesen, sie wissen zu lassen, wie ernst er ihre Befürchtungen nahm.

»Über dich sagen sie gewiss nur Gutes!«, erwiderte sie schmollend, dabei wusste sie ebenso gut wie er, dass kein Waliser sich je wohlwollend über einen Engländer äußern würde. »Deinem Ruf als bestem aller Ritter kann niemand etwas anhaben!«, fügte sie trotzig hinzu und ritt mit verschlossener Miene schweigend neben ihm her, bis ein Eichhörnchen ihren Weg kreuzte, kurz innehielt und possierlich schaute und so ein flüchtiges Lächeln auf ihr Gesicht zauberte.

Als sie nach einem endlos erscheinendem Ritt Pembroke erreichten, war Isabelle nicht nur von der Größe der weitläufigen Burg aus Stein beeindruckt, sondern auch von der gemütlichen Ausstattung. Wandbehänge, Teppiche, Felle und unzählige Kissen sorgten für Wärme und Bequemlichkeit.

Guillaume aber interessierte sich mehr für die Wehranlagen der Burg und staunte über die Stärke, die Pembroke ausstrahlte.

Seit Jahrzehnten war die Grafschaft ständig in kriegerische Auseinandersetzungen verwickelt gewesen, und so war es nicht verwunderlich, dass die Soldaten, die ihm als Graf nun zur Verfügung standen, entsprechend zahlreich und gut ausgebildet waren. Mit ein paar Neuerungen würde die Burg schon bald eine der am schwersten zu nehmenden sein, die Wales je gesehen hatte.

Die Nachricht, dass ihr neuer Herr sie erwartete, hatte sich schnell herumgesprochen, und schon bald erschien ein Lehnsmann nach dem anderen vor Guillaume, um ihm die Treue zu schwören. Die meisten huldigten ihm nur mit größter Zurückhaltung, und nur wenige schienen ihn bereitwillig als ihren neuen Herrn anzuerkennen. Einige aber nutzten die Gelegenheit, um sogleich eine Bitte vorzutragen oder Beschwerde zu führen, und so bekam Guillaume rasch einen Einblick in die Schwierigkeiten, die ihn künftig hier erwarten würden.

Einen guten Monat verbrachten sie in Pembroke, bevor sie nach Haverford zogen, um von dort aus nach Irland zu segeln. Obwohl Isabelle voller Ungeduld gewesen war, hatte sie ohne Murren ausgeharrt. Am Tag ihrer Abreise aber war sie lebhafter und unruhiger als sonst.

»Ich kann es kaum noch erwarten, auch wenn ich wie immer schreckliche Angst vor der See habe!«

Dass das Meer am Tag ihres Aufbruchs außergewöhnlich ruhig für die Jahreszeit war, erfüllte jedoch sowohl sie als auch Gildwin mit Zuversicht. Der Himmel war von einem undurchdringlichen, aber nicht unfreundlichen Grau, als sie den Hafen verließen. Möwen kreischten über ihnen. Die Holzplanken des Schiffes ächzten, und die Taue knarrten, als sie nach Westen aufbrachen.

Guillaume, Gildwin und Isabelle standen an der Reling und beobachteten, wie die Häuser von Haverford zu schrumpfen schienen, je weiter sich das Schiff von der Küste entfernte. Die kalte Seeluft hinterließ einen salzigen Geschmack auf ihren Lippen und färbte ihnen die Wangen rot. Isabelle schwärmte von

Irland und malte ihnen das Leben dort in den buntesten Farben aus.

Knapp die Hälfte des Weges musste bereits hinter ihnen liegen, als plötzlich der Wind heftig auffrischte. Immer stärker blies er, brachte das Meer zum Schäumen und wurde in kürzester Zeit zu einem bedrohlichen Sturm. Immer höher peitschte er das Wasser auf. Riesige Wellen türmten sich vor dem Schiff auf und warfen es, einer Nussschale gleich, hin und her.

»Ich sterbe!«, wimmerte Isabelle, auf dem Schiffsboden kauernd, umklammerte den Holzeimer, der vor ihr stand, und übergab sich. Überall um sie herum stöhnten Männer und spien sich die Eingeweide leer. Isabelles Kleider waren bereits besudelt und stanken nach Erbrochenem, doch Guillaume wich nicht von ihrer Seite und streichelte ihr den Rücken. Plötzlich schlug eine mächtige Welle über ihnen zusammen, überschwemmte die Planken, durchtränkte sie alle bis auf die Knochen und drohte, das Schiff zum Kentern zu bringen. Zitternd vor Kälte und Angst, hockten nun alle auf dem Boden, klammerten sich fest und beteten um das schiere Überleben.

Wider Erwarten hielt sich Gildwin erstaunlich gut. Er spuckte nicht und fand genügend Kraft in seinem Glauben, um sogar anderen noch mit seinen Gebeten Trost zu spenden.

»Bitte, Herr, sei uns gnädig«, wimmerte Isabelle und suchte an Guillaumes Brust Schutz. Als das Schiff sich erneut bedrohlich zur Seite neigte, schlingerte und wie in ein Tal zu stoßen schien, hob sie den Kopf. »Ich will meine Kinder wiedersehen!«, schrie sie mit vor Angst weit aufgerissenen Augen. Das Tosen von Wind und Wellen zerhackte ihre Worte in einzelne Silben und ließ sie so noch eindringlicher klingen.

Guillaume fürchtete nicht um sein eigenes Leben, aber um das seiner geliebten Isabelle. Es durfte ihr nichts geschehen! Er presste sie an sich und begann, laut zu beten, obwohl er wenig Übung darin hatte.

»Ich schwöre, Herr, bei allen Heiligen, ich stifte eine Abtei zu deinen Ehren, wenn du uns aus diesem Sturm führst und sicher an Land bringst!«, versprach er inbrünstig, und nie war ihm ein Schwur heiliger gewesen.

Das Unwetter dauerte bis tief in die Nacht an. Dann wurde der Wind langsam schwächer. Das Schiff war ein wenig vom Kurs abgekommen, doch das Schlimmste lag hinter ihnen. Zum Glück war niemand über Bord gegangen. Blass und erschöpft, aber auch voller Dankbarkeit gelangten sie schließlich an die rettende Küste.

Neugierig auf das, was ihn hier erwartete, betrat Guillaume zum ersten Mal in seinem Leben irischen Boden.

* * *

Je näher sie der Burg von Kilkenny kamen, desto unruhiger wurde Isabelle. Erinnerungen aus ihrer Kindheit spülten eine Woge von Glück in ihr Innerstes. Dort oben auf dem Hügel hatte sie oft gestanden und auf den Nore hinabgesehen. Ihr wurde der Hals eng. Wie lange war das her! Sie runzelte die Stirn und rechnete.

Beinahe zwölf Jahre war sie schon mit Guillaume verheiratet. Glückliche Jahre waren es gewesen, obwohl sie den um so viel älteren Mann doch zunächst mit aller Leidenschaft abgelehnt hatte. Acht Kindern hatte sie in dieser Zeit das Leben geschenkt. Guillaume und Richard, die beiden Ältesten, wurden bereits zu Pagen ausgebildet. All die Träume und Hoffnungen, die sie einst mit Conall geteilt hatte, erschienen ihr mit einem Mal so greifbar nah. Sie musste sich bemühen, nicht laut aufzuschluchzen, und wischte sich gerührt über die Augen. Endlich wurde ihr innigster Wunsch erfüllt. Endlich kehrte sie heim!

Der Steward, der ihre Mutter heimlich und treu geliebt hatte, war inzwischen gestorben, und ein neuer Mann hatte die Verwaltung der Burg übernommen. Guillaume kannte ihn offenbar recht gut. Für Isabelle aber war er ein Fremder. Ein Unbekannter, der nun die Kammer bewohnte, die sie einst mit ihrer Mutter geteilt hatte. Immerhin bewies er Feingefühl und überließ das Gemach dem neuen Burgherrn und seiner Gemahlin, damit sie es während ihres Aufenthalts bequem hatten.

Als Isabelle den einstmals so vertrauten Raum betrat und ihr ein ungewohnter, muffiger Geruch entgegenschlug, schossen ihr Tränen in die Augen. In der Kemenate hatte es stets nach dem Rosenöl geduftet, das Aoife so gern verwendet hatte. Doch Kissen, Decken, Wand- und Bettbehänge hatten den süßlichen, blumigen Duft längst vergessen und den strengen Geruch von Leder und Pferdeschweiß angenommen, der jenem Mann anhaftete, der das Gemach nun bewohnte. Isabelle sah sich wehmütig um. Viel hatte sich nicht verändert. Ein Tisch stand nun zusätzlich zu den beiden Armsesseln vor dem Fenster, das mit einem Holzladen verschlossen war. Ein neuer, schwerer Vorhang schützte vor dem Wind, der durch die Ritzen des Ladens drang.

Statt Aoifes und Isabelles Stickzeug lagen nun Stapel von Briefen und Dokumenten auf einem der Sessel. Pergament verschiedener Größe, Federkiele, Messer zum Schärfen und ein Tintenfass bewiesen, dass an diesem Tisch häufig gearbeitet wurde.

»Mutters Harfe!«, entfuhr es ihr. Achtlos lag sie in einer Ecke. Zwei Saiten waren gerissen und hingen herab. Das Holz des Rahmens war gespalten. Wehmütig presste Isabelle das Instrument an ihre Brust und schluchzte. Sie war heimgekehrt und fühlte sich doch fremd.

Einige der Bediensteten hatten sich ihrer noch erinnert und sie mit freudiger Zurückhaltung begrüßt, doch das allein reichte nicht, um sich heimisch zu fühlen.

Mit der Zeit werde ich mich schon wieder eingewöhnen, sagte sie sich traurig und bat um heißes Wasser für ein Bad.

Zwei Knechte trugen die Truhe mit ihren Kleidern in die Kammer und schleppten dann den Badezuber herbei. Sie schürten ein Feuer, um die kalte Kammer zu erwärmen, und breiteten ein großes Leintuch in dem Badebottich aus, damit sich die Lady keinen Splitter in die zarte Haut zog.

Als das Feuer endlich knisterte und seinen rauchigen Duft in der Kammer verbreitete, schossen Isabelle erneut Tränen in die Augen. Obwohl sich nicht viel verändert hatte, schien doch nichts wie früher zu sein. Eilig packte sie die Kleidertruhe aus, um sich ein wenig abzulenken. Ein Kleid nach dem anderen hob sie in die Höhe und schüttelte den Kopf. Nur das Gewand, das ganz unten in der Kiste gelegen hatte, war noch einigermaßen zu gebrauchen. Die anderen waren während des Unwetters nass geworden und hatten nun Stockflecken und Salzränder. Eine Wäscherin würde sie erst einmal gründlich bearbeiten müssen. Isabelle betrachtete den Schaden, den das Meerwasser angerichtet hatte, als eine Magd mit zwei randvoll gefüllten Wassereimern in die Kammer stampfte und ihr ein wenig scheu zunickte.

Isabelle war sicher, die junge Frau zu kennen, und musterte sie eingehend, doch so sehr sie auch überlegte, es wollte ihr einfach kein Name zu dem Gesicht einfallen. Vorsichtig goss die Magd das dampfend heiße Wasser in den Zuber. Als beide Eimer geleert waren, hatte sich das Leinen mit Wasser vollgesogen, doch der Boden des Bottichs war kaum bedeckt. Eine zweite Magd kam mit ebenso schweren Schritten und zwei weiteren Eimern in die Kammer. Immer abwechselnd schleppten sie nun Eimer für Eimer herbei und füllten den Zuber. Das heiße Wasser gab mit dem Dampf auch einen großen Teil seiner Wärme in die Kammer ab und war nur noch warm, als der Bottich endlich voll genug für ein Bad war.

»Sag, bist du nicht Dairenn, die Tochter des Bogenmachers?«, fragte Isabelle die erste Magd, als sie ihr aus den Kleidern half, und lächelte. Es hatte gedauert, bis ihr der Name wieder eingefallen war.

»Ihr erinnert Euch, Mylady?« Dairenn knickste und errötete beglückt.

»Du warst hinter Conall her wie der Teufel hinter der armen Seele!«, sagte Isabelle lachend und hob besänftigend die Hand, als Dairenn furchtsam zu stammeln begann.

»Keine Sorge! Ich bin deshalb nicht böse. Warum sollte ich auch? Sag mir lieber, wie es ihm geht?« Isabelle zog ihr Leinenhemd über den Kopf und stieg nackt ins Wasser. Sie hatte Conall bei ihrer Ankunft nur ganz kurz und bloß aus der Ferne zu sehen bekommen. Er schien der Stallmeister zu sein, denn die Knechte hörten auf seine Anordnungen.

»Gut, Mylady. Es geht ihm gut. Er ist verheiratet«, antwortete Dairenn leise, beinahe entschuldigend.

Isabelle nahm im Zuber Platz, kniff sich in die Nase und tauchte unter. Conall war verheiratet. Sie hatte damit gerechnet, und doch fühlte es sich mit einem Mal irgendwie schmerzlich an. Was hast du erwartet? Dass er sich ein Leben lang nach dir verzehrt, ohne jeden Funken einer Hoffnung? Wie grausam du bist!, sagte sie sich und tauchte wieder auf.

»Mit dir?«, fragte sie mit Unschuldsmiene und wischte sich das Wasser aus den Augen.

Dairenn schüttelte den Kopf und errötete erneut.

»Aber du bist auch verheiratet?« Isabelle zeigte auf die Seife, die sie auf einem kleinen Schemel abgelegt hatte, und bedeutete Dairenn mit einer Geste, sie herüberzureichen.

»Ja. Und nein.« Dairenn sah irritiert nach der Seife und reichte sie ihr. »Ich habe geheiratet, kurz nachdem Ihr fortgebracht wurdet. Seit dem Sommer aber bin ich verwitwet.« Dairenn sah beschämt zu Boden. »Es ist nicht leicht, die Kinder allein durchzubringen«, murmelte sie. »Ich hab ihn nicht geliebt, doch er hat für uns gesorgt. Ich bin froh, wenn ich Arbeit habe, darum bin ich unendlich dankbar, dass ich Euch heute dienen darf.« Sie sah auf und lächelte ein wenig verzagt.

Gewiss wäre es der Ärmsten an Conalls Seite besser ergangen. Isabelle musste dennoch schmunzeln bei der Erinnerung, sie als aufdringlich empfunden zu haben, denn Dairenn war durchaus ansehnlich. Ob er das von seinem Eheweib auch behaupten konnte?

»Wer ist sie?«, wollte Isabelle wissen und begann, sich einzuschäumen. Die Seife hatte die stürmische Seereise nur überlebt, weil Isabelle sie, gut eingewickelt, in einer kleinen Holzkiste verwahrt hatte.

»Bitte?« Dairenn sah sie verwirrt an.

»Sein Weib, wer ist sie?«, wiederholte Isabelle und schäumte sich die Haare ein.

»Die älteste Tochter des alten Stallmeisters.« Dairenn zuckte mit den Schultern. »Sie war einem anderen Burschen schon so gut wie versprochen, doch als Conall zurückkam, wollte ihr Vater unbedingt, dass er sie bekommt und nach ihm Stallmeister wird. Hat ziemlichen Ärger gegeben, aber er hat sich durchgesetzt.«

Isabelle nickte verstehend und tauchte noch einmal unter, um sich den Seifenschaum aus dem Haar zu spülen. »Und jetzt ist Conall Stallmeister«, stellte sie fest, nachdem sie wieder aufgetaucht war, und wrang das Wasser aus ihren Haaren.

»Hm«, bestätigte Dairenn nickend. »Sicher wartet er schon darauf, dass Ihr ihn rufen lasst oder zu ihm geht. Er liebt sie nicht, wisst Ihr.« Dairenn hatte den Blick einer Hündin, die Schläge gewohnt war. »Keine hat je eine Chance bei ihm gehabt, und ich war beileibe nicht die Einzige, die nach ihm geschaut hat. Er aber hatte immer nur Augen für Euch. Darum war es auch gleich, dass ich bereits verheiratet war, als er zurückkam. Er hätte mich ohnehin nicht gewollt. Oder er hätte mich spüren lassen, wie gleichgültig ich ihm bin, so wie er es sie fühlen lässt. Er liebt nur Euch. Das hat er immer getan und es nie verhohlen. Erst recht nicht, als er zurückkam. Er hat ständig nur von Euch gesprochen.«

Isabelles Magen zog sich zusammen. Sie hatte Conalls Liebe immer als selbstverständlich empfunden. Schließlich war er ihr Milchbruder und ihr bester Freund gewesen. Niemals hatte sie sich den Kopf darüber zerbrochen, was er anderen bedeutet haben mochte.

»Soll ich Euch etwas zu essen bringen lassen?«, fragte Dairenn hastig, als sie hörte, dass Isabelles Magen laut knurrte.

»Später. Hilf mir erst aus dem Wasser, mir ist kalt.« Eine Gänsehaut überzog Isabelles Körper von den Füßen bis zum Scheitel. Dankbar hüllte sie sich in das kratzige Leinentuch, das Dairenn ihr reichte, rubbelte ihre Haut damit trocken, bis sie rot war, und rückte dann näher an das Feuer, um sich den Körper mit Rosenöl einzureiben, so wie ihre Mutter es früher getan hatte. Isabelle schloss die Augen, als Dairenn ihr in die Kleider half, und atmete tief ein. Die Kammer duftete wieder wie früher, und die alte Vertrautheit war zurück. Endlich war sie angekommen!

»Ein Bad wirkt tatsächlich Wunder«, murmelte sie zufrieden. »Und macht hungrig wie ein Wolf!« Sie lächelte Dairenn an. »Solange ich hier bin, sollst du nur für mich da sein. Ich werde dich gut entlohnen, und für deine Kinder darfst du dir Essen aus der Burgküche mitnehmen.« Sie streichelte ihr verständnisvoll über die Wange. »Du wärst ihm sicher eine gute Frau gewesen«, sagte sie sanft. Dann ging sie zum Fenster und öffnete den Laden. »Geh und lass mir etwas zu essen bringen. Und dann richte Conall aus, er möge zu mir kommen.«

Isabelle suchte in der Truhe nach ihrem Kamm und begann, sich die Haare zu entwirren.

Es dauerte nicht lange, bis Dairenn zurück war.

»Ein Page wird Euer Essen gleich bringen, und auch dem Stallmeister richtete ich Euren Wunsch aus, ihn zu sehen«, erklärte sie eilfertig. »Soll ich?« Dairenn deutete auf den Kamm in Isabelles Hand.

»Ja, gern, ich liebe es, gekämmt zu werden.« Isabelle reichte ihn ihr mit einem dankbaren Lächeln.

Wortlos begann Dairenn, einzelne Strähnen auf Isabelles Kopf abzuteilen, hielt inne, wenn die Haare gar zu sehr verknotet waren, und bat um Verzeihung, wenn es ziepte und zerrte.

»Schon gut, Dairenn!«, beruhigte Isabelle sie. »Gib einen kleinen Tropfen Rosenöl auf den Kamm, aber nur einen einzigen, hörst du! So gleitet er leichter hindurch, ohne dass die Haare ölig werden.«

Dairenn tat wie ihr geheißen, und als sie fertig war, begannen die ersten Strähnen bereits zu trocknen, so wohlig warm war es jetzt in der Kammer.

Es klopfte, und ein stämmiger Junge brachte Braten, würzigen Ziegenkäse, Brot und einen Becher roten Wein für Isabelle.

»Der Koch lässt Euch sagen, dass es zum Abend Haselnusskuchen mit Honig gibt. Er sagt, den esst Ihr besonders gern.« Der Junge grinste. Gewiss hoffte er auf Reste vom Tisch.

»Das weiß er noch?« Isabelle strahlte. »Sag ihm, ich danke ihm. So etwas Wunderbares wie diesen Kuchen hat mein Gatte noch nie probiert. Er wird begeistert sein. Wenn ich ihm etwas übrig lasse!«, lachte sie und entließ den Jungen mit einem Lächeln. Hungrig machte sie sich über den wunderbaren Ziegenkäse her. Mit geschlossenen Augen ließ sie ihn auf der Zunge zergehen. Der zarte, leicht säuerliche Geschmack entführte sie geradewegs in ihre Kindheit. Sie sah sich mit Conall im Stall sitzen und bei Brigid an der Feuerstelle stehen. Ja, sie war heimgekehrt, daran war kein Zweifel.

Isabelle wollte Dairenn eben nach Brigid fragen, als es an der Tür klopfte. »Geh und sieh nach, wer das ist«, befahl sie, flocht ihre feuchten Haare noch schneller als früher zu einem Zopf und wand ein mit Silberfäden durchwirktes Band um das Ende.

Dairenn öffnete die Tür einen Spaltbreit und drehte sich dann um. »Es ist der Stallmeister.« Sie flüsterte beinahe.

Isabelle strich sich über die Kleider und bedeckte ihren Kopf hastig mit einem Schleier. Dann nickte sie. »Er möge eintreten. Und du, geh hinaus und lass uns allein!«, sagte sie laut und vernehmlich.

Dairenn blickte sie einen Moment lang ungläubig an. Es schickte sich nicht für eine verheiratete Frau, mit einem anderen Mann als dem eigenen Gemahl allein zu sein.

»Nun geh schon!«, lachte Isabelle. »Sir Guillaume hat gewiss nichts dagegen!« Das ist ja der Ärger, dachte sie. Er ist nicht das winzigste bisschen eifersüchtig!

Dairenn ließ Conall ein, schlüpfte zur Tür hinaus und zog sie vorsichtig hinter sich zu. Gewiss hielt sie vor der Kammer Wache, damit sie Isabelle warnen konnte, falls ihr Gemahl kam. Ein Lächeln huschte über Isabelles Gesicht.

»Mylady!« Conall hatte seine Ledermütze abgenommen und verneigte sich.

»Sag Isabelle, Conall! Wir sind allein.« Sie strahlte ihn an. »Ich bin so froh, dich zu sehen!«

»Willkommen in Kilkenny«, antwortete Conall steif.

»Ist das alles?« Isabelle schluckte ihre Enttäuschung hinunter, sprang auf ihn zu und schlang die Arme um seinen Hals. »Wie geht es dir? Und Brigid? Und …«

»Mir geht es gut, danke«, unterbrach Conall sie hölzern. »Meine Mutter aber ist nicht mehr«, fügte er leise hinzu.

Isabelle sah ihn entsetzt an. »Was ist geschehen? Orin? Hat er ihr etwas angetan?«, brauste sie auf.

Conall schüttelte den Kopf. »Vor einigen Jahren hat es hier eine große Hungersnot gegeben.«

Isabelle nickte betroffen. Hunger war ein erbarmungsloser Sensenmann. Wie Brigid und jede andere liebende Mutter hatte auch sie während der letzten Hungerszeit ihren Kindern zu essen gegeben und an sich selbst stets zuletzt gedacht.

»Sie war geschwächt und eine leichte Beute für das Fieber, das kurz darauf in der Gegend gewütet hat.« Conall wischte sich mit dem Ärmel über die Nase. »Auch Orin ist tot. Im Suff einem Reiter unter die Hufe gekommen.«

»Und deine Brüder?«

»Brian lebt noch bei mir, die älteren kommen inzwischen alleine zurecht.«

»Du bist verheiratet, wie ich hörte. Hast du Kinder?«, erkundigte sich Isabelle mit dünner Stimme. Es schmerzte sie, dass Brigid nicht mehr lebte.

»Drei«, antwortete Conall knapp.

Leben und Sterben, das war der Lauf der Dinge. Damit hatte man zurechtzukommen, sonst ging man zugrunde.

»Ich habe acht!« Isabelle lachte zu schrill, weil ihr nach Heulen zumute war. Zu viele Gefühle stürmten auf sie ein: Enttäuschung, Wiedersehensfreude, Trauer und Angst. Plötzlich war da ein dicker Kloß in ihrem Hals. »Du darfst nicht glauben, dass mir Brigids Tod gleich ist«, flüsterte sie, und Tränen überschwemmten ihre Augen.

»Das tue ich nicht.« Conall sah sie groß an. »Ich bin nur vollkommen überwältigt davon, dich endlich wiederzusehen.«

Endlich schien das Eis zwischen ihnen gebrochen zu sein.

Conall hob die Hand und streichelte ihr zärtlich über die Wange. Er roch gut, nach Pferd und Stall, wie früher. Isabelle schloss einen Moment die Augen. Das Blut rauschte in ihren Ohren.

»Du bist noch schöner als in meiner Erinnerung und meinen Träumen«, sagte Conall mit rauer Stimme.

Sein Atem streifte ihre Wange. Isabelle öffnete die Augen und sah ihn an. Das Herz schlug ihr bis zum Hals.

»Nicht!«, wisperte sie atemlos, als er sie küssen wollte, und mit einem Mal straffte sich Conall, als wäre er soeben aus einem Traum erwacht.

»Verzeiht, Mylady. Wenn Ihr zu Euren alten Lieblingsplätzen ausreiten wollt, lasst mir Bescheid geben, damit ich Euer Pferd satteln lasse«, sagte er förmlich und trat einen Schritt zurück. »Wenn Euer Gemahl einverstanden ist, begleite ich Euch gern bei Eurem nächsten Ausritt. Ist nicht überall ganz ungefährlich«, erklärte er steif und verneigte sich. »Erlaubt Ihr mir zu gehen?«

Isabelle nickte. Ihr Herz hämmerte wild. Das Wiedersehen mit Conall hatte sie vollkommen durcheinandergebracht. Wie gut er aussah! Kräftiger als früher, das Kreuz breiter, die Arme stärker und das Gesicht markanter. Er war kein Junge mehr, sondern ein Mann.

Am Abend wurde ein herrliches Festmahl aufgetragen, um den Burgherrn willkommen zu heißen, und Isabelle freute sich wie ein Kind, weil Guillaume dafür gesorgt hatte, dass man einen Harfenspieler hatte kommen lassen, der alte irische Volksweisen vortrug. Begeistert summte sie die vertrauten Melodien mit und konnte die Beine unter dem Tisch kaum stillhalten, so sehr begehrte sie, zu den fröhlichen Weisen zu tanzen. Obwohl es bereits spät sein musste, als sie sich in die Kammer zurückzogen, war Isabelle kein bisschen müde, sondern aufgekratzt wie lange nicht.

»Conall ist mit der Tochter des früheren Stallmeisters verheiratet«, erklärte sie ungefragt, nahm den Schleier ab und löste ihre Haare. Sie machte ein paar stampfende Tanzschritte und lachte. »Er hat sich kaum verändert. Auch wenn er inzwischen ein Mann geworden ist, so ist er doch im Herzen derselbe Junge geblieben.«

»Dann ist er gewiss noch immer in dich verliebt«, stellte Guillaume scheinbar gleichgültig fest.

Isabelles Herz machte einen Satz, als wäre sie bei etwas Verbotenem erwischt worden. »Unsinn«, schnaubte sie. »Wie kommst du nur auf so etwas?«

»Nun, damals, nach unserer Hochzeit, war er verrückt nach dir, wenn ich mich recht entsinne. Geradezu liebeskrank. Hatte er nicht deshalb darum gebeten, hierher zurückkehren zu dürfen?« Guillaume grinste sie an. »Komm her zu mir, du hinreißende kleine Herzensbrecherin!«, forderte er, lachte und klopfte neben sich auf die Bettstatt.

Isabelle tat gekränkt, obwohl ihr Herz jubelte. Ob Guillaume doch ein wenig eifersüchtig war?

»Du bist ein garstiger Mann!«, sagte sie mit gespielter Verärgerung, fuhr sich mit dem Kamm durch die Haare und schüttelte sie. Dann löschte sie das Talglicht, das auf dem Tisch flackerte, tappte zum Bett und kroch zu ihm unter die Decke. Es war so dunkel in der Kammer, dass man die Hand nicht vor Augen sehen konnte.

Guillaume rückte dichter an sie heran, nahm sie in den Arm und küsste sie. »Herzensbrecherin!«, raunte er ihr noch einmal ins Ohr. Seine Hände, ein wenig rau und angenehm trocken, fuhren mit wachsender Leidenschaft über ihren Körper.

Isabelle erschauderte. »Schenk mir heute Nacht ein Kind. Ein irisches Kind!«, keuchte sie und setzte sich rittlings auf Guillaumes Mitte. Begierde und Wärme, Hingabe und Leidenschaft mischten sich mit einer unerklärlichen Furcht und hinterließen ein Flattern wie von tausend Flügelschlägen in ihrem Magen, so wie einst, als sie frisch verliebt gewesen war.

Erschöpft und außer Atem ließ sie sich nach der Liebe neben Guillaume auf die Kissen fallen. Eine ganze Weile starrte sie nur stumm in die Dunkelheit. Einige Umrisse hoben sich undeutlich hervor. Isabelle riss die Augen auf, bis sie zu brennen begannen. Die Begegnung mit ihrem Milchbruder wollte ihr einfach nicht aus dem Kopf gehen.

»Bist du eifersüchtig wegen Conall?«, wisperte sie in die finstere Nacht, doch Guillaume antwortete nicht. Vermutlich schlief er bereits seelenruhig. »Nicht genügend offenbar, um dich wach zu halten«, murmelte sie verdrießlich und drehte sich zur anderen Seite. Morgen würde sie Guillaume sagen, dass sie mit Conall ausreiten wollte. Ein Lächeln huschte über ihr Gesicht. Es tat so gut, von ihm begehrt zu werden.

* * *

Als Isabelle ihn schon am Tag nach ihrer Ankunft bat, mit Conall ausreiten zu dürfen, war Guillaume nicht mehr sicher, ob die Entscheidung, sie nach Kilkenny mitzunehmen, richtig gewesen war. Wenn sie nicht achtgab, würden sich die Leute schon bald das Maul über sie zerreißen und Guillaume noch weniger anerkennen als ohnehin schon.

Während sie als irische Prinzessin noch ein gewisses Ansehen in Leinster genoss, hatte man Guillaume deutlich spüren lassen, wie wenig er hier willkommen war. Obwohl Strongbow und seine Männer seinerzeit in den Konflikt mit Rory O'Connor eingegriffen und gesiegt hatten, war keine Ruhe in Irland eingekehrt. Ständig wurde irgendwo gekämpft. Einige von Strongbows wichtigsten Begleitern waren jung gestorben und hatten nur kleine Kinder hinterlassen, sodass ihre Güter von der Krone verwaltet worden waren. Jene Verwalter aber hatten weder die Schwierigkeiten in Irland begriffen noch mit den Männern umzugehen gewusst, mit denen sie konfrontiert worden waren. Unruhen, Blutvergießen und Aufstände hatten Angst und Unsicherheit, aber auch neue Abenteuerlust und Gier auf weitere Ländereien mit sich gebracht. In den vergangenen drei Jahren, seit dem Tod von Rory O'Connor, dem letzten Hochkönig Irlands, waren alle Augen auf Connacht gerichtet, wo sich seine Söhne im Streit um seine Nachfolge bekämpften. Strongbows

Gefährten hatten Partei für den einen oder anderen der beiden Prinzen ergriffen und gehörten darum zum Teil unterschiedlichen Lagern an. Hoffnungen, aus diesem Konflikt mit erneutem Landgewinn und mehr Macht hervorzugehen, trieben sie an. Abenteurer auf der Jagd nach Land und Reichtum waren sie gewesen, als sie nach Irland gekommen waren, und daran hatte sich nichts geändert.

Prinz John dagegen hatte sich auf der Insel keine Achtung verschaffen können. Obwohl er Irlands König war, schien er nicht mehr als ein Schatten von einem Herrscher zu sein. Weit fort und nur dann von Bedeutung, wenn er einem seiner Männer einen Befehl erteilte oder Ländereien an Getreue vergab.

Dass man Guillaume nicht mehr achtete, verletzte ihn zutiefst. Zu lange schon war er gewohnt, dass ihm sein großartiger Ruf vorauseilte und man ihm darum stets mit Ehrfurcht begegnete. Huldvoll nahm er für gewöhnlich die Gunstbezeugungen anderer Ritter entgegen. Hier in Irland aber war niemand von ihm beeindruckt.

Obwohl Isabelle ihm, bis auf den einzigen Ausritt mit Conall, vom ersten Tag an kaum von der Seite gewichen war und die Leinster-Barone ihr als der Tochter Richard Strongbows ein gewisses Maß an Freundschaft entgegenbrachten, blieben die Fronten verhärtet. Zwar stimmten ihre reizende Art und die Ähnlichkeit mit ihrem Vater einige Männer milder, trotzdem erwies sich die größere Anzahl der Barone als überaus unwillig. Sie hatten nicht auf Guillaume gewartet und waren in der Vergangenheit sehr wohl ohne ihn ausgekommen. Worin also sollte für sie der Vorteil liegen, sich von ihm beherrschen zu lassen?

Guillaume war voller Neugierde und Tatendrang nach Irland gekommen und hatte doch schon bald einsehen müssen, dass er in den wenigen Wochen, die er in Kilkenny zu verbringen gedachte, nicht viel würde ausrichten können. Die Barone von Leinster waren eine eingeschworene Gemeinschaft, zu der er nicht gehörte. Sie selbst oder ihre Väter waren Strongbows Kampfgefährten gewesen. Brüder, Halbbrüder und Vettern waren damals gemeinsam aufgebrochen. Viele von ihnen waren durch alte, aber auch durch neue Ehebündnisse miteinander verwandt. Trotzdem würden sie Guillaume wohl niemals als Nachfolger Strongbows anerkennen. Auch wenn er dessen Tochter geehelicht und Nachkommen mit ihr gezeugt hatte. Sie verachteten ihn, hielten ihn für nicht mehr als einen Höfling, der seinen Wohlstand einzig und allein seinen Diensten am König verdankte statt seinem Schwert und einem Kampfgeist, der dem ihren entsprach. Gewiss ahnten sie auch, dass Guillaume einige seiner Begleiter mit irischen Gütern zu belehnen gedachte, und verübelten ihm dies. Sogar sein während der Überfahrt gegebenes Gelöbnis, eine Abtei zu gründen, die Tintern in Gwent unterstellt sein sollte, empfanden sie als willkürlichen Herrscherakt.

»Du solltest FitzRobert zu deinem Seneschall machen, bevor wir zurückgehen«, sagte Isabelle eines Abends, nachdem sie die Gespräche zwischen Guillaume und den Baronen einen weiteren Tag lang schweigend verfolgt hatte.

Guillaume sah sie erstaunt an. Isabelle hatte sich noch nie in seine Angelegenheiten gemischt.

»Die Männer fühlen sich Basilia verpflichtet, weil sie die Schwester meines Vaters ist!«, erklärte Isabelle. »Sie werden ihrem Gatten das Leben sicher weniger schwer machen als einem Mann, mit dem sie gar nichts verbindet.« Sie sah ihn an und lächelte. »Die Männer, die meinen Vater begleitet haben, sind weder Iren noch Waliser, aber sie fühlen sich auch nicht als Engländer oder Normannen. Sie sind die Gefährten Strongbows und glauben, ein unerschütterliches Recht auf ihre Ländereien in Leinster zu haben. Sie unterwerfen sich nicht so einfach. Weder dem König noch dir und deinen Männern. Du musst Gemeinsamkeiten schaffen und langsam ihr Vertrauen gewinnen. FitzRobert die Aufgabe des Seneschalls zu übertragen, könnte ein Anfang sein.«

Guillaume dachte über Isabelles Worte nach. Sie hatte sich noch nie so eindeutig geäußert. Ob es daran lag, dass es diesmal um Irland ging? Um ihre Heimat? Möglich, dass sie sich bisher kein Urteil über politische Belange hatte erlauben können, weil ihr die Materie zu fremd gewesen war. Was jedoch Kilkenny anging, schien sie ein tiefer gehendes Verständnis zu haben als er.

»FitzRobert ist zuverlässig und loyal und einer solch schwierigen Aufgabe durchaus gewachsen!«, überlegte Guillaume und räusperte sich. »Du bist nicht nur atemberaubend schön, meine Liebste, sondern auch klug.« Er zog sie an sich. »Eines Tages werde ich mich der Lage hier selbst annehmen müssen, doch vorläufig soll FitzRobert unsere Interessen in Leinster vertreten.« Er umschlang Isabelles Leibesmitte enger. »Und dich werde ich auf der Stelle verführen, du reizendes Weib!«, raunte er und kitzelte sie.

Isabelle versuchte, ihm juchzend zu entfliehen, und Guillaume sprang ihr nach, als sie sich auf die Bettstatt warf. Er hielt ihre Arme mit der Linken fest umklammert, zog ihr Kleid hoch und ließ seine Rechte daruntergleiten.

»Du bist mein«, hauchte er heiser. »Und ich bin sehr wohl eifersüchtig!« Er küsste sie leidenschaftlich. »Auch wenn ich dir vertraue!«

***

Dass Guillaume eingestanden hatte, eifersüchtig zu sein, gab Isabelle das Gefühl, dass ihre Liebe unbezwingbar war und von nichts und niemandem infrage gestellt werden konnte. So rückte die Zukunft von Kilkenny wieder in den Mittelpunkt ihrer Aufmerksamkeit. Auch wenn sie diesmal nicht lange bleiben konnten – irgendwann würden sie gewiss zurückkehren. Für länger ganz sicher. Vielleicht sogar für immer, so wie sie es einst erträumt hatte. Ein Lächeln huschte über ihr Gesicht. Obwohl sie sich stets geliebt und all die Jahre ihrer Ehe begehrt hatten, waren sich Guillaume und Isabelle in den vergangenen Wochen noch einmal nähergekommen. Zu der Lust, die hier in Kilkenny heftiger denn je in ihnen gebrannt hatte, war eine neue, geistige Nähe gekommen, die sie stärker als je zuvor aneinander band. Lange Gespräche hatten sie geführt, denn Gedanken über die

Zukunft von Kilkenny hatten sie ebenso beschäftigt wie gemeinsame Hoffnungen für ihre Kinder, Pläne für Pembroke, Striguil, Leinster und ihre Ländereien in der Normandie. Nahezu jeden Augenblick des Tages hatten sie in den vergangenen Wochen gemeinsam verbracht und doch nie genug voneinander bekommen. Hier in Irland, so träumte Isabelle, würde sie eines Tages mit Guillaume alt werden. In Leinster, dem Land, dessen Prinzessin sie war und immer sein würde.

In jedem Winkel der Burg steckten Erinnerungen an ihre Kindheit. Nicht alle davon waren gut, aber alle gehörten ihr. Jeder Stein war ein Teil ihrer Vergangenheit, erinnerte an Aoife und Strongbow, an Darragh, Mim, Brigid, Dairenn, Orin und all die anderen. Isabelle war nur ein einziges Mal mit Conall ausgeritten. Ihr Herz hatte verrückt gespielt und ihr Magen rebelliert, als er sie bei diesem Ausflug geküsst hatte. Nicht brüderlich auf die Wange, sondern leidenschaftlich auf den Mund. Sie hatte sich von ihm losgerissen und heftig protestiert. Niemals würde sie seine Buhle werden!, hatte sie gesagt. Sie liebte Guillaume, und ihr Platz war an seiner Seite, nicht an Conalls. Niemals!

Conall aber hatte nicht verstehen können oder wollen, dass er sich vergeblich Hoffnungen machte. So oft er ihr seitdem begegnet war, hatten in seinem Blick darum sowohl Leid als auch Vorwurf, gepaart mit Verlangen gestanden. Isabelle hatte es deshalb vorgezogen, ihm aus dem Weg zu gehen.

***

Noch bevor der Frühling Irland erreicht hatte, kehrten sie nach Wales zurück. Nach einer ruhigen Überfahrt ritten sie von Haverford nach Pembroke und von dort nach Striguil. Erleichtert, dass es allen gut ging, schlossen sie ihre Kinder in die Arme und ließen Jean d'Erlée als Steward zurück, bevor sie weiter in Richtung Osten zogen.

Im Mai stießen sie in Cirencester zum König, wo Guillaume mit großer Freude empfangen wurde. John sprach lange unter vier

Augen mit ihm und bedachte ihn schließlich erneut mit Ländereien.

»Baudouin!«, begrüßte Guillaume seinen alten Freund, als er nach seiner Unterredung mit John endlich einen freien Augenblick fand, und breitete die Arme aus. »Dich hier anzutreffen, hatte ich nicht zu hoffen gewagt!« Er umarmte ihn, nahm ihn bei den Unterarmen, wie sie es für gewöhnlich taten, und umarmte ihn erneut. »Ich glaubte dich in Aumale bei den Deinen. Wie geht es Hawise und der kleinen Alice?«

»Großartig, mein Freund! Alice ist ein wahrer Engel.« Baudouin senkte die Stimme. »Von der Farbe ihres Haares einmal abgesehen, hat sie, welch Glück, nicht viel von ihrer Mutter.«

»Dann kommt sie wohl ganz auf den Vater!« Guillaume lachte. »Umso besser!«

Baudouin nickte. »Ich bin nicht glücklich mit Hawise, aber ich muss ihr dankbar sein für das wunderbare Kind, das sie mir geschenkt hat. Alice ist mein Ein und Alles.« Er senkte die Stimme. »Auf einen Sohn hoffe ich schon lange nicht mehr. Hawise ist zu alt und widerspenstig, um ihr beizuwohnen und einen Erben zu zeugen. Ich lasse ihr lieber ihren Frieden.« Er seufzte. »Immerhin kümmert sie sich bestens um die Ländereien, sodass mir genügend Zeit bleibt, um dem König zur Seite zu stehen.« Baudouin reckte den Hals. »Isabelle ist schöner denn je, wie ich sehe. Du scheinst sie glücklich zu machen.«

Guillaume nickte lachend und sah sich ebenfalls nach seiner Gemahlin um. »Isabelle!«, rief er. »Sieh nur, wen wir hier haben!« Er winkte sie herbei.

»Baudouin, wie schön! Sind Eure Gemahlin und Eure Tochter ebenfalls hier?«

Baudouin schüttelte den Kopf. »Sie warten in Aumale auf meine Rückkehr. Wir hoffen, Euch dort bald als unsere Gäste empfangen zu dürfen.«

»Oh, ganz gewiss!« Isabelle nickte und hakte sich bei Guillaume unter. »Wir sollten so rasch wie möglich über einen Ehevertrag sprechen, denkst du nicht?«, wandte sie sich an Guillaume und lachte. »Nicht, dass uns noch jemand zuvorkommt!« Dann sah sie wieder zu Baudouin. »Es wäre die Erfüllung seines größten Herzenswunsches, wenn Eure Tochter und unser ältester Sohn die Ehe miteinander eingingen.«

Guillaume nickte bekräftigend und klopfte Baudouin auf die Schulter. »Endlich wären unsere Familien vereint! Was meinst du?«

»Du weißt, wie ich darüber denke, mein Freund. Auch mich würde eine solche Ehe überglücklich machen, so ich sie mir für mein Kind leisten kann«, antwortete Baudouin und grinste verschmitzt. »Hoffentlich verhandelst du die Mitgift nicht zu hart!«

»Aber Baudouin! Ein wohlhabender, einflussreicher Mann wie du …«, empörte sich Guillaume zum Spaß und zwinkerte ihm zu. »In Scharen werden die besten Familien des Landes schon bald bei dir vorstellig werden, doch ich hoffe, dass uns das Privileg dieser Verbindung zuteilwerden wird.«

»Für wen das Privileg das größere ist, darüber werden wir wohl nicht streiten müssen«, erwiderte Baudouin lachend. »Ach, Guillaume, du hast mir so gefehlt!« Er schüttelte den Kopf. »Wie ich hörte, soll dir der König weitere Ländereien zugesprochen und dich zum Festland beordert haben, damit du für ihn die Grenzen der Normandie gegen die Franzosen hältst.«

»So ist es, mein Freund. Wir brechen in wenigen Tagen auf.«

»Nun, dann wird das hoffentlich bedeuten, dass wir uns demnächst wieder häufiger sehen, denn ich werde ebenfalls schon bald in die Normandie zurückkehren. Mit ein bisschen Glück können wir vielleicht gemeinsam reisen.«

»Na wunderbar, dann wird sich gewiss auch schon bald die Gelegenheit finden, den Ehevertrag aufzusetzen und Alice in unsere Obhut zu nehmen«, freute sich Guillaume.

»Ich kann es kaum erwarten, die Kleine aufzuziehen!« Isabelle lachte. »Ich werde sie wie mein eigenes Kind lieben, Baudouin, das wisst Ihr!«, fügte sie hinzu, als sie sah, dass ein trauriger Schatten über sein Gesicht huschte. »Außerdem werdet Ihr sie gewiss häufig besuchen kommen, nicht wahr? Im gestreckten Galopp ist es weniger als ein Tagesritt von Aumale nach St. Vaast. Es ist also eine doppelte Freude für uns, das Kind bei uns aufzunehmen, denn so können wir sicher sein, auch Euch wieder häufiger zu Gesicht zu bekommen!« Isabelle lächelte gewinnend.

»Ich könnte mir keinen besseren Ort für Alice vorstellen als in Eurem Haus, Mylady!«

Baudouin verneigte sich leicht.

»Der König wünscht, Euch zu sprechen«, flüsterte ihm ein älterer Ritter zu.

»Ihr entschuldigt mich? Wir sehen uns später«, empfahl sich Baudouin, nickte kurz und folgte dem Ruf seines Königs.

Wenige Tage später zogen sie gemeinsam nach Südosten, um von dort aus auf das Festland überzusetzen. Während Baudouin nach ihrer Ankunft in Dieppe umgehend nach Aumale zog, brachte Guillaume Isabelle und die Kinder nach St.-Vaast-d'Equiqueville, wo sie vorläufig in Sicherheit waren. Dann zog er mit William Longespée, dem geliebten Halbbruder des Königs, und dem Earl of Surrey, der ebenfalls beachtlichen Landbesitz in der Normandie hatte, weiter nach Orbec. Longespée war seit einiger Zeit mit Guillaumes Base vermählt und nach dem Tod ihres Bruders der neue Earl of Salisbury geworden. Guillaume mochte ihn, weil er Ähnlichkeit mit dem jungen Henry hatte. Er war ein sorgloser, lebensfroher Mensch mit großer Ausstrahlung. Ein Spieler wohl, dessen Schulden John hin und wieder beglich, doch auch ein Mann mit Feuer und Leidenschaft.

Anglesqueville, in der Nähe von Longueville, August 1202

Fünfzehen Monate waren vergangen, seit Guillaume in die Normandie zurückgekehrt war, und genau zwei Jahre, seit John sich mit Isabelle d'Angoulême vermählt und sie zu seiner Königin gemacht hatte. Im ersten Jahr nach ihrer Entführung hatten sich die Lusignans erstaunlich ruhig verhalten. Sie hatten wohl noch eine ganze Weile mit einer Kompensation für den Verlust gerechnet, doch ihre Hoffnung war vergeblich gewesen. Nicht einen Augenblick hatte der König daran gedacht, einem Besiegten – und als solchen hatte er le Brun empfunden – die Hand zu reichen.

Im Gegenteil. John hatte die Warnungen seiner Berater bedenkenlos in den Wind geschlagen und eines Tages, ohne jede Erklärung, die Teile von La Marche einziehen lassen, die er den Lusignans einst gegeben hatte. Empört darüber, dass sich der König über die Gesetze seines Reiches hinwegsetzte, hatten sie sich an ihren gemeinsamen Lehnsherrn, den französischen König, gewandt und ihn gebeten, einen ordentlichen Prozess von John zu fordern. Doch John hatte sich dreimal in Folge der Anordnung des Franzosen entzogen und damit sowohl diesen als auch die Lusignans mit seiner beharrlichen Weigerung, geltendes Recht zu praktizieren, herausgefordert. Guillaume hatte sich zu Beginn des Konfliktes in der Entourage seines Herrn befunden und mit Engelszungen versucht, ihn zum Einlenken zu bewegen, doch es war ihm nicht gelungen. Der König hatte die Angelegenheit für nicht mehr als eine Art Spiel gehalten, bei dem er nicht zu verlieren gedachte. Darum war Guillaume froh gewesen, nicht länger mit ansehen zu müssen, wie John sich immer stärker ins Unrecht setzte, und dankbar, wieder in die Normandie geschickt zu werden, um dort für Sicherheit zu sorgen. Dies schien ihm in Anbetracht der schwierigen Lage eine nützlichere Aufgabe zu sein, als mit dem König Schach zu spielen, wenn der sich langweilte, oder mit ansehen zu müssen, wie er sich neue Feinde machte.

So kam es, dass Guillaume erst mit einiger Verspätung erfuhr, wie es weitergegangen war.

»Der französische König hat John zum Gesetzlosen erklärt und ihm Aquitanien, Poitou und Anjou entzogen«, berichtete ihm der Mönch, den der König ihm als Boten geschickt hatte, voller Entrüstung. »Philippe hat Arthur zum Ritter geschlagen und ihm seine Tochter Marie zur Frau versprochen, bevor er ihn zum Erben von Johns Ländereien erklärt hat. Mit Ausnahme der Normandie wohlgemerkt, die scheint er für sich behalten zu wollen. Auf jeden Fall ist Arthur – wohl auf seine Anweisung – mit den Poitevinern Richtung Loiretal gezogen. Unsere geliebte Königin, Eleonore von Aquitanien, fürchtete, gefangen genommen zu werden, flüchtete nach Mirebeau und ließ ihrem Sohn eine Nachricht zukommen, dass sie belagert werde und seiner Hilfe bedürfe.«

Guillaume schüttelte kaum merklich den Kopf. Der König hatte in der ersten Zeit seiner Herrschaft mehr Lethargie als Kampfkraft an den Tag gelegt. Arme Königin.

Der Priester aber strahlte, als er fortfuhr: »Mit der gleichen Entschlossenheit wie einst König Richard … der Herr sei seiner Seele gnädig«, murmelte der Mönch, bekreuzigte sich dreimal und küsste das Kruzifix, das er um den Hals trug, »… ist John mit seinen Truppen in nur zwei Tagen und Nächten achtzig Meilen vorgerückt!« Der Kirchenmann wackelte mit dem Kopf, als könnte er beurteilen, welch großartige Leistung das war.

Guillaume bezweifelte, dass er dazu wirklich in der Lage war. Wie sollte ein einfacher Priester auch wissen, welch außerordentlicher Kraftanstrengung und Disziplin es bedurfte, eine ganze

Armee mit unzähligen Fußsoldaten so rasch voranzutreiben? Guillaume war gespannt zu hören, was geschehen war, und nickte auffordernd, damit er fortfuhr.

»Geoffrey de Lusignan war gerade dabei, gebratene Tauben zum Frühstück zu verspeisen, als die königlichen Soldaten über sein Heerlager herfielen. Schlaftrunken und unbewaffnet waren seine Männer und so überrascht, dass es für Johns Truppen ein Leichtes war, sie trotz ihrer Überzahl zu besiegen.« Stolz lag in der Stimme des Mönches. »Arthur, Hughes und Geoffrey de Lusignan und eine ganze Anzahl weiterer hoher Gefangener sind nun in der Obhut des Königs.«

Guillaume räusperte sich. »Endlich einmal gute Nachrichten!«, sagte er schmunzelnd. »Ihr solltet sie gleich weitertragen. Macht Euch auf den Weg und berichtet dem Grafen von Eu, was geschehen ist! Ihr findet ihn vor Arques, das er schon seit einer Weile belagert.«

»Aber Mylord, der Graf von Eu ist ein Lusignan!« Der Mönch hatte die Augen vor Angst weit aufgerissen.

»Gewiss weiß ich das!« Guillaume lachte. Schließlich war genau das der ganze Spaß daran.

»Bitte, Mylord, er wird mich töten, wenn ich ihm diese Nachricht überbringe!«, rief der Mönch und warf sich Guillaume zu Füßen. »Ich flehe Euch an, schickt einen anderen als mich!«

Guillaume schüttelte den Kopf. »Nein, guter Mann. Ihr werdet die Meldung überbringen. Doch keine Sorge, Ihr müsst nicht um Euer Leben fürchten.«

Der Mönch verneigte sich angsterfüllt. »Wie Ihr befehlt, Mylord«, erwiderte er mit zitternder Stimme.

Guillaume seufzte. Einerseits wäre er lieber an Johns Seite gewesen, andererseits wusste er, wie wenig sein Rat wert war, wenn er dem König gerade widerstrebte. Weder seine Erfahrung zählte dann, noch sein Alter, seine genaue Kenntnis des Gegners oder was sonst man noch für ihn ins Feld führen konnte. John hasste Vorschriften, fasste einen Großteil der Ratschläge als solche auf und lehnte sie darum ab. Darin war er unbelehrbar. Trotzdem fiel es Guillaume schwer, ihn jenen zu überlassen, die ihm nach dem Mund redeten, um an Einfluss zu gewinnen und für ihren eigenen Vorteil sorgen zu können. Hoffentlich machte der König, jetzt, da er die Oberhand hatte, keinen Fehler und behandelte seine Gefangenen mit Würde und Anstand!

Hay on Wye, Mai 1203

Matilda hatte dem Boten gestattet, sich in der Halle niederzulegen, denn es war schon spät gewesen, als er eingetroffen war. Nun ging sie hinauf in ihre Kammer, um den Brief allein und ungestört lesen zu können. Sie zog den Lederstuhl an den Schreibtisch, an dem sie sonst die Bücher prüfte, setzte sich und rückte die Kerze näher. Ihre Finger zitterten, als sie das Siegel ihres Gatten brach.

Der Bote hatte den weiten Weg vom Festland in kürzester Zeit hinter sich gebracht. Tag und Nacht war er geritten und hatte nur wenig geruht. Es musste also wichtig sein! Matilda runzelte die Stirn. Welch ein Glück, dass sie geübt im Lesen war, denn die Schrift auf dem Pergament war krakelig und ungelenk, so als hätte ihr Gemahl selbst den Brief geschrieben. Matilda zog das Tuch um ihre Schultern enger, denn die Nacht war kühl. Dann begann sie zu lesen.

Meinem geliebten Eheweib, Matilda de St. Valéry,
sobald du diesen Brief gelesen hast, falte ihn wieder zusammen und setze dein Siegel darauf, damit niemand außer dir seinen Inhalt zu sehen bekomme. Gib ihn meinem Boten zurück und schicke ihn damit zur Zisterzienserabtei Margam in Glamorgan, mit der Bitte an den Vater Abt, ihn sicher für uns aufzubewahren.

Matilda rückte noch einmal ihren Stuhl zurecht, dann las sie weiter.

Ihr Herz raste vor Aufregung, als sie den Brief beendet hatte. Der König hatte seinen Neffen ermordet, und ihr Gatte war

Zeuge gewesen! Ein breites Grinsen legte sich auf ihr Gesicht. Ein solches Wissen konnte sich als wahre Goldgrube herausstellen. Wenn König John nur genügend fürchtete, dass die Wahrheit ans Licht kam, so würde er jene stets mit besonderer Zuneigung und Großzügigkeit bedenken, die von seiner Tat wussten und sie vertuschten. Die Bauarbeiten an der Burg von Hay und den Festungen von Abergavenny und Builth hatten sich als kostspieliger herausgestellt als zunächst gedacht, darum waren sie beim König mit den Zahlungen für Limerick im Rückstand. Fünftausend Mark Silber, zahlbar in jährlichen Raten von je fünfhundert Mark, waren vereinbart worden, doch sie hatten diese Summe weder im ersten noch im darauffolgenden Jahr aufbringen können. Künftig jedoch würden sie sich wegen ihrer Schulden keine Sorgen mehr machen müssen! Matilda nickte zufrieden. Es ging um die Zukunft. Die ihres Gatten, ihre eigene und die ihrer Kinder. Siebzehn Jungen und Mädchen hatte sie das Leben geschenkt, drei davon waren früh gestorben, die anderen aber lebten. Ihre Töchter wollten mit einer ordentlichen Mitgift ausgestattet werden und ihre Söhne mit Pferden, Waffen und Rüstungen. Sie alle strebten nach Reichtum und Titeln, und sie alle sollten einmal mit ihrem Leben zufrieden sein. Gewiss würde der König helfen, sie gut zu verheiraten!

Matilda faltete den Brief sorgfältig zusammen, erhitzte den blutroten Siegellack und träufelte ihn so auf das Pergament, dass es nicht geöffnet werden konnte, ohne dass der einmal erkaltete, steinharte Lack zuvor zerbrochen wurde. Es zischte, als die heiße Flüssigkeit auf die dünn geschabte Schafshaut fiel, dann stieg eine feine Rauchsäule auf, die nach verbranntem Fleisch roch. Matilda bangte einen Augenblick, das Pergament könne Feuer fangen, denn sie siegelte nur selten selbst. Diesmal aber war äußerste Geheimhaltung gefragt. Matilda nahm ihr Siegel und presste es auf den glänzenden Lack. Wie stolz sie auf ihren Gemahl war! Er war auf dem besten Weg, der bedeutendste Baron im Land zu werden, und würde den Maréchal gewiss schon bald überflügeln!

Canterbury Castle, Winter 1203/1204

Prinz Arthurs plötzliches Verschwinden im Frühjahr hatte im ganzen Reich für die übelsten Gerüchte gesorgt. De Burghs Erklärung, der junge Mann sei an einem Fieber gestorben, glaubten die wenigsten. Einige munkelten, man habe ihn getötet. Andere behaupteten, er sei bei einem Fluchtversuch von der Burgmauer gestürzt und habe sich tödlich verletzt. Auch die Geschichte, dass Arthur die Flucht zwar geglückt, er jedoch kurz darauf in einem Fluss ertrunken sei, hatte ihre Anhänger gefunden.

Guillaume wusste nicht, was geschehen war und welche Geschichte er glauben sollte. Die vage Hoffnung aber, der Prinz könne doch noch leben und sich in irgendeinem Burgverlies befinden, hatte er schweren Herzens aufgegeben, nachdem ihm zu Ohren gekommen war, wie schlecht man die Geiseln behandelt hatte, die der König bei der Befreiung seiner Mutter in Mirebeau genommen hatte. Hungern habe John die Gefangenen lassen, erzählte man sich hinter vorgehaltener Hand. Guillaume warf einen skeptischen Blick auf seinen König, der sich mit großspurigen Heldengeschichten und tumben Scherzen in den Mittelpunkt der Aufmerksamkeit rückte. Ob er an Arthurs Verschwinden beteiligt war? Ihn womöglich getötet hatte, wie einige hinter vorgehaltener Hand behaupteten?

Guillaume atmete tief ein. Er hätte das Christfest lieber in aller Ruhe mit Isabelle und den Kindern in der Normandie verbracht statt hier in Canterbury, doch die katastrophale Lage auf dem Festland hatte ihn dazu bewogen, an Johns Seite nach England zurückzukehren. Auch Baudouin und viele weitere Barone hatten sich dem König angeschlossen. Und weil John seine Gemahlin ebenfalls mit nach England genommen hatte, war in der Normandie tiefe Hoffnungslosigkeit entstanden. Niemand hatte den Beteuerungen des Königs, er werde schon bald mit neuen Truppen zurückkehren, noch Glauben schenken wollen.

Drei Wochen waren seitdem vergangen. Drei Wochen, in denen der König sich voller Verzweiflung zurückgezogen hatte. Guillaume warf einen zweiten Blick auf ihn. John schien wie ausgewechselt. Er lachte und scherzte wie früher auf Kosten anderer, von Trübsinn keine Spur mehr. Es war, als gäbe ihm das Christfest, auf das ein neues Jahr folgen würde, neuen Auftrieb. Ob er jedoch wirklich frischen Mut gefasst hatte oder sich vor seinen hohen Gästen verstellte, wusste Guillaume nicht zu sagen.

Vornehmlich aus dem Süden des Landes waren Barone und hohe kirchliche Würdenträger nach Canterbury gekommen, um zwölf Nächte lang die Geburt Jesu mit ihrem König zu feiern. Die Burg von Canterbury war eine der schönsten und größten Englands. Mit einem fein ausgestatteten Bergfried von außerordentlicher Größe und einer wehrhaften steinernen Außenmauer mit Toren in verschiedenen Himmelsrichtungen war sie nicht nur überaus beeindruckend, sondern auch bequem und groß genug, um zumindest einige der bedeutendsten Barone unterzubringen. Auch Guillaume hatte mit seiner Familie eine eigene Kammer bezogen. Trotzdem würde er Isabelle während der nächsten Tage kaum zu Gesicht bekommen, denn John wollte ihn ständig an seiner Seite haben.

Guillaume ließ den Blick über die Menschen gleiten, die sich in der Halle versammelt hatten und um die vielen Kohlebecken standen, die den großen Raum wärmten. Ein Lächeln huschte über sein Gesicht, als er Isabelle unter ihnen entdeckte. Sie stand mit einigen Baronen und Ladys zusammen und schwatzte. In jedem Winkel des Saals wurde gelacht, getrunken und geprahlt. Mögliche Eheschließungen wurden besprochen, Gerüchte verbreitet und Neuigkeiten ausgetauscht. Isabelle würde ihm später davon erzählen. So manche Begebenheit würde ihn gewiss erstaunen, die meisten jedoch langweilen.

Guillaume spürte ein heftiges Verlangen zu gähnen, hielt sich aber im letzten Moment zurück. Da der König gerade zu scherzen beliebte, würde sein Gähnen gewiss schlecht ankommen.

Während sich die umstehenden Gäste bemüßigt fühlten zu lachen, weil John spaßte, zerbrach Guillaume sich lieber den Kopf darüber, was geschehen war und was sie künftig tun konnten, um die Normandie zurückzugewinnen.

Nach dem Erfolg in Mirebeau hatte es zunächst so ausgesehen, als wäre das Schicksal John auch weiterhin gewogen, denn der französische König hatte Zelte und Belagerungsmaschinen abgeschlagen und sich zurückgezogen. Doch der rasche Sieg hatte John hochmütig und leichtfertig werden lassen. Nicht nur, dass er Guillaume des Roches versprochen hatte, ihm Arthur zu übergeben, wohl wissend, dass dies nicht möglich war – er hatte ihm auch noch das Amt des Seneschalls von Anjou entzogen, anstatt ihn durch anderweitige Zusagen zu beruhigen. So war es denn auch nicht verwunderlich, dass der bitter enttäuschte des Roches erneut die Seiten gewechselt hatte und nun dem Franzosen diente.

Guillaume schüttelte kaum merklich den Kopf. Während er seinen Getreuen ständig misstraute und sie dadurch vor den Kopf stieß, hatte sich John seinen Feinden gegenüber immer wieder als überaus leichtgläubig erwiesen. Nicht allein, dass er le Bruns Braut entführt hatte, John hatte die Lusignans auch zwei Jahre lang mit Missachtung gestraft und sogar noch provoziert. Trotzdem hatte er geglaubt, sie mühelos wieder zu seinen Verbündeten machen zu können, und sie nach ihrer Gefangennahme gegen einen einfachen Treueschwur freigelassen. Die Burgen, die er von ihnen als Sicherheit gefordert hatte, waren keine gewesen. Sobald sie dem Kerker entronnen waren, hatten sich die Lusignans, wie nicht anders zu erwarten, wieder auf die Seite des französischen Königs geschlagen.

John hatte nicht eines der starken Bündnisse, die Richard ihm hinterlassen hatte, erhalten können und darum im Westen gegen die Bretonen, im Süden gegen die Lusignans, des Roches und

Thouars und im Norden gegen Philippe kämpfen müssen. Wie rasch sich das Schicksal gewendet hatte! Immer mehr Barone waren zum französischen König übergelaufen, und schon bald waren Le Mans, Angers und Alençon auf seiner Seite gewesen. Als sich auch Vaudreuil Philippe kampflos ergeben hatte, war John in völliger Verzweiflung und Lethargie versunken. Monatelang hatte er kaum noch seine Kammer verlassen. Außer seiner Königin beizuwohnen, hatte ihn scheinbar nichts mehr reizen können, bis zu jenem Augenblick im Spätsommer, als Philippe ihn erneut herausgefordert hatte und nach Les Andelys gezogen war, um es zu belagern.

Guillaume seufzte niedergeschlagen. Der groß angelegte Befreiungsplan, bei dem er mit Rittern und Fußsoldaten die Belagerer hatte schwächen sollen, um einer Flotte von siebzig Schiffen den Weg freizumachen, war gescheitert. Wegen der starken Strömungen in der Seine waren die Schiffe viel zu spät gekommen, und seine Truppen hatten schwere Verluste erlitten. Die letzten Jahre waren ein einziges Fiasko gewesen, das in einer beschämenden Niederlage gegipfelt hatte. Obwohl Guillaume den König immer wieder dazu gedrängt hatte, Frieden mit dem Franzosen zu suchen, war John zu einer Versöhnung nicht bereit gewesen.

Guillaumes Blick fiel erneut auf seine geliebte Isabelle. Offensichtlich genoss sie ihren seltenen Aufenthalt bei Hof. Er selbst dagegen überlegte, wie er der immer stickiger werdenden Luft in der mit Efeu, Mistelzweigen und anderem Grün geschmückten Halle wohl entfliehen konnte. Statt den mit Zimt und Nelken gewürzten Wein zu genießen, war ihm nach frischer Luft und kaltem Quellwasser.

Seine Gedanken schweiften erneut zur Normandie ab. Seine Ländereien dort waren beachtlich. Sie waren fruchtbar, und das Leben für ihn und seine Familie war stets angenehm gewesen. Darum war er nicht gewillt, seinen Besitz nun so ohne Weiteres aufzugeben. Nur weil John nicht in der Lage war, seine Interessen auf dem Festland zu wahren, sollte er all dieses gute Land und die nicht zu verachtenden Einnahmen einbüßen?

Unwillen stieg in Guillaume auf. John hatte einen Fehler nach dem anderen begangen und war nicht bereit, daraus zu lernen. Doch was nützte es zu klagen? Was geschehen war, würde dadurch nicht ungeschehen gemacht. Es galt vielmehr, nach vorn zu schauen und nach neuen Möglichkeiten zu suchen. Noch war nicht alles verloren. Les Andelys hielt der Belagerung weiterhin stand, und auch Rouen harrte noch aus. Vor seinem fluchtartigen Verlassen der Normandie hatte der König die Stadt Pierre de Préaux anvertraut. Eine gute Entscheidung, denn Préaux war zuverlässig und hatte sich als vorausschauend genug erwiesen, um die Stadt auf eine lange Belagerung vorzubereiten. Er hatte riesige Speicher errichten und sie mit genügend Vorräten füllen lassen, um Rouen ein ganzes Jahr lang versorgen zu können. Guillaume wollte die Hoffnung noch nicht aufgeben. Vielleicht konnte man mit dem Franzosen doch noch einen Frieden verhandeln oder zumindest einen Waffenstillstand, der ihnen eine Atempause verschaffte.

Während er noch darüber nachsann, was man Philippe anbieten konnte, zogen ein Mann und eine Frau mit einem kleinen Jungen an der Hand seine Aufmerksamkeit auf sich. Er beobachtete, wie sie sich durch die Menge auf den König zuschoben, und kniff ungläubig die Augen zusammen. Was in aller Welt taten William und Marguerite hier? Sie sahen aus, als gehörten sie zusammen. Stoffe und Farben ihrer Gewänder waren aufeinander abgestimmt und für einen einfachen Falkner viel zu kostspielig. Auch schien Marguerite noch schöner geworden zu sein, weicher und strahlend vor Glück. Guillaume sah sie mit einigen Baronen sprechen, während William, ein wenig verloren wirkend, um sich blickte. Plötzlich jedoch reckte er den Kopf und führte Marguerite zielstrebig auf den goldenen Thron zu, auf dem John inzwischen wieder Platz genommen hatte.

Als der König die beiden entdeckte, erhob er sich schwungvoll, ging auf Marguerite zu und umarmte sie lange. Ein weicher Zug lag plötzlich auf seinem Gesicht. Wie schon früher war er wie ausgewechselt, sobald sie sich in seiner Nähe befand.

William verbeugte sich tief vor dem König, und ein neugieriges Tuscheln erhob sich, als John ihm die Hand freundschaftlich auf den Arm legte. Guillaume runzelte die Stirn. Der Falke, den John einst in Williams Obhut gelassen hatte, war wie erwartet gestorben und der König danach noch lange wütend gewesen. Wie kam es, dass William nun erneut in seiner Gunst stand?

Die junge Königin begrüßte Marguerite wie eine alte Freundin und streckte die Arme nach dem Jungen an ihrer Hand aus, doch ihr Gemahl kam ihr zuvor. Er schnappte sich den Knaben, hob ihn hoch und sah den Jungen prüfend, aber nicht unfreundlich an. Trotz des Fingers in seinem Mund lächelte das Kind gewinnend und befühlte mit der freien Hand die glitzernden Edelsteine auf des Königs Gewand. John grinste zufrieden und begann, den Jungen zu kitzeln, bis er sich wand und glucksend lachte.

»Ein strammes Kerlchen«, lobte er. »Wie heißt er?«

»Richard«, antwortete Marguerite, »nach meinem Vater.«

»Großartig.« John lächelte und wandte sich dann an Guillaume. »Seht nur, was für ein prächtiger Knabe!« Er hob den Jungen noch einmal hoch und reichte ihn dann zurück an Marguerite.

Guillaume runzelte erneut die Stirn.

»Sir William of Roford, königlicher Falkner seit knapp zwei Jahren und Gemahl von Marguerite de Hauville«, raunte ihm der Knappe des Königs zu. Er war es gewohnt, John hier und da auf die Sprünge zu helfen, wenn er mit einem Gesicht nicht gleich einen Namen verband, und hatte das Stirnrunzeln des Maréchal ebenso gedeutet.

Guillaume dankte ihm mit einem angedeuteten Nicken, während sein Innerstes bebte. Ich bin Großvater!, hämmerte es in seinem Kopf. William ist verheiratet, und der Junge ist mein Enkel! Es gelang ihm nur mit Mühe, seine Freude hinter einem freundlichen, aber unverbindlichen Lächeln zu verbergen.

»Marguerite! Wie schön, Euch und Euren Gemahl hier zu sehen!«, sagte er und klopfte William auf die Schulter.

»Die Freude ist ganz die unsere, Sir Guillaume!«, antwortete William errötend.

»Guillaume, einfach nur Guillaume«, verbesserte der ihn. Vater, hätte er nur zu gern gesagt, doch William wusste ja nicht, wer er war. Guillaumes Herz schlug so heftig vor Glück, dass er meinte, es müsse ihm aus der Brust springen. Sein Sohn war nun ein Lord, wie auch immer er das geschafft hatte! Wann? Wie und warum hatte John ihn dazu gemacht und mit Marguerite vermählt? Und wo war ich, als das geschah?, dachte er mit einem Hauch von Wehmut. Das Tuscheln um sie herum schwoll erneut an.

William lächelte scheu. »Guillaume«, sagte er leise.

»Hast du meine Falken mitgebracht, William of Roford?«, fragte der König mit gespielter Strenge.

»Jawohl, Mylord, und nicht nur diese. Ich habe auch ein Geschenk für Euch. Wenn Ihr mir gestatten würdet, mich einen Augenblick zu entfernen?«, bat er und verbeugte sich.

John nickte huldvoll. »Beeil dich, ich liebe Geschenke und bin ein ungeduldiger Mensch!«, rief er ihm lachend nach.

Ja, dachte Guillaume, ungeduldig ist er in der Tat, aber nicht nur das. Er ist auch schwer zu durchschauen, ein Mann mit zwei Gesichtern, einer, den man zum Freund wähnt und plötzlich zum Feind hat. Und doch, er war der König und nichts ehrenvoller als seine Gunst, darum musste er sie William wünschen und hoffen, dass er niemals Johns Hass zu spüren bekam.

Diesmal musste sich William nicht durch die Menge drängen. Wie von selbst öffnete sich eine Gasse vor ihm.

»Er ist ein wirklich großartiger Falkner!«, raunte John Guillaume zu. »Und er hat Schneid bewiesen. Hat seinen Kopf riskiert, um Marguerite zu freien. Sogar meinem Vater zu widersprechen, hat er gewagt. Das hat mir gefallen!«, erklärte er Guillaume, ohne ihn anzusehen, und lächelte in die Menge.

Guillaume betrachtete Marguerite, die nun ins Gespräch mit Isabelle vertieft war. Sie hielt ihren Sohn auf dem Arm, lachte und herzte ihn kurz. Ein kräftiger, gesunder Junge ist mein Enkel, dachte er stolz.

Als William zurück in die Halle kam, trug er auf der linken Faust einen herrlichen Gerfalken mit weißem Gefieder. Diesmal klang das Raunen, das durch die Menge ging, nicht erstaunt, sondern bewundernd.

Der stolze Blick in Williams grünen Augen mit dem Glanz von Aufregung und Rührung darin erinnerte Guillaume an Ellen.

»Sire. Das ist Blanchpenny.« William verbeugte sich vor dem König.

»Blanchpenny?«, fragte John nach. »So hieß der Lieblingsfalke meines Vaters!« Freude stand auf seinem Gesicht und das Verlangen, den herrlichen Vogel zu besitzen.

William nickte. »Sie hatte mir das Geldstück Eures Vaters eingetragen, das ich damals abwies, um Falkner werden zu können«, erklärte er lächelnd.

Guillaume erinnerte sich. Das war die Geschichte, von der Baudouin seinerzeit erzählt hatte! Es fiel ihm nicht schwer, sich vorzustellen, wie William vor dem beeindruckenden König gestanden und ohne Furcht die Münze abgelehnt hatte. Ein Lächeln zuckte um seinen Mund.

»Heute, Sire, ist es an mir, Euch etwas zu schenken. Zum Dank dafür, dass Ihr mir Euer Mündel zur Frau gabt.«

Aha! Guillaume begann zu begreifen! Offenbar hatte William es mit der gleichen Frechheit bei John versucht, mit der er bei Henry II. durchgekommen war. Bei welcher Gelegenheit der Junge den König wohl um Marguerites Hand gebeten hatte? Guillaume schluckte. Im Grunde war es gleich. Nur, dass es ihm gelungen war, sie zur Frau zu bekommen, zählte. Ein warmes Gefühl machte sich in seinem Magen breit. Offenbar hatte John ein Herz für die beiden Liebenden gehabt. Warum sonst hätte er ihnen zu ihrem Glück verhelfen sollen? Ob Ellen von Williams Vermählung und seinem Aufstieg bei Hof wusste? Wenn ja, war sie sicher unglaublich stolz.

William streckte dem König einen Handschuh hin, damit er den Greif übernehmen konnte, und verbeugte sich noch einmal tief. »Mylord, ich hoffe, Ihr nehmt mein Geschenk an.«

»Hast du sie abgetragen?« John musterte das Tier mit großer Aufmerksamkeit.

»Ja, Sire, und ich verspreche Euch, sie ist nicht nur eine Schönheit, die ihresgleichen sucht – sie ist auch eine großartige Jägerin, ausdauernd und schnell im Flug, mutig und sehr geschickt.« Stolz schwang in seiner Stimme mit.

John nahm den Falken auf die Faust und zeigte ihn den anwesenden Baronen. »Seht nur, wie wundervoll sie ist!«, rief er, und seine Gäste stimmten ihm begeistert zu.

Blanchpenny hob ein wenig die Schwingen. Der König lächelte wissend und beruhigte sie mit freundlichen Worten, bevor er sie auf die hohe Reck neben seinem Thron stellte, wo bereits zwei andere Gerfalken ihren Platz hatten. Neben Blanchpennys Schönheit und ihrem auffallenden weißen Gefieder allerdings wirkten sie geradezu gewöhnlich.

»Ein wunderbares Tier, Sire! Werdet Ihr es künftig mit auf Reisen nehmen, oder lasst Ihr den Vogel in Williams Obhut?«, fragte Guillaume und zwinkerte seinem Sohn zu.

»Nun«, überlegte John, »vielleicht werde ich beides tun.« Er grinste geheimnisvoll. »Wir werden sehen. Auf jeden Fall wird der junge Lord keine Ablehnung von mir erfahren, sondern einen angemessenen Dank von mir erwarten können.«

»Das war freundlich von Euch, danke«, raunte William Guillaume zu, als sich der König abwandte. Er hatte also verstanden, dass Guillaume ihm einen weiteren dauerhaften Schützling hatte zukommen lassen wollen. Wenn der König ihn auch künftig für den Ger sorgen ließ, würde das nicht nur eine außerordentliche Ehre bedeuten, sondern auch eine großzügige Bezahlung.

»Sie ist wirklich prächtig. Du hast die Anerkennung verdient, die dir nun zuteilwird.« Guillaume nickte einigen Gästen zu und bemerkte, dass Isabelle ihn mit gerunzelter Stirn beobachtete. Wenn sie nur keine Ähnlichkeit zwischen ihm und William bemerkt hatte! »Wenn du mich bitte entschuldigst? Die Pflicht ruft«, behauptete er deshalb. »Spätestens bei der Beize, die John für den morgigen Tag angesetzt hat, hoffe ich, ein wenig länger mit dir plaudern zu können.« Er legte seinem Sohn kurz die Hand auf den Arm und empfahl sich.

Der Abend verlief wie die meisten Festmahle an des Königs Tafel. Es wurde gescherzt und gezecht, geprotzt und gespeist, wobei nur bestes Fleisch, aber auch frischer Fisch und allerlei kostspielige Leckereien aufgetragen wurden. Guillaume sah stets nur wenige Augenblicke zu William und Marguerite hinüber, und das ausschließlich, wenn er sich unbeobachtet wähnte. Ansonsten bemühte er sich an diesem Abend besonders darum, Isabelle zu unterhalten und ihr seine Aufmerksamkeit zu widmen. Er plauderte und lachte mit ihr, machte ihr Komplimente, flüsterte ihr verführerische Dinge ins Ohr und war erleichtert, dass sie keinen Verdacht wegen William zu hegen schien.

Die Beize am nächsten Tag wurde ein großer Triumph für William, ganz so, wie Guillaume es gehofft hatte. Vom ersten Augenblick an hatte er Blanchpenny mit Spannung beobachtet, obwohl er selbst kaum noch auf die Beizjagd ging. Die Falkendame war nicht nur schön und wegen ihres weißen Gefieders überaus wertvoll, sie zeichnete sich auch tatsächlich durch rasante und zugleich elegante Flüge und eine sehr erfolgreiche Jagd aus, genau wie William es versprochen hatte.

Dass der König darum in bester Laune war und versprach, den jungen Lord mit weiteren Ländereien und Titeln zu belohnen, ließ Guillaume mit einem Hochgefühl zurück. Als John aber verkündete, dass William ihn, bis die Zeit der Mauser begann, bei seinen Reisen begleiten sollte, damit er sich ständig um Blanchpenny kümmern konnte, war er überglücklich. Endlich würde er häufiger Gelegenheit haben, seinen Sohn zu sehen!

Während der Beize hatten sie kaum miteinander sprechen können. Zurück in Canterbury jedoch, gleich nachdem sie ihre Pferde abgegeben hatten und sich zum Bergfried begeben wollten, kam William auf Guillaume zu und bat, ihn einen Augenblick sprechen zu können.

»Sicher, mein Junge, nur zu.« Guillaume nickte freundlich und bat ihn mit einer Geste, ihn zu begleiten.

»Wer ist der junge Mann?«, erkundigte sich Isabelle nachdem William seinem Pagen zur Halle gefolgt war und hakte sich bei Guillaume unter. »Ich habe noch nie zuvor etwas von einem William of Roford gehört. Offenbar kennst du ihn jedoch recht gut. Erzähl mir von ihm. Marguerite scheint vollkommen vernarrt in ihn zu sein.«

Guillaume war noch so sehr in Gedanken an das Gespräch mit William versunken, dass er erschrak, als Isabelle ihn ansprach. William vertraute ihm, wie die Unterredung gezeigt hatte. Irgendwann würde Guillaume ihm darum sagen müssen, dass er sein Vater war. Isabelle aber erfuhr besser nichts davon. Guillaume atmete gegen den Druck in seiner Brust an und lächelte mühsam. »Erinnerst du dich an Lisieux, als wir Marguerite kennengelernt haben? Der Falkner, der es ihr so angetan hatte? Das war William.« Er unterließ es jedoch tunlichst, sie darüber aufzuklären, dass man den jungen Mann damals noch William FitzEllen genannt hatte.

»Und was wollte er von dir?«

»Einen Rat, nichts Wichtiges.« Guillaume winkte ab und versuchte sich an einem erneuten Lächeln, das jedoch etwas schief geriet. Hoffentlich bemerkte Isabelle nicht, wie unwohl er sich in seiner Haut fühlte!

»Irgendwas an ihm kommt mir bekannt vor«, murmelte sie kopfschüttelnd. »Wer sind seine Eltern, kennen wir sie?«

Guillaume fühlte, wie ihm der Schweiß aus allen Poren brach. Er hatte sich geschworen, Isabelle niemals zu belügen, darum blieb er ihr die Antwort schuldig. »Vergib mir, meine Liebste, ich habe etwas Wichtiges vergessen. Ich muss noch einmal kurz zum Stall«, behauptete er hastig. »Geh nur schon vor in die Halle, ich komme nach!«, rief er, ließ sie stehen und eilte davon. Nur nicht zurücksehen, sonst merkt sie, dass du ein schlechtes Gewissen hast!, dachte er und drehte sich unwillkürlich zu ihr um.

Isabelle hatte sich jedoch bereits abgewandt, schüttelte den Kopf und stieg die Holztreppe des Wohnturms hinauf.

Während der Festtage beobachtete Guillaume seinen Sohn auch weiterhin nur heimlich, aus Furcht, Isabelle könne doch noch hellhörig werden. Offenbar gelang es ihm, sein Interesse an dem jungen Mann vor ihr zu verbergen, denn sie stellte ihm keine Fragen mehr über ihn. Dass sie stiller geworden war, führte er auf die Kopfschmerzen zurück, über die sie seit einigen Tagen klagte. Zum ersten Mal seit ihrer Vermählung hatte sie ihn deshalb gebeten, ihr nicht beizuwohnen. Guillaume war ihre Bitte durchaus gelegen gekommen, denn Williams Nähe ließ immer wieder Erinnerungen an Ellen in ihm aufkeimen und hinterließ ein bedrückendes Gefühl von Scham in seiner Brust, wenn er Isabelle gegenübertrat. Er fühlte sich schuldig, so als betrüge er sie mit einer heimlichen Geliebten, nur weil er hin und wieder an Ellen dachte.

Einige Tage nach ihrer Unterredung fing William Guillaume erneut vor der Halle ab.

Guillaume lächelte, als er vernahm, dass William seinen Ratschlag angenommen hatte. »Es ist gut, dass du dich entschieden hast, Großmut zu zeigen«, sagte er und räusperte sich. Ob auch er auf Williams Nachsicht hoffen durfte, wenn er ihm nun gestand, sein Vater zu sein? »Begleite mich ein Stück. Ich muss zum Stall«, forderte er ihn auf. »Außerdem habe ich dir ebenfalls etwas anzuvertrauen.« Er nahm dem Pagen, der neben ihm stand, sein Schwert ab. »Das ist übrigens Athanor.« Guillaume erinnerte sich genau an den Tag in Oakham, als er William versprochen hatte, es ihm zu zeigen. »Deine Mutter hat es geschmiedet«, sagte er nachdenklich und ärgerte sich sogleich über sich selbst. Als könnte William das vergessen haben! Ob sie manchmal an mich denkt?, durchfuhr es ihn. Gewiss ahnt sie nicht einmal, wie viel mir Athanor bedeutet. »Du hast davon gehört?«, fragte er den Pagen, um Zeit zu gewinnen, denn der Mut, William endlich zu gestehen, dass er sein Vater war, drohte, ihn zu verlassen.

Doch statt des Pagen, der sich nicht angesprochen zu fühlen schien, antwortete William: »Oh ja, sie sagt, es sei ihr bestes, nach wie vor.«

»Das ist es ganz sicher«, sagte Guillaume bekräftigend und gürtete es um. »Mehr als einmal hat mir Athanor das Leben gerettet!«, fuhr er fort, nun deutlicher an den Pagen gewandt. Der Knabe diente für gewöhnlich dem König, und auch das erst seit Kurzem. Es schadete nicht, wenn er beeindruckt war und sich vor den anderen Pagen damit brüstete, Athanor gehalten zu haben. Guillaume nickte ihm zu. »Du kannst gehen.« Und als der Junge ihn mit großen Augen ungläubig ansah, wedelte er mit der Hand. »Nun geh schon!« Er sah ihm nach, als er davonstob. »Netter Bursche«, murmelte er und holte tief Luft.

Es war schwerer, den Mut für sein Geständnis aufzubringen, als in eine bereits verloren geglaubte Schlacht zu ziehen.

Er räusperte sich erneut, doch es half nur wenig gegen das Kratzen in seinem Hals. »Ich war jung und ein Niemand, der nichts hatte, außer seiner Stellung bei Hof«, begann er zu erzählen, ohne William anzusehen. »Außerdem war ich zu allen Zeiten mit Leib und Seele Soldat. Ich wäre nicht nur verhungert, sondern vermutlich vor Kummer gestorben, wenn ich meinem König nicht mehr hätte dienen können. Ich war dem jungen Henry damals ebenso treu ergeben wie später seinem Vater, dann Richard und nun John, ganz so, wie es sich für einen Ritter gehört.« Guillaume rang sich ein verzweifeltes Lächeln ab. Er sah Ellen erwartungsvoll vor sich im Gras liegen, die Augen ebenso leuchtend wie die Wiese, mit der sie zu verschmelzen schien. »Aber ich habe sie geliebt.« Guillaume hatte Mühe zu atmen. »Wir wussten, dass es keine Zukunft für uns gab, doch das war nicht wichtig«, fuhr er fort. »Nur der Augenblick zählte, denn Liebe, William, Liebe fragt nicht nach Vernunft, sie lässt sie vergessen.«

In Williams Gesicht zeichnete sich eine Mischung aus Unglauben und Verstehen ab.

»Als sich unsere Wege trennten, wusste ich nicht, dass sie guter Hoffnung war, und als ich sie wiedersah, war sie verheiratet«, erklärte Guillaume. Wie unendlich schwer es ihm doch fiel, über Ellen zu sprechen! Über die Liebe zu ihr und über den Verlust.

Er stöhnte leise. »Es hat mich furchtbar geschmerzt, auch wenn ich sie niemals zu meinem Weib hätte machen können.« Er blickte ins Leere und erinnerte sich an jenen Tag in der Schmiede, an dem er William zum ersten Mal begegnet war. »Isaac kam dazu, als wir miteinander sprachen. Ich sah gleich, dass er sofort ahnte, wer ich bin. Es war die Angst in seinem Blick, die ihn verriet. Er fürchtete wohl, seine Frau und ihren Sohn zugleich zu verlieren. Isaac muss die innige Verbindung zwischen deiner Mutter und mir in diesem Moment ebenso bemerkt haben wie die Ähnlichkeit zwischen uns beiden.« Guillaume deutete auf William und dann auf sich selbst und lächelte dünn. »Isaac hat deine Mutter und dich sicher sehr geliebt«, sagte er leise, »aber nicht mehr als ich!« Er sah William an. Schwer wie ein Stein lag ihm das Herz in der Brust. »An diesem Tag in ihrer Werkstatt, da sah ich, dass ihr Traum von der eigenen Schmiede in Erfüllung gegangen war. Ihr hattet ein Heim, wie ich es euch niemals hätte bieten können. Da begriff ich, dass ich kein Recht hatte, irgendetwas von ihr einzufordern.« Guillaume ahnte, dass William sich überrumpelt fühlte, denn er war stehen geblieben und sah ihn ungläubig an. Sein Gesicht hatte alle Farbe verloren.

»Wollt Ihr damit sagen …?«

»Ich weiß, das kommt überraschend.« Guillaume nickte.

Wie gern hätte er ihn in seinen Arm genommen und an seine Brust gedrückt, doch er fürchtete, zurückgewiesen zu werden. »Bitte, William, du musst mir glauben, dass …«, setzte er zu einer weiteren Erklärung an.

»Isaac ist der einzige Vater, den ich je hatte«, unterbrach William ihn mit gesenktem Blick. »Das habe ich auch meiner Mutter gesagt, als wir ihn zu Grabe getragen haben und sie mich fragte, ob ich noch immer wissen wolle, wer mein Vater sei. Sie hat es mir all die Jahre nicht verraten wollen, obwohl ich sie immer wieder gedrängt habe, es mir doch zu erzählen.« William lachte verzweifelt auf. »Erst als Isaac tot war, wusste ich, dass *er* mein wahrer Vater gewesen ist. Der Mann, der mir gemeinsam mit Jean Holzschuhe gefertigt hat, damit mein Fuß ein wenig gerichtet wird. Und dabei ist es nicht einmal von Bedeutung, ob es etwas genutzt hat. Das Einzige, das zählt, ist, dass er es tat, um mir zu helfen, und nicht, weil er sich für mein Hinken geschämt hat.« Er hielt kurz inne. »Ja, ich erinnere mich noch gut an Euren entsetzten Blick, damals, als Ihr das erste Mal zu uns in die Schmiede gekommen seid. So wie mich hattet Ihr Euch Euren Sohn wohl nicht vorgestellt!« William klang hart.

Guillaume räusperte sich. Er hatte nichts anderes erwartet als Bitterkeit und Vorwürfe, doch William irrte sich. Es waren weder Missmut noch Enttäuschung, die er beim Anblick seines hinkenden Sohnes empfunden hatte, sondern Schuld! »Als ich dich zum ersten Mal sah, fühlte ich mich auf merkwürdige Weise in eine andere, lange vergangene Zeit zurückversetzt. Ich vermeinte beinahe, den Duft meiner Amme zu riechen und ihre Stimme zu hören. Und als der Blick deiner Mutter mir sagte, dass du mein Sohn bist, begriff ich, dass ich mich in dir wiedererkannt hatte. Auch Baudouin hat sofort durchschaut, wer du bist. Darum hat er nicht verstanden, dass ich nicht freundlicher zu dir war. Er wusste von meiner großen Liebe zu Ellen und hat mich gerügt, weil ich dich nicht in meine Arme geschlossen habe.« Guillaumes Kehle schmerzte von dem Druck, der darauf lastete.

»Ihr habt eben keinen Krüppel als Sohn erwartet«, entgegnete William bitter.

»Nein, William«, sagte Guillaume sanft. »Ich habe überhaupt keinen Sohn erwartet.« Ob Ellen schon bei ihrer Flucht vor Thibault, damals in der Nähe von Chartres, von der Schwangerschaft gewusst hatte? »Und als ich sah, dass du hinkst, da war ich nicht wütend auf *dich.* Ich zürnte Gott und mir selbst, weil es nicht gerecht ist, dass er *dir* die Strafe für meine Sünden auferlegt hat.«

»Nun, wie Ihr seht, lebe ich damit, und das recht gut«, hörte er William wie aus weiter Ferne sagen.

»Wir haben gewusst, dass es uns nicht bestimmt ist, mehr als ein kurzes Stück unseres Weges gemeinsam zu gehen«, fuhr

Guillaume nachdenklich fort. »Wir hatten große Träume, die aberwitzig und unerreichbar schienen. Darum haben wir nicht zugelassen, dass uns die Liebe daran hindert, sie wahr werden zu lassen. Und glaub mir, es war weder für deine Mutter noch für mich leicht, das Ziel nicht aus den Augen zu verlieren. Was glaubst du wohl, warum sie die Normandie verlassen hat, ohne mir zu sagen, dass ich Vater werde?«

»Vermutlich wusste sie, dass es Euch gleich gewesen wäre«, antwortete William herausfordernd.

»Nein, William, es wäre mir nicht gleichgültig gewesen und war es nie, seit ich von deiner Existenz wusste. Das magst du mir glauben oder auch nicht.« Guillaume lächelte traurig. »Sie hat es mir verschwiegen, weil sie mich geliebt hat und weil sie genau wusste, dass ein gemeinsamer Weg für uns unmöglich war«, sagte er aus tiefster Überzeugung. »Als Lehrmeister des jungen Königs war ich nicht mehr als ein Habenichts. Eine Schmiede hätte ich ihr niemals geben können. Deine Mutter aber wollte immer nur eines, nämlich schmieden. Ich wusste das ebenso, wie sie wusste, dass ich stets nur meinem König und England dienen wollte.«

»Glaubt nicht, dass ich Euch Vater nennen werde«, schnaubte William.

Guillaume lachte und schüttelte den Kopf. »Das erwarte ich nicht«, behauptete er, obwohl er sich in der Tat heftig danach sehnte. Isabelle jedoch würde kaum dafür Verständnis haben, darum war es vermutlich sogar besser, dass William ein wenig abweisend war. »Aber wenn du meine Hilfe benötigst, mein Sohn, dann komm zu mir, ganz gleich, ob du glaubst, dass ich dir helfen kann, oder nicht. Versprich mir das.«

»Hm«, antwortete William einsilbig, verbeugte sich knapp und stolzierte trotzig davon.

Guillaume sah ihm nach. William würde Zeit brauchen, aber irgendwann, so der Herr wollte, würde er verstehen, und vielleicht würde er ihm dann auch verzeihen.

Als Guillaume wieder zu John ging, starrte der nur mit missmutiger Miene ins Leere. Nicht, dass schlechte Laune für den König etwas Ungewöhnliches gewesen wäre. Diesmal aber war die Ursache dafür die junge Königin, die für gewöhnlich die Einzige war, die ihn aufheitern konnte, wenn er dem Trübsinn anheimfiel. Sie war ihrem Gatten seit einigen Tagen offenbar nicht mehr gewogen, und ein jeder fragte sich, was wohl geschehen sein mochte. Wie ein Lauffeuer hatte sich herumgesprochen, dass sie ihrem Gatten gar den Zutritt zur ehelichen Kammer versagt hatte, und auf ihrem Gesicht war unschwer zu erkennen, dass sie wütend auf John war. Warum allerdings, darüber schieden sich die Geister.

Eifersucht, so munkelten einige, sei der Grund, doch obwohl John den Ruf hatte, ein Schürzenjäger zu sein, hatte er sich gewiss nichts zuschulden kommen lassen. Er war verrückt nach seiner jungen Gemahlin und entsprechend erzürnt über ihre plötzliche Wut auf ihn, die er nicht verstand. Andere behaupteten, sie sei guter Hoffnung und darum wie verwandelt. Manche Frauen waren der Liebe mehr zugetan, wenn sie ein Kind erwarteten, andere konnten den Gedanken, ihrem Gatten beizuwohnen, kaum ertragen.

»Also, ich glaube nicht, dass die Königin gesegnet ist«, erklärte Isabelle an ihrem letzten Abend in Canterbury, während Suzanne ihr beim Ankleiden für das bevorstehende Festmahl half. »Die Hoffnung auf einen Thronerben müsste sie strahlend machen, doch ihre Augen glitzern vor Zorn, nicht vor Glück.« Sie griff nach einem Töpfchen mit Fett, das vor ihr stand, und rieb sich die Lippen damit ein. »Marguerite sieht man an, dass sie ein Kind erwartet! Nicht nur wegen des Bauches, der sich unter ihren Kleidern wölbt, sondern wegen der Weichheit ihres Blicks. Die Königin begehrt ihren Gemahl, das hat jeder sehen können, darum sage ich dir, sie ist wütend auf ihn. Ich bin sicher, sie glaubt, Grund zur Eifersucht zu haben.« Isabelle reichte Suzanne die Bürste aus weichen Schweineborsten. »Vielleicht ist es eine frühere Geliebte, die ihr Kummer macht. Möglicherweise glaubt sie, dass der König ihr etwas verschweigt«, überlegte sie.

Guillaume zuckte vor Schreck zusammen. Plötzlich war ihm unerträglich heiß. Ob Isabelle einen Verdacht wegen William hatte? Wenn ja, erwartete sie gewiss sein Eingeständnis. Wusste sie jedoch nichts, so war es besser zu schweigen. Er schnaufte. »Wir sollten gehen«, forderte er sie auf und streckte ihr den Arm hin, damit sie sich unterhakte. Es war die zwölfte Nacht, in der sie die Geburt des Herrn feierten. Der letzte Festtag, den sie am Hof des Königs verbringen würden, bevor sie nach Striguil zurückkehrten.

Sir Odon of Elmswick geleitete die Königin an ihren Platz in der Halle, zog für sie den Stuhl vom Tisch zurück, wartete, bis sie bereit war, sich zu setzen, und schob ihn dann heran. Als Hauptmann ihrer Leibwache war er für ihre Sicherheit zuständig, nicht aber dafür, sie bei Tisch zu bedienen, darum entließ ihn die Königin mit einem eleganten Nicken.

Guillaume runzelte die Stirn. Warum nur grinste das Spanferkel so? Noch immer nannte er Odon in Gedanken so, denn an seiner Abneigung hatte sich in all den Jahren nichts geändert.

»Macht Euch auf einen aufregenden Abend gefasst, Maréchal!«, raunte ihm der König zu, als er den Platz neben ihm einnahm.

Guillaume nickte und lächelte bemüht. Vermutlich hatte John Schauspieler oder Gaukler kommen lassen. Er seufzte kaum hörbar und wandte sich an Isabelle, die zu seiner Rechten saß, legte seine Hand auf die ihre und drückte sie sanft.

»Der König und die Königin scheinen sich versöhnt zu haben«, flüsterte sie ihm zu. »Sieh nur, wie einträchtig sie miteinander tuscheln und lachen.«

Guillaume nickte erleichtert, nahm den Weinkelch, der vor ihm auf dem Tisch stand, und reichte ihn Isabelle. Sie würden ihn während des Festmahls teilen, der erste Schluck aber gebührte ihr. »Du bist wunderschön!«, raunte er ihr ins Ohr.

Plötzlich hob der König die Hand, und das Gemurmel im Saal erstarb. Diejenigen, die nicht bemerkt hatten, dass John das Wort zu ergreifen dachte, wurden von ihrem Tischnachbarn zur Ordnung gerufen, und so war schon nach wenigen Augenblicken kein Wispern und kein Tuscheln mehr zu hören.

»Freunde, Lehnsmänner, Verbündete«, begann der König feierlich und hob seinen mit Edelsteinen verzierten Pokal. »Wie Ihr wisst, sind wir schon seit vielen Tagen versammelt, um bis zum morgigen Dreikönigstag die Geburt unseres Herrn Jesus Christus zu feiern.«

Zustimmendes Gemurmel war zu hören.

»Aber es gibt noch ein weiteres glückliches Ereignis, das wir feiern sollten.« Der König nickte gewichtig.

Vielleicht war die Königin doch schwanger, und nur die mangelnde Erfahrung der jungen Frau für ihre schlechte Laune der letzten Tage verantwortlich gewesen. Guillaume sah John gespannt an.

»Dass ich bereits eine verheiratete Tochter habe, wisst ihr alle, denn ihr kennt Joan. Heute aber habe ich erfahren, dass ich Vater eines weiteren Kindes bin.«

Wieder ging ein Raunen durch den Saal.

Ein weiterer Bastard also war der Grund für den Ärger der Königin gewesen! Guillaume sah erst den König, dann dessen Gemahlin erwartungsvoll an. John hatte ihm einen aufregenden Abend vorausgesagt. Gaukler und Musikanten hatte er damit offenbar nicht gemeint. Wie aber hatte der König es fertiggebracht, sein Eheweib so rasch zu beruhigen? Milde lächelnd saß die junge Königin neben ihm, und von Streit und Eifersucht war auf ihrem Gesicht nicht die geringste Spur mehr zu sehen.

John hob erneut die Hand und bat um Ruhe. »Ich will euch nun meine Tochter und ihren Gatten vorstellen.«

Guillaume hielt gespannt den Atem an.

»Alix de Hauville, die Mutter meiner Tochter, war eine schöne und kluge Frau«, begann der König, und Guillaume glaubte, sein Herz setze zu schlagen aus. Marguerite war eine de Hauville!

»Und da sie außerdem eine liebende Gemahlin mit einem großen Herzen war, hat sie ihrem bis dahin kinderlosen Gatten verschwiegen, dass nicht er, sondern ich der Vater ihrer Tochter bin.«

Während alle gebannt den König angestarrt hatten, war Marguerite hinter ihm erschienen.

»Auch vor mir hat sie es geheim gehalten, bis über ihren Tod hinaus«, erklärte John und erhob sich. »Darum umarme ich Marguerite, die ich einst für mein Mündel hielt, heute zum ersten Mal als meine Tochter.« John drückte sie an sich und küsste ihr die Stirn. Mit dieser Geste erkannte er sie wie jeder andere Vater auch als sein Kind an.

Guillaume sah die beiden gerührt an. Dass Marguerite Johns Tochter war, erklärte, warum der König stets eine besondere Zuneigung zu ihr empfunden hatte, auch wenn er offenbar nicht davon gewusst hatte. Als Guillaume jedoch bewusst wurde, dass William durch seine Ehe mit Marguerite plötzlich der Schwiegersohn des Königs war, schluckte er. Das Herz schlug ihm bis zum Hals. Hoffentlich bereute John nicht, die Vermählung der beiden Liebenden gestattet zu haben, und trennte sie womöglich voneinander! Zwar war keine nahe Verwandtschaft zwischen den Eheleuten nachzuweisen, die eine Annullierung erlaubt hätte, doch wer konnte schon wissen, was sich der König ausdenken mochte, um die Verbindung für nichtig erklären zu lassen und Marguerite anderweitig vermählen zu können.

»Woher nehmt Ihr die Gewissheit, dass man Euch nicht zu betrügen versucht, Sire?«, war plötzlich aus dem Saal zu hören.

Die Frage war nicht unberechtigt. Guillaume starrte in die Menge, um herauszufinden, wer sie gestellt haben mochte.

Elmswick war aufgesprungen. Er torkelte bereits leicht.

»Nun, mein lieber Odon of Elmswick, sagen wir es so«, erwiderte der König. »Es gibt ein Zeichen an meinem Körper, das nur wenige meiner Gespielinnen und meine Amme kennen.« John lachte auf und sah Marguerite mit weichem Blick an. »Da meine Tochter dieses reizende Mal ebenso besitzt wie ihr Sohn, zweifle ich nicht daran, dass sie mein Kind und er mein Enkel ist.«

Guillaume musterte Marguerite überrascht. Was mochte das nur für ein Geburtsmal sein, das sie mit dem König gemein hatte? Es musste sich an einer recht intimen Stelle befinden, wenn nur die Geliebten und die Amme des Königs davon wussten. Darum würde er weder William noch John danach fragen können. Gespannt wartete Guillaume ab, was weiter geschehen würde.

Elmswick ließ sich unterdessen enttäuscht zurück auf die Bank fallen.

»Wo ist mein Enkel denn?«, rief John und sah sich suchend um. »Man bringe ihn zu mir, damit ich ihn allen zeigen kann!«, forderte er, und sofort lief einer seiner Knappen aus der Halle.

»Wie schade, dass Ihr so spät von Eurer Tochter erfahren und sie darum unter Wert verheiratet habt!«, richtete Elmswick da noch einmal mit schwerer Zunge das Wort an den König.

Guillaume horchte auf. Wie dreist das Spanferkel mit dem König redete! Ärger stieg in ihm auf. Wieder einmal ließ dieser Elmswick keine Gelegenheit aus, William vor dem König in Misskredit zu bringen!

»Wie ich sehe, sprecht Ihr dem Wein ein wenig zu heftig zu«, entgegnete John scharf. »Aber Ihr sorgt Euch um mich und das Wohlergehen meines Reiches, und das ehrt Euch, auch wenn Ihr sicher wisst, dass Marguerite mir von allen Mündeln immer das liebste war. Aus diesem Grund habe ich nicht irgendeinen Gemahl für sie gewählt. Dass William ein ausgezeichneter Falkner und ein königstreuer Mann ist, hat mir die Entscheidung zwar leichter gemacht, ausschlaggebend jedoch war die hervorragende Herkunft des jungen Mannes.«

Guillaume erschrak.

»Der Sohn einer Schmiedin!«, rief Odon of Elmswick höhnisch. »Das ist wahrlich eine Herkunft, auf die Sir William stolz sein kann!«

Guillaume rang nach Atem. Er brauchte Isabelle nicht anzusehen, um zu wissen, dass nun auch sie aufgehorcht hatte. Mehr als einmal hatte sie ihn nach der Schmiedin gefragt, und die Antwort nach Williams Eltern war er ihr vor einigen Tagen schuldig geblieben!

Odon hatte das Gelächter einiger Männer auf seiner Seite und setzte nach: »Ihr hättet sicher einen besseren Schwiegersohn wählen können.«

»Nun, mein lieber Lord Elmswick, lasst es mich einmal so sagen: Selbst wenn die Stute gewöhnlich ist, so kann doch ein hervorragender Hengst der Beginn einer wunderbaren Zucht sein«, antwortete der König. Wenn er ärgerlich wegen Odons Frechheit war, ließ er es sich nicht anmerken. »So ist es nicht nur bei Pferden. William ist der Sohn unseres alten Freundes und treuen Ratgebers Guillaume le Maréchal«, verkündete er nun laut und nickte Guillaume lächelnd zu.

Der konnte nicht glauben, was gerade geschah. Woher wusste John …? Hatte William ihm von ihrem Gespräch berichtet? Guillaume wagte nicht, zu Isabelle zu sehen. Gewiss kochte sie vor Wut und war zutiefst verletzt. Vollkommen erstarrt harrte er der Dinge, die noch folgen mochten.

»Komm, mein Kind«, sagte der König, »nimm mit deinem Gemahl den Platz an meiner Tafel ein, der dir zusteht.« Der König wies auf den Stuhl neben sich und bedeutete allen anderen aufzurücken.

Guillaume stand umgehend auf, und auch Isabelle erhob sich und rückte schweigend zwei Plätze weiter.

Hocherhobenen Hauptes nahm sie wieder neben ihm Platz, während die anderen Männer, die zuvor an ihrem Tisch gesessen hatten, sich nun am oberen Ende der unteren Tafel niederließen.

Guillaume wollte Isabelles Hand ergreifen, doch sie nahm sie vom Tisch, bevor er sie fassen konnte.

»Und nun lasst uns trinken«, rief John. »Auf meine schöne Tochter, meinen großartigen Schwiegersohn und meinen entzückenden Enkel! Warum ist er denn noch nicht hier?«

Guillaume hörte Johns ungeduldige Stimme wie durch einen dicken Vorhang, denn in seinen Ohren rauschte es, als flösse ein Bergbach darin. Isabelle! Meine Liebste! Er hätte sich vor ihr auf die Knie werfen und sie um Verzeihung bitten wollen, doch er musste Haltung bewahren. Wie angewurzelt saß er darum auf seinem Stuhl, während sich der König gereizt umsah und schließlich den Lautenspielern und Pfiffern zunickte. »Spielt endlich auf!«

»Ich frage mich, woher der König es weiß«, raunte Guillaume seinem Sohn gereizt ins Ohr. »Hast du …?«

»Nein, habe ich nicht!«, erwiderte William leise, aber bestimmt.

»Deine Mutter wollte, dass ich das Geheimnis bewahre, und diese Bitte habe ich ihr erfüllt. Außer Baudouin und seit Kurzem dir hat niemand davon gewusst.« Nicht einmal Isabelle, dachte er, obwohl sie doch ein Recht auf die Wahrheit gehabt hätte. »Für Baudouin lege ich jederzeit meine Hand ins Feuer. Er schätzt John nicht besonders«, fügte er nachdenklich hinzu.

»Der König hat mir bereits bei meiner Vermählung gesagt, dass mir, als Bastard eines Ritters, diese Verbindung zustehe, auch wenn er keinen Namen genannt hat«, gab William im Flüsterton zurück. »Woher er es weiß, ist mir allerdings nicht bekannt. Doch heißt es, dass er Spitzel überall hat.«

Guillaume überlegte, von wem der König erfahren haben konnte, wer William war. An die Arbeit von Spitzeln glaubte er nicht, obwohl er John fast alles zutraute. Wie dem auch sei. John wusste es, und das nicht erst seit Kurzem, wie es schien. Warum aber hatte er niemals auch nur mit einem Wort angedeutet, dass er über Williams Herkunft Bescheid wusste? Guillaume fühlte Ärger in sich aufsteigen. Doppelgesichtig und mit gespaltener Zunge, das ist John, wie er leibt und lebt!, dachte er wütend. Andererseits hatte es William nicht geschadet, dass der König seine Herkunft kannte. Im Gegenteil. Ohne dieses Wissen hätte John einer Ehe mit Marguerite vermutlich niemals zugestimmt.

Unzählige silberne Platten mit radschlagenden Pfauen, Schwänen mit vergoldeten Schnäbeln, ganzen Schweinen und halben Ochsen wurden hereingetragen.

»Ich werde es lernen, Mylord«, hörte Guillaume Williams Pagen kleinlaut sagen, als er getadelt wurde, weil er seinem Herrn nicht das schönste Stück Fleisch ausgewählt hatte.

»Zunächst aber lerne, bei Tisch zu schweigen«, erwiderte William gedämpft, und Guillaume musste lächeln.

Voller Stolz blickte er seinen Sohn von der Seite an. Gewiss würde Isabelle ihm später bittere Vorwürfe machen, weil er ihr den Sohn verschwiegen hatte. Doch er war nicht nur feige gewesen, er hatte sie auch schützen wollen. Vor ihrer eigenen Eifersucht und vor dem Schmerz, den sie nun erdulden musste und den er nicht würde lindern können.

Als der Page des Königs nicht zurückkehrte, begann Guillaume sich Sorgen um seinen Enkel zu machen. Er wollte sich bereits erheben, um sich auf die Suche nach dem Jungen zu begeben, als er hörte, wie William seinen Pagen damit beauftragte. Er schien nicht allzu beunruhigt zu sein, vielleicht war es also voreilig, gleich loszustürmen. Gewiss würden sie den Jungen auch ohne seine Hilfe finden. Guillaume beschloss, Geduld an den Tag zu legen und zu warten. Isabelle war auch so schon wütend genug! Als er endlich wagte, einen kurzen Blick in ihre Richtung zu werfen, erschrak er zutiefst.

Sie hatte den Kopf stolz in die Höhe gereckt und lächelte! Ja, sie strahlte geradezu.

Wie am Tag unserer Hochzeit sieht sie aus, dachte Guillaume bestürzt. Er hatte ihren Hass damals ebenso deutlich fühlen können wie jetzt ihre bittere Enttäuschung. Die Zuschauer aber hatte sie damals mit ihrer Maske des Lächelns täuschen können. Jeder hatte die Braut für glücklich gehalten. Eine Prinzessin verliert niemals die Haltung, hatte Isabelles Mutter ihr eingeschärft, und wie man sah, hielt sie sich auch diesmal daran. Nicht einer der Anwesenden würde darauf kommen, dass sie vor Eifersucht zu bersten drohte.

»Es tut mir leid!«, murmelte Guillaume schuldbewusst.

Isabelle sah ihn aus kalten Augen an. »Was tut dir leid?«

»Du warst kaum geboren, als sie den Jungen empfing«, versuchte er hilflos zu erklären.

Isabelle wandte sich ab, reckte den Kopf noch ein wenig höher und schwieg. Keinen Bissen rührte sie von all den herrlichen Speisen an, und auch Guillaume, der eigentlich immer essen konnte, hatte Mühe, etwas hinunterzubringen.

Als das Festmahl beendet war und mehrere Diener die Tafel aufgehoben hatten, kamen einige von Guillaumes Freunden auf ihn zu, klopften ihm auf die Schulter und beglückwünschten ihn sowohl zu der großartigen Partie für seinen Sohn als auch zu dem Enkel, der ihn von nun an noch stärker mit seinem König verbinden würde. Isabelle beachtete niemand. Vielleicht, weil sie aussah, als freute sie sich für William, Marguerite und den Maréchal.

»Wolltet Ihr den Jungen nicht allen vorstellen?«, rief Elmswick lallend dazwischen. »Wo steckt das Kind, ich will ihm meine Aufwartung machen!«

»Was ist denn nun? Wo ist mein Enkel?«, fragte nun auch der König, und die Gespräche um ihn herum verstummten.

Während des Festmahls hatte es so ausgesehen, als hätte er das Kind vergessen, nun aber blickte er sich ungeduldig um.

»Ich habe Robert losgeschickt, ihn zu suchen, Sire. Er ist wohl mal wieder ausgerissen, der kleine Abenteurer. Gewährt mir einen Augenblick.« William sah alarmiert zur anderen Seite der Halle, wo soeben ein Jagdhelfer hereinstürzte, und winkte ihn sichtlich beunruhigt herbei.

»Man hat Richards Kinderfrau niedergestochen und den Jungen verschleppt!«, hörte Guillaume ihn flüstern. »Robert hat mir aufgetragen, gleich wieder zum Wald zurückzureiten. Doch ich dachte, es sei besser, Euch erst zu benachrichtigen, damit Ihr mehr Männer bereitstellen könnt«, berichtete er lauter, als er sah, dass der König ihn anstarrte.

Guillaume fuhr sich mit der Hand in den Nacken. Das warnende Kribbeln war nicht zu spüren, dennoch fürchtete er um das Leben seines Enkels.

Marguerite war totenblass geworden und zitterte am ganzen Leib.

William hatte umgehend losstürzen wollen, doch John hielt ihn zurück. Auf sein Zeichen standen sogleich mehrere Ritter um ihn herum, bereit hinauszustürmen. Bevor der König aber seine Anweisungen erteilen konnte, betraten Robert und Williams Page, Adam, mit einer Magd und einem Kind die Halle.

»Richard!« Marguerite stürzte aufgeregt auf Adam zu und nahm ihm den Jungen ab. »Geht es ihm gut?«, erkundigte sie sich, küsste und herzte ihr Kind und tastete besorgt seinen Leib ab. »Ich bin fast umgekommen vor Sorge«, sagte sie mit zärtlichem Vorwurf und strich ihrem Sohn über den roten Schopf.

Robert schob die Magd unsanft vor sich her. Ihre Hände waren auf dem Rücken gefesselt und ihr Haar offenbar von einem Kampf zerzaust.

»Sie hat Emma niedergestochen und den Jungen in den Wald gebracht«, wandte er sich an William und verbeugte sich vor dem König. »Geh auf die Knie vor König John«, befahl er ihr und stieß sie zu Boden.

»Warum hast du das getan?«, fragte John scheinbar ruhig. Die geschwollene Ader an seinem Hals aber zeigte deutlich, wie aufgebracht er war.

»Sein Vater hat es mir aufgetragen. Er ist mein Liebster!«, antwortete die Magd wichtigtuerisch. Sie schien weder zu begreifen, in welch gefährliche Lage sie William mit ihrer Behauptung brachte, noch welch furchtbaren Verbrechens sie selbst schuldig war.

Guillaume blickte erschrocken zu seinem Sohn. Was in aller Welt bedeutete das? Warum beschuldigte ihn das Weib?

»William!« John sah seinen Schwiegersohn voller Zorn an, und sofort zogen seine Männer einen engen Kreis um William. »Warum hast du das getan?«

»Aber … ich habe nichts dergleichen …«, stammelte der erstaunt. »Ich habe dieses Weibsstück nie im Leben gesehen!«, rief er empört aus.

Marguerite sah ihren Gatten ungläubig an und tat ihm unrecht damit, dessen war Guillaume ganz sicher. Ganz gewiss hatte er sich nichts zuschulden kommen lassen!

»Doch nicht der!« Die Magd winkte großspurig ab. »Der ist nicht der Vater des Kindes und auch nicht mein Liebster.«

Guillaume hatte nicht einen Augenblick an seinem Sohn gezweifelt, trotzdem war er froh, dass sich das Missverständnis so schnell aufklären ließ.

»Und wer ist es dann?«, erkundigte sich John streng.

»Ein anderer Lord … und er sieht viel besser aus als der.« Die junge Frau blickte William geringschätzig an.

»Und hat dieser Lord auch einen Namen?« Der König schien kaum noch an sich halten zu können.

Die Magd zuckte scheinbar gelangweilt mit den Schultern und sah zu Boden.

»Verzeiht, Sire«, war plötzlich die Stimme von Williams Pagen zu hören.

»Wer bist du nun wieder?«, wollte John gefährlich leise wissen und runzelte die Stirn.

»Ich heiße Adam, Sire, Adam aus Caldecote. Ich bin ein Sohn von Lord Elmswick.«

»Soso, *ein* Sohn.« Der König schien sofort zu verstehen, dass Adam nur ein Bastard war. »Was willst du, Adam?«, fragte er streng.

»Ich habe versprochen, niemals feige zu sein, Sire.« Adam sah zu Boden und scharrte mit dem Fuß auf den Steinfliesen herum. Man sah ihm an, wie sehr er mit sich rang. »Darum will ich auch sagen, was ich weiß.« Als er aufblickte, standen Tränen in seinen Augen. Guillaume suchte nach Ähnlichkeiten mit seinem Vater, dem Spanferkel, doch der Junge musste auf seine Mutter kommen. Er hatte nichts Verschlagenes, nichts Unangenehmes, kurzum nichts von Odon. Nicht einmal den Namen hatte er von Elmswick.

»Ich habe meinen Vater mit ihr gesehen«, berichtete Adam mit erstickter Stimme und schluchzte auf. *»Er* ist ihr Liebster.«

Guillaume ballte wütend die Fäuste und schnaubte. Er hatte immer gewusst, dass William sich vor diesem Elmswick würde in Acht nehmen müssen; mit der Verschleppung eines unschuldigen Kindes aber war der Kerl zu weit gegangen!

»Elmswick!«, brüllte der König.

Es dauerte einen Augenblick, bis er nach vorn trat. Offenbar hatte er versucht, sich hinter den anderen Gästen zu verstecken. Welch ein Feigling!

»Ist das der Lord?«, fragte König John und zeigte auf Odon. »Sieh ihn dir genau an und sprich!«, fuhr er die Magd an.

»Ich darf nichts sagen, sonst tut er mir weh«, flüsterte sie, ohne aufzuschauen.

»Wenn du nicht die Folter spüren willst, dann sieh ihn dir an und sag mir, ob *er* es ist!«, donnerte der König.

Die Magd blickte auf und nickte. »Er hat gesagt, ich solle den Jungen aufziehen. Ich sei besser für ihn als die da!« Sie zeigte auf Marguerite. »Er weiß, was gut für den Jungen ist, er ist doch sein Vater!«, greinte sie.

»Deine Einfältigkeit wird dich das Leben kosten«, fuhr der König sie an. »Odon ist nicht sein Vater, ich hingegen bin der Großvater des Jungen!« Er wandte sich angewidert ab. »Schafft sie fort und sperrt sie ein. Sie wird hängen.« Dann ging er mit bedrohlicher Miene auf Odon zu. »Ihr aber, Elmswick, seid nicht einfältig, sondern hinterhältig! Für einen wie Euch ist der Tod durch den Strang eine viel zu milde Strafe. Ich weiß nicht, warum Ihr meinen Enkel habt verschleppen lassen …«

»Aber ich wusste doch nicht …«, fiel Odon ihm jammernd ins Wort. »Ich wollte William nur eine Lektion erteilen. Ich hätte dem Jungen nichts getan, Sire, bitte glaubt mir!«

Guillaume beobachtete angespannt, was geschehen würde.

»Ihr seid von edler Geburt; Euer Vater war ein königstreuer Mann. Darum will ich Euch glauben, dass Ihr nicht gewusst habt, dass Richard mein Enkel ist, und Gnade walten lassen«, antwortete John scheinbar mild.

Elmswick war sichtlich erleichtert. »Ich danke Euch, Sire«, sagte er und fiel vor dem König auf die Knie.

Guillaume aber kannte John gut genug, um zu wissen, dass er nur eines seiner Spiele mit Elmswick trieb. Er wiegte ihn in Sicherheit, nur um ihn dann noch härter zu treffen.

»Ihr werdet Eures Titels enthoben und müsst Eure Ländereien verlassen. Sollte Euch oder Eurem Weib je ein Lord Unterschlupf gewähren, dann werden auch sie ihre Güter verlieren. Da Eure Gemahlin aber keine Schuld trifft, gestatte ich ihr, Euch zu verlassen und mit Euren Kindern zurück zu ihrem Vater zu gehen, so er sie denn aufnehmen will. Es wird ihm durch mich kein Schaden dadurch entstehen.«

Einige der umstehenden Barone tuschelten, manche wichen einen Schritt zurück, um nicht zu dicht neben Elmswick zu stehen.

»Ohne Titel und Ländereien bist du von nun an nur noch ein Nichts«, fuhr König John fort und sah Elmswick mit einem verächtlichen Blick an. »Kein Baron wird dir Arbeit geben, wenn ihm sein Titel lieb ist, und doch wirst du dich durch deiner Hände Arbeit ernähren müssen. Als Tagelöhner oder als Bettler wirst du von nun an dein Leben fristen. Und an dem Tag, an dem mich die Nachricht von deinem Tod erreicht, werde ich ein großes Freudenfest veranstalten, um dem Herrn zu danken.« John beugte sich ein wenig zu ihm vor. »Und nun geh mir aus den Augen!«, befahl er so laut, dass alle zusammenzuckten.

William räusperte sich, und auch Guillaume vertrieb die Enge in seiner Kehle mit einem Räuspern. »Sie sind wahrlich Vater und Sohn!«, rief Geoffrey FitzPeter fröhlich und befahl seinem Pagen, den beiden etwas zu trinken zu bringen, damit sie ihre Kehlen befeuchten konnten.

»Mylord, Sirs, verzeiht, wenn ich mich mit meinem Sohn zurückziehe!«, bat Marguerite entschuldigend und wies dezent auf ihren Zustand und das müde Kind auf ihrem Arm hin. Sie knickste vor John und nickte den Lords freundlich lächelnd zu, dann schickte sie sich an zu gehen.

»Ihr erlaubt, dass ich mich ebenfalls empfehle«, beeilte sich William zu sagen und verbeugte sich tief.

»Wenn Ihr gestattet, so würden wir uns nach diesem aufregenden Tag ebenfalls gerne zur Ruhe begeben«, erklärte Guillaume und hoffte, dass der König ihn bereitwillig entlassen würde.

John warf einen Blick auf Isabelle. Ein Lächeln spielte um seinen Mundwinkel. Offenbar hatte er erkannt, dass zwischen den Eheleuten einiges zu klären war. »Gewiss doch, mein lieber Earl!«, antwortete er schmunzelnd und nickte Isabelle zu. »Gute Nacht!«

* * *

Als sie endlich allein waren, konnte Isabelle nicht mehr an sich halten. Das Blut rauschte so heftig in ihrem Kopf, dass ihr übel davon wurde.

»Wie oft habe ich dich nach ihr gefragt, und was hast du mir beteuert? Dass du *mich* liebst!«, schrie sie Guillaume außer sich vor Wut an.

»Aber das tue ich doch, mein Liebling!« Er ging auf sie zu und fasste nach ihren Händen. »Isabelle …«

Unwirsch machte sie sich los. »Wie, Guillaume? Wie kannst du mich lieben und mir zugleich verschweigen, dass du einen Sohn mit ihr hast?« Die Enttäuschung hatte ein riesiges Loch in ihr Herz gerissen. Wie hatte er sie nur so belügen können? Sie ist alt und das alles lange her, hatte er gesagt. Doch die Liebe zu dieser Ellen hatte ihn bis in die Halle des Königs verfolgt. Sie hatte Früchte getragen, lange vor dem Sohn, den sie selbst Guillaume geschenkt hatte. Diese Liebe hatte ihn sogar schon zum Großvater gemacht! Isabelle spürte, wie ihr Tränen der Enttäuschung in die Augen schossen.

Guillaume seufzte. »Ich wollte dir keinen Kummer bereiten.«

Isabelle rang verletzt nach Atem. »Keinen Kummer bereiten?«, wiederholte sie ungläubig und stemmte die Hände in die Hüften. »Ich habe keinen Kummer!«, schrie sie. »Nein, ich bin wütend! Enttäuscht! Und rasend eifersüchtig!« Plötzlich verstummte sie.

Guillaume nickte schuldbewusst. »Aber wärst du das nicht auch gewesen, wenn ich dir früher von William erzählt hätte?«, hob er an. »Hättest du mich nicht ständig beobachtet und geglaubt, ich würde ihn mehr lieben als unsere Kinder, nur weil ich hin und wieder mit ihm spreche? Hättest du nicht gedacht, dass ich bereue, dich geheiratet zu haben, und mich verdächtigt, dich nur wegen deiner Ländereien zu lieben?«

Isabelle wusste, dass Guillaume recht hatte, doch das wollte sie sich nicht eingestehen. »Ist das so, ja? Bereust du, mich geheiratet zu haben?« Der Schmerz in ihrer Brust war so reißend und schrecklich beängstigend. »Oder lindert mein Reichtum deine Qual?«

»Du tust mir unrecht, Isabelle! Niemals habe ich auch nur einen Tag meiner Ehe mit dir bereut!« Guillaume ging auf sie zu.

Sein flehender Blick traf sie bis ins Mark. Mehr als ein Stöhnen brachte Isabelle nicht mehr zustande.

»Bitte, verzeih mir!«, flüsterte er.

Er kann mir schwören, was immer er will, ich werde niemals glauben, dass sie ihm nichts mehr bedeutet. Dass er mich liebt und nicht sie. Er hat im Schlaf ihren Namen gemurmelt. Isabelle hörte nicht auf die sanfte Stimme, die sie daran erinnerte, dass dies viele Jahre her war und dass er seitdem nie wieder ihren Namen ausgesprochen hatte. Dass er ihn nicht erwähnte, hieß ja nicht, dass er nicht mehr an sie dachte! Dass er nicht davon träumte, sie wieder in seinen Armen zu halten. Dass er Isabelle vielleicht mit ihr verglich. Ob sie ihn glücklicher gemacht hatte? Isabelle brach in Tränen aus und schluchzte.

Guillaume umarmte sie und hielt sie fest.

Niemals würde sie ihn mit jemandem teilen! Seine kräftigen Arme, die trotz seines Alters noch immer Schutz verhießen, durften nur sie halten, sie und die Kinder. Ihre Kinder.

Isabelle rief sich Williams Gesicht ins Gedächtnis. Seine leuchtend grünen Augen waren ihr zuerst aufgefallen. Und sie hatte sie gemocht. Die Augen und den jungen Mann. Sie hatte sich gefreut für Marguerite, weil er ein guter Mensch zu sein schien. Er muss die grünen Augen von seiner Mutter haben, denn Guillaumes Augen sind blau, dachte sie. Die Erkenntnis, wie sehr er seinem Vater trotzdem ähnelte, traf sie unerwartet hart. William of Roford war Guillaumes Sohn, daran gab es keinerlei Zweifel. Wieder entwich ihrer Brust ein verzweifeltes Schluchzen. Bei jedem ihrer Kinder hatte sie nach Ähnlichkeiten mit Guillaume gesucht und war stets überglücklich gewesen, wenn sie Übereinstimmungen im Aussehen oder im Wesen entdeckt hatte. Schreckliche Wut und bittere Enttäuschung überschwemmten ihr Herz. Wie hatte er sie nur so schändlich belügen können?

»Wann?«, presste sie hervor und stieß ihn von sich. »Wann hast du sie zum letzten Mal gesehen?«

Guillaume zuckte mit den Schultern. »Ist zu lange her, als dass ich mich genau erinnern könnte«, murmelte er. »Viele Jahre.«

Wenn er nicht weiß, wann er sie zum letzten Mal gesehen hat, dann hat es ihm vielleicht doch nicht so viel bedeutet, versuchte Isabelle, sich zu trösten. Oder er lügt dich an!, fispelte eine garstige Stimme. Vielleicht sieht er die Schmiedin häufiger, als du denkst. Immerhin ist er oft monatelang allein unterwegs! Isabelle wollte den Wolf der Eifersucht nicht an ihrem Herzen laben, und doch schien er sich bereits so fest darin verbissen zu haben, dass es ihr nicht mehr gelang, ihn abzuschütteln.

»Ich liebe dich, Isabelle, dich und unsere Kinder. Aber ich wäre ein schlechter Vater und ein jämmerlicher Mensch, wenn ich nicht auch William lieben würde.«

Isabelle wusste, dass er recht hatte, doch Liebe kannte keine Vernunft und Eifersucht keine guten Gründe. »Es tut so schrecklich weh!«, schluchzte sie.

Guillaume nahm sie erneut in den Arm.

Isabelle fand nicht die Kraft, sich gegen ihn zu wehren. Sie brauchte ihn zu sehr. Sie liebte und begehrte ihn und wollte nicht einen Tag ohne ihn leben müssen.

Guillaume zog ihr Kinn hoch und sah sie an. Der Blick seiner blauen Augen drang so tief in ihre Seele, dass Isabelle die Knie zu versagen drohten.

»Ich will mit dir alt werden. Jeder Morgen, an dem ich an deiner Seite erwache, ist ein Geschenk des Himmels. Dein Lächeln und das Strahlen in deinen Augen machen mich unendlich glücklich. Und die Enttäuschung in deinem Blick zerreißt mir das Herz. Unser Ältester wird einmal meinen Titel tragen und meine Ländereien erben, nicht William. Du hast nichts zu befürchten; weder du noch die Kinder werdet etwas einbüßen, das verspreche ich.«

Isabelle wollte ihm Glauben schenken, es dürstete sie geradezu nach Trost und beschwichtigenden Worten aus seinem Mund. Sie sah ihn durch den dichten Tränenschleier an, der ihre Sicht trübte, trotzdem schien ihr Guillaume der schönste Mann zu sein, den sie je gesehen hatte. Sein Haar war inzwischen völlig ergraut. Wie Silber glänzte es und gab ihm etwas Würdiges.

»Ich habe Ellen geliebt«, gestand er.

Isabelle stöhnte auf. Warum musste er noch einmal mitten in ihr Herz stechen? Hatte er ihr nicht schon genug Schmerz zugefügt?

»Doch ich habe sie nicht mehr geliebt als dich, das schwöre ich bei allen Heiligen und auf das Leben all meiner Kinder.« Guillaume sah sie eindringlich an.

Wie gern wollte Isabelle ihm glauben! Vielleicht hast du sie nicht *mehr* geliebt, aber wohl auch nicht *weniger,* dachte sie, noch immer zutiefst verletzt, ohne jedoch die Kraft zu finden, ihre Zweifel weiter zu äußern.

* * *

Guillaume bemühte sich in den folgenden Tagen besonders um Isabelle. Er hatte sie nicht verletzen wollen. Aber das war nicht der einzige Grund gewesen, warum er so lange geschwiegen hatte. Ellen und William waren Teil seiner Jugend, Teil eines anderen Lebens, das er unbeschwert in Erinnerung hatte behalten wollen. Wie hätte er mit Isabelle über seine Liebe zu Ellen sprechen können, wusste er doch selbst nicht, was er noch für sie empfand.

An seiner Liebe für Isabelle hingegen zweifelte er keinen Augenblick.

Konnte man zwei Menschen gleich stark lieben? Und dabei jeden der beiden auf eine andere Weise? Diese Fragen hatte er sich immer wieder gestellt und war zu dem Schluss gekommen, dass es wohl möglich sein musste. Isabelle aber hätte das nicht verstanden. Conalls Hingabe hatte ihr zwar geschmeichelt, das hatte er ihr angesehen, doch sie war niemals schwach geworden. Vielleicht hätte sie verstanden, wenn sie ihn geliebt und sich nach seiner Nähe verzehrt hätte. Doch Isabelle hatte niemals einen anderen geliebt als ihn. Darum hätte sie Ellen nur als Nebenbuhlerin angesehen und sie sowie William gehasst. Sie hätte Guillaume mit ihrer Eifersucht die Ehe zur Hölle gemacht, obwohl er sie doch voller Hingabe liebte.

Auch übte er keinen Verrat an Ellen, wenn er behauptete, sie nicht mehr geliebt zu haben als Isabelle, denn es war die Wahrheit. Isabelle bedeutete ihm alles. Sie war die Frau, mit der er sein Leben verbringen wollte, solange es noch währte. Sie hatte ihm wundervolle Nächte voller Liebe und Leidenschaft geschenkt, dazu stattliche Söhne, reizende Töchter und ihr Herz, das allein ihm gehörte. Ein wenig hatte ihm ihre Eifersucht sogar geschmeichelt. Mehr als die begehrlichen Blicke, die ihm so manches Weib, ob Hure oder Lady, in seinem Leben zugeworfen hatte. Alles mochte man ihm vorwerfen, nur Untreue nicht. Er hatte keinen seiner Herren je betrogen, und auch Isabelle hatte er nie hintergangen.

Er liebte sie von ganzem Herzen, darum kämpfte er mit aller Macht, um ihr Vertrauen und ihre Liebe wiederzugewinnen.

So glätteten sich mit der Zeit die Wogen, und nicht lange nach ihrer Versöhnungsnacht erfuhr er, dass Isabelle zum neunten Mal froher Hoffnung war.

Normandie im Mai 1204

»Wein?« Guillaume deutete auf einen Becher auf dem Tisch und ließ sich in seinen Sessel fallen.

Robert of Leicester grinste und streckte sich. »Das fragst du noch, mein Freund?«

Guillaumes Page eilte sofort herbei, füllte einen Becher und reichte ihn dem Earl of Leicester.

»Hilf mir aus den Stiefeln, Junge!«, befahl Sir Robert und stöhnte erleichtert, als er von dem Schuhwerk befreit war. Er ließ die Füße kreisen, streckte sie dem Feuer entgegen und bewegte die Zehen. Es hatte den ganzen Tag geregnet, und das feuchte Leder konnte einem leicht die Füße wund reiben.

Guillaume nahm etwas Wein, verschluckte sich und hustete. »Bring uns Wasser und Honig!«, rief er dem Pagen zu und schnappte nach Luft. »Der Wein schmeckt wie Essig!« Guillaume starrte in den Becher. Hoffentlich war er, einmal verdünnt, noch stark genug, um ihm zu Kopf zu steigen und seine Sorgen weniger düster erscheinen zu lassen!

Ein knappes halbes Jahr war es her, dass sie an der Seite ihres Königs die Normandie verlassen hatten. Nun waren sie zurückgekehrt, um in Johns Auftrag gemeinsam mit dem Erzbischof von Canterbury einen Waffenstillstand mit dem französischen König zu verhandeln.

Doch nichts war so gelaufen wie erhofft, denn Philippe hatte erneut auf die Herausgabe Arthurs bestanden und keinerlei Zugeständnisse machen wollen, solange diese Forderung nicht erfüllt war. Weil sie aber Arthur weder aushändigen noch seinen Tod erklären konnten, waren die Verhandlungen von dem

Franzosen abgebrochen worden, ohne dass sie etwas erreicht hatten.

Für Guillaume und Robert of Leicester hatte besonders viel von den Verhandlungen abgehangen, denn ihr gesamter Besitz in der Normandie stand auf dem Spiel, seit der Franzose alle Lords aufgefordert hatte, ihm für ihre normannischen Güter den Treueeid zu leisten. Wer dies tat und Philippe somit als Lehnsherrn anerkannte, durfte nicht mehr gegen ihn in den Krieg ziehen, was einem Verrat an John gleichkam. Wer ihn aber nicht leistete, verlor all seine normannischen Ländereien.

Guillaume seufzte. Vor wenigen Jahren hatte er noch mit einem Freund Güter in England gegen für ihn besser liegende Ländereien bei Orbec getauscht. Nun aber sah es so aus, als wäre dies ein Fehler gewesen.

»Was, schlägst du vor, sollen wir tun?«, wollte Robert of Leicester wissen und rückte vom Feuer ab, das ihm Schweißperlen auf die Stirn getrieben hatte. Fast zehn Jahre war es her, dass er sich gegen eine beachtliche Lösegeldsumme aus Philippes Gefangenschaft hatte freikaufen müssen. Auch eine seiner Burgen hatte er damals eingebüßt. Doch diesmal ging es um mehr.

Guillaume schob seinen Becher über den Tisch, als der Page mit Wasser und Honig kam, und sah zu, wie er den Wein verdünnte und süßte. »Vielleicht könnten wir wenigstens ein Jahr Aufschub für uns verhandeln?«, überlegte er laut. »Bis dahin dürfte sich entscheiden, ob es uns gelingt, die verlorenen Gebiete zurückzuerobern.«

»Und wenn wir es nicht schaffen?«

»Dann müssen wir weitersehen.« Guillaume zuckte mit den Schultern und seufzte. Sein Leben war niemals lange unkompliziert geblieben. Ständig hatte es Verwicklungen und Schwierigkeiten gegeben, auf die er gut hätte verzichten können. Vielleicht bin ich langsam zu alt, sinnierte er. Doch der Gedanke an ein ruhiges, zurückgezogenes Leben behagte ihm nicht wirklich. Es würde ihn auf Dauer nicht zufriedenstellen; ihm würde die Aufregung fehlen. Schließlich fühlte man sich lebendig und unbezwingbar, wenn das Herz hämmerte und das Blut in Wallung geriet, und das nicht nur im Ehebett!

»Aber was können wir ihm anbieten?« Robert of Leicester zog die Augenbrauen hoch.

»Jeder Krieg verschlingt große Mengen an Geld. Bei einer stattlichen Summe wird auch der französische König überlegen müssen, ob er es sich leisten kann, uns eine Stundung des Eides zu versagen.« Guillaume trank einen Schluck. Der Wein brannte noch immer in der Kehle. Er unterdrückte ein Husten, als er sah, dass sich Leicesters Miene aufhellte, und grinste. »Nicht dass ich es gerne gäbe, aber … Wie viel sollen wir ihm anbieten?«

»Eintausend Mark in Silber«, antwortete Guillaume, ohne zu zögern. »Fünfhundert von jedem.«

»Eine wahrlich stattliche Summe, will ich meinen.« Leicester nickte. »Gut, meinetwegen!«

Wie sich zeigte, hatte Guillaume den Bedarf an Geldmitteln des Franzosen richtig eingeschätzt, denn der französische König nahm ihr Angebot schon wenige Tage später an und gewährte ihnen sowie dem Earl of Chester, der sich dem Handel mit weiteren fünfhundert Mark angeschlossen hatte, einen Aufschub von einem Jahr und einem Tag. Dann jedoch, so betonte er, erwartete er unwiderruflich ihren Lehnseid.

Während die Burg auf Les Andelys bereits im März erobert worden war, hielt Rouen noch bis Juni aus. Die Bürger der Stadt, die ihren Wohlstand König John verdankten, hatten den Belagerungstruppen lange Widerstand geleistet. Als jedoch nach und nach immer mehr Städte und Burgen in die Hände des französischen Königs fielen und Rouen drohte, völlig allein dazustehen, verhandelte Préaux mit dem Franzosen und bat John dringend um Hilfe aus England. Solange Hoffnung bestanden hatte, Teil einer angevinischen Normandie zu sein, waren die Bürger von Rouen zuversichtlich gewesen. Als aber auch nach mehrfachem Ersuchen um Hilfe keine Truppen aus England kamen, wurde deutlich, wie sehr die Stadt in Bedrängnis war. Allein mitten in einem kapetingischen Reich, konnte Rouen nicht lange bestehen. Als John keine Unterstützung schickte, übergab Pierre de Préaux dem französischen König die Schlüssel der Stadt, um Rouen und seinen Bürgern Plünderung und Elend zu ersparen. Mit dem Fall von Rouen aber war der Sieg über die Normandie so gut wie besiegelt, denn keine Stadt und keine Burg leisteten nun noch ernsthaften Widerstand mehr.

John hatte seinen Gegner zu lange unterschätzt und mannigfaltig geerntet, was er in rauen Mengen gesät hatte: Argwohn und Verrat.

Nicht annähernd mit den gleichen militärischen Fähigkeiten gesegnet wie Richard Löwenherz und Henry II., hatte er zu viele Fehlentscheidungen getroffen. Das Volk hatte ihn von Anfang an gefürchtet, statt ihn zu verehren, und begonnen, ihn zu hassen, als seine Söldner unter ihrem Führer Lupescar brandschatzend, mordend und vergewaltigend durch die Lande gezogen waren. Königliche Söldner, die mehr Angst und Schrecken verbreiteten als der Feind, waren unverzeihlich! Zu viele von Johns Männern hatten nur Vorteile für sich selbst gesucht, und zu wenige waren ihm wirklich ergeben gewesen. Da John aber vor allem denjenigen vertraute, die ihm nach dem Mund redeten, während er an allen anderen zweifelte, hatte er mehr Verräter als Getreue um sich. Wer so wie er Versprechen nicht einhielt, vollkommen willkürlich seine Gunst erteilte und wieder entzog, wer betrog und sich als unberechenbarer Verbündeter erwies, wer Warnungen für Vorschriften hielt und Treue nicht von Eigennutz zu unterscheiden wusste, der musste zusehen, wie seine Bündnisse daran zugrunde gingen. König John aber erkannte keinen seiner Fehler und suchte die Schuld darum einzig bei anderen.

Viele normannische Barone waren in den vergangenen Monaten zum französischen König übergelaufen. Sogar Lupescar, der Söldnerführer, der John so viel Hass im Volk beschert hatte, hatte Falaise kampflos ausgeliefert und die Seiten gewechselt. Viele Barone, die Güter in England und der Normandie besessen hatten, waren klug genug gewesen, ihre Ländereien auf dem

Festland jüngeren Brüdern zu übereignen, sodass diese statt ihrer den Treueeid geschworen hatten und die Güter nicht ganz verloren waren. Das Reich aber war auf diese Weise erneut gespalten worden, ohne dass John etwas dagegen unternommen hatte. Ungläubig hatte Guillaume mit ansehen müssen, wie all das zerbröckelte, was Henry II. und Richard mit ihrem rastlosen Einsatz zu bewahren gelungen war.

Mehr als einmal hatte Guillaume Einwände vorgebracht und Vorschläge unterbreitet, was man hätte tun können, doch John hatte sich verfolgt und bevormundet gefühlt und nur selten auf ihn gehört. Das Beste für England und den König zu erreichen, war Guillaumes oberstes Ziel gewesen, solange er denken konnte. Doch diesmal schien er versagt zu haben. Die Normandie war so gut wie verloren. Was sollte er nun tun? Seine Ländereien auf dem Festland aufgeben?

Guillaume schüttelte unwillkürlich den Kopf. Nach dem Abkommen mit dem französischen König war der Earl of Leicester von John mit der Grafschaft Richmond entschädigt worden. Guillaume aber war nicht solche Großzügigkeit widerfahren. Goodrich Castle in Herefordshire und die Erlaubnis, dort einen Markt abzuhalten, sowie die Genehmigung des Königs, sich von den Walisern mit Gewalt zu nehmen, was er konnte, war alles, was er bekommen hatte. Auf diese Weise war es ihm zwar gelungen, endlich auch Cilgerran zu nehmen, das einst zur Grafschaft von Pembroke gehört hatte, doch einen möglichen Verlust seiner Ländereien in der Normandie konnte das nicht aufwiegen.

Während Guillaume an seinem König zweifelte und sich fortwährend fragte, ob der Weg, den er selbst einzuschlagen gedachte, der richtige war, baute John eine mächtige Flotte auf. Überall im Land wurden Schiffe gebaut, Matrosen ausgebildet und ein militärischer Vorstoß vom Meer aus vorbereitet. Immer wieder hatte John mit seinen Baronen darüber debattiert, ob er in der Normandie einfallen sollte, um sie zurückzugewinnen, oder ob er zunächst im Poitou Präsenz zeigen sollte, das seit dem Tod Eleonores, die in diesem Jahr zum Herrn gegangen war, in Gefahr schwebte, ebenfalls vom französischen König überfallen zu werden.

Ganz gleich, was Guillaume dem König riet und ob John sich entschied, in der Normandie einzumarschieren oder im Poitou – folgte ein Sieg, so würde dieser anderen als dem Maréchal angerechnet werden, folgte jedoch eine Niederlage, so würde man ihn beschuldigen, dies vorausgesehen und aus selbstsüchtigen Gründen in Kauf genommen zu haben. Trotzdem brachte Guillaume es nicht fertig, sich rauszuhalten.

Wer sollte einem König, dem man den Beinamen Softsword gegeben hatte, zutrauen, das Reich jetzt noch retten zu können?

Immerhin hatte John die Lethargie abgelegt, die ihn noch im Jahr zuvor gelähmt hatte. Doch nicht Zuversicht leitete seinen Drang zu handeln, sondern die Angst vor erneutem Verrat. John fürchtete, der Franzose könne ihn bis nach England verfolgen und die englischen Barone ihren König verraten. Schon bald traute er auch auf der Insel kaum noch jemandem. Verdächtigungen und Anschuldigungen sorgten für Spannungen unter den Baronen, vor allem aber zwischen den Lords und ihrem König. So gut es ging, stand Guillaume seinem Herrn zur Seite, doch auch für ihn zogen bereits dunkle Wolken am Horizont auf.

London im März 1205

Der Winter hatte schon früh mit unbarmherziger Kälte zugeschlagen. Die Themse war nach dem Christfest mit einer so dicken Eisschicht bedeckt gewesen, dass die Londoner sich Ochsenknochen unter die Schuhe gebunden hatten und auf dem zugefrorenen Fluss Schlittschuh gelaufen waren. Was zunächst wie ein großer Spaß gewirkt hatte, war rasch zu einem Ärgernis geworden, denn Schnee und eisige Kälte hatten sich schon bald zu einem unbequemen Dauergast entwickelt. Wochenlang hatte nicht ein einziges Schiff die Themse befahren können. Gemüse war nahezu unerschwinglich und der Preis für Getreide in schwindelerregende Höhen gestiegen. Zehnmal so viel wie vor dem Christfest verlangten die Händler für Mehl und Korn, und ein Ende der steigenden Preise war nicht abzusehen. Die Ackerböden waren so tief gefroren, dass sie auch im März noch immer nicht bearbeitet werden konnten, und die Angst vor einer bedrohlichen Knappheit von Lebensmitteln und einer daraus resultierenden Hungersnot wurde täglich größer.

»Maréchal!«

Guillaume schrak hoch. »Verzeiht, Sire, ich war in Gedanken«, entschuldigte er sich, als John ihm einen indignierten Blick zuwarf.

»Langweilt Euch die Zukunft des Reiches?«, fragte der König scharf.

»Gewiss nicht, Mylord. Über nicht weniger als das Reich dachte ich nach. Tag und Nacht beschäftigen mich Eure Sorgen.«

»Nun, das möchte ich meinen, mein guter Maréchal, schließlich habt Ihr eine Menge zu verlieren, nicht wahr?« John klang noch immer gereizt. »Der Erzbischof von Canterbury bedrängt mich ohne Unterlass.« Er schnaubte.

Daher also wehte der Wind! Kaum jemandem war verborgen geblieben, dass der König den Erzbischof nicht mochte. Vermutlich, weil er ein Freund und Getreuer Richards gewesen war, John aber nicht mehr als Dienstbarkeit entgegenbrachte.

Hubert Walter hatte seine Aufgaben stets zum Besten für England erfüllt, darum gab es keinen Grund, ihm zu misstrauen. John aber brauchte keinen Anlass. Ihm reichte, dass der Erzbischof Macht und Ansehen genoss. Guillaume war nicht entgangen, dass die Rivalität unter den beiden Männern Ausmaße angenommen hatte, die sich als überaus schädlich erweisen konnten. Ob der König wusste, dass der Erzbischof sich zunächst für Arthur auf dem Thron ausgesprochen hatte?

»Ihr, Guillaume, und der Erzbischof von Wells werdet den französischen König aufsuchen und ihm Vorschläge für einen Frieden unterbreiten. Hubert Walter soll vorläufig nichts davon erfahren. Ich bin es leid, dass er ständig versucht, mir Vorschriften zu machen.«

Guillaume hörte genau zu, als John ihm erklärte, was er sich von den Verhandlungen erhoffte.

»Mylord, Ihr wisst, dass Philippe mir Aufschub gewährte, doch das Jahr ist inzwischen so gut wie verstrichen. Er wird den Treueeid von mir fordern.« Einen Augenblick hielt Guillaume den Atem an. John konnte ebenso gut mit Verständnis reagieren wie mit aufbrausender Empörung. Vorhersagen waren so gut wie unmöglich.

»Ihr habt mehr Erfahrung im Umgang mit den Franzosen als jeder andere im Land und seid nicht nur ein großer Ritter und Edelmann, sondern auch berühmt für Eure militärischen Fähigkeiten. Euer Verhandlungsgeschick ist legendär. Ein Nachgeborener seid Ihr nur und seid doch aus eigener Kraft ein bedeutender Mann geworden. Dafür gebührt Euch meine Bewunderung«, sagte John statt einer Antwort.

Guillaume sah ihn erstaunt an. Sollte etwa doch ein Plantagenêt-Herz in dieser Königsbrust stecken? Bisher hatte ihm John eher Mitleid als Achtung eingeflößt. Nicht das rechte Gefühl eines Ritters für seinen König, gewiss. Stolz, Ehrfurcht, Hingabe und Bewunderung waren es, die er für seinen Herrn empfinden sollte, nicht Mitleid. Vielleicht aber machte sich John doch noch!

»Ich weiß, dass Ihr mir stets treu gewesen seid, auch wenn ich Euch ebenso hin und wieder Misstrauen entgegengebracht habe wie allen anderen«, fuhr der König fort. »Ich zweifle nicht daran, dass Ihr mir auch weiterhin die Treue halten werdet. Huldigt dem französischen König also meinetwegen«, brummte er. Dann umarmte er den Maréchal und entließ ihn.

Guillaume war erleichtert, weil sein Plan aufzugehen schien. Die Herzöge von Meulan waren über lange Zeit beiden Königen verpflichtet gewesen, und erst zu Beginn der Herrschaft von Henry II. war eine Vereinbarung getroffen worden, nach der der König von England ihr oberster Lehnsherr war. Auf diese Weise hatten sie für diesen sogar gegen den König von Frankreich kämpfen können, solange sie nur ihre Verpflichtung erfüllten und jenem ebenfalls die von ihm geforderte Anzahl an Rittern für seinen Kampf zur Verfügung stellten. Ein solcher Weg war gewiss nicht der einfachste, doch einer, mit dem Guillaume würde leben können. Vorausgesetzt Philippe stimmte einem solchen Arrangement zu.

Weniger als einen Monat später stießen Guillaume und der Erzbischof von Wells in Compiègne auf den Franzosen und begannen mit ersten Friedensverhandlungen. Philippe hörte sich geduldig die Vorschläge Johns an und erklärte sich schließlich einverstanden, sie acht Tage später in Anet zu erneuten Gesprächen zu empfangen. Die Huldigung des Maréchal aber forderte er umgehend ein. So einfach jedoch, wie Guillaume sich das vorgestellt hatte, machte es ihm der französische König nicht. Die Formel, mit der er ihn den Eid sprechen ließ, war genau durchdacht.

»Ich schwöre, Euch für meine Ländereien in der Normandie

auf dieser Seite des Meeres die Treue zu halten«, wiederholte Guillaume, sehr wohl ahnend, in welch schwierige Lage ihn dieser Schwur schon bald bringen würde. Wenn es Krieg auf dem Festland gab, ganz gleich, wo, würde er nicht teilnehmen dürfen, oder er verlor seine Ländereien in der Normandie. Eine Regelung, wie sie die Meulans einst für sich hatten erwirken können, war ihm also nicht vergönnt. Nun blieb ihm nur noch die Hoffnung auf einen glücklichen Ausgang der Verhandlungen. Sie hatten vielversprechend begonnen, und er würde sich mit aller Macht für einen Frieden einsetzen.

Als sie jedoch eine Woche später in Anet eintrafen, wollte Philippe sie kaum empfangen.

»Ich weiß nicht, was Ihr Euch von den Gesprächen in Compiègne versprochen habt, Maréchal«, fauchte er Guillaume an. »Reine Zeitverschwendung war das, wie ich hörte! Ein Bote aus England berichtete mir, dass weder Ihr noch der Erzbischof Befugnisse irgendwelcher Art habt, um einen solchen Friedensvertrag zu verhandeln. Darum sind die Gespräche hiermit beendet!«

Guillaume sah den Erzbischof von Wells fragend an. Er bewahrte das Siegel des Königs, gewiss, aber er war nur Vizekanzler. Außerdem hatte John sie nicht offiziell mit diesen Verhandlungen beauftragt, sondern heimlich fortgeschickt. Der Erzbischof von Canterbury musste von ihrer Mission erfahren, sich darüber geärgert und darum eingegriffen haben. Ohne Dokumente, die ihren Auftrag bestätigten, waren sie in der Tat machtlos.

»Hubert Walter hat stets einen Frieden mit Frankreich angestrebt, warum tut er das nun?«, schimpfte Guillaume wutentbrannt, nachdem sie den französischen Hof verlassen hatten. »Ist ihm sein Stolz wichtiger als das Schicksal Englands?«

Wells zuckte nur hilflos mit den Schultern. »Lasst uns heimkehren, Maréchal. Der König wird uns nun noch dringender brauchen.«

Guillaume wusste, dass der Erzbischof recht hatte. John hatte Frieden gewollt, und den hatten sie ihm um ein Haar verschafft. Was aber würde nun geschehen? Würde der König seine Flotte zum Festland schicken? Und wenn ja, wohin? In die Normandie? Oder ins Poitou? Wo auch immer er zu kämpfen gedenken würde, Guillaume würde ihn nicht begleiten können.

»Ihr wagt es, mir mit einer solchen Unschuldsmiene unter die Augen zu treten!«, fuhr John ihn an, als Guillaume zurückkehrte. Kalte Wut stand in seinem Blick. »Wie ich hörte, habt Ihr dem Franzosen zu meinem Schaden die Lehnstreue geschworen!« Die Ader an Johns Hals war angeschwollen.

»Sire, ich verstehe Euren Zorn nicht«, erwiderte Guillaume ruhig. »Ihr selbst gabt mir die Erlaubnis, Philippe den Treueeid zu leisten, damit ich meiner Ländereien nicht verlustig gehe.«

»Oh, nein, so war das nicht gedacht!«, ereiferte sich John, kam auf ihn zu und starrte Guillaume in die Augen. »Wenn Ihr mir so ergeben seid, wie Ihr stets behauptet, dann beweist es mir, indem Ihr mich aufs Festland begleitet und gegen Philippe kämpft«, forderte er bockig.

»Ihr wisst nur allzu gut, Sire, dass mir das nach geltendem Lehnsrecht nicht möglich ist! Gegen einen Herrn zu kämpfen, dem man die Treue geschworen hat, wäre Verrat«, erwiderte Guillaume ruhig.

»Hört, hört!«, rief John triumphierend und sah sich Zustimmung heischend unter den Baronen um ihn herum um. »Sagt selbst, Mylords, ist nicht diese Weigerung Verrat, den der Maréchal an *mir* begeht?«

Bevor aber noch einer der Lords etwas sagen konnte, ergriff Guillaume beherzt das Wort.

»Seid gewarnt, meine Freunde, denn was der König heute mir antun will, das wird er auch Euch antun, so er eines Tages die Möglichkeit dazu bekommt!«

Die Barone begannen, untereinander zu tuscheln und sich zu beratschlagen. Einer nach dem anderen murmelte eine Entschuldigung, gab vor, wichtige Dinge zu erledigen zu haben, und machte sich aus dem Staub, bis John nur noch mit Guillaume und den Rittern seines Haushaltes zurückblieb. Diese aber waren allesamt junge, unerfahrene Männer, abhängig von seiner Gunst und erpicht auf sein Wohlwollen, deshalb hoffte der König, sie würden ihm recht geben in seinem Zorn, und wandte sich darum nun an sie. Nicht einer zögerte, den Maréchal des Verrats zu beschuldigen, denn keiner von ihnen wollte die Gelegenheit verpassen, sich bei John hervorzutun. Als der König aber forderte, einer von ihnen möge als sein Mann einen Zweikampf mit dem Maréchal ausfechten, fand sich nicht ein einziger junger Ritter, der mutig genug gewesen wäre. Zu Achtung gebietend war Guillaumes Ruf, zu großartig deuchten den jungen Männern die Geschichten, die sie seit ihrer Kindheit über ihn vernommen hatten.

John aber war enttäuscht von ihrer Feigheit, schnaubte vor Wut und wandte ihnen den Rücken zu, um sich zutiefst beleidigt zurückzuziehen.

Baudouin versammelte hohe Lords um sich und setzte sich beim König für eine Versöhnung mit dem Maréchal ein, sodass es nicht lange dauerte, bis aus dem scharfen Wind, der Guillaume von seinem König entgegengeblasen war, schon bald eine laue Brise wurde.

Nach dem Tod des Earl of Leicester bekam Guillaumes Meinung bei Hof noch mehr Gewicht. Er war zu bedeutend, zu hoch geachtet, um so einfach in Ungnade zu fallen. Und wie es schien, schätzte auch der König ihn zu sehr, um ihn auf ewig zum Feind zu haben.

»Ich vergebe Euch, Maréchal, denn ich achte und liebe Euch. Euer Rat war mir stets teuer und ist es noch«, sagte John eines Tages. Offenbar war ihm bewusst, dass er Guillaume brauchte. Und zugleich musste er diese Abhängigkeit hassen.

»Sire, mein Herz wird mir leicht in der Brust, wenn ich Euch gefalle!«, erwiderte Guillaume und verneigte sich.

John sah ihn von oben herab an. »Als Beweis Eurer Treue aber fordere ich Euch auf, mir Euren ältesten Sohn zu übergeben.« Er grinste selbstzufrieden. »Euren Sohn wohlgemerkt, nicht Euren Bastard, denn den besitze ich bereits!« Er beugte sich zu Guillaume vor. »Ich habe schon früh Kenntnis davon gehabt, wer er ist. Mein Vater hat es mir gesagt. Baudouin hat nur eine Andeutung gemacht, damals, als Blanchpenny abgängig war, aber die Ähnlichkeit des Jungen mit Euch ließ keinen Zweifel zu. ›Hab ein Auge auf den Jungen‹, hat mein Vater mir geraten, und das habe ich getan. Ich habe nicht immer auf ihn gehört, doch diesmal war es mir ein Vergnügen. Zu wissen, was keiner ahnt …« Er lachte und strich sich über das Haar.

Guillaume senkte den Kopf, um ihm nicht ins Gesicht sehen zu müssen, und schwieg, so schwer es ihm auch fiel. Der König mochte sowohl ihn als auch William und alle anderen Untertanen als seinen Besitz ansehen. Die Verbindung mit Marguerite aber hatte nicht John Vorteile gebracht, sondern William, der keineswegs wie jemand aussah, der einem anderen gehörte als sich selbst.

Guillaume bemühte sich, ruhig zu bleiben. Niemand konnte es sich leisten, John gegen sich zu haben, nicht einmal er, erst recht jetzt nicht, da der König seinen Ältesten als Geisel forderte. »Ich bin gewiss, dass mein Sohn und Erbe in Eurer Obhut gut aufgehoben sein wird, Mylord«, sagte Guillaume darum mit Bedacht. »Er ist fünfzehn. Ein gutes Alter, um einen künftigen Baron in Liebe und Achtung an seinen König zu binden. Er wird bereits an den Waffen ausgebildet und Euch ganz sicher Freude bereiten!« Guillaume hoffte inständig, dass John seinen Sohn nicht wie einen Gefangenen behandeln würde. Er hatte Freunde, die ein Auge auf den Jungen haben würden, trotzdem würde er künftig mit äußerster Vorsicht agieren müssen.

Da die Zukunft des Reiches Guillaume stets wichtiger gewesen war als gekränkte Eitelkeit, trug er dem Erzbischof von Canterbury nicht lange nach, dass er die Friedensverhandlungen mit Philippe zum Scheitern gebracht und ihm beim König die Schuld dafür zugewiesen hatte. Hubert Walter war und blieb ein brillanter Mann, der sein Amt mit Gewissenhaftigkeit und Können ausfüllte. Da er England stets treu ergeben gewesen war, verbündete sich Guillaume erneut mit ihm. Gemeinsam wollten sie John davon überzeugen, den geplanten Zweifrontenkrieg auf dem Festland aufzugeben, den sie nicht nur für aussichtslos, sondern sogar für gefährlich hielten. John hatte so viele Soldaten zusammengezogen und so umfassende Vorbereitungen getroffen, dass England nach dem Abzug der königlichen Armee einem möglichen Angriff vom Festland schutzlos ausgeliefert gewesen wäre. Hinzu kam die geringe Einsatzfreude der englischen Barone in dieser Angelegenheit. Aufstand und Rebellion lauerten nur darauf, entfesselt zu werden, auch wenn der König die Augen vor dieser Tatsache verschloss.

John hörte sich zwar geduldig an, was sie vorzubringen hatten, doch seine Eitelkeit verlangte, an seinen Plänen festzuhalten. Erst als ihm, so wie Guillaume und der Erzbischof es vorausgesehen hatten, die Unterstützung der Barone versagt blieb, beschloss er, die Normandie nicht anzugreifen und nur ins Poitou zu ziehen.

Ein ganzes Jahr verging mit den Vorbereitungen für den Krieg. Guillaume hatte seinen Sohn inzwischen in die Obhut des Königs übergeben und stand John nach wie vor mit Rat und Tat zur Seite. Hatte der König ihn im vergangenen Sommer noch bedrängt, trotz seines Treueeides mit ihm gegen den Franzosen zu kämpfen, so forderte er ihn diesmal gar nicht erst auf, ihn zu begleiten. Obwohl der König keinerlei Ansprüche an ihn stellte, entsandte Guillaume viele seiner Ritter und eine stattliche Anzahl Soldaten, die mit John über das Meer segeln sollten, und stellte so ein weiteres Mal seine Ergebenheit und Treue unter Beweis.

Bevor der König aufbrach, verlieh er, wie einst Richard, Guillaume eine wichtige Aufgabe und vertraute ihm und weiteren Getreuen die Verwaltung Englands an.

Striguil, Herbst 1206

Nachdem er seine älteste Tochter mit Hugh Bigot, dem Sohn des Earl of Norfolk, vermählt hatte, war Guillaume dem Ruf Jean d'Erlées nach Wales gefolgt, denn der König war noch immer nicht vom Festland zurückgekehrt, und die Waliser hatten seine Abwesenheit genutzt, um sich aufzulehnen. Guillaume ließ sich für eine Weile in Striguil nieder, froh, wieder mehr Zeit mit Isabelle und den Kindern verbringen zu können, und bemüht, rasch für Frieden zu sorgen, damit seine Familie in Sicherheit leben konnte.

Wohl wissend, dass es einer ausgewogenen Mischung aus Strenge und Nachsicht bedurfte, um seine Feinde in Schach zu halten, neue Bündnisse zu schaffen und alte zu wahren, festigte er seine Beziehung zu William de Braose. Obwohl er von de Braose eines seiner kleineren Güter zum Lehen hatte, stand Guillaume ihm an Besitz und Einfluss in nichts nach. Auf Augenhöhe handelte es sich am leichtesten, darum war es gewiss gut, de Braose zu seinen Verbündeten und nicht zu seinen Feinden zu zählen.

Die Burgmauer von Striguil, die Guillaume kurz nach seiner Vermählung mit Isabelle in Auftrag gegeben hatte, das neue Tor und die starken runden Türme waren inzwischen fertiggestellt. Sie strahlten Wehrhaftigkeit und Wohlstand aus, genau so, wie er es sich vorgestellt hatte. Isabelle hatte den alten Wohnturm stets behaglich eingerichtet, wenn sie sich dort aufgehalten hatten, und ihnen so ein Heim geschaffen, in dem es sich bequem leben ließ. Auch diesmal hatte sie von ihren Gütern in der Normandie Möbel, unzählige Truhen, Kissen und Wandbehänge mitgenommen, sodass sie sich in Striguil rasch wohl und heimisch gefühlt hatten, auch wenn Isabelle nach wie vor davon träumte, eines Tages nach Irland zurückzukehren, wie sie immer wieder betonte.

Guillaume war den Walisern mit solcher Entschlossenheit entgegengetreten, dass es nicht lange gedauert hatte, ihren Aufstand niederzuschlagen. Von einem beständigen Frieden aber konnte nicht die Rede sein. Zunächst jedoch blieb alles ruhig, und ein beschauliches Leben ohne Höhen und Tiefen stellte sich ein. Da Guillaume noch immer mit Leidenschaft aß, hatte sich mit zunehmendem Alter ein kleiner Speckring auf seinen Hüften gebildet, den Isabelle zwar zärtlich liebte und von dem sie behauptete, bei der Liebe so wunderbaren Halt daran zu finden, der seine Eitelkeit jedoch empfindlich störte.

Da er weder so gern Schach spielte wie John, noch je das Lesen gelernt hatte, vertrieb Guillaume sich die Zeit mit Besuchen auf seinen umliegenden Gütern und der Jagd, der er jedoch nicht im gleichen Maße zugetan war wie sein König. Schon bald packte ihn die Langeweile. Eine neue Herausforderung, so fand er, würde ihm nicht schaden, schließlich rostete, wer rastete. Der König aber, der inzwischen erfolgreich vom Festland zurückgekehrt war, hatte ihn noch immer nicht zu sich rufen lassen. Als Guillaumes Neffe, den er in Leinster zurückgelassen hatte, Nachricht schickte, dass die Schwierigkeiten mit den Baronen nicht kleiner geworden waren, und ihn um Hilfe bat, nahm sich Guillaume der Sache mit ganzem Herzen an.

»Dieser Justiziar, Meilyr, scheint es darauf anzulegen, die Barone in Leinster gegen uns aufzuhetzen«, berichtete er Isabelle aufgebracht. »Er gibt vor, im Auftrag und Interesse des Königs zu handeln, doch ich schätze, es liegt ihm mehr daran, an seinem eigenen Wohl zu arbeiten.« Ländereien auf zwei Inseln und dem Festland zu besitzen, machte Guillaume zu einem wohlhabenden, mächtigen Mann, doch war es nicht einfach, überall zugleich für Frieden und Ordnung zu sorgen.

»Dein Neffe mag ein guter und treuer Mann sein«, warf Isabelle ein, »aber ich bezweifle, dass er allein mit den Baronen und ihren ehrgeizigen Zielen fertig wird.« Sie sah Guillaume flehend an. »Er ist zu jung und unerfahren. Sie werden ihn nicht ernst nehmen, und Meilyr wird es darum nicht schwer haben, rasch Verbündete unter ihnen zu finden. Die Barone sind schon zu lange auf sich gestellt. Du bist weit weg und nicht mehr als ein Schatten für deine Lehnsmänner. Du musst ihnen zeigen, wer der Herr von Leinster ist, und sie zur Treue zwingen!« Sie legte die Hand auf Guillaumes Arm. »Bitte, Guillaume! Wir könnten alles verlieren! Lass uns nach Irland gehen. Du hast versprochen, dass du dich irgendwann selbst um Leinster kümmerst, erinnerst du dich? Wann willst du das tun, wenn nicht jetzt?«

Guillaume nickte nachdenklich und seufzte vernehmlich. Er wusste selbst, dass sein Eingreifen längst überfällig war, und der Gedanke, sich wieder einmal auf dem Schlachtfeld zu beweisen, reizte ihn durchaus. »Ich habe bereits einen Boten zum König geschickt«, sagte er und räusperte sich. Er hatte Isabelle nicht davon erzählt, um ihr keine voreiligen Hoffnungen zu machen. »Mit der Bitte um Erlaubnis, England verlassen und nach Irland segeln zu dürfen. Doch Johns Antwort war abschlägig.«

»Aber das kann er doch nicht tun!« Isabelle schnappte empört nach Luft.

»Doch, meine Liebste, er kann.« Guillaume setzte sich und schnaufte. Ob es ihm passte oder nicht, er hatte zu gehorchen.

»Dann versuch es noch einmal!«, beharrte Isabelle. »Und wenn er es wieder nicht gestattet, dann ersuchst du ihn erneut, so lange, bis er nachgibt! Schick ihm ein Geschenk, oder biete ihm Geld.« Sie setzte sich auf Guillaumes Schoß, umfasste sein Gesicht mit beiden Händen und küsste ihn. »Leinster braucht einen starken Mann wie dich. Es wird Zeit, dass Frieden einkehrt.« Sie lächelte ihn verheißungsvoll an.

»Also gut. Ich werde den König noch einmal bitten, versagt er mir die Erlaubnis wieder, werde ich zu ihm gehen und persönlich um sein Einverständnis ersuchen, mein entzückender, kleiner Dickkopf, du«, sagte Guillaume zärtlich und umschlang ihre Taille. Er vergrub seinen Kopf an ihrem immer noch schönen, herrlich langen Schwanenhals, sog den Duft ihres Haares und ihres Nackens ein und seufzte. »Ich bin noch immer verrückt nach dir, auch nach siebzehn Jahren Ehe. Mit jedem Jahr bist du nicht nur schöner, sondern auch gescheiter geworden.« Er küsste sie. Isabelle erwiderte seinen Kuss leidenschaftlich. »Und heißblütiger, wie mir scheint!«, seufzte er. »Du bringst einen alten Mann wie mich noch ins Grab mit deiner Wollust!« Er lachte, obwohl der Gedanke, dass seine Zeit auf Erden nicht unbeschränkt war und der Augenblick, da Gott ihn zu sich rufen würde, stets näher rückte, ihn immer häufiger beschäftigte.

Wenn seine Zeit gekommen war, erbten seine Söhne Striguil, Pembroke und die Ländereien auf dem Festland. Isabelle aber würde wieder alleinige Herrin von Leinster werden, falls sie sich nicht noch einmal vermählte. Sie hatte die irischen Ländereien mit in die Ehe gebracht, und an sie gingen sie wieder zurück, wenn sie verwitwete. Sie war noch jung und sollte nicht aus Not heiraten müssen, wenn er nicht mehr war. Auch darum war es Guillaume so wichtig, Leinster endlich zu befrieden. Isabelle sollte gefahrlos dort leben können, wenn er starb.

»Sag so etwas nicht!«, tadelte sie ihn und sprang von seinem Schoß. Sie hörte es nicht gern, wenn er vom Tod sprach, darum verschwieg er ihr, wie sehr er ihn in letzter Zeit beschäftigte. Nicht, dass er sich schwach gefühlt hätte. Er strotzte noch immer vor Kraft. Doch mehr und mehr seiner langjährigen Freunde starben um ihn herum. Nicht heldenhaft auf dem Schlachtfeld wie früher, sondern in ihren Betten, als alte Männer. Viele der jungen Ritter, die einst zu ihm aufgeschaut hatten, waren inzwischen ergraut und selbst große Barone. So mancher Ritter, der ihn einst bewundert hatte, war bereits zum Herrn gegangen. Guillaume fürchtete sich nicht vor dem Tod, wusste er doch, dass er eines Tages würde gehen müssen, so wie alle. Bis dahin aber wollte er jeden Augenblick seines Lebens nutzen, um seinen Söhnen und seiner Frau ein angemessenes Erbe zu hinterlassen. Leinster zu befrieden, würde gewiss nicht leicht werden, doch noch war er stark genug, um sich dieser Herausforderung zu stellen und zu gewinnen.

Nachdem er die zweite abschlägige Antwort von John erhalten hatte, machte sich Guillaume auf den Weg, um den König persönlich um Erlaubnis zu ersuchen.

»Ich bitte Euch, Sire, Geleitbriefe für mich, Jean d'Erlée und Henry Hose auszustellen, damit wir nach Irland übersetzen können.« Wie er hielten auch sie Land von John und bedurften darum seiner Genehmigung.

»Warum wollt Ihr mich partout verlassen, Maréchal?«, grollte John und zog die Augenbrauen zusammen, sodass sie nur noch einen einzigen Balken bildeten. »Ich brauche Euren Rat und will Euch an meiner Seite!«

Wenn der König ihn eines Tages brauchte, dann würde er da sein, mit ganzem Herzen, jetzt aber hatte erst einmal Leinster Vorrang. »Mylord, ich bitte Euch!«, beharrte Guillaume darum inständig, doch ohne weitere Erklärung.

»In Gottes Namen«, John schnaubte und gab sich geschlagen, »meinetwegen.« Er sah sich suchend um. »Schreiber!«

Sofort blickte einer seiner Sekretäre auf.

»Schreibt: Hiermit gestatten wir unserem geliebten Freund, Guillaume le Maréchal, England zu verlassen, um nach Irland überzusetzen«, diktierte er hastig und steckte seine Nase wieder in das Buch, das auf dem Tisch vor ihm lag. John besaß eine recht beachtliche Bibliothek, die er auch auf Reisen ständig mit sich führte, denn er liebte Bücher. Besonders Plinius und die englische Geschichte faszinierten ihn. »Für d'Erlée und Henry Hose stellt dergleichen aus«, brummte er, ohne von seiner Lektüre aufzusehen.

Der Schreiber nickte und kratzte die Worte mit Feder und Tinte auf das Pergament, streute Sand darüber und wartete, bis die Schrift trocken war, bevor er die Briefe zusammenfaltete und Guillaume überreichte.

»Wenn das alles ist, dürft Ihr Euch entfernen, Maréchal«, sagte der König missgestimmt.

Es war nicht schwer zu erkennen, dass John seine Erlaubnis nur widerwillig erteilt hatte, und so wunderte es Guillaume nicht, dass er sie schon bald widerrufen wollte und zu diesem Zweck Thomas de Samford nach Striguil schickte. Guillaume solle in England bleiben, ließ er ausrichten, oder dem König auch seinen zweiten Sohn als Garanten für seine Treue ausliefern.

Thomas de Samford war ein älterer Bruder eines Ritters aus Guillaumes Haushalt, darum vertraute er ihm und nahm ihn zur Seite. »Ich würde dem König all meine Kinder geben, so er sie fordert, doch sagt mir, Sir Thomas, was genau hat er gegen mich?«

»Mit Verlaub, Maréchal, der König hegt keinen Groll, im Gegenteil, er hat Euch zu gern an seiner Seite und bereut darum, Euch das Geleitschreiben gegeben zu haben. Er will Euch mit allen Mitteln davon abhalten, nach Irland zu gehen.« Samford rieb sich nervös mit der Linken über den rechten Handrücken. Es war ihm deutlich anzusehen, dass er den Maréchal schätzte und ihm der Auftrag seines Königs darum unangenehm war.

Guillaume hatte stets die Zuneigung seines jeweiligen Königs besessen und besaß sie noch, wie sich nun zeigte, auch wenn John exzentrisch war, kapriziös und wankelmütig und sein erneuter Argwohn bereits erste, dunkle Schatten vorauswarf.

In der Frage, ob er Richard ausliefern sollte oder nicht, hielt Guillaume zunächst Rücksprache mit Isabelle und seinen Baronen. Einmütig rieten sie ihm davon ab, auch seinen Zweitgeborenen in Johns Obhut zu geben, trotzdem beschloss Guillaume, der Aufforderung seines Herrn Folge zu leisten. Es ging nicht anders, so befand er. Seinem Ältesten war es bei Hof keineswegs schlecht ergangen, und die Angelegenheiten in Leinster pressierten. Er musste unbedingt nach Irland. Isabelle zuliebe. Darum blieb ihm keine andere Wahl, als Richard zum König zu schicken. Guillaume händigte den Jungen also Thomas de Samford aus, der ihm feierlich versprach, gut auf ihn achtzugeben, und machte sich schon am folgenden Tag auf den Weg, um sich mit Isabelle und seinem Gefolge nach Irland einzuschiffen.

Isabelle zürnte ihm nicht wegen Richard, wusste sie doch ebenso gut wie er, dass der Junge alt genug war, um unter Johns

Aufsicht zum Ritter erzogen zu werden, und dass die Schwierigkeiten in Irland unbedingt in Angriff genommen werden mussten. Erstaunlicherweise fürchtete sich Isabelle nicht mehr vor der Überfahrt als üblich, und das, obwohl die See im Februar stets besonders rau und stürmisch war. Der Gedanke, für längere Zeit nach Kilkenny zurückzukehren, schien sie mit der Seereise zu versöhnen. Vielleicht war sie auch gefasster, weil diesmal fünf ihrer neun Kinder mit ihr gingen und sie ihnen als Vorbild dienen wollte.

Guillaume hatte den Sturm ihrer letzten Reise nach Irland noch gut in Erinnerung. Auch sein Erstaunen darüber, wie vorbildlich sich Gildwin trotz seiner großen Angst gehalten hatte. Bei dem Gedanken an den alten Freund lächelte er traurig. Auch er hatte ihn verlassen. Ein übler Husten mit Fieber und blutigem Auswurf hatte ihn so sehr geschwächt, dass er sich nicht mehr von seinem Lager hatte erheben können, und ihn schließlich nach wochenlanger Qual dahingerafft. Guillaume hatte in den letzten Tagen seines Lebens häufig bei ihm gesessen und über Gott und den Tod, das Paradies und das letzte Gericht mit ihm gesprochen. Tröstend hatte er Gildwins Hand gehalten, als dieser seine letzte Reise angetreten hatte. Klamm war sie in der seinen geworden, dann schlaff und schwer und schließlich unendlich kalt.

Kilkenny, 1207

Sieh nur, Suzanne! Schaut, Kinder!«, rief Isabelle, als sie sich Kilkenny näherten. »Dort oben ist die Burg!« Sie zeigte auf die Festung über dem Nore und strahlte vor Freude. »Bald sind wir daheim«, murmelte sie zuversichtlich, obwohl sie nicht vergessen hatte, wie fremd ihr Kilkenny bei ihrem letzten Besuch zunächst gewesen war. Diesmal aber würden sie lange genug bleiben, um sich häuslich einzurichten. Zu diesem Zweck hatte sie nicht nur Truhen mit Kleidern mitgenommen, die dank der nicht allzu stürmischen Überfahrt diesmal wohl keine Salzflecken haben würden, sondern auch silberne Leuchter und Tafelgerät, Lederstühle, Wandbehänge, Kissen, Felldecken und genügend Stoff, um neue Bettvorhänge zu fertigen und sich gemütlich einzurichten. Sie hatte es genossen, den Wohnturm in Striguil in ein Heim zu verwandeln, und war sicher, dass es ihr auch in Kilkenny gelingen würde, rasch wieder heimisch zu werden.

Der Bergfried über dem Nore war nicht aus Stein, sondern aus Holz, und sie hatte ihn heimelig in Erinnerung, auch wenn er ganz sicher weniger repräsentativ war als die steinerne Burg von Striguil und, wie Guillaume schon bei ihrem letzten Besuch festgestellt hatte, weniger wehrhaft. Die Kinder würden das Leben auf der Burg sicher ebenso genießen wie sie. Mit ein wenig Glück würde Guillaume nicht mehr so häufig und so lange fort sein wie bisher und mehr Zeit für sie haben.

Isabelle lächelte versonnen, als sie in den Hof ritten. Was sie dort aber erwartete, ernüchterte sie mit einem Schlag. Der Burghof war schmutzig und ungepflegt, die Ställe und Schuppen halb zerfallen, und auch der Wohnturm war in einem grauenhaften Zustand.

»Ich werde umgehend einen neuen Baumeister finden müssen«, raunte Guillaume ihr zu. »Ich hatte vor unserer Abreise alles genau besprochen. Der Bau der neuen Burg sollte eine Überraschung für dich sein.« Er schüttelte enttäuscht den Kopf und seufzte.

Zwei Türme waren begonnen worden, immerhin war der eine fast fertig, bis auf das Dach, das noch völlig fehlte.

Isabelle lächelte Guillaume dankbar an. »Gräme dich nicht, mein Liebling! Bis die Arbeiten abgeschlossen sind, werden wir in dem Holzturm wohnen wie früher, und es wird wunderbar sein«, sagte sie weich. Mit nichts anderem hatte sie schließlich gerechnet, auch wenn sie froh war, wohl nicht auf Dauer auf die Bequemlichkeit eines großzügigen Wohnquartiers aus Stein verzichten zu müssen.

Knechte und Soldaten mit trüben Mienen schlurften herbei. Sie schienen nicht gerade erfreut über die Ankunft ihrer Herrschaft zu sein. Nicht ein einziges Gesicht war Isabelle vertraut, und plötzlich, wie ein wildes Tier, das aus dem Hinterhalt angriff, überfiel sie Angst bei dem Gedanken, künftig hier zu leben. Was, wenn ihre Zukunft in Irland gar nicht so glücklich werden würde, wie sie es sich erhofft hatte? Wenn die Kinder womöglich in Gefahr waren? Oder es Guillaume nicht gelang, genügend Verbündete zu finden, um denjenigen Einhalt zu gebieten, die versuchten, sie zu verdrängen und sich auf ihre Kosten zu bereichern?

»Ladet die Karren und Packpferde ab«, befahl sie den Knechten und stieg vom Pferd. »Vorsicht, die Truhen sind schwer. Lasst nichts fallen!«, rief sie, als die Männer begannen, die Seile zu lösen, mit denen das Gepäck verzurrt war, und saß ab.

»Dairenn!«, rief sie erfreut aus, als sich eine Magd zu ihr vordrängte, und lächelte erleichtert. Wenigstens ein bekanntes Gesicht gab es noch! »Dairenn, das ist Lady Suzanne, meine Gesellschafterin, und das«, Isabelle zeigte auf die Jungen und Mädchen, die bereits von ihren Pferden gesprungen waren und begonnen hatten, Nachlaufen zu spielen, »sind meine Kinder. Die fünf jüngsten«, fügte sie lächelnd hinzu. »Eine meiner Töchter ist bereits verheiratet, die andere als Zofe gut untergebracht.« Isabelle machte eine kurze Pause. »Meine beiden ältesten Söhne sind in der Obhut des Königs«, sagte sie und seufzte leise. Sie waren groß und hatten am Rockzipfel ihrer Mutter nichts mehr verloren. Dafür blieben ihr die Kleinen. Isabelle lächelte weich. »Wir müssen sehen, dass wir uns einrichten, bis der neue Turm fertig ist. Guillaume sagt, er hätte längst beendet sein sollen«, erklärte sie Suzanne und zuckte mit den Schultern. »Wir schaffen das schon!«, beruhigte sie die alte Normannin, als diese hilflos um sich blickte und ungläubig den Kopf schüttelte. »Keine Sorge, du wirst genügend Hilfe bekommen!«

»Verzeiht, Mylady«, sprach Jean le Maréchal, Guillaumes Neffe, sie nun an und verneigte sich tief. »Ich bin untröstlich, Euch nicht gebührender empfangen zu können. Die Handwerker sind fortgeblieben, als es Unruhen gab. Die ständigen Auseinandersetzungen haben die Kassen schneller geleert, als sie gefüllt werden konnten ... Ich hoffe, mit dem Geld, das Euer Gemahl mitgebracht hat, können die Arbeiten rasch fortgesetzt werden, damit Ihr schon bald Eure neuen Quartiere beziehen könnt. Bis dahin habe ich Eure alte Kammer bereiten lassen.« Sein zaghaftes Lächeln schien sie um Vergebung zu bitten, darum lächelte Isabelle ihn freundlich an und nickte. Sie hätte auch nach Kilkenny kommen wollen, wenn sie gewusst hätte, wie heruntergekommen es hier aussah. Vielleicht sogar noch dringender, denn der Burg fehlte ganz offenbar nicht nur die starke Hand ihres Herrn, sondern auch die Fürsorge ihrer Herrin!

Dairenn begleitete sie zum alten Wohnturm. Das Holz war ausgewaschen und morsch von Wind und Wetter, und die Treppe ins obere Stockwerk knarrte so bedrohlich, als wollte sie jeden Augenblick einstürzen. Dairenn stieg voran, leuchtete in das dunkle Innere und öffnete die Tür zur Kammer.

Das gemütliche Knistern eines Feuers empfing sie. Der Boden

war ordentlich gefegt und mit sauberen Binsen bedeckt, das Bett frisch bezogen und mit dicken Kissen und einer bestickten Decke geschmückt, die einst Aoife gehört hatte. Das Schönste aber war, dass die Kammer nach Rosenöl duftete, wie früher. Isabelle schloss die Augen und nahm den Wohlgeruch tief in sich auf.

»Ich habe nicht vergessen, wie sehr Ihr den Duft von Rosenöl liebt«, sagte Dairenn. »Als ich hörte, dass Ihr zurückkehrt und wieder in die Kemenate Eurer Mutter zieht, habe ich versucht, sie so schön wie möglich herzurichten.« Dairenn errötete. »Die Bettvorhänge haben ein paar Löcher. Motten …«, fügte sie erklärend hinzu und zuckte mit den Schultern. »Auch die Kissen und Decken sind nicht mehr so ansehnlich wie früher, aber sie gehörten einmal der Königin.«

Isabelle zuckte zusammen. »Königin« hatte Dairenn ihre Mutter genannt. Es gab also noch immer Menschen in Kilkenny, für die sie das war und für immer bleiben würde, auch wenn sie einst den Normannen geheiratet hatte. Isabelle lächelte dankbar. »Das hast du großartig gemacht, Dairenn.«

»Werdet Ihr mich wieder brauchen?«, fragte die Magd hoffnungsvoll und warf einen kurzen Blick auf Suzanne, die noch immer auf der Schwelle stand und sich kritisch umsah.

»Oh, ja!« Isabelle lächelte sie an. »Wie sollten wir das alles ohne dich schaffen? Auch du wirst Hilfe brauchen für die viele Arbeit. Suche ein paar Knechte und tüchtige Mägde aus. Als rechte Hand meiner Zofe, wirst du sie beaufsichtigen müssen.« Isabelle deutete mit einem Nicken auf Suzanne. »Sie kennt sich hier nicht aus. Darum wirst du ihr zur Seite stehen. Du hast die Mägde und Knechte anzuleiten und ihr zu berichten, wenn es Schwierigkeiten gibt.«

Dairenn nickte erfreut. »Gewiss, Mylady, das werde ich. Wir werden Wäscherinnen brauchen und Mägde, die den Kinderfrauen zur Hand gehen«, murmelte sie. »Und auch der Koch wird Gehilfen brauchen.«

»Gut so, Dairenn, ich verlasse mich auf dich.« Isabelle lächelte. »Lass mir den Badebottich bringen und ihn mit Wasser füllen.

Und nicht, dass du selbst die Eimer schleppst! Das ist nicht mehr deine Aufgabe, hörst du?«

Dairenn strahlte. »Danke, Mylady, ich werde Euch nicht enttäuschen«, beteuerte sie emsig und huschte hinaus.

»Ihr kennt sie schon länger?«, erkundigte sich Suzanne und setzte sich schnaufend in einen der Armsessel. Sie war nicht mehr die Jüngste, und die Reise hatte sie tüchtig Kraft gekostet. Isabelle sah ihr an, wie erschöpft sie war, auch wenn sie sich niemals beschwerte.

»Sie war in Conall verliebt, aber er fand sie aufdringlich«, erklärte Isabelle. »Sie tut mir leid. Ich weiß nicht, warum. Ich bin ihr nichts schuldig, und doch …« Sie streifte die Ärmel hoch, als sie Schritte auf der Holztreppe hörte. »Unsere Truhen kommen. Lass uns ein bisschen für Ordnung sorgen, bis mein Bad bereit ist. Ich werde ganz sicher nicht untätig herumsitzen, das macht mich nur müde.« Sie lächelte. »Du bleibst, wo du bist, und kommandierst mich herum, was hältst du davon?«

»Um Gottes willen!«, rief Suzanne aus. »Das würde ich niemals wagen!«

Sie sah so entsetzt aus, dass Isabelle schallend lachen musste.

»Also gut, dann sag Dairenn, was sie mit meinen Sachen tun soll, und den Knechten, welche Kiste wohin kommt, und ich gehe nach den Kindern sehen.« Isabelle blieb reglos stehen und lauschte. »Hörst du?« Sie hob den Zeigefinger und lächelte. »Sie scheinen sich prächtig zu amüsieren.«

Isabelle lief die Treppe hinab und stieß im Hof mit Conall zusammen.

»Mylady!« Er verneigte sich knapp und blieb ungebührlich nah vor ihr stehen. »Ich war soeben auf dem Weg zu Euch.«

Isabelle runzelte die Stirn. »So?« Sie wollte sich an ihm vorbeidrängen, doch Conall versperrte ihr den Weg. »Ich habe jeden Tag der letzten sechs Jahre auf deine Rückkehr gewartet«, raunte er ihr mit spröder Stimme ins Ohr. Seine Lippen berührten sie dabei an der Schläfe und jagten ihr einen Schauder über den Rücken.

Isabelle rang nach Luft, seine draufgängerische Nähe beunruhigte sie. »Ich muss … ich wollte …«, stammelte sie, und plötzlich gab Conall ihr den Weg frei.

»Willkommen auf Kilkenny, Mylady«, sagte er und verbeugte sich leicht. »Wenn Ihr mich braucht, findet Ihr mich im Stall, wie gewöhnlich«, fügte er noch hinzu. Er klang wie ein Stallmeister, der zu seiner Herrin sprach, und in keiner Weise anzüglich. Isabelle atmete auf. Sicher war er nur überrascht gewesen, ihr zu begegnen, und hatte einen Augenblick um Fassung ringen müssen.

Sie nickte ihm huldvoll zu. »Danke, Conall«, sagte sie verbindlich und eilte auf den Hof, wo die Kinder spielten. »Mim!«, rief Isabelle entzückt aus, als eine gestreifte Katze an ihr vorbeischlich und in dem Schuppen verschwand, in dem sich die Dicke so gern versteckt hatte. Die alte Katze musste längst tot sein, trotzdem konnte Isabelle nicht anders, als zum Schuppen zu gehen und hineinzuspähen. Hier drin schien die Zeit seit ihrer Kindheit stehen geblieben zu sein. Für einen Augenblick hoffte Isabelle, Darragh würde aus einem der aufgetürmten Strohhaufen herauskriechen, aber nichts dergleichen geschah.

»Mimimim«, lockte sie die Katze, doch vergeblich. Ein wenig enttäuscht wandte sich Isabelle ab und ließ die Tür hinter sich zufallen. Die Kinder spielten noch immer Nachlaufen, und in einer Ecke nicht weit entfernt standen die Kinderfrauen, schwatzten und hielten ein Auge auf die Kleinen. Isabelle atmete tief ein und beschloss, den begonnenen Burgbau genauer zu begutachten.

»Vorsicht, Mylady!«, rief ein Mann, der sich an einem schweren Eisenscharnier zu schaffen machte, als Isabelle das obere Stockwerk betrat, und zeigte auf ein Werkzeug vor ihren Füßen. »Eine Baustelle ist gefährlich«, sagte er freundlich. »Auch wenn zurzeit nicht gearbeitet wird.« Er hüstelte und lächelte. »Wenn man einmal von mir absieht.« Er kam ein paar Schritte näher und verneigte sich. »Ich bin Maarten, der Baumeister. Oder sollte ich sagen, ich *war* der Baumeister?« Er seufzte. »Jeder andere wäre längst fort, so lange ohne Bezahlung, nur bei freier Kost, aber ich hasse es, einen einmal angefangenen Bau im Stich zu lassen. Werdet Ihr … ähm, Euer Gatte … wird er die Arbeiten wieder aufnehmen lassen?« Hoffnung leuchtete in seinen Augen auf.

»Ja, Master Martin, das werden wir.« Isabelle lächelte nun ebenfalls. »Ihr seid kein Ire«, stellte sie fest. Er hatte den Namen Martin so merkwürdig ausgesprochen, obwohl er ansonsten keinen Akzent hatte, »auch wenn Ihr wie einer ausseht.«

»Mein Vater war ein flämischer Söldner, er ist mit Strongbows Männern nach Irland gekommen. Bevor er Soldat wurde, war er Baumeister gewesen, wie auch sein Vater zuvor. Er hat hier ein gutes Auskommen gefunden und eine Irin gefreit. Ich bin nicht weit von Kilkenny geboren und aufgewachsen«, erklärte er bereitwillig.

»Nun, dann habe ich mich geirrt, Master Martin, und Ihr seid doch Ire.« Isabelle lächelte und dachte an ihren ersten Streit mit Guillaume und die Frage, ob er Engländer war oder Normanne. »Wie lange wird es dauern, bis wenigstens der Turm fertig ist, was meint Ihr?« Isabelle sah sich um. Auf dem Boden war eine große Wasserlache, weil das Dach noch nicht begonnen war.

»Nun, Mylady, das hängt davon ab, wie viele Männer bezahlt werden können und welche Wünsche Ihr und Euer Gatte habt. Wochen, Monate …« Er zuckte mit den Schultern und seufzte. »Oder Jahre, wenn es weitergeht wie bisher.«

Isabelle fühlte, wie ihr das Blut aus dem Gesicht wich. »Um Gottes willen, nein!«, rief sie. »Mein Gemahl ist ein Mann der Tat, er wird Ordnung nach Kilkenny bringen und die Burg so schnell wie möglich weiterbauen wollen. Kommt später rüber in die alte Halle und besprecht mit ihm, wie schnell Ihr genügend Handwerker zusammenbekommt.«

»Jawohl, Mylady!« Der Baumeister verbeugte sich. »Gelobt sei der Herr, endlich geht es weiter!«, hörte sie ihn murmeln und lächelte.

Dann stieg sie die steinerne Wendeltreppe hinunter und lief über den Hof zurück zum alten Wohnturm.

* * *

Guillaume hatte gleich bei seiner Ankunft feststellen müssen, dass sein Neffe mit seiner Aufgabe überfordert gewesen war. Die Burg war vernachlässigt und heruntergewirtschaftet. Einzig die Pferdeställe, für die noch immer Conall verantwortlich war, befanden sich in einem hervorragenden Zustand, nur die Dächer sahen aus, als müssten sie demnächst neu eingedeckt werden. Die Pferde waren beschlagen, sahen gepflegt und frisch gestriegelt aus und standen auf sauberem Stroh. Das Sattelzeug war gefettet und von tadelloser Beschaffenheit, die Stallburschen freundlich und hilfsbereit.

»Stallmeister«, begrüßte Guillaume den Milchbruder seiner Frau und musterte ihn möglichst unauffällig.

»Willkommen in Kilkenny, Mylord!«, antwortete Conall höflich, aber ohne auch nur den Anflug eines Lächelns zu zeigen, und verbeugte sich knapp.

Er war so groß wie Guillaume, die Schultern ebenso breit, der Rücken kräftig, das Haar noch nicht von Grau durchzogen. Gewiss schwärmten die Frauen von Kilkenny für ihn. Ein eifersüchtiger Stich traf Guillaume in der Brust. Wenn nur Isabelle nicht mehr für ihn empfand, als schicklich war!

»Der Zustand der Burg ist jämmerlich, doch die Pferdeställe sind tadellos. Gute Arbeit, Stallmeister«, sagte Guillaume und räusperte sich.

»Danke, Mylord. Die Pferde sind mein Leben.«

»Gewiss.« Guillaume lächelte.

»Eure Gemahlin ist schöner denn je zuvor«, sagte Conall heiser. »Die Schwangerschaft steht ihr hervorragend.«

Guillaumes Mund war mit einem Mal ganz trocken. Was fiel dem Kerl ein? Es stand ihm nicht zu, eine solch plumpe Bemerkung über die Burgherrin zu machen! Guillaume räusperte sich erneut. Die Trockenheit hatte nun auch seine Kehle erreicht. Und was sollte das überhaupt heißen, Isabelles Schwangerschaft? Woher wollte der Stallmeister das wissen? Kein Wort von einem weiteren Kind hatte sie gesagt. Ob Conall ihr bereits begegnet war? Warum aber hatte sie ihm dann von ihrer Schwangerschaft erzählt? Wütend drehte sich Guillaume um und ging ohne ein weiteres Wort hinaus.

Die frische Luft tat gut, doch den Schmerz in seiner Brust konnte sie nicht lindern. Guillaume atmete tief ein. Er musste wissen, ob Conall die Wahrheit gesagt hatte, darum ging er über den Hof, am Küchengebäude und den Scheunen vorbei und eilte die Stufen zum alten Wohnturm hinauf. »Isabelle!«, rief er unmutig. Doch sie war weder in der Halle noch in der Kemenate.

»Sie kommt sicher gleich, ihr Bad ist fast fertig«, erklärte Suzanne und schüttelte den Kopf, als Guillaume wieder hinausstürmte.

»Das sieht nach Ärger aus«, hörte er sie noch tadelnd murmeln, dann lief er die Treppe hinunter und wieder auf den Hof. Aus dem Augenwinkel nahm er eine Gestalt wahr, die soeben hinter dem Turm verschwand.

Isabelle!, wollte er schon rufen, als er sie erkannte, doch die Stimme versagte ihm. Wohin wollte sie nur?

***

»Isabelle!«, hatte jemand im Flüsterton gerufen. Isabelle runzelte die Stirn. Sie hatte Conalls Stimme nicht auf Anhieb erkannt, als sie aber sah, dass er es war, der sie herbeiwinkte, schüttelte sie den Kopf.

»Komm, ich hab etwas für dich!«, rief er noch einmal.

Obwohl es die Vernunft verbot, war Isabelle zu neugierig, um länger zu widerstehen. Es war, als wäre sie wieder ein Kind. Frei und ungeduldig.

»Was? Nun zeig schon, was hast du für mich?«, drängte sie, als sie den Waldrand erreichte, und trat ungeduldig von einem Bein auf das andere.

»Nicht hier, komm mit.«

Isabelle sah sich um. Einen Augenblick lang hatte sie das Gefühl, beobachtet zu werden, doch vermutlich war das nur Einbildung. »Mein Bad ist gleich bereit«, wandte sie ein.

»Es dauert nicht lange. Komm mit zu Darraghs Hütte.«

Isabelle zuckte zusammen. Sie hatte nicht geglaubt, dass die Kate noch existierte. »Aber …«

»Nun komm schon, du bist gleich wieder zurück!«, drängte Conall, packte sie am Arm und zog sie mit sich.

Der Weg war kürzer, als sie ihn in Erinnerung hatte, vielleicht weil sie kein Kind mehr war. Trotzdem erschauderte sie, als sie vor der Hütte standen. Die Tür war geschlossen; beinahe hätte man denken können, dass Darragh zu Hause war. Nur ein zerbrochener Fensterladen, der nicht weit entfernt lag, deutete darauf hin, dass die Hütte verlassen war.

Während Isabelle wie angewurzelt stehen blieb, öffnete Conall die Tür und ging hinein. Der Tag, an dem Mim ihre Jungen bekommen hatte, lag so viele Jahre zurück, und doch schien es Isabelle, als wäre es erst gestern gewesen. Ihr Herz klopfte wie toll vor Angst vor den Soldaten. Sogar das Maunzen des Kätzchens glaubte sie zu hören.

»Hier, sieh mal!«, holte Conall sie wieder in die Wirklichkeit des Waldes zurück und streckte ihr ein jämmerlich maunzendes Katzenkind entgegen.

»Conall!« Isabelle sah ihn mit leuchtenden Augen an und nahm ihm das Junge ab. »Wie weich und warm es ist!« Sie nahm das winzige Tier an ihr Gesicht und versenkte die Nase in seinem Fell.

»Eine Katze hat kürzlich in der Hütte geworfen. Sie sieht fast so aus wie die dicke Mim, darum hab ich gleich an dich denken müssen. Hab geglaubt, du hast vielleicht Freude an dem Jungen. Schließlich bist du jetzt die Burgherrin, und niemand kann dir mehr verbieten, eine Katze in deinem Gemach zu haben, auch wenn es kaum einer verstehen wird.« Conall sah sich um und flüsterte: »Die alten Weiber sagen, Katzen hätten was Dämonisches, aber das ist Unsinn. Schwarze Katzen sind ein wenig unheimlich, das ist wohl wahr, doch wer Katzen auf dem Hof hat, wird weniger von Ratten und Mäusen geplagt und hat darum mehr zu essen. Wenn du mich fragst, sind sie ein wahrer Segen für jedes Haus.« Conall war ihr unbemerkt so nah gekommen, dass seine Lippen ihr Haar berührten, während er sprach. Isabelles Magen flatterte.

»Ist es nicht zu klein, um ohne seine Mutter zurechtzukommen?«, fragte sie und betrachtete das Kätzchen.

Conall nickte. »Du könntest es hin und wieder besuchen und es mitnehmen, wenn es groß genug ist.« Er lächelte und streichelte Isabelle zärtlich über die Wange. »Du hast mir so gefehlt«, sagte er mit rauer Stimme, und ehe sie es sich versah, hatte er sie geküsst. Nicht aufdringlich, wie bei ihrem letzten Besuch in Kilkenny, sondern zart, beinahe ängstlich.

Isabelle spürte, dass sie errötete. Ihr Herz hämmerte wie toll. »Nicht, Conall«, hauchte sie und hielt das Kätzchen schützend vor ihre Brust. »Ich bringe es wieder zurück«, sagte sie mit krächzender Stimme.

»Gib nur, ich mach das schon!« Conall nahm ihr das Junge ab und trug es fort.

Isabelle wartete nicht, bis er zurück war. Sein Kuss hatte nichts Brüderliches gehabt und sie zu sehr aus der Fassung gebracht. Sie rannte zurück, bestürzt über ihr pochendes Herz und die verwirrenden Gefühle, die sich ihrer bemächtigt hatten. Sie liebte Guillaume, nicht Conall. Es war unrecht, sich von ihm küssen zu lassen, und sie schämte sich dafür. Sie war kein Jüngferlein mehr, das sich heimlich zum Stelldichein verabredete. Sie war Mutter von neun Kindern und seit vielen Jahren glücklich verheiratet. Sie war Conalls Herrin, nicht nur seine Milchschwester. Und sie war ganz sicher nicht die Sorte Frau, die sich auf eine Liebelei einließ. Warum nur glaubte Conall, sie ungestraft küssen zu dürfen, und das schon zum zweiten Mal?

Isabelle lief keuchend zurück zur Burg, stürzte die Treppe hinauf und stolperte in die Kammer.

***

Guillaume wusste nicht, ob sein Herz vor Wut raste oder vor Enttäuschung. Seine Isabelle hatte sich mit dem Stallmeister getroffen und war mit ihm in den Wald gegangen, ja sie hatte gar zugelassen, dass Conall sie küsste! Weder empört noch angewidert oder zornig hatte sie ausgesehen. Guillaume rang nach Atem. Er war fortgelaufen, ohne zu wissen, was weiter geschehen war. Nun litt er. Litt, weil er liebte. Litt aus Eifersucht und Angst. Litt, weil er fürchtete, Isabelle zu verlieren. Ihr Herz vielleicht gar schon eingebüßt zu haben. Guillaume sah nach oben in die winterkahlen Wipfel der Bäume um sich herum. Feiner Schnee begann herabzutanzen. »Sie ist mein!«, stieß er hervor und rannte zurück zur Hütte. Er musste wissen, ob Isabelle in Conalls Armen lag. Sie würden schlottern vor Angst, wenn er plötzlich hineinstürmte und sie bei ihrem unheiligen Treiben erwischte, und das zu Recht! Guillaume atmete stoßweise, stürzte auf die Tür zu, riss sie in der Erwartung des Schlimmsten auf und erstarrte.

Nichts.

Die Hütte war dunkel und leer. Isabelle und Conall waren fort. War es ein Fehler gewesen, nach Irland zu kommen? Oder nur, Isabelle mitgebracht zu haben? Guillaume lief zurück zur Burg, rannte, immer zwei Stufen auf einmal nehmend, die Treppe hinauf und betrat den Wohnturm. Er konnte Isabelle in der Kammer reden hören. Der Druck auf seiner Brust ließ nach, und sein Atem wurde ruhiger. Trotz aller Empörung über den Kuss war er doch erleichtert, dass sie zurück war. Lange konnte sie nicht allein mit Conall geblieben sein.

* * *

»Das Wasser ist nicht einmal mehr handwarm, obwohl ich bereits zwei Eimer heißes habe nachfüllen lassen«, brummte Suzanne vorwurfsvoll. »Wo habt Ihr nur so lange gesteckt?« Ihr forschender Blick schien in Isabelles Innerstes zu blicken.

»Nirgends«, murmelte sie. Ertappt!, dachte sie jedoch und errötete. »Conall hat mir ein Katzenjunges gezeigt, das ist alles«, fügte sie unwirsch hinzu.

»Soso, ein Katzenjunges.« Suzanne nickte verstehend. »Darum also habt Ihr so rote Wangen und seid erhitzt.«

»Ich bin gerannt. Was ist dabei?«, fuhr Isabelle sie an, schlüpfte ohne Hilfe aus ihren Kleidern, stieg in den Badezuber und tauchte ganz unter. Das Wasser war schon fast kalt, doch das störte sie nicht. Im Gegenteil. Es tat gut, für einen Moment die Augen zu schließen, abzukühlen und nichts hören und sehen zu müssen. Isabelle versuchte, die Gänsehaut, die sich auf ihrem Körper ausbreitete, nicht zu beachten. Sie hatte genug Luft, um eine ganze Weile unter Wasser zu bleiben.

»Conall ist noch immer in Euch verliebt, nicht wahr, mein Herz?«, fragte Suzanne geradeheraus, nachdem Isabelle wieder aufgetaucht war.

»Suzanne!« Isabelle schüttelte den Kopf, schnaufte und wischte sich das Wasser aus dem Gesicht.

»Was ist mit Euch? Liebt Ihr *ihn* oder Euren Gatten?« Suzanne sah sie abwartend an. Ihre Augen hatten die Farbe von Lavendel, wenn sie zweifelte.

»Wie kannst du nur so etwas Dummes fragen?«, empörte sich Isabelle. Aus der anfänglichen Ablehnung für ihren Gemahl war rasch Leidenschaft und dann mehr geworden. Liebe, tiefe ehrliche Liebe. Mit den Jahren war wohl auch ein Quäntchen Gewohnheit dazugekommen. Doch nicht genug, um Langeweile zu empfinden, dazu war er zu häufig und stets zu lange fort gewesen. Die Schmetterlinge in ihrem Bauch waren noch viele Male zurückgekehrt, wenn er heimgekommen war. »Guillaume ist mein Leben!«, erklärte sie, stand auf, ließ sich ein Leintuch reichen und sah an sich herunter.

Sie war noch immer schlank. Nur ihrem Bauch, der sich unterhalb des Nabels ein wenig stärker wölbte als früher, war anzusehen, dass sie neun Kinder geboren hatte. Vielleicht waren es bald zehn. Ihre Blutung war schon eine Weile ausgeblieben. Guillaume wusste nichts davon. Noch nicht. Sie würde warten mit dieser Neuigkeit, bis sie ganz sicher war.

»Ich ermutige Conall nicht, glaub mir, Suzanne!« Isabelle lächelte dünn, schlang das Tuch um ihren Kopf und wrang ihre nassen Haare darin aus. Während Suzanne keinerlei Anstalten machte, ihr weitere Fragen zu stellen oder gar einen Kommentar abzugeben, nahm sie ein wenig Öl, verteilte es auf ihrer noch feuchten Haut und ließ sich schließlich in die Kleider helfen.

Als die Nacht hereingebrochen war und sie neben Guillaume in dem großen Bett lag, schmiegte sie sich besonders eng an ihn. Ihr Liebster jedoch schien abwesend und angespannt zu sein. Sicher beschäftigten ihn die Zukunft von Leinster und die Frage, was er dafür tun konnte, das Land zu befrieden. Isabelle drängte sich an ihn, küsste ihn, um ihn auf andere Gedanken zu bringen und weil sie sich, wie immer wenn sie schwanger war, nach der Liebe mit ihm verzehrte.

»Ich brauche dich«, flüsterte er mit rauer Stimme, nachdem sie sich stumm und leidenschaftlich geliebt hatten.

Warum nur klang er so verzweifelt? Isabelle streichelte ihm über den Kopf.

Guillaume vergrub seine Nase zwischen ihren Brüsten und umklammerte sie wie ein Ertrinkender.

Sie hätte nicht zulassen dürfen, dass Conall sie küsste! Das Herzklopfen, das sie dabei empfunden hatte, war Verrat an Guillaume gewesen, unrecht und töricht. Wie ein junges Ding hatte sie sich benommen. Einfach unverzeihlich! Sicher, sie liebte das Abenteuer, doch nicht in Form einer Liebschaft. Es hatte sich falsch angefühlt und war falsch, darum würde sie sich künftig von Conall fernhalten.

Isabelle spähte über den Hof. Sie hatte noch immer ein schlechtes Gewissen, aber es waren bereits vier Tage vergangen, seit sie das Kätzchen auf dem Arm gehalten hatte. Sie sah sich noch einmal um. Zum Glück hatte Conall gewiss alle Hände voll zu tun und keine Zeit, nach ihr Ausschau zu halten. Guillaume erwartete schon bald den Besuch einiger seiner Barone. Damit sie bei ihrer Ankunft keinen ebenso schlechten Eindruck von Kilkenny gewannen wie der Burgherr selbst, hatte er alle Knechte, die Stallburschen und sogar den Stallmeister angewiesen, den Hof zu fegen, den viel zu hoch aufgetürmten Mist hinauszufahren, Dreck und Unrat aus den Ecken zu sammeln und mit den Reparaturarbeiten am Küchenbau und am Backhaus zu beginnen.

Isabelle zögerte nur einen kurzen Augenblick. Die Knechte waren in ihre Arbeit vertieft und Conall nirgendwo zu sehen. Niemand schenkte ihr Beachtung, darum würde sie es wagen können. Sie kniff die Augen zusammen und hielt den Atem an. Im Hof waren große Schlammpfützen, dort, wo in den letzten Tagen der vor Wochen gefallene Schnee geschmolzen war. An den Stellen aber, wo die Sonne während der kurzen Wintertage nicht lange genug hingeschienen hatte, lagen noch immer schmutzig vereiste Schneeflecken. Isabelle schürzte ihr Kleid, lief über den hinteren Teil des Burghofs und dann über die Wiese zum Wald.

Du benimmst dich wie ein Kind, das etwas Verbotenes tut, schalt sie sich, als ihr das Herz vor Aufregung bis zum Hals schlug. Sie hätte Suzanne bitten sollen, sie zu begleiten, doch sie hatte allein gehen wollen. Ein wenig unschicklich war das, gewiss, auch wenn sie keinerlei Hintergedanken dabei hatte. Solange sie niemandem unterwegs begegnete, würde keiner davon erfahren ... Sie wollte doch nur das Kätzchen streicheln und einen Augenblick ganz allein in Erinnerungen versinken. Gedanken an Darragh und Brigid zulassen, Bilder ihrer Kindheit und von Aoife heraufbeschwören. Manchmal tat es nun einmal gut, allein zu sein, und sei es auch nur für wenige Augenblicke. Isabelle zögerte einen Moment, als sie an Darraghs Hütte ankam, dann öffnete sie die Tür und trat vorsichtig ein, um die Katzen nicht zu erschrecken.

Es dauerte einen Augenblick, bis sich ihre Augen an das Dunkel der Hütte gewöhnt hatten. Das stinkende Wolfsfell lag noch immer an der gleichen Stelle. Die Katze hatte sich mit ihren Jungen genau dort niedergelassen, wo Darragh einst das Plätzchen für Mim hergerichtet hatte. Isabelle kam langsam näher. Das Muttertier fauchte gefährlich, doch davon ließ sie sich nicht schrecken.

»Pspsps!«, lockte sie, streckte die Hand aus und ging ganz langsam auf die Katze zu. »So eine Gute!«, lobte sie das Tier. »Und ein schönes Junges hast du!«

Die Katze hörte auf zu fauchen, betrachtete Isabelle jedoch noch immer misstrauisch. Ein einziges Kätzchen lag dicht an sie gedrängt und schlief. Einen Augenblick fühlte sich Isabelle zu jenem Tag zurückversetzt, als Mim ihr letztes Junges hier in der Hütte geworfen hatte. Die fauchende Katze war der dicken Mim nicht unähnlich, genau wie Conall gesagt hatte, auch wenn sie viel dünner war.

Ganz langsam, die Hand noch immer ausgestreckt, näherte sich Isabelle, bis sie die Katze sanft berühren konnte. Behutsam streichelte sie das scheue Tier, kraulte es hinter den Ohren und am Hals, bis es schnurrte.

»Ich bin beeindruckt!«, sagte plötzlich eine warme Stimme hinter ihr.

Isabelle stockte der Atem. »Conall!« Sie wandte sich langsam um und sah ihn mit großen Augen an. »Was machst du hier? Hast du nichts zu tun?« Sie hörte selbst, wie abweisend sie klang.

»Ich habe dich zum Wald laufen sehen und dachte mir, dass du herkommen würdest. Es ist zu gefährlich hier für dich allein.« Conall trat näher.

Isabelles Herz stolperte.

»Seit Darragh tot ist, dient die Kate manchmal versprengten Söldnern als Unterschlupf. Sie streifen durch die Wälder auf der Suche nach einem neuen Herrn oder einer Gelegenheit zu marodieren.« Conall zuckte mit den Schultern und machte einen weiteren Schritt auf sie zu. »Besser, man kommt ihnen nicht in die Quere.« Er lächelte, als Isabelle die Katze erneut streichelte. »Ich nenne sie Shy. Mich hat sie übel gekratzt, als ich das erste Mal versucht habe, sie anzufassen.«

Isabelle sah die Katze ungläubig an. Alle Tiere liebten Conall.

»Sie mag Menschen nicht besonders. Bis auf dich, wie es scheint.« Ein weiches Lächeln stand auf seinem Gesicht.

»Warum hat sie nur ein Junges?«

Conall zuckte mit den Schultern. »Die anderen waren bereits tot, als ich sie gefunden habe. Ich musste sie fortbringen.« Er hüstelte. »Du solltest nicht mehr allein herkommen, ist zu gefährlich.«

Isabelle nickte.

»Sag mir nur, wann, und ich begleite dich!«, schlug er vor.

Obwohl sie längst kein Kind mehr war, konnte Isabelle nicht umhin, noch immer zu Conall aufzusehen. Er kannte sich mit so vielen Dingen aus und wusste stets, was zu tun war. Genau wie ihr Gemahl.

»Guillaume«, flüsterte sie mit aufgerissenen Augen, als sie ihn plötzlich auf der Schwelle der Kate stehen sah.

»Musst du jetzt von ihm anfangen?«, knurrte Conall, der mit dem Rücken zur Tür stand und ihn nicht bemerkt hatte. »Kannst du mir nicht einen Augenblick allein gehören?« Er sah sie ärgerlich an.

Isabelle wich zurück und schüttelte den Kopf.

»Gib zu, du hast dich nach mir gesehnt, dich nach weiteren Küssen verzehrt!« Er kam auf sie zu, griff nach ihrer Hand und wollte sie festhalten, doch Isabelle war schneller und tauchte unter seinem Arm durch.

»Das Kätzchen, ich bin nur wegen des Kätzchens hier!«, keuchte sie und warf sich in die Arme ihres Gatten, der noch immer drohend auf der Schwelle stand. »Guillaume!«, schluchzte sie. »Ich …« Was aber sollte sie noch zu ihrer Verteidigung vorbringen? Zitternd drängte sie sich an ihn. Sie fühlte seine Ablehnung und Enttäuschung. Steif und abweisend stand er da. Tränen schossen ihr in die Augen. Er hatte gehört, was Conall über das Küssen gesagt hatte. Sicher dachte er … Isabelle glaubte, vor Scham zu ersticken.

Guillaumes finsterer Blick schien Conall geradezu durchbohren zu wollen.

»Verzeiht, Mylord, ich …«, stammelte Conall sichtlich überrascht. Er hatte allen Grund, sich zu fürchten.

»Schweig und mach dich wieder an deine Arbeit, ehe ich mich

vergesse!« Guillaume trat einen Schritt auf ihn zu, gab damit die Schwelle frei und zeigte nach draußen. »Verschwinde!«

Isabelle fühlte, wie sich alles um sie herum zu drehen begann. Die Aufregung war zu viel für sie. Ihr drohten die Knie zu versagen. Warum nur hatte sie Guillaume nicht längst gesagt, dass sie wieder guter Hoffnung war? Wenn er es nicht bald erfuhr, würde er womöglich noch glauben, das Kind sei von Conall. In ihrem Kopf wirbelten die Worte wirr umher. Schweiß trat ihr aus allen Poren. Dann hüllte sie plötzlich Schwärze ein.

»Isabelle?«, hörte sie Guillaume wie aus weiter Ferne, dann vernahm sie nichts mehr.

* * *

Guillaume ahnte, dass Gott ihn strafte, auch wenn er nicht recht wusste, wofür. Er hatte seinem Herrn stets treu gedient, ganz gleich, um welchen König es sich gehandelt hatte. Gewiss, John war seiner Treue weniger würdig gewesen, und Guillaume hatte hin und wieder auch seinen eigenen Angelegenheiten Vorrang gegeben. Trotzdem war er sich keiner Schuld bewusst. Zwei Gesichter zu haben, gehörte ebenso dazu, wenn man ein Ritter des Königs war, wie seine Meinung nicht auf der Zunge zu tragen. Anders konnte man bei Hof nicht überleben. Doch war das schon Lüge oder Betrug? War das Verrat an seinem König oder gar an seinem Gott? Sollte er nun deshalb leiden? Guillaume wusste es nicht.

Er war furchtbar wütend und zutiefst verletzt, dennoch begegnete er Isabelle nicht mit Zorn. Er schlug sie nicht, obwohl ihm für einen winzigen Augenblick danach gewesen war. Er rächte sich auch nicht an Conall. Er zweifelte. Zweifelte an sich, an ihrer Ehe und an ihrer inneren Verbundenheit, die ihm so viel bedeutet hatte.

Conall hatte Isabelle geküsst. Wann immer Guillaume daran dachte, bemächtigte sich eine beklemmende Enge seiner Brust. Ein Kuss konnte nichts, aber auch alles bedeuten. War Isabelle tatsächlich deshalb zu der Hütte zurückgekehrt? Guillaumes

Herz war steinschwer seit jenem Tag im Wald. Er hatte Isabelle aufgefangen, als sie ohnmächtig geworden war, und sie hinaus an die frische Luft getragen. Sie war noch nicht alt, so wie er, aber sie war auch kein junges Mädchen mehr. Darum hatte er sich Sorgen gemacht.

Guillaume rang um jeden Atemzug. Warum nur zog es sie so sehr zu Conall? Liebte sie ihn, so wie er selbst Ellen einst geliebt hatte und noch immer in seinem Herzen trug? Ein Stich durchzuckte ihn. Hatte er überhaupt ein Recht, eifersüchtig zu sein? Isabelle gar zu verurteilen? Guillaume streckte sich. Ellen war Teil seiner Vergangenheit, nicht aber seiner Gegenwart. Konnte Isabelle das auch von Conall behaupten?

»Ich bekomme wieder ein Kind!«, hatte sie gehaucht, als sie zu sich gekommen war. »Ich hoffe, es wird ein Sohn und er kommt auf dich!« Ihr verzweifeltes Lächeln hatte ihn gerührt, obwohl er doch so furchtbar wütend gewesen war.

»Musstest du *ihm* eher von dem Kind erzählen als mir?«, hatte er sie voller Enttäuschung angefahren.

Isabelle war zusammengezuckt, als hätte er ihr ein Messer zwischen die Rippen gestoßen. Sie hatte sich aufgebäumt und geschworen, kein Wort über ihren Zustand zu Conall gesagt zu haben.

Wie aber hatte der Stallmeister dann davon wissen können? Hatte er es ihr angesehen wie seinem eigenen Weib oder einer der Stuten? Bei diesem Gedanken schnaufte Guillaume herablassend. Neunmal war Isabelle bereits schwanger gewesen, und dennoch hatte er, ihr eigener Gemahl, nicht gesehen, dass sie wieder guter Hoffnung war! Dabei wusste er doch genau, dass sie sich veränderte, wenn sie ein Kind erwartete. Wie hatte ihm nur der sanfte Ausdruck auf ihrem Gesicht entgehen können, das stets strahlte wie das eines Engels, sobald sie schwanger war?

Entschlossen wandte er sich dem neuen Burgbau zu. Die Arbeiten daran waren schon wenige Tage nach ihrer Ankunft wieder aufgenommen worden. An die hundert Handwerker bezahlte er, und sie kamen rasch mit dem Bau voran.

Guillaume atmete tief ein. Er hatte keine Zeit für solchen Unsinn wie Eifersucht. Die Barone von Leinster waren alles andere als begeistert über seine Anwesenheit in Irland, das hatten sie ihm auch diesmal deutlich zu verstehen gegeben. Besonders Meilyr, den John schon vor Jahren zum Justiziar von Irland ernannt hatte, war ihm feindlich gesinnt, daran bestand nicht der geringste Zweifel. Zunächst hatte er wohl versucht, sich beherrscht zu zeigen und seinen Groll gegen Guillaume zu verbergen. Doch schon bald hatte Meilyr sein wahres Gesicht enthüllt. Guillaume ging mit langen Schritten über den Hof.

Isabelle hatte ihn um Vergebung angefleht, hatte geschworen, Conall künftig aus dem Weg zu gehen, und sich tagelang in ihrem Schlafgemach eingeschlossen. Seitdem waren Monate vergangen. Nicht ein einziges Mal mehr war sie ohne Begleitung aus dem Haus gegangen. Wie schon bei ihrem ersten Aufenthalt in Kilkenny wich sie kaum noch von Guillaumes Seite, beriet ihn, wenn er Recht sprach, und war ihm schon bald wieder so nah gekommen wie damals. Trotzdem saß die Eifersucht noch immer wie ein Stachel in seinem Herzen. Gerade weil Conall recht gehabt hatte und ihr die Schwangerschaft wahrhaftig so gut stand, fürchtete Guillaume noch immer, er könne Isabelles Liebe an ihren Milchbruder verlieren. Ihr schöner Leib war mit jedem Monat runder und weicher geworden, und die freudige Erwartung hatte einen rosigen Hauch auf ihre Wangen gezaubert. Leidenschaftlich wie lange nicht mehr war die Liebe zwischen ihnen, seit sie wieder guter Hoffnung war, sodass er des Nachts manchmal sogar vergaß, wie sehr er fürchtete, sie zu verlieren. Wenn aber die Angst zurückkehrte, zerrte sie an seinem Herzen. Er brauchte Isabelle. Diese wunderbare, kluge, liebevolle, lebhafte Gefährtin, die sein Leben seit so vielen Jahren bereicherte. Keine Macht der Welt durfte sie ihm jemals entfremden!

Guillaume atmete tief ein. Der König hatte ihn zurückbeordert und, wie man hörte, auch Meilyr an seine Seite gerufen. Isabelle allein zu lassen, schwanger, in einem unsicheren Land, mit verräterischen Baronen, denen er nicht traute, und dem Stallmeister, der sich als ihr Tröster aufspielen konnte, behagte ihm ganz und gar nicht.

* * *

»Ich werde der Aufforderung des Königs Folge leisten müssen«, erklärte Guillaume und räusperte sich. »Vielleicht sehe ich jedoch unsere Söhne und kann erwirken, wenigstens Richard freizubekommen, wenn ich tue, was John verlangt!«

»Bitte bring mir auch meinen Großen mit!« Isabelle sah ihn mit einem Funken Hoffnung an, bis Guillaume den Kopf schüttelte.

»Selbst wenn ich ihn dazu überreden kann, Richard freizugeben, unseren Ältesten wird er ganz sicher bei sich behalten. Der König traut niemandem. Nicht einmal mir!« Guillaume schnaubte geringschätzig.

Isabelle nickte und schluckte trocken. Sie versuchte, Zorn und Enttäuschung nicht zuzulassen, doch es gelang ihr nur schlecht. Gewiss doch, es wäre wunderbar, Richard wiederzusehen, doch ihrem Gemahl ging es weder darum, seinen Sohn heimzuholen, noch darum, seinem König zu Diensten zu sein.

»Du gehst ihretwegen nach England zurück, nicht weil John es fordert!«, stieß sie atemlos hervor. Guillaume hatte kein Wort über Ellen verloren, doch sie wusste, dass der Bote des Königs ihm nicht nur ein Schreiben von John, sondern auch einen Brief von William, seinem Sohn mit der Schmiedin, überbracht hatte. Das Pergament hatte offen auf dem Tisch gelegen. Durch Zufall hatte sie im Vorbeigehen einen Blick darauf geworfen. Glücklicherweise konnte sie gut genug lesen, um schnell zu erfassen, wer den Brief unterzeichnet hatte. Mit zitternder Hand hatte sie ihn vom Tisch genommen und überflogen. Die Schmiedin lag im Sterben, und William rief Guillaume an ihr Sterbebett!

Blinde, wütende Eifersucht hatte sie erfasst. So wie früher. Und Unwillen, weil sie Conalls und des Kusses wegen so lange ein schlechtes Gewissen gehabt hatte. Eine unerklärliche Wut auf Guillaume und zugleich die kalte, nackte Angst, dass er sie niemals so sehr geliebt hatte wie die Schmiedin, hatten sie gepackt. Da er nie lesen gelernt hatte, war ihm wohl nicht klar gewesen, dass ihr der Inhalt nicht verborgen bleiben würde, wenn das Schreiben offen herumlag. Andererseits konnte sie Guillaume nicht einmal vorwerfen, die Nachricht vor ihr geheim gehalten zu haben, auch wenn er selbst kein Wort von ihrem Inhalt erwähnt hatte. Sicher hatte er geschwiegen, weil er geahnt hatte, dass sie ihm zürnen würde.

Isabelle fühlte sich hilflos. Sie beneidete die Schmiedin um jeden Augenblick, den sie mit Guillaume verbracht hatte. Diese Momente hatten nur ihr und ihm gehört. Isabelle war ihm in jenen Augenblicken vollkommen gleichgültig gewesen. Dass er sie noch nicht gekannt hatte, ja dass sie zu jener Zeit gerade erst geboren war, spielte keine Rolle. Eifersucht gehorchte keiner Vernunft, schmerzte ohne Wunde und war durch kein Kraut zu lindern. Auch völlige Heilung war unmöglich. Nicht einmal wenn Ellen tatsächlich sterben sollte, würde dieser stechende Schmerz nachlassen. Isabelle schämte sich für ihre Gedanken und ärgerte sich zugleich, dass Guillaume ihr nicht widersprochen hatte. Schweigend hatte er ihren Vorwurf entgegengenommen. Erst jetzt räusperte er sich wieder.

Isabelle spürte unbändige Wut in sich. Warum räusperte er sich nur ständig? Genau wie sein Sohn! Was war das nur für eine dumme Angewohnheit?

»Ich setze in wenigen Tagen nach England über, um an die Seite meines Königs zurückzukehren. Und, ja, ich werde Ellen an ihrem Sterbebett aufsuchen, so sie nicht längst zum Herrn gegangen ist. Wenn du mich liebst, lässt du mich ohne Groll gehen und Abschied von ihr nehmen. Mein Sohn braucht mich, sonst hätte er nicht geschrieben. Ich war nie für ihn da; diesmal muss ich bei ihm sein und seine Mutter mit ihm zu Grabe tragen.«

Isabelle fühlte, dass Guillaume das Richtige tat, und doch war da noch immer diese furchtbare Wut, gegen die sie ebenso wenig ankam wie gegen die Angst.

Hatte sie sein Herz überhaupt jemals besessen? Oder hatte es stets nur der Schmiedin gehört?

Er liebt dich, hat er das nicht immer wieder bewiesen?, klang es lieblich in ihr wider.

Nein! Es ist ihm gleich, ob du dich nach ihm verzehrst oder nach Conall, antwortete eine boshafte Stimme leise fispelnd. Weil *du* ihm gleichgültig bist!

»Nein!«, entfuhr es Isabelle. Ihr Herz raste.

»Ich *muss* gehen!«, sagte Guillaume eindringlich, nahm sie sanft bei den Schultern und sah ihr lange in die Augen. »Sie stirbt, Isabelle.«

Hoffentlich ist sie schon tot, wenn er in der Schmiede ankommt!, dachte sie voller Hass und brach schließlich in Tränen aus, weil sie sich für ihre Bosheit schämte. Niemals in ihrem Leben war sie schadenfroh oder hämisch gewesen. Nie hatte sie anderen Unglück, Krankheit oder Tod gewünscht. Wie konnte sie nur so tief sinken?

»Weine nicht, meine Liebste. Du bist mein Leben!«, versicherte Guillaume ihr.

»Ich trage dein zehntes Kind unter dem Herzen, und du lässt mich allein!«, warf Isabelle ihm vor, wohl wissend, dass sie ungerecht war. Auch ohne die sterbende Schmiedin hätte er gehen müssen. »Würdest du mich auch allein lassen, wenn der König dich nicht zu sich riefe? Nur, um ihr in der letzten Stunde die Hand zu halten?« Isabelle konnte nicht umhin, den Trotz in ihrer Stimme zu bemerken.

Guillaume sah sie traurig an und antwortete nicht.

Was hätte er auch sagen sollen? War es nicht ein Zeichen größter Wertschätzung für die Frau, die ihm einen Sohn geschenkt hatte, dass er zu ihr ging, um ihr die letzte Ehre zu erweisen? Und ein Beweis der Liebe für ihren gemeinsamen Sohn? William war kein Kind mehr, und er war kein ehelicher Nachwuchs mit Ansprüchen auf ein Erbe oder einen Titel. Nie hatte er etwas von seinem Vater gefordert. Hätte sie ihren Gemahl darum für seine Herzensgüte und Treue nicht noch mehr lieben müssen?

Was war sie doch nur für ein schlechter Mensch! Isabelle schluchzte. »Wenn ich vor dir zum Herrn gehe, versprichst du mir dann, auch an meinem Lager zu sitzen?«, fragte sie weinend.

Guillaume streichelte ihr über die Wange. »Wie kannst du nur fragen, meine Liebste?« Er küsste sie sanft. »Und du? Wirst du ebenfalls an meiner Seite sein, wenn es so weit ist und ich meine Seele in die Hand des Herrn lege?«

Isabelle warf sich in seine Arme und nickte heftig. »Das werde ich, denn du bist mein Leben, ohne dich …« Tränen liefen ihr über die Wange. Sie schüttelte den Kopf und rang nach Atem. »Komm zu mir zurück, so schnell du kannst.«

***

Guillaume wusste, dass es Krieg unter seinen Baronen geben würde, sobald er Irland den Rücken zukehrte. Meilyr würde dafür sorgen, dass sie gegen ihn aufstanden, auch wenn er selbst nicht dabei sein konnte, weil er ebenfalls zum König berufen worden war. Gewiss würde er seinen Verbündeten genaue Anordnungen hinterlassen, und vermutlich würden sie nicht einmal lange warten und angreifen, sobald Guillaume fort war. Sie hofften sicher, dass er niemals zurückkehrte, doch sie täuschten sich. Er würde zurückkommen. Er musste!

»Jean«, wandte er sich an seinen treuen Freund und lächelte. »Einen Teil meiner Ländereien werde ich der Aufsicht von Jourdain de Sauqueville unterstellen, die Grafschaft Kilkenny aber und die restlichen Güter sollst du für mich verwalten, während ich fort bin. Hab ein besonderes Augenmerk auf Isabelle und die Kinder!«

Jean d'Erlée, der Guillaume ergeben war wie kein Zweiter, verneigte sich tief. »Ich fühle mich geehrt von Eurem Vertrauen, Mylord, doch ich fürchte, dieser Aufgabe nicht gewachsen zu sein. Ihr solltet einen erfahreneren Mann als mich dafür wählen.«

Guillaume schnalzte mit der Zunge. »Unsinn, mein lieber, guter Freund. Du wirst diese Aufgabe übernehmen, denn ich vertraue dir wie keinem anderen. FitzRobert wird dir zur Seite stehen und dir behilflich sein. Auch lasse ich euch weitere Ritter zur Verstärkung hier. Ich nehme nur Henry Hose zu meiner Begleitung mit nach England.«

»Wollt Ihr nicht wenigstens Geiseln von Euren Baronen fordern, um sie ruhigzuhalten, solange Ihr fort seid? Ich fürchte, Mylord, dass einige von ihnen Euch verraten werden, noch bevor Ihr England erreicht habt!«

Guillaume schüttelte den Kopf. »Nein, Jean, ich hoffe, es wird ohne Geiseln gehen. Lass meine Barone hier zusammenkommen, damit ich zu ihnen sprechen kann, bevor ich aufbreche!«

»Wie Ihr wünscht, Mylord!« Jean d'Erlée verbeugte sich. »Sorgt Euch nicht, Sir Guillaume, ich werde alles tun, um Eure Gemahlin und Eure Ländereien zu schützen!«

»Das weiß ich, mein Freund, und ich vertraue darauf, dass es dir gelingen mag!« Guillaume klopfte ihm auf die Schulter und lächelte ihn aufmunternd an. Jean d'Erlée war ihm so teuer wie ein Sohn, ja, er kannte ihn besser als Guillaume und Richard oder William, denn er hatte in seinem Leben mehr Zeit mit ihm verbracht als mit all seinen Söhnen zusammen. Er wusste, was Jean liebte, was er fürchtete und welche Hoffnungen er in seinem Herzen trug. Er hatte ihn schnarchen und schmatzen hören wie einen Säugling, wenn er an seinem Fußende geschlafen hatte, und kannte jede seiner Eigenheiten, seine Fehler und Schwächen, aber auch seine Stärken. Er wusste, dass er sich auf ihn verlassen konnte, weil Jean eher sterben würde, als ihn jemals zu verraten.

Als sich die Barone seiner Grafschaft wie aufgefordert wenige Tage später in Kilkenny einfanden, hieß Guillaume sie willkommen und großzügig mit Wein versorgen, bevor er sich mit eindringlichen Worten an sie wandte.

»Lords!«, rief er, und die Männer um ihn herum verstummten. Aufmerksam waren alle Blicke auf ihn gerichtet. »Seht die Gräfin, die ich an meinem Arm zu Euch führe. Sie ist Eure Herrin durch Geburt, denn sie ist die Tochter jenes Mannes, der Euch so freigiebig mit Gütern belehnte.« Guillaume machte eine kurze

Pause, um die Macht seiner Worte wirken zu lassen. Dann fuhr er fort: »Schwanger lasse ich sie in Eurer Mitte zurück.« Er holte Luft und sah die Männer der Reihe nach an. »Bis ich heimkehre, so Gott will, bitte ich Euch inbrünstig, auf sie zu achten und ihr treu zur Seite zu stehen, denn sie ist Eure Herrin, und ich bin Euer Herr nur durch sie!«

Während allgemeine Zustimmung bekundet wurde, musterte er noch einmal jeden Einzelnen von ihnen. In manchen Augen las er Verschlagenheit und Lüge. In wenigen nur ehrliche Treue. In vielen dafür Unentschlossenheit und die Frage, auf welcher Seite wohl am meisten für sie herauszuschlagen sei. Nichts war gewonnen und die Gefahr für Kilkenny groß, trotzdem musste er es wagen und gehen.

»Seid wachsam, Freunde«, ermahnte er Jean d'Erlée, Jourdain de Sauqueville und FitzRobert, »nehmt euch vor Meilyr in Acht. Ich traue ihm nicht! Ganz gleich, wann er nach England aufbricht, seine Männer wird er bereits genauestens unterwiesen haben. Ich weiß, dass wir auf die Barone nicht bauen können und dass niemand besser für die Grafschaft und die Gräfin sorgen wird als ihr, darum gehe ich ohne Zweifel. Beschützt Isabelle und meine Kinder!«

»Sorgt Euch nicht, Mylord!«, sagte Jourdain de Sauqueville. »Es wird ihnen kein Leid zustoßen!«

Jean d'Erlée nickte bekräftigend. »Ein jeder von uns würde Besitz und Leben für Euch und die Euren geben, Mylord!«

»Bis zum letzten Mann werden wir kämpfen und nicht eher ruhen, bis auch der letzte Blutstropfen vergossen ist. Doch so weit, Mylord, wird es nicht kommen. Wir werden für Ruhe im Land sorgen. Kehrt Ihr nur recht bald unversehrt zurück!« Der gute alte FitzRobert klopfte Guillaume beruhigend auf die Schulter.

Erst als alle gegangen waren, nahm Guillaume Jean d'Erlée beiseite. »Der Stallmeister«, flüsterte er ihm mit rauer Stimme zu. »Jag ihn fort, sobald ich weg bin. Ich will ihn hier nie wieder sehen!«

»Wie Ihr befehlt, Mylord!«, antwortete Jean.

Herbst 1207 in der Nähe von St. Edmundsbury

Guillaume sprengte in den Hof der Schmiede und schwang sich vom Pferd. Sein Rücken schmerzte von dem langen schnellen Ritt, denn er war, zugegebenermaßen, nicht mehr der Jüngste und Zeit das Einzige, das er nicht im Überfluss besaß. Der König erwartete ihn. An keinem genauen Tag zum Glück, doch so bald wie möglich. Guillaume strich sich mit der Hand über den Nacken. Er schmerzte, als hätte er Zug bekommen, und kribbelte. Zu Michaelis waren sie in Haverford gelandet und sogleich ostwärts gezogen. Sie hatten in Striguil haltgemacht, ohne sich lange aufzuhalten, denn eine weitere Nachricht von William hatte ihn dort erwartet. Er müsse sich sputen, drängte sein Sohn in dem Brief, die Mutter leide sehr und frage täglich nach ihm.

Ellen so schwer krank zu wissen, schmerzte Guillaume und machte ihm Angst. Er wollte nicht zu spät kommen und sie enttäuschen, aber er hätte sie lieber so in Erinnerung behalten, wie sie einst in seinen Armen gelegen hatte. Eigenwillig, stark und verführerisch, nicht leidend, alt und krank. Doch das Leben erfüllte einem nun einmal nicht jeden Wunsch.

Guillaume hatte seinen Begleiter Henry Hose in St. Edmundsbury zurückgelassen. Die Erklärung, am Sterbebett eines alten Freundes Abschied nehmen zu wollen, hatte Sir Henry mit einem verständnisvollen Nicken quittiert und versprochen, in einem der Gasthäuser auf ihn zu warten, ganz gleich, wie lange es dauern sollte.

»William!«, rief Guillaume erleichtert, als er seinen Sohn aus dem Haus kommen sah, band rasch sein Pferd an und ging auf ihn zu. William hinkte wieder stärker, vermutlich hatte er zu lange am Bett seiner Mutter gekniet. »Mein Sohn!«, flüsterte Guillaume bewegt, als er vor ihm stand, und umarmte ihn zum ersten Mal in seinem Leben. Er hielt ihn so fest an sich gedrückt, dass er Williams Herz an seiner Brust schlagen fühlen konnte. »Wie geht es ihr?«, fragte er mit bebender Stimme.

»Schlecht, Mylord. Sie stirbt«, antwortete William und räusperte sich. »Langsam, furchtbar langsam. Sie quält sich schon so lange.« Er seufzte lang gezogen.

»›Vater‹, kannst du nicht ein Mal ›Vater‹ sagen statt ›Mylord‹?«, fragte Guillaume mit sanftem Vorwurf.

»Nein.« William schüttelte den Kopf. »Ich kann nicht!«, murmelte er.

»Schon gut, mein Sohn«, sagte Guillaume weich und räusperte sich. Sein Hals fühlte sich so rau an, als hätte er seit Tagen keinen einzigen Tropfen Wasser gesehen. Doch nicht Durst war es, sondern Angst, die ihm die Kehle zuschnürte.

»Sir Guillaume, endlich!« Rose, Thibaults einstige Geliebte, kam aus dem Haus gestürzt und schlurfte eilig auf ihn zu. Ihr ehemals so glänzendes schwarzes Haar war nun von einem schmutzigen Grau, und ein wenig schütter war es auch. Sie hatte es im Nacken zu einem Knoten gebunden und überprüfte mit einer fahrigen Geste, ob dieser noch fest saß.

»Rose!« Guillaume umarmte auch sie wie eine alte Freundin. »Wer sorgt jetzt für Euch? Arbeitet Jean noch in der Schmiede?«

Rose schüttelte den Kopf. »Er wartet bereits im Paradies auf unsere Ellen. Der Herr hat ihn vor zwei Wintern zu sich genommen«, erklärte sie und wischte sich die Tränen mit einem Zipfel ihrer Schürze fort. »Henry, ihr Jüngster, führt die Schmiede. Er ist ein guter Junge. Meine Söhne arbeiten für ihn und sind es mehr als zufrieden.« Rose rang nach Atem. »Geht zu ihr, Mylord, bitte, sie wartet schon so lange auf Euch«, flehte sie ihn an.

Guillaume fühlte einen schmerzhaften Druck auf seiner Kehle. Meinte Rose die Zeit, die Ellen sich schon quälte, oder gar all die Jahre seit Limoges? Er räusperte sich erneut, doch der Druck wollte nicht weichen. »Bring mich zu ihr, mein Junge!«, bat er William und legte ihm die Hand auf die Schulter.

Als sie die kleine Kammer mit der riesigen Bettstatt betraten, schlug ihnen der Atem des Todes entgegen. Sauer roch er und ein wenig faulig, wie Urin und Exkremente, ungelüftet und schal.

Das ist nicht mehr deine Ellen, die du hier vorfindest. Finde dich damit ab, eine Siechende zu sehen, sagte er sich. Vielleicht erkennst du sie nicht einmal, hämmerte es in seinem Kopf. Doch als er zu Ellen ans Bett trat und sie die Augen öffnete, wichen Krankenlager, Leid, Gestank und Trauer zurück, und es war ihm, als sähe er wieder das junge Mädchen aus Tancarville vor sich.

»Ellen!«, sagte er mit belegter Stimme und kniete sich vor ihr Bett. Er griff nach ihrer Hand. »Meine liebste Ellen!«

Hier in dieser Kammer, in diesem Bett hatte sie die Nächte mit Isaac verbracht. Der Stich in seiner Brust, den Guillaume bei dem Gedanken an den Schmied erwartet hatte, blieb aus. Stattdessen dachte er an Isabelle und daran, wie sehr er es liebte, an ihrer Seite einzuschlafen und morgens neben ihr zu erwachen.

»Dein Haar ist grau geworden«, sagte er sanft und legte die Hand auf Ellens Kopf, »doch deine Augen sind so grün wie eh und je.« Er lächelte sie an. »Ein ganzes Leben haben sie mich begleitet. Wann immer ich Trost brauchte, habe ich an dich und deine wunderschönen Augen gedacht. Im Heiligen Land, wo der Herr sich mir versagte, waren sie mein einziger Halt.« Mit leichter Hand strich er ihr über die glühende Wange.

»Guillaume!«, flüsterte Ellen schwach, dann lächelte sie. »Ich wusste, dass du kommen würdest. William, unser Sohn …«, sagte sie zum ersten Mal, drehte den Kopf ein wenig, um ihn anzusehen, und wandte sich wieder an Guillaume. »Er ist dir so ähnlich.« Sie lächelte und rang nach Atem. »Ich bin so unendlich stolz auf ihn!« Dann schnaufte sie. Ihr Brustkorb senkte sich, als sie ausatmete.

Guillaume starrte ihn an und wartete, dass er sich wieder mit Luft füllte, doch nichts geschah.

»Ellen!«, rief er, sprang auf und beugte sich über sie.

Starr und merkwürdig erloschen war ihr Blick. Jede Gemütsregung, jedes Licht war daraus verschwunden.

»Nein!«, schluchzte Guillaume auf, küsste ihre Stirn und verschloss ihre Lider mit einer sanften Geste. Er hätte ihr noch so viel sagen wollen! Dass er sie geliebt hatte, ganz gleich, was er in Limoges behauptet hatte. Dass er sie nie vergessen hatte und sie immer in seinem Herzen bewahren würde. Dass er William liebte und ebenso stolz auf ihn war wie sie. Doch es war zu spät.

Guillaume rannen die Tränen über das Gesicht. Er hatte in seinem Leben nicht oft geweint und war erstaunt über die Erleichterung, die er empfand, als ihn ein Schluchzen schüttelte. Sie musste gewusst haben, wie viel sie ihm bedeutet hatte, auch ohne Worte. Warum sonst hatte sie bis zum letzten Augenblick auf ihn gewartet und eisern am Leben festgehalten, bis er endlich bei ihr gewesen war? Erst in der Gewissheit, dass er gekommen war, hatte sie losgelassen und ihr Leben in Gottes Hände gelegt.

Mit einem Becher Kräutersud für Ellen betrat Rose die Kammer. Ungläubig sah sie auf den weinenden Guillaume herab.

»Sie ist tot, Rose«, sagte William weich, nahm ihr den Becher ab und umarmte sie tröstend. »Sie hat endlich ihren Frieden gefunden.«

Guillaume erhob sich mühsam und nahm Rose nun seinerseits in den Arm.

»Ich habe ihr nie gesagt, wie dankbar ich für ihr Vertrauen war. Dass Thibault ihr Gewalt angetan hat, war meine Schuld!«, flüsterte Rose ihm weinend ins Ohr. »Er hat sich damit gebrüstet, trotzdem bin ich lange nicht von ihm losgekommen.« Sie seufzte und wurde von einem Weinkrampf geschüttelt.

Thibault hatte Ellen Gewalt angetan? Guillaume empfand den heftigen Drang zu würgen. Er erinnerte sich plötzlich an jenen Augenblick im Zelt, als sie Jean befreit hatten. »Ich habe sie vor dir gehabt«, hatte Thibault ihm hasserfüllt entgegengeschleudert, doch Guillaume hatte ihn für einen Lügner und Angeber gehalten, weil Ellen nie im Leben freiwillig das Lager mit ihm geteilt hätte. Nun glaubte Guillaume zu ersticken. Niemals hätte er Ellen in Limoges all diese Lügen erzählt, wenn er davon gewusst hätte! Nie Thibault auch nur ein einziges Mal noch in ihre Nähe gelassen. Er hätte ihn getötet, wenn sie mit nur einem Wort angedeutet hätte, was er ihr angetan hatte.

Guillaume rang verzweifelt nach Atem. Vielleicht hatte sie sich geschämt und darum keine Silbe verlauten lassen. Oder sie hatte geschwiegen, weil sie gewusst hatte, was Guillaume tun würde und dass es ihn alles kosten konnte. Seinen Aufstieg bei Hof, seine Zukunft, vielleicht gar sein Leben. Guillaume drängte sich an Rose vorbei und stürzte nach draußen.

Der Hof lag ruhig und friedlich da, nicht anders als an jenem Tag vor vielen Jahren, an dem er zum ersten Mal hergekommen war. Guillaume musste um jeden Atemzug kämpfen. Die frische Herbstbrise, der blaue Himmel und die wunderschönen farbigen Blätter, die der leichte Wind über den Hof blies, hatten etwas Tröstliches, und doch war der Schmerz in seiner Brust so gewaltig, als bräche ihm das Herz.

»Sie hat Euch geliebt … Vater.« William war ihm in den Hof gefolgt und legte ihm die Hand auf die Schulter.

Welch Glück, dass er nicht gehört hat, was Rose mir zugeflüstert hat!, dachte Guillaume dankbar und zugleich gerührt, weil William ihn endlich Vater genannt hatte. Er kämpfte um Fassung, darum dauerte es einen Moment, bis er zu antworten bereit war.

»Auch ich habe sie geliebt, mein Sohn, mehr, als du dir vorstellen kannst«, sagte er schließlich mit heiserer Stimme. »Und ich werde sie immer lieben.« Er nahm einen tiefen Atemzug von der würzigen Herbstluft. »Ein Teil von mir war in jedem Augenblick bei ihr und geht nun mit ihr fort. In dir aber, mein Sohn, in dir und in deinen Kindern und Kindeskindern lebt sie weiter.« Guillaume sah eine ganze Weile ins Leere, bevor er William anlächelte. »Wusstest du, dass mein zweiter Sohn mit Isabelle denselben Namen trägt wie dein Erstgeborener …« Er sah seinen Sohn voller Stolz an.

William schüttelte den Kopf. »Ich hörte nur, dass Euer Ältester …«, William räusperte sich, »Euer ältester legitimer Sohn, Euren Namen trägt.«

»Er ist schon fast ein Mann. In wenigen Jahren wird er zum Ritter geschlagen.« Guillaume nickte gedankenversunken. »Isabelle hat ihn auf den Namen Guillaume taufen lassen. Ich war zu jener Zeit beim König. Glaub mir, ich hätte einen anderen Namen für ihn gewählt, auch wenn ich ihr wohl niemals freiwillig gestanden hätte, dass es dich gibt.« Guillaume schämte sich nicht, seinem Sohn einzugestehen, wie schwach er gewesen war. »Sie ist so furchtbar eifersüchtig. Ich liebe sie und wollte sie nicht verletzen, verstehst du?«

»Ihr müsst ziemlichen Ärger mit ihr bekommen haben, damals nach Canterbury«, stellte William fest und lächelte beinahe entschuldigend.

»Das kann man wohl sagen!« Guillaume seufzte.

»Es wird nicht leicht werden für Euren Sohn, sich als Guillaume le Maréchal II. zu behaupten«, sagte William leise. »Ich habe erst spät begriffen, dass meine Mutter mir genau das hat ersparen wollen. Mit Euch und Eurem Ruf wetteifern zu müssen, ständig mit Euch verglichen zu werden, wäre eine schwere Bürde gewesen. Sie hat gefürchtet, ich könne Euch als Vorbild wählen und unglücklich werden, weil ich niemals so sein würde wie Ihr. Und sie hat recht gehabt. Als Sohn der Schmiedin habe ich meinen eigenen Weg finden können.« Er sah Guillaume fest in die Augen. »Ich bin zwar der Bastard des Maréchal und habe dieser Tatsache gewiss einiges zu verdanken, aber ich bin mehr als das. Ich bin ein glücklicher Mann!« Er lächelte. »Erinnert Ihr Euch an den Tag, an dem Ihr mir Marguerite vorgestellt habt?«

Guillaume nickte. »Gewiss, mein Sohn! Sie hat mir so viele Fragen über die Falknerei gestellt, dass ich nicht mehr wusste, wo mir der Kopf stand. Du warst meine Rettung!« Er lachte leise auf und dachte auch an jenen Augenblick in Ferrières, an dem er gehofft hatte, dass William sich nicht in das Mündel des Königs verlieben und damit sein Schicksal herausfordern würde.

»Sie liebt die Falken noch immer, vor allem aber liebt sie mich.

Sie macht mich glücklich. Sie ist mein Leben. Ich verdanke es Euch also gleich zweimal.« William schluckte. »Sogar Gnade in den gestrengen Augen meiner Mutter hat sie gefunden. Wir waren nach Canterbury noch zweimal mit den Kindern hier, zuletzt vor der Geburt der kleinen Alix.« Wehmut stand in Williams Augen. Er straffte sich. »Marguerite lässt Euch übrigens herzliche Grüße ausrichten und trug mir auf, Euch einzuladen, uns auf Roford Manor zu besuchen, wann immer Ihr Zeit dazu findet.« William sah kurz zu Boden und schabte mit dem Fuß über die Erde. »Ich würde mich freuen, wenn Ihr einmal kommt.« Er räusperte sich, und Guillaume musste lächeln, weil sein Sohn den rauen, kratzenden Hals wohl tatsächlich von ihm hatte. »Ich habe nicht verstanden, warum Ihr mir so lange verschwiegen habt, dass Ihr mein Vater seid. Auch damals in Canterbury nicht, als Ihr es mir erklärt habt. Ich wollte es nicht begreifen. Es war so viel leichter, Euch zu zürnen, als Eure Entscheidung zu verstehen oder doch wenigstens zu respektieren. Erst als ich später mit meiner Mutter sprach, wusste ich, dass Ihr sie besser kanntet als ich, besser vermutlich als jeder andere. Ihr habt getan, was *sie* wollte, auch wenn Ihr, das will ich nun ebenfalls glauben, gewiss nichts dagegen hattet, mich anzuerkennen.« William versuchte sich offenbar an einem Lächeln, doch es geriet ein wenig schief. »Es ist gut, dass ich nicht als Euer Bastard in die Lehre eines Falkners ging, sondern als Sohn einer Schmiedin. Logan hat mir nichts geschenkt. Ich habe ihm viel zu verdanken.«

Guillaume nickte lächelnd. Er würde seinem Sohn niemals verraten, dass Sir Ralph ihn damals ohne Baudouins Eingreifen und seinen Hinweis darauf, wer William war, niemals bei sich aufgenommen hätte. Auch dass er gelacht und den Kopf geschüttelt hatte, weil der Junge – ein Hinkebein – hatte Falkner werden wollen, würde William nie erfahren. Baudouin hatte ihm genug Mut und Leidenschaft zugetraut, auch wenn Sir Ralph Zweifel gehabt hatte.

»Mein Schicksal und der Wunsch des Herrn haben mich dahin geführt, wo ich heute bin, und ich bin mehr als dankbar dafür«, erklärte William nachdenklich, und damit hatte er ganz sicher ebenfalls recht.

»Ich bin ebenso stolz auf dich wie deine Mutter!« Guillaume klopfte seinem Sohn auf die Schulter.

»Glaubt Ihr wirklich, dass sie so stolz auf mich war, wie sie gesagt hat?« In Williams Blick lagen Zweifel, die ihn schon lange plagen mussten.

»Ganz sicher, mein Sohn. Ich weiß es. Ich habe es in ihrer Stimme gehört und in ihrem Blick gesehen. Sie hat dich bewundert, weil du ihr getrotzt hast, um deinen Traum zu erfüllen, obwohl das gewiss nicht leicht war. Und weil du deinen eigenen Weg gegangen bist. Schließlich hat sie selbst es nicht anders gemacht.« Guillaume lächelte seinen Sohn an. »Sobald es mir möglich ist, werde ich euch in Roford besuchen und meine Enkel auf den Knien wiegen.«

»Richard dürfte dafür bereits ein wenig zu alt sein, er ist schon sechs«, sagte William mit einem schelmischen Grinsen, »aber Alix wird es großartig finden!«

»Nun, dann werde ich sie auf den Knien wiegen. Und Richard bekommt ein Holzschwert von mir. Dann kann ich ihm zeigen, wie er damit umgehen muss!«, freute sich Guillaume. Er erinnerte sich noch genau an die großen Augen seiner Söhne, als sie ihre ersten Holzschwerter bekommen hatten. »Oder hat er bereits eines und übt schon fleißig?«

»Nein«, William lächelte, »er wird begeistert sein!«

Nachdem sie Ellen neben Isaac begraben und bei einem von Rose mit Liebe gekochten Mahl von der Vergangenheit, aber auch von der Zukunft gesprochen hatten, verabschiedete sich Guillaume von allen. Henry, Ellens Jüngstem, gab er noch den Auftrag für mehrere Schwerter und zahlte gleich. Dann umarmte er Rose und ließ sich von seinem Sohn zu seinem Pferd begleiten.

»Wann immer du mich brauchst, ich bin für dich da, vergiss das nicht«, sagte er und umarmte William. »Obwohl ich sicher bin, dass du es allein schaffst, hat man doch Freunde niemals zu viele.« Er lächelte. »Ich komme euch besuchen, bevor ich nach Irland zurückkehre. Versprochen!«

William wischte sich eine Träne aus dem Augenwinkel und räusperte sich.

Guillaume lachte und räusperte sich ebenfalls. »Wir hätten niemals auf Dauer verheimlichen können, dass du mein Sohn bist!« Er klopfte ihm ein letztes Mal auf die Schulter, schwang sich auf sein Pferd und hob die Hand zum Gruß. »Leb wohl, William!«

* * *

Seit Tagen schon konnte Isabelle erst kurz vor dem Morgengrauen einschlafen. Guillaume fehlte ihr, obwohl er noch nicht lange fort war. Fast jede Nacht stieg sie die Holztreppe des Turmes hinunter und setzte sich auf die letzte Stufe, um frische Luft zu schnappen und nachzudenken. Auch in dieser Nacht hatte sie ihre Kammer verlassen und war nach draußen gegangen.

»Isabelle!«, rief eine Flüsterstimme.

Neugierig sah sie sich um. Der volle Mond leuchtete so hell, dass sie nicht einmal eine Fackel gebraucht hatte, um heil die Treppe herunterzusteigen. Sie zog das Wolltuch um ihre Schultern enger und atmete tief ein. Die Luft war empfindlich kühl. Sie musste sich eingebildet haben, dass jemand nach ihr rief. Frierend zog sie die Schultern bis zum Kinn und drehte sich um. Besser, sie ging wieder hinein.

»Isabelle, warte!«

Sie fuhr herum. Nein, das hatte sie sich nicht eingebildet! Ein Umriss löste sich aus dem Schatten einer dunklen Ecke und trat hervor.

»Conall?« Isabelle schüttelte ungläubig den Kopf. »Was tust du hier noch so spät?«

»Ich wollte dich noch ein letztes Mal sehen.« Bitterkeit schwang in seiner Stimme mit. »Dein Gemahl lässt mich davonjagen!« Er lachte auf. »Hätte nicht gedacht, dass mir meine Liebe zu dir einmal zum Verhängnis wird.« Er schnaubte. »Mein Weib und meine Kinder haben nicht verdient zu hungern, nur weil …« Er brach ab. »Dein feiner Lord hat offenbar Angst, ich könne dich verführen, während er fort ist!«

Isabelle wusste nicht, was sie sagen sollte. Sie rang nach Luft, doch keiner ihrer Atemzüge schien in der Lage zu sein, ihre Brust ausreichend zu füllen. »Das hat er nicht!«

»O doch, meine liebste Isabelle, er hat seinen Handlager, Sir Jean, beauftragt, mich zum Teufel zu jagen. Meine Ersparnisse werden nicht lange reichen. Schon bald werden meine Kinder darben müssen, und wenn ich nicht rasch eine Arbeit finde, verhungern sie vielleicht«, behauptete er Mitleid heischend.

»Du bist ein guter Stallmeister …«, versuchte Isabelle, ihn zu besänftigen. Ein Rauschen ergriff Besitz von ihrem Kopf. Guillaume war eifersüchtig! Ob er wirklich fürchtete, sie könne sich von Conall trösten lassen, wenn er fort war? Ein winziges Lächeln huschte über ihr Gesicht.

»Freust dich wohl, dass ich gehe!« Conall kam einen Schritt näher und sah sie hasserfüllt an. Sein Atem roch nach Bier und erinnerte sie an Orin, den Mann ihrer Amme. »Du bist keinen Deut besser als dein Gemahl!« Conall spuckte aus. »Du bist zur Normannin geworden«, sagte er herablassend. »Ich schäme mich für dich, auch wenn ich dich noch immer liebe!«

»Wie kannst du mich lieben und zugleich so schreckliche Dinge sagen?«, empörte sich Isabelle. »Du hattest kein Recht, mich zu bedrängen, und hast es trotzdem getan. Du willst das Beste nur für dich, nicht für mich. Das aber wäre wahre Liebe.«

»Ach, dann jagt dein Gemahl mich wohl nicht fort, weil er mich aus dem Weg haben will, sondern um dich zu schützen?« Er baute sich vor Isabelle auf. »Als ob ich dir je ein Leid antun würde!« Er sah sie so bedrohlich an, dass Isabelle zu begreifen begann, dass er ihr in der Tat hätte gefährlich werden können, wenn er nur die Beherrschung verlor.

»Warte hier!«, sagte sie ruhig und wandte sich ab.

Conall sah ihr verdutzt nach.

Isabelle lief die Treppe hinauf und stürzte in ihre Kammer.

»Dairenn!« Sie lief zu der Truhe, die am Fußende ihres Bettes stand, und öffnete sie.

»Mylady?«

»Bring diesen Beutel zum Stallmeister! Er wartet im Hof. Sag ihm Lebewohl von mir und, falls er fragt, ich werde nicht mehr runterkommen.« Es war besser, sich nicht noch einmal von ihm zu verabschieden, auch wenn es ihr schwerfiel.

Dairenn runzelte die Stirn, als Isabelle ihr die Lederbörse reichte, und wog sie kurz mit fragendem Blick in der Hand. Dann gehorchte sie und lief in Windeseile nach unten.

Die Münzen würden der Familie zumindest über den Winter helfen, nur für den Fall, dass Conall vor dem Frühling keine Arbeit fand.

Als Dairenn fort war, ging Isabelle zur Kammer von Jean d'Erlée und klopfte an.

Es rumpelte kurz, als würde ein Schemel umgestoßen, dann war ein leiser Fluch zu hören. Ein Eisenriegel wurde angehoben, dann öffnete sich die Tür.

»Was kann ich für Euch tun, Mylady?«, fragte Jean. Ein Kohlebecken wärmte die Kammer, und ein kleines Talglicht mühte sich in der Dunkelheit ab.

»Verzeiht, wenn ich störe«, sagte Isabelle und warf einen Blick auf das zerwühlte Bett.

»Nicht doch, Mylady …« Jean lächelte.

»Der Stallmeister. Hat Euch mein Mann befohlen, ihn fortzuschicken?« Ihre Stimme klang strenger, als Isabelle beabsichtigt hatte.

Jean d'Erlée bat sie hinein und schloss die Tür. »Es ist besser so, Mylady. Glaubt mir, er bringt Euch in Verruf.«

Isabelle schnaubte ungläubig. »Er hat Familie. Kinder. Wie soll er sich so einfach woanders niederlassen? Auch ist er kein junger Mann mehr, der von vorn anfangen kann«, empörte sie sich.

»Er musste gehen«, sagte Jean ruhig, »weil Euer Gatte um Eure Sicherheit fürchtet, während er fort ist, und ich muss ihm recht geben. Der Stallmeister säuft und prahlt, wenn er zu viel getrunken hat, er werde Euch zu der Seinen machen, sobald der *Teufel von einem Normannen,* wie er Sir Guillaume nennt, Irland den Rücken gekehrt habe.«

Isabelle sah ihn fassungslos an.

»Glaubt mir, Mylady, das waren seine Worte! Euer Gemahl hat seine Großmäuligkeit nicht gefürchtet, solange er in Eurer Nähe sein konnte, um Euch zu beschützen. Doch nun musste er nach England gehen und Euch hier zurücklassen. Verschmähte Liebe lässt Menschen oft unberechenbar werden. Darum ist es besser, wenn der Stallmeister geht. Und wenn seine Familie darunter zu leiden hat, dann ist das weder Eure Schuld noch die Sir Guillaumes, sondern einzig die des Stallmeisters, der seine Zunge nicht im Zaum hält und sich seiner Herrin gegenüber nicht zu benehmen weiß.«

Isabelle erschrak. Ob Guillaume ihm womöglich von dem Kuss erzählt hatte? Sie errötete bei diesem Gedanken und wandte sich abrupt ab.

»Glaubt mir, Mylady, ein guter Stallmeister wie er findet rasch Arbeit«, versuchte Jean, sie zu beruhigen, und vermutlich hatte er recht.

Das Kind in Isabelles Bauch bewegte sich mit einem Mal so heftig, dass ihr Leib steinhart wurde. Sie schnaufte kurz und legte ihre Hände besänftigend auf den Bauch. Sie kannte die Vorzeichen einer Geburt. Erst wurde ihr Leib immer öfter hart und presste ihr die Luft ab, dann sank er ein wenig nach unten, und wenn das geschehen war, dauerte es nicht mehr lange, bis das Kind kam. Vielleicht hatten Jean und Guillaume ja recht, und es war besser, wenn Conall für immer fortging. Auch wenn es sie schmerzte, musste sie sich eingestehen, dass sie ihren Milchbruder schon vor langer Zeit verloren hatte. Seit den Vorkommnissen in Darraghs Hütte hatte sie ihm nicht mehr unbefangen gegenübertreten können und jede Begegnung mit ihm vermieden.

Guildford, 25. Januar 1208

Nachdem er sich von William verabschiedet hatte, war Guillaume nach St. Edmundsbury geritten, um Henry Hose abzuholen und gemeinsam mit ihm den König aufzusuchen.

»Ich habe interessante Neuigkeiten erfahren«, begann Henry Hose sofort zu erzählen. »Ihr wisst ja, dass John nach dem Tod von Hubert Walter die Neuwahl verzögert hat, weil er John de Gray zum Erzbischof von Canterbury machen wollte. Darum soll er ebenso wie die Mönche der Christ Church Vertreter nach Rom gesandt haben, um den Papst zu beeinflussen.« Henry grinste. St. Edmundsbury gehörte zu den wichtigsten Abteien des Landes, kirchliche Neuigkeiten sprachen sich hier besonders schnell herum. »Weil sich die Mönche von Canterbury und der König nicht einigen konnten, hat der Papst einen Dritten ernannt. Einen gewissen Stephen Langton, der zwar in Lincolnshire geboren wurde, jedoch die meiste Zeit seines Lebens auf dem Festland gewesen ist. Um seinem Unmut Ausdruck zu verleihen, soll John daraufhin alle Mönche aus Canterbury fortgejagt und die Ländereien der Kathedrale eingezogen haben.« Henry Hose zog die Augenbrauen hoch und nickte bestätigend, als Guillaume ihn erstaunt ansah. »Einen ordentlichen Batzen Geld soll ihm das eingebracht haben, darum wird er sich wohl auch künftig taub stellen, und das, obwohl der Papst England mit einem Interdikt droht, wenn sich John auch weiterhin gegen Langton sträubt.« Sir Henry kratzte sich den nur spärlich behaarten Schädel. »Der König wird also nicht gerade bester Laune sein, wenn wir zu ihm stoßen.« Er seufzte gedehnt.

Warum nur nahm John für diesen de Gray so viel Unbill auf

sich? Hoffte er womöglich, wie sein Vater einst, als er Thomas Becket zum Erzbischof gemacht hatte, auf diesem Weg mehr Einfluss auf die Geschicke der Kirche zu bekommen? Guillaume schüttelte nachdenklich den Kopf. Becket hatte mit einem Mal seine religiöse Seite entdeckt und war der Kirche ergebener gewesen als seinem Freund und König. Dass de Gray John besser dienen würde als irgendein anderer Erzbischof, war also keinesfalls sicher.

Henry Hose sollte recht behalten, was Johns Laune anging. Schon aus der Ferne war dem König die miserable Gemütsverfassung anzusehen. Trotzdem trat Guillaume nicht demütig wie ein Sünder, der seinem Herrn Gehorsam schuldete, vor ihn, sondern hocherhobenen Hauptes, wie es einem Mann seiner Stellung gebührte. Schließlich kam er nicht als Bittsteller zu seinem König, sondern als Earl of Pembroke und Lord of Striguil und Leinster.

Vorwurf und Enttäuschung aber standen in Johns Augen, als er ihn empfing. Auch Misstrauen und ein gewisses Maß an Rachsucht glaubte Guillaume in seinem kalten Blick zu erkennen.

Meilyr dagegen, so erfuhr er, war von John mit erstaunlicher Liebenswürdigkeit und einem strahlenden Lächeln willkommen geheißen worden. Was auch immer der Justiziar vorhatte, er schien den rechten Weg eingeschlagen zu haben, denn er genoss das Vertrauen des Königs und zögerte offenbar nicht, seine Feinde, zu denen er ganz offensichtlich nicht nur William de Braose, sondern auch Guillaume zählte, in Verruf zu bringen. Meilyr hatte nicht lange gebraucht, um den König zu überreden, ihn nach Irland zurückkehren zu lassen, Guillaume jedoch weiterhin in England festzuhalten, und war bereits abgereist, als sie bei Hof eintrafen.

Guillaume ahnte, dass nun unmittelbare Gefahr für Kilkenny bestand, zweifelte jedoch nicht daran, dass Jean und seine anderen Getreuen mit der Lage fertig werden würden. Trotzdem fürchtete er um Isabelle und die Kinder und sandte einen Boten nach Irland, um sie zu warnen.

Geduldig ertrug er die anhaltende Kälte, mit der ihn der König behandelte, bemerkte mit Verständnis einerseits und einer gewissen Wehmut andererseits, dass sich immer mehr Höflinge von ihm abwandten, aus Furcht, die Gunst ihres Herrn ebenfalls zu verlieren. Die ständigen Sticheleien und Provokationen Johns ließ Guillaume scheinbar gelassen über sich ergehen. Er liebte seinen König, wie es sich für einen Ritter gehörte. Doch nicht genug, um sich von seinen boshaften Äußerungen verletzen zu lassen. Dass er sich von ihm nicht herausfordern ließ, weil er an seine Männer und ihre Treue glaubte, schien John, der niemandem vertraute, nur noch mehr gegen ihn aufzubringen.

»Maréchal«, wandte er sich an ihn, als sie sich anschickten, Guildford zu verlassen. Das Lächeln eines Fuchses stand auf seinem Gesicht. »Habt Ihr inzwischen Nachricht aus Irland erhalten?«

Guillaume schüttelte den Kopf und verneinte höflich. Jeder wusste, dass es nach Meilyrs Rückkehr auf die Insel schon seit Wochen keinem Schiff mehr gelungen war, den Kanal zu überqueren, weil die See zu stürmisch war. Auch der von Guillaume ausgesandte Bote hatte nicht übersetzen können. Niemand wusste daher, was dieser Tage in Irland geschah.

Der König kicherte aufgekratzt. »Nun, dann will ich Euch erzählen, was mir berichtet wurde!« Er strich sich über das Kinn und setzte ein betroffenes Gesicht auf. Die Männer um Guillaume sahen ihn aufmerksam an. »Jean d'Erlée und Etienne d'Evreux sollen vernommen haben, dass nicht weit von Kilkenny gekämpft wurde«, begann er. »Sie haben mit allen Rittern die Burg verlassen, um einzugreifen, und nur die einfachen Soldaten zum Schutz der Gräfin zurückgelassen, so heißt es.« John warf einen Blick auf die Ritter um ihn herum, die gebannt an seinen Lippen hingen.

Guillaume konnte nicht glauben, dass seine beiden treuesten Männer so töricht gehandelt haben sollten, doch er sagte nichts und hörte weiterhin aufmerksam zu.

»Als Eure Getreuen weit genug entfernt waren, soll Meilyr

begonnen haben, Eure Burg zu belagern. Eure Gemahlin fürchtete, gefangen genommen zu werden, und hieß die Soldaten, einen ihrer Männer über die Mauer abzuseilen, damit er zu Jean d'Erlée gelangen und ihm von ihrer Not berichten konnte.« John hielt dramatisch den Atem an. Es war ihm anzusehen, wie sehr er die Spannung genoss, die er dadurch bei seinen Zuhörern hervorrief. »Etienne d'Evreux und ein weiterer Ritter sollen bei dem Versuch, die Gräfin zu befreien, getötet worden sein. Und auch Jean d'Erlée wurde schwer verletzt und starb kurz darauf.« John seufzte zwar, doch wahre Betroffenheit zeigte er nicht. »Ist das nicht schrecklich?«

Guillaumes Herz schlug unwillkürlich schneller. Isabelle! Wenn nur Isabelle und den Kindern nichts geschehen war! Mehr, als dass sie ihm nach seiner Abreise eine gesunde Tochter geschenkt hatte und nach der Geburt wohlauf gewesen war, wusste er nicht, denn seit Wochen waren keine Nachrichten aus Irland eingetroffen. Für einen Augenblick spielte er mit dem Gedanken, umgehend aufzubrechen und nach Kilkenny zurückzukehren, doch das Glitzern in den Augen seines Königs schien ihm so trügerisch, dass er zu zweifeln begann. Wie sollte es angehen, dass nur John Nachricht aus Irland hatte und niemand sonst? Konnte es wirklich sein, dass all diese furchtbaren Dinge geschehen waren, ohne dass er als Erster davon erfuhr? Guillaume legte die Hand in den Nacken. Es war kein Kribbeln zu spüren, weder jetzt noch in den vergangenen Tagen oder Wochen hatte es ihn geplagt. Würden ihn seine Vorahnungen ausgerechnet bei Isabelle im Stich lassen? Nein. Guillaume schüttelte kaum merklich den Kopf. Sein Gefühl sagte ihm ganz deutlich, dass weder seinen Kindern noch seiner Liebsten etwas geschehen war. Er beschloss also, dem König, der ihn erwartungsvoll ansah, in aller Seelenruhe zu antworten. »Wie wahr, Mylord, es ist bestürzend, was mit den Rittern geschah«, sagte er und gab sich bewegt, »denn sie waren Euch treue Männer, was diesen Verlust umso tragischer macht.«

John runzelte nun irritiert die Stirn. »Darüber werde ich nachdenken müssen«, brummte er und entfernte sich kopfschüttelnd.

Guillaume blieb äußerst beunruhigt und verwundert zurück. Was konnte John mit dieser Geschichte nur bezweckt haben? Dass er sich noch mehr um Isabelle sorgte? Und um seine Männer, die ihm teure Freunde waren? Nun, das war ihm gelungen. Guillaume seufzte aus tiefster Seele. Die Sorge um Isabelle und die Kinder quälte Guillaume auch ohne die hässlichen Geschichten des Königs. Immerhin hatte er seine Söhne einmal kurz zu Gesicht bekommen. Sie waren wohlauf gewesen, doch wie lange noch? Ihr Leben hing vom Wohlwollen des immer wankelmütiger werdenden Königs ab, darum waren Guillaume die Hände gebunden. Er war zum Warten verdammt und musste dazu noch gute Miene machen, obwohl es ihm schier unerträglich war, sich noch länger gedulden zu müssen. Jeden Tag hoffte er auf eine Botschaft aus Irland. Wann endlich würde er erfahren, was wirklich geschehen war?

Welche Zeitverschwendung, mit König John von einer Burg zur anderen ziehen zu müssen, ohne ihm wirklich zu Diensten sein zu können! Guillaume hasste dieses nutzlose Dasein bei Hof. Wie viel wichtiger wäre seine Anwesenheit in Leinster gewesen, und wie viel sinnvoller hätte er die stets knapper werdende Zeit seines irdischen Daseins bei seiner Familie in Kilkenny verbringen können, statt im Schatten seines launischen Königs zur Untätigkeit verdammt zu sein!

Roford Manor, Februar 1208

Als Guillaume nach Roford Manor kam, ergriff ihn ein merkwürdiges Gefühl von Vertrautheit. Obwohl er sicher war, noch niemals hier gewesen zu sein, fühlte er sich vom ersten Augenblick an heimisch. Niemand hatte ihn angekündigt, darum konnte er nicht einmal sicher sein, William und Marguerite auch wirklich anzutreffen. Doch einen Versuch war es wert gewesen. Dass John ihm gestattet hatte, den Hof für eine Weile zu verlassen, um seinem Sohn und ihren gemeinsamen Enkeln einen Besuch abzustatten, war eine überraschende, aber überaus willkommene Gelegenheit gewesen, seinen trüben Gedanken um die Zukunft von Leinster zu entfliehen. Ein paar Tage lang wollte er nur Vater und Großvater sein, nicht Earl oder Lord. Besorgt sah er sich auf dem Hof um, als ein Stallbursche auf ihn zugelaufen kam.

»Ist dein Herr da?«, fragte Guillaume freundlich.

Der Bursche nickte, doch bevor er noch zu Wort kam, eilte ein Knappe herbei.

»Sir Guillaume! Willkommen auf Roford Manor!«, rief er schon von Weitem sichtlich erfreut und verbeugte sich, als er vor ihm stand. »Kümmere dich um das Pferd des Maréchal!«, befahl er dem Stallburschen eifrig. »Reib es ordentlich trocken und gib ihm sauberes Wasser, Heu und etwas Hafer.« Der Knecht nickte und nahm das Pferd am Zügel, nachdem Guillaume abgestiegen war.

»Mein Herr wird entzückt sein, Euch hier zu sehen, und meine Herrin nicht weniger«, sagte der Knappe fröhlich.

Guillaume zog die Augenbrauen zusammen und musterte den Jungen. Er war gewachsen und kräftiger geworden.

»Adam of Caldecote, Mylord«, sagte der Junge mit einer kleinen Verbeugung und lächelte schüchtern. Er glaubte wohl, Guillaume erinnere sich nicht, doch er irrte.

»Elmswicks Bastard, ich weiß!« Guillaume nickte und tätschelte dem Jungen die Schulter, als dieser beschämt errötete. »Ich erinnere mich sehr gut an dich.« Er lächelte ihn aufmunternd an. Der Junge hatte damals in Canterbury Mut bewiesen, ganz im Gegensatz zu seinem verräterischen Vater. »Bring mich zu meinem Sohn, Adam!«

»Gewiss, Mylord, verzeiht meine Nachlässigkeit.« Adam errötete noch einmal und bat ihn mit einer einladenden Geste, ihm zu folgen.

»Richard, schnell, geh und sag deinem Vater, dass der Maréchal gekommen ist!«, rief er einem ungefähr sechs oder sieben Jahre alten Jungen zu, der gerade über den Hof schlenderte. »Er ist drüben in der Falknerei.«

Der Junge nickte und rannte sofort los.

Guillaume sah ihm nach. Er hinkt nicht, stellte er erleichtert fest und dankte Gott dafür. Viele körperliche Gebrechen kamen nicht nur in einer Generation vor. Offenbar waren manche Sünden so groß, dass der Herr mehrere Mitglieder einer Familie dafür strafen musste. Guillaumes Gebete am Schrein der Heiligen Drei Könige und seine Reise ins Heilige Land schienen zumindest dafür gesorgt zu haben, dass nur William, nicht aber seine Kinder und Kindeskinder die Strafe Gottes erdulden mussten.

Adam geleitete ihn zur Halle des Gutshauses, stieß die Tür auf und bat ihn einzutreten. »Mylady?«, rief er, blickte hinter den Vorhang, der die Halle vom Gang zum Wohntrakt abtrennte, und schaute sich suchend um.

»Was ist, Adam? Was schreist du so?«, fragte Marguerite lachend und kam aus dem Schatten einer Ecke auf sie zu. Sie trug ein Kind auf dem Arm, das träumerisch mit ihren Haaren spielte und einzelne Strähnen davon durch die kleinen runden Fingerchen gleiten ließ.

»Sir Guillaume!«, begrüßte sie den unerwarteten Gast mit

einem strahlenden Lächeln. »Wie schön, dass Ihr uns die Ehre Eures Besuches erweist!« Sie sah Adam auffordernd an. »Geh und sag meinem Gatten, dass der Maréchal hier ist!«

»Ich habe Richard bereits zur Falknerei geschickt, Mylady.« Adam deutete eine Verbeugung an.

»Wunderbar, dann wird er sicher gleich kommen. Hol uns inzwischen Wein und etwas zu essen. Bitte, Sir Guillaume, wenn Ihr Platz nehmen wollt …« Sie deutete auf einen Tisch, an dem rechts und links zwei Bänke und an den beiden Stirnseiten je ein Armsessel standen.

Guillaume winkte ab. »Nicht nötig, ich stehe gern, und ich bin auch nicht hungrig. Hab Dank, Marguerite. Ein Becher Wasser aber, um den Durst zu löschen, wäre mir überaus willkommen.«

»Hörst du, Adam? Geh und hol frisches Wasser vom Brunnen!« Marguerite lächelte Guillaume an. »Ihr ahnt nicht, welche Freude Ihr uns macht. William wird es nicht glauben können, dass Ihr hier seid, bis er es mit eigenen Augen sieht.« Sie lachte auf. »Er hat nicht gedacht, dass Ihr jemals kommen würdet. Aber ich wusste, dass er sich irrt.«

»Ich hatte es versprochen!«, sagte Guillaume beinahe ein wenig gekränkt, dass William an seinem Wort gezweifelt hatte. »Mein Enkel?«, fragte er mit einem kleinen Lächeln und griff nach dem Händchen, das sich ihm entgegenstreckte. Es krallte sich um seinen Finger.

»Alix, Eure Enkelin.« Marguerite warf einen weichen Blick auf das kleine Mädchen, das Guillaume nun ein entzückendes Lächeln schenkte und die Arme nach ihm ausstreckte.

»Darf ich?«, erkundigte er sich, und als Marguerite nickte, nahm Guillaume ihr das Kind ab. Bei seinem ersten hatte er sich noch ungeschickt angestellt, doch mit jedem weiteren Kind, das Isabelle ihm geschenkt hatte, war er sicherer geworden. Kleine Kinder wirkten so zerbrechlich, doch sie waren es keineswegs, wie er inzwischen wusste. Je nach ihrem Alter konnte man sie in die Luft werfen und im Flug wieder auffangen, um sie glucksend lachen zu hören, mit ihnen ringen oder auf einer Wiese herumtollen und sie Purzelbäume schlagen lassen. Er küsste das Kind auf die weiche, runde Wange. »Was bist du nur für ein hübsches kleines Mädchen!«, sagte er und kitzelte Alix am Hals, bis sie gurgelnd lachte.

»Vater!«, rief William erfreut, als er kurz darauf die Halle betrat.

Eine Welle von Glück und Wärme überflutete Guillaume. Er hatte ihn auch diesmal Vater genannt!

»William, mein Junge«, sagte er leise. Rührung schnürte ihm die Kehle zu.

»Komm, Alix, wir gehen deine Amme suchen!«, schlug Marguerite vor und nahm Guillaume das kleine Mädchen ab.

Einen Augenblick sahen sich Vater und Sohn schweigend an, dann fielen sie sich in die Arme.

Guillaume schloss kurz die Augen. Er war so ungeheuer stolz auf seinen Erstgeborenen! Dann löste er sich von William und blickte ihn fragend an. »Geht es dir gut?«

William nickte lächelnd. »Ja, Vater. Ich bin froh, dass Ihr gekommen seid!«, fügte er leise hinzu, dann wandte er sich an den Jungen an seiner Seite. »Das ist dein Großvater, Richard. Begrüße ihn!«

Der Junge nahm seine Bundhaube ab und verbeugte sich. »Willkommen in Roford, Großvater!«, sagte er artig. Den Kinderkittel konnte er noch nicht lange gegen Hemd und Beinlinge eingetauscht haben, denn er ging seinem Vater kaum bis zur Hüfte. Sechs oder sieben war er, also im richtigen Alter, um als Page zu einem guten Herrn geschickt zu werden. Wir sollten Baudouin bitten, dachte Guillaume und lächelte den Jungen an.

Stolz sah der zu seinem Großvater auf.

Guillaume legte ihm die Hand aufs Haupt. Sein Haar war voll und lockig und von dem gleichen Rot wie Ellens. Wärme und Zuneigung zu dem Jungen erfassten ihn.

Adam stieß die Tür geräuschvoll auf, und alle Augen waren auf ihn gerichtet, als er einen Krug Wasser und zwei Tonbecher hereintrug.

»Großartig, nichts ist erfrischender als kühles Wasser!«, lobte Guillaume, nachdem Adam ihm einen Becher gereicht und er den Staub der Straße aus seiner Kehle gespült hatte.

»Kommt, ich zeige Euch das Gut und die Falknerei«, forderte William ihn fröhlich auf. »Oder wollt Ihr Euch erst etwas ausruhen?«, fiel ihm plötzlich ein. »Die Reise war gewiss anstrengend!«

»Sehe ich vielleicht aus wie ein müder, alter Mann?«, brummte Guillaume scheinbar mürrisch und lachte dann. An die sechzig musste er inzwischen sein, genau wusste er es nicht, doch er fühlte sich noch immer stark, darum scherzte er gern über sein Alter und kokettierte damit.

William sah ihn irritiert an, schüttelte dann erleichtert den Kopf und lachte ebenfalls.

»Ist Robert noch bei dir?«

William lächelte und nickte. »Ich wüsste nicht, wie ich die ganze Arbeit ohne ihn schaffen sollte. Der König hat inzwischen ein Dutzend Vögel bei mir stehen, und es sollen noch weitere dazukommen. Blanchpenny hat sich bei einer Jagd verletzt und kann nicht mehr fliegen. Doch zum Glück habe ich im letzten Jahr einen herrlichen weißen Ger aus Norwegen abgetragen. Er heißt Gibbun und ist nun des Königs Lieblingsfalke«, erzählte William auf dem Weg zum Mauserhaus. »Vier Falkner arbeiten für mich, dazu vier Jagdhelfer und ein Hundeführer. Ich werde bald mehr Falkner brauchen.« Er zuckte mit den Schultern. »Für meinen Geschmack verbringe ich selbst viel zu wenig Zeit mit dem Abtragen, das Gut nimmt mich zu häufig in Anspruch, und im letzten Jahr war ich monatelang mit dem König unterwegs. Ich war viel jagen, und eine Ehre war es gewiss, aber …«

»… auch eine anstrengende Zeit«, vollendete Guillaume seinen Satz. »Schätze ich jedenfalls.« Er grinste, als William zustimmend nickte. »Ich bin froh, König John und dem Hof für ein paar Tage entfliehen zu können. Wenn du mir so lange Gastfreundschaft gewähren würdest?«

»Aber gewiss, Vater, mit der allergrößten Freude!« William

strahlte. »Wir könnten zusammen ausreiten und beizen gehen! Aber zuerst stelle ich dir meinen Zweitgeborenen vor; er muss im Obstgarten sein. Für gewöhnlich spielt er am Nachmittag dort.«

Guillaumes Herz hüpfte, weil William nicht *Euch* sondern *dir* gesagt hatte. Nichts hätte ihn glücklicher machen können als jenes Stück Vertrautheit, das nach Ellens Tod zwischen ihnen entstanden war!

Fünf Monate waren seit seiner Abreise aus Irland vergangen. Isabelle und die Kinder, von denen er immer noch keine Nachricht hatte, fehlten ihm schrecklich, die Nähe seines Sohnes und seiner Enkel aber beglückte ihn, und mit jedem Tag, den er länger in Roford verbrachte, genoss er seinen Aufenthalt mehr.

Einem Wirbelsturm gleich hatte jedes seiner Enkelkinder innerhalb kürzester Zeit sein Herz erobert. Alix, die mit ihrem dunklen, leicht gelockten Haar ganz auf ihre Mutter kam, hatte ihn mit dem Schalk in ihren Augen und dem entzückenden Kichern, wenn er sie kitzelte, bezaubert. Richard liebte er wegen seiner klugen Ernsthaftigkeit und der Geduld, mit der er sich um den jungen Merlin kümmerte, den ihm sein Vater anvertraut hatte, aber auch wegen seiner Ähnlichkeit mit Ellen. Henry jedoch, Williams Zweitgeborener, war ihm der Liebste. Er war nach Ellens jüngerem Sohn und damit nach dem jungen König benannt und kurz nach den Ereignissen in Canterbury geboren. Er ähnelte weder seiner Großmutter noch Marguerite. Obwohl gerade erst vier geworden, schien er Guillaume am ähnlichsten zu sein. Er liebte kross gebratenes Fleisch wie sein Großvater und aß für drei davon. Stets wollte er kämpfen, verbiss sich tapfer die Tränen, wenn er dabei Staub fraß, stand auf und begann von Neuem. Während in Richard ganz offensichtlich ein Falkner steckte, war er, das war schon jetzt ganz deutlich zu sehen, zum Ritter geboren! Das Holzschwert, das Guillaume Richard geschenkt hatte, weil er das rechte Alter dafür besaß, ließ der völlig unbeachtet liegen, während Henry es voller Freude an sich nahm, sobald er es in seine klebrige kleine Hand bekommen konnte. Während Richard abends früh zu Bett ging, konnte Henry nicht genug von Guillaumes Geschichten bekommen, denen er mit glänzenden Augen lauschte, bis Adam ihn mit liebevoller Gewalt davontrug, um ihn ins Bett zu stecken.

Zehn Tage hatte Guillaume bereits in Roford verbracht, als ein Bote des Königs mit einer Nachricht für ihn kam.

»… so wollte ich Euch wissen lassen, dass ich Euch die Ländereien zurückgebe, mit denen Ihr Jean d'Erlée belehnt habt, denn ich habe sie ihm fortgenommen, weil er meiner Aufforderung, mich aufzusuchen, nicht nachgekommen ist. Ich verlange von Euch, dafür zu sorgen, dass sowohl er als auch die anderen Männer, die ich zu mir befohlen habe, ihrer Verpflichtung nachkommen und sich zu mir begeben, denn ich benötige sie für meine Angelegenheiten und werde ihre Ländereien erst wieder freigeben, wenn sie sich mir angeschlossen haben …«

Als der Bote die Nachricht zu Ende verlesen hatte, räusperte sich Guillaume. Hatte John nicht behauptet, Jean d'Erlée sei tot? Er schüttelte den Kopf. Geglaubt hatte er diese Mär niemals, trotzdem war er erleichtert, konnte er so doch hoffen, dass es auch Isabelle und den Kindern gut ging. Offenbar jedoch war es höchste Zeit, zum König zurückzukehren. Was auch immer gerade bei Hof geschah, es schien Guillaume und seinen Männern zu schaden. Wenn er größere Gefahr für sich und seine Besitztümer, aber auch für seine Männer abwenden wollte, musste er dem König wohl erneut seine Treue beweisen und dafür sorgen, dass der ihn endlich nach Irland zurückgehen ließ.

Schweren Herzens kündigte Guillaume noch am selben Abend seine Abreise für den folgenden Morgen an. Niemand von ihnen wusste, ob sich noch einmal die Gelegenheit bieten würde, so viel Zeit miteinander zu verbringen wie in den letzten Tagen. Darum begleiteten ihn Trauermienen, als er am Morgen in den Hof ging, um sein Pferd zu besteigen.

»Ich habe Euch genügend Proviant für mehrere Tage in die Satteltaschen packen lassen, auch den Käse, den Ihr so liebt«, sagte Marguerite leise und lächelte, obwohl ihr Tränen in den Augen standen. Auch Henrys blaue Augen waren überschwemmt, als er seinem Großvater einen mit seinem kleinen Messer angespitzten Stecken überreichte, den er stolz als *Pfeil* bezeichnete.

Richard schenkte Guillaume mit gesenktem Blick eine fast weiße Feder von Blanchpenny und Alix einen schmatzenden, feuchten Kuss und ein gurrendes Lachen.

Dreimal umarmte William seinen Vater, und Marguerite hörte nicht auf, sich die Tränen aus den Augen zu wischen.

So sehr Guillaume es stets geliebt hatte, seinem König zu dienen, so sehr verabscheute er es, diesem Dienst immer wieder alles andere unterordnen zu müssen.

»Lebt wohl!«, rief er betont fröhlich, schluckte trocken und sah sich noch einmal um. Dann gab er seinem Pferd die Sporen und ritt nach Westen.

Guillaume erreichte Bristol, wo man den König erwartete, einen halben Tag vor seinem Herrn und traf noch draußen im Hof auf einen Boten, den Jean d'Erlée ihm gesandt hatte.

»Nicholas! Wie wohl es tut, Euch zu sehen! Bringt Ihr mir gute Nachrichten? Wie geht es meiner Gemahlin und den Kindern? Sprecht!«

»Mylord, ich bringe frohe Botschaft. Meiner Herrin und Eurem Nachwuchs geht es prächtig.«

Erleichtert forderte Guillaume ihn auf, ihn ein Stück zu begleiten.

»Ihr wart kaum fort, als sich die ersten Barone erhoben haben, doch erst nach wenigen Wochen, als Meilyr nach Irland zurückkehrte, wurde die Lage wirklich bedrohlich. Der Justiziar hatte Briefe für Erlée, Sauqueville und Evreux dabei. Aufforderungen des Königs, umgehend zu ihm zu kommen, gewürzt mit der Drohung, ihnen für den Fall, dass sie sich weigerten, ihre Ländereien zu entziehen.«

Ein Lächeln zuckte um Guillaumes Mund.

»Die drei haben sich abgesprochen und einmütig beschlossen, die Aufforderung zu ignorieren«, erklärte Nicholas. »Niemals, Mylord, würden sie Euch enttäuschen!«, sagte er voller Stolz. »Statt klein beizugeben, haben sie Hugh de Lacy um Hilfe gegen Meilyr gebeten.«

Schwere Kämpfe, so erfuhr Guillaume, waren die Folge gewesen, doch Verluste in der Art, wie der König sie ihm berichtet hatte, hatte es nicht gegeben. Die Verräter, die Meilyr zur Seite gestanden hatten, waren gescheitert, der Justiziar gefangen genommen und seiner Ländereien enthoben worden. Sowohl ihm als auch den verräterischen Baronen von Leinster war schließlich keine andere Wahl geblieben, als Isabelle als ihrer Herrin die Treue zu schwören und zur Absicherung ihres Eides Guillaumes Männern einen Sohn oder jüngeren Bruder als Geisel zu übergeben.

»Der König wird in Kürze erwartet«, teilte ihm ein junger Wachsoldat mit, der im Laufschritt auf sie zugekommen war, verbeugte sich kurz und stürzte sogleich wieder davon.

»Sagt der Gräfin, dass ich stolz auf sie und meine Männer bin und hoffe, bald heimkehren zu können«, bat Guillaume den Boten und entließ ihn.

Als der König und seine Männer wenig später in der Halle um das Feuer standen, trat Guillaume vor seinen Herrn, um ihm seine Aufwartung zu machen.

»Maréchal!« John empfing ihn so freundlich wie lange nicht mehr, lächelte ihn gar an und erkundigte sich, ob er Neuigkeiten aus Irland habe. Guillaume verneinte und gab vor, unwissend zu sein, um zu sehen, was geschehen würde. Ob John ihm auch diesmal eine Lügengeschichte auftischte?

»Nun, ich selbst bekam sehr wohl kürzlich Nachrichten aus Irland. Gute, möchte ich meinen! Darum will ich Euch davon berichten, denn ich bin sicher, Euch damit zu erfreuen.« John lächelte ein wenig bemüht. »Eurer Gemahlin, der Gräfin, geht es gut, und Eure Männer erfreuen sich bester Gesundheit.« In allen

Einzelheiten erzählte er dann, wie es Guillaumes Getreuen geglückt war, Meilyrs Angriff auf seine Ländereien abzuwenden.

Guillaume tat erstaunt, und als der König seinen Bericht beendet hatte, antwortete er mit wohl gewählten Worten: »Sire, ich danke Gott für diese glückliche Wendung. Nie und nimmer habe ich bei meiner Abreise aus Irland geglaubt, dort einen solch gefährlichen Feind zu besitzen.« Seinen Verdacht, John könne an der Intrige gegen ihn beteiligt gewesen sein, sprach er nicht aus, denn manchmal war Schweigen Gold.

John lächelte nur dünn. »Nehmt an meiner Seite Platz, mein lieber Maréchal, und berichtet mir von meinen Enkeln!«, sagte er freundlich und deutete auf den Stuhl neben sich. »Wie geht es meiner Tochter?«

Guillaume setzte sich und erzählte ihm, wie strahlend schön Marguerite gewesen war. Er berichtete von Richards gewissenhaftem Umgang mit den Falken und von Alix' leuchtenden Augen, nur von Henry sprach er kaum, denn er fürchtete, John könne William den Jungen fortnehmen, um ihn bei Hof zum Ritter zu erziehen, so wie er es mit Guillaumes ältesten Söhnen getan hatte. Henry aber war noch zu jung für eine Trennung von seinen Eltern und den Einfluss dieses wankelmütigen Königs. Er sollte noch ein Weilchen bei seinem Vater und seiner Mutter bleiben, bevor er eines Tages bei einem strengen, aber liebevollen Ritter ausgebildet wurde. Guillaume höchstselbst würde dafür sorgen, dass er einen guten Herrn bekam, wenn es so weit war. Das hatte er bereits mit William abgesprochen.

Als offensichtlich wurde, dass der König ihm weiterhin wohlgesinnt war, wagten auch die anderen Lords, Guillaume wieder Respekt zu zollen. Niemand wich mehr seinem Blick aus oder drehte sich fort, wenn er vorüberging.

Seine dunklen Zeiten bei Hof waren Vergangenheit.

Als Guillaume endlich nach Leinster zurückkehren durfte, wurde deutlich, dass die Schwierigkeiten in Irland keineswegs ausgeräumt waren. Sein Rückzug vom Hof ermöglichte ihm darum kein beschauliches Dasein im Kreis seiner Liebsten, sondern forderte ihn mit einem nicht minder schwierigen Abschnitt in seinem Leben erneut heraus. Hier und jetzt würde er beweisen müssen, dass er mehr war als ein Höfling. Er würde Herrscherqualitäten zeigen und sich Respekt verschaffen müssen. Für sich und seine Ziele musste er Verbündete finden, denn es gab genügend Männer, die ihm seine Position missgönnten, weiterhin gegen ihn intrigierten und nichts lieber gesehen hätten als sein Scheitern.

Abergavenny, Spätsommer 1208

»Niemals, hört Ihr, niemals werde ich meinen Sohn einem Mann als Geisel übergeben, der seinen eigenen Neffen getötet hat!« Matilda war vor Empörung rot angelaufen. Der König hatte durch seine Sturheit dafür gesorgt, dass der Papst ein Interdikt über England ausgesprochen hatte. Dies gefiel weder dem Volk noch den Baronen, darum würde John zurzeit wohl kaum auf Verständnis für den Mord an seinem Neffen treffen und nahm sich deshalb besser in Acht. »Geht zum König und überbringt ihm meine Antwort!«, befahl sie und wedelte den Mann fort wie eine Pferdefliege.

Der Bote verbeugte sich, ohne etwas zu erwidern, machte auf dem Absatz kehrt und verließ die Halle.

Matilda sank auf einen der bequemen Armsessel nieder. Der König bedrängte sie bereits seit vielen Monaten wegen der seit Jahren ausstehenden Zahlungen für Limerick und wurde mit jedem Tag ungeduldiger. Gewiss, es handelte sich um eine stattliche Summe, die sie John inzwischen schuldeten, doch seit Arthurs Tod waren sie davon ausgegangen, dass er ihnen diese Verpflichtung im Gegenzug für das Schweigen ihres Gatten erlassen würde. Gut fünf Jahre erst war es her, dass John seinen Neffen erschlagen hatte. Er konnte doch unmöglich glauben, dass ihm dieser Mord nicht mehr zum Verhängnis werden konnte! Wie also konnte er es wagen, ihren Gemahl wegen des schnöden Geldes so zu bedrohen?

Matilda schüttelte ungläubig den Kopf. Der König war ein gieriger Mann, der Geld und Juwelen mehr liebte als alles andere. Gerade darum war es offenbar allerhöchste Zeit, ihn daran zu erinnern, wer seine Verbündeten waren. Schließlich hatte er ihrem Gatten mit Fug und Recht so lange vertraut und ihn nicht aus reiner Menschenliebe immer wieder begünstigt. Bei dem Gedanken, ihren Sohn in Johns Obhut zu geben, lief Matilda eine Gänsehaut über den Rücken. Zwar war ihr Ältester längst kein Kind mehr, sondern ein gestandener Mann und selbst bereits Vater, trotzdem traute sie John zu, dass er ihm etwas antat. Nicht mit eigener Hand vermutlich, dazu war er nicht stark genug. Doch in einen Kerker werfen und damit drohen, ihn verhungern zu lassen, um den Druck auf sie und ihren Gemahl zu erhöhen, so wie er es schon mit anderen getan hatte, das konnte er allemal! Nein, sie würde nicht zulassen, dass ein Mitglied ihrer Familie zur Geisel des Königs wurde, auch wenn ihr Gemahl bei seinem Treffen mit John diesem Teil der Abmachung zugestimmt hatte, um Zeit zu gewinnen.

»Du musst John die Zähne zeigen. Er soll sehen, dass du dich nicht vor ihm fürchtest«, forderte sie von ihrem Gatten, als dieser wenige Tage später aus Hereford zurückkam, und berichtete ihm, mit welcher Nachricht sie den Boten zurückgeschickt hatte.

»Wo hast du nur deinen Verstand gelassen?«, schrie de Braose sie an. »Wenn nicht einmal der Papst ihn beugen kann, wie sollen wir ihn dann in die Knie zwingen?«

Matilda sah ihren Gemahl entgeistert an. Niemals zuvor hatte er gewagt, die Stimme gegen sie zu erheben. Sie rang nach Atem. Ihr allein hatte er zu verdanken, wie wohlhabend und einflussreich er heute war. Sie hatte ihn stets gedrängt und unterstützt. Hatte er das etwa vergessen? Sie baute sich vor ihm auf und sah voller Wut auf ihn herab.

»Du wirst alle Männer zusammenziehen, die du aufbringen kannst, und deine Güter hier in Wales zurückerobern!«, fauchte sie ihn an. Der König hatte eine stattliche Anzahl ihrer Ländereien eingezogen, um seiner Forderung Nachdruck zu verleihen. Das durften sie sich nicht länger bieten lassen! Sie mussten sich wehren, damit der König begriff, dass er sie nicht so respektlos behandeln konnte. Ließen sie ihn gewähren, war ihr Abstieg bei Hof bereits vorgezeichnet.

»Es geht nicht nur um unsere Zukunft, sondern auch um die unserer Kinder und Kindeskinder!«, erinnerte sie ihn. Sie war bereits mehrfache Großmutter und stolz darauf, eine so fruchtbare Familie zu besitzen. Der König selbst hatte in guten Tagen dafür gesorgt, dass einträgliche Verbindungen für ihren Nachwuchs vereinbart worden waren. Sie hatte nicht vor, das Erreichte nun leichtfertig aufs Spiel zu setzen. John mochte ihnen drohen, doch das konnten sie ebenfalls. Und besser noch! Wenn ihr Gemahl nur genügend Macht in Wales demonstrierte, würde der König sicher bald gewahr werden, dass er ihn als Verbündeten brauchte, nicht als Feind. Denn Feinde hatte er schließlich schon genug!

Hatte nicht auch der Maréchal gezeigt, dass man dem König die Stirn bieten konnte? König John, auch genannt Softsword, war ein Feigling! Matilda entwich ein herablassendes Zischen.

De Braose kam drohend auf sie zu. »Nun, durch deine unüberlegte Antwort an den König bleibt mir wohl in der Tat keine andere Wahl, als erneut um meine Ländereien zu kämpfen. Ich wollte den Streit mit John auf andere Weise lösen. Wozu sonst, glaubst du, habe ich mit ihm verhandelt? Unser Sohn ist kein Kind mehr und hätte als Geisel gewiss keinen Schaden genommen. Der Maréchal hat seine beiden Ältesten schon lange ausgeliefert, und nie hat John gewagt, ihnen auch nur ein Haar zu krümmen.«

»Du vergisst, dass den Maréchal und König John ein Ehebündnis ihrer Bastarde verbindet«, antwortete Matilda schnippisch. »Außerdem weiß Sir Guillaume nicht, was mit Arthur geschehen ist. Du aber warst dabei und hast mit eigenen Augen gesehen, wie unberechenbar er ist!«, schrie sie ihn an. Vielleicht, so begannen sie Zweifel zu beschleichen, hätte sie ihre Antwort an den König doch geschickter formulieren sollen, statt John durch ihre hoffärtige Art zu provozieren. Doch für diese Einsicht war es zu spät, der Bote war fort, die Nachricht gewiss längst überbracht.

Kilkenny, Irland, Frühjahr 1209

»Guillaume!«, rief Isabelle und fuhr hoch. Eine grausig verzerrte Fratze hatte sich in ihren Schlaf geschlichen und sie zu Tode erschreckt. Isabelles Herz pochte noch immer. Weiches Morgenlicht fiel durch den hölzernen Laden vor dem Fenster und tauchte die Schlafkammer in sanfte Rottöne. Irgendwo in der Ferne hörte sie ein Kind greinen und einen Hahn krähen.

»Was ist, Liebling?« Guillaume rieb sich die Augen und sah sie besorgt an.

»Nichts. Nur ein Traum.« Isabelle drehte ihm den Rücken zu. »Ich will, dass du sie wegschickst!«

Guillaume stöhnte. »Nicht schon wieder, bitte, Isabelle!«

»Dies ist mein Heim!«, fuhr sie ihn an und drehte sich erneut zu ihm. »Und mein Land!«, fügte sie hinzu. »Ich will sie nicht mehr hier haben!« Ihre Stimme überschlug sich fast. »Mehr als zwei Wochen habe ich sie schon ertragen, nun ist es genug!«

Guillaumes Augenbrauen waren mit dem Alter buschiger geworden, und sein Blick konnte darum noch strenger wirken, wenn er sie zusammenzog, doch Isabelle beeindruckte das wenig.

»Du brauchst mich gar nicht so anzusehen«, rief sie herausfordernd. »Ich kann sie nicht leiden, und du weißt das. Nicht einmal die Katze mag sie, und die streicht jedem Dahergelaufenen um die Beine. Nur bei Lady Matilda buckelt und faucht sie.« Isabelle krallte ihre Hand in seinen Arm. »Bitte, Guillaume, sie ist mir unheimlich! Ihr Blick ist so … so kalt und voller Hinterlist!« Als sie merkte, dass Guillaumes Kinnmuskeln zuckten, küsste sie ihn auf die Wange. »Tu, was du dem Erzbischof versprochen hast, und eskortiere sie von unserem Land, ich bitte dich!«

»Ich habe ihnen meine Gastfreundschaft angeboten«, murrte Guillaume.

»Aber doch nicht für immer!«, rief Isabelle empört aus. Sie ahnte, dass Guillaume sich herauszureden versuchte. »Du weißt inzwischen genauso gut wie ich, dass sie vor John auf der Flucht sind. Darum musst du sie loswerden, oder du ziehst dir nicht nur meinen Unmut zu, sondern auch den deines Königs!«

»Schon gut!«, rief Guillaume aus. »Meinetwegen. Ich werde einen Boten zu den de Lacys entsenden, um sie anzukündigen, und lasse sie in zwei oder drei Tagen zu ihnen bringen. Zufrieden?«

In seinen Augen glaubte Isabelle eine Spur Verachtung zu lesen, vielleicht war es auch Enttäuschung. Sie schnaufte. »In zwei, drei Tagen erst?«

»Ich will sie nicht kränken. Stell dir nur vor, wir wären in einer solch misslichen Lage!«

»Und du glaubst, ausgerechnet Lady de Braose würde uns in einem solchen Fall zur Seite stehen?« Isabelle lachte auf. »Sie hasst dich, Liebster. Sie kann dich nicht ausstehen, weil du ihrem Gemahl überlegen bist. Jetzt mehr denn je! Sie gönnt dir weder dein Ansehen, das größer ist als seines, noch deinen Wohlstand. Wenn sie könnte, würde sie dich eigenhändig erwürgen, das kannst du mir glauben! Ich kann es in ihrem Blick sehen, wenn sie sich unbeobachtet wähnt. Vermutlich haben sie dich nur um Hilfe gebeten, um dich ebenfalls beim König in Misskredit zu bringen. Zwei Tage, hörst du? Höchstens drei. Bis dahin werde ich in der Kammer bleiben!«, erklärte sie entschlossen. »Damit du nicht vergisst, Wort zu halten!«

»Heiliger Himmel, du bist ja schon fast so misstrauisch wie der König und würdest am liebsten Geiseln von mir fordern, wären meine Kinder nicht auch deine!«, antwortete Guillaume ungehalten.

»Bis auf einen Sohn, wenn ich mich recht erinnere, den du nicht von mir hast und den der König nicht anrührt!«, erwiderte Isabelle schnippisch und wandte sich ab.

Guillaume atmete hörbar aus, erhob sich und kleidete sich an.

Isabelle vergrub das Gesicht in ihrem Kissen, als er die Kammer verließ. Sie biss sich auf die Oberlippe, bis sie Blut schmeckte, und versuchte, die Tränen zurückzuhalten, die ihre Augen überschwemmen wollten. Sie hasste es, mit Guillaume zu streiten, und bereute, so spitz geantwortet zu haben. »Hauptsache, sie sind bald weg!«, murmelte sie und wischte sich über die Augen.

* * *

Conall hieb dem Pferd mit aller Wucht die Fersen in die Flanken und duckte sich, um niedrig hängenden Ästen auszuweichen. Trotzdem peitschten ihm immer wieder Zweige ins Gesicht, und schon bald lief warmes Blut über seine Wange. Er hätte mit dem Handrücken darüberwischen wollen, doch dafür war keine Zeit. Schneller, ich muss schneller als sie sein! Besorgt warf er einen Blick nach hinten. Er schien nicht verfolgt zu werden. Noch nicht. Dass er das beste Pferd seines Herrn gestohlen hatte, konnte ihn den Kopf kosten, doch nicht um *sein* Leben fürchtete er. Sein eigenes Schicksal war ihm gleich, solange ihn nur niemand aufhielt und er noch rechtzeitig kam, um Isabelle zu warnen.

Eineinhalb Jahre war es her, dass er aus Kilkenny vertrieben worden war wie ein Hund, der nicht mehr zur Jagd taugte. Der Hass auf den Maréchal hatte ihn blind gemacht und sein Herz zu einem kalten Stein werden lassen. Sein neuer Herr, ein Weggefährte Strongbows, verabscheute den Maréchal ebenso wie er und intrigierte gegen ihn, wo er nur konnte. Auch mit Lady de Braose, die Aufnahme in Isabelles Haus gefunden hatte, hatte er heimlich Nachrichten ausgetauscht.

Nach seinem Rausschmiss aus Kilkenny war Conall unglaublich stolz gewesen, dass der Lord ihn auf Anhieb als den Stallmeister des Maréchal erkannt und sich beeindruckt gezeigt hatte! Wie einen guten, alten Freund hatte er ihn behandelt, ihm ein kleines Haus überlassen, ihn geachtet und dafür gesorgt, dass er sich rasch heimisch gefühlt hatte. Conall schnaubte unwillkürlich. Wie einfältig er doch gewesen war! Er hatte sich wichtiggetan und so ausführlich von Kilkenny erzählt, dass jeder Dummkopf genaue Pläne von der Burg hätte aufzeichnen können, denn kaum jemand kannte die Feste besser als er. Wichtig hatte er sich gefühlt, als er den Soldaten seines Herrn von dem Treiben in Kilkenny berichtet hatte, und nicht bedacht, was diese eines Tages mit diesem Wissen anstellen würden.

Schneller, ich muss schneller sein als sie! Nur durch Zufall hatte er mitbekommen, was sie vorhatten. Ein Blutbad planten sie. Die Garnison von Kilkenny wollten sie niedermetzeln. Lady de Braose hatte seinem Herrn Nachricht geschickt, dass der Augenblick dafür gekommen sei. Der Maréchal würde mit einigen seiner Soldaten die Burg verlassen, um sie und ihren Gatten zu ihrem Schwiegersohn de Lacy zu geleiten.

Conalls Herz begann, wild zu schlagen. Zunächst hatte er jubiliert bei dem Gedanken, dass der Maréchal von diesem Ausflug heimkehren und einen Trümmerhaufen vorfinden würde. Die Hoffnung, Isabelle könne schon bald als Geisel auf der Burg seines Herrn verweilen, war ihm ein Licht in seinem dunklen Dasein gewesen. Doch die Anweisungen seines Herrn waren gnadenlos gewesen. »Keine Gefangenen«, hatte er befohlen. »Tötet sie alle!« Angst saß Conall nun im Nacken. All sein Hass auf den Maréchal war unwichtig, nur seine Liebe zu Isabelle zählte. Kilkenny war ihr Heim, und sie fühlte sich dort sicher. Auch wenn er sie niemals besitzen würde, so durfte sie doch nicht sterben. Sie sollte leben, lachen und ihre Kinder aufziehen!

***

Guillaume hatte Mühe, Isabelles Abscheu zu verstehen. Lady de Braose hatte sich trotz des Neides, der in der Tat zuweilen in ihren Augen glitzerte, stets freundlich gezeigt. Ihr Gatte war ein recht geschickter Taktiker und überaus kurzweiliger Mensch, der gern etwas Amüsantes zum Besten gab. Echte Gefahr aber sah Guillaume nicht von ihnen ausgehen. Es hatte bislang nie einen Anhaltspunkt dafür gegeben, dass sie gegen ihn intrigiert hatten. Gewiss, die beiden waren überaus ehrgeizig, doch war er selbst das nicht auch? Ohne den ausdrücklichen Wunsch, zu reüssieren, wurde man schnell übervorteilt und von anderen überrannt. Erfolg, Geld und Macht kamen nun einmal zu dem, der sie begehrte und danach strebte, seinem König zu gefallen. Dass Matilda de Braose John so verärgert hatte, war darum äußerst unklug gewesen. Überheblichkeit mochte man ihr deshalb vorwerfen und ganz sicher mangelnde Beherrschung, vielleicht sogar Dummheit – doch Verschlagenheit? Guillaume schüttelte den Kopf und sah nach oben. Tiefe Wolken hingen am Himmel und ließen Regen erwarten.

Er hätte Lord und Lady de Braose nicht begleiten müssen, doch es war eine Frage der Höflichkeit gewesen, sie zumindest bis an die Grenzen seines Landes zu eskortieren. Ein paar seiner Soldaten würden die beiden von dort aus bis zu den de Lacys geleiten, damit ihnen kein Leid geschah. Mehr hatte er nicht tun können, wollte er nicht den Zorn seines Königs und seiner Liebsten erdulden. Nun, da Lady Matilda fort war, schwebte Isabelle gewiss wieder wie ein Engel durch die Burg, lächelte, prüfte, zählte, bestimmte, tröstete, erklärte und gab Anweisungen. Für gewöhnlich hatte sie ihre Augen überall und schien an mehreren Stellen gleichzeitig sein zu können. Niemand konnte einen Haushalt besser führen als sie. Isabelle war durchaus streng, aber sie war auch gerecht und zürnte niemandem lange. Sie kannte jeden auf der Burg mit Namen, vom einfachen Tagelöhner bis hin zu den Gehilfen im Backhaus oder in der Küche; sie wusste, wer von den Knechten, Dienern und Mägden verheiratet war, wer Kinder hatte oder ein krankes Familienmitglied, und erkundigte sich stets nach ihrem Befinden. Sie half, wenn Not zu lindern war, und hatte stets ein offenes Ohr für die Belange anderer, darum liebten sie alle, nicht nur er.

Guillaume strich sich über den Nacken und warf einen Blick über den Nore, dem sie schon eine Weile folgten. Seit er nach Irland gekommen war, tat er sein Möglichstes, um für Frieden zu sorgen, doch es war nicht leicht, mit den starrköpfigen Baronen zurechtzukommen. Meilyr war zwar seit Anfang des Jahres seines Amtes enthoben und konnte ihm darum keine Schwierigkeiten mehr bereiten, doch seine Lords waren noch immer nicht alle unter Kontrolle gebracht. Verbündete, das wusste Guillaume, waren der wichtigste Schlüssel zur Befriedung von Leinster, darum hatte er Sauqueville, Bloet, Evreux, Erlée und Hose mit Gütern rund um Kilkenny belehnt. So konnte er ihnen für ihre guten Dienste danken und zugleich die Sicherheit der Burg erhöhen, die so deutlich weniger Gefahren ausgesetzt war. Zu viele Barone hatten versucht, ihn zu hintergehen. Leinster brauchte einen starken Mann an der Spitze, und der wollte er sein. Aus diesem Grund würde er nun noch einigen seiner Güter einen kurzen Besuch abstatten, denn kaum etwas war wichtiger, als Präsenz zu zeigen.

Die frische Brise, die vom Wasser her wehte, trieb ihm einen heftigen Schauder über den Rücken, und mit einem Mal war es wieder da, dieses merkwürdige Gefühl in seinem Nacken. Seine Hand fuhr unwillkürlich darüber. »Wir werden noch heute nach Kilkenny zurückkehren!«, befahl er aus heiterem Himmel und wendete sein Pferd.

Jean d'Erlée, der neben ihm geritten war, machte halt und gab den Befehl an die wenigen Männer weiter, die sie begleiteten. Guillaume hatte seinem Pferd inzwischen die Sporen gegeben, und Erlée hatte Mühe, ihn einzuholen. »Mylord!«, rief er. »Was ist geschehen? Ihr seid weiß wie ein Leintuch, ist Euch nicht wohl?«

»Ein ungutes Gefühl, mein Freund. Lass uns so schnell wie möglich heimkehren.« Niemandem hatte er je von diesem Kribbeln im Nacken erzählt, das ihm solche Angst einzujagen vermochte.

***

»Bitte, ich muss zu ihr!«, schrie Conall und versuchte, sich dem Griff der beiden Soldaten zu entwinden, die ihn festhielten. Es war ihm gelungen, die Truppen seines Herrn zu überholen, weil er nicht dem Weg gefolgt, sondern durch den Wald geritten war. Wie ein Besessener war er durch das weit geöffnete Burgtor in den Hof gesprengt und vom Pferd gesprungen, um Isabelle zu warnen. »Die Burg wird angegriffen!«, rief er außer sich vor Sorge.

Zwei weitere Soldaten waren hinzugekommen und stießen sich nun feixend an. »Er glaubt doch tatsächlich, er allein könne die Burg angreifen!« Einer von ihnen tätschelte Conall die Wange. »Bist ein bisschen irr, was?«, fragte er und drehte den Zeigefinger neben seiner Schläfe in der Luft. »Die Liebe hat ihm das Gehirn geröstet«, sagte er an die anderen gewandt. »Kein Wunder, dass sie ihn fortgejagt haben!«

»Ich muss zu Lady Isabelle!«, rief Conall. »Versteht ihr denn nicht? Die Soldaten meines Herrn sind nicht mehr weit!«

»So?«, sagte der Zweite. »Dann bist du ja ein Verräter! Und was macht man mit Verrätern?«

»Teeren und federn!«, schlug sogleich einer der Soldaten vor und grölte.

»Hängen oder, besser noch, vierteilen!«, rief ein anderer.

Conall war kurz davor, in Tränen auszubrechen. Er hatte sich so sehr beeilt, um Isabelle zu warnen, und nun kam er nicht einmal bis zu ihr vor! Plötzlich sah er sie auf der anderen Seite des Hofes. »Isabelle!«, schrie er gellend. »Hör mich an!«

***

Bei Conalls Anblick erschrak Isabelle. Sie hatte nicht damit gerechnet, ihn je wiederzusehen. Bedauernswert sah er aus. Das Haar klebte ihm schweißnass am Kopf, und sein Gesicht war blutig zerkratzt. Er wehrte sich gegen die Soldaten, die ihn festhielten. Zwei starke Männer waren es, und sie schienen Mühe zu haben, ihn nicht entwischen zu lassen.

»Isabelle, du musst mich anhören!«, schrie er noch einmal.

Traurig schüttelte sie den Kopf. Der Tag, an dem sie ihn zum letzten Mal gesehen hatte, war ihr noch allzu deutlich im Gedächtnis. Hasserfüllt und bedrohlich hatte er sie angesehen. Isabelle machte einen Bogen um ihn und steuerte auf den steinernen Turm zu, in dem sie inzwischen ihr Wohnquartier eingerichtet hatten.

»Isabelle!«, hörte sie Conall flehen.

Es war besser, sie drehte sich nicht um, sonst wurde sie noch schwach.

Plötzlich hörte sie Schritte hinter sich und wandte sich doch um. Conall hatte sich losgerissen und rannte auf sie zu. »Isabelle, du musst …«, rief er mit aufgerissenen Augen und brach plötzlich zusammen. Einer der Soldaten hatte ihn von hinten niedergestochen.

»Conall!« Isabelle stürzte auf ihn zu.

»Was hast du getan?«, rief sie dem Mann zu, von dessen Schwert Conalls Blut troff.

»Er ist irr!«, erklärte der Mann. »Er wollte Euch überfallen.« Er sah zu seinen Kameraden. »Nicht wahr, das hat er gesagt!«

Die Soldaten neben ihm nickten.

»Ja, Mylady, das hat er«, bestätigte einer.

Isabelle war bereits auf den Boden gesunken und hatte den Kopf ihres Milchbruders ergriffen. »Conall!«

»Mein Herr ist … auf dem Weg, die Burg anzugreifen, das Tor steht weit auf, und Ihr seid nicht vorbereitet, Mylady«, sagte Conall stockend und stöhnte. »Es darf Euch kein Leid geschehen!«, flüsterte er weich, dann wurde sein Blick starr, und das Leben verließ ihn.

»Conall!«, rief Isabelle. Tränen rannen über ihr Gesicht, doch er hörte sie nicht mehr.

»Was ist hier los?«, donnerte Guillaume, der soeben in den Hof gesprengt war, und saß ab.

Die Soldaten sahen ihn betreten an. »Er wollte …«, begann einer, brach jedoch ab.

»Guillaume!«, rief Isabelle außer sich. »Conall ist tot.« Ein Weinen schüttelte sie. »Er wollte uns warnen. Er hat gesagt, es seien Soldaten unterwegs, um Kilkenny anzugreifen.«

»Wusste ich's doch«, murmelte Guillaume und brüllte die

Soldaten an: »Worauf wartet ihr noch? Gebt allen Männern auf der Burg Bescheid, sich zu rüsten, und schließt das Tor hinter meinen Begleitern.«

»Jawohl, Mylord!«

Guillaume beugte sich zu Isabelle hinab.

»Er hat uns warnen wollen.« Sie schluchzte auf. »Aber ich dummes Ding hab ihm nicht zugehört. Ich hatte Angst vor ihm. Ich dachte, er bedroht mich«, schluchzte sie. »Wenn ich ihn doch nur angehört hätte, dann hätte der Soldat ihn nicht erstochen.«

Guillaume nahm sie in den Arm. »Er ist als Ehrenmann gestorben«, sagte er. »Komm. Wir müssen dich und die Kinder in Sicherheit bringen.«

Isabelle ließ Conalls Kopf vorsichtig zu Boden gleiten und nickte tapfer. Er war gestorben, damit sie leben konnte.

»Wir müssen dafür sorgen, dass er ein anständiges Begräbnis bekommt«, sagte sie mit erstickter Stimme.

Guillaume nickte. »Das werden wir, ich verspreche es.«

»Wolltest du nicht erst in einigen Tagen zurückkehren?«, fragte sie, als er sie zu ihrer Kammer brachte.

»Ich hatte plötzlich so ein merkwürdiges Gefühl«, sagte er weich. »Darum sind wir umgekehrt.« Er fuhr sich mit der Hand in den Nacken und lächelte. Das Kribbeln war verschwunden. »Sorge dich nicht, mein Liebling, es wird alles gut.«

***

»Herr, ich danke dir für deine Gnade«, betete Guillaume, nachdem die Kämpfe vorüber waren. Wenige Tage nur hatte die Belagerung durch seinen Gegner gedauert. Er kniete auf dem kalten Steinboden der kleinen Kapelle, die zum Wohnturm gehörte, und murmelte ein Ave-Maria. Das warnende Kribbeln in seinem Nacken und Isabelles Leben verdankte er ganz gewiss einem gütigen Gott.

Guillaume schloss die Augen und versuchte, sich an ein weiteres Gebet zu erinnern, doch seine Gedanken kehrten immer wieder zu Isabelle und den Geschehnissen zurück. Es hatte nicht lange gedauert, und Kilkenny war tatsächlich angegriffen worden, genau wie Conall es gesagt hatte. Ihm allein war es zu verdanken, dass Guillaume rechtzeitig das Tor schließen und Bogenschützen auf dem Wehrgang hatte postieren lassen. Sein Verdienst war es gewesen, dass die Angreifer vergeblich versucht hatten, die Burg zu erobern, und sich schließlich unverrichteter Dinge zurückgezogen hatten. Guillaume rang nach Atem. Isabelle hatte recht gehabt. Conall war kein schlechter Kerl gewesen, nur unglücklich und eifersüchtig, was ihm nicht einmal zu verdenken war. Seine Liebe hatte Isabelle ebenso das Leben gerettet wie ihren Kindern und vermutlich noch vielen anderen auf der Burg.

Bei dem Gedanken, was hätte geschehen können, spürte Guillaume Übelkeit in sich aufsteigen. Er wusste, wie es aussah, wenn Menschen gnadenlos abgeschlachtet wurden, wenn Burgen brannten und das Vieh vor Panik schrie. All das hatte Conalls selbstloses Einschreiten ihnen erspart.

»Herr, nimm dich seiner Seele an«, murmelte Guillaume. Er hatte Conall den Kuss ebenso verziehen wie die Geschmacklosigkeiten, die er hinausposaunt hatte, und für ein anständiges Begräbnis gesorgt, so wie er es Isabelle versprochen hatte. Bei den Friedensverhandlungen mit seinem Gegner hatte Guillaume an diesem Nachmittag auch die Freigabe von Conalls Weib und seinen Kindern erreicht. Er würde ihnen in Kilkenny wieder ein Heim geben und sie mit einer kleinen Rente versorgen. Sie sollten nicht leiden müssen, weil Conall das Richtige getan hatte.

Guillaume bekreuzigte sich und stand auf. So lange auf den Knien auszuharren, war schmerzhafter als früher, doch er beschwerte sich nicht. Isabelle und den Kindern ging es gut, das war alles, was zählte. Der aufständische Baron, der Kilkenny angegriffen hatte, war Tags zuvor seinen Verletzungen erlegen. Von ihm drohte also keine Gefahr mehr. Ganz gewiss aber war er nicht der Einzige, der ihnen schaden wollte, darum hatte Guillaume die Wachen auf dem Wehrgang und am Tor verdoppeln lassen.

Dublin, Irland, Ende August 1210

Seit bald zwei Monaten verwöhnte sie die Natur mit einem strahlend blauen Himmel, an dem nur wenige wollig weiße Wolken standen. Manchmal trug der Wind sie landeinwärts, dann wieder war kein einziger Hauch zu spüren, und die Wolkenschafe schienen gemächlich am Firmament voranzuziehen und in aller Ruhe zu grasen. Schon morgens war die Luft warm, beinahe stickig, dafür duftete es spätestens in der Mittagsglut nach frischem Heu und Wiesenblumen.

Bauern, Tagelöhner und Kinder hoben neugierig den Kopf, als der Tross des Königs sich an ihren Feldern vorbeischob und den Staub der Straße aufwirbelte. Doch nicht einer von ihnen winkte oder jubelte. Gleichgültig wandten sie sich ab, beugten wieder den schmerzenden Rücken und fuhren mit der harten Arbeit fort, die sie ernährte. Hier in Irland hatte man John in keiner guten Erinnerung. Schändlich hatte er sich verhalten vor fünfundzwanzig Jahren, als er das letzte Mal auf der Insel gewesen war. Man brauchte ihn nicht, den fremden König, war man doch stets gut ohne ihn ausgekommen. Niemand hier wollte sich von ihm regieren lassen, denn er war Engländer, kein Ire, nicht einmal ein *Ireis,* wie sich die Gefährten Strongbows voller Stolz nannten.

Guillaume holte tief Luft. Auch ihm war man in Irland mit Abneigung begegnet, weil er sein Glück, die Ehe mit Isabelle, Macht und Landbesitz den Königen Englands verdankte.

Als John ihn aufgefordert hatte, sich den königlichen Truppen anzuschließen, war er, wie es von ihm erwartet wurde, sofort nach England gezogen, um dort zu ihm zu stoßen und ihn nach Irland zu begleiten. Auch wenn er keinerlei Lust dazu verspürt hatte und sich lieber den Schwierigkeiten seiner eigenen Ländereien gewidmet hätte, begleitete er John nun schon seit Wochen. Großzügig, wie es sich für den Herrn von Leinster geziemte, hatte Guillaume den König und seinen Tross auf Kilkenny bewirtet, als sie durch Leinster gekommen waren. Isabelle war eine vorbildliche Gastgeberin gewesen. Sie hatte sich nach Johns Gemahlin und den beiden Prinzen erkundigt und erfahren, dass die Königin ein weiteres Kind erwartete. Für den verwöhnten Gaumen ihres Gastes hatte sie prächtige Speisen bereiten lassen. Musik, Tanz und allerlei Kurzweil hatten ihnen den Abend versüßt.

Guillaume warf einen kurzen Blick auf seinen König. Grimmig und angsteinflößend sah John auf seinem Pferd aus. So kriegerisch, dass die Menschen auf den Straßen der Stadt ängstlich zurückwichen. Aberglaube und Furcht ließen sie erzittern, denn der König hatte den Ruf, im Bund mit dem Teufel zu stehen!

Ein mitleidiges Zucken umspielte Guillaumes Mund. John hatte keinen Pakt mit dem Gehörnten, nein, er war nur starrköpfig! Die Angelegenheit um die Position des Erzbischofs von Canterbury hatte er noch immer nicht beigelegt, obwohl John de Gray längst Meilyrs Nachfolger im Amt des Justiziars von Irland war.

Das Interdikt, das der Papst zur Strafe für Johns Ungehorsam über England verhängt hatte, hatte nicht im Mindesten die erhoffte Wirkung gezeigt. Im Gegenteil. Statt vor Furcht zu beben, hatte John die Kirche umgehend mit höheren Abgaben bestraft und sich schamlos an ihr bereichert. Nicht einmal als der Papst ihn exkommuniziert hatte, war er zurückgezuckt. Zwar hatte er seinen Plan, Philippe in die Knie zu zwingen, verschieben müssen, um die Aussicht auf Erfolg nicht zu verwirken, doch den Druck auf die Kirche hatte er sogar noch erhöht. Enteignungen, Plünderungen und Erpressungen brachten John stattliche Summen ein und ließen die kirchlichen Würdenträger in Scharen aus England fliehen.

Zwar drohte seine unsterbliche Seele zu verlieren, wer ihm beistand, doch hatte die Kirche in der Vergangenheit zu häufig zur Exkommunikation als Strafe gegriffen, und der Schrecken, den der Bann einst verbreitet hatte, war weitgehend eingebüßt. Die Furcht vor dem Strang, an dem John jeden aufknüpfen ließ, der ihm nicht gehorchte, war um ein Vielfaches größer als die Angst vor der ewigen Verdammnis, die so fern und fraglich schien.

Als sie durch das südliche Stadttor von Dublin zogen, rümpfte Guillaume angewidert die Nase. Die Straßen waren schmutzig und stanken. Wie in allen Städten, wo viele Menschen zusammengepfercht lebten, verpesteten Unrat, Blut von geschlachteten Tieren, Gerberlohe und Schweinekot die Luft.

Die Bürger drängten sich an ihre Häuser, als die Männer des Königs an ihnen vorbeiritten, und versuchten, dem Schlamm aus Urin, Waschwasser und Erde auszuweichen, der von den Hufen der Pferde aufspritzte. Verachtung stand in ihren Gesichtern, denn nicht einmal in Dublin, das schon lange unter normannischer Herrschaft stand, sah man den fremden König gern.

Nur die reichen Kaufleute, einige Händler und Wirte, Hurenhausbesitzer und Kirchenfürsten, die sich einen Vorteil in barer Münze von Johns Aufenthalt versprachen, rieben sich die Hände. Zwei, vielleicht drei Tage würden sich der König und seine Männer in der Stadt aufhalten, viel länger blieb John an keinem Ort. Nicht einmal das Ende der Belagerung von Carrickfergus, wo sich Matilda de Braose mit ihrem Sohn verschanzt hatte, hatte er abgewartet, und das, obwohl er sie doch so dringend gefangen nehmen wollte. Rastlosigkeit hatte ihn weitergetrieben. Die Soldaten aber, die er zurückgelassen hatte, würden die Belagerung so lange fortführen, bis sich Lady de Braose ergab.

Im Palasthof angekommen, sprang der König von seinem Pferd, ließ die Zügel fallen und lief mit langen Schritten auf die Halle zu.

Guillaume hatte es alles andere als eilig. Auch wenn er mit seinen gut sechzig Jahren noch immer ein hervorragender Reiter war, so plagte ihn sein Rücken nach so langer Zeit im Sattel doch mehr als früher. Die meisten Ritter hatten es ihrem König bereits gleichgetan, ihre Pferde den Pagen, Knappen und Stallburschen überlassen und waren John in die Halle gefolgt, um sich mit Wein zu erfrischen und ihren Herrn zu beraten.

»Geh nur, Jean, ich komme nach!« Guillaume nickte Erlée auffordernd zu. Einen Augenblick Ruhe erhoffte er sich, bevor auch er dem König folgen würde.

Zwei junge Damen, offenbar aus adeligem Haus, die kichernd zur Halle liefen, fielen ihm auf. Der König hatte gern Weibsvolk um sich, Mägde, Huren und höhere Töchter. Er scherzte, turtelte und trank mit ihnen und ließ sich in der Nacht von so mancher das Bett wärmen, wenn seine Königin fern war.

Guillaume hatte solchen Tändeleien nie etwas abgewinnen können und schüttelte geringschätzig den Kopf.

John betrog jeden, sogar seine Gemahlin. Dabei war er ihr doch die ersten Jahre ihrer Ehe so heillos verfallen gewesen. Aber der König musste sich an keine Regel halten. Nicht einmal vor Mord schreckte er zurück. Er hatte die Kirche und den Papst herausgefordert und kannte keine Grenzen. Wenn er so weitermachte, statt sich zu läutern, würde ihm das Tor zum Paradies wohl auf ewig verschlossen bleiben.

Guillaume überquerte den Hof und wich einem Ganter aus, der ihm fauchend und mit drohend gerecktem Hals entgegenlief. Als ein Berittener in den Hof preschte, drehte Guillaume sich neugierig um. Sie waren kaum angekommen, und schon gab es Neuigkeiten? Er beschleunigte seinen Schritt, um vor dem Boten in der Halle anzukommen, doch der Mann schien es überaus eilig zu haben.

»Verzeiht, Mylord!«, schnaufte er, und noch bevor Guillaume die ersten Stufen hinaufgestiegen war, drängte er sich an ihm vorbei und stürzte nach oben.

Hoffentlich bringt er wenigstens gute Nachrichten!, dachte Guillaume, sah ihm kopfschüttelnd nach und stieg die Treppe hoch.

»Herrgott, Maréchal!«, brüllte der König, als Guillaume die Halle betrat. »Warum in Gottes Namen könnt Ihr nicht einmal etwas richtig machen?« John kam mit langen Schritten auf ihn zu.

Guillaume verstand nicht, was der König meinte, und zog die Augenbrauen zusammen.

»Lady de Braose«, sagte der König aufgebracht, »ist die Flucht aus Carrickfergus gelungen. Gnade Euch Gott, Maréchal, wenn es meinen Männern nicht gelingt, Hand an das Weib zu legen!«

»Sire?« Guillaume sah den König fragend an. »Was habe ich damit zu tun?«

»Ihr!«, schrie John außer sich vor Wut. »Ihr seid schuld!« Er starrte ihn feindselig an. »Hättet Ihr meinen Todfeind de Braose nicht kürzlich noch beherbergt, dann wäre die Angelegenheit längst erledigt, und ich müsste mich nicht über dieses schändliche Weib ärgern! Ihr habt mich verraten, Maréchal!« John wollte schon mit dem Zeigefinger in Guillaumes Brust stoßen, besann sich jedoch offenbar eines Besseren und wandte sich ab.

»Mylord«, erwiderte Guillaume gereizt und räusperte sich, um Ruhe zu bewahren. »Ich habe meinen Freund und Herrn aufgenommen, als er in der Nähe meiner Burg gestrandet ist und in Not war. Dass ich ihn versorgt habe, als es ihm schlecht ging, dürft Ihr mir nicht verübeln, denn ich wusste ja nicht, dass Ihr ihm gram seid. Als ich in England an Eurer Seite weilte, war er noch Euer Freund und Vertrauter, woher also sollte ich ahnen, dass ich Falsches tue?«

Mehr als ein Jahr war es her, dass Guillaume de Braose Unterschlupf gewährt hatte, und nicht ein einziges Mal in den vergangenen Wochen hatte John auch nur ein Wort darüber verloren. Warum also jetzt? Fiel ihm nichts Besseres ein, um seinem Ärger Luft zu machen, als Guillaume die Verantwortung für seine Niederlage zuzuschieben? Ausgerechnet ihn, seinen treuesten Mann, beschuldigte er des Verrats! Guillaume gelang es nur mühsam, nicht aus der Haut zu fahren. Er war den Verfolgungswahn und die ständigen Vorwürfe Johns so unendlich leid!

»Sire, sollte unter den hier Anwesenden außer Euch noch jemand der Meinung sein, dass ich absichtlich gefehlt habe, was de Braose angeht, so unterwerfe ich mich, ohne zu zögern, dem Urteil eines Zweikampfes!« Guillaume sah sich herausfordernd unter den Männern des Königs um. Viele Male schon hatte er in seinem Leben ein Duell als Richtspruch angeboten, doch niemals hatte sich ein Ritter in der königlichen Entourage gefunden, der es gewagt hätte, gegen ihn anzutreten.

Auch diesmal war keiner von Johns Männern bereit, ihn des Verrats zu bezichtigen.

John runzelte unwillig die Stirn. Wut und Enttäuschung, aber auch Neid, weil man den Maréchal bewunderte, standen ihm ins Gesicht geschrieben. Wie schwach musste er sich in diesem Augenblick fühlen und wie sehr Guillaumes Stärke als Bedrohung empfinden!

»Ich fordere Erlée, FitzRobert, Sauqueville, Samford und Porcel als Geiseln von Euch und dazu die Feste von Donmas – als Pfand für Eure Treue!«, trumpfte er in trotzigem Ton auf und funkelte Guillaume an.

Ein ungläubiges Raunen ging durch die Menge der Umstehenden. Alle Männer, die er genannt hatte, waren ehrwürdige Lords und Ritter, von denen nicht einer es verdient hatte, in Haft genommen zu werden.

Guillaume holte hörbar Luft. John wusste genau, wie er ihn treffen konnte, wie viel ihm Jean d'Erlée bedeutete und wie sehr er die Treue jener anderen Männer schätzte, die ihm gleichsam zutiefst ergeben waren. John bewies erneut, wie nachtragend er war, denn er strafte Guillaumes Getreue auf diese Weise ein zweites Mal dafür, dass sie ihm einst den Gehorsam verweigert und ihren Herrn nicht im Stich gelassen hatten. Vielleicht hoffte er gar, dass sich wenigstens einer von ihnen weigern und Guillaume dadurch verraten würde.

»Ich werde gehen, Mylord, wenn Ihr es wünscht. Ein Wort von Euch genügt!«, sagte Jean d'Erlée an Guillaume gewandt. »Und ich versichere Euch, die anderen werden es mir gleichtun.« Er verneigte sich vor seinem Herrn.

»Sire!«, rief nun Geoffrey FitzPeter, der noch immer Justiziar von England war und einer von Johns bevorzugten Männern. Er verneigte sich vor seinem König. »Ein solches Pfand zu fordern, wird nicht nötig sein, Mylord, ich bin, ohne zu zögern, bereit, für die Treue des Maréchal zu bürgen!«

Jeder Hauch von Farbe wich aus Johns Gesicht ob so viel Freundschaft für Guillaume.

»Mylord«, ergriff nun Guillaume das Wort, nickte FitzPeter dankbar zu und verneigte sich vor dem König. »Ihr habt zwei meiner Söhne und meine sämtlichen Burgen in England in Eurer Gewalt«, erinnerte er John. »Doch wenn es Euer Wunsch ist, übergebe ich Euch auch meine Güter in Irland und die Söhne meiner Vasallen obendrein, denn ich bin ohne schlechte Absicht und Euch bei meinem Leben nach wie vor treu ergeben.«

John war noch immer kreidebleich. Er rang um Fassung, murmelte nur ein paar unverständliche Worte und warf FitzPeter einen finsteren Blick zu.

»Nicht Ihr bestimmt, Maréchal, sondern ich! Ich fordere, und Ihr gehorcht!«, erklärte er. »Ihr habt gehört, wen ich will, etwas anderes fordere ich nicht. Bis zu dem Tag, an dem Ihr mir sämtliche Männer ausgeliefert habt, halte ich die Feste von Donmas.« Hochmut und Triumph standen in Johns kalten Augen.

»Wie Ihr befehlt, Sire«, antwortete Guillaume scheinbar ruhig. Wann endlich würde John begreifen, dass er ihm unrecht tat mit seinem Misstrauen?

»Gib auf dich acht, Jean«, sagte Guillaume schweren Herzens und umarmte seinen ergebenen Freund, bevor dieser sich noch am gleichen Tag in die Obhut des Königs begab und schon bald nach England verbracht wurde.

Windsor im Winter 1210/1211

»William!«, gellte Matilda und schrak vom schrillen Klang ihrer Stimme auf. Sie hörte nur ihren eigenen, stoßweise gehenden Atem, sonst war es still. Ein furchtbarer Albtraum hatte sie aufschrecken lassen. Ihr Sohn war in ihren Armen gestorben!

Matildas Herz hämmerte noch immer so heftig, dass ihr Brust und Hals davon schmerzten. Sie riss die Augen weit auf und versuchte, ihren Sohn zu erspähen, doch in der tiefen Dunkelheit, die sie umgab, konnte sie nicht einmal den Umriss seines Körpers ausmachen.

»William?«, rief sie ängstlich in die Schwärze hinein.

Auch in ihrem Traum hatte sie ihn angerufen, hatte gefleht und gebettelt, er möge wieder zu sich kommen. Sie hatte ihn geschüttelt und seine Wange geküsst, wieder und wieder. Sie hatte nicht von ihm ablassen können, hatte ihre Nase in der Falte seines Halses vergraben, hatte geweint und vor Verzweiflung geschluchzt. Er durfte sie nicht allein lassen! Nicht hier! Nicht jetzt! Ein Sohn hatte nicht vor der Mutter zum Herrn zu gehen. Nicht *ihr* Sohn!

Matilda ließ sich erschöpft zurück auf das muffige Stroh fallen, das sie notdürftig zusammengescharrt hatte, bevor die Nacht hereingebrochen war. Ihr ganzer Leib schmerzte, jeder Knochen tat weh, ihre Eingeweide brannten vom Hunger, und ihre Haut war so dünn, dass sie an manchen Stellen ihres Körpers einfach aufbrach. Die eisige Kälte dieses schrecklichen Ortes, an den man sie auf Geheiß des Königs verbracht hatte, steckte in jedem ihrer Knochen wie ein Splitter. Ohne dass sie etwas dagegen tun konnte, schlugen ihre Zähne aufeinander. Hoffnungslosigkeit hätte sie längst aufgeben lassen, wenn ihr Sohn nicht gewesen wäre. Für ihn hatte sie jeden Tag aufs Neue am Leben festgehalten.

In der ersten Zeit hatte sie versucht, die Kälte mit der Erinnerung an Licht und Wärme der Sommersonne zu lindern, doch es hatte nie lange geholfen, und mit den Wochen, die vergangen waren, hatte sie vergessen, wie sich Sonnenstrahlen auf der Haut anfühlten, wie es war, satt zu sein und zu schwitzen, sich zu freuen und nach einem erholsamen Schlaf gestärkt zu erwachen. Verzweiflung, Hunger und Schmerz waren stärker als sie. John war stärker. Er war der König und hatte die Macht, sie elend zugrunde gehen zu lassen.

Ihr Mund zuckte, als wollte er herablassend lächeln. Sie hatte den König beleidigt und den Maréchal vergeblich belastet. Sie hatte intrigiert, war geflohen und hatte versucht, John mit Verhandlungen hinters Licht zu führen. Doch er hatte ihre Winkelzüge durchschaut und sie dafür bestraft. Sie hatte mit ihrem Leben gespielt und verloren. Nun zahlte sie.

»Gnade!«, flüsterte sie mit letzter Kraft, doch niemand antwortete.

»Verschont wenigstens meinen Sohn! Ich war es, die Euch beleidigt hat, die Euch Geld versprochen und nicht bezahlt hat, nicht er.« Das waren die letzten Worte gewesen, die sie an den König gerichtet hatte. Doch John hatte nur boshaft gelacht und sie fortbringen lassen. Beide. Sie und William, ihren Ältesten.

Ihr Sohn zürnte ihr, weil sie zu lange verhandelt hatte, anstatt um Gnade zu bitten. Auch seinem Vater war er gram, denn dieser war geflohen und hatte nicht versucht, sie zu retten. Der Brief, dachte Matilda, wir hätten den Brief aus Glamorgan holen müssen! Doch es war zu spät. Es gab kein Entrinnen mehr.

»William?«, fragte sie in die Dunkelheit, aber er antwortete nicht. Er sprach schon seit Tagen nicht mehr mit ihr, sah sie nicht an, wandte ihr nur stur den Rücken zu. Matilda schloss die Augen, schürzte die Lippen und stellte sich vor, dass sie seine Wange küsste. Tränen liefen ihr über das Gesicht in die Haare. Sie bereute, den König herausgefordert zu haben, doch es war zu spät.

Sie war verdammt. Verloren. Von allen aufgegeben. Ihr Magen grollte so laut, dass sie erschrak. Wie das Knurren eines Wolfes hatte es geklungen. Doch in diesem Kerker gab es keine Wölfe, nur Ratten, ihren Sohn und sie.

»William«, flüsterte sie mit bebender Stimme, robbte über den Boden und tastete nach ihm, bis sie seine kalte Hand zu fassen bekam. Matilda zitterte vor Kälte, doch William schien noch erbärmlicher zu frieren als sie. Am besten, sie legte sich dicht neben ihn, um ihn zu wärmen. Sie rückte an ihn heran, griff nach dem zerfetzten Umhang um ihre Schultern und versuchte, auch ihren Sohn ein wenig damit zu bedecken. »Verzeih mir!«, wisperte sie weinend in sein Ohr »Es ist alles meine Schuld.« Dann spitzte sie den Mund zu einem Kuss und berührte seine Wange mit ihren Lippen.

Kilkenny, Herbst 1212

Guillaume saß in einem gemütlichen Lehnstuhl am Feuer und genoss den seltenen Müßiggang. Seit Tagen schon regnete es in Strömen. Keinen Hund hätte man bei diesem Wetter vor die Tür jagen wollen, und so waren auch er und seine Männer daheim geblieben. Guillaume stützte den Kopf in die Hand und schloss einen Moment die Augen.

Zwei Jahre war es her, dass er seinem König die geforderten Geiseln übergeben hatte. Misstrauisch wie er war, hatte John sie alle nach England verbringen lassen, Sauqueville nach Gloucester, Samford nach Winchester, Erlée nach Nottingham und FitzRobert nach Hereford. Nur Porcel hatte das Glück gehabt, einem aufrechten Mann anvertraut zu werden, der seine Geisel mit Respekt behandelt hatte.

Die anderen aber waren in feuchten Kerkern untergebracht worden, wo man sie hatte hungern und frieren lassen. Ein volles Jahr war vergangen, bis der König sie freigegeben hatte, um Guillaume für erneute Dienste zu danken, die er notgedrungen geleistet hatte. Geschwächt von der langen Haft und den Entbehrungen in ihren klammen Verliesen, waren sie heimgekehrt.

Auch Jean d'Erlée war schlecht behandelt worden und bis auf die Knochen abgemagert. Dünn und zerbrechlich hatte er gewirkt, als Guillaume ihn endlich wieder in die Arme hatte schließen können, doch wenigstens lebte er. Für FitzRobert dagegen, Basilias Gemahl und Strongbows Schwager, war der Tag der Befreiung zu spät gekommen. Er war in seinem schäbigen Gefängnis erkrankt und einsam, ohne seelischen Beistand gestorben.

Auch Lady de Braose und ihrem Sohn, so hatte man Guillaume zugetragen, war es in der Gefangenschaft schlecht ergangen. John hatte sie und ihren Sohn eingekerkert und elend verhungern lassen. Bei dem Gedanken, was man sich über sie erzählte, öffnete Guillaume die Augen. Eine Gänsehaut huschte über seine Arme.

Es hieß, man habe Matilda mit den Zähnen in der Wange ihres Sohnes verbissen gefunden. Guillaume schüttelte den Kopf. Sie habe versucht, sich an seinem Fleisch zu laben, um nicht zu sterben, tuschelten die Leute voller Grauen, doch Guillaume konnte nicht glauben, dass Matilda de Braose so etwas Abscheuliches getan hatte. Trotz allem, was man dieser Frau vorwerfen konnte – Guillaume hatte sie stets als liebende Mutter erlebt, die ihre Kinder mit aller Kraft beschützt hatte. Dass der König die beiden ohne Gnade hatte verhungern lassen, war erbarmungslos und verwerflich, doch Lady Matildas Andenken mit diesen schauerlichen Gerüchten zu beschmutzen, schien Guillaume nicht weniger herzlos zu sein.

Johns Härte sowie seine Willkür und seine aus unermesslicher Gier herrührende Bestechlichkeit hatten in den vergangenen Jahren so erschreckende Ausmaße angenommen, dass Guillaume zuweilen am Verstand seines Königs zweifelte. Vor allem aber fürchtete er um das Leben seiner Söhne, die inzwischen schon seit vielen Jahren in Johns Obhut waren. Jeden Tag betete er deshalb, der Herr möge ihm die Kraft geben, den König nicht zu erzürnen, und flehte zu allen Engeln und Heiligen, sie mögen seinen Nachwuchs vor Johns Erbarmungslosigkeit schützen.

Hätte der König die Menschen um sich herum ein wenig besser gekannt, so hätte er gewusst, welch treues Herz in Guillaumes Brust wohnte und dass es nicht nötig war, ihn mit dem Wohl von Geiseln zum Gehorsam zu zwingen. Jederzeit und ohne zu zögern, hätte Guillaume sein Leben für seinen König gegeben, denn er hatte ihm die Treue geschworen und wollte sie einhalten, was auch immer geschah. Ganz gleich, wie viel Ungerechtigkeit und Härte John an den Tag legte, er war und blieb der rechtmäßige König. Eingesetzt von Gottes Gnaden, hatte er ein Anrecht auf die bedingungslose Treue jedes Einzelnen seiner Männer. Treu bis in den Tod, so hatte Guillaume seine Aufgabe immer verstanden, bei jedem König und zu jeder Zeit.

John aber machte ihm den Glauben an sich und seine Werte von Tag zu Tag schwerer. Immer häufiger schwankte Guillaume, und doch konnte er nicht anders, als seinem Herrn verlässlich zur Seite zu stehen.

»Ein Bote des Königs, Mylord!«, kündigte einer der Wachleute an und riss ihn aus seinen trüben Gedanken.

Isabelle sah von ihrer Stickarbeit auf, und Guillaume schnaufte leise. Was würde John nun wieder fordern? Mit gerunzelter Stirn nickte er und hieß den Mann eintreten.

Der Bote, ein junger Ritter, der schon länger an Johns Hof weilte, begrüßte Guillaume höflich, richtete Grüße von seinem königlichen Herrn aus und erbot sich, das mitgebrachte Schreiben sogleich vorzulesen. Er begann die ersten Sätze mit kratziger Stimme, hüstelte mehrmals und murmelte ein paar entschuldigende Worte.

Guillaume gab seinem Pagen ein Zeichen, damit der dem Ritter einen Becher Wasser reichte.

Dankend nahm der Mann ihn an, trank hastig ein paar kräftige Schlucke, setzte ab und fuhr mit dem Lesen fort:

»… Ich habe auch meinen Baronen und Männern in Irland geschrieben, um ihnen für ihre guten und treuen Dienste sowie ihre Treueschwüre zu danken, die sie mir kürzlich erbracht haben. Ich zweifle jedoch nicht einen Augenblick daran, dass Ihr, Maréchal, die treibende Kraft gewesen seid, die sie zu diesem Schwur angehalten hat. Eurem guten Willen habe ich ihre Unterstützung in betreffender Angelegenheit zu verdanken, darum grüße ich Euch umso herzlicher.«

Guillaume nickte und seufzte. Im vergangenen Sommer hatte er John de Gray bei der Bekämpfung einer Revolte geholfen, die den Tod des Königs zum Ziel gehabt hatte. Mehr als zwanzig seiner Barone hatte er mit Engelszungen dazu bewogen, John schriftlich ihre Lehenstreue zu beteuern, und das, obwohl der König ihn zunächst sogar verdächtigt hatte, Teil der Verschwörung gegen ihn zu sein. Ob er inzwischen endlich begriffen hatte, dass Guillaume nicht daran dachte, zu fehlen?

Der Bote schien die geistige Abwesenheit seines Gastgebers bemerkt zu haben und fuhr erst fort, als Guillaume ihn mit einem Nicken dazu aufforderte.

»Auch für Eure Bereitschaft, zu mir nach England zu kommen, bin ich Euch dankbar, selbst wenn ich Euch die Genehmigung dafür zurzeit nicht erteilen kann. Der Justiziar, der Eure wertvolle Hilfe mehr als einmal lobte, kann Euren Rat nicht entbehren. Ich bitte Euch darum, zu bleiben und dem Bischof in meinem Interesse zu helfen. Meine ewige Dankbarkeit hierfür werde ich Euch zu einem späteren Zeitpunkt erweisen.

Ich füge die Abschrift eines Briefes bei, der von meinen englischen Lords angefertigt wurde, und bitte Euch, einen ebensolchen zu siegeln und die anderen Barone in Irland dazu zu bewegen, mir gleichfalls solche Versicherungen zuzusenden …«

Der Bote wies auf ein Dokument hin, das bereits auf dem Tisch von Guillaumes Schreiber lag, nickte dem Sekretär freundlich zu und nahm rasch noch einen Schluck Wasser, bevor er weiterlas:

»Ihr solltet besser für Euren Ältesten sorgen, der sich bei mir aufhält und dem es an Pferden, Ausrüstung und Kleidern mangelt. Ich werde auf eigene Kosten dafür Sorge tragen, dass er bekommt, was er benötigt, so Ihr damit einverstanden seid, und ihn schon bald einem Eurer Ritter aushändigen. Jean d'Erlée vielleicht oder einem seiner Männer. Solltet Ihr es anders wünschen, so lasst es mich schriftlich wissen, wenn Ihr wollt, dass er am Hof verbleibt und Ihr für seine Ausgaben aufkommen werdet. Ich werde ihn auf jeden Fall mit dem Nötigsten ausrüsten und das Geld dafür bei Gelegenheit von Euch zurückfordern.

Auch bitte ich Euch, nicht zu glauben, was Euch durch böse Zungen zugetragen wurde. Ich hatte niemals vor, den Jungen nach Poitou zu schicken, und war entsetzt, als mir der Justiziar von solchen Gerüchten berichtete …«

Isabelle wirkte ein wenig entspannter, als sie hörte, dass ihr Ältester bald freigelassen werden sollte. Nach der Rückkehr Jean d'Erlées und seinem Bericht über die Haft hatte sie sich vor Sorge beinahe die Augen um ihre Söhne ausgeweint. Auch Guillaume hatte um sie gebangt. Stiller und unbemerkt, doch nicht weniger ängstlich. Vor Kurzem schließlich hatte sein Nacken wieder gekribbelt. Ganz plötzlich und nicht sehr lange, dafür jedoch besonders heftig. Was, wenn John seinen Ältesten nur freiließ, weil seinem jüngeren Sohn etwas zugestoßen war?

»Und Richard?«, fragte er deshalb besorgt. »Was ist mit Richard?«

»Ich meine, gehört zu haben, dass der König ihn ebenfalls einem Eurer Ritter übergeben will«, antwortete der Bote freundlich und lächelte.

»Gut!« Guillaume atmete auf. »Sehr gut. Ich werde so rasch wie möglich dafür sorgen, dass die geforderten Briefe ausgefertigt werden.«

Statt sich unter die anderen Ritter in Guillaumes Halle zu begeben, nachdem er seinen Auftrag erfüllt hatte, stand der Bote noch immer wie angewurzelt vor ihm. Er hatte den Blick gesenkt und sah auf seine Füße, bewegte die Zehen und schien gebannt zu beobachten, wie sich das Leder seiner Schuhe dabei in Falten legte.

»Gibt es noch etwas?«, fragte Guillaume irritiert.

Der junge Ritter nickte, kratzte sich heftig hinter dem Ohr, als plagten ihn Läuse oder als ränge er mit sich, wie er beginnen sollte.

»Sprecht nur freiheraus!«, forderte Guillaume ihn auf.

»Ich habe noch eine schlechte Nachricht zu überbringen, Mylord.«

Guillaume fühlte, wie sein Herz plötzlich zu rasen begann.

Das Kribbeln! Ob es doch nicht bedeutungslos gewesen war? Er bemühte sich um Fassung und räusperte sich. Seine Kehle brannte mit einem Mal wie Feuer. »Lasst mich nicht länger warten!«, drängte er.

Tiefes und ehrlich empfundenes Bedauern stand im Blick des Boten. »Sir Baudouin de Béthune, Mylord, er ist tot.«

»Wann?«, presste Guillaume hervor. Sein Gesicht hatte alle Farbe verloren, er rang nach Atem und fuhr sich mit der Hand über den Nacken. Was hatte er wohl getan, während sein bester Freund seine Seele dem Herrn empfohlen hatte?

»Am Dreizehnten dieses Monats in Burstwick, Mylord, Genaueres weiß ich nicht, nur dass man ihn nach Meaux hat bringen lassen, um ihn dort zu beerdigen. Der König ist untröstlich. Ein schrecklicher Verlust, Mylord, für uns alle!«, fügte er leise hinzu. Sein Blick wanderte erneut auf seine Füße.

Guillaume wandte sich ab. Gewiss hatte man Baudouin nach Meaux verbracht, um ihn in allen Ehren und in geheiligter Erde bestatten zu können. Seit England unter dem Interdikt stand, durften weder heilige Messen noch kirchliche Beerdigungen durchgeführt werden. Bis zum Ende des vergangenen Jahres waren sämtliche kirchlichen Würdenträger aus England fortgegangen, nur Pierre des Roches, der Bischof von Winchester, war geblieben.

Guillaume atmete hörbar aus. Warum? Warum lebte John, der ein schlechter Mensch war, und Baudouin, der immer treu und ehrlich gewesen war, hatte schon gehen müssen? An die fünfzehn Jahre jünger als Guillaume war er gewesen und hatte sich stets bester Gesundheit erfreut. Warum hatte der Herr nicht noch ein wenig warten können, bis er ihn zu sich rief? Guillaumes Kehle war schmerzend eng, und sein Herz fühlte sich an, als würde es von der Hand eines Riesen zerquetscht.

»Lasst mich allein«, bat er.

Der Bote, die Pagen und Knappen, Diener und Ritter verließen schweigend die Halle. Nur Isabelle blieb bei ihm zurück. Sie ging zu ihm, lehnte den Kopf an seinen Rücken und umarmte ihn.

»Er war der Beste!«, sagte Guillaume tonlos. Von all seinen Freunden hatte nur Baudouin sowohl Ellen als auch William gekannt, sie geschätzt und sich für sie eingesetzt. Guillaume hatte ihn bei nächster Gelegenheit bitten wollen, seinen Enkel Henry bei sich aufzunehmen und zum Ritter zu erziehen. Wer hätte diese Aufgabe besser erfüllen können als er, sein bester und ältester Freund?

»Wir müssen …« Er drehte sich um und sah Isabelle flehend an. *»Du* musst es Alice sagen. Bitte, ich kann nicht!« Er schüttelte verzweifelt den Kopf.

Baudouin hatte ihnen die einzige Tochter, die ihm seine unglückliche Ehe mit Hawise d'Aumale beschert hatte, schon vor Jahren anvertraut, damit Isabelle sie zu einer verantwortungsvollen Hausherrin und guten Ehefrau erzog. Zart war das Kind gewesen, als sie es zum ersten Mal gesehen hatten, damals in der Normandie, nur wenige Monate nach ihrer gemeinsamen Überfahrt zum Festland. Zwei große Lücken hatten in ihrer oberen Zahnreihe geklafft, als sie ihnen in Aumale vorgestellt worden war. Artig geknickst hatte Alice und scheu gelächelt, als ihr Vater sie Guillaume und Isabelle vorgestellt hatte. Ein höfliches Kind war sie gewesen, zurückhaltend und freundlich.

Voller Freude und Zuneigung hatten sie das Mädchen als ihre zukünftige Schwiegertochter aufgenommen, denn mit der Vermählung ihrer Kinder hatten Guillaume und Baudouin ihre enge Verbundenheit und tiefe Freundschaft besiegeln wollen. Sie hatten in jenen Tagen einen Ehevertrag aufsetzen lassen, der besagte, dass Guillaumes Ältester Alice heiraten sollte, sobald sie alt genug dazu war, und dass, falls er vorzeitig verstarb, sein jüngerer Bruder Richard die Ehe mit ihr eingehen würde.

Mit den Jahren war aus dem scheuen Kind eine junge Frau mit großen Augen und fast durchsichtig wirkender Haut geworden. Ein wenig kränklich war sie, doch ganz und gar liebenswert, züchtig und fleißig. Guillaume und Isabelle hatten sie ins Herz geschlossen und liebten sie, als wäre sie eines ihrer eigenen Kinder.

»Sorge dich nicht, Liebster, ich mache das.« Isabelle stellte sich auf die Zehenspitzen, strich ihm über die Schläfe und hauchte ihm einen Kuss auf die Wange.

»Baudouin wäre so gern bei der Hochzeit dabei gewesen!« Guillaume stöhnte verzweifelt auf und schluckte.

»Ich weiß, Liebster«, sagte Isabelle sanft. »Und ich trauere von ganzem Herzen mit dir!«

Guillaume nickte, schlang die Arme um sie und drückte sie lange und fest an sich. Er brauchte sie so sehr. Ihre Liebe, ihre Kraft …

»So viele gute Männer sind schon gegangen, doch kein Verlust schmerzt mich wie dieser«, flüsterte er.

»Wann immer du mich brauchst, mein Herz, ich bin da, auch wenn ich nicht viel tun kann, um dein Leid zu lindern.«

Er wusste, dass Isabelle die Qualen, die er durchlitt, vertraut waren, denn im letzten Winter war ihre geliebte Zofe Suzanne gestorben. Isabelle war am Boden zerstört gewesen, hatte nächtelang Totenwache gehalten und herzzerreißend geweint. Viele Wochen nach Suzannes Tod war sie noch niedergeschlagen und schwermütig gewesen.

Mai 1213

Etwas mehr als ein halbes Jahr später hatte der König ihn nicht länger entbehren können und Guillaume, wie so viele andere Barone des Landes, an seine Seite beordert.

Mit einem Heer von mehr als fünfhundert irischen Rittern war er aufgebrochen, um John zu stärken, der sich in Kent auf einen drohenden Überfall des Franzosen vorbereitete.

Die Zeit war nicht spurlos an Guillaume vorübergezogen. Auch wenn sein graues Haar noch immer voll war, so schmerzte sein Rücken nun nicht mehr nur nach langen Ritten, sondern fast ständig. Viele seiner Freunde waren vor ihm den Weg aller Wege gegangen. Henry le Norrois' Lieder waren längst verstummt und die meisten Ritter, die er einst besungen hatte, bereits zum Herrn gegangen. Junge Männer waren ihnen gefolgt, hatten ihre Ämter übernommen, ihre Töchter geheiratet und ihre Ländereien geerbt. Für Guillaume konnte es leicht die letzte Möglichkeit sein, dem König noch einmal zu dienen und für seine Treue belohnt zu werden. Er musste an die Zukunft seiner Söhne und Töchter denken.

Aber auch das Schicksal seiner Gefolgsleute lag ihm am Herzen. All die ehrbaren Männer, die ihm in den vergangenen Jahren so mutig die Treue gehalten hatten, verdienten, dass die Gunst, die ihm nun erneut von seinem König zuteilwurde, auch ihnen zugutekam. Von ihm und der Unterstützung, die er John angedeihen ließ, hing es ab, ob der Stern seiner Freunde und Getreuen weiterhin stieg oder erneut – und diesmal vielleicht für immer – ins Bodenlose fiel.

Während es Guillaume durch seinen unermüdlichen Einsatz

gelungen war, in Leinster für ein gewisses Maß an Ruhe und Ordnung zu sorgen, war die Unzufriedenheit unter den Baronen Englands gewachsen. Die Höhe der Steuern, die John von einem Sohn erheben konnte, dessen Vater gestorben war, stand nirgendwo festgeschrieben, und der König, der mit jedem Jahr seiner Regentschaft gieriger geworden war, hatte immer höhere Summen von den jungen Lords gefordert. Er hatte die jungen Erben dazu gebracht, sich viel zu hoch zu verschulden, und sie gezwungen, stattliche Summen bei jüdischen Geldverleihern aufzunehmen, für die sie beachtliche Zinsen zahlen mussten.

John glaubte, neben einer lohnenden Einkunftsquelle so auch einen Weg gefunden zu haben, die jungen Männer ruhigzustellen und sich untertan zu machen. Seine Gier aber war dabei so grenzenlos, dass er sich sogar zum Erben aller Juden erklärt hatte. Nicht nur dass dies die Familie in Armut stürzte, sobald ein Vater starb, es bedeutete ebenfalls, dass neben den Zinsen und Guthaben auch alle Schuldbriefe der jüdischen Geldverleiher an den König fielen. Die jungen Erben der Lords aber wurden so ein zweites Mal seine Schuldner, was sie mit ungeheurem Zorn erfüllte.

Die vielen überhöhten Steuern und Abgaben, die John von den Lords forderte, die Schmiergelder, die er sich zahlen ließ, um Prozesse in die eine oder andere Richtung zu entscheiden, und die Tatsache, dass er sich viel zu häufig nicht an Versprechungen und Zusagen hielt, brachten ihm großen Unmut ein. Dass er die Eheschließungen aller jungen Erbinnen kontrollierte, deren Vermählung er nur dann zustimmte, wenn entsprechende Gelder geflossen waren, forderte Erbitterung und Wut heraus. Viele seiner Barone fühlten sich ungerecht behandelt, übergangen, betrogen, übervorteilt und ausgenommen.

John entging der wachsende Groll gegen ihn nicht, doch statt sein Verhalten zu ändern, forderte er Geiseln von seinen Männern und ließ sich ihre Söhne und jüngeren Brüder übergeben. Machtbesessene Männer, die er aus Frankreich mitgebracht hatte und zu denen auch Pierre des Roches, der Bischof von Winchester, gehörte, erledigten die schmutzigsten Arbeiten für ihn und waren bei den englischen Baronen schon bald abgrundtief verhasst.

Waren Guillaumes Söhne nun endlich in Sicherheit, weil der König sie, wie versprochen, Jean d'Erlée und Thomas de Samford übergeben hatte, so schien das Königreich jeden Tag mehr in Gefahr zu sein. Jenseits des Meeres lauerte Philippe begierig darauf, seine Macht bis nach England auszudehnen, und im Land selbst grollte dumpfer Widerstand einem Gewitter gleich, das sich bedrohlich näherte. Dunkle Wolken von Aufstand und Verrat zogen am Horizont auf.

Eine Weile schon hatte Guillaume darauf gedrängt, dass der König endlich nachgeben und sich mit dem Papst einigen solle, doch bisher vergeblich. Nun aber ließ John endlich verkünden, dass es zu einer Vereinbarung mit Innozenz gekommen sei. Sicher hatte die Drohung Roms, John abzusetzen, und die päpstliche Einladung an Philippe, den Thron von England zu übernehmen, zur königlichen Vernunftfindung beigetragen, dennoch war Guillaume überrascht, als er vernahm, dass John England und Irland unter päpstliche Lehnsherrschaft gestellt und den Heiligen Vater als seinen Lehnsherrn anerkannt hatte. Ein kluger Schachzug, der den Papst auf Johns Seite zwang und den französischen König in seine Schranken wies.

In Portsmouth zeigte sich, dass mehr Barone dem Ruf des Königs gefolgt waren als erwartet. Schwarz war die Erde, so weit das Auge reichte, so viele Männer hatten sie mitgebracht.

»Nun mag Philippe mit seinem verzogenen Sohn ruhig versuchen, mir die Krone Englands zu entreißen«, sagte John beim Anblick seiner Truppen voller Übermut und funkelte Guillaume triumphierend an.

Auch wenn John ihn als zu ernst und bestimmend empfand, hatte Guillaume bisher meist recht gehabt mit seinen Voraussagen, und auch diesmal hatte er kein gutes Gefühl. Gewiss, dachte er, wenn sie alle gemeinsam in den Kampf zögen, würden sie den französischen König besiegen können. Doch war er ganz und gar nicht sicher, wie lange die Barone ihrem Herrn noch treu bleiben würden. Wie viele von ihnen, fragte er sich, würden wohl kampflos die Seiten wechseln, sobald der Franzose den ersten Fuß auf englischen Boden setzte?

»Landluft und eine Beizjagd, das ist genau das, was ich jetzt brauche!«, rief John strahlend aus, als ihn nach langen Tagen des Wartens in Portsmouth endlich die Nachricht erreichte, dass Philippe seine Angriffspläne wutschnaubend aufgegeben hatte. »Maréchal, Ihr werdet mich morgen bei Sonnenaufgang nach Roford begleiten. Wenn wir uns sputen, schaffen wir den Weg gewiss bis zum Abend und sind so in drei bis vier Tagen zurück«, verkündete er mit einem breiten Grinsen. »Ich habe meine Tochter und meinen Enkel eine halbe Ewigkeit nicht gesehen!«

Guillaume nickte kaum merklich. Er war hin- und hergerissen zwischen der Freude, William und seine Familie wiederzusehen, und dem Gefühl der Eifersucht bei dem Gedanken daran, sie mit dem König teilen zu müssen.

»Ihr scheint nicht gerade begeistert zu sein?« John sah ihn fragend an.

»Doch, gewiss, Mylord!« Guillaume rang sich mühsam ein Lächeln ab.

»Gut, mein lieber Maréchal, denn ich habe bereits heute in aller Frühe einen Boten ausgesandt, der uns ankündigen wird.«

Schlaflos wälzte sich Guillaume in dieser Nacht noch lange in seinem Bett herum. Erst war ihm warm, dann fröstelte ihn. Bilder seiner Enkel drängten sich ihm auf, und er stellte sich vor, wie es war, wenn er sie wiedersah.

»Großvater!«, hörte er Richard, Williams Erstgeborenen, rufen. Er war gewachsen, seit Guillaume ihn das letzte Mal gesehen hatte. Ja, er schien baumlang zu sein, hatte aber noch immer das Gesicht eines Sechsjährigen. Elf muss er sein, überlegte Guillaume und breitete die Arme aus, um seinen Enkel zu begrüßen. Doch Richard schien ihn nicht einmal wahrzunehmen. Mit strahlenden Augen lief er an ihm vorbei, geradewegs auf John zu.

»Großvater!«, rief er noch einmal und flog in die Arme des Königs. Guillaume schluckte trocken. Seine Kehle schmerzte, und seine Augen brannten.

»Sieh nur, mein Junge, ich habe dir einen Falken mitgebracht!«, sagte John honigsüß und holte einen weißen Ger hervor, den Guillaume zuvor nicht bemerkt hatte. Größer als alle Gerfalken, die er je gesehen hatte, war der Greif und so weiß wie eine Schneeeule. Richard warf das Holzschwert, das Guillaume ihm einst geschenkt hatte, achtlos fort, nahm voller Stolz den Falken auf seine Faust und lachte glucksend wie die kleine Alix. Er schwatzte voller Ungeduld auf John ein, der lächelnd nickte, und bewunderte immer wieder den Vogel, ohne Guillaume auch nur die geringste Beachtung zu schenken. Auch William, der sich plötzlich zu ihnen gesellt hatte, und Marguerite, die wie aus dem Nichts aufgetaucht war, begrüßten den König überschwänglich.

»Bring die Pferde in den Stall, Guillaume!«, sagte William, ohne seinen Vater anzusehen, und klang wie der Herr von Tancarville.

»Nein!«, begehrte Guillaume auf und schreckte schweißgebadet hoch. Die Kammer war stockdunkel, draußen im Hof noch alles still. Nur der Wind rüttelte an den Fensterläden, sonst war alles ruhig.

»Mylord?«, erklang plötzlich die verschlafene Stimme seines Pagen.

»Ist nichts«, sagte Guillaume. »Schlaf weiter!« Sogleich hörte er den Jungen zufrieden schmatzen. Einen Moment horchte er noch auf das regelmäßige Atmen des Knaben, dann ließ er sich erschöpft zurück auf seine Kissen fallen. Er war noch immer zutiefst betrübt über den schlechten Empfang, den man ihm in Roford bereitet hatte, und doch zugleich erleichtert, weil er wusste, dass nichts davon wahr, sondern alles nur ein dummer Albtraum gewesen war.

Heftiges Hämmern an der Tür seiner Kammer weckte ihn erneut. Es konnten nur wenige Augenblicke vergangen sein, seit er wieder eingeschlafen war. Guillaumes Kopf schmerzte.

»Rasch, Mylord, der König wartet auf Euch! Die Sonne ist bereits aufgegangen«, klang es dumpf aus dem Flur.

Einen Augenblick brauchte er noch, um zu begreifen, dann schwang Guillaume die Beine aus dem Bett. Am Morgen waren seine Glieder oft noch ein wenig ungelenk, doch mit jeder Bewegung wurden sie geschmeidiger.

»Ich komme!«, rief er.

Sein Page war inzwischen voller Panik aufgesprungen und lief wie kopflos in der Kammer umher, um die Kleider seines Herrn zurechtzulegen.

Guillaume goss etwas Wasser auf ein Leintuch und wischte sich über Gesicht, Nacken und Augen, um munter zu werden. Seine Lider verklebten manchmal während der Nacht, außerdem dünkte ihn sein Blick klarer, wenn er seine Augen morgens mit einem feuchten Tuch reinigte. Prüfend fuhr er sich über den Bart. Richtig! Er hatte ihn bereits am Vorabend geschabt.

»Hilf mir, mich anzukleiden!«, fuhr er seinen Pagen an, der unbeweglich vor ihm stand und ihn anstarrte. Der Junge war noch nicht lange bei ihm. Ein netter Bursche, doch er neigte zum Träumen.

»Gewiss, Mylord!«, rief Jourdain, der nach seinem Großonkel, Jourdain de Sauqueville, benannt war, und ging Guillaume eifrig zur Hand.

»Pack meine Sachen zusammen, rasch, der König ist ein ungeduldiger Mensch!«, forderte Guillaume ihn auf, sobald er angekleidet war, und stürmte voran.

»Jawohl, Mylord!«, rief Jourdain ihm nach und folgte ihm schon bald schwer beladen.

Der kürzeste Weg von Portsmouth nach Roford führte fernab der bequemen römischen Straßen, die der König für gewöhnlich mit seinem Tross nahm, zunächst durch sumpfiges Gebiet, dann quer durch einen dichten Wald und schließlich durch ein ausgedehntes Tal, das von einem Fluss zerschnitten wurde. Da weit und breit keine Brücke zu sehen war, mussten sie das gurgelnde

Wasser auf dem Rücken ihrer Pferde durchqueren und waren anschließend bis zu den Schenkeln durchnässt. Am nächsten Tag würden Guillaume gewiss wieder die Knie schmerzen, doch wie gewöhnlich würde er die Zähne zusammenbeißen und sich nichts anmerken lassen. Seinem König eine Schwäche einzugestehen, und sei es auch nur eine körperliche, war ganz gewiss nicht angeraten. Doch das Alter brachte auch Stärken. Guillaume jedenfalls hatte gelernt, sich mehr aufs Zuhören als aufs Reden zu verlegen, und so waren ihm die jüngsten Klagen und Befürchtungen der englischen Lords nicht entgangen. Das Schicksal von de Braose und seiner Frau hatte sie aufgeschreckt. Es war ihnen allen ein warnendes Beispiel dafür, wie kurz der Weg vom Freund des Königs zu seinem Feind sein konnte. Furcht und Misstrauen gegenüber John wuchsen stetig, verbreiteten sich wie Wundbrand, der zunächst harmlos aussieht, einen Erkrankten jedoch rasch das Leben kosten kann. Der König aber zog es vor, die unheilvollen Anzeichen zu ignorieren. Ihr sorgloser Ausflug nach Roford war der beste Beweis dafür, wie wenig ihn der Unmut seiner Lords kümmerte.

»Vater, Vater, der König!«, riefen Richard und Henry, als John und seine wenigen Begleiter in den Hof von Roford Manor sprengten, und liefen ihnen entgegen. Ein eifersüchtiger Stich traf Guillaume bei dem Gedanken an seinen Traum, doch seine Furcht war unbegründet. Während Marguerite in Johns ausgebreitete Arme flog, sobald er vom Pferd gestiegen war, und mit einem Kuss auf seine Wange sogleich einen weichen Ausdruck auf sein sonst so hart wirkendes Gesicht zauberte, begrüßte William seinen Vater mit einer Umarmung.

»Willkommen auf Roford, Sire!«, wandte William sich dann an den König, legte seine Hände auf die Schultern seiner beiden Söhne und stellte sie vor. »Richard und Henry, Mylord, meine beiden Ältesten. Euer Großvater, König John!«

Während die Jungen sich artig vor ihrem königlichen Großvater verbeugten, hauchte Marguerite auch ihrem Schwiegervater einen Kuss auf die Wange. »Ihr könnt Euch nicht vorstellen, Maréchal, wie sehr William sich gefreut hat, als er hörte, dass Ihr kommt!«, flüsterte sie ihm zu. »Ihr habt noch weitere Enkel, Vater«, sagte sie zu John und lächelte. »Alix ist sieben und John drei. Er ist der Wildeste von allen und schwerer zu hüten als ein Sack Flöhe!« Sie lachte und zwinkerte ihrem Vater verschwörerisch zu. Dann strich sie sich mit einem versonnenen Lächeln über den Leib, als wollte sie den Stoff ihres Kleides glätten. »Im Winter, nach dem Christfest, erwarten wir unser fünftes Kind«, sagte sie und errötete leicht. Dann hakte sie sich bei John unter. »Kommt, Vater, ich zeige Euch alles.« Sie zog ihn fort, ohne dass sich der sonst so starrköpfige König bevormundet vorzukommen schien.

»Ich freue mich, Euch wiederzusehen, Großvater«, sagte Richard mit einem schüchternen Lächeln. Doch als Guillaume die weiße Feder hervorzog, die er ihm einst geschenkt hatte, strahlte er über das ganze Gesicht.

»Ich trage sie immer bei mir!«, sagte Guillaume und lächelte weich. Er betrachtete die Feder oft, denn sie erinnerte ihn nicht nur an Richard, sondern auch an William und den Tag in Canterbury, an dem er dem König Blanchpenny übergeben hatte.

»Richard sagt, Ihr habt mit mir den Schwertkampf geübt, als ich noch klein war«, meldete sich nun Henry zu Wort. Er fuchtelte in der Luft herum, als hätte er ein Schwert in der Hand. »Die Soldaten meines Vaters haben mir schon einiges gezeigt, doch ich muss noch viel lernen, denn ich will einmal ein so berühmter Ritter werden wie Ihr, Großvater!« Seine Augen leuchteten bewundernd.

»Soso, dann werden wir wohl kämpfen müssen!« Guillaume nickte gewichtig und legte seinem Enkel die Hand auf die Schulter.

»Was ist mit dir, Richard? Noch immer keine Freude am Schwertkampf?«, wandte er sich erneut an den Älteren.

Richard schüttelte den Kopf und senkte ihn beschämt.

»Die Falken sind es, die es dir angetan haben, so wie deinem Vater«, stellte Guillaume freundlich fest.

Richards Kopf schnellte hoch. »Ja, Mylord! Ich habe einen wunderbaren Wanderfalkenterzel abgetragen, wollt Ihr ihn sehen?« Nun leuchteten auch seine Augen.

Guillaume lachte. »Ja, Richard, das würde ich gern, doch du solltest den König bitten, uns zu begleiten, und ihm deinen Vogel ebenfalls zeigen, denn er ist ein viel größerer Freund der Beize noch, als ich es je gewesen bin. Er ist dein Großvater wie ich und wird unendlich stolz darauf sein, seine Neigung bei dir wiederzufinden.« Guillaume lächelte aufmunternd, und mit einem Mal schien es ihm gar nicht mehr schwer, die Liebe seiner Enkel mit John zu teilen.

»Wir können Euch keine bequeme Burg bieten«, hörte er Marguerite zum König sagen und auf das Gutshaus zeigen.

Aber ein gemütliches Heim, dachte Guillaume schmunzelnd. Ein Heim, wie John es niemals gehabt hat, und gewiss wird er sich genauso wohl hier fühlen wie ich.

»Kommt, Vater, ich stelle Euch Eure anderen Enkel vor«, hörte er Marguerite sagen.

»Alix ist sicher gewachsen. Wo ist sie nur?« Guillaume sah Richard und Henry fragend an.

»Wenn man vom Teufel spricht!«, stöhnte Richard. »Sie musste sich erst schön machen lassen!« Er zog das Ö beträchtlich in die Länge und rollte so heftig mit den Augen, dass Guillaume lachen musste. So waren ältere Brüder nun einmal! Eines Tages würde seine Schwester den Männern den Kopf verdrehen und er alles versuchen, sie vor Unglück und Kummer zu bewahren.

Alix hatte inzwischen vor dem König haltgemacht, und John war vor ihr in die Knie gegangen. Liebevoll strich er über ihr dunkles, lockiges Haar. Ob sie ihn an seine alte Liebe erinnerte, deren Namen sie trug?

Wir haben mehr gemeinsam, als ich dachte, überlegte Guillaume in diesem Augenblick. Ein Bastardkind, von dem wir erst spät erfahren haben, eine verlorene Liebe und unsere Enkelkinder. Ein Zucken spielte um seine Mundwinkel und zog sie in die Höhe. Ganz offensichtlich entzückt von Alix, sah John ihr nach, als sie auf Guillaume zusteuerte. Was Ellen wohl von ihrer kleinen Enkelin gedacht hätte? Bei diesem Gedanken musste er breit grinsen. Die kokette Alix wäre gewiss nicht so sehr nach ihrem Geschmack, wie Henry und Richard es gewesen waren.

»Großvater?«, unterbrach Richard seine Gedanken.

»Ja?«

»Könntet Ihr nicht den König fragen, ob ich ihm meinen Falken zeigen darf? Ihr kennt ihn besser und wisst, wann der richtige Moment dafür ist.«

»Sicher, Richard, das tue ich.« Guillaume lächelte und deutete eine winzige Verbeugung an, als Alix einen etwas wackeligen, aber schwungvollen Knicks vor ihm machte und dabei die Zunge in den Mundwinkel schob, sodass nur die Spitze hervorlugte. Ellen hatte das stets getan, wenn sie sich besonders konzentriert hatte. Guillaume seufzte leise. Konnte es etwas Schöneres geben, als in seinen Kindern und Kindeskindern weiterzuleben? »Ein hübsches Kleid hast du«, lobte er und wurde zum Dank mit einem glockenhellen Lachen beschenkt, das ihn ebenso erfreute wie das Glucksen, mit dem sie ihn bei seinem letzten Besuch so großzügig bedacht hatte.

»Wer ist das?«, fragte Alix neugierig und zeigte mit dem Finger auf Guillaumes Pagen, der sich inzwischen hinter seinen Herrn gestellt hatte.

Guillaume wandte sich um und lächelte. »Das ist Jourdain, mein Page.«

»Was ist ein Page?«, wollte Alix wissen und legte den Kopf schräg.

»Ein Page dient seinem Herrn und lernt von ihm, bis er zum Knappen und später selbst zum Ritter wird. Nur Söhne von Lords dürfen Pagen werden«, erklärte Guillaume geduldig.

»Ich will auch Page werden!«, rief Henry dazwischen. »Das kann ich doch? Mein Vater ist auch ein Lord, nicht wahr?«

»Ja, mein Junge!« Guillaume lächelte wehmütig, denn er hatte sogleich an Baudouin denken müssen. »Es ist bereits beschlossene Sache zwischen deinem Vater und mir, dass du Page wirst, und das schon recht bald. Einen Herrn für dich habe ich schon ausgewählt!« Nach Baudouins Tod hatte er nicht lange überlegen müssen, wem er genauso blind vertraute, und Jean d'Erlée gebeten, sich Henrys anzunehmen. »Ich muss nur noch mit deinem Vater besprechen, wann er dich zu ihm bringt.« Er klopfte Henry aufmunternd auf die Schulter.

»Wer ist denn mein künftiger Herr? Ein berühmter Ritter wie Ihr?«

Guillaume lächelte. »Jean d'Erlée ist ein großartiger Ritter, Henry! Er wird dich vieles lehren. Ehre, Höflichkeit, Mut und Ritterlichkeit.«

»Und wann kämpfen wir?«, fragte Henry ungeduldig und sprang aufgeregt von einem Bein aufs andere. Er flitzte um Guillaume herum. »Kann ich mal Euer Schwert sehen? Das, das meine Großmutter gemacht hat!«

Guillaumes Hand lag wie so oft bereits auf Athanors Knauf. Er schüttelte tadelnd den Kopf. Henry würde lernen müssen, sich zurückzunehmen.

»Vater hat mir davon erzählt. Athonor ist das beste Schwert Englands!«

»Athanor«, verbesserte Guillaume. »Es heißt Athanor, und ob es das beste Schwert Englands ist, weiß ich nicht mit Sicherheit zu sagen. Mir aber ist es mehr wert als alle Reichtümer, die ich besitze, und glaube mir, das sind eine Menge Kisten voller Silber, dazu Gold und Edelsteine und viele, viele Ländereien!«, sagte er und zwickte Henry liebevoll in die Nase. »Ich zeige dir Athanor später, wenn dein Bruder uns seinen Falken vorgeführt hat. Beobachte du nur in der Zwischenzeit, was Jourdain tut, damit du weißt, was schon bald auch deine Aufgabe sein wird.«

Nachdem er sich das Gut hatte zeigen lassen und Richards Wanderfalken bewundert hatte, war der König am Abend so hungrig und gut gelaunt wie lange nicht mehr. Er ließ sich reichlich aufgeben und begann, mit großem Appetit zu essen. Er spaßte nicht auf Kosten anderer, lachte gelöst über Marguerites

Scherze und die Missgeschicke seiner Enkel, von denen sie berichtete.

»Ich habe drei Kinder. Henry ist etwas jünger als Alix und mein ganzer Stolz!« John strahlte. »Richard ist vier und Joan bald drei. Doch meine reizende Gemahlin hofft auf weitere Kinder, und ich muss gestehen, ich kann es kaum erwarten!« John lachte laut und schob sich ein großes Stück Braten in den Mund. »Doch sie wird sich beeilen müssen, um schwanger zu werden, denn ich werde schon bald aufs Festland ziehen, um den Franzosen in die Knie zu zwingen und die Normandie zurückzugewinnen! Im Norden werde ich auf Ferrand, den neuen Grafen von Flandern, zählen können. Er ist erst kürzlich Teil einer Allianz geworden, zu der auch mein Neffe Otto von Braunschweig und Raymond de Toulouse zählen«, erläuterte er redselig und leckte sich genüsslich die Finger ab. »Wunderbar, die Sauce und das Fleisch, herrlich zart und noch leicht rosa, so wie ich Braten liebe!«, schwärmte er. »Toulouse und Otto stehen mit Rom auf dem Kriegsfuß, wie auch ich bis vor Kurzem«, fuhr er fort und grinste. »Otto ist nur ein Jahr nach seiner Krönung zum Kaiser vom Papst exkommuniziert worden!« John rieb gedankenverloren über einen Fleck auf seinem Gewand, den ein Tropfen Sauce dort hinterlassen hatte. »Während ich seit der Anerkennung Langtons als Erzbischof von Canterbury nun hoffen kann, dass meine Exkommunikation und das Interdikt bald aufgehoben werden, sieht es bei ihm nicht nach einer raschen Einigung mit dem Papst aus. Innozenz unterstützt Friedrich von Hohenstaufen, Ottos größten Rivalen.« John bedeutete seinem Pagen, dass er ein weiteres Stück Braten wünschte, und nickte so oft, bis drei große Scheiben vor ihm lagen. »Raymond de Toulouse schützt die Albigenser«, sagte er mit vollem Mund und kaute. »Der Papst hat sie zu Häretikern erklärt und lässt sie mit einem kostspieligen Kreuzzug unter der Führung von Simon de Montfort verfolgen. Ein Friedensschluss mit Rom scheint da unmöglich.«

Marguerite und William hörten ihm aufmerksam zu und nickten bestätigend. Um aber zu begreifen, wie schwierig Johns Lage war, verbrachten sie nicht genügend Zeit in seiner Nähe, kannten seine Gemütsschwankungen nicht und wussten nicht, was noch auf ihn zukommen konnte. Nur wer viel bei Hof weilte und mit all den wichtigen Einzelheiten wie Familienverflechtungen, alten und neuen Bündnissen, Animositäten und Affinitäten, politischen Zwängen, geografischen Besonderheiten, Ehrgeiz und Machtbestrebungen vertraut war, konnte ahnen, wie schwer John es haben würde, die Probleme in seinem Reich zu lösen. So sehr Guillaume auch auf die Rückeroberung der Normandie hoffte, er zweifelte, dass es je dazu kommen würde. England hatte sich unter die Herrschaft des Papstes gestellt, darum würde das Bündnis mit Ferrand und Toulouse nicht ewig halten. Guillaume glaubte nicht daran, dass es ausgerechnet John gelingen würde, zwischen Ferrand, Toulouse und dem Heiligen Stuhl zu vermitteln, doch nur so hätte er sie auf längere Sicht an sich binden können.

Was denkt Ihr darüber, Vater?, schien der Blick zu fragen, den William ihm hin und wieder zuwarf. Doch Guillaume ließ sich seine Zweifel nicht anmerken. Niemals. Das Höflingsgesicht, das er sich schon früh zugelegt hatte, um bei Hof überleben zu können, verbarg seine wahren Gefühle hinter einer Maske aus gleichbleibender Freundlichkeit.

»Ich habe bereits Schiffe ausgesandt, die Unruhe und Angst an Frankreichs Küste verbreiten sollen«, fuhr John grinsend fort, riss den Mund auf und pulte mit dem Finger ein Stück Fleisch aus seinen Zähnen. »Philippe wird schon bald erzittern!« Er hob den silbernen Pokal, den man ihm als höchstem Gast des Hauses großzügig mit Wein gefüllt hatte, und trank den anderen zu. »Auf England und die Normandie! Tod dem König der Franzosen!«, rief er.

Ein frommer Wunsch, dachte Guillaume, doch ein weit entfernter. »Auf England!«, rief er jedoch im Chor mit den anderen und nickte John lächelnd zu.

Gloucester, 28. Oktober 1216

Guillaume sah gedankenverloren aus dem Fenster des Palastes. Ein traumhaft blauer Himmel überspannte die Stadt. Sonne und eine frische Brise hätten auf Frühling hoffen lassen, wären da nicht die bunten Blätter im Hof gewesen, mit denen der Wind zu spielen versuchte. Bald würden die kurzen Tage wieder grau, kalt und regnerisch sein und der Aufenthalt am Feuer einer Halle umso köstlicher. Guillaume presste die Hand ins Kreuz und streckte sich. Steif wurde man mit dem Alter, und die Knochen schmerzten. Doch er beschwerte sich nicht. Es gab größere Sorgen als diese kleinen Leiden.

Der König hatte sich den Nöten seiner Barone zu lange verschlossen. Beherrscht einzig von dem Gedanken, den französischen König zu besiegen, hatte er immer mehr Abgaben, Männer und Dienste von ihnen gefordert, ihre Privilegien aber weiter beschnitten. Doch jede Gans konnte man nur einmal ausnehmen. Und so war es zum Unvermeidlichen gekommen. Die Revolte, die Guillaume bereits vor langer Zeit am Horizont hatte aufziehen sehen, war ausgebrochen.

Vor drei Jahren, zwölf Monate nach Baudouin, war auch Guillaumes lieber Freund Geoffrey FitzPeter, der Justiziar von England, gestorben. Der König hatte bei der Neubesetzung seines Amtes auf keine Warnung gehört und allem Widerstand der Barone zum Trotz Peter des Roches, den Erzbischof von Winchester, zu seinem Nachfolger erklärt.

John hatte in den vergangenen Jahren nur selten Erfolge erzielt. Die Zerstörung eines Großteils der französischen Flotte in Flandern durch seinen Halbbruder, den Earl of Salisbury, hatte zu den wenigen Höhepunkten gehört. Die Enttäuschungen, die John hatte hinnehmen müssen, überwogen und hatten erneut Schatten auf sein Reich geworfen. Eine große Zahl seiner Barone hatte ihm unter fadenscheinigen Erklärungen den Gehorsam verweigert, als er sie erneut um Hilfe gebeten hatte, und nur wenige Getreue waren ihm aufs Festland gefolgt.

Auch Guillaume hatte ihn nicht begleiten können, weil er noch immer an seinen Treueeid gegenüber Philippe gebunden war. Trotzdem hatte John sich nicht aufhalten lassen und war mit seiner Gemahlin, den Rittern seines Haushaltes, einigen unbedeutenden Lords und einer ansehnlichen Anzahl Soldaten nach Frankreich aufgebrochen. Zunächst hatte ihm Fortuna zugelächelt, doch in Bouvines, wo seine Truppen gemeinsam mit denen Ottos und Ferrands auf die französische Armee gestoßen waren, hatten sie eine klägliche Niederlage erlitten. Keinen halben Tag hatte die Schlacht gedauert, dann war Johns Scheitern nicht mehr zu leugnen gewesen. Unzählige tapfere Männer waren gestorben, viele Ritter und einige Barone von den Franzosen gefangen genommen worden. Auch Ferrand und Salisbury waren darunter gewesen. Während der Halbbruder des Königs jedoch das Glück gehabt hatte, rasch wieder freizukommen, befand sich Ferrand auch jetzt noch in der Gefangenschaft des französischen Königs.

John aber hatte auch nach diesem Fehlschlag noch immer nicht die Hoffnung auf einen Sieg aufgegeben und erneut die Unterstützung seiner Barone gefordert. Alle Versuche, sie zur Hilfe im Kampf gegen Philippe zu bewegen, waren jedoch fehlgeschlagen. Mehr und mehr englische Barone hatten sich den Rebellen angeschlossen. Geduldig hatte Guillaume versucht, John dazu zu bewegen, mit ihnen zu verhandeln. Vielleicht hätten sich die Wogen noch glätten lassen, wenn der König einigen ihrer Forderungen nachgegeben hätte. Doch John war ganz er selbst geblieben, unbeugsam und stur.

Nur wenige Barone, dafür aber die größten und mächtigsten, zu denen auch Guillaume gehörte, hatten sich den Aufständischen nicht angeschlossen. Guillaume war nie ein Freund von Rebellion gewesen, auch wenn er den jungen König seinerzeit im Kampf gegen den eigenen Vater unterstützt hatte. Nicht aus Überzeugung hatte er das getan, sondern aus Treue.

Obwohl die Forderungen, die die rebellischen Barone an den König richteten, überzogen, ja sogar unverschämt gewesen waren, hatte Guillaume ihren Unmut bis zu einem gewissen Grad sogar verstehen können, auch wenn er sich niemals entsprechend geäußert hatte.

Im Sommer des vergangenen Jahres schließlich war es den Rebellen gelungen, Johns Anerkennung ihrer Magna Charta zu erzwingen.

Die Charta aber entmachtete den König praktisch und legte alle Befehlsgewalt in die Hände von fünfundzwanzig rebellischen Baronen. Keiner von ihnen zählte zu den führenden Lords des Landes, die meisten waren eher bescheidener Herkunft und in dem Augenblick, in dem sie Macht bekommen hatten, kaum weniger besessen davon, als John es gewesen war.

Der König jedoch hatte mit seiner in Runnymede geleisteten Unterschrift lediglich Zeit zu gewinnen versucht. Nicht im Traum hatte er vorgehabt, die in der Charta aufgeführten Bedingungen einzuhalten. Stattdessen war er schon bald plündernd, brandschatzend und mordend mit seiner Armee durch England gezogen. Viel Blut von Unschuldigen war vergossen worden, um den aufständischen Baronen Angst einzujagen. So schrecklich hatte John gewütet, dass die Rebellen sich schließlich keinen anderen Rat mehr gewusst hatten, als den französischen König um Hilfe zu bitten. Doch auch das Einschreiten von Philippes Sohn Louis hatte nicht zu dem erhofften Ergebnis geführt.

Zu guter Letzt war John an der Ruhr erkrankt. Statt jedoch zu ruhen, um sich von der anstrengenden Krankheit zu erholen, hatte er darauf bestanden, immer weiter zu ziehen. Die Seuche aber hatte schon bald ihren Tribut gefordert, und sein Körper hatte ihn im Stich gelassen. Wie seinen ältesten Bruder, den jungen König, hatte der Herr ihn binnen kürzester Zeit von dem elenden Siechtum befreit und zu sich genommen. Guillaume blähte die Nasenlöcher. Nicht nur an der Ruhr, sondern auch an seinem Starrsinn war er gestorben. Der Tod des Königs war gewiss nicht die beste Lösung, denn sein Sohn war noch zu jung für den Thron, dennoch schien es nun zumindest Hoffnung auf ein befriedetes Königreich zu geben.

»Mylord?«, unterbrach ein Wachsoldat Guillaumes gedanklichen Blick zurück. »Der Prinz!«

»Henry!« Guillaumes Gesicht hellte sich auf, als der Junge mit tippelnden Schritten auf ihn zukam.

Gerührt betrachtete er den erst neunjährigen Knaben. In aller Eile hatte man königliche Gewänder für die Krönung des Prinzen angepasst. Brokat und Seide, wie sie auch für den Sarg seines Vaters gewählt worden waren, schmückten den zarten Körper des Knaben, der schon bald König Henry III. sein würde.

»Der Mantel ist schwer. Er drückt auf meinen Schultern«, sagte Henry leise, zupfte an dem Hermelinkragen und sah beschämt zu Boden.

Guillaume nickte. »Ich weiß, mein Junge, aber du siehst großartig aus! Wie ein richtiger König!«

Die Last des Mantels auf seinen Schultern war nur ein kleiner Vorgeschmack auf die Last, die als König auf ihm ruhen würde.

Lautes Rufen und Rumpeln dröhnten durch das geöffnete Fenster aus dem Hof hinauf und lenkten Guillaumes Aufmerksamkeit auf sich. Eine Krönung veranlasste stets hohe Ausgaben, die umgehend bezahlt werden mussten, darum warf er einen prüfenden Blick nach draußen, um sich zu vergewissern, dass es die bewaffnete Eskorte war, die er nach London geschickt hatte, um mehrere Kisten mit Silberpennys zu holen.

Guillaume lächelte zufrieden, als er sah, dass die Männer kleine, aber offenbar schwere Eichentruhen mit starken Eisenbeschlägen und großen Schlössern abluden, und wandte sich wieder an Henry. Er betrachtete ihn mit väterlichen Gefühlen, denn er kannte den Jungen gut genug, um zu wissen, dass der Prinz ein liebenswerter, freundlicher Bursche war, der statt der Schwermut seines Vaters die Lebensfreude seiner Mutter geerbt hatte. So kurz vor der Krönung jedoch schien der Ärmste ein wenig verzagt.

»Nicht mehr lange und du bist König!«, ermunterte Guillaume ihn und zwinkerte verschwörerisch.

Er war seinem künftigen Herrn bis Malmesbury entgegengeritten, als man den Jungen von Devises nach Gloucester gebracht hatte, um ihn so rasch wie möglich zu krönen.

Mit großen Augen hatte der Prinz ihn angesehen, als sie sich gegenübergestanden hatten, und sodann Gott angerufen. Mit bewegenden Worten hatte er ihn angefleht, dem Maréchal die Macht zu geben, ihn zu beschützen. Offenbar hatte man dem Knaben bereits gesagt, dass sein Vater ihn vor seinem Tod in Guillaumes Hände empfohlen hatte.

Gerührt von Verzweiflung und Trauer im Blick des Jungen, aber auch von dem Vertrauen, das man in ihn setzte, hatte Guillaume sich verneigt.

»Bei meiner Seele und von ganzem Herzen schwöre ich, alles in meiner Macht Stehende für Euch zu tun, mein Prinz, solange ich noch die Kraft dazu besitze«, hörte er sich sagen. Immerhin musste er inzwischen bald siebzig sein, und auch wenn er sich noch immer stark genug fühlte, um die Verantwortung für den Jungen zu übernehmen, so wusste er doch, dass auch er nicht ewig leben würde. Der Gedanke aber, den Prinzen noch ein wenig formen zu können, damit aus ihm einmal ein besserer König wurde als aus seinem Vater, und die Gelegenheit, noch eine Weile Einfluss auf die Geschicke des Landes zu haben, ließen Guillaume zuversichtlich in die Zukunft sehen.

Gualo, der päpstliche Legat, der John die Letzte Ölung erteilt hatte, würde Henry in Vertretung des Erzbischofs von Canterbury, der sich in Rom aufhielt, hier in Gloucester zum König krönen, sobald Guillaume dem Prinzen die Schwertleite erteilt hatte, so wie einst seinem Onkel, Henry, dem jungen König.

Eine Krönung, das hatte sich in Guillaumes Leben schon oft gezeigt, war stets der Auftakt zu einem neuen Anfang.

Caversham Manor in der Nacht zum 14. Mai 1219

Guillaume hatte geregelt, was zu regeln war, großzügig verteilt, was zu verteilen war, und seinen Letzten Willen erklärt. Nun war er bereit, den Gang aller Gänge anzutreten, umgeben von Menschen, die ihm wichtig waren, in Würde und mit Glanz. Nicht einsam und verarmt wie die Könige, denen er stets treu gedient hatte.

Er schauderte. Das Kribbeln in seinem Nacken war stärker geworden. Es zog sich hinab bis in seine Lenden und verdrängte sogar die Schmerzen, die seine Eingeweide in immer kürzeren Abständen zu zerreißen drohten und seinen Atem in kurze, beschwerliche Stöße zerschnitten. Seine Zeit auf Erden war vorüber. Viele gute Jahre hatte er erleben dürfen. Er hatte Liebe und Freundschaft kennengelernt und Treue erfahren, so wie auch er treu gewesen war. Zum Regenten von England war er erklärt worden, nachdem John gestorben war. Er, der nachgeborene Sohn, der kaum Aussicht auf eine große Zukunft gehabt hatte. Mehr Glück, als er sich je erhofft hatte, war ihm zuteilgeworden. Ein Lächeln huschte über seine Seele. Fünf gekrönten Häuptern hatte er gedient, ganz so, wie die Alte in Köln es seinerzeit vorausgesagt hatte.

Den goldenen Thron, den Thron Englands, zu schützen, das war seine Aufgabe gewesen. In seinen Händen hatte immer wieder das Schicksal des Landes und seiner Herrscher gelegen.

Gewissenhaft hatte er noch drei Jahre nach Johns Tod regiert und England durch schwere Zeiten geführt. Er hatte den jungen König beschützt und das Vertrauen, das man in ihn gesetzt hatte, nicht enttäuscht. Stets hatte er sein Bestes gegeben und die Insel schließlich sogar von den Franzosen befreit. Eigene Wünsche hatte er sein Leben lang hintangestellt, und doch war er großzügig vom Schicksal bedacht worden. Nun aber war er müde.

Eine heiße Welle von Zuneigung durchflutete ihn, als er an William dachte, jenen Sohn, der in keinem Dokument erwähnt wurde. Alle seine Kinder waren ihm teuer, doch William hatte stets einen besonderen Platz in seinem Herzen gehabt.

Erschöpft von den Schmerzen, die seinen Leib peinigten, wanderte sein Blick zum Fenster. Isabelle hatte es mit einem schweren hölzernen Laden verschließen lassen, denn die Nächte waren noch kühl und ein wenig feucht. In dem Lehnsessel, in dem für gewöhnlich sein Schreiber saß, hatte Jean d'Erlée einen Augenblick Ruhe gesucht und war eingenickt. Guillaume lächelte.

Auf der Suche nach Isabelles Hand tastete er sehnsüchtig das Bett ab und atmete auf, als er fündig wurde.

Sie hatte Wort gehalten und war seit Tagen nicht von seiner Seite gewichen. Doch nun war auch sie erschöpft neben ihm zusammengesunken und schlief. Die Beine am Boden, als wollte sie sogleich aufspringen, den Kopf aber, bleiern vor Kummer und Müdigkeit, auf dem Kissen ruhend.

Guillaume schloss die Augen. Er war unendlich dankbar für ihre Liebe und die wunderbaren Kinder, die sie ihm geschenkt hatte. Ein langes, gutes Leben habe ich führen dürfen, dachte er zufrieden, bevor ihn ein traumloser Schlaf übermannte.

Als er am Morgen erwachte, waren Fenster und Türen weit geöffnet. Das Zwitschern von Vögeln drang herein und die gedämpften Laute des Gutes, das ihn an Roford erinnerte und darum in den vergangenen Jahren zu seinem liebsten Aufenthaltsort geworden war. Seine treuesten Männer, Vertreter der Kirche, sein ältester Sohn Guillaume, Jean d'Erlée, sein Enkel Henry und Isabelle, sein geliebtes Weib, waren um ihn, standen schweigend, mit gesenkten Köpfen und Tränen in den Augen an seinem Lager.

Guillaume fand nicht die Kraft, Körper oder Kopf zu bewegen. Seine Zeit war vorüber, darum heftete er den Blick auf das Kreuz in seinen gefalteten Händen und betete stumm zu seinem Herrn. Ein feiner Lichtstrahl schien wie aus dem Nichts auf das Fußende seiner Schlafstatt zu fallen. Die beiden weißen Gestalten, strahlend und ein wenig durchscheinend, als wären sie aus Licht, waren zurück.

Guillaume hatte sie schon erwartet. Diesmal war er bereit. Das Kribbeln in seinem Nacken war vergangen, und sein Leib hatte zu schmerzen aufgehört. Schwere und Angst wichen wunderbarer Leichtigkeit. Wärme, Dankbarkeit und ein tiefer Frieden hüllten ihn ein.

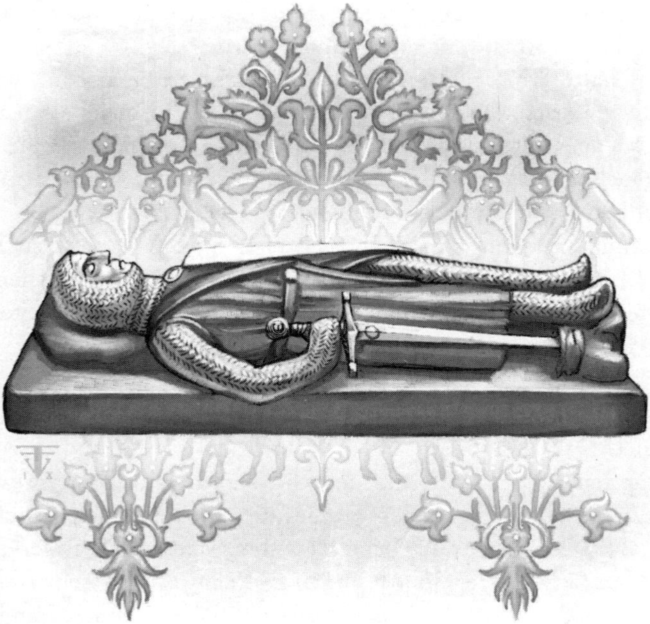

Historische Anmerkungen

Liebe Leserinnen, liebe Leser,

wie Sie vielleicht wissen, ist *Der Goldene Thron* nach *Das Kupferne Zeichen* und *Der Silberne Falke* der letzte Roman der Trilogie um Guillaume le Maréchal oder William Marshal, wie ihn die Engländer nennen. Vielleicht haben Sie bei der Lektüre bemerkt, dass *Der Goldene Thron* derjenige der drei Romane ist, der am stärksten in einen geschichtlichen Kontext eingebettet ist. Dies ist kein Zufall und erklärt sich aus den unterschiedlichen gesellschaftlichen Ebenen, die in den drei Romanen dargestellt sind.

Handwerker und Bauern, für die Ellen exemplarisch steht und aus deren Sicht der Roman *Das Kupferne Zeichen* erzählt wird, waren so gut wie gar nicht über die aktuellen Ereignisse informiert, denn es gab ja weder Fernsehen noch Radio, Zeitungen oder Internet, und der Kontakt dieser Menschen zum Adel, der besser informiert war, war doch sehr begrenzt.

Wohlhabende Kaufleute und Falkner wie William wussten dagegen häufig schon etwas mehr über die politische Lage, denn sie hatten Kontakt zur Oberschicht, oft sogar zum höheren Adel und Klerus oder gar zum König. Dennoch blieben ihnen die politischen Hintergründe, die Intrigen und Verwicklungen weitestgehend verborgen.

Guillaume le Maréchal aber, der zum Adel gehörte, wurde für das Leben als Soldat erzogen und verkehrte schon sehr früh bei Hof. Seine Informationen bekam er also aus erster Hand. Er kannte den Inhalt von Vereinbarungen und Dokumenten, die Ursprünge von Streitigkeiten, verfolgte Verhandlungen, führte Krieg und leitete selbstständig Truppen, denn er gehörte in seinem langen, bewegten Leben immer wieder zum engsten Kreis der Berater des Königs.

Als Quelle der Inspiration und um das komplizierte Leben und Denken Guillaumes nachvollziehen und seine Geschichte erzählen zu können, hat sich neben der Biografie von David Crouch vor allem das Heldenepos *L'Histoire de Guillaume le Maréchal, Comte de Striguil et de Pembroke, Régent d'Angleterre de 1216 à 1219,* herausgestellt, das Guillaumes ältester Sohn posthum über ihn in Auftrag gegeben hat. Die Berichte in der *Histoire,* über den »Liebling der Könige« oder »den Besten aller Ritter«, wie er gern genannt wird, stammen vermutlich von Jean d'Erlée, der jedoch nicht der Verfasser des mehr als 19000 Verse umfassenden Epos ist. Da Jean d'Erlée erst später in Guillaumes Leben trat, ist über die frühen Jahre unseres Helden weniger bekannt als über die Zeit seiner großen Sternstunden. Seine Schwertleite zum Beispiel hat möglicherweise nicht, wie in dem Epos (und in meinem Roman) erzählt, anlässlich eines Kampfes stattgefunden, sondern vielleicht eher unspektakulär in einer Massenzeremonie. Historiker mutmaßen, dass der Autor des Epos der Meinung war, ein Held wie Guillaume müsste eine besondere Geschichte für seinen Ritterschlag vorweisen können, warum er diese möglicherweise einfach erfunden hat. Mit Sicherheit ist das jedoch nicht zu sagen. Vielleicht hat Guillaume selbst sie Jean d'Erlée einst so erzählt. Eine tolle Geschichte ist es allemal, darum habe ich sie auch übernommen. Darüber, inwieweit weitere Ereignisse durch den Dichter zurechtgebogen wurden, um den Helden des Epos noch glorreicher darzustellen, oder durch das Verblassen in Jean d'Erlées Erinnerung verfälscht wurden, kann man nur spekulieren. Eines ist sicher: Die wenigsten Quellen des zwölften Jahrhunderts sind hundertprozentig zuverlässig. Sollten Sie also selbst einmal in dieser Richtung recherchieren, werden Sie sicher hier und da auf unterschiedliche Daten und Informationen stoßen. Striguil zum Beispiel werden Sie als Burg und als Stadt heute nur noch unter dem Namen Chepstow finden. Das Tor, das Guillaume im Roman mit dem Handwerker bespricht, hängt dort in einem der Räume als Ausstellungsstück. Es berühren zu können, als ich auf Guillaumes Pfaden wandelte, war ein absoluter Höhepunkt meiner Recherche-Reisen, die mich sowohl in die Normandie als auch nach East Anglia, Wales und Kilkenny geführt haben.

Beim Schreiben des *Goldenen Throns* waren mir die meisten Ereignisse bereits vorgegeben, weil sie nun einmal historische Fakten sind. Bis auf die Geschichte um Ellenweore und William, die ja fiktive Figuren sind, können Sie also davon ausgehen, dass der größte Teil der beschriebenen Begebenheiten historisch überliefert ist: die Entführung durch die Lusignan-Brüder nach dem Tod Patricks von Salisbury, Guillaumes Beinverletzung und die Rettung durch Eleonore von Aquitanien ebenso wie die Ausbildung in Tancarville, die Karriere als Turnierkämpfer, der Streit und die Versöhnung mit dem jungen König, die Pilgerreise nach Köln, der Aufenthalt im Heiligen Land, über den keine Einzelheiten bekannt sind, der Dienst unter Henry II., Richard Löwenherz und John Ohneland mit all jenen dramatischen Wendungen, Höhen und Tiefen, die uns manchmal geradezu unglaublich erscheinen. Auch der erstaunliche Höhepunkt seiner Karriere als Regent von England entspricht den historischen Tatsachen. Dennoch ist *Der Goldene Thron* in erster Linie ein Roman und kein Geschichtsbuch. Aus diesem Grund habe ich mich auch entschieden, ihn in einer für den Leser des einundzwanzigsten Jahrhunderts gut verständlichen Sprache zu schreiben und nicht in einer pseudomittelalterlichen, an das Mittelhochdeutsche angelehnten Kunstsprache. Wie ich schon in *Der Silberne Falke* ausgeführt habe, war die Sprache des zwölften Jahrhunderts in England und der Normandie ständigen Veränderungen unterworfen. Beeinflusst vom normannischen Französisch, Latein, Angelsächsisch, aber auch Arabisch und Persisch, war sie durchaus reich, wie die vielen Heldenepen und Gedichte aus jenen Tagen beweisen. Für die Menschen dürfte die Sprache des zwölften Jahrhunderts so modern gewesen sein, wie unsere heutige Sprache für uns. Rechtschreibregeln allerdings gab es nicht, weshalb Orte und Namen oft in unterschiedlichster Schreibweise existierten und darum heute häufig zu Verwirrung und Unsicherheiten führen.

So habe ich denn auch diesmal wieder Lücken oder widersprüchliche Aussagen, wie sie in historischen Quellen leider häufig zu finden sind, mit Bedacht durch eigene Vorstellungen ergänzt.

Von einer anderen Liebe als der zu Isabelle de Clare, der Mutter des Auftraggebers, ist verständlicherweise in dem Epos keine Rede. Auch gibt es kein Dokument, das die Existenz eines Bastards erwähnt. Dennoch kann es eine frühere große Liebe und einen illegitimen Sohn natürlich gegeben haben. Niemand weiß, ob Guillaume bis zu seiner Ehe mit ungefähr vierzig Jahren eine oder mehrere Geliebte hatte oder ob er sich in Keuschheit geübt hat, und genau das hat zu Beginn meiner Recherchen meine Fantasie beflügelt und Ellen und William geschaffen.

Die Lebensgeschichten von Isabelle de Clare, ihrer Mutter Aoife und ihrem Vater Strongbow habe ich authentisch nachzuzeichnen versucht, so weit das in diesem Rahmen möglich war. Conall und die Seinen sind dagegen ein Produkt meiner Fantasie.

Matilda de Braose wiederum hat gelebt. In Wales haben Mütter ihren unartigen Kindern noch in den Siebzigerjahren des zwanzigsten Jahrhunderts mit Moll Wallbee, wie Matilda auch genannt wurde, gedroht. Als Riesin, die die Steine zum Bau der Burg von Hay-on-Wye in ihrer Schürze getragen haben soll, und als Frau des Ogers von Abergavenny, die den Walisern mit äußerster Härte entgegengetreten ist, ging sie in die Geschichte ein. Auch der ungefähr siebenjährige walisische Prinz Cadwaladr wurde laut historischer Überlieferung bei dem Überfall auf die Burg seiner Eltern getötet und später von seinen Brüdern gerächt. Ob Matilda dabei war und ihren Mann dazu ermutigt hat, weiß allerdings niemand. Wie sehr man diese Frau jedoch gefürchtet und wohl auch gehasst hat, zeigt die Sage, die man sich nach ihrem Tod voller Grausen erzählte: Die Wachen im Tower sollen sie mit den Zähnen in die Wange ihres Sohnes verbissen aufgefunden haben. Sie soll ihn vor Hunger angenagt haben … (Sicher erinnern Sie sich an die Szene! Ich allerdings lasse sie ihren Sohn im Tod küssen, denn Sagen entsprechen in der Regel nicht der Wahrheit.)

Besonders interessant fand ich bei der Recherche, dass die Frauen im zwölften Jahrhundert offenbar nicht alle so fügsam waren, wie man uns oft glauben lassen will. Eleonore von Aquitanien ist das wohl bekannteste Beispiel, aber es gab noch mehr kämpferische Frauen. Pernelle, die Frau des Earl of Leicester, die Seite an Seite mit ihrem Gatten gegen Henry II. gekämpft hat. Matilda de Braose, wie wir bereits wissen, aber auch Hawise de Aumale, die sogar eine Frau zum Steward ihrer Ländereien ernannt haben soll und die der König nur durch Enteignung ihrer Ländereien dazu bringen konnte, den von ihm ausgewählten de Forz zum Ehemann zu nehmen. Ob sie Baudouin de Béthune (der übrigens tatsächlich bei der Gefangennahme Richards dabei war) gern oder gegen ihren Willen geheiratet hat, ist leider nicht bekannt.

Die Ehe zwischen Baudouins Tochter Alice und Guillaumes ältestem Sohn war übrigens nur von kurzer Dauer, denn die junge Braut starb bald nach der Hochzeit. Auch König Johns Tochter, Eleanor, die der junge Mann fünf Jahre nach dem Tod seines Vaters heiratete, schenkte ihm keinen Erben. Keiner von Guillaumes Söhnen war mit Nachwuchs gesegnet, darum erlosch die männliche Linie des Maréchal im Jahre 1245.